Die Rache der Heilerin

Besuchen Sie uns im Internet:
www.weltbild.de

Genehmigte Lizenzausgabe für Verlagsgruppe Weltbild GmbH,
Steinerne Furt, 86167 Augsburg

Dieses Werk wurde vermittelt durch die Literarische Agentur
Thomas Schlück GmbH, 30287 Garbsen
Umschlaggestaltung: Zero Werbeagentur, München
Umschlagmotiv: Getty Images, München (© Canaletto) / FinePic®, München
Gesamtherstellung: GGP Media GmbH, Pößneck
Printed in the EU
ISBN 978-3-86365-881-6

2016 2015 2014 2013
Die letzte Jahreszahl gibt die aktuelle Lizenzausgabe an.

Beate Sauer

Die Rache der Heilerin

Roman

Weltbild

Kapitel 1

Richard stützte sich auf den Ellbogen und lauschte in die Dunkelheit. *Wie dumm, dass der Vater misstrauisch geworden ist und das Zimmer mit mir und Henry teilt,* dachte er. *Aber wir werden trotzdem aus der Burg entkommen.* Ja, endlich ertönte vom Bett seines Vaters her ein gleichmäßiges Schnarchen. Vorsichtig schlug er die Wolldecke zurück und setzte seine nackten Füße auf den Steinboden. Mit einigen geschmeidigen Schritten war er bei dem Schemel, auf dem seine Kleidung und sein Schwertgurt lagen. Rasch streifte er Kittel und Hose über. Als er den Schwertgurt schloss, schlug die Scheide gegen das Holz. Sehr laut klang das Geräusch in dem Raum wider. Richard hielt den Atem an. Das Schnarchen wurde unregelmäßiger, brach ab. Ein Rascheln wie von Stoff, der zurückgeschlagen wurde. War der Vater etwa aufgewacht?

Nein, nun setzte das Schnarchen mit einem lang gezogenen Seufzen wieder ein. Im Mondlicht, das durch die Ritzen in den Fensterläden fiel, erkannte Richard, dass sich sein Bruder Henry nun endlich ebenfalls auf seinem Bett aufgerichtet hatte. Richard griff nach seinem Mantel und den Stiefeln und hastete zur Tür. Wenige Momente später folgte ihm der Bruder. Draußen, auf dem von einigen Fackeln erleuchteten Gang, streiften sie die Schuhe über und tauschten ein schnelles, erleichtertes Grinsen aus.

Auf dem Weg zu den Stallungen begegnete ihnen niemand. Die Sättel lagen unter dem Stroh – dort, wo sie sie am Vorabend verborgen hatten. Mit schnellen, geübten Griffen zäumten die Brüder die Pferde auf. Als sie die Tiere in die Stallgasse führten, trat ihnen ein verschlafener Knecht entgegen und fragte, ob er ihnen helfen könne. Doch auf Richards knappes »Nein, wir kommen allein zurecht. Leg dich wieder schlafen!« trollte sich der junge Mann.

»Vorhin dachte ich einen Augenblick lang, unser Vater wäre aufgewacht«, murmelte Henry. »Ich glaubte, das Herz bliebe mir stehen.«

»Na ja, ich hätte einfach behauptet, dass ich austreten müsste.« Richard zuckte die Schultern. Doch auch ihm schlug das Herz plötzlich wieder bis zum Hals.

»Was, wenn der Vater aufgestanden wäre und dich auf den beleuchteten Gang hinausgezogen hätte? Du warst angekleidet und hattest den Schwertgurt umliegen.«

»Immerhin weiß man nie, wer einem auf dem Weg zum Abtritt so alles begegnen wird.«

»Eine sehr überzeugende Erklärung …«

Ob er im Falle einer Entdeckung die Waffe gegen den Vater gezogen hätte? Richard war sich nicht sicher.

Sie schwangen sich in die Sättel und ritten über den Hof. Aus dem Schatten vor dem Tor trat ihnen ein Wachsoldat entgegen und hielt Richard davon ab, weiter über eine solche Möglichkeit nachzudenken. Der stämmige Mann verbeugte sich vor den beiden Brüdern. »Die Prinzen mögen mir verzeihen«, erklärte er wichtigtuerisch. »Doch wir Wachen haben den Befehl, niemandem während der Nacht das Tor zu öffnen.«

»Das gilt doch wohl nicht für uns!«, fuhr Henry auf.

»Niemandem«, wiederholte der Bewaffnete fest.

»Was fällt dir ein!«

Dieser misstrauische alte Fuchs von einem Vater … Richard beugte sich zu seinem Bruder und legte ihm beschwichtigend die Hand auf den Arm. »Lass nur. Der Mann handelt völlig richtig.« Er schenkte dem Bewaffneten, der sein kampfbereit vorgestrecktes Kinn verblüfft zurückzog, ein Lächeln. »Soldaten müssen gehorchen. Wie könnten wir uns sonst auf sie verlassen? Einen wie dich hätte ich gerne unter meinen Leuten.«

»Wie gesagt, Hoheit, es tut mir leid. Gestern Abend kam der Befehl.« Der Bewaffnete sackte ein wenig in sich zusammen und rieb sich über die stoppelige Wange.

»Tja, es verhält sich nur so, dass unser Vater kurz vor dem Zubettgehen den Wunsch äußerte zu jagen.« Richard lächelte ihn weiter strahlend an. »Und mich und meinen Bruder damit beauftragte, vorauszureiten und schon einmal einen geeigneten Jagdgrund zu suchen. Gewissermaßen um unsere Fähigkeiten zu erproben.«

»Ja, so ist er nun einmal.« Henry, der Richards Spiel begriff, stieß ein zustimmendes Stöhnen aus.

»Am besten also, du gehst zu unserem Vater und lässt dir unseren Auftrag bestätigen«, redete Richard munter weiter.

»Der … der König ist schon aufgestanden?« Der Mann schaute sie unbehaglich an.

»Eben, als wir das Zimmer verließen, schlief er noch.« Richard wechselte einen raschen Blick mit seinem Bruder und verkniff sich ein Grinsen.

»Nun, ob es unbedingt nötig sein wird, den König zu wecken …« Der Bewaffnete zögerte.

»Ach, komm schon, Adam«, ein anderer Soldat, der bislang schweigend neben dem Tor gewartet hatte, trat neben ihn, »der Befehl des Königs hat doch bestimmt nicht für die beiden Prinzen, seine eigenen Söhne, gegolten.«

»Nun, ich wüsste eigentlich auch keinen Grund, warum uns unser Vater daran hindern sollte, die Burg zu verlassen.« Richard lachte und klopfte Adam auf die Schulter. »Aber, wie ich schon sagte, es ist gut, wenn sich ein Soldat nicht von einem hohen Rang blenden lässt.«

»Hoheit ...« Adam beschloss, sich nicht dem Zorn des Königs auszusetzen, der bestimmt auf ihn herabfahren würde, wenn er ihn ungerechtfertigt weckte. Also verbeugte er sich, schob den Riegel zurück und stemmte zusammen mit dem anderen Soldaten den Torflügel auf.

Nachdem Richard den beiden Männern noch einmal grüßend zugenickt hatte, galoppierten er und sein Bruder davon. Auf der nächsten Anhöhe zügelte er seinen Hengst und blickte zu der Burg zurück. Dunkel und mächtig hob sich das Gebäude vor dem Sternenhimmel ab. *Wenn alles so läuft, wie wir es geplant haben, wird die Burg von Bayeux in wenigen Monaten mir und Henry gehören,* dachte er.

»Nun komm schon!«, drängte der Bruder, der sein Pferd neben ihm angehalten hatte.

»Ach, wahrscheinlich wird unsere Flucht erst bei Morgengrauen entdeckt. Bis dahin sind es noch ein paar Stunden.«

»Mir wäre es lieber, unser Vorsprung vor unserem Vater wäre viel größer.« Henry seufzte. »Immerhin haben wir gut achtzig Meilen zurückzulegen, bis wir die Grenze des französischen Königreichs erreicht haben und in Sicherheit sind.«

»Gegen ein bisschen Abenteuer habe ich nichts einzuwenden.«

»Falls du das tatsächlich ernst meinst, bist du verrückt.« Henry schüttelte den Kopf.

Als Antwort lachte Richard nur und gab seinem Pferd die Sporen. Ja, vor ihm lag ein großes Abenteuer, und er freute sich darauf, es zu bestehen.

*

Ein Windstoß wehte Adela den Schleier ins Gesicht. Sie versuchte, ihn mit der einen Hand zurückzuhalten, während sie mit der anderen eine Eibischstaude an einem Stab befestigte. Aber es nutzte nichts. Die Aprilböen waren zu kräftig. Beim nächsten Windstoß zog sie ihren Schleier ab und flocht ihr Haar, das die leuchtend rote Farbe von reifen Hagebutten hatte, zu einem Zopf. Dann widmete sie sich wieder dem Eibisch. Jetzt endlich konnte sie ihn festbinden. Die Kräuterbeete am Rande des Küchengartens waren allein ihr Reich. Keinem der Bediensteten vertraute sie die Pflege ihrer Heilpflanzen an.

Adela hatte ein schmales, empfindsames Gesicht, und die Fülle ihres Haars schien für ihren zierlichen Körper fast zu schwer. Doch wenn sie sich nicht – wie jetzt gerade – auf etwas konzentrierte, war ihre Mimik äußerst lebhaft, und ihre grauen Augen konnten durchaus energisch blicken oder wütend funkeln.

Nachdem Adela noch die Erde um ein Beet mit Leinpflänzchen gelockert hatte, stand sie auf. Sie glaubte, einen Hauch von Salz in der Luft zu riechen. Hinter den Hügeln – etwa zwanzig Meilen entfernt – lag das Meer. Sie liebte dieses Stück Land nahe der normannischen Küste ebenso sehr wie den weiten Himmel mit den jagenden Wolken, die sich häufig finster und bedrohlich auftürmten, nur um gleich darauf wieder die Sonne durchscheinen zu lassen.

In dem weiß gekalkten Haus mit dem Strohdach am anderen Ende des Gartens war sie geboren worden. Hier lebte sie nun seit einigen Jahren mit ihrem Ehemann Francis und ihrem Sohn Luce. Adelas Blick wanderte weiter über den Garten, der sanft zu einem Bach abfiel. Jenseits einer Obstbaumwiese und hinter der aus Feldsteinen errichteten Mauer erstreckten sich die Felder des Gutes. Zwischen den Schollen sprossen grüne Weizen- und Gerstenhalme.

Während der letzten Wochen war das Wetter beständig gewesen und hatte das Getreide gut wachsen lassen. Aber ob dies so bleiben würde? Adela hoffte es aus ganzem Herzen. Die vergangenen drei Ernten waren schlecht ausgefallen. Dabei waren die Steuern, die der König seinen Untertanen auferlegte, auch schon bei einer guten Ernte drückend. Sollte es dieses Jahr wieder eine Missernte geben, würden sie und Francis wohl Teile ihres Landes verkaufen müssen. Denn auch das Gut bei Giverny, das Francis geerbt hatte, warf kaum noch etwas ab.

Das Getreide vom letzten Jahr hatte nur bis in die ersten Märzwochen gereicht. Am Morgen war Francis nach Vire gefahren, um ein paar Säcke Weizen und Roggen zu kaufen. *Ob er sie wohl zu einem einigermaßen günstigen Preis bekommen wird?* Adela wünschte sich plötzlich, Francis wäre bei ihr und sie könnte seine ruhige, zuversichtliche Gegenwart spüren.

Vom Bach her ertönte Luces helle Stimme. Zwischen den erst spärlich belaubten Weiden konnte Adela ihren kleinen Sohn erkennen, der dort mit ein paar Dorfjungen spielte. Sie schüttelte ihre düsteren Gedanken ab. Sie liebte ihren Mann und ihren Jungen. Daran wollte sie sich halten, statt vor sich hinzugrübeln!

Wieder im Haus, überzeugte sich Adela davon, dass in der Küche ein Eintopf auf dem Feuer vor sich hin köchelte und die Köchin einen Brotlaib in den Ofen geschoben hatte.

Dann erinnerte sie sich daran, dass Luce dringend einen neuen Kittel benötigte. In dem Zimmer, das ihre Eltern bewohnt hatten, wurden abgelegte Kleidungsstücke aufbewahrt. Sicher würde sie aus einem der Gewänder ein Hemd für ihren Sohn nähen können.

In dem nach Westen hin gelegenen Raum auf der Rückseite des Hauses empfing Adela ein leichter Kräutergeruch. Er hing tief in den dunklen Deckenbalken und den Wänden. Denn noch bis kurz vor ihrem Tod hatte ihre Mutter Aline hier ihre Kräuter getrocknet und aufbewahrt. Von ihr hatte Adela die Gabe der Heilkunst geerbt.

Der schwache Duft nach Zitronenmelisse, Thymian und Rosmarin wich einem intensiven Lavendelgeruch, als Adela den Deckel der schweren, eisenbeschlagenen Truhe aufstemmte. Behutsam zog sie das Leinentuch beiseite, das den Inhalt vor Staub schützte. Darunter kam unter einigen mit Lavendelblüten gefüllten Stoffsäckchen der dunkle Mantel zum Vorschein, den ihre Mutter in ihren letzten Lebensjahren getragen hatte. Im Winter vor vier Jahren war sie an einem Fieber gestorben.

Unwillkürlich musste Adela lächeln, während sie über den rauen Stoff strich. Ihre Eltern hatten eine glückliche Ehe geführt. Dann und wann waren leidenschaftliche Streitereien zwischen ihnen entbrannt, heftig und wild und meist von kurzer Dauer wie Sommergewitter. Doch letztlich hatten die beiden nicht ohne einander leben können. Deshalb hatte es Adela nicht gewundert, dass ihre Mutter ihren Vater nur um wenige Monate überlebt hatte.

Sie legte den Mantel über einen Stuhl und beugte sich wieder über die Truhe. Drei Hemden, die ihrem Vater gehört hatten und noch in gutem Zustand waren, kamen zum Vorschein. Ja, aus einem von ihnen würde sie einen Kittel für

Luce nähen können. Unter den Hemden lagen in einem Sack ein paar ausgetretene Stiefel, ein alter Gürtel und eine Sichel, deren Blatt stumpf geworden war und deren Holzgriff erneuert werden musste. Versonnen wog Adela das Werkzeug in der Hand. Ihr Vater war der uneheliche Sohn eines Lords und ein Ritter gewesen. Dennoch war er auch ein guter Bauer gewesen.

Hinter sich hörte Adela trippelnde Schritte auf dem gestampften Lehmboden. Luce lief zu ihr. »Na, bist du zu müde zum Spielen?«, neckte sie ihn und strubbelte durch sein kastanienbraunes, wild zerzaustes Haar. Luce schüttelte empört den Kopf. »Nein, die anderen Jungen mussten zum Essen nach Hause.«

Er schmiegte sich an sie, was er in der letzten Zeit nur noch selten tat. Denn mit seinen sieben Jahren hielt er sich für zu alt für solche Zärtlichkeiten. Adela legte den Arm um ihn, schloss die Augen und genoss den Augenblick. Sein drahtiger Körper roch nach Gras und Staub. Sie war noch sehr jung gewesen, fast noch ein Kind, als sie und Francis sich heftig ineinander verliebt und bald darauf geheiratet hatten. Luces Geburt war schwer gewesen. Nach ihm hatte sie zwei Kinder während der Schwangerschaft verloren. In der letzten Zeit fragte sie sich häufig, ob Luce wohl ihr einziges Kind bleiben würde.

»Mutter, sind das Hemden von Großvater Ethan?« Wie nicht anders zu erwarten, befreite sich Luce schnell wieder aus ihrem Griff.

»Ja.« Adela lächelte ihn an.

Luces Interesse war geweckt. Er stellte sich auf die Zehenspitzen und spähte in die Truhe. »Da drin liegt so ein seltsames Ding …«, stellte er fest.

Nun sah auch Adela auf dem Boden der Truhe ein zusammengerolltes Stück Stoff liegen. Sie holte es heraus, löste die Fäden, die den Stoff zusammenhielten, und wickelte ihn auseinander. Das bunte Stickbild eines Blumenstraußes kam zum Vorschein. Die Stiche waren sehr unordentlich. Mal waren sie groß, als hätte die Stickerin sie mit höchster Ungeduld ausgeführt, dann wieder waren sie klein ausgefallen und tief in den Stoff eingegraben, als wäre zornig an dem Garn gerissen worden. Ihre Mutter Aline hatte immer sehr sorgfältig gestickt. Von ihr konnte dieses Tuch unmöglich stammen.

Luce zog seine Nase kraus. »Das sieht aber seltsam aus«, stellte er fest.

Plötzlich fiel Adela wieder ein, von wem dieses Bild stammte. »Kaiserin Matilda hat dieses Tuch bestickt.«

»Die Herrin meiner Großmutter Aline?« Luce kauerte sich neben sie auf den Boden und sah sie aus großen Augen an.

»Ja, und sie hasste Handarbeiten.« Die Kaiserin – wie Matilda von allen genannt worden war, da sie in erster Ehe mit dem deutschen Kaiser Heinrich V. verheiratet gewesen war – war eine stolze und temperamentvolle Frau gewesen, die ihre Launen häufig an den Menschen in ihrer Umgebung und auch an diesem Sticktuch ausgelassen hatte. So hatte es Aline ihrer Tochter erzählt.

»Großmutter Aline war Dienerin der Kaiserin Matilda, und Großvater Ethan gehörte zu den Leuten König Stephens, als sie sich kennen lernten. Nicht wahr?«, fragte Luce eifrig. Er kannte diese alten Geschichten längst. Aber er mochte sie immer wieder hören.

Adela nickte. »Ja, nur war Stephen damals noch nicht König. Nachdem Matildas Vater – König Henry – starb, kämpften Matilda und Stephen gegeneinander um die englische Krone.«

»Deshalb wurden Großmutter und Großvater Feinde, obwohl sie sich liebten, und konnten ganz lange nicht zusammenkommen.« Mit leuchtenden Augen fasste Luce die dramatischen Jahre zusammen, während derer Adelas Eltern den verfeindeten Lagern angehört hatten. Beide hatten sie sich ihrer Herrin und ihrem Herrn tief verpflichtet gefühlt und beide waren auch viel zu eigensinnig gewesen, um nachzugeben und in das Lager der anderen Partei zu wechseln.

»Aber dann hat Großvater der Großmutter und Kaiserin Matilda geholfen, während einer Belagerung aus der Burg von Oxford zu entkommen.« Luce hatte diese Szene – oder vielmehr eine kindliche Fantasieversion davon – schon oft mit Holzpferden und -rittern und irgendwelchen Gerätschaften, die als Burgmauer dienen mussten, nachgespielt. Das wirkliche Grauen solcher Kämpfe hatte Adela ihm bisher verschwiegen. Was Krieg bedeutete, würde er wahrscheinlich noch früh genug erfahren.

»Deswegen fiel Großvater bei König Stephen in Ungnade«, spann Luce den Faden weiter, als seine Mutter schwieg. »Aber als Großvater den bösen Baron Hugo de Thorigny in einem ehrlichen Kampf besiegte, erkannte Stephen, dass er doch ein guter Ritter war.«

»Ja, so ähnlich war es.« Adela fuhr ihrem Sohn wieder durch die Haare. Dies war auch ein Teil der Familiengeschichte, den Luce bislang aus guten Gründen nur teilweise kannte. Die de Thorignys hatten sowohl im Leben ihrer Mutter als auch ihres Vaters eine unheilvolle Rolle gespielt. Der Vater Hugo de Thorignys hatte den Hof von Alines Eltern – obwohl diese freie Bauern gewesen waren – widerrechtlich an sich gebracht und Aline zur Leibeigenen gemacht. Bei der Flucht aus der Sklaverei hatte Matilda sie vor seinen Häschern gerettet.

Ethan wiederum war zusammen mit Hugo de Thorigny erst Knappe, dann Ritter an Stephens Hof gewesen. Hugo hatte keine Gelegenheit ausgelassen, ihn spüren zu lassen, dass er nur der »Bastard« eines Lords war. Als Hugo Adelas Mutter Aline verschleppt hatte, um sie zu vergewaltigen und wieder zur Leibeigenen zu machen, hatte Ethan ihn gestellt und getötet. Stephen, der bei all seinem Jähzorn und seinen anderen Fehlern ein großherziger Mann gewesen war, hatte es Ethan verziehen, dass er den Sohn eines seiner Getreuen im Kampf um die Frau, die er liebte, umgebracht hatte.

»Mutter, was hast du denn?« Luce berührte ihre Hand und sah sie fragend an.

»Nichts. Ich war nur gerade mit meinen Gedanken ganz woanders.« Adela lächelte ihn an. »Jedenfalls verdanken wir es Matilda, dass wir auf diesem Hof leben dürfen. Denn sie hat ihn deiner Großmutter geschenkt, nachdem diese aus ihrem Dienst ausschied und deinen Großvater heiratete. Und nachdem ihr Sohn Henry König von England wurde, setzte Matilda es auch durch, dass deine Großmutter das Gut ihrer Familie bei Salisbury von den de Thorignys zurückbekam.« Zusammen mit dem Brief, der diese Neuigkeit mitteilte, hatte Matilda Aline auch das Sticktuch geschickt, das nun vor ihr und Luce auf dem Boden lag – so hatte Aline es Adela erzählt.

Ihre Mutter hatte wieder in ihrer Heimat leben wollen. Deshalb war die Familie wenige Monate nach Adelas Geburt dorthin zurückgekehrt. Erst als Adelas ältester Bruder Nicolas beschlossen hatte zu heiraten, waren ihre Eltern wieder mit ihr in die Normandie gekommen, damit Nicolas das Gut in England übernehmen und dort mit seiner Familie leben konnte. Bald darauf hatte ein schreckliches Unglück die Familie getroffen. Doch daran wollte Adela jetzt nicht denken.

Sie stand auf, hob Luce hoch und schwenkte ihn durch die Luft, was sich ihr Sohn fröhlich kreischend gefallen ließ. »So, Zeit jetzt, dass du dir Gesicht und Hände am Brunnen wäschst. Dann gibt es Abendessen.«

*

Anders als sonst meistens, nahm Adela an diesem Abend nicht an der Mahlzeit mit den Bediensteten in der Küche teil. Sie aß zusammen mit Luce in der Stube der Familie an dem langen Eichentisch. In der großen Feuerstelle brannten Buchenscheite. Denn die Abende waren noch kalt, und Francis sollte es, wenn er nach dem langen Weg nach Hause kam, warm und behaglich haben. Wo er nur blieb? Adela wurde allmählich unruhig. Eigentlich hätte ihr Gatte schon längst zurückgekehrt sein sollen.

Nur mit halbem Ohr lauschte sie Luce, der ihr zwischen zwei Löffeln Eintopf immer wieder aufgeregt von seinen Abenteuern mit den Dorfjungen erzählte. Sie hatten am Bach einen Damm gebaut und als Ritter gegeneinander gekämpft. Und am nächsten Morgen wollte er unbedingt als Erstes nach seinem Pony auf der Weide sehen. Nachdem er seine Holzschale leer gekratzt und den letzten Brotbissen gegessen hatte, wurden ihm die Lider schwer.

Adela brachte ihn in die angrenzende Schlafkammer, wo Luce seinen Platz in dem breiten Bett neben ihr und Francis hatte. Sie half ihm, sich auszuziehen, und deckte ihn zu. Während sie ihm eine Geschichte aus der Artus-Legende erzählte, schlief er auch schon ein.

Wieder zurück im Wohnraum setzte sich Adela an ihren Webstuhl und begann, an dem braunen Wollstoff weiterzuweben, der dort aufgespannt war. Doch nachdem sich das Schiffchen einige Male zwischen den Fäden verheddert hatte, ließ sie es gut sein. Stattdessen nahm sie eines der Hemden ihres Vaters zur Hand und trennte die Nähte auf – eine Arbeit, die nicht sehr viel Konzentration erforderte.

Endlich hörte sie, wie die Hunde in ein freudiges Gebell ausbrachen. So begrüßten sie nur einen Menschen, der ihnen vertraut war. Adela ließ ihre Näharbeit fallen und eilte nach draußen.

Der Schein der Fackel, die über dem Tor in der hohen Hecke brannte, erhellte den Hof. Francis war schon vom Bock des Karrens gesprungen und warf einem Knecht die Zügel des Pferdes zu. Auf der Ladefläche des Gefährts stapelten sich Säcke. Nun drehte sich Francis zu ihr um und lächelte sie an. Ein Lächeln, das ihr auch nach fast acht Jahren Ehe das Herz schneller schlagen ließ. Doch sein Blick war müde. Etwas – dessen war sie sich sicher – bedrückte ihn. Sie umarmte ihren Mann ungestüm. »Warum kommst du so spät? Ist etwas geschehen?«, fragte sie atemlos.

Er zog sie an sich und küsste sie. »Ja, ich muss dir etwas erzählen«, sagte er leise. *Also doch …*

»Geh schon einmal in die Stube. Ich komme gleich nach und bringe dir etwas zu essen«, sagte Adela rasch. »Und du«, wandte sie sich an den Knecht, »kümmerst dich um das Pferd und sorgst dafür, dass der Karren abgeladen wird.«

Als Adela kurz darauf den Wohnraum betrat, saß Francis vor dem brennenden Feuer. Er hatte schon seine Stiefel abgestreift und blickte in die Flammen. Adela schluckte die Fragen, die schon wieder in ihr aufstiegen, hinunter. Francis sollte einige Momente Ruhe haben. Sie schenkte ihm mit Wasser gemischten Wein in einen Becher und reichte ihm eine Schale voll Eintopf.

Während er hungrig zu essen begann, betrachtete sie ihn. Er war ein großer, breitschultriger Mann. Dichtes kastanienbraunes Haar fiel ihm bis auf die Schultern. Seine buschigen schwarzen Augenbrauen hätten bei einem anderen Mann vielleicht einschüchternd gewirkt. Doch Francis' Blick war viel zu offen und freundlich, als dass sich jemand vor ihm hätte fürchten müssen – wobei er durchaus zornig werden konnte, wenn jemand sein Gerechtigkeitsempfinden verletzte, und dann war es besser, sich nicht mit ihm anzulegen. Seine Hände waren kräftig und zupackend, dabei jedoch überraschend feingliedrig. Sie konnten sehr zartfühlend sein, wenn es darum ging, ein krankes oder verschrecktes Tier zu beruhigen, wenn er mit Luce spielte oder wenn er seine Finger sanft über ihren Körper wandern ließ. Adela spürte, wie ihr die Röte ins Gesicht stieg.

Mit einem Klappern stellte Francis die Schale auf dem kleinen Tisch neben sich ab. Er hatte nur die Hälfte des Eintopfs gegessen.

»Auf dem Rückweg von Vire bin ich einem Diener des Grafen begegnet«, sagte er. »Der Mann teilte mir mit, dass er mich ohnehin habe aufsuchen wollen, denn sein Herr wolle mich sprechen.«

»Ja, und?« Adela wünschte sich, Francis käme schneller zur Sache. Aber sie wusste, dass sie ihn nicht bedrängen durfte. Graf Aubrey de Vire war sein Lehnsherr. Francis' vor einigen Jahren verstorbener Vater war ein enger Freund von ihm gewesen. Deshalb hatte ihr Ehemann als Knappe bei dem Grafen gedient und war von ihm zum Ritter geschlagen worden. Obwohl Francis wie sein Vater weder reich war noch über Einfluss verfügte, schätzte der Graf seinen Rat.

Francis beugte sich vor. Schatten huschten über sein Gesicht und ließen seine braunen Augen dunkler erscheinen, als sie waren. »Aubrey sagte mir, dass die beiden Königssöhne Henry und Richard einen Aufstand gegen ihren Vater begonnen haben. Ihre Mutter, die Königin Eleonore, unterstützt sie dabei. Außerdem haben sie die stillschweigende Billigung des französischen Königs. Aubrey fragte mich, was ich von diesem Aufstand hielte und ob ich ihm raten würde, sich daran zu beteiligen.«

»Was hast du ihm geantwortet?« Adelas Mund war ganz trocken. Wenn der Graf in den Kampf zog, war Francis ihm zur Gefolgschaft verpflichtet. Durch die nur angelehnte Tür hörte sie, wie Luce sich drüben in der Kammer im Schlaf bewegte. Irgendwo im Garten stieß ein Käuzchen einen lang gezogenen Schrei aus.

Francis hob die Hände. »Ich habe Aubrey gesagt, dass ich an seiner Stelle den Aufstand unterstützen würde.«

Adela hatte geahnt, dass seine Antwort so ausfallen würde. Dennoch schrie sie auf: »Wie konntest du nur …!«

»Adela …«, Francis' Stimme klang bittend, »… du weißt doch so gut wie ich, dass sich Henry Plantagenet in den letzten Jahren zu einem Tyrannen entwickelt hat. Um seine Kriege in Wales und Irland zu finanzieren, saugt er das Land aus. Wir können schon jetzt kaum noch die Steuern auf unser Land bezahlen. Dabei gehören wir noch zu den besser gestellten Leuten. So viele Menschen wurden von ihren Gütern vertrieben und müssen nun betteln. Andere wurden in die Knechtschaft gezwungen. Und wer garantiert uns, dass der König die Steuern demnächst nicht noch einmal erhöhen wird?«

Sie wollte seine Argumente nicht hören. »Ach, und du glaubst ernsthaft, dass sich die beiden Königssöhne anders verhalten werden als ihr Vater, wenn sie einmal an der Macht sind?«, gab sie aufgebracht zurück. »Die Herrschenden sind sich doch alle gleich …«

»Ich kann nicht glauben, dass du das ernst meinst.«

Francis' Ruhe entwaffnete Adela ein wenig. »Seit wann bist du nicht mehr bereit, ein Wagnis einzugehen? Ja, die beiden Königssöhne sind noch jung und unerfahren. Aber Menschen entwickeln sich. Vor allem Richard soll ein umgängliches und großzügiges Wesen haben. Warum sollte er es nicht auch als König beibehalten?«

Als Adela zornig schwieg, fasste Francis nach ihren Händen und streichelte sie. »Ich bin mir darüber im Klaren, dass du dich wegen deiner Mutter König Henry verbunden fühlst. Schließlich ist er ja der Sohn ihrer Herrin, und er hat dafür gesorgt, dass deine Mutter ihr Gut in England zurückbekam ... Aber ich bezweifle, dass Matilda sein Verhalten gebilligt hätte. Immerhin war sie, bei all ihren schwierigen Seiten, eine gerechte Frau.«

Adela entzog ihm ihre Hände. In Momenten wie diesen wünschte sie sich manchmal, Francis besäße ein ähnlich hitziges Temperament wie ihr Vater und würde nicht ruhig und vernünftig argumentieren. Denn dann hätte sie ihn wenigstens guten Gewissens anschreien können. »Es geht mir überhaupt nicht um Henry Plantagenet«, gab sie trotzdem heftig zurück. »Er ist mir völlig gleichgültig. Außerdem hat ihm meine Mutter bei der Geburt das Leben gerettet. Deshalb stehen wir wegen des Gutes nicht in seiner Schuld. Er hat höchstens eine alte Schuld meiner Mutter gegenüber beglichen. Nein, es ist nur ...« Plötzlich wurde ihr die Kehle eng, und Tränen traten ihr in die Augen. Zornig wischte Adela sie weg.

»Ja ...?«, fragte Francis sanft.

Adela schluckte und senkte den Kopf. »In den letzten Wochen vor ihrem Tod war meine Mutter häufig nicht mehr richtig bei sich«, sagte sie leise. »Ihr Geist wanderte in die Vergangenheit. Immer wieder erzählte sie davon, wie sie während des Kriegs zwischen Matilda und Stephen half, die Verwundeten zu versorgen. Sie sah und hörte schreckliche Dinge. Männer verloren Gliedmaßen. Anderen hingen die Eingeweide aus dem Leib. Manche schrien stundenlang, bis der Tod sie endlich von ihren Qualen erlöste. Auch mein Vater starb fast bei der Schlacht um die Burg von Lincoln.«

Sie blickte Francis verzweifelt an. »Verstehst du denn nicht … Ich habe so große Angst, dass du bei diesen Kämpfen verwundet wirst … oder gar ums Leben kommst. Denn das könnte ich nicht ertragen.«

Ein schiefes, trauriges Lächeln huschte über Francis' Gesicht. »Vertrau mir … Ich werde den Tod bestimmt nicht suchen. Dazu liebe ich dich und Luce viel zu sehr.«

Adelas Zorn verflog. »Ich kann dich ja verstehen«, sagte sie erstickt. »Der König ist schon lange kein gerechter Herrscher mehr. Wahrscheinlich würde ich, wenn ich ein Mann wäre, genauso handeln wie du. Trotzdem hasse ich es, dass du in den Krieg ziehen wirst. Und ich verwünsche die beiden Königssöhne für ihren Aufstand. Und Aubrey verwünsche ich dafür, dass er dich in diese Sache hineingezogen hat.«

»Du tust dem Grafen Unrecht. Er hat es mir freigestellt, ob ich ihm während der Kämpfe Gefolgschaft leisten will oder nicht.«

»Wie überaus großzügig von ihm«, versetzte Adela müde. »Selbstverständlich hast du dich dazu verpflichtet gefühlt.«

»Die überhöhten Steuern sind nicht der einzige Grund, weshalb ich gegen den König kämpfen will.«

»Was gibt es denn sonst noch für Gründe?« Überrascht sah sie Francis an. Der unstete Feuerschein ließ ihn noch größer erscheinen, als er ohnehin war, und doch wirkte er sehr verletzlich. Sie wünschte sich, ihn zu berühren, konnte sich aber noch nicht dazu überwinden, ihm entgegenzukommen.

»William de Thorigny, der Sohn Hugos, hat es in den letzten Jahren an Henrys Hof zu wachsendem Einfluss gebracht. Der König – so hat es mir Aubrey versichert, und ich glaube ihm – sucht immer öfter seinen Rat. Meinst du nicht auch, dass es nur eine Frage der Zeit ist, bis William versuchen wird, deiner Familie zu schaden?«

»Aber die de Thorignys waren doch in Ungnade gefallen«, flüsterte Adela. All die Gewissheiten, die sie noch bis vor Kurzem verspürt hatte, zerbrachen eine nach der anderen. Wie sicher war ihr Leben doch noch vor wenigen Stunden gewesen!

»Nun, William scheint ein intelligenter, wagemutiger und hartnäckiger Mann zu sein.« Francis seufzte. »Außerdem soll er über beträchtlichen Charme verfügen. Er hat wohl über lange Jahre dem König immer wieder seine Dienste angeboten und ihm den einen oder anderen Gefallen erwiesen, bis er unentbehrlich geworden ist …«

Adela hatte plötzlich das Gefühl, dass die Schatten im Zimmer immer näher kamen und sie in einen Strudel aus Angst und Verzweiflung zu reißen drohten. Sie sprang auf und schmiegte sich an Francis. »Halt mich fest«, flüsterte sie.

»Ich will doch nur für dich und Luce kämpfen …«

»Ich weiß …« Adela küsste ihn. Er legte seine Arme um sie und hob sie hoch. Auf dem breiten Bett in der Schlafkammer liebten sie sich sanft und leise, um Luce nicht zu wecken.

*

Richard stieg aus dem Holzzuber und dehnte sich wohlig. Dann ließ er sich von einem Diener ein Leinentuch reichen und beim Abtrocknen helfen. Das heiße Wasser hatte seinen müden Gliedern gutgetan. Den ganzen Tag lang war er zu Pferd unterwegs gewesen. Er hatte die Waffen und die Ausrüstung seiner Soldaten begutachtet und mit den Männern geredet – es machte ihm Spaß, sich mit seinen Leuten zu unterhalten, Scherze zu reißen und sie anzufeuern –, außerdem hatte er sich mit seinen Offizieren beraten.

Erst am Abend war er wieder in die Burg von Sées zurückgekehrt, wo er Quartier bezogen hatte. Erfreulicherweise waren die Burgherren gleich nach dem Beginn des Aufstandes zu ihm und Henry übergelaufen. Sein Bruder hatte sein Lager im zehn Meilen entfernten Alençon aufgeschlagen. Aus strategischen Gründen war es ihnen klug erschienen, ihre Streitmacht zu teilen.

Bald werden die Kämpfe mit unserem Vater beginnen, dachte Richard, während er – mittlerweile wieder vollständig angekleidet – in das angrenzende Zimmer schlenderte, wo der Tisch für ihn gedeckt war. Bisher sahen ihre Vorbereitungen erfolgversprechend aus. Der französische König Ludwig verhielt sich nach außen hin streng neutral. Unter der Hand war er aber gern bereit, ihn und Henry mit Geld und Soldaten zu versorgen. Schließlich konkurrierten der Herrscher von England und der französische König miteinander um die Macht über die Normandie. Zudem war es ihrer Mutter Eleonore, der mächtigen und schönen Herzogin von Aquitanien, gelungen, ihnen die Gefolgschaft der meisten ihrer Vasallen zu sichern.

Richard lächelte, als er an seine Mutter dachte, die er aufrichtig liebte. Sie hatte ihn häufig in ihre provenzalische Heimat mitgenommen und ihn dort mit Musik und Literatur und den feinen südfranzösischen Sitten vertraut gemacht. Ebenso wenig wie sie konnte er es dem Vater verzeihen, dass dieser sich von ihr abgewandt hatte und nun mit einer Geliebten zusammenlebte. Hoffentlich bedauerte der König seinen Treuebruch inzwischen. Falls nicht, dann würden sie schon dafür sorgen, dass ihn dieser Verrat teuer zu stehen kommen würde.

»Hm, das duftet ja köstlich!« Richard sog gut gelaunt den Duft der Speisen ein, als der Diener die Hauben von den versilberten Platten und Schüsseln hob. Saftiges Wildbret gab es, außerdem in Honig glasierte Entenbrüste und Lachs in einer hellen Soße. Zudem weißes Brot und diverse Gemüsegerichte. Wahrhaftig, ein königliches Mahl!

Er hatte eben von dem Fisch und der Ente gekostet, als ein weiterer Diener, ein älterer Mann, in den Raum trat und sich verbeugte. »Verzeiht, Herr, aber eine Dame wünscht Euch zu sprechen«, sagte er.

»Habe ich mich vorhin nicht klar ausgedrückt?« Richard hob die Augenbrauen. »Ich wünsche heute Abend keine Gesellschaft.«

»Ich weiß, Herr.« Der Diener verbeugte sich wieder. »Das habe ich der Dame auch gesagt. Aber sie lässt sich nicht abweisen. Sie behauptet, eine Äbtissin und mit Euch verwandt zu sein.«

»Ich soll mit einer Äbtissin verwandt sein? Das ist mir, ehrlich gesagt, neu.« Richard trank einen Schluck Wein. »Und was meinst du damit – sie *behauptet,* eine zu sein?«

»Die Dame trägt nicht die Tracht einer Klosterfrau.«

Vielleicht wird dieses Gespräch ja doch interessant werden, dachte Richard. »Führ sie herein«, befahl er.

Die Frau, die kurz darauf hinter dem Diener den Raum betrat, war hochgewachsen und schlank. Zwischen den Falten ihres dunklen Samtmantels lugte ein grünes, mit goldenen Stickereien verziertes Seidenkleid hervor, und ihre Finger schmückten schwere Ringe. Nein, dies war eindeutig kein Nonnenhabit … Richard stand auf und verneigte sich. »Seid mir willkommen und leistet mir beim Essen Gesellschaft.«

Er bedeutete den Dienern, noch ein Gedeck für seinen Gast zu bringen.

»Wie überaus liebenswürdig von Euch, Bruder.« Sie neigte höflich und, wie es Richard schien, ein wenig spöttisch den Kopf.

»Bruder?«, fragte er überrascht.

»Ja, Halbbruder, genau genommen. Wir haben denselben Vater.« Sie kräuselte ein wenig ihre Lippen. »Mein Name ist Matilda. Ich bin die Äbtissin des Klosters von Barking. Und ihr beide …« Sie wandte ihre Aufmerksamkeit von ihm ab und den Dienern zu, die sie inzwischen mit dem nötigen Geschirr und frischen Leinentüchern versorgt hatten, »… lasst uns nun allein. Ich habe vor, meinem Bruder die Leviten zu lesen, da er sich so frech gegen den König erhoben hat. Was ich ihm zu sagen habe, ist nicht für andere Ohren bestimmt.«

Richards Jähzorn flammte auf. Sein erster Impuls war, sie hinauszuwerfen. Doch schließlich überwog sein Amüsement. Er bedeutete den Dienern, dem Befehl seiner Halbschwester zu gehorchen, und verbeugte sich dann vor ihr. »Meine Dame, von welcher Speise darf ich Euch reichen?«

»Oh, etwas von der Ente bitte und von den Möhren.« Ihre Stimme war angenehm und ein wenig rauchig. »Ihr seid gut erzogen.«

»Wahrscheinlich der Einfluss meiner Mutter.«

Wieder verzogen sich ihre Lippen zu einem Lächeln, das Richard nicht recht zu deuten wusste. Während er seine Halbschwester bediente, musterte er sie im Schein des fünfarmigen Kerzenleuchters. Matilda mochte Mitte oder Ende zwanzig sein und hatte – wie er jetzt feststellte – die feste Kinnpartie des Vaters geerbt. Dazu kontrastierten ihr herzförmiger Mund und die hohen Wangenknochen. Ihre eigentümlichen, weit auseinander stehenden meergrünen Augen trugen ein Übriges zu dem seltsamen Eindruck bei. Wenn sie nicht gewesen wären, wäre dieses Gesicht, in dem nichts so recht zusammenzupassen schien, wahrscheinlich hässlich gewesen. Aber die wache Intelligenz ihrer Augen ließ es interessant und ansprechend wirken.

Allerdings war sie nicht der Typ Frau, den Richard anziehend fand. Wobei er sich in letzter Zeit ohnehin fragte, ob ihn letztlich nicht Männer mehr faszinierten. Matilda erwiderte seinen Blick ungerührt, ja prüfend. Abgesehen von seinem Vater erinnerte sie ihn noch an jemand anderen, aber Richard kam nicht darauf, an wen.

»Unser Vater hat Euch gegenüber also nicht erwähnt, dass Ihr eine Halbschwester habt, die Äbtissin ist«, sagte sie schließlich.

»Vielleicht hat er es erwähnt, und ich habe es vergessen. Außerdem habe ich den König während der letzten Jahre nicht oft zu Gesicht bekommen.« Ja, bis zu dem Zeitpunkt, als der Vater eine Rebellion witterte, hatte er sich nie sehr um ihn und seinen Bruder Henry gekümmert.

Richard lächelte Matilda an. »Allerdings wundere ich mich schon, wenn ich offen sein darf, dass Ihr Euch nicht Eurem geistlichen Stand gemäß kleidet.«

»Oh, manchmal ziehe ich einfach die Gewänder einer Königstochter vor«, erwiderte sie leichthin.

»Einer illegitimen Königstocher, um genau zu sein«, gab Richard sehr freundlich zurück. Sie quittierte seine Antwort mit einem leichten Nicken – ein Zugeständnis, dass er einen Treffer gelandet hatte. Dann widmete sich Matilda wieder ihrem Entenstück. Schnell und sicher gebrauchte sie ihr Messer. Richard konnte sich gut vorstellen, dass sie bei der Jagd ebenso geschickt ein Tier häuten würde. Plötzlich wurde ihm klar, an wen sie ihn erinnerte – an ihre gemeinsame Großmutter, die denselben Namen getragen hatte. Als Junge war er der Mutter seines Vaters einige Male begegnet. Eine noch im hohen Alter äußerst einschüchternde Frau, in deren Gegenwart er es nicht gewagt hatte, sich schlecht zu benehmen.

»Ich hoffe, Ihr spannt mich nicht länger auf die Folter«, sagte er schließlich, nachdem sie ihre Mahlzeit beendet hatten. »Ich kann es kaum erwarten, Eure Strafpredigt zu hören.«

Sie lehnte sich in ihrem Stuhl zurück, verschränkte die Arme vor der Brust und bedachte ihn mit einem langen, abwägenden Blick. Als hätte er eine Prüfung bestanden, sagte sie dann: »Nun, ich bin nicht gekommen, um Euch zu schelten. Im Gegenteil – ich möchte Euch und Henry meine Unterstützung bei dem Aufstand anbieten.«

»Wie meint Ihr das?« Richard glaubte, sich verhört zu haben.

»Genau so, wie ich es sagte.« In ihrer Stimme schwang Ungeduld mit. »Wenn Ihr erfolgreich sein wollt, werdet Ihr auch Verbündete jenseits des Kanals brauchen. Ich könnte dort Eure Verbindungsfrau sein.«

»Und warum wollt Ihr das tun?« Richard lachte trocken auf. »Immerhin verdankt Ihr unserem Vater einiges. Er hat Euch mit einem ebenso angesehenen wie lukrativen Amt ausgestattet. Mehr kann ein Bastard« – er war absichtlich brutal – »nun wirklich nicht erwarten.«

Matilda nahm die Beleidigung hin, ohne mit der Wimper zu zucken. »Möglicherweise war es ja nicht mein Wunsch, Äbtissin zu werden«, entgegnete sie kühl. »Und möglicherweise hat es mir auch nicht gefallen, wie unser Vater meine Mutter behandelt hat.«

Vor seiner derzeitigen Geliebten hatte der König immer nur kurze Liebschaften gehabt. Frauen, die ihm lediglich dazu gedient hatten, seine Begierde zu stillen, und an denen sich Richards Mutter deshalb nie gestört hatte. Matildas grünliche Augen, in denen sich die Kerzenflammen spiegelten, kamen Richard wie Eisflächen vor, hinter denen ein Feuer brannte. »Aber das sind nicht Eure einzigen Gründe«, sagte er gelassen.

»Vielleicht habt Ihr Recht.« Sie trank einen Schluck Wein. »Vielleicht irrt Ihr Euch jedoch auch. Mein Angebot steht. Die Entscheidung liegt bei Euch. Aber ich möchte noch heute Abend eine Antwort.«

»Weshalb seid Ihr zu mir und nicht zu Henry gekommen?«

»Ich könnte jetzt sagen, weil mir Euer Quartier etliche Wegmeilen erspart hat.« Wieder kräuselten sich ihre Lippen. »Aber die Wahrheit ist, ich habe Erkundigungen über Euch eingezogen, und ich halte Euch, obwohl Ihr der Jüngere seid, für den Vielversprechenderen.«

»Oh, Euer Vertrauen ehrt mich.« Trotz seines Spotts fühlte sich Richard ein bisschen geschmeichelt. Er hob seinen Kelch. »Auf unseren Pakt, Schwester.«

»Ja, auf unseren Pakt.« Matilda stieß mit ihm an.

*

In einem Burgzimmer nippte Matilda an einem warmen Würzwein. Mittlerweile war es spät in der Nacht. Aber sie konnte nicht schlafen. Deshalb hatte sie ihre Magd vor einer Weile in die Küche geschickt, um ihr das Getränk zu holen.

Richard hat sich zu einem ausgesprochen hübschen Burschen entwickelt, dachte sie anerkennend und ein wenig spöttisch. Er hatte das rotblonde Haar seiner Mutter geerbt, und ihre feinen, stolzen Gesichtszüge schimmerten in seinem Jünglingsgesicht durch – nur, dass sie bei ihm zudem kühn wirkten. Dazu kamen seine ausdrucksvollen blauen Augen. Henry hatte gegen Richard schon als Kind immer ein bisschen farblos gewirkt. Bereits als Junge im Alter von acht Jahren – damals hatte Matilda Richard bei einem Bankett zum letzten Mal gesehen – hatte er ein großes Selbstbewusstsein und eine flirrende Lebendigkeit besessen. Diese Eigenschaften hatten sich mit den Jahren noch verstärkt. Er gehörte eindeutig zu den Menschen, die andere kraft ihrer Persönlichkeit verzaubern konnten.

Ja, sie hatte die richtige Wahl getroffen, auf ihn zu setzen. Auch ihre Entscheidung, den Aufstand zu unterstützen, war richtig gewesen. Matilda fasste in den Ausschnitt ihres seidenen Nachthemdes und zog ein kleines goldenes Kreuz heraus, das an einer Kette hing. Es war warm von ihrem Körper. Im Licht der Kerzenflammen schimmerte der rote Stein auf dem Gold wie ein Blutstropfen.

Wenn der Aufstand erfolgreich war, würde es ihr mit Richards Hilfe gelingen, sich an ihrem Vater und William de Thorigny zu rächen. Falls er scheiterte und der König ihren Pakt mit dem Bruder entdecken sollte, würde sie eben ihre Strafe tragen. *Ja, jede Art von Strafe ist besser, als tatenlos zu bleiben und keine Vergeltung zu suchen*, dachte sie traurig und gleichzeitig von bitterem Zorn erfüllt.

Matilda umschloss das Kreuz so fest, dass ihr die Kanten in die Haut schnitten. Eine Weile hielt sie es noch so, während sie weiter vor sich hin sann. Erst als sie zu Bett ging, verbarg sie es wieder unter ihrem Hemd.

*

William de Thorigny schob sich ein weiteres Stück von der gebratenen Forelle in den Mund. Der Fisch war mit Dill, Wermut, Wacholder und einer Spur Anis und Safran verfeinert. Ja, der Koch des Königs leistete wirklich ausgezeichnete Arbeit! Er lehnte sich in seinem Stuhl zurück, um den Blick über die Halle der Burg von Bayeux mit ihren alten, rauchgeschwärzten Deckenbalken und den mit leuchtenden Farben bemalten Wänden zu genießen.

Dort unten an den Tischen saßen die niederen Adligen. Er dagegen hatte seinen Platz an der Tafel des Königs, die mit feinen Leinentüchern und vergoldetem und versilbertem Geschirr gedeckt war, wo dicke Bienenwachskerzen in schweren Leuchtern brannten und ihren süßen Duft verströmten – und wo es das raffiniertere Essen gab. Es hatte William viel Mühe gekostet, hier oben auf dem Podium bei den wirklich Mächtigen sitzen zu dürfen, und er hatte nicht vor, sich jemals wieder von hier vertreiben zu lassen.

Als William zu Henry blickte, musste er ein Lächeln unterdrücken. Der König hatte bisher kaum ein Wort gesprochen. Sein eckiges Gesicht mit dem dunklen Bart war stark gerötet. Er aß schnell, und auch dem Wein hatte er viel zu sehr und viel zu hastig zugesprochen. William mochte die beiden Königssöhne nicht besonders. Vor allem Richard konnte er nicht leiden. Er war sich selbst gegenüber ehrlich genug, um sich einzugestehen, dass er ihn um seine Attitüde, die ganze Welt liege ihm, dem königlichen Prinzen, wie selbstverständlich zu Füßen, beneidete.

Aber die Kaltblütigkeit, mit der die Brüder vor ihrem Vater geflohen waren und ein Heer gegen ihn aufgestellt hatten, erregte durchaus Williams Bewunderung. Tagelang hatte der König danach getobt. Wobei natürlich auch der Einfluss der Königin Eleonore auf die jungen Männer nicht zu vernachlässigen war. Wie auch immer – William ließ sich von einem Diener ein Stück helles Brot reichen –, durch den Schachzug der beiden Prinzen war unversehens Bewegung in das große Spiel der Macht gekommen. Und er gedachte, davon zu profitieren.

Ein Klirren zerschnitt die Musik der Spielleute, als der König plötzlich sein Messer vor sich auf den Tisch warf. Einige Momente stierte er vor sich hin, dann wandte er sich den Männern an seiner Tafel zu. Seine braunen Augen waren blutunterlaufen. »Vor einigen Stunden habe ich erfahren, welche Vasallen von mir abgefallen und zu meinen verdammten Söhnen übergelaufen sind«, sagte er mit schwerer Stimme.

»Sir, um welche Männer handelt es sich denn?«, wagte schließlich Robert, der Bischof von Lisieux, das Wort zu ergreifen. Er konnte sich dies noch am ehesten erlauben, ein würdevoller Mann mit schönem schlohweißem Haar und feinen, würdevollen Gesichtszügen.

»Die Grafen von Breteuil, Beaumont und Montagne«, zählte der König auf. »Bastarde, die schon meine Mutter verraten haben.«

Betretenes Schweigen breitete sich an der Tafel aus. Zusammen mit den anderen Adligen, die bereits zu den Prinzen übergelaufen waren, war dies eine beeindruckende Zahl von Gegnern, ging es William durch den Kopf.

»Außerdem hat sich auch Aubrey de Vire meinen Söhnen angeschlossen«, fuhr der König bitter fort. William horchte auf. Dass sich auch der Graf von Vire auf die Seite Richards geschlagen hatte, war nun wirklich interessant, denn der Schwiegersohn jener verdammten Dienerin Aline, ein gewisser Francis de Nonant, gehörte zu seinen Gefolgsleuten.

»Sir, dieser Verrat muss Euch unendlich schmerzen«, bemerkte der Bischof salbungsvoll.

»Glücklich bin ich darüber jedenfalls nicht«, entgegnete der König sarkastisch, ehe er seinen Kelch an die Lippen setzte und gierig trank. »Alle diese Männer haben mir den Treueid geschworen und sind von mir mit Geld und Land belohnt worden ... Undankbares, treuloses Pack.« Wieder stierte er vor sich hin.

»Hoheit, ich verstehe Euren Zorn und Eure Niedergeschlagenheit nur zu gut ...« Bischof Robert seufzte. Zustimmendes Gemurmel wurde an der Tafel laut. Es war an der Zeit, sich einzumischen. William beugte sich vor.

»Bei dem Graf von Vire fällt mir ein ... Hat nicht Eure Mutter einer Dienerin in seinem Gebiet ein Gut geschenkt? Wie war doch noch einmal ihr Name?« Er gab vor, überlegen zu müssen. »Aline? Falls Ihr Euch an jemanden so Unbedeutenden wie eine Dienerin erinnern solltet, Sir. Ich hoffe, wenigstens diese Leute halten Euch die Treue.«

»Ich erinnere mich an die Frau.« Henry nickte. »Soviel ich weiß, haben sich dem Grafen alle seine Gefolgsleute angeschlossen. Also auch die Familie Alines.«

»Wie überaus bedauerlich, Sir.« William schüttelte den Kopf.

Henrys Blick wurde wacher und bekam etwas Lauerndes. »Ich erinnere mich allerdings auch noch gut daran, William, dass ich auf die Intervention meiner Mutter hin dafür sorgte, dass Eure Familie jener Aline ein Gut in England zurückgeben musste. Ich schätze, Ihr seid Alines Verwandten deshalb nicht sehr freundlich gesinnt?«

»Ich müsste lügen, wenn ich behaupten würde, dem wäre so«, erwiderte William gelassen. »Aber ich maße mir nicht an, Eure Ratschlüsse in Frage zu stellen. Ich möchte allerdings auch, und ich hoffe, Ihr verzeiht mir diesen Einwand«, er neigte höflich den Kopf vor dem König, »zu bedenken geben, dass Eure Mutter meinen Vater nicht sehr schätzte. Schließlich war er ein treuer Gefolgsmann ihres Gegners Stephen.«

William behielt die anderen Männer an der Tafel im Auge. Noch vor einigen Jahren hätten bestimmt einige von ihnen gerufen, dass Matilda seinen Vater nicht nur verabscheut hatte, weil er zu ihren Gegnern gehörte. Gleich darauf atmete er innerlich auf – er hatte sich nicht getäuscht. Keiner wagte es, das Wort gegen ihn zu ergreifen und ihn zu beleidigen. Entscheidend war jedoch, wie sich der König verhalten würde.

Der König lächelte, als würde er nur zu gut verstehen, was William bewegte. Nachdenklich spielten seine Finger mit dem Stiel des Weinkelchs.

»Meine Familie war König Stephen immer treu«, wiederholte William mit Nachdruck.

»Ja, ja, ich weiß. Und bisher wart Ihr es auch immer mir gegenüber.« Wieder bedachte ihn der König mit einem wachsamen und – in Anbetracht der Weinmenge, die er getrunken hatte – erstaunlich klaren Blick. Dann wandte er sich den anderen Männern zu. »Wie soll ich mit diesen untreuen Vasallen verfahren, wenn ich meine Söhne besiegen werde – und ich bin sicher, das wird mir gelingen. Was ratet Ihr mir?«

William hob seinen Kelch. »Ganz sicher werdet Ihr sie schlagen, Sir.« Amüsiert verfolgte er, wie ringsum zustimmende Rufe laut wurden. »Ja, Hoheit, auf Euren Sieg!«

»Eure Söhne können nichts gegen Euch ausrichten!«

»Zermalmen werden wir sie und ihre ruchlosen Anhänger!«

»Gott ist auf Eurer Seite«, tönte der Bischof.

»Ihr seid mir immer noch eine Antwort schuldig geblieben.« Henry hob ungeduldig die Hand. »Soll ich meine Feinde bestrafen, oder soll ich ihnen vergeben? Nun, Robert«, er sah den Bischof an, »was meint Ihr als ein Mann Gottes?«

»Der Herr liebt die Sanftmütigen.« Der Bischof von Lisieux neigte fromm das Haupt. »Und hat nicht auch der Vater den Sohn, der in die Fremde zog und sein Erbteil verprasste, wieder in Ehren aufgenommen? Ja, ihn sogar dem Daheimgebliebenen vorgezogen?«

»Nun, Richard und Henry haben die Waffen gegen mich erhoben«, antwortete der König spöttisch. »Was, finde ich, ein schlimmeres Vergehen ist, als ein Erbe zu verschwenden.«

»Trotzdem, mein Herr«, mischte sich nun der stiernackige Lord Thomas Stanford ein, »die beiden königlichen Prinzen sind noch sehr jung, und, wie ich fürchte, fehlgeleitet. Ihr solltet sie nicht zu streng bestrafen. Sonst verhärten sie nur ihr Herz gegen Euch.«

Mit *fehlgeleitet* spielte er, wie William und alle anderen Männer an der Tafel wussten, auf die Königin Eleonore an. Die Miene des Königs verfinsterte sich. *Henry hat den verletzten Stolz und die Tatkraft seiner Gattin völlig unterschätzt. Ja, sie ist eine Frau, die ihm noch ganz erhebliche Probleme bereiten kann,* konstatierte William. Henry wandte sich wieder ihm zu. »William, was ratet Ihr mir?«

William registrierte, wie sich die Aufmerksamkeit aller Menschen in der Halle auf ihn richtete. Ja, der König fragte ihn um Rat. Einen Mann, dessen Vater am Hof in Ungnade gefallen und der lange von seinem Großvater nicht als legitimer Erbe anerkannt worden war. Bestimmt beneideten ihn die anderen Adligen glühend.

»Ich würde unbedingte Strenge walten lassen«, sagte William nachdrücklich. »Verbrennt das Getreide auf den Feldern der Aufständischen und zerstört ihre Dörfer. Vertreibt sie aus ihren Burgen. Nehmt die Söhne der hohen Adligen als Geiseln. Nur wenn Ihr sie mit eiserner Hand fühlen lasst, dass Ihr der Herr seid, werden sie es nicht mehr wagen, sich gegen Euch zu erheben. Denn auch ein ungehorsames Kind, wird, wenn man es nicht züchtigt, aufsässig bleiben. Erfährt es jedoch eine angemessene Strafe, wird es nicht wieder aufmucken.«

»Verwüstete Felder und niedergebrannte Dörfer …« Bischof Robert seufzte und hob die Hände, als ob er sich angesichts dieser Gräuel göttlichen Beistand erhoffte.

»Es ist keine schöne Aufgabe, solche Strafmaßnahmen auszuführen.« Der König betrachtete William abwägend, wieder mit diesem ein wenig lauernden Blick.

William stand auf und verneigte sich. »Da es Euch dient, mein König, bin ich gerne bereit, diese unerquickliche Aufgabe zu übernehmen.«

*

Francis saß mit seinen Knechten um eine Feuerstelle. Alle zwölf waren waffenerprobte Männer in seinem Alter. Auf dem weitläufigen, nach Westen hin von Bäumen begrenzten Feld standen die Zelte dicht gedrängt. Eine Standarte mit einem goldenen Löwen darauf markierte ein besonders großes – es war das Richards. Der Geruch von gebratenem Fleisch mischte sich mit dem Rauch und der kühlen Abendluft. Die Stimmung erschien Francis gedämpft, anders noch als an den vorangegangenen Abenden. So als ob die bevorstehende Schlacht ihre Schatten vorauswürfe.

Zwei Wochen waren nun vergangen, seit er das Gut verlassen hatte. In der Morgendämmerung hatten er und Adela sich voneinander verabschiedet. Ihr Gesicht war sehr bleich gewesen. Viele Worte hatten sie nicht gewechselt. Zum einen war ohnehin alles Wichtige schon zwischen ihnen gesagt. Zum anderen hatten die Männer, die ihn in den Kampf begleiten würden, bereits auf ihn gewartet. Sie hatten sich umarmt und geküsst, und Adela hatte sich bemüht, ihn ihren

Zorn über diesen Krieg nicht spüren zu lassen. Doch Luce, der aufgewacht war und schlaftrunken aus dem Haus gerannt kam, hatte die Spannung zwischen ihnen gespürt und zu weinen begonnen. Francis hatte ihn hochgehoben und an sich gedrückt.

Dann hatte er sich in den Sattel geschwungen. Dort, wo der Feldweg in den breiteren Pfad zum Dorf einmündete, hatte er sich noch einmal umgedreht. Adela hatte mit Luce, der sich an sie klammerte, immer noch vor dem Hoftor gestanden. Obwohl Mägde bei ihnen gewesen waren, hatten sie sehr verloren gewirkt.

Erst in diesem Moment hatte Francis mit einem tiefen körperlichen Schmerz wirklich begriffen, dass er sie möglicherweise nicht mehr wiedersehen würde.

Francis' Blick wanderte zu Richards Zelt. Der Wind blähte die Standarte. Im Zwielicht wirkte es, als ob sich der Löwe zum Sprung duckte. An fast allen Abenden, so auch vorhin, hatte sich der Königssohn zu den einfachen Bewaffneten ans Feuer gesetzt, hatte mit ihnen gegessen und eine Weile Karten gespielt. Doch trotz seiner ungekünstelten Leutseligkeit und obwohl er noch sehr jung war, besaß er durchaus die Aura eines Herrschers. Die Männer verehrten ihn.

Nein, dachte Francis, *ich bereue meine Wahl nicht. Ich vertraue darauf, dass Richard ein besserer und gerechterer Herrscher sein wird als sein Vater.*

*

Mit gerunzelten Brauen betrachtete Richard die Skizze, die sein Bruder Henry auf einen Pergamentbogen gemalt hatte. Sie zeigte Richards Heerlager und die ganz in der Nähe zu einer Ebene abfallende Hügelkette. Schraffierte Flächen bezeichneten Wäldchen. Fünf Meilen entfernt, auf der anderen

Seite des Flusses Touques, der sich schlangengleich über das Pergament wand, befand sich das Heerlager ihres Vaters.

Richard deutete auf den Fluss. »Ich halte es immer noch für besser, wenn wir das Heer unseres Vaters gemeinsam angreifen – statt getrennt, so wie du es planst.«

Henry seufzte. Sein gut aussehendes Gesicht mit dem weichen Mund und den großen braunen Augen spiegelte Ungeduld. »Du weißt doch – das ist nicht nur mein Plan. Auch die Berater unserer Mutter halten es für die beste Option, wenn ich versuche, mit meinen Leuten die Armee unseres Vaters von der Flanke her zu attackieren, während du ihn frontal bedrängst.«

»Ja, aber dazu musst du erst einmal diesen Fluss überqueren. Das macht dein Heer angreifbar.«

»Der Fluss führt zurzeit nicht viel Wasser. Er ist kein großes Hindernis.«

»Nichtsdestoweniger bleibt dies eine Stelle, wo deine Armee besonders verletzlich ist«, beharrte Richard. »Eine solche Blöße solltest du unserem Vater wirklich nicht bieten.«

»Richard …«, Henry stützte sich mit beiden Armen auf dem Tisch im Zelt seines Bruders ab, »… ich verstehe ja deine Bedenken. Aber du und ich, wir sind noch jung und in Kriegsdingen nicht besonders erfahren. Wie könnten wir klüger als die Berater unserer Mutter sein?«

Richard schwieg und starrte weiter auf die Skizze. »Vielleicht hast du Recht …«, gab er schließlich widerwillig zu.

»Ganz sicher habe ich das.« Henry ging einige Schritte auf dem dicken Teppich auf und ab – er war, ebenso wie die mit Schnitzereien verzierten Stühle und die kostbaren Polster auf dem Bett, ein Geschenk des französischen Königs Ludwig und verlieh dem Zelt ein fürstliches Gepräge –, ehe er sich wieder dem Bruder zuwandte und ihn neugierig ansah.

»Erschrickst du nicht manchmal auch vor deinem eigenen Mut? Ich meine, dass wir es wagen, unseren Vater herauszufordern …«

»Bereust du es etwa, dass du dich zusammen mit mir zu dem Aufstand entschlossen hast?« Richards Augen blitzten verächtlich. »Würdest du dich lieber weiter von Vater wie ein dummer, kleiner Bengel behandeln und von der Regierung ausschließen lassen, statt ihm zu beweisen, dass wir ihm ebenbürtig sind?«

»Nein, ich bereue gar nichts.« Henry schüttelte den Kopf. »Ich frage mich nur manchmal, ob dieses Wagnis nicht zu groß für mich ist.«

Richard warf sein rotblondes Haar in den Nacken. »Nein, diese Frage habe ich mir noch nie gestellt. Henry, wir sind seine Söhne – und die Söhne unserer Mutter. Wir können es mit unserem Vater aufnehmen.« Und so, wie er stolz und vor Tatendrang sprühend dastand, wirkte er, fand Henry ein wenig neidisch, fast wie ein junger heidnischer Gott.

*

Kurz vor Morgengrauen weckte ein Hornsignal Francis. Zwei Knechte halfen ihm, das schwere Kettenhemd überzuziehen. Nachdem er den Schwertgurt umgelegt hatte, war auch der Getreidebrei gar. Doch er konnte nur wenige Löffel davon essen. Aus einem benachbarten Zelt trat nun der Graf von Vire. Auch er war schon bewaffnet. Im Zwielicht der Morgendämmerung wirkte sein kantiges Gesicht bleich und grimmig. Die beiden Männer nickten sich grüßend zu, ehe sie auf ihre Pferde stiegen und sich in die Heerschlange einreihten.

Plötzlich tauchte Richard neben der Reiterei auf. Ruhig und doch gleichzeitig vibrierend vor Energie – wie ein Pfeil, kurz bevor er von der gespannten Sehne losschnellte. Seine Augen blitzten.

»Auf unseren Prinzen!«, »Ja, Sieg dem Prinzen«, begannen die Männer zu schreien. Die mächtige, laute Woge ergriff auch Francis, und er stimmte in die Rufe ein. Das Heer bewegte sich über ein Feld, dann einen Hügel hinauf. Oben auf dem Kamm erklangen wieder Hornsignale. Männer brüllten Befehle. Die Fußsoldaten und die Reiterei nahmen ihre Positionen ein. Francis kam in einer der vorderen Reihen zum Stehen.

Mittlerweile war der Himmel im Osten ganz hell geworden. Sonnenstrahlen, die durch den Dunst brachen, kündigten einen schönen Frühlingstag an. Jetzt würde Adela aufstehen und sich in der Kammer waschen, während sich Luce wahrscheinlich noch einmal in die Decken kuschelte. Adela würde leise sein, um ihn nicht zu wecken.

Francis glaubte, sie vor sich zu sehen. Ihre Wangen waren vom Schlaf noch leicht gerötet. Aus ihrem Zopf hatten sich während der Nacht einzelne Strähnen gelöst, die ihr wirr ums Gesicht hingen. Sie strich sie zurück und tauchte ihre Hand mit dem Leinenlappen dann in die tönerne Waschschüssel. Er hatte es immer geliebt, ihr dabei zuzusehen, wie sie sich wusch.

Ein metallisches Gleißen stach Francis in die Augen und brachte ihn in die Gegenwart zurück. Plötzlich hörte er dumpfes Hufgetrappel und das Geräusch vieler stampfender Füße. Eine lange funkelnde Linie bewegte sich über die Ebene auf sie zu – das Heer des Königs. Er zog sein Schwert aus der Scheide und wartete angespannt auf das Signal zum Angriff.

Als es endlich ertönte, stieß er seinem Hengst die Fersen in die Flanken und preschte mit den anderen Reitern los. An der Spitze des Heers sah er Richard galoppieren. Sein rotblondes Haar wehte unter dem Helm hervor. Er hatte den rechten Arm hochgerissen, und das Schwert in seiner Hand funkelte im Sonnenlicht. Krachend prallten die beiden Heere ineinander. Richard verschwand in den Reihen der gegnerischen Reiterei.

Ein Energiestoß jagte durch Francis' Körper. Er wich einer Waffe aus, die auf ihn zuzuckte, versetzte seinerseits dem Angreifer einen Schwerthieb in den Arm. Sein Pferd trug ihn weiter. Er verlor jedes Zeitgefühl, während er wie rasend focht. Die Wunden, die er erlitt, spürte er kaum.

»Zurück! Zieht euch zurück …«

»Flieht!«

»Wir können unsere Reihen nicht länger halten!«

Wie von weit her drangen irgendwann Rufe zu Francis durch. Benommen schaute er sich um. Die Sonne hatte fast ihren Zenit erreicht. Überall lagen Tote und Verwundete auf dem Feld. Er befand sich bei einer Reitergruppe, die fast von allen Seiten von gegnerischen Bewaffneten bedrängt wurde. Ganz in seiner Nähe kämpfte Richard wie ein Rasender gegen drei Angreifer. Sein Gesicht war blutverschmiert.

»Nichts wie weg hier, damit sie uns nicht gefangen nehmen!«, brüllte er. Francis und andere Männer kamen ihm zu Hilfe. Doch sofort war ein Pulk feindlicher Reiterei zur Stelle und versuchte, sie zu umzingeln.

*

Adela zog das Schiffchen durch die braunen Kettfäden auf ihrem Webstuhl. Durch die offen stehenden Fenster konnte sie Luce vor dem Haus spielen hören. Er ließ sein Holzpferdchen durch das Gras reiten. In der Küche rumorte die Köchin, und von der Scheune her ertönte Hämmern – dort nagelte ein Knecht Bretter fest. Ein ganz normaler Tag, wenn sie nicht ständig die Frage gequält hätte, wie es Francis wohl erging. Ob schon eine Schlacht zwischen den Heeren der Königssöhne und denen ihres Vaters stattgefunden hatte? Und wenn ja, wie hatte Francis den Kampf überstanden? Sie verdrängte die Vorstellung, dass er schwer verletzt worden oder ihm gar Schlimmeres zugestoßen sein könnte.

Ach, diese verwünschten Mächtigen, die das Volk ausbeuten und sinnlose Kriege anzetteln!, dachte Adela zornig. Sie selbst kamen ja meist ziemlich ungeschoren davon und wurden von ihren Gegnern bloß als Geiseln genommen. Die feindlichen Heere jedoch fielen rücksichtslos über die einfachen Soldaten und die Bauern her.

Adela zerrte so heftig an dem Schiffchen, dass einer der Kettfäden riss. Sie murmelte eine Verwünschung und schickte sich an, den Schaden zu beheben, als die Hunde in lautes Gebell ausbrachen. Hufe trappelten über den sandigen Boden des Hofes. Ob jemand eine Nachricht von Francis brachte? Adela ließ den zerrissenen Faden fallen.

Als sie in den Hof eilte, hatten sich dort schon Bedienstete um einen stämmigen Mann auf einem Maultier versammelt. Der Dorfschmied, wie Adela jetzt erkannte. Die Flanken des Tiers bebten von einem schnellen Ritt.

»Herrin, George bringt Nachrichten vom Krieg!«, rief einer der Knechte aufgeregt. *Also doch …*

Der Schmied nickte ihr rasch zu. »Ja, aber leider keine guten. Vorhin kam ein Steinmetz bei mir vorbei, der sein Reittier neu beschlagen lassen wollte. Er sagte, es hätte eine Schlacht stattgefunden. Die Königssöhne seien unterlegen. Außerdem berichtete er, dass Soldaten des Königs ein Dorf etwa acht Meilen von hier niedergebrannt hätten. Wahrscheinlich werden sie auch bald in unserer Gegend auftauchen.«

Francis ... Die Schlacht verloren ... Der sonnige Hof begann sich um Adela zu drehen. Dann spürte sie, wie sich Luce ängstlich an sie drängte. *Bei Gott ... Ich bin die Tochter eines Ritters und einer mutigen Frau. Ich bin für meinen Sohn und die Bediensteten verantwortlich ... Ich darf meiner Furcht jetzt keinen Raum geben,* wirbelten Adelas Gedanken durcheinander.

Sie straffte sich und sah den Schmied an. »Ja, es ist gut möglich, dass die feindlichen Soldaten auch hier ihr Unwesen treiben werden. Danke, dass Ihr mich benachrichtigt habt. Und ihr ...« Sie wandte sich ihren Knechten und Mägden zu, die sie schweigend und ängstlich anstarrten. »... holt sofort alle anderen Bediensteten und die Tiere von den Feldern. Danach sorgt ihr dafür, dass das Tor verrammelt wird.«

»Mutter ...« Luce zog an ihrem Kleid. Seine Stimme war ganz leise, und seine braunen Augen waren weit aufgerissen. »Werden uns diese Soldaten überfallen und das Gut anzünden so wie das Dorf, von dem der Schmied erzählt hat?«

Adela kniete sich vor ihn und legte ihm die Hände auf die Schultern. »Nein, das wird ihnen nicht gelingen. Wir werden uns zu verteidigen wissen, das verspreche ich dir. Und jetzt geh mit Blanka in die Küche. Wenn du ihr beim Backen hilfst, wird sie dir bestimmt eine Honigwabe geben.« Adela tauschte einen Blick mit der älteren freundlichen Frau, die Luce die Hand entgegenstreckte. Erleichtert verfolgte sie, wie ihr Sohn – Luce liebte es, im Teig herumzumatschen – auf die Köchin zusprang. Er war erst einmal abgelenkt.

Wenn nur ein kleiner Trupp versprengter Soldaten den Hof angreift, werden wir uns behaupten können, überlegte Adela. *Aber gegen eine große Zahl Bewaffneter wird uns das nicht gelingen.* Wenigstens hatte es in den letzten Tagen stark geregnet. Die dichte, hohe Hecke, die das Gut umgab, war noch feucht, und es würde nicht leicht sein, sie niederzubrennen. Und auch das Hausdach aus Stroh und die anderen Dächer würden nicht so schnell durch brennende Fackeln zu entflammen sein.

Die nächsten Stunden waren mit Arbeit ausgefüllt. Adela half, die Kühe, die die Bediensteten von der Weide herbeitrieben, in die Ställe zu schaffen. Danach verteilte sie Waffen an die Knechte und sorgte dafür, dass immer einer oben an der Scheunenluke, von wo aus man die Gegend gut überblicken konnte, Wache hielt. Als dies geregelt war, richtete sie Verbandszeug her und überprüfte ihre Kräutervorräte für den Fall, dass Verwundete zu versorgen waren.

Am Abend nahm Adela ihren Platz am Kopfende der Tafel in der Küche ein. Müde kuschelte sich Luce auf ihren Schoß. Dankbar registrierte Adela, dass Blanka eine gute, nahrhafte Suppe zubereitet hatte. Wenigstens die Speise würde den Bediensteten guttun. Alle wirkten bedrückt. Schweigend löffelten sie die Suppe. Plötzlich bemerkte Adela, dass ein Gesicht an der Tafel fehlte. »Wo ist Gerard?«, fragte sie erschrocken. »Habt ihr dem Schäfer nicht gesagt, dass feindliche Soldaten die Gegend unsicher machen und er unbedingt zum Gut kommen soll?«

»Wir konnten ihn nirgends finden.« Einer der Knechte schüttelte entschuldigend den Kopf. »Ihr wisst ja, dass er oft seine eigenen Wege geht und die Schafe auf weit entfernten Wiesen weiden lässt.«

»Was ist mit Gerard? Und mit Guy?« Luce, dem die Augen zugefallen waren, horchte auf. Er hing an dem alten Schäfer, der mit Francis zu dem Gut gekommen war, und liebte es, mit seinem riesigen, gutmütigen Hirtenhund zu spielen.

»Schh… Iss ein bisschen Suppe.« Adela strich ihm beruhigend über den Rücken. »Mit den beiden ist ganz bestimmt alles in Ordnung.« Gerard hatte ein bewegtes Leben hinter sich – unter anderem hatte er Francis' Vater auf einem Kreuzzug begleitet – und würde, so hoffte sie inständig, auf sich selbst aufpassen können. Und Guy konnte sich, wenn es darum ging, seinen Herrn und die Herde zu verteidigen, in ein furchterregendes Monstrum verwandeln.

»Besuchen Gerard und Guy uns bald wieder einmal?« Luce tauchte seinen Löffel in Adelas Holzschale.

»Ja, ganz bestimmt.« Vorsichtig rückte sie Luce auf ihrem Schoß zurecht.

»Und Vater?«

»Er wird auch bald nach Hause kommen«, erwiderte Adela fest, als sei es eine Beschwörung. *Ja, so wird, so muss es sein* …, dachte sie. *Die feindlichen Soldaten werden das Gut in Frieden lassen. Francis wird unverletzt zurückkehren, und alles wird sich als ein böser Traum erweisen.*

Zusammen mit Luce verbrachte Adela eine unruhige Nacht. Als würde der Junge ihre Sorge spüren, wälzte auch er sich im Bett herum und jammerte im Schlaf vor sich hin. Ständig rechnete sie damit, einen Warnruf zu hören.

Am frühen Morgen wirkten auch die Bediensteten, die sich mit ihr in der Küche versammelten, übernächtigt. Nach dem Ende der Mahlzeit – Adela hatte eben jedem eine Arbeit zugeteilt – erklang von der Scheune her der Schrei: »Soldaten! Sie ziehen über die Felder und auf den Hof zu.«

Nun war es also so weit … Adela fühlte sich plötzlich sehr ruhig. »Du bleibst bei Blanka in der Küche und gehst auf keinen Fall nach draußen«, befahl sie Luce. Nachdem sie noch schnell die Bediensteten angewiesen hatte, sich zu bewaffnen und sich dann im Hof zu versammeln, rannte sie zur Scheune.

»Herrin, es sieht nicht gut aus. Es sind sehr viele …« Auf

dem Heuboden kam ihr der junge Knecht entgegen, der an der Luke Wache gehalten hatte. Adela hastete an ihm vorbei und spähte nach draußen. Ein Trupp Berittener, die von Fußsoldaten begleitet wurden, näherte sich dem Anwesen. Zusammen waren es, schätzte sie, etwa hundert Mann. *Nein, gegen eine so große Zahl von Angreifern werden wir uns nicht behaupten können. Die Soldaten werden die Hecke niederreißen oder das Tor einrammen*, ging es ihr durch den Kopf. *Ich bin für meine Leute verantwortlich ... Ich muss Luce beschützen ... O Gott, was soll ich nur tun?*

Der Knecht war neben sie getreten. Sein junges Gesicht wirkte bleich und ängstlich. »Werden wir uns denn gegen diese Männer behaupten können?« Er schluckte nervös. Er war auf dem Gut geboren worden und hatte noch nie kämpfen müssen. Adela zögerte mit der Antwort. Selbst wenn sie sich den feindlichen Soldaten ergaben, bedeutete dies nicht, dass sie verschont würden.

Die Soldaten waren mittlerweile bis auf hundert Fuß an die Hecke herangekommen. Der Hufschlag der Pferde hallte bedrohlich vom Boden wider. Die Männer waren – wie Adela jetzt erkannte – gut ausgerüstet, und ihre Kleidung war nicht zerlumpt. Wenigstens handelte es sich bei ihnen nicht um Söldner, die für ihre Grausamkeit und Skrupellosigkeit berüchtigt waren ... Eine zaghafte Hoffnung regte sich in ihr.

Wie als Erwiderung auf diesen Wunsch löste sich nun ein Reiter aus den Reihen und trabte dicht an die Hecke heran. Er schwenkte ein weißes Tuch. »Mein Herr, Lord Montmercy, ein Gefolgsmann König Henrys, ist befugt, den Bewohnern freien Abzug zu gewähren, wenn uns das Anwesen kampflos überlassen wird. König Henry gewährt dies als Gunst für die Dienste, die die Magd Aline seiner Mutter erwiesen hat. Der Lord fordert sofort eine Antwort.«

»Dem Himmel sei Dank!«

»Nein, dem König sei Dank!«

»Ich hatte solche Furcht.« Vom Hof klang erleichtertes Getuschel zu Aline herauf. Zwei Mägde begannen erlöst zu weinen. Auf dem Gesicht des jungen Knechts breitete sich ein zaghaftes Grinsen aus. *Wir alle werden mit dem Leben davonkommen,* überlegte Adela. *Mehr können wir nicht erwarten.* Sie drängte das Unbehagen, das sich in ihr regen wollte, zurück. Sie beugte sich aus der Luke und rief: »Wir nehmen das Angebot des Lords an und übergeben das Gut.«

»Dann öffnet das Tor und kommt unbewaffnet heraus«, scholl es zurück.

Rasch kletterte Adela die Leiter vom Heuboden hinunter und eilte zu ihren Leuten. »Ihr habt gehört, was der Soldat befohlen hat«, sagte sie, »legt alle Waffen auf einen Haufen. Danach stellt ihr euch geordnet auf, damit wir schnell durch das Tor ziehen können.«

Luce, der mit Blanka aus der Küche gekommen war, rannte zu ihr. »Müssen wir wirklich fortgehen?«

»Ja, mein Liebling«, sagte Adela sanft, »das müssen wir.«

»Werden wir wiederkommen?«

Adela ließ ihren Blick über das strohgedeckte Haus und den Garten schweifen. An den Apfelbäumen hingen kleine grüne Früchte. Ein Huhn flatterte über den Hof und gackerte aufgeregt. *Unser Zuhause …*, dachte sie. Obwohl es ihr schier das Herz zerriss, entschloss sie sich zur Ehrlichkeit. »Luce, ich hoffe, dass wir zurückkommen werden. Aber ich weiß es nicht.«

»Aber … Dann will ich meinen Kreisel und mein Spielzeugpferd mitnehmen. Und Brun, mein Pony …« Luces Augen füllten sich mit Tränen, und seine Lippen zitterten.

»Mein Liebling, es tut mir leid. Aber dafür ist keine Zeit.

Komm jetzt.« Adela fasste nach seiner Hand. Etwas in ihrer Stimme ließ Luce zusammenzucken. Seine Tränen versiegten. Folgsam, mit hängendem Kopf, trottete er neben ihr her.

Adela wies zwei Knechte an, den Riegel zurückzuschieben und das Tor zu öffnen. Die beiden Flügel schwangen auf. An der Spitze ihrer Leute trat sie mit Luce an der Hand durch das Tor und auf das Feld. Die Soldaten hatten sich nicht von der Stelle bewegt, warteten immer noch in etwa hundert Fuß Abstand. Große Wolken hingen am Himmel. Wahrscheinlich würde es bald wieder anfangen zu regnen. Adelas Gedanken richteten sich darauf, wie die nächsten Tage zu bewältigen waren. Sie mussten einen trockenen Platz für die Nacht finden. Hoffentlich konnten sie auf einem der Güter des Grafen von Vire Zuflucht finden. Ihre Anspannung ließ nach. Erschöpfung durchflutete sie.

Sie hatten sich noch nicht weit vom Tor entfernt, als der Unterhändler auf Adela zuritt. Er war ein mittelgroßer, breitschultriger Mann und – soweit dies unter seinem Helm und seinem Bart zu erkennen war – um die dreißig Jahre alt. Er verneigte sich leicht vor ihr. »Mein Herr wünscht Euch, die Herrin des Gutes, kurz zu sprechen. Wenn Ihr bitte mit mir kommen würdet.«

»Geh mit Blanka.« Adela drückte Luce an sich. »Ich komme bald nach.«

»Ja …« Luces Stimme klang dünn. Widerspruchslos ging er zu der Köchin.

Adela folgte dem Soldaten durch die Gruppe Bewaffneter, die eine Gasse gebildet hatten. Auf der anderen Seite des Feldes, bei einer Eiche, wartete ein einzelner Reiter. Er hatte seinen Helm abgenommen. Der Wind spielte mit seinen dunklen Locken und blähte seinen leuchtend blauen Samtmantel auf. Adela spürte, dass er sie beobachtete, was ihr unangenehm war. Sein schmales Gesicht mit der gebräunten Haut und den dunklen Augen war scharf geschnitten und gut aussehend und drückte Selbstbewusstsein aus. *Kein freundliches Antlitz ... Eher das einer Katze, die siegesgewiss ihre Beute belauert ...*, schoss es Adela durch den Kopf. Sie schluckte und zwang sich weiterzugehen.

»So, dies ist mein Herr, Lord Montmercy.« Ein eigentümlicher Ton schwang in den Worten des Unterhändlers mit. Die Männer verständigten sich mit einem wissenden Lächeln, das Adelas Unbehagen noch verstärkte.

»Ihr seid also die Tochter der Dienerin Aline und des Ritters Ethan ...« Der Lord ließ sie nicht aus den Augen.

»Ja, das bin ich.« Adelas Mund war ganz trocken. Was wollte er nur von ihr?

»Nun, dann darf ich Euch mitteilen, dass Euch dieser Mann hier«, er deutete auf den Unterhändler, »den Namen und Titel genannt hat, den ich von Seiten meiner Mutter trage. Ich habe nämlich befürchtet, dass Ihr Euch weigern würdet, Euer Gut freiwillig zu verlassen, wenn Ihr den Namen erfahren hättet, unter dem ich eigentlich bekannt bin.«

Noch immer lächelte der Lord sie an. Langsam begann eine grausame Erkenntnis in Adela zu dämmern. »Der Name de Thorigny sagt Euch doch sicher etwas.« Er beugte sich lässig im Sattel vor. »Nun, ich bin Baron William de Thorigny, der Sohn des Mannes, den Euer Vater getötet hat.«

Ehe sie reagieren konnte, hatte er sie schon gepackt und auf sein Pferd gezogen.

»Lasst mich!« Die Starre wich von ihr. Während sie nach ihm schlug, tastete sie nach dem kleinen Messer, das sie immer am Gürtel trug. Doch sofort umfasste er ihr Handgelenk und verdrehte es, so dass sie das Messer mit einem Schmerzensschrei fallen ließ. »Seid fügsam! Wenn Ihr Euch widerspenstig verhaltet, werden es Eure Leute zu büßen haben.« Seine Stimme war leise, ja fast zärtlich, was Adela mehr entsetzte, als wenn er sie angeherrscht hätte.

Ein Teil seiner Soldaten, das sah sie jetzt, hatte ihre Bediensteten eingekreist. Luce … O Gott, Luce … Ihm durfte nichts geschehen. Sie bemerkte es kaum, dass de Thorigny ihr den Gürtel abnahm und ihre Hände damit fesselte, bevor er sein Pferd antraben ließ. Sie wagte es nicht, sich nach ihren Leuten umzudrehen, denn sie befürchtete, die Aufmerksamkeit des Barons auf ihren Sohn zu lenken.

Als de Thorigny mit ihr durch das Tor des Gehöfts ritt, trieben Bewaffnete gerade das Vieh aus den Ställen. Die Hunde lagen erschlagen in ihrem Blut am Boden. Nur einer röchelte noch. William sprengte bis zu dem Wohnhaus. Dort sprang er ab und hob auch Adela vom Rücken des Pferdes. Den Arm beinahe wie beim Tanz um ihre Schultern gelegt, führte er sie über die Schwelle. Doch sein Griff war eisern, und obwohl William schlank und nicht besonders groß war, verfügte er über eine erstaunliche Kraft.

Im Wohnraum blickte er sich um, während seine Finger über die wollenen Kettfäden ihres Webstuhls wanderten. »Oh, ich muss schon sagen, Ihr habt es ziemlich weit gebracht als Tochter einer Dienerin und eines Bastards. Die mit Schnitzereien verzierten Stühle vor der Feuerstelle … Sind sie etwa mit Geld vom Anwesen gekauft, das meiner Familie auf Geheiß Matildas weggenommen wurde?«

Adela schwieg, da es ohnehin sinnlos gewesen wäre, ihm darauf irgendetwas zu erwidern.

»Oh, Ihr seid zu stolz, mir zu antworten.« William de Thorigny musterte sie beinahe nachdenklich. Dann zog er ihr den Schleier vom Kopf und griff spielerisch nach einer ihrer Strähnen. »Ihr seid also rothaarig. Euer Vater – so habe ich sagen hören – hatte die gleiche Haarfarbe. Was meint Ihr, sollen wir es auf dem Tisch oder auf dem Teppich vor dem Kamin miteinander treiben? Aber nein, das ist wahrscheinlich doch ein bisschen zu unbequem.«

Wieder mit diesem eisernen Griff dirigierte er sie zur Kammer. Die Bettlaken waren noch vom hastigen Aufstehen am Morgen zerwühlt. Das Bett, in dem Francis und sie sich geliebt hatten ... Plötzlich entdeckte Adela Luces Holzpferdchen am Boden. William durfte nicht erfahren, dass sie ein Kind hatte. Rasch schob sie es mit dem Fuß zwischen das Bett und eine Truhe.

»Nun, wenn Euer Ehelager kein geeigneter Ort für unser Schäferstündchen ist ...«, hörte sie William in ihr Ohr flüstern. Ein Stoß in ihren Rücken beförderte sie bäuchlings auf die Laken. Im nächsten Moment hatte er sie umgedreht und sich auf sie gekniet. Seine dunklen Augen verengten sich, während er über ihre Kehle strich. »Wollt Ihr etwa gar nicht um Gnade betteln?«, fragte er sanft.

»Nein ...«, presste Adela hervor.

»Ich verspreche Euch, bevor ich mit Euch fertig bin, werdet Ihr es.« Er packte ihr Kleid am Ausschnitt und riss es entzwei. Dann versetzte er ihr einen Fausthieb ins Gesicht, während er mit den Knien ihre Oberschenkel auseinanderdrückte.

*

Luce hatte beobachtet, wie der Reiter seine Mutter auf das Pferd zog, und ihren Schrei gehört. *Ich will zu meiner Mutter*, schoss es ihm durch den Kopf. *Der fremde Mann soll ihr nichts antun!* Er befreite sich von Blankas Hand und rannte los. »Luce, bleib bei mir! Komm zurück.« Er ignorierte die besorgten Rufe der Köchin. Ein Bewaffneter bemerkte ihn und wollte ihn festhalten. Aber der Junge duckte sich und wich ihm aus. Der Reiter, das sah er jetzt, trabte mit seiner Mutter auf das Gehöft zu. Luce kannte das Feld und die angrenzenden Wiesen. Oft genug hatte er hier mit den Dorfjungen Verstecken gespielt. Er wusste, wo es schützende Senken gab und Sträucher, hinter denen man sich verbergen konnte.

Als er das Gehöft fast erreicht hatte, führte eine Gruppe von Soldaten die Pferde durch das Tor. Bei den Tieren war sein Pony Brun. Es warf den Kopf zurück und wieherte furchtsam. Luces Herz hämmerte wie wild, und er musste seine Tränen hinunterschlucken. Aber er schlich weiter. An einer Stelle unter der Hecke bildete der Boden eine natürliche Mulde, gerade so tief, dass ein kleiner Junge wie er dort hindurchschlüpfen konnte. Diese Stelle war sein Geheimnis. In seiner Fantasie führte sie in eine schwer bewachte Burg. Rasch schob er das Gras und die hängenden Zweige beiseite und kroch durch die Aushöhlung.

Auf der anderen Seite der Hecke schaute Luce sich ängstlich um. Wohin hatte der fremde Reiter seine Mutter wohl gebracht? Vor der Scheune warfen Soldaten Säcke voller Getreide auf einen Karren. Er duckte sich an der Rückseite der Scheune und an der hinteren Bretterwand des angrenzenden Stalls entlang. Nun hatte er den Obstgarten erreicht und bewegte sich vorsichtig im Schutz der Beerensträucher weiter.

Als er fast an das Ende der Reihe gelangt war, bemerkte er, dass ein Schwarm Fliegen über dem Gras kreiste. Gleichzeitig stieg ein süßlicher Gestank in seine Nase. Vorsichtig hob Luce den Kopf. Etwas Blutiges war schwarz von Fliegen. Nach einigen Momenten erkannte er, dass es ein zerschmetterter Hundeschädel war. Luce jammerte auf. Dann hörte er seine Mutter in dem Wohnhaus gellend schreien. Sie musste große Schmerzen haben. Was machte der Mann bloß mit ihr?

Während der Schrei in seinem Kopf widerhallte, rannte Luce zum Haus. Dort spähte er in die Fenster. Im Wohnraum war niemand. Aber in der Schlafkammer sah er seine Mutter. Sie lag auf dem Bett, ihre Kleider waren zerfetzt. Der Mann kniete auf ihr und bewegte sich ruckartig vor und zurück. Zuerst hielt seine Mutter die Augen geschlossen, doch dann öffnete sie ihre Lider. Ihr Blick traf den Luces. Sie schüttelte den Kopf. *Lauf weg!*, schien sie ihn wortlos anzuflehen. Wieder schrie sie gepeinigt auf.

Luce sprang von dem Fenster fort. Instinktiv, wie ein Tier, das Schutz vor einem Feind in seiner Höhle sucht, verkroch er sich in einem seiner Spielverstecke zwischen den Obststräuchern. Dort rollte er sich auf dem Boden zusammen und presste die Hände gegen die Ohren, um die furchtbaren Schreie nicht mehr hören zu müssen. Irgendwann schlief er aus Angst und Erschöpfung ein.

Rauchgeruch weckte Luce. Er blinzelte. Der Himmel über den Sträuchern war dunkel. Trotzdem blendete ihn ein grelles Licht. Nun drang das laute Knacken von berstendem Holz in seine Ohren, und eine seltsame Wärme erfüllte die Luft. Als er erschrocken die Augen aufriss, sah er, dass die Scheune in Flammen stand. Funken stoben zum Nachthimmel auf. Die fremden Soldaten und der Mann, der seiner Mutter so wehtat … Nun erinnerte er sich wieder daran. Luce wimmerte.

Doch trotz seiner Angst horchte er aufmerksam. Bis auf das Prasseln des Feuers war ringsum alles still, deshalb wagte er es nach einer Weile, aus seinem Versteck zu schlüpfen. Über dem Wohnhaus waberten Rauchschwaden. Zuerst dachte Luce, es sei der Rauch des Scheunenfeuers, der bis dorthin geweht war. Doch dann erkannte er, dass sich auch in dem Strohdach Brandnester gebildet hatten. Sein Magen krampfte sich zusammen. Ob sich seine Mutter noch in der Schlafkammer befand?

Das ist alles nur ein Spiel, stellte er sich vor. *Ein riesiger Drache hat die Scheune in Brand gesteckt. In dem Wohnhaus hält er eine Prinzessin gefangen, die ich und die Dorfjungen befreien müssen. Ich bin der Anführer der Schar …* Luce hastete geduckt durch den Garten und in das Haus, durch den menschenleeren Wohnraum und zur Tür der Kammer. Er spähte hinein … Der fremde Mann war fort. Seine Mutter lag auf dem Bett. Ihr Gesicht war von Schlägen entstellt und ihr Körper ganz blutig.

»Mutter!« Luces schützende Einbildung zerstob. Er rannte zur ihr und umklammerte ihren Arm, der leblos vom Lager herabhing. »Mutter …«, schluchzte er.

Zu seiner grenzenlosen Erleichterung schlossen sich ihre Finger um seine, und sie drehte ihm den Kopf zu. »Luce«, flüsterte sie. Adela versuchte sich aufzurichten, sank aber sofort wieder mit einem Schmerzenslaut zurück auf das Bett. »William de Thorigny … ist er noch hier?«

»Der böse Mann ist weggegangen. Die Scheune brennt und das Hausdach auch …« Weinend zerrte Luce an ihrem Arm. »Wir müssen hinaus. Steh doch auf!«

»Warte einen Moment, mein Schatz.« Adela atmete keuchend. Luce fürchtete schon, dass seine Mutter seine Worte nicht richtig begriffen hätte oder zu schwach sei, das Bett zu verlassen. Schließlich jedoch brachte sie sich in eine sitzende Position und stellte ihre Füße auf die Dielen. Doch als sie sich hochstemmen wollte, sackten ihr die Beine weg, und sie fiel zu Boden.

»Mutter!« Verzweifelt begann Luce zu weinen.

»Luce, hab keine Angst«, hörte er sie sagen. »Ich kann nicht laufen. Aber ich kann kriechen wie eine Schlange. Siehst du …« Unendlich langsam, wie es ihm schien, schob sie sich vorwärts. Der Rauchgestank in der Kammer wurde intensiver. Im angrenzenden Raum fielen brennende Strohbüschel auf den Boden und auf den Webstuhl. Der Stoff fing Feuer. Doch es gelang ihnen, ins Freie zu kommen. Adela schleppte sich noch ein Stück über den Hof. Dann blieb sie liegen.

»Komm doch weiter«, jammerte Luce und zog an ihr. Doch sie rührte sich nicht. »Mutter, nein, nein …« Weinend warf er sich auf sie. Ein Bellen ließ ihn aufschrecken. Waren die bösen Männer etwa zurückgekehrt? Ein riesiger Hund sprang auf ihn zu. Panisch drängte sich Luce an Adela. Das Bellen ging in ein freudiges Winseln über. Als eine große, raue Zunge über seine Wange leckte, begriff Luce, dass es der Hund des Schäfers war.

»Guy …« Er schlang die Arme um den zotteligen Hals.

»Du bist das, Luce …« Die große Gestalt des Schäfers tauchte vor ihm auf. »Gott sei Dank, dass ich dich lebend finde.«

»Meine Mutter … Jemand hat ihr sehr wehgetan. Sie bewegt sich nicht mehr«, schluchzte der Junge.

»Lass mich einmal sehen.« Sanft, aber bestimmt, schob ihn Gerard zur Seite, ehe er sich neben Adela kniete. Der Wind frischte auf. Das grelle Wechselspiel aus Flammen und Schatten zuckte über den Hof. Griffen die Schatten nach seiner Mutter? Wollte die Dunkelheit sie mit sich nehmen? Luce verbarg den Kopf in Guys Fell.

»Mein Junge, deine Mutter lebt.« Er spürte Gerards Hand auf seiner Schulter. »Und nun müssen wir schleunigst von hier verschwinden. Kannst du neben Guy hergehen?«

»Ja …« Luce nickte.

Als Gerard Adela hochhob, setzte ein leichter Regen ein. Zischend verdampften die Tropfen in den Flammen. Die rechte Hand in Guys Fell gekrallt, folgte Luce dem Schäfer zum Tor. Als sie hindurchgegangen waren, sah er in einiger Entfernung, bei dem Wäldchen, den Schein von Feuern. Der Wind wehte den Klang von Männerstimmen zu ihm herüber. Ob dort die Soldaten und der böse Mann ihr Lager hatten?

»Hab keine Angst. Wenn einer von ihnen in der Nähe wäre, würde Guy das wittern«, hörte er Gerard sagen.

Keiner ist in der Nähe … Keiner ist in der Nähe …, sagte Luce stumm vor sich hin, während er sich noch enger an den Hund schmiegte.

Kapitel 2

Als Francis aus dem Wäldchen ritt, sah er, dass die Scheune niedergebrannt war und die Flügel des Gutstores aus den Angeln gerissen waren. Voller Angst trieb er sein Pferd an. Trotz allem hoffte er immer noch, dass sich seine schlimmsten Befürchtungen nicht bewahrheiteten.

Einige Tage lang waren die versprengten Teile von Richards Heer noch in gelegentliche Scharmützel verwickelt worden. Doch sobald sie in der Burg von Vernon eine sichere Bleibe gefunden hatten, hatte er sich auf den Heimweg gemacht. Auf dem drei Tage langen Ritt hatte er immer wieder verstörte Menschen getroffen. Sie hatten ihm von Gräueltaten berichtet, die die Soldaten des Königs verübt hatten.

Schon am Tor stach Francis der Gestank von kaltem Rauch und verwesendem Fleisch in die Nase. Sein Pferd scheute vor den Hundekadavern zurück.

»Adela, Luce, seid ihr hier?«, rief er völlig außer sich. Das Strohdach des Wohnhauses war gänzlich eingestürzt und lag als eine schmierige, übel riechende Masse zwischen den geschwärzten Mauern. Nein, hier konnte sich niemand verbergen.

»Adela, Luce …« Immer wieder rief er verzweifelt die Namen seiner Frau und seines Sohnes, während er jeden Winkel des Gehöftes absuchte. Schließlich musste er sich eingestehen, dass er sie hier nicht finden würde. Ob es ihnen vielleicht gelungen war, zusammen mit den Knechten und Mägden Zuflucht im nahen Dorf zu suchen? Er klammerte sich an diese Hoffnung.

*

Als Francis den Ort erreichte, sah er, dass der schlammige Weg von Pferdehufen aufgewühlt war. Viele der geflochtenen Zäune waren niedergeritten und die Gemüsebeete in den Gärten zertrampelt. Also hatten Henrys Soldaten auch hier ihr Unwesen getrieben.

In einem der Gärten bemerkte er nun einen älteren Mann, der zerstörte Kohlpflänzchen aus dem Boden riss. Er erkannte ihn. »Albert …«, rief er ihm zu. Der Bauer erhob sich schwerfällig und humpelte zu ihm. Seine Miene war erschöpft. »Sind Adela und Luce bei Euch im Dorf?«, brachte Francis hastig hervor. »Ich war eben auf dem Gut …«

»Nein, das sind sie nicht«, Albert schüttelte den Kopf, »aber Eure Köchin ist bei den Nachbarn untergekommen. Ihr solltet mit Ihr reden.« Er wies auf ein einstöckiges Haus, dessen Garten ebenfalls verwüstet war.

Als Francis sich unter der Türschwelle hindurchbückte, stand eine dünne Frau, deren hellblonde Haarsträhnen unordentlich unter ihrem Schleier hervorhingen, an einem groben Holztisch und schnitt Zwiebeln. Ein ungefähr ein Jahr altes Kind saß auf einer groben Decke und saugte an einem Stofffetzen. Blanka hockte in sich zusammengesunken vor der Feuerstelle. Ein blau-gelb schillernder Bluterguss verunstaltete ihre rechte Wange. Francis kannte seine Köchin als eine tatkräftige, flinke Frau, doch jetzt wirkte sie, als ob alle Lebenskraft von ihr gewichen sei.

»Blanka …«, rief er leise, nachdem er der blonden Frau kurz grüßend zugenickt hatte.

»Ach Herr …« Sie presste die Hand gegen den Mund und begann zu weinen. Francis kauerte sich neben sie. »Was ist mit meiner Frau und meinem Sohn geschehen?« Er bemerkte kaum, dass die blonde Frau das Kind auf den Arm nahm und mit ihm nach draußen schlüpfte.

Blanka berichtete ihm schluchzend von dem Unterhändler und dass Adela auf seine Versprechungen hin mit den unbewaffneten Bediensteten das Gut verlassen hatte. »Aber dann hat der Anführer der Soldaten die Herrin gefesselt und ist mit ihr zurück zum Gut geritten …« Verstört blickte sie Francis an.

Ihm war nur allzu klar, was dies zu bedeuten hatte. Auch wenn er es nicht wahrhaben wollte. »Und Luce?«, fragte er rau.

»Er hat sich von meiner Hand losgerissen, als er bemerkte, was geschah, und ist seiner Mutter und dem Anführer hinterhergerannt. Ich konnte ihn nicht aufhalten. Das war das letzte Mal, dass ich die Herrin und den Jungen sah.« Wieder begann Blanka zu schluchzen. Francis registrierte, dass das Kind draußen aus Freude über etwas laut quietschte. Solche hohen Töne hatte Luce auch von sich gegeben, als er ein Jahr alt gewesen war. Francis wollte weiter in die Köchin dringen. Aber er brachte kein Wort über die Lippen.

Blanka hatte die Fassung so weit wiedererlangt, dass sie, wenn auch mit Pausen, weiterreden konnte. »Kaum, dass der Anführer Eure Gattin weggeschleppt hatte, fielen die Soldaten über die jungen Mägde her. Auch uns andere quälten sie. Erst am nächsten Tag ließen sie uns schließlich ziehen. Ich bin mit einigen Knechten, die noch imstande waren zu laufen, zu Eurem Gut gegangen. Aber dort fanden wir alles verbrannt vor und keine Spur von Eurer Gattin und dem Kind.«

Also sind Adela und Luce wohl verschleppt worden. Aber

vielleicht bedeutet dies wenigstens, dass sie noch am Leben sind, ging es Francis durch den Kopf. *Ich muss sie finden.* »Wisst Ihr den Namen des Anführers?« Fragend blickte Francis Blanka an.

»Das ist seltsam …« Sie runzelte die Stirn. »Als der Unterhändler die Forderungen stellte, nannte er Lord Montmercy als seinen Herrn. Aber dann, als die Soldaten ihre grausamen Späße mit uns trieben, habe ich sie von einem William de Thorigny als ihrem Anführer sprechen hören.«

De Thorigny … Dies war kein zufälliger Überfall gewesen, davon war Francis überzeugt. Er schmeckte Galle in seinem Mund. William de Thorigny hatte den Anschlag auf Adela und das Gut gewiss schon seit Langem geplant. Er, Francis, war in den Krieg gezogen, um Adela zu schützen – und hatte gerade so Unheil über sie gebracht. Aber William de Thorigny würde für das, was er ihr angetan hatte, bezahlen, schwor er sich.

Francis hatte sich eben schwerfällig erhoben, als die Tür geöffnet wurde und Albert hereinkam. Er hielt einen dürren jungen Mann an den Schultern gepackt und schob ihn vor sich her. »Dieser Bursche, Herr, weiß vielleicht etwas Wichtiges über Eure Gattin und Euren Sohn«, sagte er. Der junge Kerl starrte mürrisch vor sich hin und erwiderte nichts.

»Rede gefälligst!«, fuhr Francis den Jungen an.

»Er hat sich am Tag des Überfalls und in der darauf folgenden Nacht in den Wäldern herumgetrieben.« Albert vollführte eine vielsagende Handbewegung.

Francis packte den Jungen am Kittel und schüttelte ihn. Er konnte dessen Rippen unter der Haut spüren. »Dass du gewildert hast, ist mir völlig gleichgültig. Aber wenn du mir nicht auf der Stelle sagst, was du weißt, wirst du Prügel von mir beziehen, ist das klar?«

»Ja, Herr, ich habe im Wald Fallen aufgestellt.« Der Junge schniefte und fuhr sich mit der schmutzigen Hand über die Nase. »In der Nacht hörte ich jemanden durch das Unterholz streifen. Ich versteckte mich. Aber vorher konnte ich noch erkennen, dass ein großer Mann unterwegs war, der einen riesigen Hund bei sich hatte. Ich schlief in meinem Versteck ein. Eine ganze Weile später weckten mich Schritte in der Nähe. Es regnete, deshalb konnte ich in der Dunkelheit nichts erkennen. Aber ich hörte einen Hund hecheln. Und ein Stöhnen, als ob ein Mensch große Schmerzen litte. Außerdem einen merkwürdigen Laut, als ob ein Kind aufschluchzen würde …«

»Seit den schrecklichen Geschehnissen haben wir Gerard, Euren Schäfer, und seinen Hund nicht mehr gesehen.« Albert wandte sich Francis zu. »Einige Schafe fanden wir auf den Wiesen verstreut. Wir dachten zuerst, die Soldaten hätten ihn und den Hund getötet und den Großteil der Schafe fortgetrieben. Denn Gerard ist ja niemand, der seine Tiere irgendjemandem kampflos überlassen würde. Aber vielleicht ist er ja auch zu Eurem Gut gegangen und hat Eure Frau und Euren Sohn dort gefunden und sie in Sicherheit gebracht.«

»Ja, Gerard ist treu und zuverlässig«, antwortete Francis langsam. Wieder regte sich eine zaghafte Hoffnung in ihm. *Falls der Schäfer die beiden tatsächlich gerettet hat, wird er wahrscheinlich versuchen, sie zu meinem Gut bei Giverny zu bringen,* dachte er.

*

William de Thorigny genoss es, durch die frühsommerliche Landschaft zu reiten. Der Tag war klar, und von der Hügelkuppe, die er und seine Soldaten gemächlich entlangtrabten, konnte er bis nach Fréteval sehen, das schon zum französischen Königreich gehörte. Die vergangenen Wochen waren sehr erfolgreich für ihn verlaufen. Bei den Plünderungen hatte er reiche Beute gemacht. Einen Teil davon würde er dem König übergeben, um so seine Position am Hof des Plantagenets noch mehr zu festigen. Einen Teil würde er an seine Leute verteilen – denn Geschenke stärkten deren Treue ihm gegenüber –, und einen sehr beträchtlichen Teil würde er für sich behalten. Schließlich machte Reichtum das Leben angenehm und verschaffte dem Besitzer Macht.

Am meisten Befriedigung aber hatte William de Thorigny der Überfall auf den Hof von Alines Familie verschafft. Sich an der Angst ihrer rothaarigen Tochter zu weiden und ihr Schmerzen zu bereiten hatte die Demütigungen seiner Jugend ein bisschen verblassen lassen.

Pferdegetrappel in der Ferne brachte William in die Gegenwart zurück. In der Ebene galoppierte ein Trupp Reiter über die Felder.

»Meint Ihr, die sind eine lohnende Beute?« Neben ihm drehte sich Antoine – der Mann, der Alines Tochter zu ihm gelockt hatte – zu den Reitern um.

William schirmte seine Augen gegen das Sonnenlicht ab. Plötzlich änderten die Reiter ihre Richtung, so als hätten sie ihn und seine Leute ebenfalls bemerkt und würden in Richtung der französischen Grenze schwenken. Waren das etwa Anhänger der Prinzen, die sich jenseits der Grenze in Sicherheit bringen wollten?

»Es kann nicht schaden, wenn wir sie uns einmal ansehen«, sagte er rasch. »Wir müssen sie einkreisen. Ich versuche, ihnen mit einem Teil unserer Leute den Weg abzuschneiden. Antoine, Ihr verfolgt sie.« William rief einen Befehl. Dicht gefolgt von einer Gruppe Bewaffneter, stürmte er den Hügel hinunter. Auch die Reiter in der Ebene beschleunigten ihr Tempo.

Doch sie mussten schon einen langen und anstrengenden Ritt hinter sich haben, denn obwohl ihren Pferden der Schaum vom Maul flockte und die Männer die Tiere mit ihren Peitschen bearbeiteten, gelang es William und seinen Leuten schnell, zu ihnen aufzuschließen. Sie hatten die Reiter fast eingekreist, als einer von ihnen noch einmal alle Kräfte seines Pferdes aktivierte und aus der Umzingelung ausbrach.

William riss seinen Hengst herum und folgte ihm. Der Mann, das musste er zugeben, war ein wirklich guter Reiter. Ohne zu zögern trieb er jetzt seine Stute auf eine hohe Brombeerhecke zu und sprang sicher darüber hinweg. In kurzem Abstand setzte William ihm hinterher. Der rasende Ritt führte sie weiter über das Feld und dann über eine Wiese, auf der hohes Gras, Bäume und Sträucher wuchsen.

Auf der anderen Seite der Wiese – das sah William jetzt – befand sich ein Wald. *Verdammt …* Der Reiter durfte den Wald nicht erreichen. Die Gefahr war zu groß, dass er ihm dort entkommen würde. Gnadenlos hieb nun auch William mit der Peitsche auf seinen Hengst ein, der vor Anstrengung keuchte.

Als er bis auf eine Pferdelänge an den Reiter herangekommen war, tat sich wieder eine Hecke vor ihnen auf. Der Reiter ließ seine Stute abspringen. Auch William riss den Hengst hoch. Noch im Sprung sah er, dass die Stute beim Aufsetzen strauchelte. Nur kurz zwar, doch dies verschaffte William einen entscheidenden Vorteil, den er sofort nutzte. Noch im Sprung lenkte er den Hengst auf die Stute zu und ließ ihn gegen deren Flanke krachen. Ein hoher, erschrockener Schrei ertönte, als die Stute das Gleichgewicht verlor und stürzte. Der Reiter wurde aus dem Sattel geschleudert.

William gelang es, den Hengst in der Balance zu halten und sicher mit ihm aufzusetzen. Als er sein Pferd wendete, lag der Reiter auf dem Rücken im Gras und hatte die Augen geschlossen. Seine Brust hob und senkte sich leicht. Seine Mütze war verrutscht. Dichtes rotblondes Haar quoll darunter hervor. Es umrahmte das schöne, vornehme Gesicht einer Frau von etwa fünfzig Jahren.

Bei Gott, murmelte William, der für einen Moment tatsächlich fassungslos war. Damit hätte er nun wirklich nicht gerechnet! Während er eilig von seinem Pferd sprang und dann die Frau vorsichtig hochhob, erschien ein triumphierendes Lächeln auf seinem Gesicht. Die Beute aus den Plünderungen würde nur eine Beigabe für den König sein. Wirklich wichtig war, dass er Henry dessen Gattin, die Königin Eleonore, als Gefangene übergeben konnte.

*

Luce beugte sich über sie. Sein Gesicht war schmäler, als Adela es in Erinnerung hatte. Er schenkte ihr ein scheues Lächeln. Er war bei ihr, und es schien ihm gut zu gehen. »Luce …«, murmelte sie. Sie wollte die Hand heben, um ihn zu berühren, doch sie war zu schwach dazu.

Gelegentlich beugte sich auch Gerard, der Schäfer, über sie. Er brachte sie in eine sitzende Position und flößte ihr bitter schmeckende Tränke ein. Adela hatte keine Ahnung, warum ausgerechnet er sie umsorgte. Aber sie vertraute sich seinem festen und doch behutsamen Griff an.

Dann wieder spürte sie, dass sie auf einem fahrenden Karren lag. Wolken zogen über sie hinweg. Hin und wieder schützte sie eine Plane vor grellem Sonnenschein und Regen. Manchmal legte sich Luce neben sie und kuschelte sich an sie. Und manchmal fühlte sie Guys feuchte Hundenase an ihrer Wange. Dies waren die tröstenden Momente.

Schrecklich waren die Alpträume, in denen William de

Thorigny sie heimsuchte. Dabei waren die Schmerzen, die er ihr zufügte, nicht das Schlimmste. Viel furchtbarer war das Gefühl, ihm völlig ausgeliefert zu sein. Sie schrie vor Qualen. Aber sie wollte ihn nicht um Gnade bitten. Denn dies würde bedeuten, dass er ihren Willen gebrochen hätte. Aus diesen Träumen weckte Gerard sie und flößte ihr erneut die bitteren Tränke ein, die sie für eine Weile ruhig und traumlos schlafen ließen.

Als Adela wieder einmal zu sich kam, blickte sie auf morsche Dachbalken und Strohbüschel. Sie lag, in Decken gehüllt, in einem Raum, dessen eine Wand eingestürzt war. Dahinter erstreckte sich eine sonnenbeschienene Waldlichtung. Zu ihrer Linken befand sich eine Feuerstelle, aus deren Umrandung Steine gebrochen waren. Der Schäfer kniete davor und schob Äste in die Glut.

»Gerard«, flüsterte Adela. Ihre Stimme hörte sich rau an und wollte ihr nicht recht gehorchen.

Der Schäfer drehte sich zu ihr um. Ein Lächeln huschte über sein verwittertes Gesicht. »Ihr seid also endlich richtig zu Euch gekommen.«

»Wo ist Luce?«

»Euer Junge spielt draußen mit Guy. Der Hund passt auf ihn auf. Ihr müsst Euch keine Sorgen um ihn machen.« Nun konnte Adela in der Ferne Luces fröhliches Rufen hören. Guy antwortete ihm mit Gebell. Ein Maultier wieherte.

»Wo sind wir? Habt Ihr mich und Luce aus dem brennenden Gehöft gerettet und hierhergebracht?« Adela erinnerte sich nun wieder daran, wie sie neben Luce über den Hof gekrochen war, weg von den Flammen.

»Um Eure erste Frage zu beantworten: Wir befinden uns in einem ehemaligen Waldhaus, das der Familie Eures Mannes gehört. Es wurde früher als Unterkunft bei Jagden mit dem Lehnsherrn benutzt, ist aber schon seit vielen Jahren zerfallen. Ich wollte Euch eigentlich zum Gehöft Eures Gatten bei Giverny bringen. Aber unterwegs erfuhr ich, dass die Gegend dort nicht sicher ist. Deshalb entschloss ich mich, hierherzukommen. Das Waldhaus ist sehr abgelegen. Ich schätze, kaum einer der Bediensteten Eures Mannes weiß noch, dass es überhaupt existiert.«

»Habt Ihr etwas über Francis erfahren?«, fragte Adela voller Angst.

Gerard schüttelte seinen grauen Kopf. »Nein, ich habe nur gehört, dass Richard Plantagenet mit den Resten seines Heers Quartier in der Burg von Vernon genommen hat.« Er berührte Adelas Hand. »Seid zuversichtlich! Ich kenne Euren Gatten, seit er ein Junge war. Er ist jemand, der meist das Glück an seiner Seite hat.«

Und wenn das Glück Francis dieses Mal verlassen hat?, dachte Adela.

»Um auf Eure zweite Frage zurückzukommen …« Als hätte er ihre Gedanken gelesen und wollte sie von ihrem Grübeln ablenken, redete Gerard rasch weiter. »Am Tag, als Euer Gut überfallen wurde, weidete ich die Schafe auf einer abgelegenen Wiese auf der anderen Seite des Dorfes. Gegen Abend sah ich Rauch aus der Richtung Eures Anwesens aufsteigen. Deshalb dachte ich, ich gehe besser einmal nachsehen, ob bei Euch alles in Ordnung ist. Schließlich sind Überfälle in Kriegszeiten keine Seltenheit. Als ich das Lager der Soldaten entdeckte, machte ich mich auf das Schlimmste gefasst. Ich war froh, Euch und Luce am Leben zu finden. Auch wenn Ihr sehr schlimm zugerichtet wart …«

»Luce und ich verdanken Euch unser Leben«, sagte Adela leise. »Ich weiß nicht, wie ich Euch das jemals vergelten kann.«

Der Schäfer hob wegwerfend die Schultern. »Wahrscheinlich verdankt fast jeder Mensch irgendwann einem anderen sein Leben. Ihr seid mir nichts schuldig.«

»Aber …«, beharrte Adela.

Gerard schüttelte ungeduldig den Kopf. »Der Vater Eures Gatten hat mir vor vielen Jahren das Leben gerettet. Ich bin nicht zu Eurem Gehöft gekommen, weil ich glaubte, eine alte Schuld abtragen zu müssen, sondern weil ich Eure Familie mag. Falls es Euch jedoch beruhigt, dann denkt einfach, dass ich diese Schuld nun beglichen habe.«

Adela spürte, dass es aus Gerards Sicht nichts mehr zu dem Thema zu sagen gab und dass sie ihn kränken würde, wenn sie es weiter verfolgte. Deshalb fragte sie: »Wisst Ihr, was aus den Knechten und Mägden geworden ist? Hat William de Thorigny wenigstens sie ziehen lassen?«

»Ich fürchte, nein.« Der Schäfer seufzte. »Ich habe Eure Leute als Gefangene in seinem Lager gesehen.«

»Er hat mir versprochen, dass er die Bediensteten in Ruhe lassen würde, wenn ich ihm gefügig wäre …«, flüsterte sie. Wenn sie sich doch wenigstens ernsthaft gegen William de Thorigny gewehrt hätte. Stattdessen hatte sie sich willig zum Gehöft schleppen lassen. Noch nicht einmal als er sie vergewaltigt hatte, hatte sie versucht, gegen ihn zu kämpfen. Es ekelte Adela vor sich selbst.

»Spart Euch Eure Vorwürfe«, sagte Gerard ruhig. Wieder schien er Adelas Gedanken lesen zu können. »Ich schätze, dieser de Thorigny ist ein Mann, dem es Freude macht, mit anderen zu spielen und sie zu täuschen. Auch dass Ihr Euch nun selbst quält, ist wahrscheinlich genau das, was er wollte.«

»So, wie Ihr anderen Trost zusprecht, hättet Ihr ein guter Priester werden können.« Adela versuchte zu lächeln.

»Oh, dazu bin ich wirklich nicht fromm genug.« Gerard

grinste. »Außerdem ist mir im Allgemeinen die Gesellschaft von Schafen lieber als die von Menschen.«

Wieder hörte Adela, wie Luce dem Hund etwas zurief. Sie fühlte sich plötzlich sehr hilflos. »Wie geht es meinem Sohn?«, fragte sie. »Er musste all das Schreckliche mit ansehen …«

»Wenn er mit Guy zusammen ist, geht es ihm recht gut, glaube ich.« Der Schäfer wiegte den Kopf. »Er hat mit mir nicht über das gesprochen, was er beobachtet hat, und ich hielt es für besser, ihn in Ruhe zu lassen. Aber nachts quälen ihn häufig schlimme Träume. Ihr seid seine Mutter. Deshalb solltet Ihr mit dem Jungen reden.«

»Ja, das werde ich.« Adela nickte.

»Gut, dann werde ich mich ums Essen kümmern.« Gerard stand auf. »Und Ihr solltet noch ein bisschen schlafen.« Adela sah zu, wie er Mehl in einer Schüssel mit Wasser verrührte, dann den Teig auf einen flachen Stein strich und diesen in die Glut schob. Schließlich schlief sie ein.

*

Guys Bellen weckte Adela. Als sie die Augen aufschlug, kletterte Luce hinter dem Hund über die Mauerreste und in die Ruine. »Mutter …« Luce lief einige Schritte auf sie zu, blieb jedoch plötzlich stehen und sah sie scheu an.

»Komm zu mir.« Adela streckte die Arme nach ihm aus. Luce ließ sich von ihr umarmen, wirkte aber irgendwie gehemmt. Ob die schrecklichen Geschehnisse ihr den Sohn entfremdet hatten? Adela empfand eine jähe Angst. Dass Luce, der sonst immer schier von seinen Erlebnissen übergesprudelt war wie ein kleiner Brunnen, sich nun still neben sie setzte, verstärkte diese Sorge noch.

Gerard reichte ihr ein Stück von dem knusprigen Brotfladen und eine Schale mit einer würzig duftenden Suppe aus Wildpflanzen. Dann gab er auch Luce von der Speise und setzte sich ebenfalls zu ihnen. Guy, der Adela freundschaftlich beschnuppert hatte, ließ sich neben seinen Herrn auf den Boden fallen.

»Na, was habt ihr auf der Lichtung getrieben, du und Guy?«, brach Gerard das Schweigen, nachdem er einige Bissen gegessen hatte.

»Wir haben ein Bad im Bach genommen und später sind wir über umgestürzte Baumstämme gesprungen, und dann haben Guy und ich miteinander gespielt. Er war ein Wolf, und ich habe ihn gejagt ...« Luce taute auf. Adela hörte ihrem Sohn zu und war einfach froh, seine lebhafte Stimme zu hören. Doch noch immer unterhielt er sich eigentlich nur mit Gerard und nicht mit ihr.

Nach der Mahlzeit stand der Schäfer auf und griff nach einer abgewetzten Ledertasche, die in einer Ecke in der Nähe der Feuerstelle an der Wand lehnte. »Ich muss einmal nach dem Maultier sehen«, sagte er. Guy hob den Kopf und blickte aufmerksam zu seinem Herrn, doch auf dessen Wink hin blieb er neben Luce liegen. Dankbar begriff Adela, dass Gerard den Hund in der Nähe ihres Sohnes wissen wollte, wenn sie mit ihm über den Überfall sprach.

»Luce«, begann sie tastend, nachdem Gerard gegangen war, »ich weiß, dass du in den letzten Wochen schreckliche Dinge erlebt hast und Schreckliches mit ansehen musstest ...« Sie brach ab. Wie sollte sie nur fortfahren?

Luce senkte den Kopf und spielte mit Guys zotteligem Fell. »Hat dir der böse Mann sehr wehgetan?«, fragte er leise und ohne sie anzusehen.

»Ja, das hat er. Aber ich werde wieder ganz gesund werden«, erklärte Adela fest. Plötzlich war es ihr wichtig, dem

»bösen Mann« einen Namen zu geben, damit er nicht nur ein nebulöser Schrecken für das Kind blieb. »Dieser Mann heißt William de Thorigny«, sagte sie, wie um ihren Peiniger zu bannen.

»So wie der Mann, den mein Großvater Ethan getötet hat?« Luce spielte weiter mit dem Fell des Hundes.

»Ja, er ist sein Sohn.«

»Was ist mit Vater? Wird er zu uns zurückkommen?«

»Ich hoffe es sehr.«

»Du hast es mir versprochen.« Luce warf ihr unter gesenkten Wimpern einen raschen Blick zu. Seine Stimme klang plötzlich hoch und zittrig.

»Ach, Luce, ich wünsche mir das selbst mehr als alles auf der Welt«, flüsterte Adela.

Stumm rollte sich der Junge mit dem Rücken zu ihr neben Guy auf dem Boden zusammen. Adela rutschte zu ihm. Sie breitete die Decke über ihn und schloss ihn in ihre Arme. Luce stieß sie nicht weg, aber er kuschelte sich auch nicht an sie. Es dauerte lange, bis sein gleichmäßiger Atem ihr anzeigte, dass er eingeschlafen war.

*

Adela lehnte ihren Rücken gegen den Mauerrest und ließ das Binsenseil, an dem sie flocht, sinken. Die Steine waren angenehm warm von der Sonne, die diese Seite des verfallenen Hauses bis zum Mittag beschienen hatte. Hinter der Ruine wieherte jetzt das Maultier aufgebracht, und sie hörte Gerard beruhigend auf das Tier einreden. Er hatte beschlossen, dass es höchste Zeit war, dessen völlig verfilzte Mähne auszukämmen. Luce war bei ihm. Guy dagegen, dem es in der Sonne zu heiß geworden war, hatte sich neben ihr ausgestreckt und betrachtete träge eine dicke Fliege, die über ihm kreiste.

Luce und ich haben großes Glück, dass wir am Leben sind, einen Schlafplatz und zu essen haben, dachte Adela. *Und dass wir in Gerard einen so treuen Freund besitzen.* Trotzdem peinigte sie wieder und wieder die Frage, ob Francis noch lebte. Ob sie es gespürt hätte, wenn er in der Schlacht den Tod gefunden hätte?

Ein Rascheln im Gras ließ sie aufblicken. Luce schlenderte um die Ecke der Ruine und setzte sich neben sie. Adela war froh, dass ihr Sohn zu ihr kam. Denn noch immer schien es eine unsichtbare Schranke zwischen ihnen zu geben. »Ist Gerard denn nicht mehr bei dem Maultier?«, fragte sie, um das Schweigen zu brechen.

»Er will einen Hasen fangen und Pflanzen sammeln. Deshalb ist er in den Wald gegangen.« Luce steckte die Hand in den Korb mit Binsen. »Darf ich auch mal flechten?«

»Natürlich.« Sie nickte.

Sie sah ihm zu, wie seine braun gebrannten Finger die Fäden geschickt zu einem Seil verbanden. Sein Gesichtsausdruck war ganz angespannt vor Konzentration. Nur mit Mühe widerstand Adela dem Impuls, ihn fest in ihre Arme zu schließen, und widmete sich wieder ihrer eigenen Flechtarbeit.

Guys leises Knurren ließ sie aufschrecken. Zwischen den Bäumen auf der anderen Seite der Lichtung bewegte sich etwas. Im Spiel aus Licht und Schatten erkannte Adela die Umrisse eines Mannes.

»Mutter, wer ist das?«, flüsterte Luce erschrocken, der den Fremden nun auch bemerkt hatte.

»Lauf und finde Gerard«, brachte Adela gepresst hervor. Sie stand auf und zog das Messer aus ihrem Gürtel. Während der Junge in die entgegengesetzte Richtung davonrannte, bewegte sie sich langsam auf die Hausecke zu, wobei sie immer den Waldrand im Blick behielt. Guy folgte ihr. Vielleicht war der Fremde ja nur ein harmloser Wanderer, der zufällig an dem verlassenen Waldhaus vorbeikam … – vielleicht aber auch nicht. Sie wollte nicht das Risiko eingehen, ihm zu begegnen.

Als Adela endlich an der Hausecke angelangt war, hatte der Fremde den Saum der Bäume erreicht. Wenn sie Glück hatte, blendete ihn die Sonne, und er hatte sie noch nicht bemerkt. Sie wollte gerade um die Ecke der Ruine herumhuschen, doch plötzlich hielt sie inne. Ihr Herz schlug schneller, und sie griff sich an die Brust. Gleich darauf brach Guy in ein freudiges Winseln aus.

Ja, es war wirklich Francis, der nun den Waldschatten gänzlich hinter sich gelassen hatte, seine Augen gegen die Sonne abschirmte und suchend über die Lichtung blickte.

»Francis!« Schluchzend schrie Adela seinen Namen. Dann stürzte sie auf ihn zu. Sie warf sich in seine Arme und klammerte sich an ihn, nur um gleich darauf weinend mit ihren Fäusten auf ihn einzutrommeln. »Francis … Francis …«

»Adela …«, murmelte er rau, während er ihre Hände festhielt und sie küsste. Erst als seine Lippen ihren Mund berührten, glaubte sie, dass er es wirklich war. Mit einem Aufseufzen barg sie ihren Kopf an seiner Brust. Ja, er war wieder bei ihr. Ihre Sehnsucht nach ihm hatte sie nicht genarrt. Und all die Grausamkeiten der letzten Wochen hatten in diesem Moment keine Bedeutung mehr.

»Vater …« Luces sich überschlagende Stimme ließ sie sich voneinander lösen. Trotz seiner braun gebrannten Haut wirkte der Junge totenbleich.

Francis hob ihn hoch und wirbelte ihn durch die Luft. »Mein Junge …«, sagte er erstickt. Auch er hatte nun mit den Tränen zu kämpfen. »Wie hast du uns denn gefunden?«, wollte Luce schließlich wissen, nachdem sein Vater ihn wieder abgesetzt und er seine erste freudige Überraschung überwunden hatte.

»Anfangs dachte ich, Gerard hätte Euch zu meinem Gut bei Giverny gebracht. Doch als ich Euch auf dem Anwesen nicht fand, fiel mir ein, dass ich als Kind ein paarmal mit ihm und meinem Vater in dem alten Waldhaus war. Ich dachte, es wäre einen Versuch wert, Euch hier zu suchen. Nun ja, meine Eingebung hat mich glücklicherweise nicht getrogen.« Francis lächelte Luce an.

»Und woher hast du gewusst, dass Gerard uns von zuhause weggebracht hat?«, bohrte Luce weiter.

»Die Dorfbewohner haben es vermutet.«

Adela kam es vor, als ob Francis plötzlich ihrem Blick auswich. Ob die Leute auch von der Vergewaltigung erfahren und ihm dies erzählt hatten? Wie würde Francis es aufnehmen, dass William de Thorigny sie missbraucht hatte? Ein Schatten senkte sich auf ihr Glücksgefühl.

»Nun, wenn das einmal kein passender Anlass ist, um zwei Hasen zu braten«, ließ sich Gerards tiefe Stimme vernehmen. Unbemerkt war er zu ihnen getreten. In seinem Lederbeutel zeichneten sich die Umrisse des erlegten Wildes ab. Ein breites Lächeln erschien unter seinem struppigen Bart, während er Francis die Hand reichte und sagte: »Es ist schön, Euch wiederzusehen, Herr.«

*

Adela hatte ihren Kopf in Francis' Schoß gelegt. Über ihr stand eine schmale Mondsichel am Himmel. Nach dem Essen waren sie und Francis auf die Rückseite der Ruine gegangen. Dort hatten sie im Gras ein kleines Feuer entzündet, denn die sternenklare Nacht war kühl. Während des Essens hatte Luce Tausende von Fragen gestellt. Wie sein Vater im Soldatenlager gelebt und ob er den Prinzen Richard gesehen habe? Ob er gegen viele Feinde gekämpft habe? Und ob er denn alle seine Gegner besiegt habe?

Obwohl Francis die Fragen, soweit Adela dies beurteilen konnte, wahrheitsgemäß beantwortete, tat er dies in einer für Kinderohren angemessenen Form, und Luce lauschte seinem Vater mit leuchtenden Augen. Nur Adela vermochte aus Francis' Worten all die Schrecken herauszuhören, die er verschwieg. Sie war froh, dass die Unterhaltung den Überfall nicht berührte – um ihrer selbst, aber auch um Luces willen. Denn für Luce waren der Krieg, in dem sein Vater gekämpft hatte, und die Plünderung und Brandschatzung des Gutes zwei ganz unterschiedliche Dinge.

»Adela …« Francis, der ihr Haar gestreichelt hatte, hielt inne. Seine Hand ruhte auf ihrer Brust. »Im Dorf habe ich mit Blanka gesprochen. Sie hat mir erzählt, was William de Thorigny dir angetan hat.« Seine Worte schienen in der Stille widerzuhallen. Adela versteifte sich. Sie wollte jetzt nicht mit Francis darüber reden. Sie wollte niemals darüber reden. Eine kleine blaue Flamme züngelte an einem Holzscheit entlang. Sie versengte einen Käfer, der vor der Hitze aus einem Spalt geflüchtet war. Wieder glaubte Adela den Rauch des brennenden Holzdachs zu riechen und die Hitze der Flammen zu spüren, und ihr Atem ging schneller.

»Adela … Sieh mich an«, hörte sie Francis sanft, aber fest sagen. Doch sie konnte sich nicht überwinden, ihm in die Augen zu blicken, und begann zu zittern.

»Glaubst du denn wirklich, es ändert meine Gefühle dir gegenüber, dass William de Thorigny dich vergewaltigt hat? Denkst du so gering von mir?«

Adela schwieg eine lange Zeit. Schließlich flüsterte sie: »Ich ekle mich seitdem so vor mir selbst. Ich möchte, dass du mich berührst und habe gleichzeitig Angst davor. Und am meisten fürchte ich, dass William de Thorigny immer zwischen uns stehen wird, wenn wir uns lieben.«

»Das wird er nicht.« Francis beugte sich über sie und küsste sie. Zuerst sehr vorsichtig. Doch dann, als Adela ihren Widerstand aufgab, immer drängender. Ihre Leidenschaft erwachte, und schließlich waren nur noch Francis und sie gegenwärtig. Das Spiel von Licht und Schatten auf seinem Gesicht. Seine Zunge, die ihren Mund erforschte. Seine Hände, die zärtlich und fordernd über ihren Leib wanderten, bis ihre Haut glühte und sie sich stöhnend an ihn drängte, ganz bereit, ihn in sich aufzunehmen.

*

Adela erwachte davon, dass ihr kalte Tropfen ins Gesicht fielen. Francis beugte sich über sie. Sein Haar war nass. Auch auf seiner nackten Brust glänzten Tropfen. Er musste sich am Bach gewaschen haben. Die Sonne war schon aufgegangen, stand aber noch nicht hoch über dem Wald, und Laub und Gras waren noch feucht vom Tau. *Er ist wirklich zu mir zurückgekommen,* dachte Adela glücklich. Langsam strich sie über seine Brust. Über dem dritten Rippenbogen wuchs ihm ein Muttermal. Die dunkle Haut fühlte sich pelzig unter ihren Fingern an. Als sie seine Brustwarzen berührte, atmete er scharf ein, doch zu ihrer Verwunderung erwiderte er die Liebkosung nicht.

»Was hast du?«, flüsterte sie. Sein Gesichtsausdruck war zärtlich, doch es spiegelte sich auch eine Trauer darin, die ihr Angst machte.

»Adela, ich werde nicht sehr lange bei dir und Luce bleiben können.«

»Was meinst du damit? Warum nicht?« Sie setzte sich auf

und schlang Francis' Mantel um sich, denn ihr war plötzlich kalt geworden.

»Ich muss wieder zu Richards Heer zurückkehren.«

»Das wirst du nicht!« Adelas Stimme überschlug sich. »Dieser verwünschte Krieg hat nichts als Leid mit sich gebracht – für uns und für viele andere Menschen. Deshalb werden die königlichen Prinzen ihre Machtkämpfe von jetzt an ohne dich ausfechten. Kannst du dir denn nicht vorstellen, wie furchtbar es für mich war, wochenlang nicht zu wissen, ob du noch am Leben bist? Und ohne diesen Krieg wäre William de Thorigny nicht ...« Sie biss sich auf die Lippen und starrte vor sich hin.

»Seit ich davon erfahren habe, habe ich mir die schlimmsten Vorwürfe gemacht, dass ich dich alldem ausgesetzt habe.« Francis' Worte nahmen einen bittenden Unterton an. »Aber das Gut, das du von deinen Eltern geerbt hast, ist verloren. Wenn der König diesen Krieg gewinnt, werden seine Leute auch mein Anwesen bei Giverny in Besitz nehmen. Wovon sollen wir dann leben? Ganz davon zu schweigen, dass sie auch noch viele andere Gefolgsleute der Prinzen von ihren Anwesen vertreiben werden.«

»Es ist mir völlig gleichgültig, wovon wir leben werden, Hauptsache, du bist bei mir«, erwiderte Adela heftig.

»Aber hat Luce nicht auch ein Recht auf sein Erbe?«

»Luce hat ein Recht auf seinen Vater. Er hat so viel verloren. Er wird es nicht ertragen, auch noch dich zu verlieren.«

»Viele Kinder haben in diesem Krieg schon ihre Väter verloren und müssen damit fertigwerden ...«

Die Härte in seiner Stimme erschreckte Adela. »Francis ...!«, schrie sie ihn an.

»Soll ich etwa den Männern, die mit mir in den Kampf gezogen sind, sagen, dass ich von nun an in Frieden mit meiner

Frau und mit meinem Sohn leben möchte und dass ich sie deshalb von jetzt an ihrem Schicksal überlasse? Wie stellst du dir das vor?«

»Ach, es geht also um deine Männerehre …«, fuhr Adela ihn an.

»Nein, darum geht es nicht.« Francis schüttelte den Kopf. Die Traurigkeit, mit der er sie ansah, dämpfte ihren Zorn und ihre Bitterkeit. »Ich kann es nicht einfach untätig hinnehmen, dass Männer wie William de Thorigny weiter ihr Unwesen treiben. Das würde ich mir nie verzeihen.«

»Du musst mich nicht rächen.«

»Ja, ich gebe zu, ich will dich rächen.« Francis vollführte eine müde Handbewegung. »Ich würde lügen, wenn ich sagen würde, dass nicht auch das meine Absicht ist. Aber Rache ist nicht mein alleiniges Ziel …«

»Auch unter den Gefolgsleuten der Prinzen gibt es bestimmt Vergewaltiger und Mörder«, wandte Adela ein. Doch sie wusste, dass sie verloren hatte. Wenn sie darauf bestünde, dass Francis bei ihr bliebe – das spürte sie –, würde er schließlich nachgeben. Doch dann würde er das Gefühl haben, seine Ideale verraten zu haben, und das würde immer zwischen ihnen stehen. Das würde sie nicht ertragen. Die unsichtbare Barriere, die seit dem Überfall zwischen ihr und Luce stand, schmerzte sie schon mehr als genug.

Guy kam um einen mit Unkraut überwucherten Gebäuderest getappt und schüttelte sein langes Fell, dicht gefolgt von Gerard, der mit einem Eimer in der Hand zum Bach ging. Gleich würde auch Luce draußen erscheinen.

Adela blickte Francis an. »Ich lasse dich gehen«, sagte sie mit einem traurigen Lächeln, »aber solange du hier bei mir und Luce bist, möchte ich nicht mehr über den Krieg reden. Diese Tage sollen nur uns dreien gehören. Versprich mir das!«

»Ja, das tue ich!« Francis nickte. Er wollte noch etwas hinzufügen, doch Luce, der über die Wiese auf sie zustürmte, hielt ihn davon ab.

*

Adela schob einen dünnen Zweig in die Glut. Das Feuer sollte dazu dienen, ihre Mahlzeit zu braten. Einen Steinwurf von ihr entfernt standen Francis und Luce am Ufer eines schmalen Flusses und angelten nach Lachsen. Das Wasser war nicht tief und zudem klar. Deshalb konnte sie die Fische als schwimmende Schatten unter der Oberfläche sehen. Sonnenstrahlen bildeten helle Kringel auf dem steinigen Grund.

Luce wirkte so glücklich und entspannt neben seinem Vater, dass Adela sich bei dem Wunsch ertappte, die Zeit anhalten zu können. Jetzt ging ein Ruck durch die dünne, aus Binsen geflochtene Schnur von Luces Angel.

»Vater!«, rief er aufgeregt. Die Weidenrute schwankte heftig in seinen kleinen Händen.

»Lass mich lieber einmal. Ich schätze, der Fisch ist zu groß für dich.« Vorsichtig nahm Francis seinem Sohn die Angel ab und zog die Schnur rasch und geschickt aus dem Wasser. Tatsächlich – an dem Dorn, der als Haken diente, baumelte ein Prachtexemplar von einem Lachs. Ein großes Tier, das wie wild mit seinem Schwanz um sich schlug und auch, als Francis es von dem Haken gelöst hatte und es in seinen Händen hielt, mit aller Kraft um seine Freiheit kämpfte. Im Sonnenlicht schimmerten seine Schuppen wie flüssiges Silber. Adela empfand ein jähes Mitleid mit dem schönen Tier.

»Vater, können wir den Fisch nicht vielleicht doch leben lassen?« Luce starrte den Lachs unter seinen langen Wimpern hervor an. Sein eben noch so aufgeregt strahlendes Gesicht war ganz traurig geworden, und seine Stimme klang dünn.

»Sicher, wenn du das möchtest.« Francis nickte und warf den Lachs zurück in den Fluss. An der Stelle, wo er untertauchte, leuchtete es kurz regenbogenfarben aus dem Wasser auf.

»Was war das denn?« Gebannt schaute Luce auf das Wasser.

»Die Schuppen des Lachses haben das Sonnenlicht zurückgeworfen«, erklärte Francis.

»Dann war es auf jeden Fall gut, dass wir ihn am Leben gelassen haben.«

»Das mag sein.« Francis lachte, während er dem Jungen den Arm um die Schultern legte und mit ihm zu Adela ging. »Auch wenn es jetzt keinen gebratenen Fisch zum Essen geben wird.«

»Na ja, es ist jetzt nicht so, dass wir deshalb gleich verhungern müssten.« Adela lächelte ihren Mann und ihren Sohn an. »Immerhin haben wir noch Fleisch und Brot.« Sie holte getrocknete Fleischstreifen aus Francis' Lederbeutel – vor einigen Tagen hatten er und Gerard einen Hirsch erlegt – und einen Brotfladen. Auf einigen Eichenblättern lagen schon die Erdbeeren, die Luce vor einer Weile zwischen den Bäumen gepflückt hatte.

Francis brach ein Stück von dem Brotfladen ab und reichte ihn dann, zusammen mit einem Fleischstreifen, an Luce weiter. Mit in den Nacken gelegtem Kopf blinzelte er in die Sonne. »An einem Julitag, der ähnlich schön war wie der heutige, haben mein Freund Simon und ich einmal die Klosterschule geschwänzt und Lachse geangelt. Allerdings haben wir damals die Fische verspeist und sie nicht ins Wasser zurückgeworfen.«

»Erzähl doch bitte«, brachte Luce mit vollem Mund hervor.

»Ach, und wer von euch beiden hatte die Idee zum Schuleschwänzen?«, fragte Adela gespielt streng. Sie kannte Simon de Bohun bislang nur aus Francis' gelegentlichen Berichten und hatte sich oft gewünscht, ihm zu begegnen. Er schien ein interessanter, wenn auch recht schillernder Charakter zu sein. Ein wohlhabender Edelmann, der kaum einen Kampf ausließ und der zugleich ein talentierter und empfindsamer Musiker war.

»So genau weiß ich das nicht mehr.« Francis lehnte seinen Rücken gegen einen Baumstamm und streckte die Beine von sich. »Obwohl – wahrscheinlich war es Simons Idee.«

»Wirklich?«, neckte Adela ihn.

»Ja, die verrücktesten Einfälle und die, die den größten Ärger einbrachten, hatte meistens er.« Francis grinste. »Wir schlichen uns nach dem Mittagessen davon, statt lateinische Deklinationen zu wiederholen, wie es eigentlich unsere Pflicht gewesen wäre. Wir müssen so um die zehn Jahre alt gewesen sein. Ich glaube, wir wollten eigentlich nur eine Stunde am Fluss, der durch den Wald bei dem Kloster strömte, verbringen. So lange eben, wie die unbeaufsichtigte Übungszeit dauerte. Aber dann glitt Simon auf einem Stein aus und fiel der Länge nach ins Wasser. Pitschnass wie er war, hätten die Mönche auf jeden Fall bemerkt, dass wir uns ohne Erlaubnis davongeschlichen hatten. Deshalb beschlossen wir, wenn wir sowieso bestraft würden, vorher wenigstens noch unseren Spaß zu haben. Wir blieben bis zum Anbruch der Dunkelheit weg. Zwei oder sogar drei Lachse haben wir gefangen, sie gebraten und uns mit ihnen den Bauch vollgeschlagen. Und das war auch gut so …«

»Warum denn?«, wollte Luce wissen, der seinem Vater mit großen Augen gelauscht hatte.

»Nun ja, als Simon und ich ins Kloster zurückkehrten, befanden sich alle in heller Aufregung. Die Mönche waren sogar schon dabei, einen Suchtrupp für uns zusammenzustellen.«

»Ihre Sorge kann man ihnen nun auch wirklich nicht verdenken«, warf Adela kopfschüttelnd ein.

»Also es war eigentlich nicht das erste Mal, dass wir einen Nachmittag lang unserer eigenen Wege gingen.« Francis räusperte sich. »Ein- oder zweimal war das auch vorher schon passiert.«

»Tatsächlich?« Adela hob die Augenbrauen.

»Ja, und uns war nie etwas zugestoßen. Die Mönche hätten wissen können, dass wir ganz gut auf uns selbst aufpassen konnten.« Er lachte. »Jedenfalls bezogen wir beide erst einmal kräftig Prügel. Und danach wurden wir einen Tag lang bei Wasser und Brot eingesperrt. Deshalb war es gut, dass wir uns den Bauch mit Lachs vollgeschlagen hatten.« Er blickte Luce an. »Und trotz der Prügel und trotz des Eingesperrtseins haben wir beide unser Angelabenteuer kein bisschen bereut.« Die Augen seines Sohnes strahlten, während er sich eine Erdbeere in den Mund schob.

»Sehr erzieherisch hat diese Maßnahme also nicht gewirkt.« Adela lächelte.

»Ich fürchte nein.« Francis grinste wieder und wirkte plötzlich sehr jung und unbekümmert. »Für Simon hatte der Nachmittag am Fluss aber durchaus einen bildenden Effekt. Fische und Angeln tauchten später als Motive häufig in seinen Liedern auf. Einmal, so erinnere ich mich, beschrieb er sich als einen Lachs, der unter Aufbietung seiner letzten Kräfte gegen die Strömung ankämpft und Stromschnellen hinaufspringt, nur um zu seiner Geliebten zu gelangen.«

»Ach wirklich? Nach deinen Erzählungen dachte ich, es waren immer eher die Frauen, die sich um Simon bemühten, als umgekehrt«, bemerkte Adela trocken.

»Ein oder zwei Frauen sind ihm, glaube ich, schon unter die Haut gegangen«, erwiderte Francis nachdenklich. »Auch wenn er das, außer verschlüsselt in seinen Liedern, niemals zugegeben hätte. Von all den Frauen, mit denen er herumtändelte, hat er aber – davon bin ich überzeugt – keiner wirklich das Herz gebrochen. Denn er hat jede Frau, die sich mit ihm einließ, von Anfang an wissen lassen, dass es ihm nur um ein liebenswürdiges, heiteres Spiel ging und dass er nicht vorhatte, sich zu binden.«

Luce, den das Gerede über Simon de Bohuns Liebesleben langweilte, platzte heraus: »Warum kämpft Simon denn nicht mit dir für Prinz Richard? Du hast doch gesagt, dass er mutig ist.«

»Simon hätte sich Richard bestimmt angeschlossen, wenn er nicht vor einem Jahr ins Heilige Land gezogen wäre. Sein Vater ist dort auf einer Pilgerschaft verschollen. Deshalb sucht Simon nach ihm.«

Diese Antwort seines Vaters stellte Luce zufrieden und Simons Ansehen bei ihm wieder her. »Werde ich denn auch einmal eine Klosterschule besuchen so wie du und dein Freund?«, sprudelte er hervor.

»Ja, wahrscheinlich.« Francis warf Adela einen raschen Blick zu. *Wenn dieser Krieg zu Ende ist und wir nicht unseren ganzen Besitz verlieren werden*, ergänzte sie in Gedanken, was er vor dem Kind nicht aussprechen wollte.

Es sollte kein Schatten auf diesen Tag fallen! Er sollte nur Francis, Luce und ihr gehören.

»Kommt!« Adela stand auf. »Lasst uns das Feuer löschen und dann ausprobieren, wer von uns einen Stein am weitesten auf dem Wasser springen lassen kann.«

*

Allmählich könnte sich Richard Plantagenet einmal blicken lassen … Ungeduldig ging William de Thorigny in dem Empfangsraum der Burg von Sées auf und ab. Aber wenn der königliche Prinz die Wartezeit für Machtspielchen benutzen wollte – schön, dann würde er früh genug merken, dass es um seine Machtfülle inzwischen ziemlich schlecht bestellt war. Auch die Insignien von Herrschaft und Reichtum wie der vergoldete thronartige Stuhl an der Stirnwand des Saales und die bestickten seidenen Wandbehänge würden darüber nicht mehr hinwegtäuschen können. William de Thorigny verzog den Mund zu einem sarkastischen Lächeln.

Endlich ertönten Schritte in einem angrenzenden Raum. Gleich darauf schwang die zweiflügelige Tür an der Stirnwand auf. Richard bedeutete den Dienern, sich zu entfernen, und ließ sich lässig auf dem thronartigen Stuhl nieder. Wieder musste ihm William de Thorigny Anerkennung für sein anscheinend unerschütterliches Selbstbewusstsein zollen. Er war reifer geworden, seit William ihn das letzte Mal am Hof seines Vaters gesehen hatte. Obwohl die letzten Wochen und Monate alles andere als leicht für ihn gewesen sein durften, sah er mit seinen leuchtend blauen Augen und dem breiten, ein wenig spöttisch verzogenen Mund geradezu unverschämt gut aus.

»Mein Prinz …« William verneigte sich vor ihm.

»Falls Ihr gekommen seid, um mich von der Gefangennahme meiner Mutter, der Königin, zu unterrichten, davon habe ich schon erfahren.« Richard beugte sich vor und vollführte eine wegwerfende Handbewegung. »An meinen Plänen und denen meines Bruders ändert sich dadurch überhaupt nichts. Denn meine Mutter hätte gewollt, dass wir weiter gegen unseren Vater kämpfen und ihn besiegen.«

»Leider muss ich Euch widersprechen.« William verbeugte sich wieder. »Ich fürchte, Ihr seid, was die neueste Entwicklung der Dinge betrifft, doch nicht so gut informiert, wie Ihr glaubt.« Er schwieg einige Momente, um seinen nächsten Worten noch mehr Gewicht zu verleihen. »Euer Bruder Henry hat nämlich vor vier Tagen Euren Vater, den König, in der Burg von Bayeux aufgesucht. Er hat sich Eurem Vater zu Füßen geworfen und ihn um Verzeihung für seinen Treuebruch gebeten. Eurem Bruder wurde diese Verzeihung zuteil. Ich stehe hier im Auftrag Eures Vaters und soll Euch mitteilen, dass auch Euch diese Verzeihung gewährt wird – falls Ihr Euch unverzüglich unterwerft. Ich kann Euch nur dringend raten, dieses mehr als großzügige Angebot des Königs zu akzeptieren. Wenn Ihr es ablehnt, wird er Euch mit allen Mitteln, die ihm zur Verfügung stehen, bekämpfen.«

Während William de Thorignys Worten war Richard blass geworden. Doch dies war das einzige Zeichen, wie sehr ihn der Verrat des Bruders traf. Verächtlich sagte er: »Ihr könnt meinem Vater ausrichten, dass ich diesen Krieg weiterführen und nicht vor ihm zu Kreuze kriechen werde.«

»Verzeiht, wenn ich so offen bin … aber überschätzt Ihr Euch da nicht ein bisschen?« William de Thorigny hob die Augenbrauen. »Darf ich Euch daran erinnern: Eure Mutter ist nun eine Gefangene Eures Vaters, und die meisten ihrer Vasallen sind von ihr abgefallen. Auf diese Männer könnt Ihr also auch nicht mehr zählen. Und Euer Bruder ist, wie ich Euch ja eben schon darlegte, reuig zu Eurem Vater zurückgekehrt.« Sanft fügte er hinzu: »Bedenkt, Ihr steht dem König nun ganz allein gegenüber – mein junger Prinz.«

Richard nahm die Beleidigung gelassen hin. »Nun, so ganz allein bin ich nun doch nicht«, erwiderte er kühl. »Immerhin verfüge ich noch über meine Soldaten.«

»Die einer Überzahl an Männern des Königs gegenüberstehen. Auch die meisten Bewaffneten Eures Bruders sind zu Eurem Vater übergelaufen.«

Richard schlug ein Bein über das andere, stützte das Kinn in die Hand und betrachtete William de Thorigny nachdenklich. »Wisst Ihr eigentlich, William, dass ich Euch noch niemals richtig leiden konnte? Mir ist nicht entgangen, wie Ihr um meinen Vater herumscharwenzelt seid und ihm immer wieder Eure Dienste aufgeschwatzt habt, bis er glaubte, auf Euch als Ratgeber nicht mehr verzichten zu können. Mit der Gefangennahme meiner Mutter habt Ihr Euch wohl endgültig unentbehrlich für ihn gemacht. Aber in meinen Augen seid Ihr nichts anderes als ein kleiner Emporkömmling – so wie Eure ganze Familie. Außerdem halte ich Euch für einen hinterhältigen Intriganten.«

Nein, er würde Richard nicht den Triumph schenken, sich von ihm provozieren zu lassen. William de Thorigny bezwang seinen Zorn. »Es steht Euch frei, über mich zu denken, wie Ihr wollt.« Er zuckte scheinbar gelangweilt die Schultern. »Für mich zählt nur das Urteil Eures Vaters. Ja, meine Familie bekam ihren adeligen Rang erst von Eurem Urgroßvater William, dem Eroberer, verliehen, und ja, ich habe darum gekämpft, mir und meiner Familie wieder Einfluss am Hofe Eures Vaters zu verschaffen. Was schließlich mein gutes Recht ist. Aber Ihr – mein junger Prinz – solltet trotz all Eurer Anmaßung vielleicht doch einmal darüber nachdenken, dass ich mir meine Position geschaffen habe. Während Ihr in die Eure einfach hineingeboren wurdet.«

»Ihr wollt also damit sagen, dass ich ohne meine königliche Geburt ein Nichts wäre?« Richards Stimme klang gefährlich freundlich.

William hatte nicht vor, sich von ihm einschüchtern zu lassen. »Nun, nicht unbedingt ein Nichts. Aber Ihr wärt zumindest nicht in der Lage, Euren Vater mit einem Heer herauszufordern. Andere junge Männer leben ihre Launen weniger kostspielig und zerstörerisch aus.«

»Ach, da Ihr von Zerstörungen sprecht ...« Richard schnippte mit den Fingern. Sein Blick wanderte zu den geöffneten Fenstern, hinter denen sich eine sommerlich grüne Landschaft erstreckte. »Mir ist zu Ohren gekommen, dass Ihr die Besitzungen meiner Anhänger systematisch ausraubt und dann verwüstet. Zudem sollt Ihr Frauen vergewaltigen. Was ja nun kein Benehmen ist, das einem Edelmann angemessen wäre.« Als er sich wieder William de Thorigny zuwandte, wurde seine Stimme ganz sanft. »Sagt, braucht Ihr das, William, anderen Gewalt anzutun? Fühlt Ihr Euch nur dann stark und mächtig? Und nicht mehr nur als ein Nichts?«

Der Impuls, sein Schwert aus der Scheide zu reißen und auf Richard loszugehen, durchzuckte William. Doch erneut gelang es ihm, seinen Zorn zu bezwingen. »Immerhin weiß ich, im Gegensatz zu Euch, mein Prinz, dass ich es lieber mit Frauen als mit Männern treibe«, entgegnete er kühl.

»Ach, jetzt behauptet bloß nicht, dass Euch die Moralvorstellungen der Kirche interessieren.« Richard lachte leise. Dann betrachtete er ihn mit leicht zusammengekniffenen Augen. »Ihr seht zwar wirklich gut aus, William de Thorigny«, sagte er schließlich, »Euer Mund etwa wirkt wie geschaffen zum Küssen, und es müsste sehr erregend sein, die Zunge zwischen Eure Lippen zu schieben. Aber nein, Ihr seid nicht die Art Mann, die mich anzieht.«

»Wie beruhigend für uns beide, mein Prinz.« William de Thorigny verbeugte sich. »Denn sonst hätte ich Euch abweisen müssen. Ich werde Eurem Vater also mitteilen, dass Ihr sein Versöhnungsangebot abschlagt.«

Draußen vor dem Saal ballte William de Thorigny die Hände zu Fäusten. Diese Begegnung zwischen ihm und Richard Plantagenet war entgegen seinen Erwartungen unentschieden geendet. Sie hatten sich beide nichts geschenkt. Aber es würde ihm schon noch gelingen, das Selbstbewusstsein dieses hochmütigen jungen Burschen nachhaltig zu erschüttern. *Ja*, schwor er sich, *eines Tages werde ich den Königssohn zutiefst demütigen.*

*

Adela hatte Francis' und Luces Kittel gewaschen und breitete sie zum Trocknen auf der sonnigen Wiese hinter der Ruine aus, als Guy wieder einmal anschlug. Ein Fremder hätte ihr keinen größeren Schreck einjagen können als der hagere Mann, der gleich darauf auf die Lichtung geritten kam. Sie kannte ihn, es war ein Knecht von Francis' Gut, und sie wusste nur zu gut, dass er eine Nachricht überbringen würde, die ihren Mann wieder von ihr weg und zu Richards Heer führen würde.

Sie rief nach Luce und trug ihm auf, nach seinem Vater zu suchen, der zusammen mit Gerard im Wald einen Baum fällte. Adela war sich im Klaren darüber, dass es unhöflich war, den Knecht sich selbst zu überlassen. Aber sie konnte es nicht über sich bringen, sich mit ihm zu unterhalten, als wäre er ein ganz normaler Bote. Also reichte sie ihm einen Becher mit Wasser und ein Stück Brot, dann schritt sie an dem Bach entlang in den Wald. Am Ufer hockte sie sich ins Gras und sah zu, wie das Wasser um die Steine Wellen bildete und die Strömung Blätter und kleine Zweige fortschwemmte. Erst nach Einbruch der Dämmerung kehrte sie wieder zu dem zerfallenen Waldhaus zurück.

Auf der Lichtung saßen Francis, Gerard und der Knecht

um ein Feuer. Luce war zu Adelas Erleichterung nicht bei ihnen. Er schlief wohl schon.

»Adela«, Francis stand auf und ging ihr entgegen, »wo warst du denn? Ich habe mir Sorgen um dich gemacht.« Sein Blick war müde und schmerzerfüllt.

»Du wirst also gehen?«, fragte sie hart.

»Ja, morgen schon.«

Sie wollte ihn anschreien »Bleib bei mir!«, doch stattdessen sagte sie nur: »Wir müssen miteinander reden.« Gerard und der Knecht machten Anstalten, das Feuer zu verlassen. Aber sie hielt den Schäfer zurück und meinte: »Bitte geht noch nicht. Ich möchte Euch etwas fragen, auch wenn ich weiß, dass ich schon tief in Eurer Schuld stehe: Würdet Ihr mir noch einen großen Gefallen erweisen und Francis zu Richards Heer und in die Schlacht begleiten?«

»Wie kommst du denn auf diese Idee?«, fuhr Francis auf. »Ich möchte, dass Gerard bei dir und Luce bleibt und auf euch Acht gibt.«

»Nein, wenn Gerard einverstanden ist, soll er mit dir gehen«, erklärte Adela fest. »Ich will, dass jemand bei dir ist, dem ich wirklich vertrauen kann. Jemand, der zu mir kommt und mir mitteilt, wie es um dich steht – falls du nicht selbst dazu in der Lage sein solltest. Ich halte es nicht noch einmal aus, wochenlang nicht zu wissen, wie es dir geht.«

»Natürlich begleite ich Euch.« Gerard nickte Francis zu. »Guy werde ich hier bei Eurer Frau und Luce lassen, wenn das eine Beruhigung für Euch ist.«

»Ich weiß nicht, ob ich dein Angebot annehmen kann«, antwortete Francis zögernd. »Du hast schon so viel für uns getan.«

»Ach, ich habe in meiner Jugend an vielen Kämpfen teilgenommen, Herr.« Gerard grinste, auch wenn seine Augen ernst blieben. »Ich finde es ganz abwechslungsreich, auf meine alten Tage noch einmal Schlachtenluft zu schnuppern. Außerdem vermute ich, dass Eure Gattin Euch ohne mich nicht gehen lassen wird.«

»Ja, dass Gerard dich begleitet, ist meine Bedingung.« Adelas Stimme klang unnachgiebig.

»Gut«, seufzend gab Francis nach, während er von ihr zu dem Schäfer blickte, »dann kommt Gerard mit mir.« Adela spürte, wie schwer es ihm fiel, sie und Luce zu verlassen. Einerseits tröstete sie dies – und ließ sie andererseits nur noch zorniger auf diesen sinnlosen Krieg werden.

Gerard erhob sich und gähnte. »Dann werde ich mich jetzt schlafen legen. Wahrscheinlich werdet Ihr morgen sehr früh aufbrechen wollen.« Er nickte Francis zu, ehe er in Richtung Waldrand davonschritt, wohin auch der Knecht sich zurückgezogen hatte.

In dem verfallenen Waldhaus reckte Guy sich, als er Adela und Francis kommen hörte. Dann trottete er nach draußen, um seinen Herrn zu suchen. Im schwachen Lichtschein, den die Glut in der Feuerstelle verbreitete, sah Adela Luce schlafen. Wie es für ihn üblich war, hatte er sich wie ein kleines Tier zusammengerollt. Würde dies das letzte Mal sein, dass sie, Francis und ihr Sohn gemeinsam in einem Raum schliefen? *Nicht darüber nachdenken …* Sie und Francis streiften sich die Kleider ab und kuschelten sich dann unter den Decken bei der Feuerstelle aneinander.

»Ich liebe dich«, flüsterte Francis.

»Das weiß ich …« Adela schloss die Augen, damit nichts mehr sie von ihm ablenkte und sie ganz bei ihm war.

»Es gibt noch eine Sache, die wir miteinander bereden müssen. Falls Richard die Schlacht verliert und ich …«

»Sag es nicht …«, bat sie.

»... in dem Kampf ums Leben kommen sollte«, fuhr Francis leise und beharrlich fort, während er Adela streichelte. »Bei einer Niederlage Richards wird mein Gut bei Giverny von den Leuten des Königs in Besitz genommen werden. Hier werdet ihr – du, Luce und Gerard – den Winter über nicht bleiben können ... Glaubst du, dass du und Luce bei deiner Schwester Ann im Kloster Zuflucht suchen könntet?«

»Ja, wahrscheinlich«, hauchte Adela. »Aber ich will jetzt nicht daran denken, dass du sterben könntest.« Sie glitt auf Francis und küsste ihn hart auf die Lippen, um jedes weitere Wort von ihm zu ersticken.

Sie liebten sich lange und ungewöhnlich heftig, voller Leidenschaft und Verzweiflung. Schließlich legte Francis Adela die Hand auf den Mund, damit ihr erlöster Schrei Luce nicht weckte und erschreckte. Für den Rest der Nacht hielt Adela Francis in ihren Armen und lauschte auf seinen tiefen, gleichmäßigen Atem, denn sie wollte keinen der Momente mit ihm durch Schlaf vergeuden.

Doch viel zu bald sickerte das erste Morgenlicht durch das Loch in der Mauer, und Francis erwachte. Widerstrebend löste sie sich von ihm.

Nachdem er zum Bach gegangen war, um sich zu waschen, fachte Adela die Glut in der Feuerstelle an. Während die Flammen blau und rot aufzüngelten, wachte auch Luce auf und kam schlaftrunken zu ihr getappt. Er drückte sich an sie und lehnte seinen Kopf an ihre Schulter. »Vater wird wieder zu uns zurückkehren, nicht wahr?«, fragte er.

»Ja«, flüsterte Adela, »das wird er. Das wird er ganz bestimmt.«

*

Eine Woche später hatte sich Francis noch einmal davon überzeugt, dass es seinem Hengst in den beengten Stallungen der Burg von Sées an nichts fehlte. Danach stieg er eine schmale Treppe zum Wehrgang hinauf. Neben einer Schießscharte blieb er stehen und spähte in die Ebene hinunter. Zwei Meilen vom Burgberg entfernt lagerte das Heer des Königs. In der Abenddämmerung bildeten die Feuerstellen rote Lichtpunkte. Da es fast windstill war, stieg der Rauch senkrecht auf und verschmolz dann mit dem stets dunkler werdenden Himmel. Selbst auf die beträchtliche Entfernung hin glaubte Francis, Hämmern, Rufen und Pferdewiehern aus dem Lager hören zu können. Auch dort unten rüstete man sich zur morgigen Schlacht.

Richard Plantagenet bleibt noch dieser eine Kampf. Er muss siegen, sonst wird es schon eines sehr großen Wunders bedürfen, damit er den Krieg noch für sich entscheiden kann – davon war Francis ebenso wie meisten anderen Männer in der Burg überzeugt. Er versuchte, die düstere Vorahnung, die ihn überkommen wollte, abzustreifen. Während er den Wehrgang in Richtung des Burghofs entlanglief, wich er Bewaffneten aus, die große Vorräte an Pfeilen und Öl herbeischleppten. Die Schlacht würde wahrscheinlich in der Ebene geschlagen werden, aber es war gut möglich, dass auch die Burg in ihrem Verlauf verteidigt werden musste.

Als Francis seinen Schwertgurt zurechtrückte, der sich beim Gehen verschoben hatte, spürte er, wie etwas in der Tasche seines Kittels gegen seinen Oberschenkel drückte. Er nahm den kleinen Holzfisch heraus, den er dort aufbewahrt hatte, und betrachtete ihn wehmütig. In dem verfallenen Waldhaus hatte er begonnen, den Fisch für Luce zu schnitzen und ihn erst am Vorabend in Sées fertiggestellt. Der Nachmittag am Fluss und überhaupt all die Tage, die er mit Adela und seinem Sohn in der abgelegenen Gegend verbracht hatte, erschienen ihm mittlerweile nur noch wie ein ferner, schöner Traum. *Ob ich den Fisch Luce wohl selbst schenken können werde?*, dachte er traurig.

Vor einigen Tagen hatte er einem Kaufmann einen Brief übergeben. Darin hatte er seinen alten Freund Simon gebeten, sich um Adela und Luce zu kümmern, falls er – Francis – die Schlacht nicht überleben sollte. Wenn Simon aus dem Heiligen Land zurückkehrte, würde er dieses Versprechen erfüllen. Das wusste er.

»Hier finde ich Euch, Herr.« Gerards Stimme ließ Francis sich umdrehen. Der Schäfer war ihm nachgekommen. In dem Köcher, den er über der Schulter trug, steckten neue Pfeile. »Morgen ist es also so weit«, stellte er sachlich fest.

»Ja«, Francis nickte. Es hätte eine Menge gegeben, was er dem knorrigen, treuen Mann gerne gesagt hätte. Aber da er wusste, dass dies Gerard höchst unangenehm gewesen wäre, berührte er ihn nur am Arm und sagte: »Danke für alles!«

»Tja, das ist die erste Schlacht seit über zwanzig Jahren, an der ich teilnehme.« Gerard betrachtete ihn nachdenklich unter seinen buschigen Brauen. »Ihr werdet Eure Frau rächen.« Es war eine Feststellung, keine Frage.

»Ja, das werde ich.« Seit Francis von Blanka erfahren hatte, was William de Thorigny Adela angetan hatte, hatte er beschlossen, ihn zu töten. »Wenn es mir morgen nicht gelingt, de Thorigny umzubringen, werde ich es bei einer anderen Gelegenheit tun.«

»Meine Unterstützung habt Ihr.« Ein grimmiges Lächeln zuckte um den Mund des Schäfers.

»Gerard«, sagte Francis impulsiv, »ich frage mich immer wieder, ob es richtig war, mich an diesem Krieg zu beteiligen.«

»Wenn sich die großen Herren den Krieg erklären, kommen wir kleinen Leute kaum jemals ungeschoren davon. Ich bin überzeugt, auch wenn Ihr versucht hättet, Euch aus allem herauszuhalten, hätten Euch die Kämpfe und die Gewalt doch früher oder später eingeholt.«

»Ja, aber dann wäre ich zu Hause gewesen und hätte Adela und Luce und meine Leute beschützen können«, erwiderte Francis leise. »Ich kann es mir einfach nicht verzeihen, dass ich nicht bei ihnen war, als sie mich so dringend gebraucht hätten.«

»Wer weiß denn, ob Euch das gelungen wäre?« Gerard seufzte. »Vielleicht wäret Ihr ja auch bei dem Versuch, Euer Gut zu verteidigen, getötet worden. Quält Euch nicht länger mit Dingen, die nicht mehr zu ändern sind, Herr.« Sein Blick fiel auf den geschnitzten Fisch, den Francis immer noch in der Hand hielt. »Der ist für Euren Sohn, nicht wahr?«, fragte er und lächelte.

»Ja«, erwiderte Francis. »Gib du Luce bitte das Spielzeug, falls ich selbst dazu nicht mehr in der Lage sein sollte, und sag ihm, dass ich ihn sehr liebe.« Seine Augen wurden feucht. Er war Gerard dankbar, dass dieser nur nickte und sagte: »Lasst uns versuchen, noch etwas zu essen zu bekommen, ehe wir uns schlafen legen.«

*

Ja, er würde William de Thorigny finden und Adela rächen! Das Wappen der Familie de Thorigny – ein roter Hirsch auf einem grünen Hintergrund – verfolgte Francis bis in den Schlaf. Manchmal gelang es ihm in seinen Träumen, das Tier zu erlegen. Dann wieder schreckte er hoch, und wenn er dann erneut einschlief, trampelte ihn der Hirsch nieder oder verwandelte sich in einen Drachen, der ihn mit seinem Feuer versengte.

Auch als das Heer am nächsten Morgen zur Schlacht antrat, hatte Francis das Wappen vor Augen. Dicht hinter Richard galoppierte er auf das Zentrum der feindlichen Reihen zu, denn dort, in der Nähe des Königs, vermutete er William de Thorigny. Er focht wie ein Wilder. Einige Male erlitt er Verletzungen an Armen und Beinen, die er jedoch kaum wahrnahm. Ein leichter Regen hatte eingesetzt, als Francis endlich den Schild mit dem rot-grünen Wappen entdeckte. Ein schlanker, drahtiger Ritter führte ihn, der geschickt gegen einen von Richards Leuten focht.

Francis' Zorn und Hass verwandelten sich in kalte Entschlossenheit. Er spornte sein Pferd an, wich einer Gruppe von königlichen Soldaten aus und sprengte an die Seite von William de Thorignys Gegner. Ein junger Mann, wie Francis jetzt sah, den er kannte.

»Lasst ihn, Artois! Dieser Kerl gehört mir!«, rief er ihm zu. Etwas in seiner Stimme ließ Artois das Schwert sinken und sein Pferd zur Seite lenken. Das Klirren der Waffen, das Gebrüll der Kämpfenden, der Gestank von Blut und das Wimmern und Schreien der Verwundeten – alles um Francis herum verschwand. Nur noch er und sein Gegner zählten.

William de Thorignys Augen leuchteten sehr hell in seinem von Staub und Blutspritzern bedeckten Gesicht. Er hielt sein Schwert beinahe lässig vor sich, während sich seine Lippen zu einem Lächeln verzogen. »Der junge Mann hatte Glück, dass Ihr Euch eingemischt habt. Denn sonst wäre er jetzt tot.«

»Ihr seid sehr von Euch eingenommen«, gab Francis kühl zurück. Sie umkreisten sich jetzt lauernd auf ihren Pferden, versuchten, eine Schwäche des Gegners zu erspähen. »Und damit Ihr wisst, mit wem Ihr es tun habt – mein Name ist Francis de Nonant.«

William de Thorigny wirkte überrascht, dann lachte er. »Ach, deshalb seid Ihr so begierig, mich zu stellen. Euer Ehebett könnte ein bisschen weicher sein. Aber abgesehen von dieser Unbequemlichkeit, war es wirklich ein Vergnügen, es mit Eurer Frau zu treiben. Es stimmt, die Rothaarigen haben den Teufel im Leib. Ach, wie sie unter mir geschrien und gestöhnt und sich gewunden hat ....« Er stieß einen anzüglichen Laut aus, während er Francis nicht aus den Augen ließ. »Ja, ich glaube fast, auch Eure Frau hatte ihren Spaß. Wahrscheinlich habe ich es ihr endlich einmal richtig besorgt.« Blitzschnell stieß sein Schwert auf Francis zu. Doch dieser hatte mit dem Angriff gerechnet und wich ihm aus.

»Was für ein erbärmlicher Kerl Ihr doch seid!« Am Rande seines Bewusstseins nahm Francis wahr, dass Artois nun gegen zwei Soldaten des Königs kämpfte und aus einer Wunde am Bein blutete. Doch sofort war seine Konzentration wieder ganz auf seinen Gegner gerichtet.

»Erbärmlich? Nein, ganz und gar nicht.« William de Thorigny lächelte wieder. »Ich habe nur das ausgeführt, was meinem Vater verwehrt blieb. Genau genommen gehört mir Eure Frau ohnehin. So wie auch ihre Mutter meiner Familie gehörte.« Aufgeschreckt durch den Kampf in der Nähe, schlug sein Pferd nervös mit dem Kopf. William de Thorigny zog an den Zügeln, um es zu beruhigen.

Francis nutzte den Moment und durchbrach mit seiner Waffe die Deckung seines Gegners. Er sah, wie sich für die Dauer eines Lidschlags William de Thorignys Augen erschrocken weiteten. Doch bevor die Spitze seines Schwerts de Thorignys Kettenhemd durchstoßen und sich in dessen Leib bohren konnte, wurde Francis von Artois' Pferd gerammt. Er schwankte im Sattel und bot William de Thorigny seine ungeschützte linke Seite dar.

Er versuchte noch, die auf ihn niederfahrende Waffe abzuwehren. Doch William de Thorigny war zu schnell. Als sich dessen Schwert in seine Brust bohrte, empfand Francis keinen Schmerz. Es war eher wie ein dumpfer Schlag, der ihm den Atem raubte. Beinahe erstaunt sah er, dass die Waffe seines Gegners von frischem Blut bedeckt war. *Ist dies etwa mein eigenes Blut?*, fragte er sich verwirrt. Ja, wahrscheinlich war es das tatsächlich, denn William de Thorigny brach in ein triumphierendes Lachen aus.

Adela …, dachte Francis. Mit letzter Kraft riss er seinen Schwertarm hoch und führte einen Stich gegen seinen Gegner aus. Doch der Schlag war zu schwach. Das Schwert glitt an William de Thorignys Kettenhemd ab und verletzte nur dessen rechten Unterarm. Einige Blutstropfen quollen wie giftige Beeren aus dem Riss im Schaft des Handschuhs hervor.

»Fahrt endlich zur Hölle, Ihr Stümper!« William de Thorignys erneuter Stich in seine Brust warf Francis aus dem Sattel. Auf dem zertrampelten Boden kam er zwischen Pferdehufen zu liegen. Noch immer empfand er keinen Schmerz. Nur das Atmen war nun noch mühsamer geworden. Verwundert sah er mit an, wie sich sein zerfetztes Kettenhemd blutrot färbte.

Der Nieselregen kühlte sein erhitztes Gesicht. Befand er sich etwa wieder mit Adela und Luce am Bach im Wald? Ja, der Lachs, der sich in seinen Händen wand, war wunderschön. Seine Schuppen glänzten im Sonnenlicht.

»O Herr, ich sah Euch mit William de Thorigny kämpfen und wollte Euch zu Hilfe kommen …« Wie durch einen Nebel nahm Francis wahr, dass Gerard neben ihm kniete. Blutbesudelt, das Gewand zerfetzt und schmutzig, das Haar verfilzt von Schweiß und nasser Erde, hatte er kaum noch Ähnlichkeit mit einem Menschen. Dennoch fand Francis es tröstlich, dass der Schäfer bei ihm war.

»Adela … Luce …«, brachte er noch mühsam hervor. Dann gehorchten ihm seine Lippen nicht mehr.

*

Adela schnitt einige Zweige wilden Thymian ab und legte sie in ihr Bündel. In der Abendkühle dufteten die Kräuter intensiv. Luce spielte, wie schon den ganzen Nachmittag lang, am Bach und baute mit Steinen einen Damm. Sonnenflecken irrlichterten über sein kastanienbraunes Haar. In seiner Nähe hatte sich Guy hechelnd am Ufer ausgestreckt.

Am Morgen hatte es ein bisschen geregnet, doch später war die Sonne hervorgekommen und der Tag war heiß geworden. So war es die meisten Tage seit Francis' und Gerards Aufbruch gewesen und Adela war dankbar dafür. Denn daher hatte sie mit Luce und dem Hund im Wald herumstreifen und sich von ihren Sorgen ein bisschen ablenken können. Es hätte sie wahnsinnig gemacht, tagelang bei heftigem Regen in der Ruine hocken zu müssen.

»Luce, komm, es wird bald dunkel. Zeit, dass wir zurückgehen«, rief sie ihrem Sohn zu.

»Ja, gleich«, antwortete der Junge und schichtete schnell noch ein paar Steine auf den Damm. Guy stand auf, gähnte und schüttelte sich. Adela wollte zum Bach gehen, als sie plötzlich eine Bewegung am Wasser wahrnahm. Für einen Moment glaubte sie, Francis dort am Ufer stehen zu sehen. Er blickte sie und Luce traurig an. Doch so schnell, wie die Erscheinung gekommen war, verschwand sie auch wieder. Nichts als Schatten blieben zwischen dem hohen Gras und den Sträuchern zurück. Adela wurde es eiskalt, und ihr Herz klopfte wie rasend.

»Mutter, was hast du?« Sie spürte, wie sich Luces Finger in ihre schoben.

»Es ist nichts«, sagte sie hastig, »mich hat nur ein Rascheln im Wald erschreckt.«

»Du musst doch keine Angst haben«, erklärte Luce ernsthaft. »Guy hätte uns schon gewarnt, wenn etwas passiert wäre.«

Ja, dort am Bach ist niemand, sagte sich Adela, während sie Hand in Hand mit ihrem Sohn zu dem verfallenen Waldhaus zurückging. Ein Zusammenspiel von Licht und Schatten hatte sie genarrt. Oder ihre Angst um Francis hatte ihr vorgegaukelt, ihn dort zu sehen. Dennoch war ihr das Herz schwer, und eine schlimme Vorahnung erfüllte sie.

*

William de Thorigny lächelte vor sich hin, während er sich in seinem Zelt schlafen legte. Ein sehr zufriedenstellender Tag lag hinter ihm. Das Heer des Königs hatte die Schlacht gewonnen. Richards Truppen waren weit zerstreut. Es würde dem arroganten Prinzen sehr schwerfallen, seinen Vater noch einmal mit Truppen herauszufordern. Zudem hatte ihm das Schicksal auch noch den Schwiegersohn der verdammten Dienerin Aline über den Weg geführt, und – was natürlich das Beste von allem war – er hatte den Kerl getötet.

Mit der Erinnerung daran, wie viel Spaß es ihm bereitet hatte, die rothaarige hübsche Gattin dieses Tölpels zu vergewaltigen, schlief William ein. Ein brennender Schmerz in seinem rechten Unterarm weckte ihn bei Anbruch der Dämmerung. Er benötigte einige Augenblicke, bis ihm wieder einfiel, dass ihm Francis de Nonants Waffe dort die Haut aufgeritzt hatte. Am Abend war die Wunde zwar gereinigt und verbunden worden, doch etwas schien damit nicht zu stimmen. William beschloss, am Vormittag den Medicus zu sich rufen zu lassen. Es war besser, wenn dieser die Wunde noch einmal begutachtete.

Nachdem William mit dem König und einigen Adligen die Morgenmahlzeit eingenommen hatte, schickte er einen seiner Diener nach dem Arzt. Während er auf ihn wartete, schien es ihm, als ob der Schmerz schlimmer würde. Die Wunde brannte nun nicht nur, ein pochendes Ziehen erfüllte den ganzen Unterarm.

»Ihr habt Euch viel Zeit gelassen«, bemerkte William de Thorigny gereizt, als der Medicus, ein korpulenter Waliser, der Dawidth hieß, endlich in das Zelt trat.

»Ich musste einem Soldaten den Fuß amputieren und konnte den armen Kerl schlecht mit halb durchgesägtem Knochen auf meinem Tisch liegen lassen, nur weil Ihr nach mir verlangt habt.« Dawidth ließ sich nicht einschüchtern. »So, und nun reicht mir bitte Euren Arm.«

Rasch und geschickt nahm der Medicus den Verband ab. Das Fleisch war bis zum Ellbogen stark gerötet und geschwollen. »Tja, es tut mir leid, aber der Schnitt hat sich entzündet«, stellte er fest.

»Tatsächlich? Damit hätte ich nun wirklich nicht gerechnet«, erwiderte William sarkastisch. »Was werdet Ihr jetzt tun? Die Wunde ausbrennen?«

»Ja, das wird das Beste sein.« Dawidth nickte. »Wollt Ihr ein Mittel gegen den Schmerz?«

»Nein«, William winkte ab, »ich bin keine Memme. Fangt schon an.«

Der Gestank von verbranntem Fleisch füllte das Zelt, während der Medicus die Klinge eines glühenden Messers mehrmals auf die Schnittverletzung presste. William stieß einige derbe Flüche aus, zuckte vor der Klinge aber nicht zurück.

»So, jetzt wird die Wunde sicher gut heilen«, sagte Dawidth, als er schließlich eine Kräutertinktur über die Verletzung geträufelt und den Unterarm wieder verbunden hatte.

»Das hoffe ich auch.« William stieß einen Seufzer der Erleichterung aus.

*

Die Schlacht verloren ... Die Burg von Sées, seine letzte sichere Bastion, von seinen Feinden eingenommen ... Die Reste seines Heers zersprengt ... Nein, es konnte nicht sein, dass der Aufstand gescheitert war. Außer sich vor Zorn packte Richard Plantagenet einen Stuhl und schleuderte ihn quer durch das Zelt. Es verschaffte ihm eine gewisse Befriedigung, als das Möbelstück krachend an einer Truhe zerschellte.

»Schade um den schönen Stuhl ...« Eine gelassene Stimme ließ ihn herumfahren.

Eine hochgewachsene Frau stand im Zelteingang. Sie hatte die Kapuze ihres Mantels tief ins Gesicht gezogen. Doch Richard erkannte seine Halbschwester sofort.

»Ihr scheint überraschende Auftritte wirklich zu lieben«, bemerkte er bissig, als er sich von seiner Verblüffung erholt hatte.

»Oh, es ging mir nicht darum, Euch zu überraschen«, bemerkte Matilda trocken, während sie sich auf einen heil gebliebenen Stuhl setzte und den Mantel von ihren Schultern gleiten ließ. Ihr Kleid aus hellblauer Seide betonte wieder ihre vornehme Blässe. »Ich möchte nur mit Euch reden.«

»Ich bin nicht auf Euren Trost angewiesen, falls Ihr deshalb gekommen seid«, erklärte Richard verächtlich.

»Ich habe es wirklich nicht auf mich genommen, mich zwischen Horden von flüchtenden Soldaten zu Euch durchzuschlagen, nur damit Ihr Euch an meiner Brust ausweinen könnt.« Matilda lächelte kühl. »Ich will wissen, was Ihr jetzt weiter zu tun gedenkt.«

»Ich werde mich unserem Vater auf gar keinen Fall unterwerfen.« Trotzig schob Richard das Kinn vor.

»Und was wollt Ihr stattdessen tun? Habt Ihr etwa vor, bei dem französischen König unterzukriechen und ein Leben von seinen Gnaden zu führen, während Eure Brüder Henry und Geoffrey sich bei unserem Vater einschmeicheln? Nicht zu vergessen Euren Bruder John, der im Moment zwar noch zu klein ist, um sich an Ränken zu beteiligen und seinen Teil an der Macht zu fordern, der aber bald ebenfalls alt genug dazu sein wird. Falls unser Vater noch einige Jahre leben wird – und danach sieht es im Moment wirklich aus …«, ihre meergrünen Augen funkelten unergründlich, »werden die drei bei seinem Tod das Reich unter sich aufteilen. Wenn Ihr Glück habt, werden sie Euch dann mit einigen unbedeutenden Städten und Landstrichen abspeisen. Sehr viel wahrscheinlicher werdet Ihr allerdings gar nichts von ihnen erhalten.«

»Ich habe nicht vor, mich zu Ludwig zu flüchten«, entgegnete Richard hitzig. »Ich verfüge immer noch über Bewaffnete und kann Söldner anwerben …«

»Wovon wollt Ihr die denn bezahlen, jetzt da Eure Mutter eine Gefangene des Königs ist und seine Leute ihre Ländereien kontrollieren?«, unterbrach Matilda ihn ungeduldig. »Ganz zu schweigen davon, dass sich auch Söldner nicht gerne einem Verlierer anschließen.«

»Was fällt Euch ein …« Wütend fuhr Richard sie an.

»Ich habe keine Angst vor Eurem Jähzorn.« Matilda musterte ihn, ohne mit der Wimper zu zucken. Ihre Gelassenheit reizte Richard, nötigte ihm aber gleichzeitig auch Bewunderung ab. Mit zornig aufeinandergepressten Lippen blieb er stehen. »Statt wie ein trotziges Kind Spielzeug zu zertrümmern«, ihr spöttischer Blick wanderte zu dem zerbrochenen Stuhl, »solltet Ihr endlich erwachsen werden und der Realität ins Auge sehen. Jede weitere Schlacht, die Ihr schlagt, ist eine sinnlose Verschwendung von Menschenleben.«

»Ich hätte nicht erwartet, dass Euch das Leben einfacher Soldaten besonders kümmert.«

»Das ist auch nicht der Fall.« Sie ließ sich nicht aus der Ruhe bringen. »Ich hasse nur jede Form von Vergeudung. Außerdem schmälert Ihr so nur Eure Möglichkeiten, später doch noch zu triumphieren.«

»Ich ertrage es aber nicht, mit eingezogenem Schwanz reumütig zu unserem Vater zurückzukehren, ihn um Verzeihung zu bitten und mich seiner Gnade auszuliefern«, gab Richard heftig zurück. Er wirkte plötzlich sehr jung. »Und fast noch schlimmer wäre es, mich vor diesem Widerling de Thorigny demütigen zu müssen.«

»William de Thorigny besitzt keineswegs meine Sympathien.« Matildas Stimme klang spröde. »Aber manchmal bleibt einem nichts anderes übrig, als seinen Stolz hinunterzuschlucken. Auch das gehört zum Erwachsenwerden dazu.«

»Ach, meine um so viele Jahre ältere und reifere Halbschwester«, Richard warf den Kopf in den Nacken, »ich nehme an, Ihr habt bereits Eure Erfahrungen damit gemacht, vor unserem Vater zu Kreuze zu kriechen?«

»Ja, das habe ich, weil ich keine andere Wahl hatte.« Matilda hielt seinem zornigen Blick stand. »Aber meine äußerliche Unterwerfung bedeutet nicht, dass ich mich von ihm habe brechen lassen. Ich warte immer noch auf eine Gelegenheit, mich an ihm zu rächen.«

»Wofür Ihr mich als Werkzeug benutzen wollt.« Richard stieß ein freudloses Lachen aus. »Gehe ich recht in der Annahme, dass Eure Rache auch William de Thorigny mit einbezieht?«

»Ja, das tut Ihr.« Um ihren Mund spielte ein Lächeln, das jedoch ihre Augen nicht erreichte. »Ich handle durchaus nicht uneigennützig, das gebe ich zu. Trotzdem könnt Ihr ohne Wenn und Aber auf meine Unterstützung zählen. Anders als Euer Bruder Henry werde ich Euch nicht im Stich lassen. Das schwöre ich Euch.« Sie beugte sich vor und sah ihn eindringlich an. »Richard, ich bitte Euch noch einmal, schluckt Euren Stolz hinunter und spielt unserem Vater den reuigen Sohn vor. Er wird Euch verzeihen, da bin ich mir sicher. Denn im Grunde genommen hängt er an Euch und Euren Brüdern. Und dann wartet ab, Eure Zeit wird kommen, und eines Tages werdet Ihr König sein. Ihr habt wirklich das Zeug dazu. Ich weiß es. Falls Ihr aber auf Eurem Trotz beharrt, werdet Ihr innerhalb weniger Monate Eure ganze Zukunft zerstören.«

Richard erwiderte nichts, sondern starrte seine Halbschwester weiter nur finster an.

*

Ihre böse Vorahnung verließ Adela auch während der nächsten Tage nicht. Eine knappe Woche nachdem sie Francis im Wald gesehen zu haben glaubte – sie lief gerade mit einem Arm voller Feuerholz über die Lichtung vor dem zerfallenen Jagdhaus –, hörte sie Huftritte. Gleich darauf teilten sich die Zweige am Waldrand, und Gerard trat, sein Pferd am Halfter führend, zwischen den Bäumen hervor. Er war allein. Adela blieb stehen und presste die trockenen Äste an sich. *Wahrscheinlich hat Francis ihn vorausgeschickt*, versuchte sie sich einzureden. *Er wird bald nachkommen.*

Doch dann erkannte sie in Gerards müdem, niedergeschlagenem Blick und seinen gebeugten Schultern die Wahrheit.

Sie zwang sich, auf ihn zuzugehen. Es schien ihr sehr lange zu dauern, bis sie ihn erreicht hatte, und gleichzeitig war sie doch viel zu schnell bei ihm.

»Es tut mir leid.« Gerard schüttelte den Kopf. »Ich habe Euren Mann nicht beschützen können. Er wurde tödlich verwundet und starb am Abend nach der Schlacht.«

Noch immer weigerte sich ein Teil von Adela, die Realität zu akzeptieren. Ein lautes Bellen ertönte. Gleich darauf schoss Guy an ihr vorbei und sprang freudig um seinen Herrn herum. Luce war ihm gefolgt.

»Gerard, wie schön, dass du wieder da bist«, rief Luce aufgeregt. »Wo ist denn Vater? Hat er dich nicht begleitet?«

Adela wandte sich zu ihrem Sohn um. Das Lachen verschwand aus seinem Gesicht, und er schaute unsicher von ihr zu dem Schäfer. Sie musste ihm die Wahrheit sagen.

»Luce, dein Vater …«, begann Adela. Doch dann versagte ihr die Stimme. Das Gesicht des Jungen wurde ganz grau. Sie streckte die Hand nach ihm aus, um ihn an sich zu ziehen. Doch Luce wehrte sie ab. Mit einem klagenden Laut, wie ihn ein tödlich verwundetes Tier ausstoßen würde, sprang er auf sie zu und trommelte mit seinen kleinen Fäusten auf sie ein. »Du hast gesagt, er wird zu uns zurückkommen! Du hast es mir versprochen«, schrie er immer wieder.

Sie musste mit ihrem Sohn sprechen und ihn trösten. Für ihn da sein. Doch Adela fühlte nur eine unendliche Leere in sich und brachte kein Wort über ihre Lippen. Schließlich hob Gerard Luce, der sich schluchzend an ihn klammerte, hoch und trug ihn weg. Die trockenen Äste, die Adela immer noch festgehalten hatte, entglitten ihren Händen, und sie ließ sich kraftlos ins Gras sinken.

Eine Berührung an ihrer Schulter brachte Adela schließlich wieder zu sich. Der Schäfer beugte sich über sie und legte ihr eine Decke um. »Ihr könnt hier nicht länger sitzen bleiben«, sagte er ruhig. »Kommt mit ans Feuer.« Erst jetzt bemerkte Adela, dass es tiefe Nacht und ihr Gewand ganz feucht vom Tau war.

»Wie geht es Luce?«, flüsterte sie.

»Er schläft, an Guy gekuschelt.« Gerard half ihr auf und stützte sie, während sie zu der Ruine gingen. Drinnen huschte der Schein der Flammen über Luces Gesicht. Es war verzerrt, als ob er an schlimmen Träumen litte. Adela wollte zu ihm gehen, doch der Schäfer hielt sie zurück und führte sie mit sanfter Nachdrücklichkeit zum Feuer. »Weckt ihn lieber nicht auf«, sagte er leise. *Ja, wahrscheinlich ist sogar ein böser Traum noch besser als die Wirklichkeit*, dachte Adela erschöpft.

»Erzählt mir, wie …« Sie stockte kurz, ehe sie ihren ganzen Mut zusammennahm, um weiterzusprechen. »… Francis gestorben ist.«

Der Schäfer starrte eine ganze Weile in die Flammen. Seine Stimme klang belegt, als er schließlich zu reden begann. »Euer Gatte hatte mir anvertraut, dass er William de Thorigny in der Schlacht töten wolle. Gegen Mittag, der Kampf neigte sich schon seinem Ende zu, entdeckte er de Thorignys Wappen zwischen den Leuten des Königs. Ich war dicht hinter ihm, musste mich aber eines feindlichen Soldaten erwehren und konnte ihm deshalb nicht helfen. Als ich meinen Gegner endlich in die Flucht geschlagen hatte, war es schon zu spät. De Thorignys Schwert hatte das Kettenhemd Eures Gatten durchstoßen und ihn dicht unter dem Herzen getroffen. Zudem war Euer Gatte aus dem Sattel gestürzt, und einige Pferde waren über ihn hinweggetrampelt.«

Nun hat de Thorigny auch noch Francis getötet … Adela war zu erschöpft, um Hass oder Zorn zu empfinden.

Gerard sah sie an und seufzte. »Euer Gatte war fast ohne Bewusstsein, als ich ihn fand. Alles, was ich noch für ihn tun konnte, war, ihn vom Schlachtfeld wegzubringen. Ich habe mich in einem Wald mit ihm versteckt. Bald nach Einbruch der Abenddämmerung ist er gestorben.«

Also ist es doch Francis' Geist gewesen, den ich am Bach gesehen habe. Er ist tatsächlich gekommen, um sich von mir und Luce zu verabschieden, ging es Adela durch den Kopf. Sie wünschte sich, sie hätte ihm in diesem Moment sagen können, wie sehr sie ihn liebte und wie froh sie für die Jahre war, die sie mit ihm verbracht hatte, statt über die Erscheinung zu erschrecken.

»Was werdet Ihr jetzt tun?« Gerards Stimme brachte sie wieder in die Gegenwart zurück. Francis und sie hatten doch darüber gesprochen, was sie unternehmen sollte, für den Fall, dass er in der Schlacht ums Leben käme. Was war es nur gewesen? Mühsam versuchte Adela, sich zu erinnern. Dann fiel es ihr wieder ein. »Meine Schwester Ann lebt als Nonne in einem Benediktinerinnenkloster bei Bellême«, kam es ihr mühsam über die Lippen. »Ich werde versuchen, dort mit Luce Unterschlupf zu finden.«

»Dann lasst uns morgen aufbrechen.« Gerard nickte. »Je eher Ihr und Luce an einem sicheren Ort seid, desto besser.«

*

Nachdem der Medicus die Wunde ausgebrannt hatte, ließ der Schmerz in William de Thorignys Unterarm kurzzeitig nach. Doch am Tag darauf kam er wieder. Viel schlimmer als zuvor und kaum noch zu ertragen.

»Nun zögert nicht lange, brennt die Wunde noch einmal aus«, herrschte William Dawidth an, der den geschwollenen Unterarm sorgenvoll betrachtete.

Der Medicus seufzte. »Ich fürchte, damit wird es dieses Mal nicht getan sein«, sagte er zögernd.

»Was meint Ihr damit?« Dann begriff William. *Nein!*, durchfuhr es ihn. *Ich darf den rechten Arm nicht verlieren – den Arm, mit dem ich das Schwert führe.* Wie würden sich all die Adligen, denen er in den letzten Jahren bewiesen hatte, dass mit ihm nicht zu spaßen war, insgeheim an seinem Unglück weiden und sich über ihn lustig machen.

»Es muss eine andere Möglichkeit geben«, stieß er hervor.

»Leider nein.« Dawidth schüttelte den Kopf. »Das Fleisch ist brandig und hat schon begonnen, Euer Blut zu vergiften. Seht hier …« Er wies auf die roten Streifen, die sich über den Ellenbogen und weit den Oberarm hinaufzogen. »Wenn ich das kranke Glied nicht unverzüglich amputiere, werdet Ihr sterben. Wahrscheinlich war die Vergiftung, als ich die Wunde ausbrannte, schon zu weit in Euer Fleisch vorgedrungen.«

Ein Krüppel …

»Ihr werdet Euren linken Arm bald so gut gebrauchen können wie den rechten«, sagte Dawidth, als hätte er Williams Gedanken erraten. »Das ist nur eine Frage der Übung.«

Besser ein Krüppel, als tot zu sein, dachte William. *Ich muss mich zusammennehmen, darf keine Schwäche zeigen.* »Gut, dann ruft Eure Leute«, sagte er betont fest. Er wusste genug über Amputationen, um sich darüber im Klaren zu sein, dass sie eine grauenhafte Qual waren und dass mehrere Männer gebraucht wurden, um ihn während der Operation festzuhalten. Den mit Mohnsaft gemischten Wein, den ihm Dawidth verabreichte, lehnte er dieses Mal nicht ab, denn dies wäre eine Dummheit gewesen.

Der Trank half den Schmerz zu dämpfen, als das Messer des Medicus das Fleisch rund um den Armknochen aufschnitt. Doch als Dawidth die Säge ansetzte, kam es William vor, als ob ein riesiges Tier über ihn herfiele, ihn mit seinen Klauen packte und bei lebendigem Leib zerfleischte.

Er brüllte und fluchte und versuchte vergebens, sich unter den Händen der Männer, die ihn auf dem groben Eichentisch festhielten, aufzubäumen.

Diese Qual und dass ich zum Krüppel werde, verdanke ich nur der rothaarigen Tochter Alines, war Williams letzter klarer Gedanke, ehe er die Besinnung verlor.

*

Den ganzen Tag, vom Morgengrauen bis zum Anbruch der Abenddämmerung, waren sie immer weiter gewandert. Nur einmal hatten sie eine kurze Rast an einem Bach eingelegt, um etwas zu trinken. Es hatte Adela ihre ganze Kraft gekostet, einen Fuß vor den anderen zu setzen und vorwärtszugehen. Luce war neben Guy hergetrottet. Er hatte kaum reagiert, wenn sie versucht hatte, ihn anzusprechen. Auch jetzt am Feuer hielt er Abstand zu ihr.

Adela reichte ihm einen Fleischstreifen und ein Stück Brotfladen.

»Luce, du musst etwas essen«, drängte sie ihn.

»Nein, ich will nichts davon.« Er schüttelte den Kopf und starrte an ihr vorbei ins Feuer.

»Luce …«

»Nein!« Seine Stimme klang hoch und schrill. »Und überhaupt hast du mir gar nichts zu sagen. Du hast mich angelogen.«

Gerard, der das Maultier versorgt hatte, kehrte, gefolgt von Guy, zum Feuer zurück. Er hatte Luces Worte gehört und kniete sich neben ihn. Zu Adelas Überraschung holte er einen geschnitzten Fisch aus der Tasche seines Umhangs und hielt ihn Luce auf seiner schwieligen Hand hin.

»Dieser Fisch ist ein Geschenk deines Vaters«, sagte er ruhig. »Er gab ihn mir am Abend, bevor er starb, und er trug mir außerdem auf, dir zu sagen, dass er dich sehr liebt.«

Luce betrachtete das geschnitzte Tierchen, während seine Lippen zu zittern begannen. »Ein Fisch wie der Lachs, den wir zusammen geangelt und dann wieder ins Wasser geworfen haben«, flüsterte er dann.

»Du warst damals glücklich, nicht wahr?«

Luce nickte nur. Dann nahm er Gerard den geschnitzten Fisch sehr vorsichtig ab und umschloss ihn mit seiner kleinen Hand, als müsste er ihn beschützen.

»Luce, dein Vater würde es verstehen, dass du sehr traurig und zornig über seinen Tod bist und wahrscheinlich auch noch lange bleiben wirst«, sprach Gerard eindringlich weiter. »Aber er würde sich auch wünschen, dass du irgendwann verstehen kannst, dass er in deiner Erinnerung immer bei dir ist. Und vor allem würde er sich wünschen, dass du irgendwann wieder glücklich sein wirst.«

Die Andeutung eines Lächelns erschien um seinen Mund. »Und zum Glücklichsein, mein Junge, gehört auch, dass man etwas im Magen hat.« Er nahm Adela den Fleischstreifen und das Stück Brotfladen ab und hielt beides Luce hin.

Zu Adelas Erleichterung verweigerte ihr Sohn nun nicht länger die Nahrung. Und obwohl sie kaum einen Bissen hinunterbrachte, zwang sie sich auch selbst, ein wenig zu essen.

Kapitel 3

Hier lebt also meine Schwester Ann seit zehn Jahren, dachte Adela, während sie ihren Blick über das Kloster schweifen ließ, das unterhalb von ihr an einem Fluss in einer Senke lag. Zum ersten Mal, seit sie die Nachricht von Francis' Tod erhalten hatte, empfand sie so etwas wie einen Anflug von Interesse und nicht nur dumpfe Gleichgültigkeit. Eine hohe Mauer umgab die Anlage, die von einer Kirche mit einem wuchtigen viereckigen Turm beherrscht wurde. Die Kirche war, wie auch einige andere Häuser – wahrscheinlich Wohngebäude –, aus hellem Kalkstein errichtet worden.

Der Septembertag war trübe. In dem fahlen Licht verströmte der Stein eine kühle Strenge. Die aus Fachwerk erbauten Nebengebäude waren groß und strohgedeckt. Dahinter erstreckte sich ein weitläufiger Garten mit Beeten und Obstbäumen. Das Laub war da und dort bunt verfärbt. Auch die Felder rings um das Kloster waren teilweise schon abgeerntet, und die Luft roch nach frisch geschnittenem Getreide.

Zu Hause würden Francis und ich nun bald mit der Ernte beginnen, schoss es Adela durch den Kopf, während sie dem steinigen Weg hinunter zum Kloster folgte. Sofort verbot sie sich, weiter daran zu denken. Wenn sie zu sehr dem nachhing, was sie verloren hatte, würde sie die nächsten Wochen und Monate nicht überstehen – und das musste sie. Um Luces willen.

Am Vortag hatten sie die Grenze der ausgedehnten Klosterländereien erreicht und in einem Waldstück übernachtet, wo Gerard und ihr Sohn nun auf sie warteten. Eine knappe Woche hatten sie für die Reise benötigt, denn während der letzten Tage waren sie nur nachts unterwegs gewesen, um nicht umherstreifenden Gruppen von Bewaffneten in die Hände zu fallen. Erst in der Gegend um das zehn Meilen entfernte Bellême waren die Wege wieder sicherer geworden.

Während der ganzen Reise hatte Luce meist nur mit Gerard gesprochen. Sie wusste, dass sie ihm Zeit geben musste, um über den Tod seines Vaters hinwegzukommen. Trotzdem fürchtete sie, nicht nur ihren Mann, sondern auch ihr Kind verloren zu haben. Damit nicht genug, plagte Luce seit einigen Tagen ein schlimmer Husten.

Ach, wenn wir doch hier nur eine sichere Bleibe finden, hoffte Adela. Vielleicht würde es ihr dann allmählich gelingen, Luces Vertrauen zurückzugewinnen.

Die Pförtnerin in ihrem Häuschen hinter dem Klosterportal war eine rundliche, um die vierzig Jahre alte Frau, deren Gesicht von zahlreichen geplatzten Äderchen durchzogen war.

»Bitte, könnt Ihr mir sagen, wo ich Schwester Fidelis finde?«, gebrauchte Adela Anns geistlichen Namen.

»Ihr wollt sie sicher wegen eines Leidens aufsuchen.« Die Benediktinerin musterte Adela so mitleidig, dass ihr klar wurde, wie verhärmt und mitgenommen sie aussehen musste. »Um diese Tageszeit hält sie sich gewiss im Garten oder in ihrer Kräuterhütte auf.«

Adela überlegte, ob sie der Nonne sagen sollte, dass sie Anns Schwester war. Doch irgendetwas hielt sie davon ab. Stattdessen ließ sie sich den Weg zum Garten beschreiben.

Er führte sie an der Kirche vorbei, die auch aus der Nähe gesehen nichts von ihrer Strenge verlor. Einige Nonnen begegneten ihr, die den Blick auf den Boden gerichtet hatten. Dies in Verbindung mit ihren schwarzen Mänteln und Schleiern ließ Adela unwillkürlich an scheue Vögel denken. *Wie hat es meine Schwester, die als Mädchen und junge Frau so übermütig und lebenslustig war, nur all die Jahre hier ausgehalten?*, fragte sie sich.

Keiner aus ihrer Familie hatte es sich vorstellen können, dass Ann jemals auf die Idee verfallen würde, Nonne zu werden. Schließlich war sie von Verehrern umschwärmt gewesen. Aber dann kam der Sommertag, an dem Ann mit Adelas anderer Schwester Gwen und ihrem Bruder Patrick von Südengland zur Normandie segeln wollte. Sie waren nicht mehr weit von der normannischen Küste entfernt, als plötzlich ein Sturm aufzog und das kleine Boot kenterte. Als Einzige der drei Geschwister hatte Ann das Unglück überlebt. Dass sie sich danach sehr in sich zurückzog, wunderte niemanden in der Familie. Schließlich hatten alle sehr um Gwen und Patrick getrauert. Auch dass Ann, die nie besonders fromm gewesen war, nun häufig in die Kirche ging, um zu beten, war verständlich gewesen, auch wenn das jeder ihrer Verwandten für eine vorübergehende Neigung gehalten hatte. Als Ann aber anfing, regelmäßig nach Vire zu laufen, wenn dort fromme Wanderprediger zu den Gläubigen sprachen, hatte dies zumindest ihre Mutter Aline beunruhigt. Denn sie fürchtete, ihre Tochter würde sich in einen religiösen Wahn hineinsteigern.

Aber auch Aline war völlig überrascht, als Ann eines Tages ihren Eltern, Adela und ihrem Bruder Nicolas eröffnete, sie habe beschlossen, in ein Kloster einzutreten. Während der Predigt eines Benediktinerpaters habe der Heilige Geist zu ihr gesprochen, und sie habe begriffen, dass dies der Weg sei, den Gott für sie vorgesehen habe.

Adela erinnerte sich noch gut daran, dass ihre Mutter, die immer sehr resolut gewesen war und mit beiden Füßen auf dem Boden gestanden hatte, richtig zornig geworden war. Sie hatte Ann angeherrscht, dass sie wohl »nicht ganz bei Sinnen« sei und dass sie nur auf die Idee verfallen sei, ins Kloster zu gehen, da sie sich an Gwens und Patricks Tod schuldig fühle. Doch je mehr Aline versucht hatte, ihre Tochter von diesem Schritt abzuhalten, desto starrköpfiger hatte Ann auf ihrem Vorhaben beharrt. *Wobei sich Mutter*, dachte Adela, während sie durch einen hohen Torbogen ging, *im umgekehrten Fall bestimmt genauso verhalten hätte.*

Schließlich hatte Ethan eingelenkt und Ann begleitet, damit sie in dem Benediktinerinnenkloster bei Bellême ihr Noviziat antreten konnte. Er und Aline hatten gehofft – wie auch Nicolas und Adela –, dass die Realität des Klosterlebens Ann bald zeigen würde, wie falsch ihr Entschluss war. Doch zwei Jahre später teilte ihnen Ann in einem Brief mit, dass ihr Noviziat nun abgeschlossen sei und sie sich »nach reichlicher innerer Prüfung« dafür entschieden habe, die ewigen Gelübde als Nonne abzulegen.

Adela und ihre Eltern wollten zu dem feierlichen Gottesdienst reisen – Nicolas war zu dieser Zeit gerade frisch verheiratet und lebte mit seiner jungen Frau bei Salisbury –, aber tagelange Unwetter hatten die Straßen unpassierbar gemacht. Seitdem war nur alle ein, zwei Jahre einmal ein kurzer Brief von Ann auf dem Gut eingetroffen, in dem sie schrieb, dass es ihr gut ginge und sie für ihre Angehörigen beten würde. In einem dieser Briefe hatte sie auch berichtet, dass sie nun für die Pflege der Kranken verantwortlich sei.

Dieser Brief war kurz vor Alines Tod eingetroffen, und

sarkastisch und traurig hatte diese gesagt: »Wenigstens aus einem ihrer Talente hat das Mädchen etwas gemacht.«

An all das musste Adela denken, als sie nun durch den Torbogen in den Garten trat, der sich einen sanften Abhang hinunter bis zur Klostermauer am Flussufer erstreckte. Einige junge Nonnen, die die braunen Kutten von Novizinnen trugen, arbeiteten zwischen den Gemüsebeeten. Sie schnitten Kohlköpfe von ihren Strünken, lockerten die Erde um Zwiebeln und Lauchstangen mit kleinen Hacken und lösten Erbsenschoten von üppigen Büschen. Am Rand der Beete wuchsen Sonnenblumen sowie Astern und Rosen. In ihren bunten Farben glaubte Adela zum ersten Mal, seit sie das Kloster betreten hatte, so etwas wie Lebensfreude erkennen zu können. Ann konnte sie nirgends erblicken.

Eine Öffnung in einer hohen Hecke führte zum Kräutergarten. Dort blickte Adela sich wieder suchend um. Mit niedrigem, beschnittenem Buchs eingefasste Beete bildeten ein Quadrat. In seiner Mitte stand ein kleiner, steinerner Brunnen. Wasser plätscherte in die runde, von Löwenfüßen gehaltene Schale. Dann entdeckte sie auf der anderen Seite des Gartens die Hütte, von der die Pförtnerin gesprochen hatte. Ein Rauchfaden kräuselte sich durch das Abzugsloch im Dach in den grauen Himmel. Die Tür stand offen. Drinnen beugte sich eine Nonne über einen Tisch.

Adela war plötzlich beklommen zu Mute. Mehr als zehn Jahre waren vergangen, seit sie und ihre Schwester sich das letzte Mal gesehen hatten. Ob sie sich überhaupt noch nahe standen? Vielleicht waren sie sich ja auch völlig fremd geworden, und Ann würde ihr nicht helfen wollen. Zögernd blieb sie auf der Schwelle stehen. Ihre Augen benötigten einige Zeit, ehe sie sich an das Dämmerlicht im Hütteninneren gewöhnt hatten. Die Nonne, die, wie Adela jetzt wahrnahm, eine nach Salbei riechende Flüssigkeit durch ein Sieb in einen Topf goss, wandte ihr das Profil zu. Ja, die Benediktinerin war Ann. Sie war jetzt Ende zwanzig. Ihr Gesicht war schmaler, als Adela es in Erinnerung hatte, und um ihren Mund, der früher so gerne gelacht hatte, lag ein ernster, entschlossener Zug – aber sie war immer noch schön.

Unter ihrem Schleier war eine blonde Haarsträhne hervorgerutscht, die Ann nun ungeduldig zurückschob. Sie hatte das blonde Haar ihrer Mutter und deren braune Augen geerbt. Ihre Gesichtszüge ähnelten denen ihres Vaters, waren aber viel weicher, was sie stolz und zugleich anziehend wirken ließ. Adela erinnerte sich wieder, dass ihre Mutter einmal lachend gesagt hatte, Ann gleiche einer veredelten Rose – sehr besonders, aber auch empfindsam und dem Leben wahrscheinlich nicht so gut gewachsen wie Adela, die hübsch und widerstandsfähig wie eine Heckenrose sei.

»Ann«, rief sie leise. Sie konnte sich nicht dazu überwinden, die Schwester mit ihrem Nonnennamen anzusprechen.

Klappernd fiel das Sieb auf den Tontopf. Mit einem ungläubigen Gesichtsausdruck fuhr Ann zu ihr herum. Ihre Überraschung wich einem strahlenden Lächeln. »Adela, was bringt dich denn hierher? Wie schön, dich zu sehen. Komm, kleine Schwester, lass dich einmal anschauen.« Lachend umarmte Ann sie und schob sie ins Licht. Doch ihre Fröhlichkeit verschwand sofort, und sie erschrak. Sanft strich sie Adela über die Wange, während sie fragte: »Um Gottes willen, meine kleine Schwester, was ist geschehen?«

»Francis …«, sagte Adela. Doch kaum hatte sie seinen Namen genannt, brachen all die Gefühle, die sie in sich verschlossen hatte, aus ihr heraus, und sie begann haltlos zu weinen. Ann führte sie zu einer Bank an der Vorderseite der Hütte. So, wie sie es früher getan hatte, wenn Adela sich ein

Knie aufschlug oder wenn sie ein Spielzeug verlor und die jüngere Schwester in Tränen ausbrach, wiegte sie sie tröstend in den Armen. »Ja, ist ja gut, Adela, weine dich erst einmal aus«, flüsterte sie.

Allmählich beruhigte sich Adela so weit, dass sie Ann, wenn auch immer wieder von heftigen Schluchzern unterbrochen, von Francis' Tod, dem Überfall und ihrer Vergewaltigung durch William de Thorigny erzählen konnte. Ann hörte ihr schweigend zu, aber Adela konnte ihr Mitgefühl spüren. Dies gab ihr die Kraft, all das Schreckliche, das sie erlebt hatte, in Worte zu fassen.

»Ich hoffe, du wirst mir jetzt nicht sagen, das, was Francis, Luce und mir zugestoßen ist, sei Gottes Wille gewesen«, murmelte Adela schließlich und lehnte ihren Kopf an die Schulter ihrer Schwester. Sie fühlte sich zu Tode erschöpft.

»Nein, das Böse ist niemals Gottes Wille.« In Anns Augen schimmerten zornige Tränen. »Ich wünschte so sehr, ich könnte etwas sagen oder tun, was dir hilft und dich tröstet …«

»Ich bin hierhergekommen, weil ich deine Hilfe brauche. Könnten Luce und ich eine Weile im Kloster unterkommen? Ich arbeite natürlich für unseren Unterhalt und …«

»Nein, das geht auf gar keinen Fall!«, unterbrach Ann sie heftig.

»Ann, Luce ist krank. Ein schlimmer Husten plagt ihn. Er muss sich erholen. Wenn du mir nicht hilfst, weiß ich nicht mehr weiter.« Adela richtete sich auf und rückte von ihrer Schwester ab. *Kann es sein, dass ich mich so sehr in ihr getäuscht habe?*, dachte sie verzweifelt. *Ist es Ann etwa unangenehm, ihre Äbtissin mit der Not ihrer Schwester zu behelligen? Oder warum verhält sie sich plötzlich so abweisend?*

»Adela, du verstehst nicht ...« Ann streichelte ihre Hände. »Ich würde dich und Luce liebend gern hier bei mir wissen. Aber ihr könnt unmöglich im Kloster bleiben. Eine Base William de Thorignys ist seit einigen Wochen unsere Äbtissin.«

»Nein!«

»Doch, leider ist es genau so.« Ann seufzte. »Wir Nonnen wollten Héloise de Thorigny wirklich nicht als Äbtissin haben, nachdem unsere vorherige Äbtissin, Mutter Adelaide, starb. Aber der König hat uns dazu gezwungen, sie zu akzeptieren. Die Familie de Thorigny steht zurzeit bei Henry in hohem Ansehen, und die Position einer Äbtissin ist sehr erstrebenswert.« Spott und Bitterkeit schwangen in ihrer Stimme mit.

»Aber dann bist du doch hier auch nicht mehr sicher. Sobald William herausfindet, wer du bist, wird er dich quälen und demütigen«, stieß Adela erschrocken hervor.

»Keine der Nonnen weiß genug von mir, um mich an William de Thorigny verraten zu können. Unser altes Leben hat in einem Kloster schließlich keine Bedeutung. Außerdem sind wir ohnehin dazu angehalten, nur wenig miteinander zu sprechen. Die beiden einzigen Nonnen, denen ich recht viel von mir erzählt habe, meine alte Novizenmeisterin und Schwester Agatha, die mich in Kräuterkunde unterrichtete, sind schon vor einigen Jahren gestorben.« Anns Stimme klang ganz sachlich. Trotzdem fragte sich Adela, ob sie sich nicht sehr einsam fühlen musste.

»Und deine Mitgift? Sie ist doch sicher irgendwo verzeichnet?« Adela erinnerte sich, dass ihre Eltern dem Kloster eine Geldsumme und einen Acker übertragen hatten. Der Orden forderte von jeder Frau, die in eines seiner Klöster einzutreten wünschte, eine Schenkung, so war es allgemein Brauch.

»Als ich erfuhr, dass Héloise de Thorigny unsere Äbtissin

werden würde, habe ich über meinem Namen in dem Schenkungsbuch Tinte ausgegossen, so dass er unleserlich wurde.« Ann lachte und für einen Moment verwandelte sie sich wieder in die unbekümmerte junge Frau, die sie einmal gewesen war. Gleich darauf wurde sie jedoch wieder ernst. »Bei meiner Profess habe ich vor Gott diesem Kloster die Treue geschworen. Niemand wird mich von hier vertreiben. Nicht der König und erst recht nicht William de Thorigny.« Ein halsstarriger Zug erschien um ihren Mund, der Adela aus gemeinsamen Kindertagen nur zu vertraut war. Auch wenn sie die Entscheidung der Schwester nicht guthieß, war sie trotzdem froh darüber, dass das Ordensleben Ann nicht in ein willenloses Wesen verwandelt hatte.

»Aber um mich geht es jetzt doch gar nicht.« Ann schüttelte ungeduldig den Kopf. »Was zählt, das seid ihr, du und Luce. Hast du dir schon einmal überlegt, bei Nicolas Zuflucht zu suchen? Er hat den König immer sehr verehrt und hat sich bestimmt nicht an dem Aufstand beteiligt.«

Adela nahm wahr, wie eine Biene brummend an den Regalen voller Tongefäße entlangflog. Sie hatte so sehr gehofft, in der Umgebung des Klosters für sich und Luce eine neue Heimat zu finden. Sie wusste nicht, wie sie die Kraft finden sollte, noch einmal ins Ungewisse aufzubrechen. »Der Weg nach Südengland ist weit und in diesen Tagen sehr gefährlich«, meinte sie leise. »Ich würde es nicht ertragen, wenn Luce etwas zustoßen sollte. Außerdem muss er sich unbedingt eine Zeit lang schonen. Wir können nicht sofort wieder aufbrechen.«

Ann streichelte wieder ihre Hände. »Für ein paar Tage kann ich euch verstecken. Zu einem der Klosterfelder – es ist recht abgelegen – gehört eine Hütte, die die Bauern als Unterstand nutzen. Das Feld ist schon abgeerntet. Deshalb wird wohl kaum jemand dort auftauchen. Und von den Nonnen geht nur ganz selten einmal eine zu dem Acker.«

»Ja, es wäre schön, wenn wir erst einmal in dieser Hütte bleiben könnten.« Adela wurde es ein bisschen leichter ums Herz.

»Gut, dann hole ich etwas zu essen für euch.« Ann stand auf. »Warte hier auf mich. Ich werde nicht lange fort sein.«

*

Der Duft der Kräuter und der Rauch der glimmenden Kohlen machten Adela schläfrig, und sie nickte ein. Einmal glaubte sie, Glocken läuten zu hören. Schritte ließen sie hochschrecken. Doch zu ihrer Erleichterung war es nur Ann, die mit einem Korb am Arm in die Hütte trat.

»Luce, hast du gesagt, leidet an einem Husten?« Ann ging zu einem der Regale, griff nach einem großen bauchigen Tongefäß und goss eine intensiv nach Salbei und Thymian riechende Flüssigkeit in eine kleine Tonflasche, die sie mit einem Korken verschloss. »Das dürfte dem Jungen helfen.« Sie legte die Flasche und einen Tiegel in ihren Korb. Danach reichte sie Adela einige grobe Wolldecken, die in einer Ecke der Hütte gestapelt waren. »Kannst du die tragen? Gut, dann lass uns aufbrechen. Es trifft sich gut, dass sich gerade alle meine Mitschwestern zum Nachmittagsgebet in der Kirche aufhalten.«

Rasch beschrieb Adela Ann, wo Gerard und Luce lagerten. Als sie nach draußen schlüpften, stand eine blasse gelbliche Sonne am Himmel. Doch eine dunkle Wolkenwand im Süden kündigte neuen Regen an. Ann geleitete Adela durch den Garten und zu einer Pforte in der Klostermauer. Eine Weile liefen sie am Flussufer entlang, bis sie zu einem Steg kamen. Der schmale Weg auf der anderen Seite führte in einen lichten Mischwald. Auch hier waren die Bäume schon bunt verfärbt.

Pilze wuchsen im Unterholz, und das feuchte Laub am Boden verströmte einen leicht modrigen Geruch.

Ann ging schnell und schien keine Schwierigkeiten zu haben, sich auf den Pfaden zu orientieren. *Wahrscheinlich ist sie oft hier unterwegs, um Heilpflanzen zu sammeln*, ging es Adela durch den Kopf. *Vielleicht ist sie auch manchmal einfach froh, auf diese Weise dem Kloster entkommen zu können.* Ach, sie wusste nur noch so wenig von ihrer älteren Schwester.

»Darfst du denn so ohne Weiteres den Gebetszeiten fernbleiben?«, fragte sie impulsiv. Ann wandte sich zu ihr um und runzelte – wie es Adela vorkam – ein wenig unwillig die Stirn. »Da ich die Kranken betreue, habe ich die Freiheit, das Kloster zu verlassen, wann immer ich es für nötig erachte. Außerdem ist es nicht so, dass wir Nonnen das Leben von Gefangenen führen. Auch wenn meine Familie das zu glauben scheint …«

»Nein, ich wollte nicht …«, stotterte Adela ein wenig schuldbewusst. »Es tut mir wirklich leid, dass wir damals nicht zu deiner Profess kommen konnten …«

Ann hob spöttisch die Augenbrauen. »Insgeheim wart ihr doch ganz froh über die schlechten Wetterverhältnisse. Ich weiß sehr wohl, dass ihr meinen Entschluss, Nonne zu werden, nie wirklich akzeptiert habt. Aber da Héloise de Thorigny nun meine Äbtissin ist, war es ja vielleicht ein kluger Ratschluss Gottes, euch vom Kommen abzuhalten.«

»Bist du denn glücklich mit deinem Leben?«

»Ich bin zufrieden.« Etwas in Anns spröder Stimme hielt Adela davon ab, weitere Fragen zu stellen.

Schweigend liefen sie weiter. Als sie den Rand des Mischwalds erreichten, setzte ein leichter Regen ein. Das kurze Gespräch mit ihrer Schwester hatte Adela ein wenig von ihren

Sorgen abgelenkt. Doch nun musste sie daran denken, dass das Wetter bald endgültig umschlagen würde. Nasse, kalte Tage standen ihnen bevor. Sicher, Gerard würde sie bestimmt begleiten. Trotzdem fragte sich Adela wieder, wie sie und Luce die Reise nach Südengland bewältigen sollten.

Nach einer guten Stunde erreichten sie endlich den Lagerplatz. Unter den dichten Zweigen einer Buche hatte Gerard ein kleines Feuer entfacht. Luce lag, in den Mantel des Schäfers gehüllt und an Guy geschmiegt, am Rand der Feuerstelle. Zu ihrem Schrecken sah Adela, dass seine Augen einen fiebrigen Glanz hatten.

»Du bist also mein Neffe.« Ann beugte sich zu ihm hinunter, umarmte ihn und küsste ihn auf die Stirn. »Jetzt zuck nicht zurück, mein Junge. Du musst deiner Tante schon erlauben, dich zärtlich zu begrüßen. Schließlich sehe ich dich zum ersten Mal.« Sie lachte ihn an, während sie gleichzeitig mit der einen Hand in ihrem Korb kramte und mit der anderen Guy durch das Fell zauste. Gerard schenkte sie ein freundliches Nicken. Dann förderte sie aus dem Korb einen rotbackigen Apfel zutage sowie ein kleines Holztier, die sie beide Luce reichte. »Hier, den Apfel habe ich für dich in der Küche stibitzt, und die Schnitzerei hat mir einmal ein Händler geschenkt. Ich dachte, vielleicht bereitet dir das Tier ja Freude.«

»Was ist das denn für ein Tier?« Mit gekrauster Stirn betrachtete Luce die Schnitzerei, die ganz entfernt einem Pferd ähnelte. Jedoch war der Kopf viel breiter geformt, und auf dem Rücken hatte das Wesen zwei Höcker. Seine Stimme klang zurückhaltend.

»Der Händler hat mir erklärt, dass man es ›Kamel‹ nennt. Die Araber reiten darauf.«

Luce antwortete nichts. Aber er schenkte seiner Tante ein

scheues Lächeln und ließ das Kamel über Guys Rücken traben. *Er mag Ann*, dachte Adela erfreut. Ihre Erleichterung verschwand sofort wieder, als ihr Sohn von einem heftigen Hustenanfall geschüttelt wurde.

»Mein Junge, du nimmst jetzt einen Löffel von der Medizin, die ich dir mitgebracht habe«, befahl Ann. »Und danach brechen wir auf. Bis zu dem Unterstand ist es zwar nicht mehr weit. Aber wir sollten dort sein, ehe der Regen stärker wird.«

Für den Augenblick war Adela einfach froh, alle Entscheidungen ihrer älteren Schwester überlassen zu können.

*

Kurz vor Einbruch der Dämmerung erreichten sie ihren Zufluchtsort. Wie Ann gesagt hatte, war der Platz sehr abgeschieden. Der Unterstand war aus groben Brettern erbaut und schien zu Adelas Erleichterung wetterfest zu sein. Außerdem umwucherten ihn hohe Sträucher, so dass er vom Feld aus kaum zu sehen war. Während Adela Luce in eine Decke wickelte, holte Ann Brot, Käse, Schinken und Zwiebeln aus ihrem Korb. Sie ermunterte Gerard und Luce, sich davon zu bedienen. Danach raunte sie ihrer Schwester zu: »Komm mit nach draußen. Ich muss etwas mit dir besprechen.«

Überrascht folgte Adela ihr zu einer alten Eiche, die in einiger Entfernung von dem Unterstand wuchs und mit ihrem dichten Blätterdach Schutz vor dem Regen bot.

»Luce ist wirklich krank«, sagte Ann sanft.

»Ja, ich weiß.« Adela fühlte sich so hilflos. »Ich habe so große Angst, dass das Fieber schlimmer wird, und ich frage mich schon die ganze Zeit, ob er die Reise nach Südengland überstehen wird …«

»Als William de Thorigny das Gut überfallen und dir …«, Ann stockte, »… Gewalt angetan hat – hat er da Luce gesehen?«

Adela begann zu zittern. »Ich bin mir sicher, dass er ihn nicht zu Gesicht bekommen hat«, flüsterte sie. »Warum willst du das wissen?«

Ann seufzte. »Vorhin, als ich das Essen geholt habe, habe ich zwei Schwestern in der Küche miteinander reden hören. Sie meinten, dass unsere Äbtissin ihren Vetter in den nächsten ein, zwei Wochen als Gast erwarte.«

»Dann müssen wir so bald wie möglich aufbrechen.« Adela wurde übel vor Angst. Gleichzeitig hasste sie sich dafür.

»Ich habe mich gefragt, ob es nicht vielleicht besser wäre, wenn du Luce bei mir im Kloster lässt.«

»Bist du verrückt geworden?« Fassungslos starrte Adela ihre Schwester an. »Wie könnte ich Luce an einem Ort lassen, wo William de Thorignys Base Äbtissin ist – die er außerdem, wie du selbst eben gesagt hast, bald besuchen wird?«

Ann griff nach ihrem Arm. Nachdrücklich sagte sie: »Ich kann verstehen, dass dir mein Vorschlag erst einmal abwegig und gefährlich erscheint. Aber bitte, hör mich an. Héloise de Thorigny ist nicht besonders klug, aber sie ist – anders als ihr Vetter – kein böser Mensch. Sie würde Luce bestimmt nicht schaden. Nur ich weiß, wer der Junge wirklich ist. William de Thorigny kennt ihn nicht, und er würde ihn außerdem für die Dauer seines Besuchs, das verspreche ich dir, nicht zu Gesicht bekommen.«

»Nein, auf gar keinen Fall.« Adela schüttelte abwehrend den Kopf.

»Wenn Luce hierbliebe, würde ich ihn im Hospital unterbringen. Er hätte Zeit, sich zu erholen.« Ann redete beharrlich weiter. »Vielleicht wäre Gerard ja auch bereit, bei ihm zu bleiben. Er könnte ihn in einigen Monaten, wenn das Wetter wieder besser wird, nach Salisbury bringen. Oder ich würde eine Ausrede erfinden und die Reise mit Luce selbst unternehmen.«

»Nein«, stieß Adela hervor, »ich trenne mich nicht von meinem Sohn. Und ich will auch nichts mehr davon hören.« Ohne darauf zu warten, ob Ann ihr folgte, rannte sie zu dem Unterstand.

*

Adelas Entschluss geriet jedoch ins Wanken, als Luce in der Nacht immer wieder von heftigen Hustenanfällen geweckt wurde. Sie flößte ihm im Schein des kleinen Feuers das Hustenmittel ein und bestrich seine Brust mit der Salbe. Während sie das Mittel aus Bienenwachs, Salbei und Minze einmassierte, fühlte sich seine Haut unnatürlich warm an.

Am Morgen stellte Adela fest, dass das Fieber nicht zurückgegangen, aber zumindest auch nicht gestiegen war. Sie gab Brot und Wasser in einen Topf und bereitete daraus einen Brei, den sie über dem Feuer erwärmte. Denn Luce hatte geklagt, dass ihm sein Hals beim Schlucken wehtue. Noch immer regnete es. Grau und trostlos breitete sich der abgeerntete Acker vor dem Unterstand aus. Trotz des Feuers und obwohl sie sich im Trockenen aufhielten, spürte Adela die klamme Feuchtigkeit.

Bald nachdem er den Brei zu sich genommen hatte, schlief Luce wieder ein. Gerard, der seine Mahlzeit schweigend verzehrt und danach Pfeilspitzen aus Ästen geschnitzt hatte, wandte sich Adela zu. »Der Junge ist wirklich krank«, sagte er in seiner bedächtigen Art. Sie spürte, dass auch er sich große Sorgen machte.

»Ja, und wir können nicht in dem Kloster bleiben.«

»Ich dachte mir schon, dass es Schwierigkeiten gibt, nachdem Eure Schwester uns gestern Abend hierhergeführt hat.« Er nickte. Wegen Luce hatten sie am Vorabend nicht miteinander sprechen können. Nun berichtete ihm Adela leise, was die Gründe dafür waren. »Meine Schwester meint, ich solle Luce bei ihr lassen«, sagte sie schließlich. »Aber ich möchte mich nicht von ihm trennen. Ich habe so große Angst, dass ihm William de Thorigny etwas antut oder ihm sonst etwas zustößt. Andererseits fürchte ich aber auch, dass er die Reise nach Südengland nicht überstehen wird.« Wieder fühlte sie sich völlig hilflos und unsicher, was die richtige Entscheidung war.

»Eure Schwester hat ganz Recht.« Gerard blickte zu Luce, der sich wie meistens an Guy gekuschelt hatte. Sein Atem ging rasselnd, und seine Wangen waren stark gerötet. Dann wandte er sich wieder Adela zu. »Ihr könnt nicht aufbrechen, ehe sich der Junge nicht erholt hat. Eine lange Reise in seinem Zustand bei diesem Wetter würde wahrscheinlich seinen Tod bedeuten.«

»Dann werde ich bei ihm bleiben. Ich kann ihn doch krank, wie er ist, nicht einfach allein lassen.«

Gerard wiegte den Kopf. »Es wäre besser, wenn der Junge in einem warmen Bett und unter einem festen, schützenden Dach liegen würde statt an diesem zugigen, feuchten Ort. Sicher, William de Thorigny weiß nicht, dass Ihr Euch hier in der Gegend aufhaltet. Aber wenn Ihr den Jungen im Hospital besucht und Ihr dann de Thorigny zufällig über den Weg lauft ...« Er vollführte eine vielsagende Handbewegung. »Manchmal spielt einem das Leben böse Streiche. Und dieser de Thorigny scheint ohnehin mit dem Teufel im Bunde zu sein. Nein, geht Ihr zu Eurem Bruder, und ich und Eure Schwester kümmern uns um den Jungen.«

»Ihr würdet bei Luce bleiben?«

»Ja, natürlich.« Gerard lächelte ein wenig. »Er ist mir ans Herz gewachsen, und Guy würde ihn sicher auch sehr vermissen. Außerdem kann dieses Kloster bestimmt einen Mann brauchen, der im Stall und bei der Feldarbeit mit anpackt. Nächstes Jahr im Sommer bringe ich Luce dann zu Euch.«

Luce regte sich, als ob er spüren würde, dass von ihm geredet wurde. Verschlafen öffnete er wieder die Augen, während ihn erneut ein heftiger Husten schüttelte.

»Sprecht mit dem Jungen«, sagte Gerard leise zu Adela. Dann griff er nach seinem Umhang und ging auf das Feld hinaus.

»Es ist Zeit für deine Medizin.« Adela gab etwas von dem Hustenmittel auf einen Löffel und reichte ihn Luce. Der Junge schluckte willig. *O Gott, wie soll ich ihm nur erklären, dass ich ihn verlassen werde. Nein, das kann ich nicht …* Widersprüchliche Gedanken stürmten durch Adelas Kopf.

Luce griff nach dem Holzkamel und ließ es über eine Unebenheit in dem gestampften Lehmboden springen. »Sie ist nett, meine Tante, die Nonne«, sagte er nachdenklich.

Eine bessere Gelegenheit werde ich kaum bekommen, begriff Adela. Sie kniete sich vor ihn. »Luce, es ist schön, dass du deine Tante magst«, sagte sie hastig. »Ich muss dich nämlich für einige Monate bei ihr lassen. Ich fürchte, dass mich sonst William de Thorigny, jener böse Mann, finden wird. Ich würde dich gerne mit zu deinem Onkel Nicolas nehmen. Aber du bist zu krank. Deine Tante Ann wird sich gut um dich kümmern, und Gerard und Guy bleiben auch bei dir und passen auf dich auf.« Wie hohl ihre Worte doch klangen …

Luces kleines Gesicht verzog sich abwehrend, und er rückte von ihr weg. Adelas Herz krampfte sich zusammen. Atemlos redete sie weiter: »Wir werden nur für wenige Monate getrennt sein. Nächstes Jahr, wenn die Wege wieder sicherer und das Wetter besser sein werden, wird Gerard dich zu mir bringen.«

»Du lügst!«, schrie Luce. »Du gehst für immer fort, so wie auch Vater für immer weggegangen ist.«

»Nein, das werde ich nicht …« Adela biss sich auf die Lippen. Sie hatte Luce auch versprochen, dass Francis wiederkommen würde, und das hatte sich als unwahr erwiesen. Wie sollte er ihr jetzt glauben, dass sie sich tatsächlich in wenigen Monaten wiedersehen würden?

»Es ist mir völlig gleichgültig, dass du weggehst«, schluchzte Luce. »Ich mag Gerard und Guy sowieso viel lieber als dich.«

Verzweifelt sah Adela zu, wie er sich von ihr wegdrehte und seinen Kopf in Guys Flanke vergrub. Sie hatte keine Ahnung, wie sie zu ihm durchdringen und ihn trösten konnte.

»Adela …« Ann schlüpfte in den Unterstand. Ihr Mantel war nass vom Regen und schlammverschmiert. Ihr mitleidiger Blick verriet Adela, dass sie einen Teil des Gesprächs gehört hatte. »Es ist richtig, wie du dich entschieden hast. Ich bin eigentlich nur gekommen, um nach Luce zu sehen. Aber ich denke, es ist am besten, wenn ich Gerard suchen gehe und ihn bitte, den Jungen gleich zum Kloster zu tragen.«

Adela nickte stumm.

*

Ann brachte Luce in einer Kammer des Hospitals unter, wo Leinentücher und Arzneien aufbewahrt wurden. So konnten Gerard und Guy ihn besuchen, ohne von den anderen

Kranken neugierig beäugt zu werden. Während Ann einen Strohsack und Decken holte, saß Luce auf Gerards Knien. Er hatte den Kopf an seiner Brust vergraben und weigerte sich, mit Adela zu sprechen. Schließlich, als das Bett bereitet war, hob der Schäfer Luce auf den Strohsack und legte die Decke über ihn.

»Luce …« Adela kauerte sich neben das Bett. Ihr Sohn wandte den Kopf ab. Sie wollte ihm noch einmal sagen, wie sehr sie ihn liebte und dass sie ihn niemals allein lassen würde, wenn es nicht das Beste für ihn wäre, aber sie brachte kein Wort über die Lippen. Sie merkte, dass Ann etwas zu Luce sagen wollte, doch sie hielt ihre Schwester mit einer raschen, abwehrenden Geste davon ab. Sie wollte nicht, dass Luce gezwungen würde, sich von ihr zu verabschieden. Also küsste sie ihren Sohn nur schweigend. Dann reichte sie Gerard die Hand, streichelte Guy und hastete zur Tür, denn sie war nahe daran, in Tränen auszubrechen, und wenigstens das wollte sie Luce ersparen.

Adela hatte schon die Klinke heruntergedrückt, als sie glaubte, ihren Sohn »Mutter« sagen zu hören. Sie wirbelte herum und fürchtete, sich das nur eingebildet zu haben. Doch jetzt sah er sie an. »Du kannst den Fisch haben, den mir Vater geschnitzt hat«, meinte er ein wenig unsicher. »Ich habe ja das Kamel zum Spielen.«

»Ich werde gut auf den Fisch aufpassen«, flüsterte Adela. Behutsam nahm sie das kleine Holztier entgegen und schob es in ihr Bündel. Plötzlich schlang Luce seine Arme um sie und klammerte sich an sie. Eine Weile hielten sie sich fest. Dann zog Ann Adela sanft, aber bestimmt von Luce weg. »Du musst jetzt gehen, sonst machst du es für den Jungen nur noch schwerer«, sagte sie leise.

»Luce, deine Tante wird gut auf dich Acht geben.« Adela

versuchte zu lächeln. Luce nickte stumm. Dann floh Adela aus der Kammer.

»Schwöre mir, dass du Luce beschützen wirst.« Schluchzend wandte sich Adela an Ann, die ihr gefolgt war.

»Ja, ich schwöre es dir. Bei meinem Leben und bei meiner Seele.« Ann nickte ernst. »Lass mir eine Nachricht zukommen, sobald du sicher bei Nicolas eingetroffen bist.«

»Das werde ich.« Auch die beiden Schwestern umarmten sich noch einmal zum Abschied. Adela wusste, dass sie Ann vertrauen konnte. Trotzdem fragte sie sich, noch während sie das Kloster verließ, ob es wirklich die richtige Entscheidung gewesen war, sich von Luce zu trennen.

*

Diese Frage quälte Adela auch während der nächsten Tage. Das Wetter war einigermaßen beständig. Neblige, kalte Morgen gingen in graue Tage über. Aber zumindest regnete es nur selten. Trotzdem fühlte sie sich oft zu Tode erschöpft und elend, wenn sie ihren Schlafplatz in einer Klosterherberge oder der Scheune eines Bauernhofes verließ.

Sechs Tage nachdem Adela sich von Luce getrennt hatte, schleppte sie sich auf einem Waldweg einen Hügel hinauf. Der Weg führte zu einer Kapelle, die auf einer lang gezogenen, kahlen Kuppe stand. Vor dem unverputzten, aus groben Feldsteinen errichteten kleinen Gebäude befand sich eine Bank. Müde ließ sich Adela darauf sinken. Die Sicht war klar und eröffnete einen weiten Blick über das umliegende Land. *Zwei Tage werde ich bestimmt noch benötigen, bis ich den Hafen von Barfleur erreiche*, dachte sie. Hoffentlich hatten bis dahin noch keine Herbststürme eingesetzt. Denn dann würde die Schifffahrt über den Kanal eingestellt werden. Manchmal konnte das schlechte Wetter monatelang andauern.

Adela beugte sich zu ihrem Bündel hinunter, das vor ihr im Gras lag. Sie wollte die mit Wasser gefüllte Kalebasse herausnehmen, denn der steile Weg hatte sie durstig gemacht. Doch eine plötzliche Bewegung in ihrem Leib ließ sie innehalten. *Nein!*, durchfuhr es sie. *Das kann nicht möglich sein. Ich muss mich getäuscht haben.*

Vorsichtig lehnte sie ihren Rücken gegen die Kapellenwand. Sie wagte kaum zu atmen. Sie hatte sich fast schon wieder beruhigt, als sie die Bewegung ein weiteres Mal spürte. Ganz deutlich jetzt, so dass kein Irrtum möglich war. Sie war schwanger. Ein Kind bewegte sich in ihrem Leib.

Natürlich, dachte Adela benommen. Während der letzten Monate war ihre Blutung ausgeblieben. Sie hatte sich deswegen kaum Gedanken gemacht, denn ihre Regel war häufig unregelmäßig gewesen. Außerdem hatte sie geglaubt – wenn sie überhaupt einmal daran gedacht hatte –, dass ihre Blutung vielleicht auch wegen der Vergewaltigung und der Unterleibsverletzungen, die sie dabei erlitten hatte, ausgesetzt hatte. Wie hatte sie nur so dumm sein können!

Adelas Körper verkrampfte sich bei der Vorstellung, von William de Thorigny schwanger zu sein. Für einen Augenblick kam es ihr vor, als ob er wieder auf ihr läge und immer wieder brutal sein Glied in sie rammte, bis sie das Gefühl hatte, ihr Leib würde entzweigerissen. Ihr wurde übel. Sie glitt von der Bank und erbrach das Wenige, das sie am frühen Morgen zu sich genommen hatte, ins Gras.

Ich verspreche Euch – ehe ich mit Euch fertig bin, werdet Ihr um Gnade betteln, glaubte sie ihn flüstern zu hören.

Nein! Sie würde sein Kind nicht austragen. Es gab Mittel und Wege, um es loszuwerden. Ein Trank aus Raute und Quendel half, eine unerwünschte Schwangerschaft zu beenden. Noch würde sie diese Pflanzen finden können.

Sie hatte eben ihr Bündel umgehängt und wollte sich auf die Suche machen, als sie den Wind auf ihren Wangen spürte. Er schien William de Thorignys Worte mit sich wegzutragen, und nun hörte sie nur noch das Rascheln des Grases. Adela kam wieder zu sich und hielt inne. In den Tagen, als Francis bei ihr und Luce in dem verfallenen Waldhaus gewesen war, hatten sie sich einige Male geliebt. War es nicht ebenso gut möglich, dass sie von ihm schwanger war? Was sollte sie nur tun? Gequält schluchzte sie auf.

An die hintere Wand der Kapelle – das sah Adela jetzt – über einem kleinen Altar, auf dem welke Feldblumen in einem Holzbecher standen, war das Bild einer Madonna in leuchtenden Farben gemalt.

Bitte, schoss es Adela durch den Kopf, *gib mir ein Zeichen, ob ich Francis' Kind in mir trage oder das des Mannes, den ich zutiefst hasse.* Doch die Madonna blickte sie nur ernst und unverwandt aus ihren blauen Augen an. Schließlich, als ein leichter Regen einsetzte, wandte sich Adela von dem Bild ab und schleppte sich weiter.

Der Weg führte den Hügel hinab durch Wiesen, auf denen Sträucher und verwilderte Obstbäume wuchsen. Daran schloss sich ein weiteres Waldstück an. Schließlich mündete der Weg in eine schlammige Straße, in die Karrenräder tiefe Furchen eingegraben hatten. Normalerweise hätte sich Adela einen Pfad abseits der Straße gesucht, um ihre Reise fortzusetzen. Auf den Hauptverbindungswegen musste sie nämlich immer mit in Gruppen umherziehenden, plündernden Soldaten rechnen. Doch ein Pfad durch den Wald hätte einen weiten Umweg bedeutet, und sie war einfach zu müde, um diesen auf sich zu nehmen.

Gegen Mittag hörte es wenigstens auf zu regnen, und der Himmel klarte auf. Ein weißlicher Dunst lag über der herbstlichen Landschaft. Eine ganze Weile war Adela kaum jemandem begegnet. Doch als sie nun eine Biegung hinter sich ließ, sah sie vor sich ein gutes Dutzend Menschen, darunter einige Kinder. Die Leute waren ärmlich gekleidet. Ein braunhaariger Mann führte ein mageres Maultier am Halfter, auf dessen Rücken Säcke befestigt waren und das zusätzlich noch einen beladenen Karren ziehen musste. Zwei Frauen zerrten einen kleinen, mit Körben bepackten Wagen hinter sich her. Allem Anschein nach eine Familie, die der Krieg aus ihrem Zuhause vertrieben hatte.

Adela hatte die Gruppe fast erreicht, als sie hinter sich Hufgetrappel vernahm. Gleichzeitig hörte sie eine barsche Männerstimme rufen: »Aus dem Weg, Gesindel! Macht Platz für meine Herrin.«

Die Frauen und die Kinder hasteten an den Wegrand. Auch Adela beeilte sich, von der Straße wegzukommen. Der braunhaarige Mann versuchte, den Karren zur Seite zu lenken, doch das Maultier schaffte es nicht, die Räder aus den Furchen zu bekommen. Er und ein dünner, älterer Mann stemmten sich gegen die Rückseite des Karrens, um dem Maultier zu helfen.

Die Reitergruppe war inzwischen ganz nah herangekommen. Die Bewaffneten waren vornehm gekleidet, und Adela sah, dass sich zwischen ihnen eine rot und golden bemalte Sänfte befand. »Jetzt macht schon!«, brüllte der vorderste Reiter wieder, ein stämmiger Kerl, in dessen breitem Gesicht ein kurz gestutzter dunkler Bart wuchs.

Die beiden Männer stemmten sich noch einmal mit aller Kraft gegen das Gefährt. Das Maultier zog in seinem Geschirr. Plötzlich ruckte der Karren vorwärts und kam aus der Furche heraus. Doch der ältere Mann verlor das Gleichgewicht und stürzte mit einem Schmerzenslaut zu Boden. Adela hastete zu ihm und beugte sich zu ihm hinab.

»Mein Gott, mein Knöchel«, jammerte er.

»Stützt Euch auf mich.« Sie nickte ihm aufmunternd zu. Der andere Mann war damit beschäftigt, das Maultier, das nervös wieherte und ausschlug, festzuhalten. Doch die beiden Frauen eilten ihr zu Hilfe.

»Los, weg da«, brüllte der Bewaffnete wieder.

Adela verlor die Geduld. »Seht Ihr denn nicht, dass der alte Mann verletzt ist?«, schrie sie ihn an. »So gebt ihm doch etwas Zeit. Schließlich gehört die Straße nicht nur Euch.« Sie und die beiden Frauen schafften es schließlich, den Alten auf die Füße zu ziehen.

Aus den Augenwinkeln bemerkte Adela, dass der Vorhang im Fenster der Sänfte beiseitegeschoben wurde. Eine Dame mit einem länglichen, blassen Gesicht beugte sich heraus. »Roderick, wie lange sollen wir hier denn noch warten? Sorgt endlich dafür, dass wir weiterkönnen«, rief sie gereizt.

Adela hatte fast mit den Frauen und dem alten Mann den Straßenrand erreicht, als sie einen zischenden Laut vernahm. Gleich darauf spürte sie einen brennenden Schmerz an ihrer rechten Wange, wo sie die Peitschenschnur getroffen hatte. Voll ohnmächtigem Zorn verfolgte sie, wie die Bewaffneten an ihr vorbeizogen. Für einen Moment glaubte sie, hinter dem Fenster der Sänfte, neben der vornehmen Dame, ein erschrockenes Mädchengesicht zu sehen.

Als die Reitergruppe sie endlich passiert hatte, untersuchte Adela den Knöchel des Alten – es stellte sich heraus, dass er nur verrenkt und nicht gebrochen war. Sie bestrich ihn mit einer schmerzlindernden Salbe und stützte das Gelenk mit einem Verband. Von dem Alten und den beiden Frauen erfuhr sie, dass die Leute Bauern aus der Gegend um Avranches waren. Soldaten hatten tatsächlich auch ihr Gut ausgeraubt und niedergebrannt. Wieder empfand Adela einen ohnmächtigen Zorn auf die adelige Dame. Menschen wie ihresgleichen überstanden schlimme Zeiten meist unbeschadet und gönnten trotzdem den Armen noch nicht einmal einen Platz auf den Straßen!

Bis zur nächsten großen Weggabelung zog sie mit den Bauern weiter. Deren Ziel war Elbeuf, während Adela zur Küste wollte. Sie war ganz froh, dass sich ihre Wege trennten, denn ihr war nicht nach Gesellschaft zu Mute. Die Erkenntnis, dass sie schwanger war, beschäftigte sie immer noch viel zu sehr. Außerdem machte ihr die Müdigkeit immer mehr zu schaffen.

Am frühen Nachmittag, als sie wieder einmal ein Waldstück hinter sich gelassen hatte, sah Adela in einiger Entfernung ein großes Gehöft am Straßenrand liegen. Die hohe Mauer, die es umgab, war weiß gekalkt, und die Tonziegel einiger Gebäude schimmerten hell in dem milchigen Licht. Bestimmt wohnten hier Edelleute.

Adela hatte geplant, bis zum nächsten Dorf weiterzuwandern. Doch nun glaubte sie, kaum mehr einen Fuß vor den anderen setzen zu können. Deshalb beschloss sie, in dem Gehöft zu fragen, ob sie vielleicht für eine Nacht dort bleiben könne.

Als Adela durch das Tor trat, sah sie am Rande des mit Sand und Stroh bestreuten Hofes vor einem zweistöckigen Wohngebäude die rot-goldene Sänfte stehen. Sie wollte schon wieder umkehren, doch ein Mann – seinem einfachen Kittel nach zu schließen ein Knecht – kam auf sie zu und fragte sie, ob er ihr helfe könne. Da er ein freundliches Gesicht hatte, sagte Adela zögernd: »Ich suche einen Platz für die Nacht …«

»Meine Herrschaft hat vornehmen Besuch bekommen.

Aber ich denke nicht, dass sie etwas dagegen hat, wenn Ihr auf dem Heuboden schlaft.« Der Knecht deutete auf ein Gebäude, dessen Strohdach fast bis zum Boden hinunterreichte. »Geht nur hinein.«

Adela bedankte sich und überquerte den Hof. Im Inneren der Scheune überlagerte der Duft von frisch geschnittenem Gras alle anderen Gerüche. In dem schattigen Licht tastete sie sich zwischen Wagen, Truhen, Körben und Säcken bis zur Leiter vor. Oben auf dem Boden ließ sie sich ins Heu sinken und schlief sofort ein.

Ein Sonnenstrahl, der ihr direkt ins Gesicht schien, weckte sie. Er fiel durch eine schmale Luke hoch oben in der Giebelwand. Obwohl Adela – wie sie anhand des Sonnenstandes feststellte – gar nicht so lange geschlafen haben konnte, fühlte sie sich längst nicht mehr so erschöpft. Da ihre Kalebasse leer war, beschloss sie, auf dem Gut nach einem Brunnen oder Bach zu suchen, wo sie das Gefäß füllen konnte.

Sie glaubte sich daran zu erinnern, vorhin hinter der Scheune Wasser glitzern gesehen zu haben. Deshalb ging sie um das Gebäude herum. Ja, zwischen Schilfbüscheln verlief ein Bach.

Hinter einer Reihe niedriger Obststräucher hörte Adela nun fröhliche Stimmen. Zwei Mädchen, die acht oder zehn Jahre alt sein mochten, spielten miteinander Ball. Eines der beiden war blond und ein bisschen pummelig, das andere eher schmal und dunkel. Als der Wind seine lockigen Haare zurückblies, erkannte Adela in ihm das Kind aus der Sänfte. Unter einem Apfelbaum saßen einige Frauen, darunter auch zwei Nonnen und die Dame, die vorhin ihren Bediensteten angehalten hatte, die Peitsche zu gebrauchen. Sie sahen dem Spiel zu. Eine Magd reichte den Frauen kleine Kuchen, eine andere goss ihnen Getränke ein.

Ja, sie gehörten wirklich zu den vom Schicksal Begünstigten! Hastig ging Adela zum Bach weiter. Dort bückte sie sich hinter einigen Schilfbüscheln und füllte ihre Kalebasse. Das Wasser war klar und kalt und nicht sehr tief. Auf dem Grund lagen glatt geschliffene Kiesel. Adela hockte sich auf einen Felsbrocken am Ufer. Dem Spiel der kleinen Wellen zuzusehen, tat ihr gut und ließ sie ruhiger werden.

Erneut bewegte sich das Kind in ihr. *Ich werde es behalten*, dachte sie. *Denn ich würde es mir niemals verzeihen, wenn es doch Francis' und mein Kind wäre.* Außerdem waren Abtreibungen nicht ungefährlich, und sie musste um Luces willen am Leben bleiben. Eine schwache Zuneigung zu dem Wesen, das in ihr heranwuchs, regte sich in ihr.

Als sie eine Weile später an dem Garten vorbei zurück zur Scheune ging, blickte Adela unwillkürlich wieder zur Wiese. Das braun gelockte Mädchen saß auf einer Schaukel, die zwischen den Zweigen eines alten Walnussbaumes hing, und schwang sich hoch in die Luft. Ein übermütiges Lachen erhellte sein hübsches Gesicht. Seine Spielgefährtin hatte sich zu den Frauen gesellt und knabberte an einem Kuchen.

Adela hatte fast die Ecke der Scheune erreicht, als sie hinter sich einen lauten, entsetzten Aufschrei hörte. Rasch wandte sie sich um. Die Schaukel schwang leer vor dem blauen Herbsthimmel in der Luft. Dann sah sie, dass das Mädchen herabgestürzt war und reglos im Gras lag.

Weshalb nur war das Kind von der Schaukel gefallen? Schließlich war keines der Seile gerissen, dachte Adela, während sie zu ihm rannte. Auch die Frauen waren aufgesprungen und zu dem Kind gestürzt. Die vornehme Dame war neben ihm auf die Knie gesunken. Ihr vorhin noch so hochmütiges Gesicht war totenbleich und vor Schreck verzerrt.

»Bestimmt ist Euer Mündel unglücklich mit dem Kopf auf

den Boden geschlagen und deshalb ohne Besinnung«, meinte eine der Nonnen, eine zierliche, ältere Frau. »Sie braucht Wärme und ein Bett.«

»Nein, wartet.« Adela drängte sich zwischen ihnen hindurch und kniete sich ebenfalls neben das Kind.

»Was fällt Euch ein, Euch einzumischen?«, fuhr eine andere Frau – eine Adlige, ihrem blauen Seidenkleid nach zu schließen – sie an. »Wer seid Ihr überhaupt?«

Adela beachtete sie nicht. Ganz in ihrer Nähe hörte sie ein durchdringendes Summen. Einige Wespen kreisten um den alten Walnussbaum. Aufmerksam betrachtete sie das Mädchen. Ja, tatsächlich – sie entdeckte, was sie erwartet hatte. In dem Hals des Kindes steckte ein kleiner Stachel.

»Ich rufe zwei Knechte, damit sie Joanna ins Haus tragen«, sagte die Frau in dem blauen Kleid.

»Nein«, meinte Adela wieder hastig. Die Adlige wandte sich ab, ohne sie weiter zu beachten. In diesem Moment keuchte die vornehme Dame aus der Sänfte entsetzt auf. »Joanna atmet nicht mehr.«

Adela kümmerte sich nicht um die erschrockenen Stimmen und Rufe, die um sie ertönten. Kurz entschlossen schob sie die Dame weg und beugte sich über das Mädchen. Rasch bog sie seinen Kopf ein wenig zurück. Dann öffnete sie seinen Mund, vergewisserte sich, dass die Zunge nicht nach hinten in die Kehle gerutscht war, und presste ihre Hände, so fest sie konnte, wieder und wieder auf sein Herz.

Komm schon, flehte sie in Gedanken. *Du bist viel zu jung, um zu sterben. Dein ganzes Leben liegt noch vor dir.* Endlich spürte sie, wie ein Zittern das Mädchen durchlief und seine Brust sich hob und senkte. Es atmete wieder! Eine Weile fuhr Adela noch fort, ihm ihre Hände mit aller Kraft auf das Herz zu drücken. Erst als sie sich ganz sicher war, dass das Herz nicht wieder aufhören würde zu schlagen, ließ sie von ihm ab und richtete sich auf.

»Ein Wunder«, murmelte die zierliche Nonne und bekreuzigte sich. »Ja, ein Wunder«, flüsterten einige andere Frauen. Die vornehme Dame starrte sie nur stumm an.

»Nein, das war kein Wunder.« Ungeduld regte sich in Adela. »Eine Wespe hat das Kind gestochen. Manche Menschen reagieren so heftig auf das Gift, dass ihr Herzschlag aussetzt. Wenn man schnell handelt und das Herz wieder zum Schlagen bringt, kann man diese Menschen meistens retten.« Sie wandte sich an die vornehme Dame. »Das Mädchen kann jetzt ins Haus gebracht werden. Ich werde ihm noch ein Mittel einflößen, das seinen Herzschlag gleichmäßig werden lässt. Und wenn Ihr wollt, bleibe ich noch eine Nacht lang bei ihm.«

»Ja, tut das.« Die Dame hatte sich wieder gefasst. Ihre Stimme klang barsch, als gäbe sie einen Befehl.

Einige Knechte erschienen. Einer hob das Mädchen vorsichtig hoch. Einen anderen bat Adela, ihr das Bündel vom Heuboden zu holen. Dann folgte Adela der vornehmen Dame und dem Knecht, der Joanna trug, in das Wohngebäude und hier eine schmale steinerne Wendeltreppe hinauf in den ersten Stock. In einem großen, nach Süden hin gelegenen Zimmer, dessen Wände mit grünen Blattranken bemalt waren, stand ein Himmelbett auf einem Holzpodest. Es war mit seidenen Kissen und Decken ausgestattet, und Stickereien zierten die roten Samtvorhänge.

Nachdem der Knecht das immer noch bewusstlose Mädchen in das Bett gelegt hatte, beugte sich Adela über es. Der Atem des Kindes ging immer noch sehr schwach. Endlich kam der andere Knecht mit ihrem Bündel, und sie konnte dem Kind einen Trank einflößen, der eine Spur Digitalis enthielt. Danach entfernte sie den Stachel aus seinem Hals. Die vornehme Dame hatte sich mittlerweile in einem Lehnstuhl niedergelassen.

Adela zog sich einen Schemel zum Podest. Nach einer Weile erschienen einige Mägde, die ein Becken voller glimmender Kohlen, Kerzen sowie Brot, gesottenes Fleisch und Krüge mit Wasser und Wein brachten. Adela aß ein wenig von dem hellen Brot und trank einige Schlucke Wasser. Die vornehme Dame nahm nichts zu sich, sondern saß nur stumm und mit in sich gekehrter Miene da.

Auch während der Nacht sprach die Dame kein Wort. Manchmal ging sie im Zimmer auf und ab, und Adela sah ihren Schatten im Kerzenlicht über die Wände huschen. Hin und wieder trat sie auch an das Bett und vergewisserte sich, dass das Mädchen ruhig atmete. Dann hatte ihr stolzes Gesicht einen überraschend weichen Ausdruck.

Das Kind war nur wenige Jahre älter als Luce. Immer wieder musste Adela an ihren Sohn denken. Sie hoffte inständig, dass es ihm inzwischen besser ging, und sehnte sich schrecklich nach ihm.

Gegen Morgen, das erste Licht kroch schon durch die Ritzen in den Fensterläden und mischte sich mit dem Kerzenschein, öffnete das Mädchen die Augen und bewegte seinen Kopf auf den Kissen. Als sein Blick Adela erfasste, flüsterte es: »Wer seid Ihr?«

»Eine heilkundige Frau.« Adela lächelte es an.

»Joanna, endlich bist du wieder zu dir gekommen.« Die vornehme Dame eilte herbei. Sie setzte sich auf den Bettrand und ergriff die Hände des Kindes.

»Madam, was ist denn mit mir geschehen?« Das Mädchen runzelte die Stirn. »Ich erinnere mich nur noch daran, wie ich auf der Schaukel saß.«

Joanna hatte das Schlimmste überstanden und befand sich auf dem Weg der Besserung. Adela hob ihr Bündel vom Boden auf und hängte es sich um. Sie konnte ihre Reise fortsetzen. Sie mochte das Kind, aber sie verspürte nicht die geringste Lust, sich von der vornehmen Dame zu verabschieden. Leise schlüpfte sie aus dem Zimmer.

Sie hatte den Hof zur Hälfte überquert, als sie schnelle Schritte hinter sich hörte. Eine Frauenstimme rief: »Bei Gott, so wartet doch!« Als sie sich umdrehte, eilte die Dame auf sie zu. Ihre Miene war ärgerlich. »Wie kommt Ihr dazu, einfach so zu gehen?«, fuhr sie Adela an.

Adela hatte nun wirklich genug von ihr. »Ich bin nicht Eure Leibeigene und Euch keine Rechenschaft über mein Tun schuldig«, antwortete sie schroff.

Die Dame öffnete den Mund, um etwas zu sagen. Doch etwas ließ sie stutzen. So rasch, dass Adela keine Gelegenheit hatte, sie abzuwehren, fasste sie sie am Kinn und drehte die Seite ihres Gesichtes, wo der Peitschenhieb eine Narbe hinterlassen hatte, der Sonne zu. Sie betrachtete den blutverkrusteten Striemen und sagte dann langsam: »Ihr seid also jene Frau, die bei dem Bettler gekniet und mit ihm die Straße blockiert hat.«

»Das war kein Bettler, sondern ein alter Bauer, den der Krieg mitsamt seiner Familie von seinem Land vertrieben hat. Ein Krieg, den Leute wie Ihr angezettelt haben und den die einfachen Leute ausbaden müssen.« Adelas Stimme war kalt vor Zorn. »Allem Anschein nach liegt Euch wirklich viel an Eurem Münde und Ihr habt doch ein Herz – was ich Euch gar nicht zugetraut hätte. Ich hoffe, der Unfall Eures Mündels hat Euch gezeigt, wie schnell auch Ihr Hilfe benötigen könnt. Vielleicht verhaltet Ihr Euch ja das nächste Mal weniger grausam, wenn Ihr einem Verletzten begegnet.«

Adela wollte die Dame stehen lassen und weitergehen. Doch zu ihrer Überraschung trat diese ihr in den Weg. Sie fasste sie am Arm und blickte sie an. »Ihr habt ganz Recht. Mein Verhalten war grausam, dumm und gedankenlos«, sagte sie ruhig. »Dafür gibt es keine Entschuldigung. Ich möchte Euch aber wenigstens sagen, dass ich nicht wollte, dass die Peitsche Euch oder den alten Mann trifft.«

»Wie überaus freundlich von Euch, dass Ihr uns nicht wirklich schlagen lassen wolltet«, versetzte Adela sarkastisch. Sie war immer noch zornig. »Erwartet Ihr etwa, dass ich Euch dafür dankbar bin?«

»Nein.« Die Dame schüttelte den Kopf. »Aber ich möchte Euch wissen lassen, dass ich immer in Eurer Schuld stehen werde. Denn ich bin mir darüber im Klaren, dass mein Mündel, wenn Ihr ihm nicht zu Hilfe gekommen wäret, gestorben wäre.« Sie zog einen goldenen, mit Edelsteinen besetzten Ring von ihrem Finger und reichte ihn Adela. »Bitte, nehmt diesen Ring als kleines Zeichen meiner Dankbarkeit.«

»Es war einfach Glück, dass ich zur Stelle war«, erwiderte Adela steif. »Ich hätte jedem anderen Menschen auch geholfen. Also müsst Ihr mich dafür nicht bezahlen.«

»Ich würde es nicht wagen, Euch eine Bezahlung anzubieten.« Die Dame lächelte schwach. »Schließlich ist das, was Ihr getan habt, mit keiner noch so großen Geldsumme aufzuwiegen. Nein, ich möchte Euch lediglich etwas schenken, und es wäre mir eine Ehre, wenn Ihr mein Geschenk annehmen würdet.«

Adela forschte in ihrem Gesicht, ob sie sich etwa über sie lustig machte. Doch obwohl sie lächelte, blickten ihre Augen sehr ernst. Schließlich nahm Adela den Ring zögernd entgegen. »Das Mädchen sollte sich noch ein paar Tage lang schonen«, sagte sie, »aber ich bin mir sicher, dass es wieder ganz gesund werden wird.« Mit einem knappen Nicken verabschiedete sie sich von der Frau.

*

Während Ann auf das Hospital zuging, dankte sie wieder einmal dem Himmel dafür, dass William de Thorignys Besuch vorbei war. Drei Tage lang hatte er die vornehmsten Räume des Gästehauses bewohnt und bei seiner Base in deren Zimmern gespeist. Deshalb hatte Ann ihn nur einige wenige Male aus der Ferne zu Gesicht bekommen. Doch diese kurzen Begegnungen hatten ausgereicht, sie mit Abscheu und Zorn zu erfüllen. Einmal, als William de Thorigny keinen Mantel getragen hatte, hatte sie überrascht festgestellt, dass er seinen rechten Unterarm verloren hatte. Dies hatte Ann mit einer tiefen Genugtuung erfüllt, und es war ihr völlig gleichgültig gewesen, dass rachsüchtige Gefühle eine noch viel schlimmere Sünde als Abscheu und Zorn darstellten.

In seiner Kammer kauerte Luce auf der Kante des Strohsacks und blickte ihr ängstlich entgegen. Seit ein paar Tagen war er wieder ganz gesund, aber sie hatte es vorgezogen, Héloise de Thorigny gegenüber zu behaupten, er sei immer noch krank. So hatte sie ihn weiterhin im Hospital verbergen können.

»Komm«, sagte Ann freundlich, »wir müssen gehen.«

»William de Thorigny ist nicht mehr hier?« Er schluckte.

»Er hat das Kloster schon gestern verlassen.« Wieder fühlte Ann sich wie von einer schweren Last befreit. »Ich habe der Äbtissin erzählt, ein Schäfer habe einen Waisenjungen ins Kloster gebracht. Sie ist damit einverstanden, dass du und Gerard bleibt, wenn ihr euch nützlich macht. Du sollst in der Küche und in den Werkstätten mithelfen, und Gerard wird die Stellung unseres alten Schäfers übernehmen.«

Zögernd stand Luce auf. »Aber ich darf Gerard und Guy besuchen?«, fragte er zögernd.

»Ja, natürlich.« Ann umarmte ihn. Er kam ihr sehr dünn und zerbrechlich vor. »Heute Nachmittag kommst du zu mir in meine Hütte. Ich werde einfach sagen, dass du mir beim Kräuterverlesen hilfst. Wenn du magst, erzähle ich dir eine Geschichte. Oder ich zeige dir auf einem Wachstäfelchen, wie man Buchstaben schreibt.«

»Ich möchte eine Geschichte hören und Buchstaben lernen.« Sein schmales Gesicht hellte sich ein bisschen auf.

»Gut, dann beides.« Sie lächelte ihn an. »Und vergiss bitte nicht, dass du mich vor anderen Menschen Schwester Fidelis nennen musst. Niemand darf erfahren, dass ich deine Tante bin. Das ist ganz wichtig.«

»Das weiß ich doch.« Luce nickte.

Hand in Hand liefen sie über das Klostergelände. Der Morgen war klar und kalt. An schattigen Stellen bedeckte noch Reif den Boden. Auf dem großen Hof vor der Kirche kehrten Novizinnen welkes Laub zusammen. Über den Abzugslöchern in den Dächern der Küche und des Äbtissinnenhauses mischten sich Dampf und Rauch zu großen Wolken. Erleichtert stellte Ann fest, dass Luce seine neue Umgebung neugierig betrachtete.

Die Schmiede – Anns Ziel – lag vor dem Klostertor. Das niedrige, rußgeschwärzte Bauwerk mit der Gewölbedecke wurde von einer mächtigen Esse beherrscht. Darin prasselte ein Feuer. Gilbert, der Schmied, ein muskulöser, kahlköpfiger Mann, der um die vierzig Jahre zählte, stand an seinem Amboss und versuchte, eine Stute zu beschlagen. Doch das Tier wollte sich von dem Knecht, der es zum Kloster gebracht hatte, nicht festhalten lassen. Es wehrte sich gegen den Halfter und rollte nervös mit den Augen.

»Herrgott, könnt Ihr das Tier nicht endlich beruhigen?«, brüllte Gilbert den Mann an. »Ich habe noch anderes zu tun, als diesem zickigen Mistvieh ein Hufeisen anzunageln.«

Der Knecht zerrte eingeschüchtert an dem Halfter, was nur dazu führte, dass die Stute wie wild den Kopf hin und her warf.

»Gilbert …«, Ann wünschte, sie wäre zu einem anderen Zeitpunkt gekommen, denn der Schmied war für seinen Jähzorn berüchtigt, »… ich bringe Euch Luce. Die Äbtissin hat bestimmt, dass er Euch zur Hand gehen soll.«

Gilbert ließ die Zange, mit der er das glühende Eisen gepackt hatte, sinken. Ungläubig starrte er Luce an. »Das meint Ihr doch jetzt wohl nicht im Ernst«, schnaubte er. »Ich habe die Äbtissin um eine Hilfe gebeten und nicht um einen Knirps, den wahrscheinlich schon ein kräftiger Hauch aus dem Blasebalg umwehen wird.«

»Nun ja, der Junge ist zwar noch klein, aber auch verständig«, begann Ann ein bisschen hilflos. »Er kann Euch leichtere Werkzeuge reichen, Wasser vom Brunnen holen und das Feuer in der Esse am Brennen halten.«

»Pah, der und einen Wassereimer schleppen«, knurrte der Schmied verächtlich. Doch plötzlich stutzte er. Ann hatte gar nicht bemerkt, dass sich Luce von ihrer Hand gelöst hatte. Er war zu der Stute getreten und streichelte ihren Hals.

»Du musst keine Angst haben, der Schmied tut dir nicht weh«, redete er auf sie ein. Dann fing er an, wie Kinder es manchmal tun, wenn sie in ein Spiel vertieft sind, vor sich hin zu summen. Zu Anns Verwunderung ließ die Stute entspannt den Kopf hängen, und als der Knecht nun ihren rechten Hinterlauf hochhob, damit Gilbert ihn endlich beschlagen konnte, wehrte sie sich nicht.

»Na, so was …«, murmelte der Schmied zwischen zwei

Hammerschlägen, »… vielleicht ist der Kleine ja doch zu etwas zu gebrauchen.«

Luce hat offensichtlich die Begabung meines Vaters im Umgang mit Pferden geerbt, schoss es Ann durch den Kopf, während es ihr die Kehle zuschnürte. Rasch strich sie Luce durch die Haare. »Bis heute Nachmittag«, flüsterte sie.

Kapitel 4

Schneeregen peitschte Adela ins Gesicht und sie fror erbärmlich in ihrem Wollmantel. Durch den Graupelschauer sah sie am Fuße des Hügels ein Dorf liegen, das von einer hohen, kahlen Hecke geschützt wurde. Dort würde sie sich hoffentlich aufwärmen können und vielleicht fand sie ja auch einen Schlafplatz. Bis zu Nicolas' Gehöft waren es noch mehr als acht Meilen. Eine Strecke, die sie bis zum Einbruch der Dunkelheit nicht bewältigen konnte. Seit sie vor sechs Tagen in Dover mit einem Schiff gelandet war, hatte sie ein paar Mal Glück gehabt und ein Fuhrmann hatte sie ein Stück des Wegs mitgenommen. Aber gestern und heute hatte sie laufen müssen. Ihre Schwangerschaft neigte sich mittlerweile dem Ende zu und mit ihrem dicken Leib fiel ihr das Gehen zunehmend schwer.

Vorsichtig setzte Adela auf dem glitschigen Trampelpfad ihre Schritte, um nicht zu stürzen. Eigentlich hatte sie schon vor mehr als zwei Monaten in Südengland ankommen wollen. Aber kurz bevor sie Barfleur erreicht hatte, hatten die Winterstürme eingesetzt, und mehrere Wochen lang war kein Schiff über den Kanal gefahren. Sie hatte sich ein wenig Geld durch das Spinnen von Wolle verdient. Aber wenn sie nicht den Ring der vornehmen Dame hätte verkaufen und von dem Erlös hätte leben können, wären diese Wochen für sie sehr schwierig geworden.

Als Adela endlich das Tor in der Hecke erreicht hatte, breitete sich ein von Schneematsch überzogener Weg vor ihr aus, an dessen beiden Seiten niedrige, strohgedeckte Häuser inmitten von Gärten lagen. Bei einem von ihnen, ganz in ihrer Nähe, drang Rauch aus dem Abzugsloch im Dach. Eine wohlgenährte Katze strich an seiner Vorderwand entlang. Adela beschloss, dort ihr Glück zu versuchen.

Auf der Rückseite des Hauses befand sich – wie es in dieser Gegend oft üblich war – die Küche. Wegen der Kälte waren die Fensterläden geschlossen. Im Schein eines Talglichts stand eine ältere, drahtige Frau an einem groben Holztisch und knetete einen Teig. Sie lächelte Adela freundlich an, als diese ihre Bitte vortrug. »Natürlich könnt Ihr Euch hier aufwärmen. Und auch über Nacht könnt Ihr bleiben. Das Wetter ist wirklich furchtbar. Kommt, setzt Euch ans Feuer. Wollt Ihr eine heiße Suppe haben?«

»Ja, gerne.« Adela ließ ihren nassen Mantel von den Schultern gleiten. Dankbar spürte sie, wie die Hitze der Flammen in ihre Glieder kroch. Gleich darauf stellte die Frau – sie hatte runde dunkle Augen und eine kleine Knopfnase, was Adela an einen Igel denken ließ – einen Teller mit Brot und eine Holzschale vor sie. Die dampfende Lauchsuppe darin war sämig und mit Speck angereichert.

»Oh, und guter Hoffnung seid Ihr auch noch.« Die Bäuerin betrachtete sie mitfühlend.

»Ich bin unterwegs zu Verwandten. Morgen müsste ich endlich bei ihnen sein«, sagte Adela zwischen zwei Bissen.

Die Frau setzte sich auf die Bank ihr gegenüber. »Ihr hört Euch gar nicht an wie die Leute hier aus der Gegend.«

»Während der letzten Jahre habe ich in der Normandie gelebt. Wahrscheinlich hat sich dadurch meine Sprache verändert.«

»Ich hoffe, Ihr habt nicht unter dem Krieg zwischen dem König und den beiden Prinzen zu leiden gehabt. In manchen Gegenden sollen die Heere ja schlimm gehaust haben.«

»Nein, ich und meine Familie hatten Glück«, log Adela, während sie auf die rissige Tischplatte starrte. »Der Krieg zog an uns vorbei.« Sie wollte nicht mit dieser Fremden über ihr Schicksal reden. Die Suppe schmeckte ihr plötzlich nicht mehr.

»Nun, hier steht auch nicht alles zum Besten.« Die Bäuerin seufzte. »Vor ein paar Wochen, gleich nach Neujahr, haben Soldaten des Königs ein Anwesen in der Nähe besetzt. Angeblich – so habe ich sagen hören – soll der Gutsherr sich an einer Verschwörung gegen den König beteiligt haben. Aber das glaubt nicht jeder in der Gegend. Und ich auch nicht. Denn der Mann galt immer als königstreu. Schließlich hat seine Familie das Gut auf Veranlassung der Königinmutter Matilda von der Familie de Thorigny zurückerhalten. Und jetzt haben es wieder die de Thorignys in Besitz genommen.« Die Bäuerin schüttelte bedauernd den Kopf. »Der frühere Gutsherr soll ein freundlicher und gerechter Mann gewesen sein. Was man von William de Thorigny wohl nicht behaupten kann.«

Sie stand auf und widmete sich wieder ihrem Teig.

»Was geschah mit dem früheren Gutsherrn?«, hörte sich Adela flüstern.

»Er wurde getötet, als er versuchte, seinen Besitz zu verteidigen.« Die Bäuerin seufzte wieder. Der säuerliche Geruch des Teigs legte sich wie ein schweres Tuch über Adelas Nase. Sie glaubte, daran zu ersticken. Die Küche begann sich um sie zu drehen.

Sie nahm noch wahr, wie die Bäuerin erschrocken aufschrie: »O Gott. Was ist denn mit Euch?« Dann verlor sie die Besinnung.

Kaltes Wasser auf ihrem Gesicht weckte Adela. Als sie die Augen aufschlug, sah sie verwundert, dass sie auf dem Boden lag und sich die Bäuerin über sie beugte. Die Frau hielt einen nassen Lappen in der Hand. »Habt Ihr denn den Gutsbesitzer gekannt, oder seid Ihr etwa gar mit ihm verwandt?«, fragte sie besorgt.

Augenblicklich kehrte Adelas Erinnerung zurück. Sie biss sich auf die Lippen, um nicht laut aufzuschreien, und wandte ihr Gesicht ab. Nein, sie konnte der Bäuerin nicht sagen, wie es um sie stand. Sie würde ihr Mitleid nicht ertragen. »Mich hat wohl einfach die plötzliche Wärme schwindelig werden lassen«, flüsterte sie. »Außerdem hat das Kind mich getreten. Das hat sehr wehgetan.«

»Ja, ich habe vier Kinder zur Welt gebracht und weiß, wovon Ihr sprecht.« Die Bäuerin nickte. Trotzdem war ihr Blick ein wenig zweifelnd.

Schwerfällig richtete sich Adela auf. »Ich muss jetzt weitergehen. Aber ich danke Euch für Eure Hilfe.«

»Wollt nicht noch eine Weile hierbleiben? Wie ich schon sagte, Ihr könnt auch gerne hier schlafen. In Eurem Zustand solltet Ihr Euch nicht zu viel zumuten«, meinte die Bäuerin freundlich.

»Mir geht es wieder gut«, versicherte Adela. »Ich möchte vor Anbruch der Dämmerung noch einige Meilen weiterkommen.«

Nachdem sie sich hastig verabschiedet hatte, folgte sie dem Trampelpfad, den sie vorhin hinunter zum Dorf genommen hatte. Doch oben auf dem Hügel blieb Adela stehen. Als sie gehört hatte, dass William de Thorigny nun auch ihren Bruder Nicolas getötet hatte, war ihr erster Impuls gewesen zu flüchten.

Aber nun spürte sie, dass sie nicht einfach so weitergehen

konnte. Niemand wusste, dass sie sich hier in der Gegend aufhielt, und die Bäuerin, auch wenn sie etwas ahnte, würde sie bestimmt nicht verraten. Sie musste Nicolas' Grab aufsuchen und herausfinden, was mit seiner Familie geschehen war. Das war sie ihrem toten Bruder schuldig. Wenn sie es nicht tat, würde sie sich für immer verachten.

*

Ann entdeckte Luce am anderen Ende der Stallgasse. Der Junge stand neben einem riesigen grau gescheckten Hengst, der friedlich Heu aus einer Raufe zupfte, und redete leise auf ihn ein.

»Der Knirps versteht sich wirklich außerordentlich gut auf Pferde.« Schwester Petrona, eine Nonne Ende dreißig, die das breite Rückgrat und die muskulösen Arme eines Mannes hatte, schwang eine Gabel voller Mist auf einen Schubkarren. Sie schenkte Ann ein Lächeln und blickte dann zu dem Hengst. »Ich hatte ja zuerst Sorge, Luce in Adalberts Nähe zu lassen. Schließlich ist das Vieh sehr launisch und nur schwer zu bändigen. Aber wenn der Junge in seiner Nähe ist, verhält sich der Hengst immer lammfromm.«

»Ja, Luce hat tatsächlich ein großes Gespür für Pferde«, erwiderte Ann. Schnell hatte sich herausgestellt, dass der Junge im Stall am besten aufgehoben war. Er half, die Tiere zu striegeln und zu füttern, und obwohl er noch so klein war, ließ ihn Schwester Petrona, die die Oberaufsicht über die Stallungen hatte, auch häufig die Pferde auf dem Hof bewegen. Luce kam all diesen Aufgaben mit großem Eifer nach, und wenigstens hier schien er sich wohl zu fühlen und blühte regelrecht auf. Denn sonst war er meist – wie Ann fand – zu still und in sich gekehrt.

»Komm, Luce«, sagte sie freundlich, »es ist Zeit, dass du

mir in der Kräuterhütte hilfst.« Sie hatte es so einzurichten gewusst, dass ihr Neffe jede Woche ein paar Stunden mit ihr verbringen konnte.

»Ja, Schwester Fidelis«, antwortete Luce gehorsam. Es versetzte Ann immer einen Stich, wenn er sie so nannte, auch wenn dies zu seinem Schutz nun einmal so sein musste. Stumm folgte er ihr aus dem Stall und dann über das verschneite Klostergelände.

Als sie in der Kräuterhütte angelangt waren, zündete Ann ein Talglicht an. Sie erwärmte Milch in einem Tonkrug über den glimmenden Kohlen und gab Honig hinein. Luce hatte es sich währenddessen auf einem Stapel Decken bequem gemacht und baumelte mit den Beinen. Nachdem er die Milch ausgetrunken hatte, fragte sie ihn: »Magst du wieder Buchstaben lernen?«

»Ja.« Er nickte. Ob er wirklich daran interessiert war oder ob er dies nur sagte, um ihr zu gefallen, wusste Ann nicht zu deuten, denn sein Gesicht war ganz still und ausdruckslos.

Sie unterdrückte ein Seufzen, holte ein Wachstäfelchen und einen Griffel aus einem der Regale und setzte sich neben ihren Neffen. Rasch ritzte sie einige Buchstaben in das Wachs. »So, und nun sag mir, welche Buchstaben das sind.«

»Ein A, ein E, ein H und ein S«, sagte Luce langsam.

»Gut gemacht, du hast alle Buchstaben richtig erkannt.« Ann lächelte ihn an. »Jetzt kannst du bestimmt auch das lesen?« Wieder ritzte sie Lettern in das Wachs. Luce betrachtete sie mit gerunzelter Stirn. »H, A, S, E«, buchstabierte er schließlich. Ein plötzliches Lächeln erhellte sein Gesicht, als er begriff. »Hase, ich habe Hase gelesen.«

»Ja, das hast du. Und jetzt wollen wir es einmal mit neuen Buchstaben versuchen.« Ann begann, ein B und D auf die Tafel zu schreiben. Doch als gleich darauf vor der Hütte lautes

Hundegebell ertönte, sprang Luce auf. »Darf ich zu Guy?«, fragte er eifrig.

»Ja, lauf nur.« Ann nickte. Luce stürzte durch den Raum, riss die Tür auf und rannte auf Guy zu, der ihm über die schneebedeckten Beete entgegensprang. Wie ein Ertrinkender klammerte sich das Kind an den Hund.

Ann tauschte einen raschen Blick mit Gerard, der gemächlich durch den Garten geschritten kam. »Guy und die Pferde, das sind die einzigen Lebewesen, in deren Gegenwart Luce wirklich glücklich zu sein scheint«, sagte sie leise. »Und an Euch hängt er natürlich auch sehr …«

»Ich nehme an, Ihr wollt damit sagen, dass Ihr Euch nicht sicher seid, ob sich der Junge in Eurer Gegenwart wohl fühlt?« Gerard lächelte ein wenig.

»Ja, ich weiß einfach nie, was wirklich in ihm vorgeht.« Ann hob hilflos die Schultern. »Ich wünsche mir so sehr, dass er mir vertraut. Aber manchmal frage ich mich, ob es wirklich richtig von mir war, Adela zu raten, Luce hier im Kloster bei mir zu lassen. Ob es nicht doch besser gewesen wäre, wenn sie in seiner Nähe geblieben wäre. Schließlich hat sich William de Thorigny ja nur wenige Tage lang hier aufgehalten …«

»Das konntet Ihr ja nicht vorhersehen. Außerdem kann dieser Kerl jederzeit wieder hier auftauchen.« Gerard schüttelte den Kopf. »Immerhin haben wir schon Februar. In zwei, drei Monaten kann ich Luce zu seiner Mutter bringen.«

Ann blickte zu Luce, der jetzt ausgelassen mit Guy im Schnee herumtollte. *Hoffentlich geht es Adela gut,* dachte sie, *und hoffentlich wird Luce tatsächlich im Sommer wohlbehalten mit Gerard bei ihr und Nicolas eintreffen.*

*

Adela spähte durch die Baumstämme zu dem Gut, das – jenseits eines tief verschneiten Feldes – in einer Mulde lag. Dies war der Ort, wo sie aufgewachsen war. In der mit Schindeln gedeckten Scheune hatten sie und ihre Geschwister um die Körbe und Säcke herum Fangen gespielt, und oben auf dem Boden hatten sie Höhlen ins Heu gebaut. Vor dem weiß gekalkten Wohngebäude hatte ihre Mutter im Sommer oft gesessen und Wolle gesponnen, Gemüse geputzt und Kräuter verlesen.

Als Adela die Augen schloss, glaubte sie für einige Momente trotz der winterlichen Kälte die typischen Gerüche ihrer Kindheit wahrzunehmen: den frischen des klaren Bachs, der dicht an dem Gehöft entlangfloss und den lieblichen der Blumen, die im Sommer an seiner Böschung wuchsen. Den Duft von Brot, das ihre Mutter buk, und den der Kräuter, mit denen sie sich beinahe jeden Tag beschäftigt hatte. Und natürlich die Gerüche von Heu und Getreide, wenn im Herbst die Ernte eingebracht wurde. An diesem Ort war sie glücklich gewesen. Hier hatte sie gehofft, eine Zuflucht zu finden. Nun hatte William de Thorigny ihr auch diese genommen.

Der Hass, der in ihr aufstieg, half ihr über ihre Erschöpfung hinweg. Die Nacht hatte sie in einer verlassenen Köhlerhütte verbracht und danach war sie stundenlang über Schleichwege, die sie noch aus ihrer Kindheit kannte, durch den hohen Schnee gestapft. Sie musste Nicolas' Grab aufsuchen, und danach musste es ihr irgendwie gelingen, mit den Bediensteten zu reden. Einige waren schon während ihrer Kindheit auf dem Gut gewesen, und sie hoffte, dass sie ihnen vertrauen konnte. Schließlich hatten ihre Eltern die Knechte und Mägde immer gut behandelt.

Die kleine Kirche, bei der der Friedhof lag, stand etwa eine halbe Meile entfernt auf einem Hügel. Sie war aus grauen

Steinen erbaut und hatte einen niedrigen, viereckigen Turm. Vor dem schieferfarbenen Himmel wirkte sie wie ein wachsam geducktes Tier. Der Weg über die Felder wäre kürzer gewesen, aber von Weitem einsehbar, deshalb wählte Adela einen Pfad durch den Wald. Bevor sie den Friedhof betrat, blieb sie eine Weile im Schutz von Sträuchern stehen und vergewisserte sich, dass sich niemand dort aufhielt.

Während sie an den verschneiten Gräbern entlanglief, lag das Kind bleischwer in ihrem Leib. *O Gott*, flehte sie in Gedanken, *lass nicht William de Thorigny sein Vater sein!* Und hoffentlich, durchfuhr sie eine weitere Angst, hatte de Thorigny wenigstens erlaubt, dass Nicolas auf dem Friedhof bestattet wurde, und ihn nicht wie ein räudiges Tier irgendwo verscharren lassen.

Das Grab ihrer Familie lag in der Nähe des Kirchturms und einiger alter Eiben. Unter dem Schnee war ein frischer Erdhügel aufgeschüttet. Ein einfaches, grob behauenes Holzkreuz steckte darin. Hier in diesem Grab, bei ihren Geschwistern Patrick und Gwen, hatte nun also auch Nicolas seine letzte Ruhe gefunden. Und möglicherweise waren hier auch seine Gattin und seine beiden Söhne bestattet. Adela kniete sich in den Schnee und sprach ein Gebet.

Sie schreckte erst auf, als das Tor in der Umfriedung sich quietschend öffnete. Hastig wich Adela vom Grab zurück. Eine ältliche Frau, die die grobe Kleidung einer Magd trug, lief über den Friedhof. In der Hand hielt sie einen Stechpalmenzweig, der mit roten Beeren besetzt war. Adela senkte den Kopf und eilte an ihr vorbei. An der Ecke der Kirche wandte sie sich um, da sie noch einen letzten Blick auf die Ruhestätte ihrer Familie werfen wollte.

Die Magd stand vor dem Grab. Den Stechpalmenzweig hatte sie auf den verschneiten Erdhügel gelegt. Sehr rot hoben sich die Beeren von dem Weiß des Schnees ab. Ein Windstoß wehte ihren Schleier zurück. Adela konnte ihr Profil sehen. Die Frau war Caitlyn, eine Magd, die Adelas Familie schon seit ihrer frühen Kindheit gedient hatte. Ihr konnte sie bestimmt vertrauen.

»Caitlyn!«, rief sie leise.

Die rot geäderten grauen Augen der Magd weiteten sich zuerst überrascht, dann erschrocken. »Miss Adela, wie kommt Ihr denn hierher?«, stieß sie hervor. »Oh, es sind so schreckliche Dinge geschehen. Ihr dürft Euch hier nicht sehen lassen.«

»Ich weiß.« Adela fasste die Magd am Arm und zog sie hinter die Eiben, wo sie vor fremden Blicken geschützt waren. »Caitlyn, was ist mit der Frau und den Kindern meines Bruders geschehen? Sind wenigstens sie noch am Leben?«

»Ja«, Caitlyn nickte, »Eure Schwägerin weilte über Neujahr mit den Kindern bei ihren Eltern. Deshalb waren sie an dem Tag, als Euer Bruder getötet wurde, nicht auf dem Gut.«

Adela hatte ihre Schwägerin Marjorie nie besonders gemocht. Doch jetzt empfand sie nur grenzenlose Erleichterung, dass wenigstens sie und die Kinder verschont geblieben waren. »Weißt du, wo sie sich jetzt aufhalten und wie es ihnen geht?«, fragte sie hastig.

»Nein, ich habe keine Ahnung.« Die Magd begann zu schluchzen.

»Caitlyn, was genau ist vorgefallen?«, zwang sich Adela zu fragen.

»Drei Tage nach Neujahr erschien William de Thorigny mit einer großen Anzahl Soldaten vor dem Gut. Er behauptete, er habe Beweise, dass sich Euer Bruder Nicolas an einer Verschwörung gegen den König beteiligt habe, und forderte ihn auf, sich zu ergeben. Euer Bruder, der sich seiner Unschuld gewiss war und darauf vertraute, sich vor dem König verteidigen zu können, öffnete das Tor und überreichte William de Thorigny sein Schwert.« Die Magd stockte.

»Was geschah dann?«, flüsterte Adela.

»Dann«, fuhr die Magd fort, während ihr die Tränen über das Gesicht rannen, »zog William de Thorigny sein eigenes Schwert und erstach Euren Bruder vor unser aller Augen. In der Gegend ließ er verbreiten, dass sich Euer Bruder der Verhaftung widersetzt habe und im Kampf getötet worden sei.«

Wieder hat William de Thorigny eine List gebraucht. Genauso wie ich ist Nicolas ihm dumm und gutgläubig in die Falle gegangen, schoss es Adela durch den Kopf.

»Uns Bediensteten verkündete William de Thorigny«, redete Caitlyn schluchzend weiter, »dass er nun der Besitzer des Gutes sei und folglich auch wir Knechte und Mägde ihm gehörten. Als Hanno, Ihr erinnert Euch sicher noch an ihn …«

Adela nickte. Hanno war ihr schon während ihrer Kindheit immer alt vorgekommen. Er war ein schweigsamer, eigensinniger Mann, der seine Bienenstöcke liebte und erstaunlich geschickt flechten konnte. Hin und wieder hatte er ihr kleine Körbe aus Gras zum Spielen geschenkt.

»Als Hanno vortrat und erklärte, wir alle seien frei und er besitze keine Rechte an uns, ließ William de Thorigny ihn wegschleppen und auspeitschen. Hanno war schon über sechzig Jahre alt. Er hat danach nur noch kurze Zeit gelebt …«

Ein jäher Schmerz, als würde ihr ein Messer in den Bauch gestoßen, durchzuckte Adela. Sie krümmte sich.

»Miss …«, rief Caitlyn erschrocken. Adelas Mantel hatte sich geöffnet. Als die Magd ihren runden Leib sah, begriff sie. »O Gott«, keuchte sie auf. »Ich kann Euch doch nicht zu dem Gut bringen ... Aber hier draußen in der Kälte könnt Ihr auch unmöglich gebären ...«

Der Schmerz schärfte Adelas Gedanken. Eine lange vergessene Erinnerung fiel ihr wieder ein. »Die Höhle ...«, flüsterte sie.

»Was meint Ihr damit?« Caitlyn sah sie verständnislos an.

»Die Höhle, in der wir als Kinder oft gespielt haben. Glaubst du, du kannst mich dorthin bringen?«

»Gewiss kann ich das.« Caitlyn nickte.

Auf die Magd gestützt, schleppte sich Adela zurück in den Wald. Einige Male musste sie stehen bleiben, als wieder eine Wehe einsetzte. Dann hörten sie und die Magd hinter einer Wegbiegung Schritte im Schnee und jemanden husten. Adela und Caitlyn gelang es gerade noch, sich im Unterholz zu verbergen, ehe der bäuerlich gekleidete Mann, der einen Schlitten mit Brennholz hinter sich herzog, sie sehen konnte. Adela presste ihren Unterarm gegen den Mund und biss in den Mantelstoff, um nicht vor Schmerz laut aufzukeuchen und sich zu verraten.

Als sie ein Kind gewesen war, war Adela der Weg von dem Gehöft zu der Höhle nie weit vorgekommen. Nun schien es ihr eine Ewigkeit zu dauern, bis sie endlich den felsigen Abhang am Rande einer Tannenschonung erreicht hatten. Einen panischen Augenblick lang glaubte sie, in dem dichten, von Schnee und Eis überzogenen Gestrüpp den Eingang nicht mehr finden zu können. Doch dann entdeckte sie ihn endlich unterhalb einer weit vorhängenden Felsnase. Caitlyn hielt die Ranken auseinander. Trotzdem kostete es Adela Mühe, sich durch die Zweige zu kämpfen.

Welkes Laub bedeckte den Boden der Höhle. Sie war viel kleiner, als Adela sie in Erinnerung gehabt hatte. Aber doch so groß, dass ein Mensch darin stehen und einige Schritte hin und her gehen konnte. Caitlyn half Adela, das Laub beiseitezuschieben. Dann erklärte sie, sie wolle Brennmaterial und Decken holen und versprach ihr, dass sie bald zurückkehren würde.

Ein wenig Licht schimmerte noch durch die Zweige, nachdem Caitlyn sie von außen wieder in ihre ursprüngliche Position gebracht hatte. Obwohl Adela Nicolas' Grab mit eigenen Augen gesehen hatte, konnte sie noch immer nicht richtig begreifen, dass er tot war. *Wie kann ein Mensch nur so viel Hass empfinden und so grausam sein wie William de Thorigny?*, fragte sie sich dumpf.

Die Wehen erfolgten inzwischen in immer kürzeren Abständen. Adela versuchte, tief und gleichmäßig zu atmen und, wenn nicht gerade eine Wehe sie überfiel, in der Höhle auf und ab zu gehen. Endlich kündigte ein Rascheln der Zweige an, dass Caitlyn zurückkam. Die Magd breitete einige Decken auf dem Boden aus und entzündete ein kleines Feuer. Darauf stellte sie einen Bronzetopf, den sie mit Schnee gefüllt hatte.

»Wirst du denn nicht auf dem Gut vermisst?«, fragte Adela sie vor Schmerzen stöhnend.

»Der Verwalter ist für einige Tage fortgeritten.« Caitlyn schüttelte den Kopf. »Und von den Bediensteten wird mich schon niemand verraten.«

Als die Wehen ganz dicht hintereinander kamen, hockte Adela sich auf die Decken und raffte ihre Röcke hoch. Sie atmete keuchend. Caitlyn kauerte sich hinter sie, um sie zu stützen. Wenn die Schmerzen zu stark wurden, verbiss sich Adela in ihren Mantel, um ihre Schreie zu dämpfen. Dann durchzuckte sie ein Schmerz, der so stark war, dass Adela glaubte, ihn nicht überleben zu können. Ein Instinkt hielt sie an, trotzdem weiter dagegen anzupressen. Etwas löste sich in ihr und Adela fühlte, wie das Kind aus ihr herausglitt.

»Caitlyn, die Nabelschnur«, flüsterte sie. Vorsichtig ließ die Magd sie auf den Rücken gleiten. Noch ganz benommen nahm Adela wahr, wie ein Messer im Feuerschein aufblitzte. Gleich darauf ertönte der durchdringende Schrei eines Neugeborenen. Sie fühlte mehr, als dass sie sah, wie Caitlyn ihr den Säugling in den Arm legte.

»Ihr habt ein gesundes Mädchen zur Welt gebracht«, hörte sie die Magd sagen. Mühsam öffnete Adela die Augen. Noch ganz blutverschmiert, die blau schimmernden Adern ganz dicht unter der Hautoberfläche, wirkte der Säugling sehr winzig und verletzlich. Seine Ärmchen ruderten durch die Luft. Eine Welle der Zuneigung für das hilflose Lebewesen an ihrer Seite erfasste Adela. Schützend zog sie es an sich.

»Ich will ihr nur rasch das Blut abwischen.« Caitlyn hatte einen Leinenlappen mit dem mittlerweile zu Wasser geschmolzenen Schnee angefeuchtet.

»Seht doch, Ihr habt einen Robin geboren«, sagte sie gleich darauf mit einem Lächeln. »Die Haare Eures Mädchens sind rot wie die Brust eines Rotkehlchens.«

»Robin«, flüsterte Adela und fuhr mit ihren Fingern behutsam über den feinen Flaum.

»Oh, und hier ... Was ist das denn? Ich dachte erst, es sei auch Blut, aber es lässt sich nicht wegwischen.« Stirnrunzelnd betrachte die Magd einen kleinen dunklen Fleck auf der Brust des Säuglings.

An dieser Stelle hatte sich Francis' Muttermal befunden. Zuerst fürchtete Adela, das Spiel von Licht und Schatten würde sie narren, und Caitlyn und sie hätten sich das Mal nur eingebildet. Doch als sie den Fleck berührte, fühlte sie ganz deutlich die Erhebung auf der Haut.

»Ich hoffe, dieses Mal ist kein schlechtes Omen«, murmelte die Magd.

»Nein«, flüsterte Adela. »Es ist das schönste Zeichen, das ich jemals gesehen habe.« *Ein Teil von Francis*, dachte sie, *ist zu mir zurückgekehrt.*

*

Schluck deinen Stolz hinunter!, sagte sich Richard Plantagenet, als er durch die Halle der Burg von Bayeux schritt. *Ach verdammt, meine Halbschwester hat gut reden.* Auf der Stirnseite befand sich ein Podest. Dort saß sein Vater auf einem vergoldeten, thronähnlichen Stuhl und blickte ihm mit unergründlicher Miene entgegen. Sie hatten natürlich, bevor Richard den Weg hierher angetreten hatte, Gesandte ausgetauscht. Deshalb wusste er: Sein Vater würde ihm vor den in der Halle versammelten Adligen verzeihen und ihn wieder in Gnaden als seinen Sohn annehmen. Trotzdem brannte die Niederlage in seiner Kehle.

In manchen Gesichtern, die ihn von den beiden Seiten der Halle anstarrten, glaubte Richard, Mitgefühl und Bedauern zu lesen. Andere zeigten Schadenfreude und Erleichterung. Im vorderen Teil der Halle stand sein Bruder Henry bei einigen Fürsten. Er wich Richards Blick aus und schaute zu Boden. *Feigling!* Richard hob herausfordernd den Kopf. Eines Tages, das schwor er sich, würde er als König vor diese Männer treten.

Richard hatte die Treppenstufen, die zu dem Podest hinaufführten, fast erreicht, als er William de Thorigny ganz in der Nähe seines Vaters entdeckte. Nun musste er sich also auch noch vor diesem Kerl demütigen. Als hätte William seine Gedanken gelesen, huschte ein höhnisches Lächeln über sein Gesicht.

Oben auf dem Podest kniete Richard vor seinem Vater nieder und senkte den Kopf. »Ich bitte Euch, Vater, vor allen hier Versammelten dafür um Verzeihung, dass ich gegen Euch aufbegehrt und einen Krieg gegen Euch angezettelt habe«, sagte er laut und deutlich, obwohl ihm die Worte nur schwer über die Lippen kamen. »Meine Vergehen und mein Ungehorsam waren so schwerwiegend, dass ich meine Gunst, Euer Sohn zu sein, verwirkt habe. So bleibt mir nur, mich ganz Eurer Gnade zu überlassen.«

Für einige Momente füllte Schweigen die Halle, ehe der König schließlich antwortete: »Ja, deine Vergehen und dein Ungehorsam waren sehr schwerwiegend und haben mich tief getroffen. Dennoch verzeihe ich dir und erkenne dich wieder als meinen Sohn an.« Während Richard die rechte Hand des Königs, die dieser ihm – wie es der Brauch war – entgegenstreckte, küsste, um damit die Versöhnung zu besiegeln, dachte er, dass er so einfach wohl nicht davonkommen würde. Womit er Recht behalten sollte.

Nachdem die Adligen, auch dies gehörte zur Zeremonie, laut ihren Beifall gespendet hatten, erhob sich der König und bedeutete Richard, ihm durch eine Tür in der dunklen Holztäfelung zu folgen. Sie führte in einen kleinen, ebenfalls holzgetäfelten Raum, in dem während der Mahlzeiten normalerweise Speisen und Getränke bereitgestellt wurden. Kaum, dass die Tür hinter ihnen zugefallen war, wandte sich der König Richard zu und versetzte ihm eine schallende Ohrfeige. »Das ist für deine Aufsässigkeit, du verdammter Bengel«, knurrte er. »Du kannst mir glauben, dass ich dich am liebsten windelweich prügeln würde.«

Richard warf den Kopf in den Nacken. »Und Ihr könnt mir glauben, Vater, dass mir jeder andere für diese Beleidigung mit der Waffe Genugtuung leisten müsste.«

»Versuch es nur.« Der König lachte trocken auf. »Dabei würde ich dich genauso schlagen wie in der Schlacht.«

Richards Hand zuckte zu seinem Schwert. Er war versucht, es zu ziehen. Aber eine Bewegung an der Tür ließ ihn innehalten. William de Thorigny war ihnen nachgekommen. »Was wollt Ihr denn hier?«, herrschte er ihn an. »Mein Vater und ich haben miteinander zu reden. Verschwindet gefälligst.«

William beachtete ihn nicht, sondern verneigte sich vor dem König.

»Er ist auf meinen Wunsch hier«, sagte Henry knapp. »Benimm dich also ihm gegenüber höflich.«

Diese Ratte hatte es im Dienst seines Vaters wirklich weit gebracht. Plötzlich sah Richard, dass Williams Umhang an dessen rechter Körperseite seltsam leer herunterhing. »Ihr habt Euren Arm verloren«, sagte er überrascht. »Es würde mich freuen, wenn Euch einer meiner Männer diese Verletzung zugefügt hätte.«

»Halt den Mund!«, fuhr ihn sein Vater an.

Nur ein kurzes Flackern in Williams Augen verriet Richard, dass er ihn getroffen hatte. Denn gleich darauf verzogen sich dessen Lippen wieder zu einem spöttischen Lächeln.

»Teilt diesem Bengel mit, was ich für ihn entschieden habe«, forderte Henry William mit einer ungeduldigen Handbewegung auf.

»Ganz wie Ihr wünscht, Hoheit.« Wieder verneigte sich William vor ihm, ehe er sich Richard zuwandte. »Euer Ungehorsam und Eure Verstocktheit waren so groß, dass Euer Vater beschlossen hat zu prüfen, ob Eure Reue wirklich echt ist.« Williams Stimme klang fast sanft, während seine dunklen Augen funkelten.

Wie eine Katze, die mit einer Maus spielt, schoss es Richard durch den Kopf. *Nun, im schlimmsten Fall wird mich mein Vater wohl in eine seiner Burgen einsperren.*

»Einige Eurer Gefolgsleute verweigern dem König immer noch die Treue«, redete William weiter. »Ihr habt diese Männer aufgestachelt. Deshalb sollt Ihr sie – so lautet der Befehl Eures Vaters – auch wieder zur Vernunft bringen. Ihr werdet sie bekämpfen und sie im Namen des Königs einen nach dem anderen unterwerfen.«

»Aber das kann ich unmöglich tun«, fuhr Richard auf. »Ich habe diesen Männern gegenüber eine Verpflichtung. Ich verliere meine Ehre, wenn ich gegen sie in den Krieg ziehe.« Dann begriff er, dass es genau das war, was sein Vater wollte. *Bestimmt hat William meinem Vater diese Idee eingeflüstert*, dachte er. Er sah seinen Vater an. »Macht mit mir, was Ihr wollt«, erklärte er fest. »Aber ich werde nicht zum Verräter an meinen Gefolgsleuten werden.«

»Es geht gar nicht darum, was mit *dir* geschehen wird, wenn du meinen Befehl verweigerst.« Die Finger des Königs strichen über die Verzierungen an seinem vergoldeten Schwertknauf. »Wichtig ist vielmehr, was dann mit deiner Mutter geschehen wird. Noch ist ihre Haft recht komfortabel. Sie verfügt über Dienerinnen, lebt in beheizten, lichten Räumen und erhält gute Nahrung. Aber auch sie hat mich hintergangen, und ich habe deshalb nicht die geringsten Gewissensbisse, sie in einen Kerker werfen zu lassen. In einem dunklen, kalten Verlies auf feuchtem Stroh dahinzuvegetieren wird ihrer Schönheit, fürchte ich, nicht sehr gut bekommen.« Sein Tonfall war gnadenlos und ließ nicht den geringsten Zweifel daran, dass er seine Androhung wahr machen würde.

Diese Idee stammt gewiss auch von William, schoss es Richard wieder durch den Kopf. *Er hat genau gewusst, wo ich am meisten verwundbar bin.*

»Nun, ich warte auf eine Antwort«, hörte er seinen Vater sagen.

Richard begriff endgültig, dass er in der Falle saß und keine Wahl hatte. William de Thorigny hatte ihn mattgesetzt.

*

Zärtlich betrachtete Adela ihre Tochter, die in ihrer Armbeuge schlief. Im Schein der Flammen wirkte sie mit ihren geschlossenen Augen, dem strubbeligen roten Haarflaum und dem leicht geöffneten kleinen Mund wie ein eben geschlüpfter Vogel. Ein getrockneter Milchtropfen hing an ihrem Kinn. Vorhin hatte sie sich zum ersten Mal an Adelas Brust satt getrunken. *Meine Robin*, dachte Adela. Ja, ihre Tochter war wirklich ein Geschenk des Schicksals. Ein kostbares Zeichen dafür, dass es trotz Francis' und Nicolas' Tod auch noch Hoffnung für sie gab.

Luce, überlegte Adela schläfrig, während sie mit ihrer freien Hand den kleinen Holzfisch in ihrer Manteltasche umschloss, *wird seine kleine Schwester sicher sehr lieben*. Sobald sie wieder einigermaßen bei Kräften war, würde sie mit ihrer Tochter in eine größere Stadt gehen und dort nach Arbeit suchen. Es musste ihr gelingen, für sich und Robin ein neues Leben aufzubauen und Luce zu sich zu holen. William de Thorigny sollte keine Macht mehr über sie besitzen.

Vorsichtig zog Adela die Decke ein wenig fester um sich und ihre Tochter. *Ich werde alles tun, um dich zu beschützen*, dachte sie noch. Dann schlief sie endgültig ein.

*

Sehr vorsichtig schob William de Thorigny das Fleischstück auf die Brotscheibe, die vor ihm auf dem vergoldeten Teller lag. Während der vergangenen Wochen und Monate hatte er seinen linken Arm eisern trainiert. Mittlerweile konnte er viele Handgriffe gut mit ihm ausführen. Doch wenn der Arm ihn schmerzte, so wie jetzt, weil er überanstrengt war, gehorchte er ihm manchmal nicht. William war sich nur zu bewusst, dass ihn etliche Männer an der Tafel des Königs aufmerksam beobachteten und sich köstlich amüsieren würden, wenn ihm das Fleisch vom Brot glitte. Aber nun endlich – William hätte beinahe erleichtert aufgeseufzt – befand es sich da, wo er es haben wollte. Genüsslich biss er in das Brot.

Am Nachmittag hatte er sich lange im Schwertkampf geübt. Auch mit anderen Waffen wusste er mittlerweile recht geschickt umzugehen. Trotzdem hätte er in einem ehrlichen Kampf gegen diesen Nicolas wohl schlechte Karten besessen. Völlig überrascht hatte der Kerl gewirkt, als er ihm plötzlich das Schwert in den Leib gerammt hatte. Ein Lächeln huschte über Williams Gesicht.

Immerhin ein Gutes hatte seine schwere Verletzung, denn so fühlte sich Henry in seiner Schuld. Andernfalls hätte es ihn wahrscheinlich viel mehr Mühe gekostet, den König davon zu überzeugen, dass dieser Nicolas an einer Verschwörung beteiligt war. So hatte ihm Henry recht schnell Glauben geschenkt. Ebenso schnell war er bereit gewesen, William das Gut zu übertragen, das die verdammte Sippe der Dienerin Aline seiner Familie weggenommen hatte.

Diener erschienen nun an der Tafel. Sie trugen die Platten mit den verschiedenen Fleischsorten ab, schenkten den Gästen Wein und Wasser nach und brachten Schüsseln voller Gemüse. William ließ sich in Butter und Safran geschmorte Karotten sowie Pilze, die mit Rotwein verfeinert waren, auf den Teller legen. Die Musikanten, die seitlich unterhalb des Podestes standen, griffen zu ihren Instrumenten. Heitere Flöten- und Harfentöne erklangen.

Aus den Augenwinkeln beobachtete William, dass sich ein dunkelhaariger, dicklicher Diener dem König näherte und ihm etwas ins Ohr flüsterte, woraufhin Henry nickte. William fasste nach einem kleinen Gerät neben seinem Teller, das wie eine Forke geformt war, und spießte etwas von dem Gemüse auf die Zinken. Er hatte sich dieses Ding von einem Schmied anfertigen lassen, und es erleichterte ihm das Essen ungemein. Aber er hasste es, das Gerät zu benutzen, denn es zeigte ihm und allen anderen an der Tafel, dass er ein Krüppel war. Zum Krüppel gemacht vom Mann dieses rothaarigen Weibstücks. Der Tochter Alines … Hass durchströmte ihn, setzte sich wie ein harter Klumpen in seinem Magen fest und verleidete ihm auf einmal die Speisen.

Die Musikanten beendeten ihr Lied. Durch den Rauch der vielen Honigkerzen, der wie ein goldener Nebel über den Tafeln hing, sah William den dicklichen Diener, der dem König vorhin ins Ohr geflüstert hatte, durch die Tür am anderen Ende der Halle treten. Er begleitete eine Frau, die in schwarze Gewänder gehüllt war. Allem Anschein nach eine Trauernde, die Henry aus irgendeinem Grund ihr Leid klagen wollte. William wappnete sich gegen eine langweilige Tirade. Aber wenigstens war die Frau wirklich hübsch. Sie hatte eine auffallend helle Haut. Ihr herzförmiges Gesicht mit den großen dunklen Augen und der Stupsnase wirkte auf den ersten Blick ein wenig naiv und kindlich. Ihr üppiger roter Mund war jedoch der einer reifen, erfahrenen Frau. Eine interessante Kombination … Unter ihrem weiten Mantel ließ sich ein schlanker Körper mit großen Brüsten erahnen.

Vor dem Podest kniete die Frau nieder und senkte den Kopf. Eine Strähne ihres schwarzen Haars glitt unter ihrem Schleier hervor und kringelte sich ihre Wange hinab, was sie plötzlich sehr jung und schutzlos wirken ließ.

»Die Witwe des Ritters Nicolas bittet um das Gehör des Königs«, vermeldete der Diener mit lauter Stimme. Wachsam beugte sich William vor, bereit, sofort einzugreifen, wenn ihm dies ratsam erscheinen sollte. Ja, dies versprach allerdings äußerst interessant zu werden …

»Handelt es sich bei diesem Nicolas nicht um jenen Mann, der sich an einer Verschwörung gegen mich beteiligt hat?«, fragend wandte sich Henry William zu. »Und das, obwohl meine Mutter und ich uns seiner Familie gegenüber als sehr großzügig erwiesen haben?«

»Ja, allerdings.« William seufzte.

»Ich bedauere den Verrat meines Gatten zutiefst und weiß, dass es dafür keine Entschuldigung geben kann.« Die Stimme der Witwe klang hell und zugleich ein bisschen rauchig. Ihre dunklen Augen waren bittend auf den König gerichtet. »Aber ich beteure Euch beim Leben meiner beiden Söhne, dass ich nichts davon wusste. Und meine beiden Jungen haben ohnehin keine Schuld auf sich geladen. Durch den Verlust des Gutes sind wir nun völlig mittellos …«

»Habt Ihr keine Verwandten, die Euch unterstützen können?« Henrys Stimme klang ungeduldig.

»Meine Eltern und mein Bruder haben in diesen schwierigen Zeiten selbst zu kämpfen.« Sie hob flehend ihre Hände. »Hoheit, ich bitte nicht für mich, sondern für meine beiden Jungen. Sie sind immerhin die Söhne eines Ritters …«

»Eines Ritters, der seine Ehre verwirkt hat«, versetzte Henry schroff.

»Ich möchte doch nur, dass sie eine gute Ausbildung erhalten, damit sie in der Welt ihren Weg machen können.« Sie ließ sich nicht einschüchtern. Hinter ihrer großäugigen Kindlichkeit verbarg sich also ein fester Wille. »Könnt Ihr nicht vielleicht den neuen Besitzer des Gutes dazu bewegen, mir einen Teil des Anwesens zu verpachten, bis meine Söhne alt genug sind, um als Knappen bei einem Edelmann zu dienen? Ich verspreche, dass er es nicht bereuen wird. Ich werde seine Großzügigkeit mit harter Arbeit vergelten …«

»Nun, wie Ihr wisst, habe ich das Gut wieder dem Baron de Thorigny übertragen.« Henry sah erst William, dann die Witwe an. »Es steht ihm frei, über seinen Besitz zu verfügen, wie es ihm beliebt. Wenn er einen Teil des Gutes an Euch verpachten will, habe ich nichts dagegen. Lehnt er es ab, hat er auch dafür meine Billigung.«

William lächelte. »Ich werde darüber nachdenken«, erklärte er.

»Gut.« Henry nickte und winkte einen Diener herbei. »Führ die Frau weg.« Als sie aufstand, blickte sie unter gesenkten Wimpern zu William herüber. Einen Moment lang nur, aber ihm entging nicht, dass ihr eben noch so hilfloser Blick plötzlich sehr wach und aufmerksam wurde.

Sie ist wirklich eine interessante Frau, dachte er, während sie neben dem Diener die Halle verließ. Und interessant war auch, dass sie nicht den geringsten Versuch unternommen hatte, ihren Gatten zu verteidigen.

*

Als William später am Abend sein Zimmer im Obergeschoss der Burg betrat, hielt sich Marjorie dort schon auf, wie er es ihr durch seinen Diener hatte befehlen lassen. Doch anders, als er erwartet hatte, wirkte sie weder unsicher noch ängstlich. Sie erhob sich geschmeidig, und während sie ihm entgegen ging, blickte sie ihm unter ihren langen Wimpern hervor unverwandt in die Augen. Dann, als sie dicht vor ihm stand, streifte sie mit einer raschen Bewegung ihren schwarzen Umhang und ihren Schleier ab. Nackt stand sie nun vor ihm. Das

Licht der Kerzen umspielte ihren Körper. Ihre Brüste waren tatsächlich groß und fest und die Warzen braun und samtig mit großen Höfen darum.

»Ihr verhaltet Euch wirklich ziemlich direkt.« Als William eine ihrer Brustwarzen mit den Fingern seiner linken Hand berührte, keuchte sie leise auf, wich aber nicht zurück.

»Das war es doch, was Ihr von mir wolltet, oder?« Sie zuckte die Schultern. »Warum also lange darum herumreden?«

William schlenderte zu einem Stuhl und ließ sich auf die seidenen Kissen sinken. Ja, diese Marjorie war tatsächlich ausgesprochen hübsch und viel verführerischer als seine Gattin, die er mit den Kindern auf dem Familienbesitz bei Shrewsbury zurückgelassen hatte.

»Um Euren toten Ehemann scheint Ihr nicht sehr zu trauern.« William hob die Augenbrauen.

Sie strich ihr schwarzes Haar zurück, das ihr bis auf die Hüften fiel, und setzte sich ihm gegenüber auf die Bettkante. Dass sie eine der seidenen Decken um sich raffte, schrieb William keinem plötzlichen Anflug von Scham zu. Im Gegenteil, der rote schimmernde Stoff betonte ihre Nacktheit eher noch, als dass er sie verhüllte.

»Er war mir ein guter Gatte, aber ich habe ihn nie geliebt.« Ihre Stimme klang ganz sachlich. »In erster Linie habe ich ihn geheiratet, weil er mir eine aussichtsreiche Zukunft bieten konnte.«

»Und mit seinem Tod ist es um diese Zukunft geschehen …«

»Ja, genau.« In ihrer Stimme lag nichts Selbstmitleidiges. Wieder war ihr Tonfall ganz nüchtern.

»Da mit dem Tod Eures Gatten sozusagen die Geschäftsgrundlage Eurer Ehe nicht mehr existiert, fühlt Ihr Euch auch nicht verpflichtet, um ihn zu trauern. Ich verstehe.« William nickte übertrieben ernsthaft. »Ich begreife allerdings nicht ganz, warum Ihr von Euren Eltern und Eurem Bruder keine Hilfe erwarten könnt. Sie sind zwar nicht gerade mächtig und einflussreich« – bevor William Nicolas getötet hatte, hatte er es für ratsam gehalten herauszufinden, ob von Marjories Verwandtschaft vielleicht Probleme zu befürchten waren –, »aber so arm, wie Ihr sie vorhin dem König gegenüber dargestellt habt, sind sie nun auch wieder nicht.«

»Meine Familie würde mich nur so schnell wie möglich wieder verheiraten wollen. Aber als Witwe eines Verräters bin ich nun einmal keine gute Partie. Darauf, einen armen Witwer mit einer großen Kinderschar zu ehelichen, lege ich keinen Wert.« Marjorie stand auf und trat auf William zu. Der rote Seidenstoff glitt in einer fließenden Bewegung auf den Boden.

»Falls Ihr Euch auf mich Hoffnungen macht, muss ich Euch enttäuschen. Ich bin schon verheiratet.« William lächelte sie an, während er sie auf seine Knie zog.

»Das ist mir gleichgültig«, flüsterte sie. Mit raschen, geschickten Bewegungen half sie ihm, sich zu entkleiden. Dann, als er ganz nackt war, fühlte er sich plötzlich unsicher. Es war das erste Mal, seit er seinen Arm verloren hatte, dass er mit einer Frau schlief. Doch sie flüsterte nur: »Legt Euch aufs Bett« und glitt auf ihn.

Ihr Körper war warm, und ihre Bewegungen waren aufreizend und fordernd. Ihr Haar strich wie ein schwerer Schleier über seine Brust, während sie ihn mit geschmeidig kreisenden Bewegungen immer weiter antrieb, bis sich seine Lust schließlich in einem lauten Schrei entlud und er sich unter ihr aufbäumte. Einige Momente lag William nur keuchend da. Sie hatte ihm völlige Befriedigung geschenkt – eine Befriedigung, die er, wie er jetzt begriff, sonst nur kannte, wenn er eine Frau vergewaltigte.

Marjorie rollte sich neben ihn. »Nun, hat es Euch gefallen?«, flüsterte sie.

»Ja, sehr.« Träge streichelte er ihre schön geschwungene Hüfte. »Einen Teil des Gutes werde ich dir aber trotzdem nicht verpachten.«

Sie rückte kaum merklich von ihm ab.

»Keine Sorge. Ich habe dir etwas Besseres zu bieten.« William lachte. »Als meiner Geliebten wird es dir und deinen Söhnen an nichts mangeln.«

*

Ann rührte eine Tinktur aus Lavendel und Eberraute in flüssiges Bienenwachs, als sich ein breitschultriger, bärtiger Mann unter dem Türsturz der Kräuterhütte hindurchbückte. Er trug einen großen, geflochtenen Korb auf dem Rücken, in dem Wollballen lagen. »Seid Ihr Schwester Fidelis?«, fragte er. Er sprach mit einem südenglischen Akzent. Als sie bejahte, zog er ein mit einer Kordel verschnürtes Pergament aus seiner Manteltasche und reichte es ihr. »Dann habe ich etwas für Euch.«

Das war sicher eine Nachricht von Adela … Anns Herz schlug schneller. Mittlerweile war es Ende Mai. So lange hatte sie schon auf ein Lebenszeichen von ihrer Schwester gewartet.

»Wenn Ihr mit mir zum Hospital kommen wollt, kann ich Euch für Eure Dienste bezahlen«, sagte sie. In ihrem Arzneimittelraum dort hatte sie immer Münzen zur Hand für den Fall, dass sie Leinentücher, scharf gebrannten Alkohol oder fremdländische Kräuter kaufen musste.

»Der rechte Trageriemen des Korbs hat meine Schulter

aufgescheuert. Ein Mittel dagegen wäre mir mehr wert als jede Bezahlung.« Der Mann winkte ab.

So rasch, wie Ann es mit ihrem Ethos als Heilerin vereinbaren konnte, sah sie sich die Schulter an, strich eine Salbe auf die wunde Stelle und deckte sie mit einem Verband ab. Dann, als sich der Bote verabschiedet hatte, setzte sie sich auf die Holzbank vor der Kräuterhütte und riss die Kordel entzwei. Hastig schlug sie das Pergament auseinander. *Ja, Gott sei Dank, unter dem Brief steht Adelas Name*, dachte sie erleichtert.

Doch dieses Gefühl verflog, nachdem Ann die ersten Zeilen gelesen hatte. Fassungslos starrte sie auf das Pergament und weigerte sich zu glauben, was dort geschrieben war.

»Tante Ann …« Immer noch völlig benommen von Adelas Nachrichten, blickte sie auf, als sie Luce leise ihren Namen rufen hörte. In den letzten Monaten war der Junge kräftig gewachsen. Er war mager und drahtig und braun gebrannt und wirkte – wie sie plötzlich begriff – älter als die acht Jahre, die er inzwischen zählte. »Hat Mutter dir geschrieben?« Das Lächeln verschwand von seinem Antlitz, als er ihre verstörte Miene sah. »Es sind schlechte Nachrichten, nicht wahr?«, flüsterte er.

»Luce, dein Onkel Nicolas ist tot.« Ann konnte sich nicht überwinden, ihrem Neffen die ganze Wahrheit zu sagen. Sie schluckte. »Aber du hast eine kleine Schwester bekommen. Sie ist nach deiner Großmutter Aline getauft. Deine Mutter nennt sie Robin, weil sie rote Haare hat.« *Was rede ich da eigentlich?*, ging es Ann durch den Kopf, denn Luce starrte sie nur an. Die Bräune war aus seinem Gesicht gewichen, und er war ganz blass geworden.

»Deine Mutter konnte nicht auf dem Gut deines Onkels bleiben. Sie ist mit deiner Schwester nach Oxford gegangen und spinnt dort Wolle für Webereien. Sie will Geld verdienen, damit sie dich so bald wie möglich zu sich holen kann.«

»Ich habe gewusst, dass sie für immer weggehen wird«, schrie Luce auf.

»Luce, das stimmt nicht …«, begann Ann.

»Doch, Mutter ist für immer fortgegangen. Genauso wie Vater. Ich werde sie nie wiedersehen. Sie hat mich angelogen, und du lügst mich auch an.« Luce drehte sich um und rannte durch den blühenden Kräutergarten davon. Ann sprang auf und hastete ihm nach. Erst an der Tür in der Mauer zum Fluss hin holte sie ihn ein und hielt ihn fest. »Luce«, bat sie, »hör mir doch zu.«

»Lass mich los!« Luce schlug nach ihr und wehrte sich gegen ihre Umarmung.

»Mein Junge, deine Mutter hat wirklich keine andere Wahl. Du fehlst ihr so sehr …«

Luce kämpfte nicht länger gegen Ann. Er begann zu weinen und vergrub seinen Kopf an ihrer Brust. Während Ann ihn streichelte, liefen auch ihr die Tränen über die Wangen. Sie trauerte um Nicolas und um Adela und um ihren Neffen, der noch viel zu klein war, um dies alles ertragen zu können.

Kapitel 5

Mit einem Korb voll rot und blau gefärbter, fein gesponnener Wolle durchquerte Adela die Weberei. An sechs der zehn Webstühle wurde, wie sie sah, nicht gearbeitet. Bei ihrem letzten Besuch waren nur vier nicht in Gebrauch gewesen. Die Stoffe, an denen die Gesellen arbeiteten, bestanden aus grauem Garn und waren von minderer Qualität. *Hoffentlich wird mir Meister Edwin die Wolle abkaufen*, durchfuhr es sie.

Adela fand Edwin, einen kantigen, um die dreißig Jahre alten Mann, in der Kammer neben der Weberei, wo er ein Tuch mit einer Elle abmaß. Das gleichmäßige Klacken, mit denen die Tritte der Webstühle auf dem gestampften Lehmboden aufschlugen, und die dumpfen Geräusche, wenn die Kämme die Fäden gegen die Warenbäume drückten, drangen aus der Werkstatt zu ihnen herein.

Edwin schüttelte den Kopf. »Falls Ihr mir gesponnene Wolle verkaufen wollt, kann ich sie nicht nehmen«, sagte er und machte Adelas Befürchtungen wahr.

»Aber als ich das letzte Mal hier war, habt Ihr mir doch versprochen, mir die Wolle abzukaufen«, weigerte sich Adela, seine Worte zu akzeptieren. »Ich habe den ganzen letzten Monat daran gearbeitet und auf dem Markt zwei Pfund für das Vlies bezahlt.«

»Ich weiß, dass die Wolle, die Ihr mir bringt, immer sehr

fein gesponnen und so gut wie ohne Knoten ist.« Edwin seufzte und legte die Elle neben dem Tuch auf den langen Holztisch. »Aber ein Monat ist eine lange Zeit. Wir haben in den letzten vier Wochen so gut wie nichts verkauft. Selbst die groben Wollstoffe sind den Leuten zu teuer. Ihr wisst doch, wie schwierig die Zeiten sind. Wegen der immer höheren Steuern, die der König eintreiben lässt, verarmen die Leute. Und da nach wie vor in vielen Gebieten der Normandie Krieg herrscht, können die Händler kaum noch Waren dorthin liefern.«

»Bitte, Ihr müsst mir wenigstens ein paar Garnstränge abnehmen«, beharrte Adela. »Ich weiß sonst nicht, wovon ich meine kleine Tochter ernähren soll.«

»Das fragen sich heutzutage wahrscheinlich viele Mütter«, murmelte der Meister. Aber er trat zu einer Truhe, schloss sie auf und entnahm ihr einen Lederbeutel, aus dem er einige Münzen abzählte und sie Adela reichte. »Hier, für drei blaue Stränge. Aber kommt so bald nicht wieder und behelligt mich.«

*

Adela versuchte, auch in anderen Webereien von Winchester das Garn zu verkaufen. Aber niemand wollte es ihr abnehmen. Am späten Nachmittag ließ sie sich schließlich erschöpft auf eine Mauer am Ufer des Itchen sinken. Ein kalter Wind blies, und sie wickelte sich enger in ihren abgenutzten Mantel. Welkes Laub trieb auf dem Fluss und bildete Teppiche um das Schilf. Über den grauen Oktoberhimmel zog eine keilförmige Formation von Gänsen. Ihr kehliger Schrei war bis zur Erde zu hören. Er erschien Adela sehr traurig.

Die Münzen, die Edwin ihr gegeben hatte, machten noch nicht einmal ihre Ausgaben wett. Ganz zu schweigen davon, dass nun die Arbeit von vier Wochen vergebens war. Von dem Geld, das sie für den Ring der vornehmen Dame erhalten hatte, war schon seit einer ganzen Weile nichts mehr übrig. Einen Teil hatte sie Caitlyn gegeben, damit diese nicht mittellos war, falls sie beschließen sollte, von dem Gut zu fliehen.

Den Rest hatten Unterkünfte, Nahrung und Kleidung für sie und Robin aufgebraucht. Denn der Krieg und die hohen Steuern hatten überall die Preise steigen lassen. Adelas Situation hatte sich noch dadurch verschlechtert, dass sie es nicht wagte, ihre Heilkunst auszuüben. In Oxford, wo sie zuerst einige Monate mit Robin gelebt hatte, waren bald nach ihrer Ankunft zwei heilkundige Frauen öffentlich ausgepeitscht und als Zauberinnen aus der Stadt vertrieben worden. Allerorten machte die Armut die Menschen abergläubisch und ängstlich. Adela hatte gefürchtet, als fremde und mittellose Frau schnell den Argwohn der Leute auf sich zu ziehen.

Auch in Winchester, wohin sie mit Robin im Frühsommer gekommen war, war die Lage nicht besser. So half sie zwar Kranken, wenn sie bemerkte, dass ihre Hilfe benötigt wurde. Aber sie nahm kaum Geld dafür und bot ihre Dienste nicht öffentlich an.

Wie es Luce wohl gehen mag?, fragte sich Adela. Immer öfter quälte sie die Angst, ihn niemals zu sich holen zu können. In den vergangenen beiden Jahren hatte sie es sich noch nicht einmal mehr leisten können, Ann einen Brief zu schicken.

»Traurig?«, fragte eine helle Stimme. Überrascht wandte Adela den Kopf. Die Frau, die sich neben sie auf die Mauer geschwungen hatte, war um die zwanzig Jahre alt und offensichtlich eine Hure. Denn ihre hohen Wangenknochen und ihren hübschen Mund hatte sie mit Henna geschminkt und ihre Augenbrauen mit Kohle nachgezogen. Ihr brauner, abgetragener Wollmantel klaffte ein wenig auf. Darunter blitzten weiße Brüste und ein rotes Kleid hervor. Ihr Gesicht spiegelte Mitleid.

»Ach, ich weiß einfach nicht, wie ich meine kleine Tochter und mich durchbringen soll«, brach es aus Adela heraus. »Ich kann noch nicht einmal mehr die gesponnene Wolle verkaufen.« Sie deutete auf den Korb mit den roten und blauen Garnsträngen. Als sie die Wolle gesponnen hatte, hatte sie sich an der bunten Farbe erfreut, und auch Robin hatte sich gar nicht daran satt sehen können. Doch plötzlich erschien es ihr, als ob das Grau des Herbsttages in die Wolle eingesickert wäre und die Farben gedämpft hätte.

»Ihr lebt allein?«

»Ja, mein Mann ist tot.«

»Tja, es sind leider harte Zeiten …«, meinte die Hure abwägend.

»Das habe ich heute schon so oft sagen hören.« Adela schüttelte müde den Kopf. Sie wusste auch nicht, warum sie sich mit der fremden Frau über ihre Schwierigkeiten unterhielt.

»Was sich nie ändert, sind die Bedürfnisse der Männer. Sie sind immer bereit, für die Befriedigung ihrer Lust zu zahlen.« Die Hure lachte und betrachtete Adela mit leicht schief gelegtem Kopf. »Ihr seid zwar ein bisschen mager und abgehärmt, aber ansonsten wirklich hübsch. Ein wenig Farbe in Eurem Gesicht würde Euch aufblühen lassen. Ihr würdet bestimmt viele Freier finden.«

»Nein, ich würde niemals …«, fuhr Adela entsetzt auf.

»Fürchtet Ihr etwa, eine schwere Sünde zu begehen und von der Kirche verdammt zu werden?« Die Hure lächelte abgeklärt. »Ich bin der Meinung, tugendhaft zu sein, können sich nur die Reichen und Mächtigen leisten. Und gerade die führen oft ein ausschweifendes Leben.«

»Nein, ich kann wirklich nicht …« Der Gedanke, mit einem Mann für Geld zu schlafen, war für Adela unvorstellbar.

»Wenn Ihr es Euch doch noch anders überlegt, findet Ihr mich in der Korngasse, im Haus *Zum Paradiesapfel*. Fragt nach Mary. Wir können frisches Blut gebrauchen. Und Ihr wirkt nicht nur hübsch, sondern auch nett.« Die Hure lächelte Adela noch einmal an. Dann sprang sie von der Mauer und schlenderte am Flussufer davon. Das bräunliche Wasser spiegelte verzerrt ihre schlanke Gestalt.

*

Während Adela zur Stadt zurückging, schallten Hammerschläge und Sägegeräusche über die Dächer. Männer brüllten sich Anweisungen zu. Trotz des beginnenden Nieselregens setzten die Bauleute ihre Arbeit fort. Während des Bürgerkriegs hatte Stephen seine Base Matilda in der Burg von Winchester belagert. Der Sommer damals war sehr trocken gewesen, und brennende Pfeile hatten die Dächer in Brand gesetzt. Ein großer Teil der Stadt war niedergebrannt. Noch immer war nicht alles wieder aufgebaut. Adelas Mutter Aline hatte die Belagerung mit ihrer Herrin Matilda in der Burg miterlebt und hatte zusammen mit ihr nur knapp vor Stephens Truppen fliehen können.

Sie hatte Adela erzählt, wie damals die Qualmwolken den Himmel verdunkelt hatten und die Bürger in Scharen aus der Stadt geflohen waren. Auf Karren und Planwagen hatten sie versucht, wenigstens einen Teil ihres Hab und Guts vor den Flammen zu retten. *Mutter hat so sehr gehofft*, dachte Adela bitter, *dass mit der Regentschaft von Matildas Sohn Henry eine lange Friedenszeit anbrechen wird*. Henrys Geburt war schwer gewesen, und Matilda war fast dabei gestorben. *Ob Mutter es, wenn sie noch lebte, mittlerweile bedauern würde, ihn zur Welt gebracht zu haben?*, schoss es ihr durch den Kopf. Durch Henry und seine Söhne war so viel Leid über ihre Familie gekommen.

Adela wich einer Reihe von Karren aus, auf denen Kalksteine transportiert wurden. Vor ihr lag der weitläufige, grasbewachsene Platz, wo auf Geheiß des Königs eine neue Kirche gebaut wurde. Obwohl das Kirchenschiff und der quadratische Turm erst bis zu einer Höhe von zwanzig Fuß gemauert waren, wirkte das Gebäude jetzt schon inmitten der niedrigen, strohgedeckten Fachwerkhäuser wie ein überaus einschüchterndes Symbol königlicher Macht.

Die Hütte der verwitweten Töpferin, in deren Obhut Adela Robin gelassen hatte, während sie versucht hatte, die gesponnene Wolle zu verkaufen, lag am anderen Ende der Stadt. Sie mochte Eirene nicht besonders. Sie erschien ihr immer recht grob. Aber sie verlangte fürs Aufpassen nicht sehr viel Geld, und Robin schien sich mit Eirenes beiden Kindern, einem Jungen und einem Mädchen, die etwa im gleichen Alter wie sie waren, recht gut zu verstehen.

Als Adela in die schlammige Gasse einbog, zu deren beiden Seiten sich windschiefe, vom Wetter ausgebleichte Hütten erstreckten, wurde der Nieselregen stärker. Sie war noch ein Stück von der Behausung der Töpferin entfernt, als sie Robin schreien hörte. So weinte ihr Kind nur, wenn es sich ernsthaft verletzt hatte. Adela stürzte vorwärts.

In der Hütte blakte ein Kienspan. Eirene saß auf einer Bank und hielt Robin, deren kleines Gesicht ganz verzerrt war, auf ihren Knien. Das Kind war nackt. Sein rechter Arm war krebsrot und von einer stinkenden Masse bedeckt.

Adela hastete zu Robin und hob ihre Tochter hoch. Bei

der Masse handelte es sich um Gänsefett. »Um Gottes willen, was ist mit Robin geschehen?«, presste sie hervor.

»Ach, das dumme Ding«, die Töpferin verzog ungeduldig den Mund, »was musste sie auch auf die Bank klettern und ihren Arm in einen Topf mit heißem Haferbrei stecken, den ich gerade dort abgestellt hatte?« Sie wies auf ein Tongefäß, das umgestürzt auf der Tischplatte lag. Darum hatte sich eine Lache aus angetrocknetem Brei gebildet. »Ich habe sie wirklich nur einen Moment lang aus den Augen gelassen.«

Die beiden anderen Kinder kauerten im Stroh und verfolgten das Geschehen ängstlich. »Mutter hat draußen mit der Nachbarin geredet«, brabbelte der Junge jetzt.

»Ach, Ihr habt die Kinder also wirklich nur ganz kurz aus den Augen gelassen?«, versetzte Adela zornig. »Wie konntet Ihr nur so unvorsichtig sein?«

»Tut doch nicht so, als ob Ihr jeden Moment auf Eure Tochter aufpassen würdet«, versetzte Eirene mürrisch. »Kinder verletzen sich nun einmal. In Zukunft wird das Mädchen einen weiten Bogen um jeden heißen Breitopf machen. Das Gänsefett wird schon helfen, die Verbrühung zu heilen.«

»Das Schmalz aufzutragen war mit das Dümmste, was Ihr tun konntet.« Adela zitterte vor Zorn und Hilflosigkeit. »Es wird die Wunde nur entzünden.« Robin hatte aufgehört zu schreien. Sie wimmerte nur noch vor sich hin, was Adela beinahe noch mehr zusetzte als das laute Weinen. Nein, sie würde ihre Tochter niemals wieder hierherbringen!

Als hätte die Töpferin Adelas Gedanken erraten, trat ein lauernder Ausdruck in ihre Augen. »Ich bekomme noch ein Pfund von Euch dafür, dass ich während der letzten vier Wochen auf das Mädchen aufgepasst habe«, sagte sie.

»Ihr wollt auch noch Geld von mir?« Adela konnte es nicht glauben.

»Ja, allerdings. Und falls Ihr Euch weigern solltet, mich zu bezahlen, werde ich mich beim Rat der Stadt über Euch beschweren. Ich werde angeben, dass das Hustenmittel, das Ihr meinen Kindern verabreicht habt, ihnen geschadet hat …«

»Das ist nicht wahr, und das wisst Ihr sehr genau. Es hat den Husten geheilt.«

»Beweist es, wenn Ihr könnt.« Eirene zuckte die Schultern. »Ich bin davon überzeugt, dass der Rat mir eher Glauben schenken wird als Euch. Ihr wisst doch, welche Strafe auf Zauberei steht. Mit Peitschenhieben aus der Stadt getrieben zu werden, wollt Ihr doch bestimmt nicht riskieren.« Ein höhnisches Lächeln huschte über ihr mageres Gesicht. Bestimmt würde sie ihre Drohung wahr machen.

Mit zitternden Fingern holte Adela einige Münzen aus dem Beutel an ihrem Gürtel und warf sie auf den Tisch. Dann raffte sie schnell Robins Kleider zusammen, schlug ihren Mantel um das Kind und hastete mit ihm davon.

*

Zögernd blieb Adela vor dem Haus in der Nähe des Flusses stehen. Die Abenddämmerung hatte schon eingesetzt. Vom Wasser wehte ein herber Geruch zu ihr herüber. Alle Fenster des einstöckigen, schindelgedeckten Gebäudes waren mit Läden verschlossen. Hinter manchen glaubte sie, einen Lichtschein zu erkennen. Auch in der roten Laterne aus Ölpapier über der Eingangstür brannte ein Licht. Es warf einen zuckenden Schatten über die enge Straße.

Robins Gewicht zog an ihr, denn sie hatte sich ihre Tochter mit einem Tuch an den Leib gebunden. Wenigstens schlief das Kind seit einer Weile. In der Stille, die nur kurz durch das lallende Lachen eines Betrunkenen durchbrochen wurde, hörte Adela seinen gleichmäßigen Atem.

Drei Tage waren jetzt vergangen, seit sich Robin den Arm an dem heißen Brei verbrüht hatte. Wie Adela befürchtet hatte, hatte das Gänseschmalz die Verletzung nur noch schlimmer gemacht. Sie hatte versucht, die Wunde mit einer Schafgarbentinktur zu reinigen. Trotzdem hatten sich auf ihr nässende Pusteln gebildet. Mittlerweile schrie Robin schon jämmerlich, wenn man den kranken Arm nur berührte.

Zu allem Überfluss hatte ihre Tochter, die sonst zu Adelas Leidwesen meistens hungrig war, seit dem Unfall kaum etwas essen wollen. Nur nach viel geduldigem Zureden war sie bereit gewesen, etwas in warmem Wasser eingeweichtes Brot zu schlucken – die einzige Nahrung, die Adela hatte kaufen können. Ihr Geld reichte gerade noch, die Miete für die kleine Kammer zu zahlen, in der sie und ihre Tochter hausten. An Honig und Milch und Eier, die sie dringend benötigt hätte, um Robin zu stärken, war überhaupt nicht zu denken gewesen. Als ihre Tochter immer apathischer wurde, hatte sich Adela im Laufe des Nachmittags dazu durchgerungen, Marys Angebot doch anzunehmen. Was machte es schon, wenn sie ihren Leib verkaufte – Hauptsache, sie konnte Robin mit dem Geld retten.

Mit einem flauen Gefühl in der Magengrube öffnete Adela die Tür des Bordells. Eine Glocke ertönte. Der niedrige Flur wurde nur von einem Talglicht spärlich erhellt. Während sie sich noch fragte, an welche der Türen, die von dem Gang abzweigten, sie klopfen sollte, wurde eine davon geöffnet. Eine dralle Frau Mitte zwanzig, deren Ausschnitt so tief war, dass er die mit Henna gefärbten Brustwarzen entblößte, erschien und musterte Adela und Robin abschätzend. »Seid Ihr sicher, dass Ihr Euch nicht in der Tür geirrt habt?«, fragte sie spöttisch.

»Eine Frau namens Mary meinte, ich solle hierherkommen und nach ihr fragen, wenn ich …« Verlegen brach Adela ab.

»Ach, Ihr seid das. Ja, Mary hat von Euch erzählt. Ich hätte nur nicht gedacht, dass Ihr mit einem Kind hier auftauchen würdet.« Die Hure lachte und rief laut Marys Namen.

Gleich darauf öffnete sich eine weitere Tür. Kerzenlicht ergoss sich in den Gang und umfloss Mary, die Adela anlächelte. »Schön, dass Ihr es Euch doch noch anders überlegt habt. In den nächsten Tagen wird der König in der Stadt erwartet. In seinem Gefolge werden sich viele Männer befinden – was uns eine Menge Kundschaft verspricht.«

»Ja, wirklich zahlungskräftige Freier.« Die dralle Hure lachte wieder.

»Wer weiß, vielleicht erobert Ihr ja das Herz eines Ritters.« Mary legte Adela den Arm um die Schultern und schob sie zu einem Raum am Ende des Flurs. »Ich muss Euch schnell noch Enid vorstellen. Ihr gehört das Haus, und sie erhält einen Teil unseres Geldes.«

Die Frau, die in einem Holzstuhl mit hoher Lehne neben einem Becken voller glimmender Kohlen saß, war um die sechzig Jahre alt, hatte scharfe, aber nicht unfreundliche Augen und ein von tiefen Falten zerfurchtes Gesicht.

»Meine Tochter ist krank«, stotterte Adela. »Ich konnte sie nicht allein lassen. Deshalb habe ich sie mitgebracht …«

»Legt sie dorthin.« Enid wies auf ein Lager im Hintergrund des Raums. »Ich werde auf sie aufpassen, während Ihr arbeitet.« Sie musterte Adela eingehend. Dann lachte sie leise und entblößte dabei zwei schadhafte Zahnreihen. »Mary hatte Recht. Ihr seid wirklich hübsch. Ihr werdet bei uns bestimmt Euer Glück machen. Nun sagt mir noch Euren Namen.«

»Adela …«, flüsterte sie. »Versprecht mir, dass Ihr mich

rufen werdet, wenn Robin zu weinen beginnt.« Sie konnte sich noch immer nicht von ihrer Tochter losreißen.

»Das werde ich.« Enid nickte. »Und nun geht. Mary muss Euch noch ein bisschen herrichten, bevor die ersten Freier eintreffen.«

Die Hure führte Adela in eine enge Kammer im ersten Stock. Ein Holztisch stand dort, der mit Tonschalen und -tiegeln und einem Bronzespiegel ausgestattet war. Außerdem stand eine angeschlagene Tonschüssel neben einem Stapel Leinentücher auf einer Truhe. »Zieht Euch schon einmal aus und wascht Euch, wenn Ihr wollt. Ich bin gleich wieder da.«

Nachdem Mary aus dem Raum verschwunden war, streifte Adela ihren Mantel, ihr Kleid und den Schleier ab. Sie zitterte plötzlich. Das Wasser in der Schüssel und die Tücher waren sauber. Mit dem feuchten, kühlen Lappen über ihre Haut zu fahren half ihr, sich zu beruhigen.

»So, das müsste Euch passen.« Adela hatte sich eben abgetrocknet, als Mary zurückkam und prüfend ein nachträglich rot gefärbtes Wollkleid vor sie hielt. Adela schlüpfte hinein. Der Ausschnitt war so groß, dass sich ihre Brüste darüber wölbten.

»Ja, sehr gut.« Mary nickte. »Und jetzt wollen wir uns einmal um Eure Haare kümmern. Sie sind wirklich prachtvoll.« Sie dirigierte Adela zu einem Stuhl. Nachdem sie Adelas Haare gebürstet hatte, bis sie lang und rot glänzend ihren Rücken hinabhingen, schminkte sie ihre Brustwarzen und ihren Mund mit Henna und verrieb ein bisschen von der Farbe unter ihren Wangenknochen. Ihre Augenbrauen zog sie mit einem Kohlestift nach und verteilte einige Tropfen eines nach Moschus riechenden Duftöls hinter ihren Ohren. Noch einmal musterte sie Adela prüfend. Dann reichte sie ihr den Bronzespiegel. »Ja, die Freier werden auf Euch fliegen. Seht selbst.«

Das Gesicht, das Adela von dem polierten Metall entgegenblickte, erschien ihr völlig fremd, wie eine Maske. *Das bin nicht ich*, ging es ihr durch den Kopf. *Ja, nicht ich, sondern eine andere Frau wird ihren Körper verkaufen …*

Trotzdem begann sie wieder zu zittern, als sie gleich darauf mit Mary in der Kammer stand, wo sie »arbeiten« sollte. Das Mobiliar bestand aus einem breiten Bett, einem niedrigen Tisch mit einem Tonkrug und Bechern darauf sowie einem Bronzebecken, von dessen glühenden Kohlen eine spärliche Wärme ausging.

»Aufgeregt?« Mary musterte sie mitleidig. »Das geht fast jeder von uns beim ersten Mal so. Nach einer Weile legt sich das. Trinkt ein paar Schlucke Wein, das tut Euch bestimmt gut.« Sie schenkte Wein aus dem Krug in einen Becher und reichte ihn Adela. »Ihr müsst wirklich keine Angst haben. Enid weiß ja, dass Ihr neu im Geschäft seid. Sie wird Euch bestimmt einen netten Kunden schicken.« Sie tätschelte Adelas Wange. Dann verließ sie den Raum.

Adela setzte sich auf die Bettkante und stürzte den Wein hastig hinunter. Gleich darauf bereute sie es. Denn er schmeckte bitter und brannte in ihrem Magen. Der Rauch, der von den glühenden Kohlen aufstieg, und der Moschusgeruch verursachten ihr zusätzlich Übelkeit. Doch allmählich entfachte der Alkohol seine Wirkung, und sie entspannte sich ein wenig. Nur Robin zählte. Alles andere war unwichtig …

Schwere Schritte kamen die Treppe hoch und den Flur entlang. Doch sie gingen an der Tür von Adelas Kammer vorbei. Gleich darauf knarrte eine andere Tür. Sie hörte eine Männerstimme. Eine Frau lachte kehlig.

Stille. Dann wieder Schritte. Dieses Mal verharrten sie vor

Adelas Tür. Sie atmete tief durch und zwang sich aufzustehen. Der Mann, der die Kammer betrat, war Mitte dreißig, kräftig und hatte ein bärtiges, gutmütiges Gesicht. Seiner Kleidung nach zu schließen, handelte es sich um einen wohlhabenden Handwerker.

»Enid hat mir gesagt, dass Ihr neu hier seid. Na, seid doch nicht so schüchtern.« Er winkte ihr, näher zu kommen. Mit bleischweren Beinen ging sie auf ihn zu. »Ja, gut so. Seht Ihr, das ist doch gar nicht so schwer.« Er lächelte sie an und begann, ihre Brüste zu befummeln. Er atmete rascher. Adela starrte an ihm vorbei. Über dem blakenden Kienspan hatte Ruß die Wand verfärbt. Der Fleck wirkte wie eine verkrüppelte Hand.

»Sehr gesprächig seid Ihr ja nicht gerade …« Er schubste sie zurück zum Bett.

»Ich …«, stammelte Adela, während sie sich auf die Decken sinken ließ. *Nur nichts denken und vor allem nichts fühlen …*

Der Freier kniete sich auf sie. Er schob ihre Röcke zurück und drückte ihre Oberschenkel auseinander. Alles um Adela verschwamm. Sie befand sich wieder in der Kammer ihres Gutes. William de Thorigny lag auf ihr und tat ihr Gewalt an.

»Nein, nicht!«, hörte sie sich schreien, während sie um sich schlug. Sie traf den Freier im Gesicht.

»He, was soll das denn?«, brüllte er. Adela trat nach ihm und wand sich unter ihm hervor. Er versuchte, nach ihr zu greifen, aber sie riss sich von ihm los.

Draußen auf dem Flur öffneten sich Türen. Verschwommen nahm Adela verwunderte und bestürzte Gesichter wahr, während sie zur Treppe stürzte. Endlich war sie am Fuß der Stufen angelangt. Enid kam auf sie zu. »Dummes Ding, was soll denn dieser Aufruhr?«, herrschte sie Adela an.

»Sie hat mich geschlagen«, jammerte der Freier irgendwo. Adela rannte an Enid vorbei in deren Zimmer. Robin lag noch auf dem Bett. Aufgeschreckt von dem Lärm, regte sie sich und begann zu weinen. Neben ihr lagen – das nahm Adela undeutlich wahr – ihre Kleider. Jemand hatte sie hierher gebracht. Sie packte ihre Tochter und die Gewänder.

»Adela …« Mary trat ihr in den Weg. Sie stieß sie weg. Einen panischen Moment lang glaubte sie, in dem dämmrigen Gang und dem Durcheinander aus Menschen und Stimmen, die auf sie einredeten und schrien, die Haustür nicht mehr zu finden.

Doch nun stand sie davor. Adela riss die Tür auf und sprang auf die Straße hinaus. Sie stolperte über eine Unebenheit, raffte sich wieder hoch und hetzte davon.

*

Auf der Treppe zu ihrer Dachkammer kam ihr ihre Wirtin mit einer Kerze in der Hand entgegen.

»Ich habe auf Euch gewartet«, fuhr die pummelige Frau sie an. »Ihr seid mir noch die Miete für die vergangenen beiden Wochen schuldig. Versucht nur nicht, mich noch einmal zu vertrösten.«

Wortlos öffnete Adela die Börse an ihrem Beutel und gab ihr die verlangte Summe. Dumpf dachte sie, dass ihr nun nur noch wenige Pence blieben.

»Wie habt Ihr Euch denn hergerichtet?« Die Wirtin fasste sie scharf ins Auge und musterte sie in dem unsteten Licht von oben bis unten. Erst jetzt wurde Adela bewusst, dass sie noch geschminkt war und die Kleider einer Hure trug.

»Ich habe nicht …«, begann sie.

Doch die Wirtin schob ihr breites Kinn vor und unterbrach sie schroff. »Und Eure Tochter habt Ihr auch noch ins

Bordell mitgenommen. Ihr solltet Euch wirklich schämen. Ich dulde keine Hure in meinem Haus. Morgen sucht Ihr Euch eine andere Bleibe.«

»Bitte, meine Tochter ist sehr krank …«, flehte Adela. Robins Körper war ganz schlaff, obwohl sie nicht schlief, und ihr kleines Gesicht hatte eine wächserne Farbe.

»Nun, das ist wahrscheinlich die Strafe für Euer sündhaftes Tun«, erklärte die Wirtin von oben herab. Aber dann, als Robin wieder leise vor sich hin wimmerte, wurde ihre Miene ein wenig milder. »Morgen wird der König in der Stadt erwartet. Deshalb wird ein großes Fest stattfinden. Den Tag könnt Ihr meinetwegen noch bleiben. Aber danach müsst Ihr gehen.« Ihre Stimme klang überrascht, als könne sie ihre eigene Großzügigkeit kaum glauben.

Zu Adelas Erleichterung zog sie sich endlich in ihre Wohnung zurück und gab den Weg auf der engen und steilen Holzstiege frei.

Oben in der Kammer legte Adela Robin auf den Strohsack und kniete sich davor. Sie wollte tröstend auf ihre Tochter einreden. Doch sie musste die Lippen zusammenpressen, um das Schluchzen zu unterdrücken, das in ihrer Kehle aufstieg. Nach einer Weile schlief das Kind endlich ein. Aber immer wieder verzog sich sein Gesicht, als ob es selbst noch im Schlaf von Schmerzen gequält würde.

Keine Bleibe mehr … Kein Geld mehr … Keine Möglichkeit, in der nächsten Zeit etwas für mich und Robin zu verdienen …

Adela vergrub ihr Gesicht in den Händen. Wenn sie als Bettlerin auf der Straße leben musste, würde Robin bestimmt nur noch wenige Tage überleben. Weshalb nur hatte sie sich in dem Bordell nicht besser beherrscht und den Freier ertragen? Robin durfte nicht sterben … Aber was sollte sie nur tun? Noch einmal würden die Huren sie bestimmt nicht ins Haus lassen.

Der König wird morgen in die Stadt kommen … Die Worte der Wirtin hallten in Adela nach, während sich in ihr eine verzweifelte Idee zu formen begann. Ihre Mutter hatte Henry auf die Welt gebracht und sein Leben gerettet. *Das Leben des Königs für das meiner Tochter*, dachte sie. Vielleicht würde er sich ja erweichen lassen. Sich ihm zu Füßen zu werfen und für ihre Tochter zu bitten, war der letzte Ausweg, der ihr blieb.

Nachdem sich Adela mit dem wenigen Wasser, das sie in der Kammer vorrätig hatte, notdürftig die Schminke abgewaschen hatte, zerrte sie sich das rot gefärbte Kleid vom Leib und schlüpfte in ihr eigenes Gewand. Dann legte sie sich zu Robin auf den Strohsack und breitete den Mantel und die dünne Decke über sich und das Kind. In der Nacht träumte sie davon, dass sie versuchte, vor William de Thorigny zu fliehen. Mal rannte sie über sommerlich grüne Felder vor ihm davon, dann wieder durch einen dichten Wald oder durch eine tief verschneite Landschaft. Immer aber fing er sie ein und schleppte sie in das Gutshaus, wo er sie in ihrem Ehebett vergewaltigte.

Wenn sie aufwachte und nach Robin tastete, fragte sie sich, was sie tun sollte, wenn ihr Peiniger im Tross des Königs mitritt. Sie fand keine Antwort darauf, außer dass sie aus dem Moment heraus entscheiden musste.

*

Als Adela kurz nach Anbruch der Morgendämmerung erneut erwachte, prasselte ein heftiger Regen auf das Strohdach, und der Wind riss an den Büscheln und an dem Laden, der die Fensterluke verschloss. Auch Robin regte sich und begann leise vor sich hin zu jammern, so als hätte sie noch nicht einmal mehr die Kraft zu weinen. Während Adela in dem wenigen Licht, das durch die Ritzen des Ladens fiel, Wasser in einen Rest gemahlenen Hafers rührte, erfasste sie wieder eine dumpfe Verzweiflung.

Robin ließ sich mit zwei, drei Löffeln von dem kalten Brei füttern. Doch dann presste sie die Lippen zusammen und wandte den Kopf ab, sosehr Adela auch auf sie einredete. Schließlich gab sie es auf und legte ihre Tochter wieder hin. Nach einer Weile schlief Robin ein. Adela wartete und hoffte, dass der Regen und der Wind endlich nachlassen würden, doch das war nicht der Fall. Bei diesem Wetter, darüber war sie sich im Klaren, konnte sie sich Robin unmöglich an den Leib binden und mitnehmen. Denn auch unter ihrem Mantel würde das Kind sofort durchnässt werden.

Schließlich glaubte Adela, in der Ferne durch das Rauschen des Regens lautes Glockenläuten und Jubelrufe zu hören. Sie konnte es nicht riskieren, noch länger zu warten und den Einzug des Königs in die Stadt zu versäumen. Denn man würde sie, eine einfache Frau, die zudem wie eine Bettlerin gekleidet war, bestimmt nicht zu Henry in die Burg vorlassen.

Noch einmal rang sie mit sich, ob sie Robin allein lassen sollte. Ihre Tochter schlief immer noch. In der Kammer gab es nichts, woran sie sich verletzen konnte. Adelas Vernunft sagte ihr, dass sie gehen musste. Mit einem Kloß im Hals vergewisserte sie sich, dass Robin gut zugedeckt war. Dann küsste sie ihre Tochter, flüsterte: »Ich bin bald zurück« und riss sich von ihr los.

Draußen vor dem schmalen Fachwerkhaus schlug Adela ein kalter Regenschwall ins Gesicht. Doch trotz des schlechten Wetters waren viele Menschen unterwegs. Sie waren festtäglich gekleidet, lachten und riefen sich Scherze zu, was in völligem Gegensatz zu Adelas niedergedrückter Stimmung stand. Während die Kirchenglocken ununterbrochen weiterläuteten, hastete sie durch verwinkelte Gassen bis zu dem Platz vor der Burg.

Hier war das Gedränge besonders dicht. Adela kämpfte sich zum Rand der Menge vor. Derbe Schimpfworte wurden ihr nachgerufen und Ellbogen in die Seiten gerammt, doch sie nahm dies alles kaum wahr. Denn eben ritt die Vorhut des königlichen Trosses auf den Platz. Zum Schutz gegen den prasselnden Regen hatten die Soldaten die Kapuzen ihrer Mäntel über die Köpfe gezogen. Auf sie folgten die Edelleute. Auch diese hatten sich eng in ihre Mäntel und Umhänge eingewickelt. Adela begriff – falls sich William de Thorigny unter ihnen befand, würde sie ihn nicht erkennen können.

Dann erschien ein breitschultriger Reiter auf einem mächtigen, schwarzen Hengst. Die gestickten goldenen Löwen waren deutlich auf seinem von Regen durchweichten Umhang zu erkennen. *Dies ist also der König. Der Mann, dem meine Mutter zum Leben verholfen hat,* dachte Adela müde. Flüchtig glaubte sie, unter der Kapuze ein bärtiges Gesicht zu sehen. Henry hob grüßend seine behandschuhte Rechte, und die Menge brach in noch lauteren Jubel aus.

»Lang lebe der König!«

»Glück und Frieden mit Euch, König!«

»Gott segne unseren König!«, rief es rings um Adela aus vielen Hunderten von Kehlen.

Robin!, dachte sie verzweifelt. Gleichgültig, ob sich William de Thorigny unter Henrys Gefolgsleuten befand oder nicht, sie musste es wagen, ihn anzusprechen. Mit einem Gefühl, als würde sie sich von einer hohen Klippe in ein tiefes, tückisches Gewässer stürzen, rannte sie vorwärts.

Vor dem Burgtor kam der Tross kurz ins Stocken, denn die Soldaten mussten sich neu gruppieren, um hindurchreiten zu können. Einige in Lumpen gehüllte Bettler nutzten wie Adela die günstige Gelegenheit und versuchten, zu Henry zu gelangen. Der König zog einige Münzen aus dem Beutel an seinem Gürtel und warf sie ihnen achtlos zu, als verteilte er Brosamen an hungrige Vögel.

»He, weg da! Ihr habt bekommen, was ihr wolltet. Nun verschwindet«, brüllten einige Soldaten und versuchten, die Bettler, die sich unter dem Gelächter der Edelleute und der Menge im Schlamm um das Geld balgten, wegzudrängen.

Adela schlüpfte zwischen den Männern hindurch. Eine Lücke tat sich vor ihr auf. Beinahe verwundert registrierte sie, dass sie sich direkt neben dem Hengst des Königs befand. Ohne zu überlegen, griff sie in die mit goldenen und silbernen Plättchen verzierten Zügel.

»Majestät, habt Erbarmen mit meiner Tochter und mir«, hörte sie sich rufen. Ihre Stimme klang hoch und dünn in ihren Ohren und schien nicht wirklich zu ihr zu gehören. »Meine Mutter Aline war die Dienerin Eurer Mutter Matilda. Ich weiß, mein Mann Francis hat sich am Aufstand Eures Sohnes beteiligt. Aber er wurde bei einem der Kämpfe getötet. Unser Gut haben wir schon vorher verloren. Sind damit unsere Vergehen nicht gesühnt?« Adela brachte den Namen William de Thorignys nicht über die Lippen. Regen tropfte von Henrys Kapuze. Unter dem Rand des dunklen Samtstoffes konnte sie sein Gesicht nur undeutlich erkennen. Aus den Augenwinkeln nahm sie wahr, dass sich ein Bewaffneter ihr näherte – wahrscheinlich um sie vom Pferd des Königs wegzuzerren. Sie klammerte sich nur umso fester an die Zügel. Die lärmende Menge, die Edelleute und die Soldaten – alles um sie herum versank. Es gab nur noch sie und den König.

»Hoheit, meine Mutter hat Eurer Mutter bei Eurer Geburt beigestanden und dabei ihr und Euch das Leben gerettet. Meine kleine Tochter ist sehr krank. Ich flehe Euch an, seid meinem Kind gnädig, um des Lebens willen, das Euch meine Mutter geschenkt hat.« Sie spürte, dass ihr Tränen über das Gesicht rannen und sich mit den Regentropfen vermischten. Henry beugte sich ein wenig vor, so dass sie nun sein breites Gesicht zwischen den Schatten der Kapuze sehen konnte. Adela erschien es, als ob sich ein Anflug von Milde darauf abzeichnen würde.

»Lass das Weib in Frieden …« Seine Stimme klang tief und rau. Mit einer knappen Handbewegung schickte er den Soldaten weg. Adela fasste neuen Mut.

»Bitte, schenkt mir Geld«, redete sie hastig weiter, »damit ich gute Nahrung und Heilkräuter für meine Tochter kaufen kann. Ich werde alles tun, um Eure Großherzigkeit zu vergelten. Verfügt über mich, wie Ihr wollt. Ich werde die niedrigsten Dienste für Euch ausüben …«

»Nun, Weib, auf deine Dienste kann ich verzichten. Aber um deiner und meiner Mutter willen …« Henry nestelte wieder an der goldbestickten Geldbörse an seinem Gürtel.

Plötzlich spürte Adela, wie sich ihr die Nackenhaare aufstellten. Sie nahm William de Thorignys Gegenwart wahr, noch ehe sie ihn sah. Einen Lidschlag später trat er neben den König. Sie konnte ihn nur anstarren und war unfähig, sich von der Stelle zu rühren. Sein Umhang von der Farbe roten Herbstlaubs war ganz trocken. Er musste aus der Burg gekommen sein. Sein schmales, gut aussehendes Gesicht zeigte Überraschung, Hass und einen Ausdruck von grausamer Freude. Als wäre sie eine Beute, der noch einmal zu begegnen er nicht erwartet hätte.

Als er sich jetzt dem König zuwandte, verschwanden all

diese Empfindungen von seinem Antlitz. Es zeigte nur noch Bestürzung und Sorge. »Majestät, ich muss Euch dringend vor diesem Weib warnen«, sagte er rasch. »Ihre Mutter mag Euch das Leben gerettet haben. Aber sie selbst ist eine Hexe. Ich weiß, dass sie wegen ihrer Zauberkräfte aus mehreren Städten vertrieben wurde. Ganz sicher ist die Geschichte von ihrer armen, kranken Tochter nur ein Märchen, das sie Euch aufgetischt hat, um Euer Mitleid zu erregen. Ich kann Euch nur raten, lasst dieses verderbte Weib einsperren und bestrafen, damit sie nicht länger ihr Unwesen treiben kann. Wie mächtig ihre Zauberkräfte sind, erkennt Ihr daran, dass es ihr gelungen ist, auch Euch mit ihren Lügen einzulullen.« Er seufzte bedauernd.

Während William de Thorigny gesprochen hatte, hatte sich Henrys Miene immer mehr verfinstert. Adela wollte etwas zu ihrer Verteidigung vorbringen, aber ihre Lippen gehorchten ihr nicht.

»Schafft sie mir aus den Augen!«, rief Henry einigen Soldaten zu. William de Thorigny lächelte sie höhnisch an. *Robin*, durchfuhr es Adela. Wenn sie eingesperrt würde, würde ihre Tochter in der Dachkammer elendiglich sterben.

»Ja, fasst die Zauberin!«

»Tötet die Hexe!«, schrien und brüllten die Menschen ringsum.

Robin … Adela erwachte aus ihrer Erstarrung. Sie tauchte unter Händen weg, die sie packen wollten. Der Schleier wurde ihr vom Kopf gezerrt. Gleich darauf kreisten sie einige Männer ein. Sie trugen die Tracht von Handwerkern. Ein grausames Lachen verzerrte ihre nassen Gesichter.

»So, Täubchen, uns entkommst du nicht«, rief ihr einer zu.

»Seht nur, ihr Haar ist ganz rot, richtiges Hexenhaar«, schrie ein anderer. Ein Dritter versuchte, sie daran zu packen.

»Pass auf, verbrenn dich nicht daran«, grölte wieder der Erste. Adela glaubte, eine Lücke zwischen ihnen auszumachen. Doch sofort standen sie wieder Schulter an Schulter. Einer versetzte ihr einen derben Stoß in den Rücken, der sie taumeln ließ. Sie trieben sie zwischen sich hin und her, wie Katzen, die mit einer Maus spielten. Verzweifelt begriff Adela, dass sie ihnen nicht entkommen würde. Ein heftiger Tritt, der sie vor Schmerz aufkeuchen ließ, traf sie am Bein.

Plötzlich wehte eine Regenböe über den Platz, die Kapuzen von den Köpfen riss und Gewänder wild zum Flattern brachte. Mehrere Pferde wieherten schrill. Adela sah, wie eines der Tiere wie ein riesiger Schatten auf sie zusprang. Der Sattel war leer. Die Steigbügel baumelten lose an den Seiten herab. Die Männer wichen zurück. Angst- und Schmerzensschreie wurden laut, als das Tier in die Menge preschte. Nun warfen auch andere Pferde ihre Reiter ab.

Panisch versuchten die Menschen, den stampfenden Hufen auszuweichen. Niemand kümmerte sich mehr um Adela. Sie wurde von den fliehenden Menschen einfach mitgerissen. Für einen Moment glaubte sie, in dem Durcheinander das blasse Gesicht einer Frau wahrzunehmen, die auf einem der wild gewordenen Pferde saß. Es kam ihr entfernt bekannt vor. Doch gleich darauf vergaß sie es wieder in dem Bemühen, zwischen den ineinander verkeilten Leibern nicht zu fallen und niedergetrampelt zu werden.

*

Schon am Fuß der Stiege zu ihrer Kammer hörte Adela Robin weinen. Sie hetzte die Stufen hinauf. Als sie die Tür aufstieß, sah sie, dass das Kind von dem Strohsack gefallen war. In seinem dünnen Hemdchen lag es auf den rohen Dielen. Sein Gesichtchen war ganz verzerrt vor Schmerz und Angst.

Seine Windeln hatte es abgestreift. Eine Urinlache breitete sich um es aus.

»Mein Herzchen, es ist ja gut. Ich bin bei dir …«, flüsterte Adela weinend. Sie durfte keinen Augenblick länger als nötig hier verweilen. Hastig wischte sie Robin notdürftig mit einem Lappen sauber. Dann hob sie das Kind hoch, wickelte es in eine Decke und band es sich an den Leib. Sie hatte eben die Kapuze ihres Mantels über ihren Kopf gezogen und sich ihr Bündel umgehängt, als sie hörte, wie sich die Haustür knarrend öffnete. Schritte kamen die Treppe hinauf. Sie waren leichter als die ihrer Wirtin.

Adela wich zur Wand zurück und zog ein Messer aus ihrem Bündel. Sie konnte nicht mehr klar denken. Sie wusste nur, dass sie Robin beschützen würde und wenn es sie das Leben kosten sollte. Jetzt hatten die Schritte das Ende der Stufen erreicht. Die niedrige Tür schwang auf. Adela umklammerte den Messergriff fester. Eine stämmige Frau bückte sich in den Raum. Unter ihrem weiten dunklen Mantel trug sie den Habit einer Nonne.

»O Gott, steckt das weg«, keuchte die Frau entsetzt, als sie das Messer in Adelas Hand sah. »Ich will Euch doch nichts Böses. Meine Herrin schickt mich. Ich soll Euch und Eure Tochter an einen sicheren Ort bringen.«

»Eure Herrin …?« Adela verstand nicht.

»Matilda, die Äbtissin von Barking. Ihr habt damals in der Normandie ihr Mündel Joanna gerettet.«

Wirre Bilder tauchten in Adelas Gedächtnis auf. Ein braunhaariges Mädchen auf einer Schaukel. Ein Wespenschwarm vor einem blauen Herbsthimmel. Hatte sie dies wirklich erlebt?

Als Adela nicht reagierte, packte die Nonne sie am Arm und zog sie zur Treppe. »Nun beeilt Euch doch«, drängte sie. »Wir haben keine Zeit zu verlieren. Hier, nehmt meinen Mantel.« Sie hängte Adela das Kleidungsstück um die Schultern. Erst jetzt begriff Adela, dass ihre eigenen Gewänder von der Flucht in der panischen Menge völlig zerfetzt waren.

Alle Energie wich von ihr. Sie ließ sich von der Nonne die steile Stiege hinunterführen. Vor dem Haus wartete ein Karren. Auf der Ladefläche lagen einige grobe Decken und leere Säcke.

»Kriecht mit Eurer Tochter darunter und sorgt dafür, dass das Kind nicht schreit«, befahl ihr die Nonne.

Apathisch kam Adela der Aufforderung nach. Decken wurden über sie und Robin gebreitet. Sie rochen streng nach Pferden. Adela streichelte das Köpfchen ihrer Tochter, die ruhig an ihrer Brust lag. Dann setzte sich der Karren rumpelnd in Bewegung. Adela war zu erschöpft, um sich zu fragen, wohin er sie wohl bringen würde.

*

Er hatte gedacht, die Tochter Alines wäre auf dem brennenden Gut umgekommen, nachdem er sie ohnmächtig auf dem Bett zurückgelassen hatte. Aber nun lebte sie und spazierte ihm direkt vor die Augen. William de Thorignys Armstumpf, der dicht oberhalb des früheren rechten Ellenbogengelenks endete, schmerzte, was seit Wochen nicht mehr der Fall gewesen war. Es kam ihm vor, als hätte Adela selbst das Schwert geführt, mit dem ihr verdammter Mann seinen Arm vergiftet hatte. Er lächelte grimmig. Welch ein Hohn, dass seine Behauptung, sie sei eine Hexe, plötzlich gar nicht so weit hergeholt schien.

Und wie mit Zauberei schien es auch zugegangen zu sein, dass die Pferde gerade zur rechten Zeit gescheut hatten und sie in dem anschließenden Durcheinander hatte entkommen können. William ballte die linke Hand zur Faust. Er würde sie finden, schwor er sich. Sie sollte es ihm bezahlen, dass er zum Krüppel geworden war.

»Suchen Euch etwa schwere Gedanken heim? Ihr wirkt so bedrückt.« Marjorie kam auf nackten Füßen aus dem angrenzenden Schlafgemach zu ihm. Sie trug nur ein Leinenhemd und einen roten Seidenschal um die Schultern, gegen den sich ihre dunklen Haare abhoben wie Rauch über einem lodernden Feuer. »Wollt Ihr nicht endlich zu mir ins Bett kommen? Ihr fehlt mir.«

Ihre Stimme war sanft und einschmeichelnd, und William war sich darüber im Klaren, dass sie ihn ebenso benutzte wie er sie. Aber – bei Gott – sie hatte es geschafft, dass er sich trotz seiner schweren Verletzung wieder als Mann fühlte. Er wollte sie nicht mehr missen.

»Komm her!« Er zog Marjorie auf seine Knie. Warm und verheißungsvoll drückte ihr Schoß gegen sein Glied. Er beherrschte sich. »Hatte dein Mann nicht auch Verwandte in der Normandie?«, fragte er scheinbar beiläufig.

»Ja, seine Eltern lebten dort auf einem Gut, nachdem wir geheiratet hatten. Seine jüngste Schwester Adela und ihr Mann übernahmen das Anwesen nach ihrem Tod. Ich habe sie nur bei unserer Hochzeit gesehen und dann noch einmal, als Nicolas und ich seine Familie in der Normandie besuchten. Adela mochte mich nicht besonders – seine Mutter übrigens auch nicht. Sie spürten, dass ich Nicolas nicht liebte.« Marjorie zuckte mit den Schultern.

Dann waren die beiden Frauen um einiges scharfsinniger gewesen als dieser Nicolas. Aber – nun ja – William konnte inzwischen nachvollziehen, warum dieser Kerl nicht von Marjorie losgekommen war.

»Adela ist seine einzige noch lebende Verwandte?«, bohrte er weiter.

»Zwei von Nicolas' Geschwistern ertranken bei einem Bootsunfall. Außerdem gibt es noch eine Schwester, die in irgendein Benediktinerinnenkloster eintrat. Mein Gatte konnte diesen Schritt nicht verstehen. Er hat nie viel von ihr erzählt. Und wenn er es einmal tat, hat es mich nicht interessiert.« Marjorie verzog ungeduldig ihren Mund. Nein, es gab wohl kaum eine Frau, die weniger für ein Leben als Nonne geeignet gewesen wäre als sie. William unterdrückte ein Lächeln.

»Was meinst du, würde dich diese Adela in einer Notlage um Hilfe bitten?«

»Nein, ganz sicher nicht.« Marjories verächtliches Lachen war echt und bewies William, dass ihre Antwort nicht gelogen war. »Warum fragt Ihr auf einmal nach der Familie meines Mannes?« Ihre dunklen Augen verengten sich ein wenig misstrauisch.

»Aus einem Grund, den ich dir nicht näher erklären will, möchte ich diese Adela gerne finden.« Er lächelte sie an, während er seinen Unterkörper an ihr rieb.

Sie stöhnte auf. »Da kann ich Euch nicht helfen.«

Koste es, was es wolle – er würde dieses verdammte Weib aufspüren, versprach sich William. Dann öffnete er seinen Gürtel und widmete sich ganz Marjorie.

*

Als Ann in den Wirtschaftsweg einbog, hörte sie aus der Richtung der Stallungen zorniges Jungengeschrei. Darunter glaubte sie, Luces Stimme zu vernehmen. Sie beschleunigte ihre Schritte. Tatsächlich, vor dem Pferdestall prügelte sich ihr Neffe mit einem blonden kräftigen Knaben, der einen Kopf größer war als er – der Sohn eines Adligen, der die Klosterschule besuchte. Andere Jungen standen in einem Halbkreis um die beiden Kämpfenden herum und feuerten sie an: »Gib es ihm, Claude!«

»Ja, zeig dem Waisen seinen Platz.«

Andere brüllten: »Luce, lass dir von dem eingebildeten Kerl nichts gefallen.«

Luce lag unter dem anderen Jungen. Doch nun packte er dessen Arm und versuchte mit aller Kraft, ihn herumzuwälzen. Sand und Gras klebten in seinen zerzausten braunen Haaren. Seine Wangen waren zerschrammt und schmutzig und sein Mund entschlossen zusammengepresst. Seine Augen funkelten wütend. Für einen Augenblick schimmerte in seinem Kindergesicht das Antlitz von Anns Vater Ethan so sehr durch, dass es sie schmerzte. So hatte auch ihr Vater immer ausgesehen, wenn er wütend war.

Ein letzter Ruck – dann warf sich Luce, der vor Anstrengung keuchte, auf Claude.

»Mistkerl«, brüllte dieser, während er sich verzweifelt wehrte.

»Selber!« Luce hob seine zur Faust geballte Hand, um auf ihn einzuschlagen. Ann wurde plötzlich bewusst, dass sie schon längst in den Kampf hätte eingreifen sollen.

»Hört sofort auf, euch zu prügeln«, rief sie und eilte auf die Streithähne zu. Sie zu trennen war ebenso schwierig, wie zornige junge Hunde auseinanderzubringen. Doch schließlich gelang es ihr, die beiden voneinander wegzuzerren, sie an ihren Ohren zu packen und in das Behandlungszimmer des Spitals zu führen, wo sie ihre Wunden verarztete.

Luce und Claude hatten einiges an Schrammen und Prellungen abbekommen. Nachdem Ann auch den letzten blutigen Striemen mit einer entzündungshemmenden Lösung abgetupft hatte, sagte sie zu Claude, er könne gehen. Dann wandte sie sich an Luce und meinte knapp: »Du kommst mit mir in den Kräutergarten. Als Strafe für die Prügelei wirst du mir dabei helfen, Unkraut zu jäten.«

»Ja, Schwester Fidelis«, antwortete Luce gehorsam. Unter seinen langen Wimpern warf er ihr einen raschen Blick zu, um abzuschätzen, ob ihre Strenge ernst gemeint oder nur gespielt war.

Doch Ann hatte sie nicht vorgetäuscht. Im Kräutergarten forderte sie ihren Neffen auf, sich zu ihr auf die Bank vor der Hütte zu setzen. Es war einer jener späten Oktobertage, an denen noch einmal der Sommer zurückzukommen schien, und so warm, dass Ann die Ärmel ihrer Kutte hochkrempelte und ihren Schleier zurückschob. Immer noch unsicher, was er von ihr zu erwarten hatte, baumelte Luce mit den Beinen und schaute einem Spinnwebfaden nach, der durch die klare Luft wehte. Wie sollte sie am besten beginnen?

»Luce«, sagte Ann schließlich, »würdest du mir bitte sagen, was der Grund für diese Prügelei war?«

»Nein, es tut mir leid, aber das kann ich nicht.« Er schüttelte entschieden den Kopf.

»Hat Claude dich gehänselt, weil du ein Waisenjunge bist?«

Luce erwiderte nichts. Aber an der Art, wie sich seine Nasenflügel verächtlich blähten, erkannte Ann, dass sie mit dieser Vermutung wahrscheinlich richtig lag.

Ann seufzte. »Luce, Äbtissin Héloise ist zwar damit einverstanden, dass du im Kloster lebst. Aber sie wird es nicht dulden, dass du dich mit dem Sohn eines Adligen schlägst.«

»Ach, Claude ist dumm, aber er wird mich schon nicht verraten.« Ihr Neffe zuckte unbeeindruckt die Schultern. »Und wenn mich die Äbtissin nicht mehr hierhaben will, gehe ich eben mit Gerard und Guy weg.«

»Das möchte ich aber nicht«, sagte Ann entschieden. »Und deine Mutter würde es bestimmt auch nicht gutheißen.« Sie schwieg, plötzlich unsicher. Sie wollte Luce nicht damit belasten, dass sie schon mehr als zwei Jahre nichts mehr von Adela gehört hatte.

Wenn das Leben gerecht wäre, würde Luce mit den adeligen Jungen und den Söhnen von Rittern in die Klosterschule gehen und dort lernen, statt im Stall zu arbeiten und sich sonst im Kloster nützlich zu machen, dachte sie. Sie hatte ihm zwar Lesen und Schreiben beigebracht, und der Schmied Gilbert, der ihn gern mochte, zeigte ihm gelegentlich, wie er mit Pfeil und Bogen oder einem Holzschwert kämpfen konnte. Aber wahrscheinlich würde Luce niemals zum Ritter geschlagen werden.

Luce hatte eine Biene beobachtet, die um eine der Rosen, die die ersten kalten Nächte überstanden hatten, herumschwirrte. Jetzt wandte er sich ihr zu und schenkte ihr ein vorsichtiges Lächeln. »Sollte ich dir nicht beim Jäten helfen?«

»Ach, geh erst einmal in die Hütte und hol dir eine Honigwabe.«

»Du bist mir nicht mehr böse?«

Ann schüttelte den Kopf. »Nein, aber ich bitte dich, dass du dich in Zukunft besser beherrschst.«

Sie blickte ihm nach, wie er zur Tür der Hütte hüpfte. Wenn er tatsächlich den Jähzorn ihres Vaters geerbt hatte, würde ihm das schwerfallen.

Ein Mann trat durch die Öffnung in der Hecke. Er trug ein langes schwarzes Gewand, so dass Ann ihn zuerst für einen Priester oder einen Mönch hielt. Doch gleich darauf erkannte sie ihren Irrtum. Seine Kleidung war nicht streng und schlicht geschnitten wie die eines Geistlichen, sondern die Stofflagen umspielten ihn fließend. Außerdem war seine Art zu gehen alles andere als würdevoll. Er bewegte sich eher leichtfüßig wie ein Tänzer. Dabei schien er alles um sich herum interessiert zu beobachten. Sein ebenmäßiges Gesicht unter dem dunklen Haar wirkte lebhaft, zugleich kraftvoll und doch empfindsam. *Was für ein seltsamer Mann*, ging es Ann durch den Kopf.

Nun stand er vor ihr und verbeugte sich. Seine weite Armbewegung schien den Kräutergarten und den blauen Herbsthimmel zu umfassen. »Was für ein paradiesischer Ort«, sagte er. »Und welch schöne Dame ist seine Hüterin.«

Einen Moment starrte Ann den Mann verblüfft an. Dann riss sie sich wieder zusammen. »Ich liebe meinen Kräutergarten. Aber als Paradies würde ich ihn nicht gerade bezeichnen«, bemerkte sie trocken. »Dazu gibt es zu viel Ungeziefer. Außerdem bin ich keine ›Dame‹, sondern, wie Ihr an meinem Gewand erkennt, eine Benediktinerin.«

»Oh, deshalb habt Ihr – hoffe ich zumindest – nicht aufgehört, auch eine Frau zu sein.« Er lächelte sie an.

Bevor Ann ihn für diese Frechheit zurechtweisen konnte, steckte Luce seinen Kopf aus der Hüttentür heraus. »Im Paradies gibt es bestimmt auch kein Unkraut. Und hier wächst ganz viel davon«, sprudelte er hervor.

»Luce …«, sagte Ann warnend. Für einen Waisenjungen, der aus Mitleid im Kloster leben durfte, gehörte es sich nicht, einen Fremden so einfach anzusprechen.

»Luce …«, wiederholte der Mann zu ihrer Überraschung. Er beugte sich vor, fasste ihren Neffen an den Schultern und betrachtete ihn forschend. Ein Schatten huschte über sein Gesicht, während es gleichzeitig warmherzig und gespannt wurde. »Du bist Francis' Sohn, nicht wahr?«, meinte er schließlich.

Ann zuckte erschrocken zusammen. »Niemand darf wissen, dass Luce Francis' de Nonants Sohn ist!«, sagte sie hastig. »Zum Glück sind wir allein im Garten. Gebt um Gottes willen Acht, was Ihr sagt.«

»Ihr habt meinen Vater gekannt?« Luce starrte den Fremden aus weit aufgerissenen Augen an und beachtete Ann überhaupt nicht.

»Dein Vater und ich haben zusammen die Klosterschule besucht. Wir waren unzertrennlich. Mein Name ist Simon de Bohun. Vielleicht hat dir dein Vater einmal von mir erzählt.« Er unterbrach sich. Sein Lächeln war selbstironisch und ein bisschen wehmütig. »Weshalb rede ich eigentlich von ›vielleicht‹ ... Ich hoffe, dein Vater hat dir von mir erzählt. Er war mein bester Freund.«

»Ja, er hat von Euch erzählt.« Luce nickte aufgeregt. »Dass ihr zusammen den Unterricht geschwänzt habt, um Lachse zu angeln. Und dass die Frauen Euch lieben und ...«

»Na, ich weiß ja nicht, ob dir dein Vater die richtigen Dinge über mich erzählt hat.« Simon lachte, wurde aber plötzlich wieder ernst. »Deine Mutter lebt auch hier im Kloster?«

Schlagartig verschwand das Leuchten aus Luces Gesicht. »Nein, sie ist vor drei Jahren fortgegangen und nicht wiedergekommen«, flüsterte er. Simon wechselte einen raschen Blick mit Ann.

»Würdest du mir einen Gefallen tun?« Er sah Luce an, während er sein Bündel von der Schulter gleiten ließ und einen Apfel herausholte. »Ich habe vergessen, meinem Pferd diese Belohnung zu geben. Würdest du sie ihm bringen? Einem Fuchs mit einer Blesse zwischen den Ohren. Er steht am hinteren Ende des Stalls.«

Luce nickte und nahm den Apfel entgegen. »Ihr geht aber nicht gleich wieder fort, oder?«, fragte er ein wenig ängstlich.

»Nein, ich werde ein paar Tage bleiben.«

»Luce«, Ann fasste ihn an den Schultern und blickte ihm in die Augen, »du darfst niemandem von Simon de Bohun erzählen! Hörst du?«

»Ja.« Der Junge nickte ungeduldig.

Mit einem nachdenklichen Lächeln sah Simon Luce nach, der nun zwischen den Kräuterbeeten davonrannte.

»Es war klug von Euch, Luce zu bitten, Eurem Fuchs den Apfel zu bringen. Er liebt Pferde«, sagte Ann spröde. Sie wusste einfach nicht, was sie von diesem Mann halten sollte. Zuerst benahm er sich völlig geckenhaft. Dann wieder sehr ernsthaft und mitfühlend. »Woher wisst Ihr, dass Francis tot ist? Und warum seid Ihr hierhergekommen?« Sie merkte selbst, dass ihre Stimme sehr abweisend klang.

»Vor der Schlacht von Sées schrieb Francis mir einen Brief, in dem er mich bat, mich um Adela und Luce zu kümmern, falls er den Krieg nicht überleben sollte. Außerdem teilte er mir mit, dass seine Frau und sein Sohn dann hier Zuflucht suchen würden. Der Brief erreichte mich leider erst auf Umwegen.« Simon de Bohun ließ sich von ihrer spröden Art nicht verunsichern. »Auf dem Weg hierher suchte ich Francis' Gut bei Giverny auf. Ein Gefolgsmann des Königs hat es übernommen. Aber ich konnte mit Francis' Knechten sprechen. Von ihnen erfuhr ich, dass ein Mann namens William de Thorigny Francis getötet hat. Und ich erfuhr auch, was dieser Mann Adela angetan hat …«

Ann ertrug Simons mitfühlenden Blick nicht und schaute zu Boden. Nach einem Moment des Schweigens hörte sie ihn sagen: »Warum war Luce plötzlich so niedergeschlagen, als ich nach seiner Mutter fragte? Was ist ihr nach Francis' Tod zugestoßen? Und warum darf niemand wissen, wessen Sohn Luce ist?«

Ann überwand sich, Simon wieder anzusehen. Noch immer war sein Blick mitleidig, aber nun hatte er auch etwas Forschendes. Sie berichtete ihm knapp, dass William de Thorignys Base Héloise die Äbtissin des Klosters war, Adela sich deshalb auf den Weg nach Südengland gemacht hatte und dass William de Thorigny auch ihren Bruder Nicolas getötet hatte. »Das letzte Mal habe ich von Adela gehört, als sie und Robin sich in Oxford aufhielten. Seitdem sind über zwei Jahre vergangen«, schloss sie müde.

»Das ist eine lange Zeit – auch in diesen unsicheren Zeiten und auch, wenn Briefe verloren gehen können. Ich verstehe, dass Ihr Euch Sorgen macht.« Simon nickte und besann sich kurz, ehe er schließlich sagte: »Ich werde, wie ich es Luce versprochen habe, ein paar Tage hierbleiben und mich dann auf den Weg nach England machen und nach Adela suchen.« Seine Worte klangen, als ob es nichts Selbstverständlicheres auf der Welt gäbe.

»Warum wollt Ihr das tun?« Wieder wunderte Ann sich über diesen Mann.

»Nun, wie ich schon sagte, Francis war mein bester Freund. Er hat mir Adela und Luce anvertraut. Also werde ich alles tun, um den beiden zu helfen und sie zu beschützen.« Simon seufzte ungeduldig. »Ach, wenn ich nur Francis' Brief früher erhalten hätte. Aber ich bin erst vor wenigen Wochen aus dem Heiligen Land zurückgekehrt.«

Anns Dankbarkeit wich Verblüffung. »Ihr habt an einem Kreuzzug teilgenommen?«, fragte sie ungläubig. Als Kreuzritter konnte sie sich diesen Mann beim besten Willen nicht vorstellen.

»Ich habe nach meinem Vater gesucht, der an einem Kreuzzug teilnahm«, stellte Simon klar.

Seine eben noch lebhafte Miene wurde ausdruckslos und

signalisierte Ann, dass er keine weiteren Fragen zu diesem Thema wünschte. Einige Augenblicke schaute er über den Garten, der ruhig im Sonnenlicht da lag. Nur das Plätschern des Brunnens und das Summen einiger Insekten durchbrach die Stille.

Ein schiefes Lächeln zuckte um seinen Mund, als er weitersprach. »In gewisser Weise habe ich also Erfahrung im Suchen von Menschen. Auch wenn ich leider nur den Leichnam meines Vaters fand. Aber wenigstens konnte ich ihn zu unserem Familienbesitz zurückbringen, und er wurde dort in der Kirche bestattet, so wie er es sich gewünscht hatte. Das immerhin erlaubte der neue Besitzer.«

»Habt Ihr etwa auch Euer Gut in diesem Krieg verloren?«, fragte Ann erschrocken.

»Mein jüngerer Bruder beging die Dummheit, sich auf die Seite der Prinzen zu schlagen.« Wieder lächelte Simon schief. »Nun ja, als Gutsbesitzer wäre ich wahrscheinlich sowieso nicht glücklich geworden.« Er vollführte eine wegwerfende Handbewegung, als hätte er kein Anwesen, sondern nur ein Gewand verloren.

»Ach, dieser verwünschte Krieg«, brach es aus Ann heraus. »Er hat so viel Leid und Elend über die Menschen gebracht, und noch immer ist er nicht zu Ende. Wovon lebt Ihr denn jetzt, da auch Ihr alles verloren habt?«

»Oh, ohne überheblich zu sein, glaube ich sagen zu dürfen, dass ich ein ganz talentierter Sänger bin.«

»Ihr meint, Ihr tretet auf Burgen und Gutshöfen auf und unterhaltet die Leute mit Euren Liedern?« Erst jetzt bemerkte Ann, dass aus Simons Bündel der in einer Lederhülle steckende Schaft einer Laute ragte.

»Ja, das ist genau das, was ich tue.« Simon betrachtete sie amüsiert.

»Aber, das ist doch nicht gottgefällig«, platzte es aus Ann heraus.

Simon hob die Augenbrauen. »Meint Ihr, Gott würde es mehr schätzen, wenn ich versuchen würde, als Gerber oder Küfer zu arbeiten? Glaubt mir, meine Begabung als Handwerker ist noch sehr viel geringer als meine bäuerlichen Fähigkeiten.«

Ann spürte, dass er sich über sie lustig machte, was sie verunsicherte und aufbrachte. »Liebeslieder vorzutragen«, und sie war völlig davon überzeugt, dass er hauptsächlich Liebeslieder sang, »grenzt an Sünde.«

»Ach, was wisst Ihr denn von der Liebe?« Seine dunklen Augen betrachteten sie wieder so forschend, dass ihr unbehaglich zu Mute wurde. »Aber da Ihr glaubt, mir ins Gewissen reden zu müssen, muss ich Euch auch etwas sagen. Ich verstehe es überhaupt nicht, wie Ihr Nonne in einem Kloster bleiben könnt, dessen Äbtissin William de Thorignys Base ist.«

»Ich habe vor Gott geschworen, immer in diesem Kloster zu bleiben. Es ist Gottes Wille.«

»Da ich mehrere Jahre lang durch das Heilige Land gezogen bin, habe ich meine Zweifel, dass das, was zu Gottes Willen erklärt wird, auch tatsächlich immer Sein Wille ist.« Simons Stimme blieb ruhig, aber Ann konnte den unterdrückten Zorn darin wahrnehmen. »Oft wird damit nämlich nur die Gier der Menschen nach Macht und Reichtum verbrämt.«

»Ich will nicht ausschließen, dass es manchen Kreuzfahrern auch um Macht und Reichtum geht«, erwiderte Ann mit Nachdruck. »Aber die meisten handeln doch aus der Sorge, die heiligen Stätten der Christenheit nicht den Heiden zu überlassen. Der heilige Bernhard …«

»Der heilige Bernhard mag in vielen Belangen ein kluger Mann gewesen sein. Aber was den Kreuzzugsgedanken betrifft, war er einfach nur dumm und verbohrt.« Simon winkte ab. »Ich habe im Orient nicht wenige so genannte Heiden kennen gelernt, die ich viel ehrlicher und frömmer fand als so manchen Christen.«

Ehe Ann etwas erwidern konnte, stand er auf, schwang sein Bündel über seine Schulter und verbeugte sich vor ihr. »Ich werde jetzt nach Luce suchen. Jedenfalls habt Ihr mich zu einem neuen Lied inspiriert. Wofür ich Euch sehr dankbar bin. Es wird von einer Frau handeln, die viel zu schön ist, um ihr Leben als Nonne zu fristen.«

Ann starrte ihm verwirrt und aufgebracht nach, während er durch den Garten davonging. Wieder waren seine Bewegungen leicht wie die eines Tänzers.

*

»Nun, hast du etwas über Adela herausgefunden?«, fragte William de Thorigny gespannt den Späher. Er hatte seine Schwertkampfübungen unterbrochen, um möglichst schnell mit dem Mann zu sprechen. William war recht zufrieden mit seinen Fortschritten. Es hatte ihn beflügelt, sich bei jedem seiner Hiebe und Stiche vorzustellen, dass er damit einen Angehörigen von Alines verhasster Sippe träfe.

»Ich habe eine Spur entdeckt, aber sie leider bald wieder verloren, Herr.« Am Rand des Gutshofes wiegte der Späher, ein massiger, kampferprobter Mann Ende dreißig, bedauernd seinen narbigen Schädel.

»Was heißt das?«

»Ich konnte herausfinden, dass Adela versucht hat, sich in einem Bordell in Winchester als Hure zu verdingen. Sehr erfolgreich war sie dabei allerdings nicht.« Der Späher grinste breit. »Vor ihrem ersten Freier lief sie schreiend davon. Es hat die Huren einige Mühen gekostet, den Kerl wieder zu beruhigen.«

»Was für ein empfindsames Weib.« William erwiderte das Grinsen. Ob dieser Freier Adela daran erinnert hatte, wie er – William – sie vergewaltigt hatte? Wenn ja, dann sollte ihn das freuen. »Was konnten dir die Huren noch über sie sagen?«

»Leider so gut wie nichts, außer dass sie ihre kranke Tochter mitgebracht und wohl eine Zeit lang Geld mit dem Spinnen von Wolle verdient hat. Glaubt mir, ich habe die Frauen richtig eingeschüchtert«, kam der Späher einer Frage Williams zuvor. »Eine von ihnen, Mary, hatte Adela erst einige Tage vorher kennen gelernt. Sie wussten tatsächlich kaum etwas über sie.«

»Das ist jetzt aber hoffentlich nicht alles, was du mir mitzuteilen hast?«, fuhr William ihn an.

»Nein, Herr. Ich hörte mich bei den Webereien um, für die Adela arbeitete, und fand auch eine Frau, die ihre Tochter eine Weile betreut hat. Die wiederum konnte mir sagen, wo sie und das Kind wohnten. Was mir für sich genommen aber leider auch erst einmal nicht weiterhalf, denn die Wirtin war einfach froh, dass Adela und das Balg verschwunden waren, und hatte keine Ahnung wohin. Sie wollte die beiden ohnehin hinauswerfen. Aber eine ihrer Nachbarinnen ist sich ziemlich sicher, dass sie Adela und das Kind – wenige Stunden, nachdem Adela vor Euch floh – aus dem Haus kommen sah. Die beiden hätten sich auf einem wartenden Karren versteckt. Wegen des strömenden Regens konnte die Frau nicht viel erkennen. Aber eine Person in einem dunklen Mantel habe sie begleitet. Ob Mann oder Frau, wusste sie nicht zu sagen.«

»Das würde also bedeuten, dass Adela bei ihrer Flucht Hilfe bekam«, meinte William nachdenklich.

»Ja, Herr, das glaube ich auch.« Der Späher nickte.

Schon der Umstand, dass die Pferde genau im passenden Moment gescheut hatten, war merkwürdig gewesen, überlegte William. Francis, ihr verwünschter Gatte, hatte für Richard gekämpft. Und Richard hatte ihn in Bayeux beschuldigt, Frauen vergewaltigt zu haben.

»Soviel ich weiß, befindet sich Richard auf dem Weg nach England.« William wandte sich wieder dem Späher zu. »Es würde mich nicht wundern, wenn seine Anhänger bei Adelas Flucht mitgemischt hätten. Folge Richard und spähe sein Umfeld aus. Die Aussichten, Adela irgendwo unter seinen Leuten zu finden, dürften gut stehen.«

*

In Gedanken versunken überquerte Ann eine der am Fluss gelegenen Obstbaumwiesen des Klosters. Die letzten Stunden hatte sie im Wald verbracht und Kräuter gesammelt. Dabei war ihr – wie schon den ganzen letzten Tag über – Simon de Bohun einfach nicht aus dem Sinn gegangen. Noch nie war ihr ein Mensch begegnet, der sie so irritiert und gleichzeitig so ärgerlich gemacht hatte. *Ach, er ist einfach völlig von sich selbst eingenommen,* versuchte sie, sich zu sagen. *Außerdem führt er ein sündhaftes, liederliches Leben.* Und doch … Sie konnte nicht abstreiten, dass sich Simon Luce gegenüber sehr ernsthaft und liebevoll verhalten hatte.

Die Hauptsache ist, dass Luce diesen Simon mag und er sich in der Gegenwart meines Neffen verantwortungsbewusst benimmt, sagte Ann sich weiter. *Mehr muss mich Simon de Bohun nicht interessieren.*

In den bereits abgeernteten Bäumen entdeckte Ann plötzlich einen Apfel, der beim Pflücken übersehen worden war. Rot und verlockend leuchtete er im Sonnenlicht zwischen dem welken Laub hervor. *Eigentlich ist es eine Verschwendung von Gottes Gaben, ihn verrotten zu lassen,* überlegte sie.

Kurz entschlossen stellte Ann ihren Korb mit den Kräutern neben dem Baum ab und zog ihre Schuhe mit den klobigen Holzsohlen aus. Dann griff sie in die unteren Äste, stützte sich mit ihren nackten Sohlen am Stamm ab und kletterte in die Krone hinauf. Erst als Ann den Apfel in der Hand hielt, begriff sie, dass es schon Jahre her war, seit sie ohne die Hilfe einer Leiter auf einen Baum gestiegen war. Ja, zum letzten Mal hatte sie dies auf dem elterlichen Gut getan. Ein ganz ungewohnter Übermut erfüllte sie, während sie sich auf einer breiten Astgabel niederließ und in den Apfel biss.

Gleich darauf bereute sie jedoch, auf den Baum geklettert zu sein, denn ganz in der Nähe konnte sie Stimmen und das Geräusch von Pferdehufen hören, und ihr wurde klar, wie unschicklich sie sich eigentlich benahm. Tatsächlich trat nun Simon de Bohun durch eine breite Lücke in der Brombeerhecke. Luce ritt ohne Sattel und Zaumzeug neben ihm auf einem großen Fuchs. Ann blieb der Apfelbissen im Hals stecken. Es wäre ihr noch lieber gewesen, von Knechten oder sogar von ihren Mitschwestern auf dem Baum entdeckt zu werden als ausgerechnet von diesem Simon.

Sie hoffte, dass er und ihr Neffe sie nicht bemerken würden. Aber Guy, der hinter den beiden herlief, nahm ihre Witterung auf. Fröhlich bellend rannte er über die Wiese und sprang dann am Stamm hoch, um sie zu begrüßen. Ann liebte den Hund sehr, aber in diesem Moment wünschte sie ihn ans Ende der Welt.

»Tante Ann!«, rief Luce überrascht, als er sie in der Krone entdeckte. »Was tust du denn dort oben?«

Ann unterdrückte eine Verwünschung und kletterte, so schnell sie konnte, von dem Baum hinunter. Wie sie nicht anders erwartet hatte, gab sich Simon de Bohun nicht die geringste Mühe, seine Belustigung zu verbergen. »Oh, Ihr seid also der Versuchung erlegen«, sagte er und deutete lächelnd auf den angebissenen Apfel in ihrer Hand. »Aber es ist wirklich eine sehr schöne Frucht. Auch Eva hätte ihr bestimmt nicht widerstehen können.«

»Nimm du ihn.« Verlegen reichte Ann Luce den Apfelrest, der ihn dankbar entgegennahm.

»Auch damit könnt Ihr die Tat nicht ungeschehen machen.« Simons Lächeln wurde noch breiter.

»Wisst Ihr, was mich an der Erzählung von der Vertreibung aus dem Paradies immer wirklich ärgert?«, sagte Ann, die ihre Fassung wiedergewonnen hatte, und bedachte ihn mit einem kühlen Blick. »Dass auch Adam nur zu gerne von dem Apfel isst, die alleinige Schuld aber Eva zuschiebt.«

»Da habt Ihr ganz Recht.« Simon verbeugte sich. »Ich jedenfalls würde niemals eine Dame für eine Tat büßen lassen, an der auch ich beteiligt war.«

Wahrscheinlich spielt er damit auf seine erotischen Abenteuer an, ging es Ann durch den Kopf, und sie fühlte sich wieder unbehaglich.

Luce hatte den Apfel mittlerweile verspeist und warf den Stiel im hohen Bogen ins Gras. »Tante Ann, Simons Pferd heißt Lancelot wie der Ritter aus den Artus-Geschichten«, sagte er eifrig. »Vorhin bin ich mit Lancelot galoppiert und über einen Zaun gesprungen. Er ist ein wunderbares Pferd.« Zärtlich streichelte er den Hals des Tieres.

»Und du bist ein wunderbarer Reiter.« Simon schenkte Luce, der vor Stolz errötete, ein Lächeln voller Zuneigung.

Froh, von dem Apfel ablenken zu können, bemerkte Ann:

»Meine Geschwister und ich sind als Kinder ebenfalls häufig ohne Sattel und Zaumzeug geritten. Aber keiner von uns beherrschte dies so gut wie Luce.«

»Ich kann mir gar nicht vorstellen, dass du einmal so geritten bist.« Luce grinste sie spitzbübisch an. »Beweise es!«

»Auf gar keinen Fall!«, entgegnete Ann entschieden.

»Luce, du darfst so etwas nicht von einer Ordensfrau verlangen«, sagte Simon mit gespieltem Tadel. »Ein derart unziemliches Benehmen lässt sich schließlich nicht mit ihrer Würde vereinbaren.« Sein Spott war nicht böse gemeint, und doch reizte er Ann.

»Ihr scheint ja sehr gut über Ordensfrauen Bescheid zu wissen«, sagte sie ärgerlich und traf eine Entscheidung. »Luce, steig schnell ab. Und Ihr«, sie wandte sich herausfordernd Simon zu, »helft mir bitte auf das Pferd.«

»Du tust es doch!« Entzückt sprang Luce ins Gras. Als Ann in Simons zum Steigbügel verschränkte Finger stieg, und ihre nackten Sohlen seine Hände berührten, wurde ihr bewusst, dass sie noch nicht einmal Schuhe trug.

Ach, das ist nun auch egal, dachte sie resigniert, während sie den Hengst antraben und gleich darauf in Galopp fallen ließ. Bei den ersten weit ausgreifenden Galoppsprüngen hatte Ann plötzlich Angst, sich überschätzt zu haben und abgeworfen zu werden. Doch dann, als sie sich den Bewegungen des Tieres anvertraute, gewann sie ihre alte Sicherheit wieder und genoss den wilden Ritt. Sie lenkte den Hengst in einem weiten Bogen um die Wiese, ehe sie schließlich wieder zu Luce und Simon zurückkehrte und das Pferd zügelte.

»Bravo!« Luce klatschte begeistert Applaus.

»Ihr reitet wie eine Amazone.« Simon legte die Hand auf seine Brust und verneigte sich. Seine Bewunderung, fühlte Ann, war ernst gemeint. Sie nahm plötzlich wahr, dass ihre

Wangen vom Ritt glühten und ihr Schleier verrutscht war. Erleichtert hörte sie, dass nun hinter der Klostermauer die Kirchenglocken zu läuten begannen.

»Ich muss mich beeilen, sonst komme ich zu spät zum Nachmittagsgebet«, sagte sie befangen. Hastig sprang sie vom Pferderücken hinunter, griff nach ihren Schuhen und eilte davon, ohne sich noch einmal umzusehen. Ihr Korb mit den Kräutern stand vergessen im hohen Gras.

*

Adela schreckte aus dem Schlaf hoch. Sie benötigte einige Momente, um zu begreifen, dass sie neben Robins Wiege in einem Lehnstuhl saß. Ihre Tochter schlief friedlich zwischen den Decken. Den verbundenen Arm hatte sie angewinkelt, so dass er neben ihrem Köpfchen ruhte. Ein Bronzebecken voller glühender Kohlen verbreitete eine angenehme Wärme. Später würde sie darauf für ihre Tochter mit Honig gesüßte Milch erhitzen können. Sie waren in Sicherheit. Sie mussten nicht mehr hungern. Manchmal wagte Adela kaum zu glauben, dass dies alles Wirklichkeit war. Dass sie sich tatsächlich im Obergeschoss eines Hauses am Stadtrand von Reading befanden und sie William de Thorigny entkommen war.

Im Nebenraum knarrten Bodendielen. *Wahrscheinlich*, vermutete Adela, *ist Schwester Marigold gekommen, um nach uns zu sehen*. Seit die Schwester sie und ihre Tochter in der Dachkammer aufgespürt hatte, war sie unermüdlich um ihr Wohlergehen besorgt.

Doch als Adela den schweren Samtvorhang zur Seite schob, der die beiden Räume mit den alten Deckenbalken trennte, stand statt Schwester Marigold eine große, schlanke Frau vor ihr. Adela erkannte ihr längliches, vornehm blasses

Gesicht – dies war die Dame, deren Mündel sie in der Normandie gerettet hatte.

Nun trug die Dame die Gewänder einer Benediktinerin. Aber ihre Finger waren wieder mit kostbaren Ringen geschmückt, und das goldene Kreuz auf ihrer Brust – das Zeichen ihrer Äbtissinnenwürde – wirkte eher wie ein wertvolles Schmuckstück denn ein religiöses Symbol. Dennoch strahlte sie eine strenge Würde aus. *Die Äbtissin Matilda von Barking,* durchfuhr es Adela.

»Madam …« Sie eilte zu ihr, kniete sich vor sie und küsste ihre rechte Hand. »Ich weiß nicht, wie ich Euch danken soll …« Sie wollte ihr so viel sagen, doch ihre Stimme brach.

»Steht auf. Es ist nicht nötig, dass Ihr vor mir kniet.« Matilda zog sie auf die Füße. »Schließlich stehe ich in Eurer Schuld.« Sie führte Adela zu einem kleinen Erker, in dem zwei Stühle standen, und forderte sie auf, sich zu ihr zu setzen. Ein breiter Streifen Sonnenlicht fiel durch die mit geöltem Papier verschlossenen Fenster. »Eurer Tochter geht es – erzählte mir Schwester Marigold – mittlerweile wieder recht gut?«

»Ja.« Adela nickte. »Das Fieber und der Husten sind zurückgegangen. Und auf dem verbrühten Arm werden sich, das hoffe ich zumindest, keine Narben bilden, die ihn am Wachsen hindern werden.«

»Das freut mich zu hören.«

»Und Joanna geht es auch gut?«, fragte Adela ein wenig schüchtern. Damals in der Normandie war sie zornig auf Matilda gewesen. Das hatte ihr über ihre Verlegenheit hinweggeholfen. Doch inzwischen wusste sie – Schwester Marigold hatte ihr dies mitgeteilt –, dass die Äbtissin die uneheliche Tochter des Königs war.

»Ja, mein Mündel wächst und gedeiht. Sie ist ein freundliches, liebes Mädchen. Darin schlägt sie ihrem Vater nach.« Ein eigentümliches Lächeln, in das sich, fand Adela, Wehmut und Stolz mischten, erschien um Matildas Mund. Sie schwieg einen Moment, ehe sie sagte: »Sobald Eure Tochter reisefähig ist, wird Schwester Marigold Euch in die Gegend von Cirencester begleiten. Dort habe ich durch einen Mittelsmann in einem Dorf ein kleines Haus für Euch kaufen lassen. Ein großer Garten, in dem Ihr Gemüse und Kräuter anbauen könnt, und zwei Felder gehören dazu. Einige Meilen entfernt befindet sich eine Filiale meines Klosters. Dorthin könnt Ihr Euch wenden, falls Ihr Hilfe benötigt.«

Ich werde ein Haus für mich und Robin haben und einen Garten und Felder bestellen können. Ich werde Luce endlich zu mir holen können … Die Gedanken wirbelten durch Adelas Kopf. Was Matilda ihr anbot, war viel mehr als alles, was sie sich in den letzten drei Jahren zu erhoffen gewagt hatte.

»Dort werdet Ihr vor William de Thorigny sicher sein«, hörte sie die Äbtissin sagen. Ein Schatten legte sich auf Adelas Seele. Plötzlich erinnerte sie sich wieder an die Frau mit dem blassen Gesicht, die sie auf einem der panischen Pferde vor der Burg von Winchester gesehen hatte. »Habt *Ihr* die Pferde zum Scheuen gebracht?«, fragte sie.

»Ja.« Matilda nickte. »Mein Pferd ist sehr reizbar. Es hasst es, mit einer Peitsche geschlagen zu werden. Was ich tat … Und es war ein Glück, dass in diesem Moment ein starker Wind alles Mögliche zum Flattern brachte, was die Tiere zusätzlich verstörte.«

Sie betrachtete Adela nachdenklich. »Ich habe so meine Verbindungen und habe inzwischen Erkundigungen über Euch eingezogen … Man sagte mir, dass William de Thorigny Euch Gewalt angetan und Euren Mann in der Schlacht von Sées getötet hat?«

»Das ist beides wahr«, flüsterte Adela.

Matilda blickte auf ihre mit den schweren Ringen geschmückten Hände hinab, als würden sie nicht wirklich zu ihr gehören. »William de Thorigny hat auch den Mann getötet, den ich liebte«, sagte sie schließlich leise.

Adela wagte kaum zu atmen. Matilda lehnte sich in dem Lehnstuhl zurück und starrte auf die mit einem grünen Rankenmuster verzierte Wand. Ein kleiner Farbspritzer befand sich dort, bemerkte Adela jetzt, als wäre dem Maler der Pinsel ausgerutscht.

Als Matilda nach einer Weile wieder zu sprechen begann, klang ihre Stimme höher als eben und ein wenig brüchig. »Leo war nur ein einfacher Ritter. Aber er war ein kluger, tapferer und freundlicher Mann. Er brachte die Welt für mich zum Leuchten. Bei ihm fühlte ich mich zum ersten Mal in meinem Leben wirklich lebendig. Als mir mein Vater befahl, die Äbtissin des Klosters von Barking zu werden, war ich so naiv, ihm zu sagen, dass ich Leo liebte und ihn heiraten wolle. Mein Vater war außer sich und verbot es mir, Leo auch nur zu sehen. Ich, eine – wenn auch uneheliche – Königstochter und ein Mann von in seinen Augen niederem Stand … Ich versuchte Leo zu überreden, dass wir uns sofort heimlich trauen lassen und dann ins französische Königreich fliehen sollten. Aber Leo redete mir diesen Plan aus. Er wollte mir zuerst ein Heim schaffen können.«

Matilda schüttelte den Kopf. Zornige Tränen schimmerten in ihren Augen. »Ach, wenn ich doch nur auf unserer Flucht beharrt hätte … Mein Vater bestand darauf, mich innerhalb weniger Wochen die Gelübde einer Nonne ablegen und mich als Äbtissin über das Kloster einsetzen zu lassen. Um nicht seinen Verdacht zu erregen, gab ich nach. Zu dieser Zeit fanden Kämpfe an der walisischen Grenze statt. Mit einer Gruppe von anderen Rittern, Adligen und einfachen Soldaten schickte mein Vater Leo dorthin. Ich bin überzeugt, dass er meiner scheinbaren Nachgiebigkeit doch misstraute und eine möglichst große Entfernung zwischen uns bringen wollte.«

Während Matilda wieder einige Momente vor sich hinstarrte, verhärtete sich ihre Miene, als müsste sie sich gegen die Erinnerungen wappnen. »Unter den Adligen befand sich auch William de Thorigny. Als William walisische Gefangene misshandelte, stellte sich Leo ihm entgegen – so hat es mir später Leos Diener berichtet. Ein Streit entspann sich, in dessen Verlauf Leo William vor vielen Zeugen niederschlug. Einige Tage später lockte William Leo mit einer List aus dem Lager. Auf einer abgelegenen Lichtung fiel er mit einigen seiner Leute über Leo her und tötete ihn. Den anderen Männern gegenüber behauptete er, er habe Leos Leichnam gefunden. Die Waliser hätten ihn auf dem Gewissen. Doch der Diener hatte sich Sorgen um Leo gemacht und war ihm gefolgt. Er kam zu spät, um ihm beistehen zu können, aber er beobachtete, wie William seinen Dolch mit Leos Blut im Gras abwischte.«

Schweigen senkte sich wie eine schwere, erstickende Decke über den Raum. Adela war übel. »Der Diener sagte gegen William de Thorigny aus?«, flüsterte sie schließlich.

»Ja, aber natürlich wollte ihm niemand Glauben schenken. Schließlich war er nur ein einfacher Mann. Die anderen Adligen jagten ihn davon.« Matilda seufzte. »Was wahrscheinlich sein Glück war, denn sonst hätte ihn William höchstwahrscheinlich ebenfalls umgebracht. Wie auch immer … Kurz bevor Leos Diener zu mir kam und mir die Nachricht von seinem Tod überbrachte, hatte ich entdeckt, dass ich schwanger war. Nur das gab mir die Kraft weiterzuleben. Ich erklärte, ich würde zu einer Pilgerfahrt aufbrechen.

Stattdessen brachte ich Joanna bei Verwandten meiner Mutter zur Welt.«

Ein freudloses Lächeln erschien auf ihrem schmalen Gesicht. »Es ist gut möglich, dass mein Vater ahnt, dass Joanna meine Tochter ist. Und einige meiner Nonnen vermuten dies wahrscheinlich auch. Aber solange ich den Schein wahre und Joanna als mein Mündel ausgebe, schert sich niemand darum …«

»Weiß William de Thorigny, dass Ihr Leo geliebt habt?«, fragte Adela leise.

»Ich bin überzeugt, das ist nicht der Fall.« Matilda schüttelte den Kopf. »Zum einen legte mein Vater keinen Wert darauf, andere Leute wissen zu lassen, dass seine Tochter eine Liebschaft mit einem einfachen Ritter unterhielt. Außerdem bin ich William de Thorigny seither einige Male begegnet. Er hätte es mich spüren lassen, wenn er Bescheid gewusst hätte. Denn er liebt es, mit anderen Menschen zu spielen und sie zu quälen.«

»Ja, das ist wahr«, hauchte Adela. Auch mit ihr hatte er gespielt und seine Befriedigung daraus gezogen, dass sie ihm geglaubt hatte, er würde die Bediensteten schonen, wenn sie ihm zu Willen wäre.

Matilda seufzte. »Mir war klar, dass auch mir niemand Glauben schenken würde, wenn ich William des Mordes an Leo anklagen würde. Deshalb habe ich nach einem anderen Weg gesucht, um mich an ihm und meinem Vater zu rächen, und meinen Halbbruder Richard bei dessen Aufstand unterstützt. Vorerst ist Richard gescheitert. Aber seine Zeit und die meiner Rache wird noch kommen. Darauf vertraue ich fest.«

Ihre Stimme drückte eine grimmige Entschlossenheit aus. Adela zweifelte nicht, dass sie alles daran setzen würde, um ihr Ziel zu erreichen. Im Nebenzimmer regte sich Robin und begann gleich darauf zu weinen.

»Geht zu Eurer Tochter.« Matilda erhob sich und berührte Adela am Arm. »Und gebt gut auf sie Acht.«

*

Verbissen zerrte Ann an dem Wurzelstrunk. Obwohl sie die Erde darum sorgfältig mit einer kleinen Harke gelockert hatte, wollte er sich einfach nicht aus dem Boden lösen.

»Ach verdammt …« Zu spät realisierte sie, dass sie einen Fluch vor sich hin gemurmelt hatte. Ärgerlich über sich selbst kauerte sie sich auf ihre Fersen. Das strahlende, warme Herbstwetter war plötzlich und sehr früh im Jahr einer klammen Kälte gewichen. In der vergangenen Nacht hatte ein starker Wind geweht, der überall welkes Laub auf den Beeten verteilt hatte. Fast alle ihre Pflanzen waren endgültig verblüht. Viele waren auch bereits braun und ließen die Blätter hängen. Das Leben in ihnen hatte sich ganz in die Wurzeln und Knollen zurückgezogen. Die Natur bereite sich auf den Winter vor.

Diese Zeit macht mir jedes Jahr zu schaffen, überlegte Ann. Aber daran konnte es eigentlich trotzdem nicht liegen, dass sie ständig niedergeschlagen und gereizt war. Vor einigen Tagen, als sie in Bellême einen Kranken besucht hatte, hatte sie Simon auf dem Marktplatz singen hören. Sein Lied war gar nicht frivol gewesen, wie sie zuerst erwartet hatte, als sie seine schlanke Gestalt mit der Harfe in den Händen am Rand der Buden bemerkte. Im Gegenteil. Die Melodie hatte einen eigentümlich süßen und wehmütigen Klang, und die Verse handelten von Vergänglichkeit und Abschied. Trotzdem hatte ihm eine große Menschenmenge wie gebannt gelauscht. Nun ja, darunter waren viele Frauen gewesen.

Meine Geschlechtsgenossinnen scheinen Simon wirklich zu lieben, dachte Ann bissig und widmete sich wieder der Wurzel. *Selbst Schwester Eustachia, der für ihre Brummigkeit gefürchteten Leiterin des Gästehauses, zaubert er ein Lächeln aufs Gesicht.*

»Wenn ich Euch zur Hand gehen dürfte …«, hörte sie plötzlich eine Männerstimme sagen. Als Ann aufblickte, stand Simon neben ihr. Sie war so in ihre Arbeit vertieft gewesen, dass sie gar nicht bemerkt hatte, wie er in den Garten gekommen war. Ehe sie etwas erwidern konnte, hatte er schon den Strunk mit beiden Händen gepackt und ihn zu ihrem Verdruss mit einem einzigen kräftigen Ruck aus der Erde gezogen.

»Ihr habt gute Vorarbeit geleistet.« Er lächelte sie an. »Ich bin gekommen, um mich von Euch zu verabschieden.«

»Habt Ihr Luce schon Lebewohl gesagt?«, fragte sie spröde.

»Ja.« Er nickte.

»Es fällt ihm sicher schwer, Euch gehen zu lassen.« Wann immer es Luce möglich gewesen war, hatte er sich bei Simon aufgehalten. In seiner Gegenwart, das hatte sie schmerzlich bemerkt, war er völlig aufgeblüht. So fröhlich und lebendig hatte sie ihren Neffen selten einmal erlebt.

»Mir ist es auch schwergefallen, mich von ihm zu verabschieden«, erwiderte Simon ruhig. »Manchmal glaube ich, Francis in ihm zu sehen, wie er als Junge war. Seine Art, den Kopf leicht schief zu halten, wenn er sich auf etwas konzentriert. Manche seiner Bewegungen … Oder wie er sich an Kleinigkeiten freuen kann …«

Ob er selbst gerne Kinder hätte?, ging es Ann plötzlich durch den Kopf. Aber über was dachte sie da eigentlich nach? Das ging sie schließlich nichts an.

»Ich wünsche so sehr, dass Ihr Adela findet«, sagte sie verlegen. »Ich bin so froh, dass Ihr diese Suche auf Euch nehmt …«

»Falls Ihr doch noch ein Lebenszeichen von Eurer Schwester erhalten solltet, wäre ich Euch dankbar, wenn Ihr mir eine Nachricht zukommen lassen könntet. Lord Hugh of Lexham ist ein Freund von mir«, erwiderte Simon und ging über ihre Verlegenheit hinweg. »Sein Gut befindet sich in den Downs, in der Nähe von Hastings. Spätestens im Frühjahr werde ich ihn aufsuchen.«

»Ja, natürlich, das werde ich tun.« Ann nickte. Einen Moment rang sie mit sich. »Ich muss mich bei Euch entschuldigen«, platzte sie dann heraus. »Ich hatte kein Recht, Eure Musik als sündhaft zu beurteilen. Ich habe Euch vor ein paar Tagen in Bellême auf dem Marktplatz singen hören. Euer Lied war sehr schön.«

»Euer Kompliment ehrt mich.«

Ann glaubte schon, Simon wolle sich wieder über sie lustig machen, aber sein Lächeln war aufrichtig. »Ich bedaure meinerseits, dass ich Eure Entscheidung, hier in diesem Kloster zu bleiben, angezweifelt habe. Dazu war ich nicht berechtigt.«

Eine Windböe blies über den Garten, wirbelte das Laub auf den Beeten hoch und zerrte an Simons weitem Mantel. Mit einer seiner eleganten, lässigen Bewegungen zog er den dunklen Stoff eng um sich. Er ließ sein Bündel von der Schulter gleiten. Nach kurzem Suchen holte er ein gefaltetes und mit einem Siegel versehenes Pergament heraus und reichte es ihr. »Ihr habt mich zu diesem Lied inspiriert. Deshalb möchte ich Euch diese Verse schenken.«

»Ein Lied über eine schöne Dame, die ihr Leben als Nonne vergeudet?« Ann hob die Augenbrauen.

»Nein, es handelt von etwas anderem.«

Ann zog die alten, schmutzigen Lederhandschuhe aus, die sie bei der Gartenarbeit trug, und nahm das Pergament vorsichtig entgegen. Das Siegel – das sah sie jetzt – zeigte einen Delphin. Ein Tier, das sich, so hatte sie sagen hören, anmutig im Wasser bewegte. Dieses Wappentier passte zu Simon.

»Ich danke Euch.« Ihre Stimme klang förmlicher, als sie beabsichtigt hatte.

»Es war mir ein großes Vergnügen, diese Verse zu schreiben.« Er lachte, doch zu ihrer Überraschung blieben seine Augen ernst. *Ich werde ihn vermissen*, begriff Ann unvermittelt. »Gott schütze Euch«, sagte sie impulsiv. Wieder fühlte sie sich in seiner Gegenwart seltsam verlegen.

»Nun, es kann nicht schaden, wenn Er ein Auge auf mich hat und mich Adela und Robin finden lässt.« Simon lächelte schwach, nickte ihr noch einmal zu und wandte sich dann zum Gehen.

Wann werde ich ihn wohl wiedersehen?, schoss es Ann durch den Kopf. *Und ob er wohl Adela und Robin mitbringt, wenn er wiederkommt?* Sie hoffte es von ganzem Herzen. Sie riss sich von seinem Anblick los, wie er mit seinen leichten, tänzelnden Bewegungen durch den Garten schritt, und lief zur Hütte.

Drinnen zündete sie eine Kerze an, denn das Tageslicht, das durch die offene Tür fiel, war zu schwach, um damit lesen zu können. Dann setzte sie sich auf den Deckenstapel, erbrach das Siegel und löste die Schnur um das Pergament. Hastig überflog sie die Zeilen. Das Lied handelte von einem paradiesischen Garten, der einen einsamen, müden Pilger erquickte. Die Worte und Bilder, die Simon gewählt hatte, waren einfach, aber innig und schön.

Ann spürte, dass sie errötete, als sie das Pergament wieder zusammenfaltete und es in die Tasche ihrer Kutte schob.

*

In der Klosterkirche von Barking lauschte Matilda dem lateinischen Vespergesang der Nonnen. Kerzen erhellten den Chorraum. Das Schiff jenseits des hölzernen Lettners war nur spärlich beleuchtet. An diesem stürmischen Novemberabend hatten sich dort nur wenige Menschen eingefunden, um die Vesper zu besuchen. Erst am Nachmittag war Matilda nach einem anstrengenden wind- und regengepeitschten Ritt in das Kloster zurückgekehrt.

Doch wenn sie in Barking weilte, betrachtete sie es als ihre Pflicht, regelmäßig an dem Chorgebet teilzunehmen. Sie war nun einmal die Äbtissin, auch wenn sie sich diese Stellung wahrhaftig nicht ausgesucht hatte. Also hatte sie beschlossen, das Beste daraus zu machen und den Schwestern, so gut es ging, ein Vorbild zu sein.

Matilda sang die Hymnen nie mit. Diese Distanz zu ihrer Position wahrte sie. Aber sie war musikalisch genug, um die Schönheit der Melodien zu erkennen und zu schätzen. In der Zeit nach Leos Tod hatten sie ihr einen gewissen Frieden geschenkt, und auch an diesem Abend beruhigten sie die Gesänge. Denn die Begegnungen mit Adela und mit William de Thorigny hatten sie mehr aufgewühlt, als sie sich hatte eingestehen wollen.

Nach dem Ende der Gebetszeit versammelten sich die Schwestern hinter ihr. Als Matilda den Gang betrat, der von der Kirche zu den Wohngebäuden führte, eilte die Pförtnerin auf sie zu. »Ehrwürdige Mutter«, sagte sie aufgeregt. »Ihr habt hohen Besuch bekommen. Euer Bruder Richard erwartet Euch in Euren Gemächern.«

Richard hatte es sich vor dem Kamin in ihrem Wohnraum bequem gemacht. Auf dem großen Holztisch am anderen Ende des Zimmers standen die Reste einer Mahlzeit.

»Mein Bruder, was für eine Überraschung, Euch hier zu sehen.« Matilda bot ihm die Wange zum Kuss.

»Ja, dieses Mal besuche ich zur Abwechslung einmal Euch.« Richard musterte sie ein wenig spöttisch. »Es war ein bisschen seltsam, die Pförtnerin von Euch als ›Ehrwürdige Mutter‹ sprechen zu hören. Es ist – fällt mir gerade auf – übrigens das erste Mal, dass ich Euch in Nonnentracht sehe. Wobei Euch das strenge Schwarz gar nicht so schlecht steht.«

»Danke für Euer Kompliment.« Matilda streifte ihren Mantel ab und setzte sich zu ihm. »Aber ich schätze, Ihr seid nicht gekommen, um Höflichkeiten mit mir auszutauschen.« Der Schein des hoch brennenden Feuers im Kamin zuckte über sein Gesicht. *Richard hat sich verändert,* ging ihr durch den Kopf. *Er wirkt zäher und härter.* Früher hatte er die Ausstrahlung eines Menschen besessen, der selbstverständlich davon ausging, dass Siege ihm ganz einfach zufallen würden. Jetzt wusste er, dass er sich diese Siege erarbeiten musste.

»Ich habe die Adligen, die sich an meinem Aufstand beteiligten, niedergeworfen oder sie dazu überredet, einen nicht sehr ehrenhaften Frieden mit unserem Vater zu schließen«, beantwortete er ihre Frage. »Deshalb war es an der Zeit, wieder einmal nach England zu reisen und dem König meine Treue zu versichern. Bei dieser Gelegenheit wollte ich es nicht versäumen, auch Euch wiederzusehen.«

Matilda neigte den Kopf. »Ich gratuliere Euch zu Euren Siegen.«

»Ach, spart Euch Euren Sarkasmus.« Richard verzog den Mund. »Ihr wisst sehr gut, dass diese Siege einen äußerst schalen Beigeschmack haben. Schließlich habe ich damit meinen Ruf bei meinen früheren Anhängern gründlich ruiniert.«

»Das seht Ihr zu pessimistisch. Schließlich geht Ihr Männer doch ständig wechselnde Bündnisse ein.«

»Das mag schon sein.« Richard seufzte gereizt und schenkte Matilda und sich Wein aus einem vergoldeten Krug ein, der neben ihm auf einem niedrigen Tisch stand. »Aber dass ein Anführer gegen die Leute, die ihm gefolgt sind, kurz darauf selbst in den Krieg zieht, kommt, fürchte ich, eher selten vor.«

»Die Adligen wissen, dass Euch der König dazu gezwungen hat.«

»Nun, ich habe es ihnen nicht gesagt.« Richard hob die Augenbrauen. »Ich habe keinen Wert darauf gelegt, nicht nur als Wortbrüchiger, sondern auch noch als Jammerlappen dazustehen.«

»Das dachte ich mir.« Matilda lächelte ihn an. »Deshalb habe ich verbreiten lassen, dass der König es Eure Mutter hätte büßen lassen, wenn Ihr ihm nicht zu Willen gewesen wäret.«

»Das habt Ihr wirklich getan?« Richard wirkte aufrichtig überrascht.

»Ja, wozu habe ich denn meine Kontakte?« Matilda trank einen Schluck Wein. »Glaubt mir, in ein paar Jahren ist Gras über diese Sache gewachsen. Immerhin wissen Eure früheren Anhänger jetzt, dass Ihr imstande seid zu siegen.«

»Ihr versteht es wirklich, in den übelsten Umständen noch das Beste zu sehen.« Richard lachte, wurde dann aber wieder ernst. »Wie geht es meiner Mutter?«

»Soviel ich weiß, wird sie in ihrer Haft gut behandelt und darf sich innerhalb der Burgmauern frei bewegen. Der König hat sein Wort gehalten.«

»Unser Vater kann nachtragend und rachsüchtig sein. Das hat er bei seinem früheren Kanzler Thomas Beckett ja zur Genüge bewiesen.« Richard sah seine Halbschwester nachdenklich an. »Aber er ist eigentlich nicht hinterhältig. Ich bin davon überzeugt, mich mit meiner Mutter zu erpressen, war nicht seine, sondern William de Thorignys Idee.«

»Das glaube ich auch.« Matilda nickte.

»Habt Ihr diesen Kerl in letzter Zeit gesehen?«

»Ja, erst vor Kurzem. Am Hof unseres Vaters in Winchester. Leider ist es ihm gelungen, seine Stellung noch mehr zu festigen. Er gehört jetzt zu den engsten Ratgebern des Königs.« Es hatte Matilda all ihre Selbstbeherrschung gekostet, mit William an der königlichen Tafel zu sitzen. Manchmal hatte sie seine Blicke abschätzend auf sich ruhen gespürt, als wüsste er nicht recht, was er von ihr halten sollte. Sie hatte ihn stets mit kühler Höflichkeit behandelt, so wie sie sich den meisten Menschen gegenüber verhielt.

»Irgendwann werde ich es diesem Widerling heimzahlen, was er mir eingebrockt hat«, knurrte Richard.

»Meine Unterstützung habt Ihr, das wisst Ihr ja«, erwiderte Matilda. »Früher oder später wird unsere Gelegenheit kommen.« Sie blickte einige Momente in die Flammen, ehe sie schließlich leise sagte: »Als Ihr Euren Aufstand gegen unseren Vater begonnen habt, ging es mir nur um meine Rache. Aber inzwischen frage ich mich manchmal, ob wir adelig Geborenen unsere Interessen nicht zu selbstsüchtig verfolgen. Die wirklich Leidtragenden unserer Kämpfe sind immer die einfachen Menschen.«

»Das sind ja ganz neue Töne von Euch.«

»Ich weiß …« Matilda strich tastend über die Armlehne ihres Stuhls. »Vor einer Weile bin ich einer Frau begegnet, deren Gatte Francis de Nonant zu Euren Gefolgsleuten gehörte. Ihre Mutter war Aline, die Dienerin unserer Großmutter Matilda.«

»Ich habe von dieser Dienerin erzählen hören.« Richard nickte. »Unsere Großmutter schätzte sie sehr. Und an Francis de Nonant erinnere ich mich ebenfalls. Er war ein tapferer Mann.«

»Der Name dieser Frau ist Adela. William de Thorigny vergewaltigte sie und verwüstete ihr Gut. Er tötete auch ihren Gatten.«

»Das wusste ich nicht …«, sagte Richard überrascht.

»Adela hat in den Kämpfen so vieles verloren. Sie war so verzweifelt, dass sie sich in Winchester unserem Vater zu Füßen warf und ihn um Hilfe für ihre kranke Tochter anflehte. William behauptete, sie sei eine Hexe und wollte sie gefangen nehmen lassen. Gott sei Dank konnte ich sie retten und mit ihrer Tochter an einen sicheren Ort bringen lassen …«

»Noch jemand also, dem William de Thorigny übel mitgespielt hat.«

»Ja, aber Adela hatte viel schlechtere Karten als wir.« Matilda seufzte. »Sie war ihm völlig ausgeliefert.«

Richard zog einen goldenen Ring von seiner rechten Hand und reichte ihn seiner Halbschwester. »Lasst ihn dieser Frau bitte in meinem Namen zukommen. Als Dank und als Wiedergutmachung.«

Matilda wog das Schmuckstück in ihrer Hand. Es funkelte rötlich im Schein des Feuers. *Wieder ein Geschenk*, dachte sie, *das eigentlich nichts wiedergutmachen kann.*

*

William de Thorigny bahnte sich seinen Weg durch die Jagdgesellschaft. Sein Ziel war Prinz John, der jüngste Sohn des Königs, der am Rand der Lichtung stand. Ein Falke, der noch die Haube über dem Kopf trug, hockte auf Johns behandschuhter Rechten. Er schlug ungeduldig mit seinen Flügeln, als könnte er es kaum abwarten, sich in den grauen Herbsthimmel hinaufzuschwingen. Dieser königliche Vogel, dachte William ein bisschen belustigt, hätte viel besser zu Richard gepasst.

John war ein blasses, unleidliches Kleinkind gewesen, das sein verkrümmter Rücken stets ein bisschen ängstlich und misstrauisch hatte wirken lassen. Mittlerweile war er zehn Jahre alt, wirkte aber viel reifer. An Attraktivität hatte er nicht gewonnen. Was nicht nur an seinem deformierten Körper lag. Sein mausfarbenes Haar war strähnig, seine Nase zu lang, seine Augen waren wässrig und seine Lippen zu schmal – wobei trotzdem, wie in einem Zerrbild, eine Ähnlichkeit zu seinem Bruder Richard aufschien. John – dies hatte William während der letzten Stunden beobachtet – besaß nichts von Richards Selbstsicherheit und Charisma. Aber auf eine durchtriebene, altkluge Weise wirkte er schlau. Mit ihm musste man auf jeden Fall rechnen.

John nahm dem Falken gerade die Haube ab, als William wie scheinbar absichtslos neben ihm stehen blieb. Der Vogel stieß einen heiseren Schrei aus, spannte seine Schwingen und schraubte sich hoch in die Luft.

»Ein schönes Tier«, sagte William anerkennend.

»Ja, nicht wahr?« John blickte dem Vogel nach, der nun nur noch als ein Punkt in der Ferne auszumachen war. »Meine Mutter hat ihn mir geschenkt, kurz bevor sie in Gefangenschaft geriet. Wozu Ihr ja einen nicht unerheblichen Beitrag geleistet habt.«

»Was Ihr mir hoffentlich verzeihen könnt …« William verneigte sich.

John ging nicht darauf ein. »Ich war – wurde mir immer

gesagt – das Lieblingskind meiner Mutter. Ihr Jüngster. Es heißt ja, dass Mütter gerade die Kinder am meisten lieben, die mit einem körperlichen Gebrechen geschlagen oder sonst auf irgendeine Weise benachteiligt sind.« Er lächelte schmallippig.

»Ich bin überzeugt, dass Euch Eure Mutter wegen Eurer vielen guten Eigenschaften und Talente bevorzugt hat«, erwiderte William höflich.

Der Falke stürzte nun wie ein Pfeil auf die Erde nieder. Gleich darauf kam er mit der Beute in seinen Klauen zu John zurückgeflogen.

»Oh, nur ein kleiner, junger Hase«, sagte John enttäuscht, als er dem Falken das Tier abnahm. »Der ist es nicht wert, gebraten zu werden.« Das Tier war verletzt, aber noch nicht tot. Eines seiner Ohren zuckte, und seine pelzige Nase bebte furchtsam. John warf es auf den Boden und markierte es so als Beute für den Falken. Der Hase versuchte wegzuhoppeln. Aber sofort war der Falke über ihm und schlug seine Krallen in seinen Pelz. Während er mit seinem Schnabel den Leib des Hasen zerhackte, bebte dessen Nase immer noch.

John sah dem Raubvogel interessiert zu, wie dieser das kleine Tier bei lebendigem Leib in Stücke riss. Als er aufschaute, trafen sich sein und Williams Blick. »Um auf Eure Frage zurückzukommen«, sagte John freundlich. »Ja, ich verzeihe es Euch, dass Ihr meine Mutter während ihrer Flucht gefangen genommen habt. Denn sie hatte sich nicht nur gegen ihren Gatten, sondern auch gegen ihren König gestellt, was niemand ungestraft tun darf.«

»Ich freue mich, dass Ihr die Dinge so seht.« William verneigte sich wieder.

Von dem Hasen waren nun nur noch ein Fellrest und ein paar Knochen übrig. Blut glänzte auf dem Schnabel des Falken, als er sich wieder auf Johns Hand schwang. Der Prinz streifte ihm die Haube über den Kopf. »Er ist jetzt satt«, sagte er nachdenklich, »und heute nicht mehr für die Jagd zu gebrauchen.« Dann musterte er William abschätzend. »Aber Ihr, de Thorigny, Ihr seid noch nicht satt, vermute ich?«

William hielt seinem Blick stand und lächelte ihn an. »So wenig wie Ihr, Hoheit.«

»Wie schön, dass wir uns verstehen.« John winkte einem Jagdknecht und übergab ihm den Vogel, der den Kopf unter der Haube unruhig bewegte.

Kapitel 6

Komm, meine Kleine. Wir sind wieder zu Hause.« Adela hob Robin vom Schlitten und setzte sie auf ihre Hüfte. *Zu Hause* … Die Worte hörten sich noch ganz ungewohnt an, und manchmal zweifelte sie daran, ob sie ihrem Glück wirklich trauen konnte. Aber das einstöckige Haus mit dem dick verschneiten Strohdach, auf dem die letzten Strahlen der untergehenden Wintersonne lagen, war jetzt tatsächlich ihr Heim. Ein geflochtener Weidenzaun umgab den Garten, wo sich die Umrisse eines Apfel- und eines Birnbaums schwarz vor dem abendlichen Himmel abzeichneten. Daran schlossen sich zwei kleine Felder und eine Wiese an, auf der im Sommer ihre Kuh grasen würde.

»Ich möchte Lissy melken«, sagte Robin, als hätte sie ihre Gedanken erraten.

»Nein, sie muss erst morgen wieder gemolken werden«, antwortete Adela. »Aber nach dem Essen gehen wir zusammen in den Stall. Dann kannst du ihr Gute Nacht sagen.« Robin liebte die Kuh über alles.

»Ich will runter.« Ihre Tochter begann heftig zu strampeln. Vorsichtig setzte Adela sie auf dem verschneiten Hof ab, wo Robin sofort herumzurennen begann und mit ihren kleinen, in dicken Wollfäustlingen steckenden Händen fröhlich kreischend die Flocken aufwirbelte.

Robin war jetzt drei Jahre alt. Adela war glücklich, ihre

Tochter so ausgelassen zu sehen, und doch versetzte ihr der Anblick einen Stich. Seit sie vor sechs Wochen in ihrem neuen Zuhause angekommen waren, war Robin von Tag zu Tag mehr aufgeblüht. Sie lachte, plapperte manchmal pausenlos vor sich hin und sang lauthals. Und wenn ihr etwas nicht passte, konnte sie wie am Spieß schreien. Erst jetzt hatte Adela wirklich verstanden, wie still und brav Robin immer gewesen war. Als hätte sie schon als Säugling intuitiv begriffen, dass ihre Mutter all ihre Energie benötigte, um ihr Überleben zu sichern.

Adela wuchtete den Sack Weizen vom Schlitten, den sie in der Filiale des Klosters von Barking geholt hatte. Dann schob sie den Riegel an der Haustür zurück und rief nach ihrer Tochter. Im Inneren des Hauses, das fast gänzlich aus einer großen Stube bestand, war es im Vergleich zur Kälte draußen angenehm warm.

Sie half Robin, Mantel, Mütze, Schal und Handschuhe auszuziehen – so gute Kleidung hatte ihre Tochter noch nie zuvor besessen, auch diese hatten die Nonnen des Filialklosters von Barking Adela bei einem ihrer Besuche mitgegeben – und brachte den Weizen in die Speisekammer. Während sie anschließend Holz in der Feuerstelle nachlegte und die Suppe für das Abendessen zubereitete, saß Robin auf dem mit Binsen bedeckten Boden auf einer Decke und spielte mit ihrer Strohpuppe.

Der Raum war nicht groß, aber anheimelnd mit seinen niedrigen Balken und dem breiten Bett in der Ecke, auf dem Decken aus ungefärbter Wolle lagen. Ein Holztisch, eine Bank, eine Truhe und ein Regal in der Nähe der Feuerstelle, auf dem Ton- und Holzgeschirr sowie Töpfe standen, vervollständigten die Einrichtung. Außerdem gab es auch noch einen schmalen Webstuhl, auf den braune Wolle gespannt war. Aus dem Stoff wollte Adela für Luce einen Umhang nähen.

Adela holte den kleinen Holzfisch, den Francis für Luce geschnitzt hatte, aus der Tasche ihres Mantels und strich behutsam über das Holz. *Wie viel Luce wohl mittlerweile gewachsen ist?*, ging es ihr durch den Kopf. *Hier wird er sich bestimmt wohl und geborgen fühlen, und Robin wird stolz auf ihren großen Bruder sein.* Noch in Reading hatte sie an ihre Schwester geschrieben und ihr mitgeteilt, dass sich ihr Geschick endlich zum Guten gewendet und sie ein Heim gefunden hatten. Im Frühjahr, so hoffte Adela, würde Ann eine sichere Möglichkeit finden, Luce zu ihr zu schicken.

In Reading hatte ihr Schwester Marigold in Matildas Namen Richards Ring überreicht. Adela hatte ihn nicht akzeptieren wollen. Aber die Schwester hatte erklärt, sie sei nicht befugt, das Schmuckstück zurückzunehmen. Richard, so hatte Adela sagen hören, hielt sich im Land auf. Einige Meilen entfernt gab es ein Gut, das ihm gehörte. Sollte er dorthin kommen, so hatte sie beschlossen, würde sie ihn aufsuchen und ihm den Ring wiedergeben. Sie würde nichts von dem Mann annehmen, in dessen sinnlosem Krieg Francis gestorben war.

»Ich habe Hunger …« Ihre Tochter hatte die Strohpuppe auf den Decken schlafen gelegt und war zu ihr an die Feuerstelle getappt. Ihre Locken fielen ihr in den Nacken, und ihr kleines Gesicht schimmerte rosig im Schein des Feuers. Nichts erinnerte mehr daran, dass sie noch vor wenigen Wochen dem Tod nahe gewesen war.

»Das Essen ist gleich fertig, setz dich schon einmal an den Tisch«, sagte Adela, die plötzlich einen Kloß im Hals fühlte. Während Robin auf ein strohgefülltes Kissen kletterte, das auf der Bank lag, füllte Adela die Hafersuppe in zwei Schalen.

Am Tisch rührte Adela Robins Suppe mehrmals um, damit sie abkühlte, dann reichte sie ihrer Tochter einen Holzlöffel. Während Robin den Löffel in die Suppe patschte und Adela auch selbst zu essen begann, wanderten ihre Gedanken wieder zu Luce. Hoffentlich würde er bald hier bei ihnen sein.

*

»Meinem Sohn geht es besser.« Adelas Nachbarin Margareth, eine Frau Mitte zwanzig, die ein flaches, unscheinbares Gesicht und einen mageren Körper hatte, nickte ihr zurückhaltend zu. »Sein Husten hat nachgelassen.«

»Ich würde mir den Jungen gern noch einmal ansehen.« Adela hob den zwei Jahre alten, rundlichen Knaben, der auf dem Schoß seiner Mutter saß, hoch. Während sie ihn vorsichtig auf den groben Tisch legte und seinen Kittel hochschob, redete sie beruhigend auf ihn ein. »Keine Angst, mein Junge, ich tue dir nicht weh. Ich will nur an deiner Brust horchen.«

Mittlerweile hatte es sich in der Gegend herumgesprochen, dass sie heilkundig war, und die Leute baten sie immer häufiger um Hilfe. Allerdings verhielten sich die meisten ihr gegenüber immer noch scheu, so wie auch Margareth. Denn die Dörfler und Bauern wussten nicht so recht, was sie von Adela halten sollten. Es ging das Gerücht – so hatte Adela erfahren –, sie sei eine ehemalige Geliebte des Lords. Deshalb habe er ihr das Haus und die Felder zur Verfügung gestellt.

Robin hatte ihr, den rechten Daumen in den Mund gesteckt, neugierig zugesehen. Jetzt fragte sie: »Ist Georgie wieder gesund?«

»Nein, noch nicht ganz.« Adela schüttelte lächelnd den Kopf, ehe sie sich an Margareth wandte und ihr einen Tontiegel reichte. »Wenn Ihr die Brust Eures Sohnes dreimal am Tag mit dieser Salbe einstreicht, müsste der Husten in einer guten Woche ganz verschwunden sein. Außerdem solltet Ihr ihm regelmäßig einen Tee aus Salbei- und Thymianblättern zu trinken geben. Das hilft, den Schleim zu lösen.«

Adela hatte Georgie, der alles erstaunlich friedlich über sich hatte ergehen lassen, eben wieder seiner Mutter in die Arme gelegt, als die Tür des Bauernhauses aufgestoßen wurde. Ein massiger Mann, der einen pelzbesetzten Mantel trug, trat herein und brachte einen kalten Luftschwall mit sich. »Ich suche nach einer Frau, die Adela heißt und heilkundig ist«, sagte er hastig.

»Das bin ich.« Adela trat einen Schritt vor.

»Dem Himmel sei Dank, dass ich Euch so schnell gefunden habe.« Ein Lächeln erhellte sein kantiges, von der Kälte gerötetes Gesicht. »Richard Plantagenet hat sich bei einem Jagdunfall verletzt. Er benötigt Eure Hilfe.«

»Der Prinz ist schon hier? Ich dachte, er würde erst in ein, zwei Wochen erwartet.« Margareth, die schützend eine Decke um ihren Sohn gewickelt hatte, musterte Adela mit neuem Respekt. »Euer Ruf hat sich ja sehr schnell verbreitet.«

»Einer der Jagdburschen des Lords hat Euch empfohlen«, antwortete der Mann an Adela gewandt. Seine Wimpern und Augenbrauen waren so hell, dass sie mit der Haut verschmolzen. »Bitte, beeilt Euch.«

»Welche Art von Wunde hat sich der Prinz denn zugezogen?«, fragte Adela rasch.

»Ein Speer, der für einen Eber gedacht war, hat ihn am Bein getroffen. Er blutet stark.«

»Kann ich Robin bei Euch lassen?«, fragte Adela die Nachbarin.

»Natürlich.« Da Margareth zustimmend nickte, wandte sich Adela an den Diener. »Ich hole nur noch schnell Verbände und Salben. Dann kann ich Euch begleiten.« Adela küsste Robin auf die Stirn. »Ich bin bald wieder zurück.« Ohne sich um den lautstarken Protest ihrer Tochter zu kümmern, eilte sie davon.

In ihrem Haus suchte Adela die Dinge zusammen, die sie benötigte. Sie hatte sie bereits in ihr Bündel gelegt, als ihr einfiel: *Richards Ring!* Falls der Prinz nicht zu schwer verletzt war, würde sie die Gelegenheit wahrnehmen und ihm das Schmuckstück zurückgeben. Hastig holte sie den Ring aus der Truhe und band ihn sich mit einer Schnur um den Hals.

Draußen wartete schon der Diener auf sie. Der Tag war grau. Feine Schneeflocken fielen vom Himmel. Zwei Pferde waren an den Weidenzaun gebunden. Ein brauner grobknochiger Hengst und eine gescheckte Stute.

»Ihr könnt reiten?« Der Diener sah Adela fragend an.

»Ja.« Sie nickte.

»Dann nehmt die Stute.«

Eine Weile folgten sie dem Bach, der durch das Dorf floss. Dann schwenkte der Diener in einen verschneiten Weg ein, der zuerst an Feldern entlang und dann durch einen Wald führte. Hier war Adela bisher noch nie gewesen. Mächtige, mit Schnee und Eis überzogene Felsen lagen unter Nadelbäumen. Die Luft war fast windstill.

Schließlich lichtete sich der Wald. Vor ihnen, am Rand einer steil abfallenden Kuppe, konnte Adela eine Ansammlung von Pferden und von Männern in Jagdkleidung sehen. Sie wichen zurück, als der Diener und sie näher kamen. Dicht bei der Kuppe, im Schutz einiger Büsche, lag ein Mann auf einer Decke. Er schien zu schlafen oder bewusstlos zu sein und hatte der Gruppe den Rücken zugewandt. Seine Schultern hoben und senkten sich leicht im Rhythmus seines Atems. Dies musste Richard sein. Ein junger Diener kniete bei ihm. Adela sprang von der Stute und eilte zu ihm. Ein neuer Flockenschauer fiel langsam und gleichmäßig vom Himmel. *Weshalb sagt denn niemand etwas?*, schoss es ihr durch den Kopf. Dann bemerkte sie, dass der Liegende dunkle Haare hatte. War Richard nicht rotblond? Oder narrte sie das trübe Licht?

Mit einer plötzlichen Beklommenheit registrierte sie, dass ein Grinsen über das Gesicht des jungen Dieners zu huschen schien. Seine Augen waren auf jemanden hinter Adela gerichtet. *Kein Blut ist zu sehen*, durchfuhr es Adela. *Die Beine des Liegenden sind gar nicht verletzt.* In der Stille hörte sie Schritte im Schnee knirschen. Dann bohrte sich etwas Schweres, Eisernes in ihre Schulter und zog sie herum. Ein Metallhaken, der an einem Armstumpf befestigt war. Adela wollte schreien, aber sie brachte keinen Ton über ihre Lippen.

Sie nahm noch wahr, dass William de Thorigny sie anlächelte und irgendetwas zu ihr sagte, das sie aber nicht verstand, und dass die anderen Männer einen Halbkreis um sie gebildet hatten und wie finstere Pfähle vor dem wolkenverhangenen Himmel aufragten. Dann verlor sie die Besinnung.

*

Es ist nicht wahr. Es ist einfach nicht wahr … Als Adela zu sich kam, hoffte sie, ein böser Traum hätte sie heimgesucht. Sie hörte jemanden wimmern. Es dauerte einige Augenblicke, bis sie begriff, dass sie es war, die diesen Laut ausgestoßen hatte. Stroh piekte in ihre Wange. Die kalte Luft roch feucht und modrig. Etwas Schweres und Hartes umschloss ihren rechten Fußknöchel. Sie zwang sich, die Augen zu öffnen.

Sie lag in einem Verlies. Graues Winterlicht fiel durch eine vergitterte Öffnung oben in einer Wand. Ihr rechter Knöchel steckte in einer Fußfessel, die durch eine schwere Kette mit einem Eisenring in der Wand verbunden war. Neben dem

Strohhaufen befand sich ein Stapel schmutziger Decken auf dem steinernen Boden. Adela raffte die Decken um sich und kauerte sich auf das Stroh.

Wieder war sie William de Thorigny völlig ausgeliefert. Adela wünschte sich, tot zu sein. *Robin!*, durchfuhr es sie plötzlich. Was, wenn er auch ihre Tochter in seine Gewalt gebracht hatte? Ein Entsetzen und eine Angst, so stark, dass sie fast den Verstand verlor, erfassten sie.

»Nein! Nein ...« Sie schrie wie von Sinnen und riss an der Fessel.

»Lass das sein. Was du tust, ist völlig unsinnig.«

Benommen hob Adela den Kopf. William de Thorigny war in das Verlies gekommen und musterte sie nachdenklich. »Steh auf!«, befahl er ihr dann. Zitternd kam Adela auf die Füße. Er berührte mit dem Metallhaken ihre Wange, als ob er sie streicheln wollte. Sie wich zurück und presste ihren Rücken gegen die Wand.

»Weißt du«, sagte er mit dieser ruhigen, beinahe sanften Stimme, die ihr den Magen umdrehte, »wenn ich nicht davon überzeugt gewesen wäre, dass du in dem brennenden Gehöft umgekommen wärst, hätte ich längst nach dir suchen lassen. Was für eine glückliche Fügung also, dass du mir in Winchester über den Weg gelaufen bist. Schließlich hatten wir viel Spaß zusammen, damals in deinem Ehebett, findest du nicht auch?«

William lachte leise, als ihm Adela nicht antwortete. Der Eisenhaken wanderte ihre Wange, dann ihren Hals hinab. William stutzte, als er die Schnur um ihren Hals bemerkte. »Trägst du daran etwa eine Erinnerung an deinen teuren Gatten?«, fragte er spöttisch. Adela wagte sich nicht zu bewegen, während er mit dem Haken den Rest der Schnur unter ihrem Kleid hervorhangelte.

»Oh, ein Ring. Aber viel zu kostbar für einen einfachen Ritter.« William stand nun dicht vor ihr und wog das Schmuckstück in seiner Hand. »Wer hat ihn dir geschenkt?«

Adela wollte ihm antworten, aber ihr Mund war wie ausgedörrt. Williams Hieb traf sie so unvorbereitet, dass ihr Kopf gegen die Wand geschleudert und ihre rechte Gesichtshälfte ganz taub wurde. Sie schmeckte Blut. »Richard ...«, flüsterte sie mühsam.

»Plantagenet? Der Prinz?«

Sie nickte.

»Hat er dir den Ring dafür geschenkt, dass dein verdammter Mann für ihn gekämpft hat oder weil du ihm als Hure zu Diensten warst? Oder hast du ihn für beides bekommen?«

Adela starrte William nur an.

»Wie auch immer ...« Er brach wieder in ein leises, spöttisches Lachen aus. »Es war nicht besonders klug von dem Prinzen, dich in der Nähe eines seiner Güter unterzubringen.«

Benommen begriff Adela: *Er glaubt, Richard hat mir geholfen. Er weiß nichts von Matilda.*

»Und von dir war es nicht besonders klug, dein auffallendes Haar zu zeigen. Wenn dein Schleier nicht verrutscht wäre, hätte dich mein Späher auf dem Markt von Cirencester wohl kaum erkannt.«

Wann bin ich dort gewesen? Was habe ich auf dem Markt gekauft? Alles drehte sich in Adelas Kopf. Sie konnte sich nicht mehr erinnern.

»Du hast deine Haarfarbe von deinem Vater geerbt, habe ich sagen hören, und deine Tochter hat sie von dir. Robin. Das Rotkehlchen ... Wie hübsch.«

»Nein ...«, keuchte sie.

»Nun, ich habe natürlich auch deine Tochter in meine Gewalt gebracht.«

Wieder drohte das Entsetzen, Adela zu überwältigen. »Macht mit mir, was Ihr wollt«, flehte sie. »Aber tut meiner Tochter nichts an.«

»Du bittest mich also tatsächlich darum, mit dir umzuspringen, wie es mir beliebt?« William betrachtete sie lauernd.

Adela nickte stumm.

»Beim letzten Mal, als ich mich mit dir beschäftigte, hast du nicht um Gnade gebettelt. Aber dieses Mal wirst du es tun.« William stutzte. Sein Blick fiel auf das Stroh. Zwischen den Halmen lag, wie Adela jetzt bemerkte, der kleine Holzfisch. Er musste aus der Tasche ihres Mantels gerutscht sein.

»Oh, ein Spielzeug deiner Tochter. Wie reizend …« Ehe Adela reagieren konnte, hatte William den Absatz seines Stiefels auf den Fisch gesetzt und ihn zertreten. Dann hieb William ihr seine verbliebene, zur Faust geballte Hand in den Bauch. Adela sackte in die Knie, rang nach Atem und übergab sich ins Stroh. Sofort war er über ihr, traktierte sie weiter mit Hieben und Tritten.

Sie prallte gegen die Wand des Verlieses und verlor fast die Besinnung. Ein neuer Tritt warf sie auf den Rücken. William kniete sich auf sie. Er hielt sie mit dem eisernen Haken fest, während er brutal in sie eindrang. *Auf dem Markt habe ich für Robin ein schmales, grünes Seidenband gekauft*, kam es Adela noch kurz in den Sinn, ehe die Schmerzen jeden Gedanken in ihr auslöschten.

*

Über den Marschen hing dichter Nebel und verwehrte die Sicht auf die See. Der graue, feuchte Schleier bedeckte auch die Hügel ringsum. Der Weg durch die Downs war glitschig. Bei jedem Schritt sank Simon de Bohuns Pferd tief in den

Schnee. Denn ein Wärmeeinbruch einige Tage zuvor hatte Tauwetter mit sich gebracht, dem dann wieder Kälte und neue Schneefälle gefolgt waren. Im Allgemeinen war Simon ein lebensfroher Mensch, der auch dem Verlust seines Gutes noch etwas Positives hatte abgewinnen können. Doch das trostlose Wetter verstärkte seine ohnehin schon schlechte Stimmung.

Seit vier Monaten hielt er sich nun schon in Südengland auf. Alles, was er von Adela und Robin hatte finden können, war eine Spur in Winchester gewesen. Doch auch die war im Sande verlaufen. Seit sie das Haus ihrer geizigen und bärbeißigen Wirtin verlassen hatten – Simon hatte kaum einmal eine Frau getroffen, die ihm mehr zuwider gewesen wäre –, hatte kein Mensch mehr etwas von den beiden gesehen oder gehört. Nun befand er sich auf dem Weg zu seinem Freund Hugh of Lexham. Dieser war seine letzte Hoffnung. Auch wenn er nicht wirklich daran zu glauben wagte, dass auf dem Gut eine Nachricht von Ann eingetroffen war.

Er musste Adela und Robin aufspüren. Er durfte Francis' Vertrauen nicht enttäuschen. Und auch Luce und Ann war er es schuldig, die beiden zu finden.

Nach gut zwei weiteren Stunden auf dem beschwerlichen Weg erreichte Simon endlich das Anwesen seines Freundes. Es lag auf einem Hügelkamm über dem Meer. Mit seinem steinernen Wohnturm, dem mit Lehm verstärkten Palisadenzaun und dem Graben, der es umgab, wirkte es mehr wie eine kleine Burg als ein Gutshof. Denn die Anfänge des Gutes reichten in eine Zeit zurück, als Wikinger-Überfälle die Küste heimgesucht hatten.

Eine in einen dicken Wollmantel vergrabene, mürrische Wache am Tor ließ Simon passieren und wies ihn, als er nach Hugh fragte, zu dem Wohnturm. *Wahrscheinlich auch je-*

mand, dachte Simon, *dem die triste Jahreszeit auf die Stimmung schlägt*. Da die Aussicht auf ein warmes Kaminfeuer, ein gutes Essen und einen guten Wein bestand, besserte sich seine Laune allmählich. Nachdem er sein Pferd der Obhut eines Stallknechtes anvertraut hatte, machte er sich auf den Weg zum Wohnturm.

Das Portal führte in eine Halle, deren Decke von alten, geschwärzten Balken getragen wurde. In dem wuchtigen Kamin, über dem Hughs Familienwappen – ein Eber – in Stein gehauen war, prasselte tatsächlich ein Feuer. Schwerter und bunt bemalte Schilde schmückten die Wände. Die Mitte des Raums nahm ein langer Tisch aus dunklem, glänzendem Holz ein, um den Lehnstühle standen. Simon schaute sich noch suchend um, als ein ältlicher Diener auf ihn zukam.

»Ich suche nach dem Lord«, wiederholte Simon seine Frage.

Der Diener musterte Simons schwarzen Mantel, der im Verlauf der letzten Monate reichlich fadenscheinig geworden war, dann den in einer Lederhülle steckenden Schaft der Laute, der aus seinem Bündel ragte. »Ich glaube nicht, dass mein Herr für einen Spielmann zu sprechen ist«, bemerkte er hochnäsig.

»Früher war ich ein Ritter, in dem ein Spielmann steckte. Heute bin ich ein Spielmann, in dem immer noch ein Ritter steckt.« Simon lächelte den Diener an und ließ sich gelassen auf einem der Stühle nieder. »An deiner Stelle würde ich sofort deinen Herrn rufen. Andernfalls wirst du dir Ärger einhandeln.«

Mit einem letzten naserümpfenden Blick auf Simon verschwand der Mann. Simon zog die Laute aus dem Bündel, entfernte die Schutzhülle und schlug ein paar Töne an. Er sah die nebelverhangene, trostlose Marsch vor sich, hörte den

Schrei eines einsamen Reihers, und eine Liedzeile begann in seinen Gedanken Gestalt anzunehmen.

»Simon, du bist es also tatsächlich.« Ein stämmiger, um die vierzig Jahre alter Mann, dem ein grauer Haarschopf unordentlich vom Schädel abstand und der sehr helle blaue Augen hatte, eilte mit ausgebreiteten Armen auf ihn zu. »Bring uns warmen Würzwein und etwas Herzhaftes zu essen«, befahl er dem Diener, der eilig verschwand. Die beiden Männer umarmten sich.

»Was meintest du damit, ich sei tatsächlich gekommen?«, fragte Simon erstaunt.

»Nun, vor ungefähr zwei Wochen ist ein Brief für dich bei mir eingetroffen. Ein Wollhändler hat ihn überbracht. Wer auch immer diesen Brief an dich gerichtet hat, muss davon ausgegangen sein, dass du mich in absehbarer Zeit besuchen würdest«, erwiderte Hugh trocken.

Dies musste eine Nachricht von Ann sein. »Ich möchte nicht unhöflich erscheinen«, sagte Simon rasch. »Aber könnte ich den Brief bitte sofort lesen?«

»Natürlich.« Hugh trat zu einem Wandbord, auf dem einige Bücher und Pergamentrollen aufbewahrt wurden. Zwischen ihnen zog er ein gefaltetes Pergament hervor und reichte es Simon. Dieser riss hastig die Schnur auf, die es zusammenhielt, und faltete es auseinander. Der Brief war mit »Schwester Fidelis« unterschrieben. *Ann*, dachte er stattdessen. Schnell überflog er die Zeilen und las sie dann noch einmal langsam, um ihren Inhalt ganz in sich aufzunehmen. Ann schrieb von Adelas Rettung und dass sie und Robin bei Cirencester ein Heim gefunden hätten.

»Eine Nachricht von einer Frau?« Hugh blinzelte ihm zu.

»Ja, wenn auch nicht so, wie du vermutest.« Simon lächelte schwach. »Trotzdem könnte die Nachricht gar nicht besser sein.« Rasch erzählte er dem Freund von Adelas Schicksal und wie er wochenlang vergebens nach ihr gesucht hatte. »Ich werde nach Cirencester gehen und mich davon überzeugen, dass es Adela und ihrer Tochter wirklich gut geht. Und dann werde ich in die Normandie zurückkehren und Luce holen und ihn endlich zu seiner Mutter und seiner kleinen Schwester bringen«, schloss er.

»Dieser armen Frau wurde wirklich übel mitgespielt.« Hugh schüttelte nachdenklich den Kopf. »Ich bin William de Thorigny bisher noch nicht persönlich begegnet. Aber ich habe über ihn reden hören. Er scheint gefährlich wie eine Viper zu sein.« Er unterbrach sich, denn der ältliche Diener erschien wieder in der Halle. Er trug ein Tablett in den Händen. Nachdem er Simon gegenüber eine Entschuldigung gestammelt hatte, stellte er einen Krug, aus dem es nach Zimt und Kardamom duftete, zwei versilberte Becher, einen Korb, der mit Scheiben hellen Brotes gefüllt war, sowie Platten mit Schinken und gesottenem Fleisch vor die beiden Männer.

Hugh schenkte Simon und sich von dem Würzwein ein. »Du bist doch aber sicher nur zur Tarnung als Spielmann unterwegs, oder?«, fragte er dann.

»Nein, denn dank dieses unseligen Krieges fielen alle Besitzungen meiner Familie an einen Gefolgsmann des Königs«, erwiderte Simon ruhig.

»Bei Gott …«

Simon trank einen Schluck von dem warmen Würzwein und schmeckte den Aromen nach. »Das Schicksal hätte mir schlimmer mitspielen können«, sagte er schließlich, und er meinte es ehrlich. »Als ich im Heiligen Land nach meinem Vater gesucht habe, habe ich so viel Grausames gesehen. Berge von verwesenden, von Hunden, Schakalen und Raubvögeln halb aufgefressenen Leichen. Versklavte, verstümmelte und verkrüppelte Menschen ... Ich bin frei, besitze all meine Glieder, meine Nase, Augen und Ohren und bin gesund ... Wenn ich eine Familie hätte, würde ich vielleicht anders denken. Aber so ... Ich wollte immer schon dichten und musizieren. Und ich benötige nicht viel zum Leben. Ein Pferd, ein Schwert, warme Kleidung und dann und wann einen guten Wein und gutes Essen ...« Er zuckte die Schultern.

»Du warst immer schon verrückt.« Hugh schüttelte lächelnd den Kopf.

»Nun, einen guten Wein, gutes Essen und einen guten Freund hat mir das Schicksal heute ja schon beschert.« Simon prostete ihm zu.

Leichte Schritte ertönten, und Kleider raschelten. Simon wandte den Kopf. Zwei Frauen hatten die Halle betreten. Die eine war Mitte dreißig und hatte ein freundliches, ein wenig matronenhaftes Gesicht: Lady Guinevra, Hughs Gattin. Eine durchaus kluge, aber in ihrer hausfraulichen Gesetztheit auch etwas langweilige Frau. Ihre Begleiterin war mindestens zehn Jahre jünger und – wie Simon fand – viel interessanter. Mit ihrem rosigen Gesicht und den großen blauen Augen wirkte sie beim ersten Hinsehen auf eine kindliche Weise hübsch. Doch ihr schön geschwungener Mund und das Lächeln, das sie ihm jetzt schenkte, nachdem sie ihn aufmerksam gemustert hatte, waren sehr weiblich.

Er stand auf und verbeugte sich vor den beiden Damen. »Zwei Sonnen, die den tristen Wintertag erhellen«, sagte er galant.

»Meine Gemahlin Guinevra kennst du ja schon.« Auch Hugh hatte sich erhoben. »Darf ich dir Lady Edith vorstellen – die Gattin Lord Faulkners und die Base meiner Frau? Edith, das ist mein Freund Simon de Bohun.«

»Oh, Ihr spielt die Laute?« Lady Ediths Blick wanderte zu

dem Instrument, das neben Simon auf dem Tisch lag. »Würdet Ihr uns vielleicht heute Abend einige Lieder darbieten? Das heißt, ich hoffe, dass Ihr uns so lange mit Eurer Gegenwart erfreuen werdet«, fügte sie hinzu.

»Sicher wird Simon bis morgen bleiben«, mischte sich Hugh ein. »Aber ich weiß nicht, ob ihm der Sinn danach steht, vor uns zu musizieren.«

Simon ahnte, dass der Freund befürchtete, er würde sich auf eine Stufe mit den umherziehenden Spielleuten gestellt fühlen. »Es wäre mir eine Ehre und ein Vergnügen, vor Euch zu singen«, erwiderte er rasch und verbeugte sich wieder vor den beiden Damen.

*

Am Abend kamen auch einige Adlige aus der nahen Umgebung zum Essen. Feine Leinentücher lagen auf der langen Tafel in der Halle. Darauf brannten Kerzen in vergoldeten und versilberten Leuchtern. Im Kamin prasselte ein großes Feuer, während vom Meer her ein stürmischer Wind ins Landesinnere wehte und an den geschlossenen Fensterläden rüttelte. Simon genoss die behagliche Atmosphäre und ließ sich die Speisen munden. Guinevra mochte keine besonders anregende Frau sein, dachte er, aber ihren Haushalt hatte sie im Griff. Denn der mit Rosmarin gewürzte Entenbraten und die mit Salbei geschmorten Forellen schmeckten vorzüglich. Und auch gegen das mit Wein und Honig verfeinerte Steckrübengemüse ließ sich nichts einwenden.

Seine Tischnachbarin zur Linken war eine spröde alte Lady. Doch zu seiner Rechten saß ein alter Haudegen, der schon oft in der Normandie unterwegs gewesen war und den König nicht besonders mochte. Simon fand es amüsant, sich mit ihm auszutauschen. Edith saß ihm gegenüber. Sie trug ein blaues Seidenkleid, das die Farbe ihrer Augen betonte, und unter ihrem mit einer Goldstickerei verzierten Schleier fielen blonde Haarlocken hervor. Die Wärme und der Wein überhauchten ihre Wangen mit einer anziehenden Röte. Simon warf ihr dann und wann einen Blick zu, und während er mit dem alten, grimmigen Mann sprach, fühlte er, dass auch sie ihn ansah.

Nachdem das Geflügel und der Fisch verzehrt worden waren, stand Simon auf und nahm seine Laute zur Hand. Er trug das Lied über die Melancholie eines Wintertages vor, das er nach seiner Ankunft ersonnen hatte. Danach sang er einige heitere Stücke. Er schloss mit einem Liebeslied, das von einem Mann handelte, der sich nach einer Dame verzehrte, deren lächelnder Mund ihn im eisigen Winter den Frühling erahnen ließ. Während er sang, spürte er wieder Ediths Blicke auf sich ruhen. Simon beschloss zu prüfen, wie weit sie zu gehen bereit war.

Am Ende des Mahls, im allgemeinen Aufbruch, richtete er es so ein, dass er neben Edith die Halle verließ.

»Euer Mund ist schön wie eine gerade erblühte Rose«, flüsterte er ihr zu. »Ich wünschte, ich dürfte ihn schmecken.«

»Kommt später in meine Kammer und kostet«, hauchte sie als Antwort. »Meine Magd wird Euch den Weg zeigen.«

Tatsächlich pochte es gegen Mitternacht – als es auf dem Anwesen still geworden war – leise an Simons Tür. Er folgte der Magd eine Wendeltreppe hinauf und dann bis zu einem Gemach am Ende des Flurs. Als er die Tür öffnete, erwartete Edith ihn schon in ihrem Bett. Simon trat zu ihr und küsste sie. »Ihr seid eine mutige, schnell entschlossene Lady«, murmelte er.

Sie erwiderte seinen Kuss und stieß dabei ihre Zunge tief in seinen Mund. »Ihr gefallt mir. Ihr seid galant, jung und gut aussehend, ganz anders als mein alter, graubärtiger Gemahl«, flüsterte sie, nachdem ihre Zunge kundig seinen Gaumen erforscht hatte. »Außerdem mag ich Eure Lieder.«

»Wie schön, dass ich Euch durch meinen Gesang verführen konnte.«

»Oh, nicht nur durch Euren Gesang. Auch durch Eure Stimme und die Art, wie Ihr Euren Körper und Eure schlanken Hände bewegt habt.« Sie lächelte ihn unter halb geschlossenen Lidern an. »Ich habe mir vorgestellt, wie sie über meinen nackten Körper wandern und meine Haut zum Glühen bringen.« Mit einer raschen Bewegung streifte sie ihr Hemd ab. Ihre Brüste waren üppig und fest, die Warzen groß und rosig.

Simon liebkoste sie mit seinen Lippen. »Ich muss Euch warnen. Ich bin nicht treu«, flüsterte er, während er sich auszog und dann seine Hand zu dem goldgelben Haardreieck zwischen ihren Schenkeln wandern ließ.

»Ich erwarte keine Treue.« Edith keuchte auf. »Ich will nur die Gegenwart mit Euch auskosten.«

Ihr Körper hielt alles, was er versprach. Mit ihr zu schlafen, schenkte Simon die vollste Befriedigung. Und doch sah er später, als er ermattet und zufrieden neben Edith lag, für einen Moment Anns Gesicht vor sich.

*

Wimmernd versuchte Adela, sich auf die Seite zu drehen. Ihr Körper schien nur noch aus Schmerzen zu bestehen. Seit ihr Gewand in Fetzen von ihr hing und sie nach Erbrochenem, nach Kot und Urin und getrocknetem Blut stank, vergewaltigte William de Thorigny sie wenigstens nicht mehr. Aber dafür verprügelte er sie mit einem Stock oder einer Peitsche. Manchmal umfing sie eine gnädige Ohnmacht, ehe er mit ihr fertig war. Aber meistens wusste er seine Schläge so gezielt zu verabreichen, dass ihr Geist bis zum Schluss an der Grenze des Bewusstseins trieb, immer noch wach genug, um all die Qualen zu fühlen.

Wenn William de Thorigny nicht Robin in seiner Gewalt gehabt hätte, hätte sie schon längst den tönernen Wasserkrug auf dem Steinboden zerbrochen und sich mit den Scherben die Adern aufgeschnitten. Die ewige Verdammnis, der sie als Selbstmörderin anheimfallen würde, konnte nicht schlimmer sein als das, was er ihr antat. Aber weil er Robin dafür büßen lassen würde, ließ sie es sein.

»Hoch mit dir, du Miststück!« War das einer der Alpträume, in denen er sie sogar im Schlaf heimsuchte? Adelas linkes Auge war so von Schlägen zugeschwollen, dass sie es nicht öffnen konnte. Aber durch einen Spalt des rechten sah sie ihn vor sich stehen. Neben ihm befand sich, erkannte sie dumpf, ein Becken voller glühender Kohlen. Hatte er sich eine neue Foltermethode für sie ausgedacht?

»Los, auf die Knie mit dir!« Sein Fuß traf so schmerzhaft in die Seite, dass sie aufschrie. Irgendwie schaffte sie es, sich in eine kniende Position zu bringen.

»Sieh mich an!«

Mühsam hob sie den Kopf.

William de Thorigny musterte sie lange. Ein kaltes Lächeln stand in seinen dunklen Augen. »Weißt du, dass du so schmutzig und widerwärtig bist wie ein Tier?«, sagte er schließlich. »Als ein Tier sollst du mein Zeichen tragen, damit jedermann weiß, dass du ganz mir gehörst.« Er nahm einen Metallstab aus den glühenden Kohlen und trat näher an sie heran. Adela spürte die Hitze, die von dem Stab ausging, aber sie wagte es nicht, sich zu bewegen.

»Ein Hund kriecht vor seinem Herrn und leckt ihm aus

Dankbarkeit die Hand. Du bist der Sprache mächtig. Deshalb will ich von dir hören, dass du mir dankbar bist. Los, sprich mir nach: ›Ich gehöre Euch ganz, mein Herr, und ich bin dankbar für die Hiebe, die Ihr mir verabreicht‹.«

Ich bin kein Tier … Er besitzt mich nicht … Wie an einen flüchtigen Schatten erinnerte sie sich daran, wer sie einmal gewesen war. Aber Adela hatte längst keine Kraft mehr, sich zu widersetzen. »Ich gehöre Euch ganz, mein Herr …« Mühsam brachte sie die Worte über ihre aufgesprungenen und verschorften Lippen.

»Gut so …« Als Adela die Worte aufgesagt hatte, packte William de Thorigny ihren rechten Arm mit seinem Haken. Dann drückte er ihr mit seiner Linken den glühenden Metallstab auf die Haut und brannte ihr sein Zeichen ein.

*

Simon lenkte sein Pferd von der verschneiten Straße in den Feldweg, der zwischen Hecken und niedrigen Bäumen auf ein etwa eine Meile entferntes Dorf zuführte. Dies musste der Ort sein, in dem Adela und Robin lebten. Eine gute Woche hatte er von Hughs Gut in den Downs bis hierher benötigt. Das Wetter war immer noch kalt und trist. Aber Simons Stimmung war gut. Während er die Zügel seines Braunen locker ließ – es war am besten, wenn sich der Hengst auf dem glatten Untergrund selbst seinen Weg suchte –, begann er, eine Melodie vor sich hin zu summen.

Edith hatte er nach der gemeinsam verbrachten Nacht nicht wiedergesehen. Denn schon früh am nächsten Morgen war er aufgebrochen. Er hatte zusammen mit Hugh gefrühstückt. Falls der Freund etwas von dem Seitensprung seiner angeheirateten Verwandten geahnt hatte, hatte er es sich nicht anmerken lassen.

Ein Lächeln huschte über Simons Gesicht. Ja, dachte er, mit Edith zu schlafen war wirklich eines der Geschenke gewesen, die einem das Leben hin und wieder darbot. Abgesehen von dem momentanen Genuss, hatte ihn das Zusammensein mit ihr zu zwei Liedern inspiriert. Und auch sie, davon war er überzeugt, hatte nichts zu bereuen.

Nachdem Simon das Tor in der Hecke passiert und ein Stück die schmale Dorfstraße entlanggeritten war, entdeckte er einen in eine dicke Wolljacke gekleideten Mann, der den Weg zu seinem Haus freischaufelte. Simon brachte den Braunen zum Stehen. »Könnt Ihr mir sagen, wo ich Adela finde, eine Witwe, die zusammen mit ihrer Tochter hier im Ort lebt?«, rief er ihm zu.

Der Mann ließ die Schaufel sinken und wischte einen Tropfen weg, der an seiner rot gefrorenen Nase hing. »Eigentlich dort.« Er deutete die Dorfstraße hinunter, auf ein kleines Haus, dessen Strohdach fast bis zum Boden reichte. »Aber soviel ich weiß, ist sie seit ein paar Wochen verschwunden.«

»Wie meint Ihr das?«, fragte Simon erschrocken.

»Na ja, eines Tages ist sie weggegangen und nicht wiedergekommen.« Der Bauer zuckte ungeduldig mit den Schultern. »Wenn Ihr mir nicht glauben wollt, überzeugt Euch selbst oder fragt Margareth, ihre Nachbarin.« Er drehte Simon den Rücken zu, stieß wieder die Schaufel in den Schnee und machte deutlich, dass für ihn das Gespräch beendet war.

Da er von dem Bauern sicher nichts mehr erfahren würde, ritt Simon weiter. Tatsächlich machte das Haus einen unbewohnten Eindruck. Kein Rauch kräuselte sich über dem Dach, und auf dem Vorplatz lag der Schnee mehrere Fuß hoch. Simon hatte eben die Zügel seines Pferdes über die Torpfosten des Weidenzauns geworfen, als sich in dem Nachbarhaus die Tür öffnete und eine unscheinbare Frau, die ein graues Tuch um ihre Schultern geschlagen hatte, heraustrat und auf ihn zukam. Ein kleiner, rundlicher Junge tappte neben ihr her und klammerte sich an ihre Röcke.

Als sie ihn erreicht hatte, musterte sie ihn neugierig. »Ihr sucht nach Adela?«

»Ja, aber ein Bauer sagte mir eben, sie sei verschwunden.« Noch immer hoffte Simon, dass der Mann sich getäuscht hatte.

»Vor fünf Wochen tauchte ein Diener des Prinzen Richard hier auf. Der Prinz hatte einen Jagdunfall. Deshalb bat der Diener Adela, mit ihm zu kommen und seinem Herrn beizustehen. Sie ritt mit dem Bediensteten weg und kam seither nicht wieder.«

»Woher wisst Ihr, dass der Mann ein Diener des Prinzen war?«, fragte Simon rasch.

»Nun, er sagte es. Außerdem war er gekleidet wie der Bedienstete eines hohen Herrn, und er ritt ein edles Pferd …«

»Und vor fünf Wochen, habt Ihr gesagt, kam dieser Diener hierher?«, vergewisserte Simon sich noch einmal.

»Ja, genau.« Die Nachbarin nickte.

Um diese Zeit, das hatte Simon während seiner Suche nach Adela mehrmals gehört, hatte sich Richard in der Gegend um London, bei seinem Vater aufgehalten. Irgendetwas war faul an der Geschichte der Frau. Die Vorahnung, dass Adela etwas wirklich Schlimmes zugestoßen war, erfasste Simon und verstärkte sein ohnehin schon unbehagliches Gefühl.

»Die Leute reden davon, dass der Prinz Adela zu seiner Geliebten gemacht hat.« Margareth beugte sich vertraulich zu ihm. »Wisst Ihr, es gab ja allerlei Gerüchte über Adela. Dass sie der Schatz des Lords sei, zum Beispiel, und er ihr deshalb das Haus zur Verfügung gestellt habe … Aber dass sie ihre kleine Tochter im Stich lassen würde, hätte ich nun doch nicht von ihr angenommen.«

O Gott, Robin … Simon hatte nur mit halber Aufmerksamkeit dem Tratsch der Frau gelauscht. Ihn beschäftigte immer noch, was Adelas Verschwinden veranlasst haben könnte. Nun schreckte er auf. »Was ist mit dem Kind geschehen?«

»Als Adela mit dem Diener wegritt, ließ sie das Mädchen bei mir.« Die Nachbarin nestelte an ihrem Umschlagtuch herum und schniefte. »Als ihre Mutter nicht zurückkehrte, schrie dieses Balg ununterbrochen und weigerte sich, etwas zu essen. Da weder Zureden noch Schläge etwas nutzten, habe ich das Mädchen schließlich zu den Nonnen gebracht. Ich hoffe, die sind mit dem eigensinnigen Ding fertiggeworden.«

»Robin«, sagte der kleine Junge plötzlich mit weinerlicher Stimme. »Robin …«

Wenigstens er schien das Mädchen zu vermissen. Simon beherrschte seinen Zorn über die harte, engstirnige Frau. Er ließ sich von ihr den Weg zu dem Kloster beschreiben und schwang sich wieder auf seinen Braunen.

Freiwillig hat Adela, überlegte er, *Robin bestimmt nicht für längere Zeit bei dieser Margareth gelassen. Hat ihr womöglich William de Thorigny eine Falle gestellt?* Noch weigerte sich Simon, dies wirklich zu glauben.

*

Als Simon das Filialkloster erreichte, war es später Nachmittag. Es lag, umgeben von einem mit Palisaden geschützten Erdwall, auf einer Lichtung. Ein schmaler, zugefrorener Fluss, über den eine Holzbrücke führte, wand sich in einer Schleife darum. Der Himmel hatte mittlerweile eine bleigraue Farbe angenommen.

Wahrscheinlich, dachte Simon, würde es bald wieder schneien. Er hoffte immer noch, dass seine schlimmste Befürchtung, Adela könnte in die Hände William de Thorignys gefallen sein, nicht zutraf. Die Hufe seines Pferdes klapperten dumpf, als er über die Brücke ritt. Sand und Stroh waren über den Schnee gestreut, um ein Ausgleiten zu verhindern. Als er das Tor in der Umfriedung passiert hatte, eilte eine in einen dunklen Mantel gehüllte Nonne auf ihn zu. Simon nannte seinen Namen und fragte nach Robin. Woraufhin die Benediktinerin erklärte, sie würde ihn zu ihrer Vorsteherin führen.

Diese entpuppte sich als eine korpulente Frau, deren Reizlosigkeit noch von ihrer teigigen Gesichtsfarbe verstärkt wurde. Ihr Alter schätzte Simon auf Mitte vierzig. Sie empfing ihn hinter einem wuchtigen Tisch in einem holzgetäfelten Raum. Simon schilderte ihr, wer er war und warum er nach Adela suchte, und reichte ihr dann den Brief, den Ann ihm geschrieben hatte.

Die Vorsteherin hatte ihm schweigend zugehört, während ihre ineinander verschränkten rundlichen Hände auf dem Tisch ruhten. Schweigend las sie nun auch den Brief. Ihre Miene blieb dabei ausdruckslos. »Wir machen uns große Sorgen um Adela, seit ihre Nachbarin das Kind zu uns brachte«, sagte sie schließlich. »Wir haben überall nach ihr geforscht. Leider vergeblich. Wir haben nur erfahren, dass es keinen Jagdunfall gab und Richard auch nicht nach ihr rufen ließ.« Wieder blieb das reizlose Gesicht der Nonne ausdruckslos. Ihre Worte schienen in der anschließenden Stille nachzuhallen.

»Ich fürchte, dass William de Thorigny Adela mit dieser Geschichte von einem Jagdunfall in die Falle gelockt hat«, sagte Simon schließlich.

»Diese Befürchtung hegen wir ebenfalls.« Die Stimme der Nonne klang spröde.

»Ich möchte gern das Kind sehen«, bat Simon. Morgen würde er weiterreiten und auf de Thorignys Anwesen nach Adela suchen. Einen genauen Plan würde er sich später zurechtlegen. »Könnte ich im Kloster übernachten?«

»Gewiss.« Die Vorsteherin neigte zustimmend den Kopf. »Aber Robin befindet sich nicht mehr bei uns. Wir hielten es für ratsam, sie in unser Mutterhaus nach Barking zu bringen, falls William de Thorigny hier nach ihr suchen lassen sollte.«

»Das war eine kluge Entscheidung.« Simon nickte erleichtert.

Die Nonne erhob sich. »Geht schon einmal in die Küche und lasst Euch dort etwas zu essen geben. Eine der Schwestern wird Euch dann zeigen, wo Ihr schlafen könnt.« Mit einer knappen Bewegung ihrer rundlichen Hände entließ sie ihn.

Als Simon in den Hof hinaustrat, fiel der Schnee in weichen, nassen Flocken vom Himmel. Eine brennende Fackel über einer Stalltür kämpfte mühsam gegen die einsetzende Dunkelheit an. Ob Adela noch am Leben war? Er wagte nicht, den Gedanken weiterzuverfolgen.

Simon hatte das Geviert zur Hälfte überquert, als er ganz in seiner Nähe eine Bewegung wahrzunehmen glaubte. Ehe er sich umdrehen konnte, traf ihn ein wuchtiger Schlag am Hinterkopf und ließ ihn zu Boden sacken. Er wollte sich zur Seite rollen und seinen Dolch aus dem Gürtel ziehen. Aber bevor er auch nur den Griff der Waffe berührt hatte, krachte ein weiterer Hieb gegen seinen Kopf und raubte ihm die Besinnung.

*

Die Lederkugel flog haarscharf an Marjorie vorbei. »Nun passt doch auf!«, rief sie gereizt ihren beiden Söhnen zu, die auf der verschneiten Wiese innerhalb von William de Thorignys Anwesen Ball spielten. Die beiden trollten sich und nahmen das Spiel in einiger Entfernung wieder auf. Marjorie zog ihren pelzgefütterten Mantel enger um sich. Es lag Tauwetter in der Luft. Trotzdem war es noch kalt.

Vor vier Tagen war sie mit den Kindern auf dem Gut in der Nähe von Bristol eingetroffen. Zuvor hatte sie sich einige Wochen mit ihren Söhnen auf Williams Befehl hin auf einem seiner Anwesen bei Exeter aufgehalten. Dort hatte er sie nur selten besucht, und sie hatte sich allmählich des Gefühls nicht erwehren können, dass er sie aus dem Weg haben wollte. Sie war sehr erleichtert gewesen, als er sie endlich zu sich bestellt hatte. Aber irgendwie war er ihr fremd geworden. Er schlief noch mit ihr, wirkte dabei jedoch fast gleichgültig. Und sie war sich so sicher gewesen, dass es ihr gelungen war, ihn durch seine Lust dauerhaft an sie zu fesseln. Sie durfte ihre Macht über ihn nicht verlieren.

Natürlich konnte sie nicht Williams Frau werden, da er leider schon verheiratet war. Aber auch als die Geliebte eines königlichen Ratgebers war ihre Stellung äußerst aussichtsreich. Sie hoffte noch immer, dass William sie mit einem wohlhabenden alten Adligen verheiraten und die Beziehung mit ihr dann fortsetzen würde. Dergleichen Arrangements waren schließlich nicht selten. Wenn er aber das Interesse an ihr verlor, würde sie mit ihren Kindern vor dem Nichts stehen.

»Mutter …« Albert, ihr jüngerer Sohn, war des Spiels überdrüssig geworden und kletterte auf ihren Schoß. Karl, der ältere, ließ währenddessen den Ball gegen die Hofmauer prallen. »Die Bediensteten sagen, dass William de Thorigny eine Frau auf dem Gut gefangen hält.« Ängstlich blickte er sie aus seinen blauen Augen an. Sie hatte ihren Söhnen nie gesagt, dass William ihren Vater getötet hatte, und er war nie grob zu ihnen gewesen. Trotzdem fürchteten sie ihn und gingen ihm instinktiv aus dem Weg.

»Was redest du da für einen Unsinn!«, sagte sie heftig.

»Ich habe es mir nicht ausgedacht«, beteuerte Albert weinerlich. »Die Köchin hat heute Vormittag leise mit einem Knecht darüber gesprochen, während ich darauf wartete, dass sie mir ein Stück Kuchen gab. Der Knecht bringt dieser Frau manchmal zu essen. Und zwei Dienerinnen habe ich auch darüber tuscheln hören. Sie meinten, sie hätten die Frau vor Schmerzen schreien hören.«

Marjorie seufzte ungeduldig. Albert war ein furchtsames Kind und viel zu weichherzig für das Leben – darin ähnelte er seinem Vater. »Bestimmt haben die Bediensteten etwas ganz anderes gesagt, und du fantasierst dir daraus eine Schauergeschichte zusammen«, fuhr sie ihn an. »Weißt du noch, wie du kürzlich deine Kinderfrau mitten in der Nacht weinend geweckt hast, weil dich angeblich ein Geist bedrängte, und dabei war es nur der Schatten eines Astes, der ins Zimmer fiel? Ich will nichts mehr von dieser Frau hören. Und nun troll dich wieder zu deinem Bruder.«

Mit hängendem Kopf lief Albert davon. Trotzdem ließen seine Worte Marjorie nicht los. Was, wenn es sich bei dieser angeblichen Gefangenen um eine andere Geliebte Williams handelte und die Schmerzensschreie in Wahrheit Lustschreie waren? Sie traute es ihm durchaus zu, dass er sich – obwohl sie nun auf dem Gut weilte –, hier gleichzeitig eine weitere Gespielin hielt. Dies würde auch seine plötzliche Gleichgültigkeit erklären. Panik stieg in ihr auf.

Das gleichmäßige, dumpfe Geräusch, mit dem der Ball gegen die Mauer prallte, zerrte an Marjories Nerven. Sie wollte ihren Söhnen zurufen, dass sie endlich mit dem Spiel aufhören sollten. Doch ein Knecht, der nun über die Wiese schritt, erregte ihre Aufmerksamkeit. Er blickte zu ihr und dann schnell wieder zur Seite, als wollte er es vermeiden, dass sie ihn bemerkte. Am Arm trug er einen Korb mit einem Krug darin. Brachte er etwa tatsächlich Speisen und Getränke zu einer anderen Frau? Oder ging jetzt ihre Fantasie mit ihr durch? Egal, sie musste Gewissheit haben. Marjorie sprang von der Bank auf und hastete ihm hinterher.

Der Knecht ging zu den Wirtschaftsgebäuden. Als er vor einer Tür stehen blieb, duckte sich Marjorie hinter einen mit Säcken beladenen Karren, der auf dem Hof stand. Während der Knecht einen Schlüssel ins Schloss steckte, drehte er sich rasch um, als wollte er sich vergewissern, dass ihn niemand beobachtete. *Also doch …*, dachte sie, und ihr Herz pochte schneller.

Sie wartete einige Momente, ehe sie ihm folgte. Im Inneren des Gebäudes drang ein schwacher Lichtschein aus einem Keller nach oben. *Treibt es William etwa dort mit der anderen Frau? Möglicherweise einer Magd?*, fragte sie sich. Darauf bedacht, kein Geräusch zu verursachen, schlich Marjorie die Stufen hinunter. Die Treppe mündete in einem Gang. Eine schwere eisenbeschlagene Tür stand ein Stück offen. In dem Raum dahinter brannte ein Licht. Als Marjorie sich vorsichtig darauf zubewegte, stieg ihr der Gestank von Kot und Urin in die Nase. *Was in aller Welt …?*

»Hier habt Ihr Wasser und Brot«, hörte sie den Knecht mürrisch sagen.

Nach einigen weiteren leisen Schritten konnte Marjorie durch den Spalt spähen. Eine Frau kauerte auf einem fauligen Strohlager. Zotteliges, verfilztes Haar hing um ihren Kopf.

Ihr Gesicht war von Schwellungen und Blutergüssen völlig entstellt. Das Licht einer Fackel an der Kellerwand spiegelte sich in der Kette, die um den Knöchel der Frau lag. Auch ihre Glieder waren von Hiebwunden übersät.

Marjorie drehte sich um und rannte davon. Der Gestank von Kot und Urin verfolgte sie bis nach draußen, wo sie sich hinter einem Schuppen krümmte und ins Gras übergab.

*

Der Gestank und das zerschlagene Gesicht der Frau suchten Marjorie auch am Abend, als ihr ihre Dienerin die Haare bürstete, wieder heim. William war den ganzen Tag unterwegs gewesen. Deshalb hatte sie ihn noch nicht getroffen. Wofür sie dankbar war. Sicher, er hatte Nicolas, ihren Gatten, umgebracht. Das jedoch war eine Sache zwischen Männern gewesen. Aber eine Frau gefangen zu halten und zu quälen war etwas ganz anderes … Unwillkürlich schauderte sie.

Als sich die Tür öffnete und William den Raum betrat, straffte Marjorie sich. Sie durfte sich ihm gegenüber nichts anmerken lassen. Auf seinen Wink hin schlüpfte die Dienerin davon. William nahm die Bürste in seine Linke und fuhr damit fort, Marjories Haare zu glätten, wie er es öfter tat und was sonst eine prickelnde Erregung in ihr auslöste. Jetzt aber musste sie an sich halten, um nicht zu zittern.

»Ihr hattet einen angenehmen Tag?«, zwang sie sich zu fragen.

»Ja, ich hatte einige Geschäfte zu erledigen, die zu meiner Zufriedenheit verlaufen sind.« Er ließ die Bürste langsam durch ihr Haar wandern. »Ihr habt vielleicht Gerede gehört, ich würde eine Frau auf dem Gut gefangen halten«, meinte er dann. Seine Stimme klang völlig gelassen.

Hatte jemand beobachtet, dass sie dem Knecht gefolgt

war? Marjorie war froh, dass William ihr Gesicht nicht sehen konnte. Sie beschloss, dass es am besten sei, bei der Wahrheit – zumindest einem Teil der Wahrheit – zu bleiben. »Einer meiner Söhne hat tatsächlich so etwas aufgeschnappt«, sagte sie vorsichtig.

»Ich habe meine Gründe, dieses Weib einzusperren. Sie ist schuld daran, dass ich meinen rechten Unterarm verloren habe«, erklärte er.

»Habt Ihr Euch die Verletzung denn nicht in der Schlacht zugezogen?«, rutschte es ihr heraus.

»Ja, aber das Weib sorgte dafür, dass sich die Wunde entzündete.«

Wie soll sich das denn zugetragen haben?, schoss es Marjorie durch den Kopf. *Und reicht es dann nicht, die Frau einzusperren? Warum muss er sie auch noch so quälen?*

Doch als William die Bürste weglegte, Marjorie zu sich umdrehte und begann, lustvoll ihre Brüste zu küssen und mit seiner Zunge zu umschmeicheln, spürte sie wieder die vertraute Erregung. An diesem Abend war er ganz und gar nicht gleichgültig. *Bestimmt sagt er die Wahrheit*, dachte sie. *Ja, das muss einfach die Wahrheit sein. Nur gut, dass er keine andere Geliebte hat.*

*

Simon erwachte mit hämmernden Kopfschmerzen. Benommen richtete er sich auf und stützte sich auf seinen Unterarm. Durch die Ritzen zwischen zwei Fensterläden sickerte ein wenig Licht. Er konnte erkennen, dass er sich in einem runden Raum mit gemauerten Wänden befand. Außer dem schmalen Bett, auf dem er lag, gab es darin noch einen Tisch und einen Stuhl als Mobiliar. An einem Wandhaken hingen sein Mantel und sein Bündel. Rasch tastete er nach seinem

Gürtel. Sein Schwert und seinen Dolch hatte man ihm abgenommen. Allmählich kehrte seine Erinnerung zurück, und Gerüche und einzelne Bilder tauchten in seinem Gedächtnis auf.

Die seltsame Nonne in dem kleinen Kloster in der Nähe von Adelas Heim … Der Schlag auf seinen Kopf … Dann eine ständige Erschütterung, als ob er auf einem fahrenden Wagen gelegen hätte. Seine Augen waren verbunden gewesen. Aber er hatte einen rauen Stoff an seiner Wange gespürt. Wie von einem Sack. Und es hatte nach Getreide gerochen. Hin und wieder hatten ihn Männer von dem Gefährt gezerrt, damit er seine Notdurft verrichten konnte. Und man hatte ihm Brot zu essen und Wasser zu trinken gegeben. Nachdem er getrunken hatte, war er immer sehr müde geworden.

Simon fuhr sich über seinen schmerzenden Kopf. In das Wasser hatte man sicher irgendein Betäubungsmittel gegeben. Auf seinen Wangen spross ein dichter Bart. Seit er niedergeschlagen worden war, musste mehr als eine Woche vergangen sein. Steckte die Vorsteherin etwa mit William de Thorigny unter einer Decke? Wohin hatte man ihn wohl gebracht?

Er stand auf und rüttelte an der Türklinke. Doch wie er eigentlich auch nicht anders erwartet hatte, war die Tür verschlossen. Er versuchte sein Glück an einem Fensterladen, der sich tatsächlich öffnen ließ. Sonnenlicht strömte in den Raum und mit ihm der Geruch von tauendem Schnee und feuchter Erde.

Nachdem sich Simons Augen an die Helligkeit gewöhnt hatten, erkannte er, dass er sich im oberen Stockwerk eines Turms befand, etwa dreißig Fuß über dem Erdboden. Sein Gefängnis schien zu einem Kloster zu gehören, denn er blickte auf eine aus hellem Stein erbaute Kirche. Daran grenzte ein lang gestrecktes Gebäude, das im ersten Stockwerk hohe Rundbogenfenster hatte, wahrscheinlich beherbergte es den Kapitelsaal und das Dormitorium. Eine hohe Mauer umgab das weitläufige Gelände.

Jenseits davon glaubte er, in einiger Entfernung eine verschlammte Fläche zu sehen, auf der da und dort Wasser glitzerte. Erst dachte Simon, dass es sich dabei um ein Feld handelte, auf dem der geschmolzene Schnee große Lachen bildete. Doch dann erkannte er, dass die Lachen dazu viel zu ausgedehnt waren, und kam zu dem Schluss, dass es sich bei dem schlammigen Grund um das Bett eines Gezeitenflusses handelte.

Ob das die Themse ist?, dachte Simon. Hatte man ihn etwa in die Nähe von London verschleppt? Er musste einen Weg finden, aus seinem Gefängnis zu entkommen. Der Weg durch die Fenster schied aus, denn sie lagen viel zu hoch über dem Boden. Aber früher oder später würde sicher ein Wächter nach ihm sehen. Vielleicht bot sich ihm ja dann eine Möglichkeit zur Flucht.

Simon schloss den Laden wieder. Dann legte er sich aufs Bett und wartete. Anhand des schmalen Lichtstrahls, der über den Boden wanderte, erkannte er, dass etwa eine Stunde vergangen sein musste, als er draußen auf der Treppe Schritte hörte. Kurz darauf drehte sich ein Schlüssel im Schloss, und ein Riegel wurde zurückgeschoben. Simon stellte sich schlafend. Unter halb geschlossenen Lidern beobachtete er, wie ein bärtiger, stämmiger Mann den Raum betrat. Simon glaubte, sich zu erinnern, dass er zu den Kerlen gehört hatte, die ihn während der Fahrt auf dem Karren bewacht hatten. Der Mann war allein, und auch vor der Tür schien sich niemand aufzuhalten.

Nun beugte sich der Wächter über Simon und rüttelte ihn an der Schulter. »He, Ihr …«, begann er. Blitzschnell rammte ihm Simon die Fäuste in den Bauch. Der Mann riss überrascht die Augen auf, keuchte erstickt und krümmte sich. Mit einer geschmeidigen Bewegung glitt Simon vom Bett. Er packte den Stuhl und schlug ihn dem Wächter über den Schädel. Dieser sackte mit einem Grunzen zu Boden.

Simon überzeugte sich, dass sein Gegner das Bewusstsein verloren hatte. Dann nahm er ihm den Gürtel mit den Waffen ab und schlang ihn sich um. Rasch riss er eine Decke in Streifen. Nachdem er dem Mann den Umhang ausgezogen hatte, fesselte und knebelte er ihn. Der Umhang war ihm etwas zu klein, aber er musste als Maskerade reichen. Simon überlegte einen Moment, ob er sein Bündel mit der Laute mitnehmen sollte, entschied sich dann jedoch schweren Herzens dagegen. Es war zu auffällig.

Auf der schmalen Wendeltreppe begegnete ihm niemand. Auch die äußere Tür des Turms wurde zu Simons großer Erleichterung nicht bewacht. Nun befand er sich draußen auf dem sonnigen Hof, wo der gepflasterte Boden mit Pfützen durchsetzt war. Aus einem der Gebäude hörte er Frauenstimmen. Irgendwo wieherte ein Pferd. In einiger Entfernung hieb ein Knecht Nägel in einen schief hängenden Fensterladen.

Neben der Kirche konnte er das Klostertor sehen. Ein Flügel stand offen, auch davor schienen keine Wachen zu stehen. Simon zwang sich, nicht zu rennen, sondern gemessen darauf zuzugehen, als ob er ein Bauer oder ein Handwerker wäre, der irgendwelchen Geschäften nachgehen würde. Er war gerade auf der Höhe des Kapitelgebäudes, als plötzlich ein Kind aus einem Durchgang gerannt kam. Ein Mädchen, wie Simon nun erkannte. Leuchtend rote Locken quollen unter seiner Mütze hervor. Es hatte einen Vogel bemerkt, der über den Hof hüpfte, und staunte ihn an. Die Ähnlichkeit des

Mädchens mit Luce und Francis war so groß, dass es Simon einen schmerzlichen Stich versetzte.

»Robin«, rief er leise.

Das Kind horchte auf, als es seinen Namen hörte. Doch als Simon langsam auf es zuging, wich es ängstlich zurück.

»Robin«, sagte er noch einmal sanft.

»Simon de Bohun, es war wirklich nicht nötig, dass Ihr aus dem Turm geflohen seid. Ich wollte Euch ohnehin als freien Mann zu mir bitten«, hörte er eine klare Frauenstimme sagen. »Ich bin auf Eurer Seite.«

Simon wirbelte herum. Eine große schlanke Frau, die den Habit einer Nonne und das goldene Kreuz einer Äbtissin auf der Brust trug, stand vor ihm und blickte ihn aufmerksam und, wie es ihm schien, ein wenig amüsiert an.

»Ach, und warum sollte ich Euch das glauben?«, gab Simon spöttisch zurück und fasste nach dem Dolch in seinem Gürtel. Aus den Augenwinkeln sah er, wie einige weitere Nonnen auf den Hof kamen und neugierig zu ihnen herüberblickten. Der Knecht ließ seinen Hammer sinken und wandte ihnen ebenfalls seine Aufmerksamkeit zu. *Auf keinen Fall werde ich ohne Robin fliehen*, ging es Simon durch den Kopf.

»Ich kann Euch keinen Beweis erbringen. Ich kann Euch nur bitten, mir Glauben zu schenken, dass mir ebenso viel an Adelas Wohl liegt wie Euch«, antwortete die Äbtissin.

Simon hörte, wie das Schmelzwasser monoton von einem Dach in der Nähe tropfte. Ann hatte in ihrem Brief von einer Dame geschrieben, die Adela vor William de Thorigny gerettet und ihr und Robin zu dem neuen Heim verholfen hatte. Handelte es sich dabei um die Äbtissin? Oder war dies eine besonders abgefeimte List, um ihn wieder hinter Schloss und Riegel zu bringen?

Plötzlich lief Robin, die bisher ängstlich und abwartend

dagestanden hatte, auf die Äbtissin zu und verbarg ihr Gesicht in ihren Röcken.

»Mein Kind, du musst dich nicht fürchten«, sagte die Äbtissin und hob Robin hoch. Vertrauensvoll schmiegte sich das Mädchen an sie.

Einen Augenblick lang beobachtete Simon die beiden, ehe er seufzte und sagte: »Gut, Robin hat mich überzeugt, dass Ihr die Wahrheit sagt.«

»Dann sollten wir jetzt miteinander reden«, erwiderte die Äbtissin knapp.

*

»Also gehe ich recht in der Annahme, dass ich meine Gefangenschaft, meine lange Ohnmacht und meinen schmerzenden Schädel Euch zu verdanken habe?«, sagte Simon eine Weile später in Matildas Schreibzimmer und hob die Augenbrauen. »Wobei ich allerdings Eure Beweggründe, mich niederschlagen und hierher verschleppen zu lassen, nicht ganz nachvollziehen kann.«

Matilda blickte kurz zu Robin, ehe sie sich wieder Simon zuwandte. Das Kind war in lautes Weinen ausgebrochen, als Matilda es einer Nonne hatte übergeben wollen. Deshalb hatte sie das Mädchen mit in ihre Räume genommen und es auf ein Fell vor dem Kamin gesetzt, in dem ein großer Buchenscheit brannte und für eine angenehme Wärme sorgte. Robin hatte noch kurz mit ihrer Strohpuppe gespielt. Dann hatte sie sich auf dem Fell zusammengerollt und war eingeschlafen.

»Sosehr ich es jetzt auch bedaure – ja, ich bin für Eure Unannehmlichkeiten verantwortlich.« Matilda nickte und lehnte sich in ihrem Stuhl zurück. Die Flammen spiegelten sich in dem Kreuz auf ihrer Brust und in den Ringen an ihren Händen und überzogen das Metall mit einem irrlichternden roten Glühen.

»Als ich erfuhr, dass Adela in eine Falle gelockt worden war, schärfte ich Schwester Amelia, der Vorsteherin des Filialklosters, ein, wachsam zu sein«, sprach sie weiter. Simon fand ihre Stimme recht tief für eine Frau, aber nicht unangenehm. Irgendwie erinnerte Matilda ihn an Ann, auch wenn er sich nicht zu erklären wusste, weshalb.

»Dann, als Ihr dort aufgetaucht seid und nach Robin gefragt habt, befürchtete Schwester Amelia, William de Thorigny könnte Euch damit beauftragt haben, das Kind zu entführen. Jemanden mit gefälschten Briefen loszuschicken, wäre etwas, das ihm Spaß machen würde. Deshalb hielt sie es für ratsam, Euch außer Gefecht setzen und hierherbringen zu lassen. Sie dachte, vielleicht könnten wir von Euch erfahren, wohin William Adela verschleppte. Schwester Amelia weiß um ihre Vergangenheit und macht sich, wie ich, große Sorgen um sie. Wie ich schon sagte, es tut mir sehr leid, dass wir Euch zu Unrecht verdächtigten, und ich bedaure die Strapazen, die Ihr deshalb erlitten habt, zutiefst.«

»Nun ja, immerhin war es besser, dass ich zu Unrecht verdächtigt wurde, als dass einer von Williams Leuten sich tatsächlich Robins bemächtigt hätte«, räumte Simon ein.

»Es freut mich, dass Ihr dies so sehen könnt.« Matilda lächelte ein wenig.

»Nur aus Neugier«, Simon beugte sich vor, »was hat Euch nun erfreulicherweise davon überzeugt, dass ich nicht Williams Mann bin, sondern auf Eurer Seite stehe?«

»Ich bezahle einige Männer dafür, dass sie mich über gewisse Entwicklungen in England und der Normandie auf dem Laufenden halten. Einer von ihnen war gerade anwesend, um mir Bericht zu erstatten, als Eure Wächter mit Euch hier ankamen. Ich bat ihn, sich Euch anzusehen. Er kannte Euch – sowohl als Ritter Simon de Bohun als auch als wandernden Sänger.«

»Was bin ich doch für ein Glückspilz«, konnte Simon sich nicht verkneifen, sarkastisch zu bemerken. »Ich schätze, wenn Euer Spion nicht gerade hier gewesen wäre, hättet Ihr mich in einen finsteren Kerker gesteckt oder mich gleich umbringen lassen?«

»Wenn Ihr Williams Mann gewesen wäret, hätte ich auf jeden Fall dafür gesorgt, dass Ihr kein Unheil mehr hättet anrichten können.« Matilda sah ihm ohne mit der Wimper zu zucken in die Augen. »Hättet Ihr etwa an meiner Stelle anders gehandelt?«

»Nein«, gab Simon zu. »Trotzdem, offen gesagt, verwünsche ich Euch und Eure Einmischung. Denn wegen Euch habe ich wertvolle Zeit verloren, um nach Adela zu suchen.« Nach allem, was er bisher von William de Thorigny gehört hatte, war dieser schlimmer als ein wildes Tier – ein Tier war wenigstens nicht absichtlich grausam. Er durfte sich nicht vorstellen, was Adela als seine Gefangene zu erdulden hatte. Falls sie überhaupt noch am Leben war. Wieder nagte das Gefühl an ihm, Francis gegenüber versagt und das Vertrauen seines Freundes enttäuscht zu haben.

»Seit ich von Adelas Verschwinden erfuhr, war ich nicht untätig.« Für einen Moment zerbrach Matildas beherrschte Maske, und sie wirkte ängstlich und besorgt, was Simons Ärger ein wenig dämpfte. »Ich setzte Späher auf William de Thorigny an. Einer dieser Männer ist sich ziemlich sicher, dass Adela in einem Anwesen de Thorignys bei Bristol gefangen gehalten wird.«

»Dieser Spur werde ich auf jeden Fall nachgehen«, erwiderte Simon nachdenklich.

»Während der vergangenen Tage habe ich mir immer wieder den Kopf darüber zerbrochen, wie Adela befreit werden könnte. Ein Angriff auf das Gut ist nicht sehr erfolgversprechend, dafür ist es zu gut befestigt. Außerdem wäre die Gefahr zu groß, dass de Thorigny Adela dann töten würde.« Matilda musterte Simon prüfend. »Deshalb bin ich zu dem Schluss gelangt, jemand Unverdächtiges müsste in das Gut eindringen und dann einen Befreiungsversuch wagen. Ich dachte an eine Truppe von Gauklern. Nun seid Ihr hier. Ihr seid ein Sänger, und nach allem, was ich von Euch weiß, seid Ihr auch ein guter Kämpfer. Deshalb dachte ich, Ihr könntet eine solche Truppe anführen.«

»Ja, wenn ich nicht gerade hinterrücks niedergeschlagen werde, weiß ich mich schon meiner Haut zu wehren«, entgegnete Simon trocken.

»Das wird Euer Wächter wahrscheinlich bestätigen, wenn er aus seiner Ohnmacht erwacht.« Sie lachte leise. »Dann könntet Ihr Euch also vorstellen, bei meinem Plan mitzuwirken?«

Robin bewegte sich vor dem Kamin und jammerte kurz im Schlaf. Wieder versetzte ihre Ähnlichkeit mit Luce und Francis Simon einen Stich. *Wenn es auf der Welt gerecht zuginge*, dachte er, *würde dieses Kind zusammen mit seinem Bruder behütet aufwachsen.*

»Natürlich werde ich das Wagnis eingehen«, meinte er. »Ich hatte ohnehin vor, meine Rolle als Sänger zu nutzen, um nach Adela zu suchen. Allerdings sollten die Männer, die meine Gauklertruppe bilden werden, nicht nur kampferprobt, sondern auch fähig sein, das eine oder andere Kunststück vorzuführen. Sonst ist unsere Tarnung zu schwach.«

»Ich habe mich bereits unter meinen Leuten umgehört.« Matilda nickte. »Zwei oder drei Männer können recht anständig musizieren, und einer hat früher einmal auf Jahrmärkten mit Bällen jongliert.« Sie erhob sich. Simon besann sich auf seine guten Manieren und tat es ihr gleich. »Eine Schwester wird Euch Euer Zimmer in unserem Gästehaus zeigen und dafür sorgen, dass Ihr warmes Wasser für ein Bad und etwas zu essen bekommt«, sagte Matilda. »Seid danach bitte so freundlich und kommt zu mir, damit ich Euch Eure zukünftigen Begleiter vorstellen kann.«

»Ich hoffe, Ihr nehmt mir meine Offenheit nicht übel, aber Ihr seid eine recht ungewöhnliche Äbtissin«, konnte Simon sich nicht verkneifen zu sagen.

»Nun, ich weiß ja nicht, wie Ihr Euch eine gewöhnliche Äbtissin vorstellt«, erwiderte sie amüsiert.

»Auf jeden Fall weniger kriegerisch.« Simon lächelte sie an.

Als er kurz darauf einer Nonne zum Gästehaus folgte, kam er zu dem Schluss, dass Matilda eine leidenschaftliche Frau war – und im Allgemeinen irrte er sich mit solchen Einschätzungen selten. Aber er glaubte nicht, dass sie mit ganzem Herzen Nonne war. Dann begriff er plötzlich, warum sie ihn an Ann erinnerte. Denn er war überzeugt, dass auch Ann eine leidenschaftliche Frau war. Und dass auch ihr Dasein als Benediktinerin weniger von einer leidenschaftlichen Liebe zu Gott als vielmehr von dem verbissenen Wunsch bestimmt war, zu einer einmal getroffenen Entscheidung zu stehen.

Wobei Ann mir, dachte Simon ein wenig wehmütig und zornig, *wahrscheinlich die Augen auskratzen würde, wenn ich ihr das sagen würde.*

*

»Nun, was haltet Ihr von den Männern?«, fragte Matilda. Simon trank einen Schluck Wein und überlegte.

Eben hatten Matildas Auserwählte ihre Kunststücke vorgeführt. Herbert, ein junger blonder Schlaks, konnte recht geschickt jonglieren. Anselm, Lewis und Karl, kräftige, um die dreißig Jahre alte Kerle, waren erstaunlich gute Sänger. Mervin, dessen Haut so hell war wie die Schneereste draußen auf dem Hof, war in der Lage, zumindest ein paar Melodien fehlerfrei auf der Flöte zu spielen, und Peter, ein hagerer Einäugiger, brachte es fertig, einen Salto in der Luft zu schlagen und wieder einigermaßen sicher auf dem Boden zu landen.

Außerdem gab es noch Martin und Jonas, zwei schweigsame walisische Brüder, die über keinerlei besondere künstlerische Talente verfügten, aber allem Anschein nach gute Kämpfer waren, und schließlich Paul, der auch weder zum Sänger noch zum Artisten taugte. Doch er war früher ein Söldner gewesen, schien immer noch gut mit Waffen umgehen zu können und hatte ein umgängliches Wesen. Mittlerweile hatte er es zum Händler und Besitzer einer kleinen Weberei gebracht.

»Na ja, ein, zwei Abende lang dürften wir es irgendwie schaffen, als Gauklertruppe durchzugehen.« Simon grinste schief. »Den Hauptpart des Gesangs werde sicherheitshalber ich übernehmen.«

»Das ist eine gute Idee.« Matilda nickte und erwiderte sein Lächeln. Sie besann sich einen Moment. »Ihr dürftet in einer knappen Woche bei Williams Gut ankommen. Ich werde William eine Nachricht schicken, um ihn dann für einige Tage von dort wegzulocken. Am besten wird es sein, ihn zum Hof meines Vaters zu beordern, der sich momentan in Devizes aufhält.«

»Es würde Adelas Befreiung auf jeden Fall erleichtern,

wenn sich William nicht auf dem Gut aufhielte.« Simon nickte nachdenklich. »Aber er wird schnell bemerken, dass er einer List aufgesessen ist. Fürchtet Ihr nicht, dass er dadurch entdeckt, dass Ihr Adela helft? An Eurer Stelle möchte ich ihn nicht zum Feind haben.«

»Er wird höchstwahrscheinlich vermuten, dass Richard hinter Adelas Befreiung steckt.« Matilda schüttelte den Kopf. »Richard wird mit diesem Verdacht leben können. Denn William hasst ihn ohnehin schon lange.« Sie lehnte sich in ihrem Stuhl zurück. »Da ist noch eine Sache, die Ihr wissen müsst: Adelas Schwägerin Marjorie ist seit drei Jahren Williams Geliebte. Möglicherweise hält sie sich auf dem Gut auf.«

Simon benötigte einige Augenblicke, um diese Neuigkeit zu verdauen. »Hat er sie dazu gezwungen, seine Geliebte zu werden?«, fragte er schließlich.

»Soviel ich weiß, war das gar nicht nötig. Sie ist freiwillig zu ihm gekommen.« Matildas Stimme klang hart. »Sie scheint ein berechnendes kleines Ding zu sein. Zum Mörder des Gatten ins Bett zu steigen …«

»Weiß sie denn, dass William Adela gefangen hält?«

»Das kann ich Euch nicht sagen. Von ihr könnt Ihr jedenfalls keine Hilfe erwarten, eher im Gegenteil.«

»Vielleicht nicht, vielleicht aber doch.« Simon wiegte den Kopf.

»Ihr seid ein großer Optimist.« Matilda lächelte ihn an. »Aber ich glaube, dass Ihr die Frauen gut versteht, und vertraue darauf, dass Ihr, was Marjorie betrifft, die richtige Entscheidung fällen werdet.«

*

Ann sang die Worte der Vesper andächtig mit. Noch immer erschien es ihr wie ein Wunder, dass Adela und Robin am

Leben und in Sicherheit waren. Ihr Leben als Nonne, das ihr in der letzten Zeit immer öfter öde und leer erschienen war, konnte sie seitdem wieder besser ertragen. *Ob Simon wohl meine Nachricht erhalten hat?*, fragte sie sich. Bestimmt würde er Adela und Robin aufsuchen und Luce und ihr dann von den beiden berichten.

Die Vesper war eben zu Ende, und die Nonnen versammelten sich in einer langen Reihe, um die Kirche zu verlassen, als die Tür des Lettners aufflog und Luce in den Chorraum gestürzt kam. Er rannte auf Ann zu. »Kommt bitte mit …«, sprudelte er mit vor Schreck ganz blassem Gesicht hervor und packte ihre Hand. »Gerard ist etwas zugestoßen.«

Ann kümmerte sich nicht um die teils entrüsteten, teils besorgten Blicke ihrer Mitschwestern und das nun einsetzende Getuschel. Sie folgte ihrem Neffen in den Abend hinaus. Die Sonne war noch nicht lange untergegangen, und im Westen stand noch ein heller Streifen am Himmel.

Der Schnee war erst vor Kurzem geschmolzen, und die Schafe weideten erst seit wenigen Tagen wieder auf den Klosterwiesen. Gerard lag in der Nähe des Unterstandes, den er sich aus Brettern und geflochtenen Zweigen gebaut hatte, im Gras. Guy hatte sich neben ihm ausgestreckt und winselte herzzerreißend. Die Schafe hatten sich ein Stück entfernt zusammengedrängt und blökten laut, als ob auch sie spürten, dass ein Unglück geschehen war.

Ann kniete sich neben Gerard. Trotz des Zwielichts konnte sie erkennen, dass seine weit aufgerissenen Augen starr und die Pupillen unter die Lider verdreht waren. Sein Mund stand ein wenig offen. Als sie ihre Hand auf seine Brust legte, konnte sie, wie sie vermutet hatte, keinen Herzschlag spüren.

»Was hat Gerard denn?«, flüsterte Luce, der sich neben sie gekauert hatte. »Er wird doch wieder gesund werden, oder?«

Ann hörte das Murmeln des nahen Baches. Ein Hauch von Frühling lag in der immer noch kalten Luft. Sie legte den Arm um Luce' Schulter und sagte sanft: »Nein, es tut mir leid. Gerard ist tot. Er hat dich sehr gern gehabt. Ich bin davon überzeugt, er würde sich wünschen, dass du nicht lange traurig bist. Denn er hat ein hohes Alter erreicht und einen friedlichen Tod gehabt und war, so wie ich ihn kannte, mit seinem Leben wirklich zufrieden. Und er würde sich bestimmt auch wünschen, dass du dich jetzt um Guy kümmerst.«

Sie spürte, wie sich Luce versteifte. Doch dann sagte er zu ihrer Erleichterung: »Gerard wäre bestimmt froh darüber gewesen, bei seinen Schafen zu sterben, mit Guy an seiner Seite.«

»Das glaube ich auch.« Sie nickte.

»Aber Simon wird doch wiederkommen?« Er sah sie ängstlich an.

»Bestimmt wird er das.« Während Ann Luce tröstete, begriff sie, wie sehr auch sie sich wünschte, Simon wiederzusehen.

Kapitel 7

Das war schon ganz gut.« Simon nickte Anselm, Lewis und Karl zu, die eben eine Liedstrophe beendet hatten. »Ihr allerdings müsst dringend noch üben.« Er fasste Mervin streng ins Auge. »Die Töne, die Ihr der Flöte entlockt, klingen noch sehr unrein.«

»Wie das Miauen einer Katze, die man am Schwanz zieht«, rief Herbert, während er seine Bälle in die Luft schleuderte. Die anderen Männer lachten. Mervin schluckte und ließ beleidigt den Kopf hängen.

»Das wird schon noch«, versuchte Simon ihm zuzureden, obwohl er wieder einmal seine Zweifel hatte, ob man ihnen die Gauklertruppe wirklich abkaufen würde. Sicher, die Männer sahen in ihren bunten, abgewetzten Kostümen, die sie schon einmal für die Probe auf der Waldlichtung angezogen hatten, recht echt aus. Während der Tage, die Simon mit ihnen unterwegs gewesen war, hatten sie sich alle als vertrauenswürdig erwiesen. Adelas Rettung schien ihnen wirklich am Herzen zu liegen, und bei den Proben waren sie, trotz ihrer Frotzeleien, immer eifrig bei der Sache. Aber wie ein Auftritt mit ihnen ablaufen würde, war noch einmal etwas ganz anderes.

Nun ließ auch noch Herbert, der eigentlich ein geschickter Jongleur war, einen seiner Bälle fallen. Simon unterdrückte ein Seufzen. Mervins Flötenspiel endete in einem schrillen

Ton. »He, da kommt Paul!«, rief er, ehe die anderen ihn wieder verspotten konnten.

Tatsächlich kam in diesem Moment der bullige Waliser über die Lichtung geschritten. Hinter ihm trottete ein mit Stoffballen beladenes Maultier her, denn Simon hatte ihn als Händler getarnt zu William de Thorignys Gut geschickt. Als früherem Söldner traute Simon ihm die Geistesgegenwart zu, mit einer brenzligen Situation umzugehen. Außerdem kannte er sich als Webereibesitzer mit Stoffen aus.

»Nun, Paul, was habt Ihr herausgefunden?« – »Ach, wahrscheinlich hat er sich die meiste Zeit mit irgendwelchen Mägden vergnügt.« – »Erzählt schon!«, schwirrten die Stimmen durcheinander.

Simon packte den Waliser am Arm und dirigierte ihn in das Zelt, in dem die Kostümtruhen standen, und drückte ihn auf eine Kiste. Die anderen Männer folgten ihnen.

Simon blickte sie streng an. »Während Paul redet, halten alle anderen gefälligst den Mund!«, sagte er.

Paul fuhr sich über das bärtige Kinn. »Tja, die Bediensteten haben nur hinter vorgehaltener Hand darüber geredet«, sagte er, »aber Adela wird tatsächlich auf dem Gut gefangen gehalten. William de Thorigny foltert sie regelmäßig, und ihr geht es wohl sehr schlecht. Die Leute haben sich gewundert, dass sie überhaupt noch am Leben ist.«

O Gott, dachte Simon. Er hatte so etwas befürchtet, seit er erfahren hatte, dass William Adela in seine Gewalt gebracht hatte, und doch war er entsetzt, seine schlimmsten Ahnungen bestätigt zu bekommen. Aus den Mienen der Männer war aller Übermut verschwunden.

»Immerhin gibt es eine gute Nachricht.« Paul grinste schief. »De Thorigny hat vorgestern das Gut verlassen. Der König wünschte ihn ganz dringend zu sehen.«

Einige der Männer lachten, doch als Paul abwehrend die Hand hob, verstummten sie sofort. »Eine schlechte Nachricht gibt es leider ebenfalls«, sagte er. »Das Gut wird nämlich sehr gut bewacht. Es dürfte schwer werden, Adela unbemerkt hinauszuschmuggeln.«

»Wie viele Bewaffnete halten sich dort auf?«, fragte Simon.

Paul wiegte den Kopf. »Mindestens zwei Dutzend. Von den Knechten gar nicht zu sprechen. Das sind noch einmal um die zwanzig Männer.«

»Nein«, sagte Simon langsam, »auf einen Kampf können wir es auf gar keinen Fall ankommen lassen.«

»Tja, Mervin, strengt Euch an. Nicht dass unsere Tarnung Euretwegen noch auffliegt.« Anselm hieb dem unglücklichen Flötenspieler auf die Schulter.

Ein Gedanke schoss Simon durch den Kopf. »Hält sich eigentlich Williams Geliebte auf dem Gut auf?«

»O ja, das ist ein Weib.« Paul verdrehte die Augen und seufzte wohlig, während seine Hände große Kreise in die Luft malten. »Brüste so üppig wie reife Melonen, und eine Ausstrahlung, bei der selbst ein keuscher Pfaffe lüstern würde.«

»Danke, Paul für Eure poetische Beschreibung«, sagte Simon trocken. Dann lächelte er. »Ihr habt Eure Sache wirklich gut gemacht.«

Er besann sich kurz. »Ich schlage vor, dass wir noch heute Mittag zu dem Anwesen reiten. Wir dürfen keine Zeit verlieren. Paul, Ihr bleibt währenddessen hier und versorgt die Pferde. Anselm und Herbert, Ihr könnt schon einmal die Maultiere satteln.« Da Pferde für eine Gauklertruppe unpassend gewesen wären, hatten sie zu ihrer Tarnung Maultiere mitgenommen.

Simon blickte den Männern nach, während sie zur Weide

am Rand der Lichtung gingen, und fragte sich wieder, wie ihr Vorhaben wohl enden würde. »Und Ihr und ich«, seufzend wandte er sich an Mervin, »wir beide üben noch etwas bis zu unserem Aufbruch.«

*

Nun befanden sie sich also in William de Thorignys Anwesen. Auf dem Besitz des Mannes, der Francis getötet und Adela vergewaltigt und verschleppt hatte. Wachsam blickte Simon sich um. Eine hohe, mit Erde verstärkte Mauer umgab die Anlage, das Tor war massiv. Vier Bewaffnete hielten davor Wache. Das aus Stein erbaute und mit Ziegeln gedeckte Wohngebäude wirkte stattlich. Auch die Nebengebäude waren groß und hatten teilweise Steinwände. Doch obwohl der Tag sonnig war und die Anlage Wohlstand, ja Reichtum ausstrahlte, wirkte sie auf Simon bedrückend.

Er zog die Laute aus seinem Bündel und begann, eine Melodie darauf zu spielen. Seine Gefährten begriffen, holten nun ebenfalls ihre Instrumente und Bälle hervor und gebärdeten sich wie Gaukler, die darauf hofften, einen Auftritt zu bekommen. Sie stimmten in sein Lied ein und gaben andere Kostproben ihrer Kunststücke. Die Bewaffneten verfolgten ihre Darbietung mit ausdruckslosen Mienen.

Endlich überquerte der Diener, den die Wächter zum Wohngebäude geschickt hatten, mit einem ältlichen Mann an seiner Seite den Hof. Dieser war, seiner guten Kleidung nach zu schließen, ein hochrangiger Bediensteter. Wahrscheinlich der Verwalter.

Simon ging auf ihn zu und verneigte sich. »Gustave der Barde« – er hatte es vorgezogen, sich einen anderen Namen zu geben, falls jemand auf dem Anwesen einmal von Simon de Bohun gehört haben sollte – »und seine Truppe bitten, vor Eurer Herrschaft aufspielen zu dürfen. Wir haben unsere Kunst schon vor den hochrangigsten Persönlichkeiten dargeboten und sie mit unseren Melodien und Kunststücken zu Tränen gerührt und zum Lachen gebracht. Wir …«

»Unser Herr weilt nicht auf dem Gut. Deshalb haben wir zurzeit keinen Bedarf an irgendwelchen Gauklerstücken«, unterbrach ihn der Verwalter brüsk. »Seht zu, dass Ihr von hier verschwindet.«

Mit einer derartigen Abfuhr hatte Simon nicht gerechnet. Er überlegte, wie er den mürrischen Kerl doch noch umstimmen könnte, als zwei Frauen in den Hof ritten. Die eine trug einen dunklen, mit Pelz besetzten Samtmantel, die andere war einfacher gekleidet und wohl ihre Dienerin.

»Auch wenn Euer Herr abwesend ist, würde ja vielleicht die Lady unsere Darbietungen schätzen«, sagte er rasch, während er seiner Laute eine Folge von hohen und lieblichen Tönen entlockte.

Die Herrin wandte ihm ihre Aufmerksamkeit zu. Simon registrierte ein rundes, kindliches Gesicht, große, von langen Wimpern umrandete braune Augen und einen überraschend sinnlichen Mund. Während Simon sich noch fragte, ob sie Adelas Schwägerin war, verneigte sich der Verwalter und murmelte: »Lady Marjorie, verzeiht, dass der Spielmann Euch belästigt.«

»Er belästigt mich nicht«, erklärte Marjorie von oben herab. »Er und seine Leute sollen bleiben.«

»Aber Madam, ich weiß nicht, ob der Herr dies gutheißen würde …«, versuchte der Verwalter zu widersprechen.

»Für heute Abend werden Gäste erwartet, wie Ihr ja wissen solltet. Ich bin überzeugt, William de Thorigny möchte, dass sie gut unterhalten werden.« Ihr Ton wurde noch eine Spur kühler.

»Gewiss, ganz wie Ihr wünscht, Madam.« Der Verwalter verneigte sich wieder vor ihr, ehe er sich Simon zuwandte. »Ihr und Eure Leute könnt in der Scheune unterkommen«, erklärte er unfreundlich.

Simon blickte Marjorie nach, während sie und die Dienerin davonritten. Sie war nicht die Art von Frau, die er anziehend fand. Aber er konnte gut verstehen, warum William de Thorigny sie in sein Bett geholt hatte.

*

Ein Knecht geleitete sie zu den Stallungen, wo sie ihre Maultiere unterbrachten – sie würden die Tiere auf dem Anwesen zurücklassen, da sie ihre Flucht zu leicht durch ein Wiehern verraten konnten –, und zeigte ihnen den Weg zur Scheune. Dort wies Simon seine Gefährten an, noch einmal ihre Stücke für den Abend zu üben, während er sich allein auf dem Anwesen umsehen würde. Dies kam ihm am unverdächtigsten vor.

Mit der Laute in der Hand schlenderte Simon scheinbar müßig über das Gelände. Dann und wann entlockte er den Saiten Töne, als würde er auf der Suche nach einer Inspiration herumstreifen.

Den langgestreckten, niedrigen Fachwerkbau, den Paul ihm als Adelas Gefängnis beschrieben hatte, entdeckte er schnell. Die schwere Holztür war mit einem massiven Schloss gesichert. Dicht über dem Boden befanden sich Holzläden in dem steinernen Sockel. Auch sie waren mit Schlössern versehen und versperrt. *In einem der Keller liegt Adela und vegetiert dahin. Wahrscheinlich bleibt uns nur diese eine Nacht, um sie zu befreien*, ging es ihm durch den Kopf.

Simon wagte es nicht, sich zu lange bei dem Gebäude aufzuhalten. In Gedanken versunken ging er weiter. Als er um eine Ecke bog, stand er in einem Garten. Zwei Jungen im Alter von sechs und zehn Jahren rannten mit der Dienerin, die er vorhin am Tor gesehen hatte, zwischen den kahlen Büschen herum und spielten mit ihr Fangen. Marjorie saß auf einer Steinbank in der Sonne. Der Wind blähte ihren blauen Mantel. Ihr Gesichtsausdruck wirkte missmutig. Trotzdem konnte es nicht schaden, mit ihr ins Gespräch zu kommen. Kurz entschlossen schritt Simon auf sie zu. Als er sich ihr näherte, bemerkte er, dass ihre Miene gar nicht schlecht gelaunt war, wie er zuerst gedacht hatte, sondern eher bedrückt.

»Danke, meine edle Dame, dass Ihr Euch für uns eingesetzt habt«, sagte er, während er sich, seiner Rolle gemäß, tief vor ihr verbeugte. »Unsere Darbietungen sind immer exzellent. Aber heute Abend werden wir uns noch einmal besonders anstrengen, um Euch zu gefallen.«

»Das hoffe ich doch sehr.« Sie musterte ihn interessiert, während sich ihre Miene ein bisschen aufhellte. »Welche Lieder spielt Ihr denn?«

»Heitere und traurige Lieder, Liebeslieder ... Alles, was das Leben zu bieten hat.« Simon vollführte eine weit ausholende Handbewegung. Ein berechnendes Ding, hatte Matilda Marjorie genannt. Ja, so schätzte er sie auch ein. Aber plötzlich meinte er zu fühlen, dass sie sich vor etwas ängstigte.

»Liebe ...« Sie stieß ein kurzes, hartes Lachen aus.

»Glaubt Ihr etwa nicht daran?«, fragte Simon sanft.

»Natürlich liebe ich William de Thorigny, meinen Herrn.« Sie reckte angriffslustig das Kinn vor.

Simon entlockte der Laute wieder eine Folge von Tönen, während er sie unauffällig beobachtete. *Ja, sie fürchtet sich vor etwas,* dachte er. *Ob sie weiß, dass William ihre Schwägerin gefangen hält? Kann ich das Wagnis eingehen, sie als Werkzeug zu Adelas Befreiung zu benutzen?* »Verzeiht, dass ich so offen bin, aber Euer Liebesbekenntnis klingt ein wenig angestrengt«, sagte er leichthin.

»Was fällt Euch ein …«

Er musste unter vier Augen mit ihr reden. In diesem Moment traf Simon seine Entscheidung. »Ich könnte Euch einiges über Euren Herrn erzählen, das Euch interessieren dürfte«, erklärte er.

»Wirklich? Dann sprecht!«, fuhr sie ihn an.

»Nicht hier und jetzt. Kommt in einer Stunde in die Scheune.« Ohne ihre Antwort abzuwarten, drehte sich Simon um und ging davon.

*

Simon hörte seine Gefährten draußen vor der Scheune. Mervins falsche Flötentöne zerrten an seinen Nerven. Würde Marjorie kommen? Und wenn ja, war es richtig, sie in ihren Plan einzuweihen? Seine Gefährten hatten darauf sehr skeptisch reagiert.

Die Scheunentür öffnete sich. Eine Frau schlüpfte herein. Sie trug den Mantel einer Dienerin. Doch als sie die Kapuze zurückschlug, stand in dem dämmrigen Licht Marjorie vor ihm.

»Nun, was wisst Ihr über William?«, fuhr sie ihn an. »Hält er sich etwa irgendwo noch eine andere Geliebte?«

Simon musterte sie. Ihre Miene war herausfordernd. Doch wieder glaubte er zu spüren, dass sie sich vor etwas fürchtete. »Dass William Euch mit einer anderen Frau betrügt, ist nicht Eure eigentliche Angst, oder?«, sagte er langsam.

Marjorie schwieg.

»Wisst Ihr, dass William Eure Schwägerin Adela auf dem Gut gefangen hält und sie foltert?«

»Diese Frau ist Adela?«, keuchte sie.

»Dann habt Ihr sie gesehen?«

Marjorie starrte ihn nur stumm und mit weit aufgerissenen Augen an. Simon mochte sich nicht ausmalen, in welchem Zustand Adela gewesen sein musste, dass selbst eine Frau wie Marjorie darüber die Fassung verlor.

»William hat mir gesagt, seine Gefangene wäre daran schuld, dass er seinen rechten Unterarm verloren hat«, stammelte sie nun.

»Und Ihr habt diese Lüge wahrscheinlich nur zu gern geglaubt.« Simons Stimme klang hart.

»Aber warum Adela …?« Marjorie griff sich an die Brust.

»Weil William ihre Familie hasst und weil ihm Francis die Wunde am Arm zufügte, die sich dann entzündete.«

Sie atmete keuchend aus.

»Ich bin hierhergekommen, um Adela zu befreien, und dazu benötige ich Eure Hilfe«, sagte Simon rasch.

Sie erwachte aus ihrer Erstarrung. »Nein, ich kann Euch nicht helfen. William würde mich umbringen …«

»Weshalb seid Ihr Euch so sicher, dass er das nicht früher oder später ohnehin tun wird? Immerhin hat er schon Euren Gatten getötet.«

»Ich …«

»Ach, Ihr vertraut darauf, dass er Euch unwiderstehlich findet?« Simon lachte spöttisch auf. »Ja, ich gebe zu, Ihr seid eine sehr verführerische Frau, und ich glaube schon, dass Ihr William momentan in Euren Bann geschlagen habt. Aber in ein paar Jahren wird selbst Euer betörender Körper seine Reize verlieren. Wenn William Eurer nicht schon vorher überdrüssig geworden ist, weil er eine andere, ebenso anziehende Frau gefunden hat.«

»Für wie dumm haltet Ihr mich eigentlich?«, herrschte sie ihn an. »Darüber bin ich mir im Klaren. Ich werde schon dafür sorgen, dass er mich vorher mit einem reichen Adligen verheiratet.«

»Ihr glaubt wirklich, dass William bereit ist, Euch mit einem anderen Mann zu teilen? Da schätzt Ihr ihn aber sehr falsch ein. Er ist jemand, der unbedingte Macht über Menschen ausüben will.«

Ein Schatten des Zweifels huschte über ihr kindliches Gesicht.

»Marjorie«, Simon trat näher an sie heran und verlieh seiner Stimme einen eindringlichen Ton, »bei allem, was ich über William weiß, ist er rachsüchtig weit über das normale Maß hinaus. Ja, ich halte ihn für einen Menschen, der bei klarem Verstand wahnsinnig ist. Er hat den Vater Eurer Söhne auf dem Gewissen. Ich an Eurer Stelle würde fürchten, dass er sie tötet, sobald sie in einem Alter sind, in dem sie Vergeltung für Nicolas fordern werden.«

»Nein …«, keuchte sie auf. »Das wird er nicht tun.« *Also liebt sie bei all ihrer Selbstbezogenheit immerhin ihre Kinder,* ging es Simon durch den Kopf. *Vielleicht kann ich sie ja dadurch umstimmen.*

»Ihr habt gesehen, was William Adela angetan hat …«

Tränen kullerten über Marjories Wangen. »Ich kann Euch nicht helfen …«, flüsterte sie.

»Vielleicht wird es William ja auch nicht genügen, Eure Söhne einfach zu töten. Vielleicht wird er sie ja auch vorher noch lange leiden lassen … Im Grunde genommen – auch wenn Ihr alles tut, um die Wahrheit nicht an Euch heranzulassen – wisst Ihr doch genau, wozu er fähig ist.«

Sie schluchzte verzweifelt auf.

»Marjorie … Adela steht unter dem Schutz einer hochgestellten Persönlichkeit. Wenn Ihr mir dabei helft, sie zu befreien, wird diese Person dafür sorgen, dass Ihr und Eure

Söhne an einem Ort leben könnt, wo Ihr vor Williams Rache sicher seid. Außerdem wird sie sich darum kümmern, dass Ihr ein gutes Auskommen habt.« Simon hatte nicht die geringste Ahnung, ob Matilda oder Richard dazu bereit waren. Aber dies war ihm im Moment auch völlig gleichgültig.

Marjorie schniefte, ehe sie schließlich murmelte: »Was soll ich tun?«

Simon unterdrückte einen Seufzer der Erleichterung. »Den Wachen am Tor ein Betäubungsmittel verabreichen.« Er zog ein Fläschchen aus seinem Bündel, das Mohnsaft enthielt – eine heilkundige Schwester in Barking hatte es ihm mitgegeben, um Adelas Schmerzen zu dämpfen –, und reichte es ihr. »Geht nach der Abendmahlzeit, wenn die letzten Gäste das Anwesen verlassen haben, zu den Wachen und bringt ihnen einen Krug Wein. Ich bin überzeugt, sie werden keinen Verdacht schöpfen.«

Marjories Finger schlossen sich um das Fläschchen.

Simon registrierte, dass es draußen dunkel geworden war. Bald würde Marjorie in der Halle bei ihren Gästen erscheinen müssen.

»Noch eine Sache … Wer bewahrt den Schlüssel zu Adelas Gefängnis auf?«, fragte er hastig.

»Soviel ich weiß, der Verwalter.«

Simon ließ sich von ihr beschreiben, wo die Kammer des Verwalters lag, und schärfte ihr ein, sich und ihre Kinder, nachdem sie beim Tor gewesen war, zur Flucht bereit zu halten. Dann ließ er sie gehen.

Er wartete einige Augenblicke, ehe er nach draußen zu seinen Gefährten trat. »Es ist Zeit, dass wir uns für unseren Auftritt vorbereiten«, sagte er.

*

Sein Auftritt in der Halle von William de Thorignys Anwesen sollte Simon immer als seltsam unwirklich im Gedächtnis bleiben. Marjorie saß zusammen mit ihren Gästen, wie es üblich war, an einem Tisch auf dem Podium am Ende der Halle. Die hochrangigen Bediensteten und etwa zwei Dutzend Bewaffnete hatten ihre Plätze an den Tafeln im unteren Teil des lang gestreckten holzgetäfelten Raums. Das Licht der Fackeln und der Bienenwachskerzen tauchte die Halle in ein gelbliches Licht.

Es fiel Simon schwer, sich und seine Begleiter – seiner Rolle gemäß – mit den üblichen hochtrabenden Worten vorzustellen und dann seine ersten Lieder zu singen. Er war Adela nie begegnet. Aber den Klang von Francis' Stimme, wenn er von ihr erzählt hatte, hatte er nie vergessen. Adela musste eine wirklich besondere Frau sein, da der Freund sie so sehr geliebt hatte.

Während seines Vortrages beobachtete Simon Marjorie unauffällig. Scheinbar gelassen plauderte sie mit ihren Gästen. Doch einmal hatte sie ihren Löffel fallen gelassen, und nun zitterte ihre Hand, die den Weinkelch hielt. *Wird sie ihr Versprechen halten – oder wird sie mich und meine Begleiter verraten?*, fragte sich Simon. Doch er hatte seine Entscheidung getroffen und konnte sie nun nicht mehr zurücknehmen.

Mittlerweile hatte Herbert seinen Auftritt absolviert. Er hatte mit seinen vier Bällen recht geschickt jongliert, keinen fallen gelassen und erntete freundlichen Applaus. Nun trat Peter vor, nahm Anlauf, sprang mit beiden Beinen vom Boden ab und schlug einen Salto in der Luft. Auch die nächsten beiden Kunststücke gelangen ihm. Doch bei seinem vierten Sprung kam er nicht hoch genug in die Luft und landete, während Mervin einen völlig falschen Ton spielte, mit seinem Hintern auf dem Steinboden. Doch Peter besaß die Geistesgegenwart, die Hände so gespielt verschämt vors Gesicht zu schlagen, dass die Leute dachten, der Sturz wäre Absicht gewesen, und in Lachen ausbrachen.

Während Peter zur Seite humpelte und sich sein schmerzendes Hinterteil rieb, was wieder mit Lachen und einigen ordinären Rufen quittiert wurde, trat Simon rasch vor. Er bedeutete Karl, Lewis und Anselm die Stimmung aufzugreifen. Zu viert sangen sie ein anzügliches Lied, wobei Mervin sie auf der Flöte begleitete. Das Klappern des Geschirrs, als die Platten mit den Süßigkeiten aufgetragen wurden, überdeckte dessen Misstöne.

Simon hatte noch zwei weitere, ruhigere Lieder gesungen, als Marjorie sich schließlich erhob und damit das Mahl beendete. Simon bedeutete seinen Begleitern, noch einmal vorzutreten. Er spielte einen langgezogenen hohen Akkord. Mervin blies in seine Flöte. Herbert schleuderte noch einmal seine Bälle in die Luft, und Peter wagte einen letzten Salto, der ihm nun wieder gelang. Dann verbeugten sie sich alle vor Marjorie und ihren Gästen.

Marjorie nestelte einige Münzen aus dem Beutel an ihrem Gürtel und warf sie ihnen achtlos vor die Füße. Auf dem Weg aus der Halle nickte sie Simon kaum merklich zu.

*

Simon lauschte in die Dunkelheit, während er zusammen mit Herbert über den Hof schlich. Sie hatten den Verwalter im Schlaf überrumpelt und ihn rasch überwältigen können. Mit einem Messer an seiner Kehle war er schnell bereit gewesen, ihnen zu verraten, wo er die Schlüssel aufbewahrte und welche davon zu Adelas Gefängnis führte. Es hatte Simon eine gewisse Befriedigung bereitet, den eingebildeten, unfreundlichen Kerl anschließend zu fesseln und zu knebeln.

Die Nacht war windig. Gebäude und Bäume warfen unter den jagenden Wolken im Mondlicht unstete Schatten. Endlich hatten sie Adelas Gefängnis erreicht. Im Inneren ließ Simon seine Laterne aufblitzen. Hastig stiegen sie die Kellertreppe hinunter.

Die Tür zu Adelas Kerker war die einzige, die verschlossen war. Noch während Simon sie aufzog, schlug ihm ein durchdringender Gestank in die Nase, der ihm den Magen umdrehte. Im Licht der Laterne sah er eine Frau auf feuchtem Stroh liegen. Er kniete sich neben sie und berührte sie vorsichtig an der Schulter. »Adela …«, sagte er sanft.

Erst reagierte sie nicht. Dann wimmerte sie und versuchte, von ihm wegzukriechen. »Adela«, wiederholte er sanft. »Mein Name ist Simon de Bohun. Ich bin ein Freund von Francis. Ich bin gekommen, um Euch von hier wegzubringen.« Um sie besser hochheben zu können, drehte er sie behutsam auf den Rücken. Er hörte, wie Herbert hinter ihm scharf die Luft einsog und »O Gott« murmelte.

Adelas Gesicht war mit verkrustetem Blut verschmiert, das rechte Auge war zugeschwollen, das linke tief eingesunken. Ihr Körper war so abgemagert, dass er nur noch aus Haut und Knochen zu bestehen schien. Während Herbert sich am Schloss der Fußfessel zu schaffen machte, fluchte er aus Mitleid vor sich hin.

»Francis … tot …«, kam es mühsam über Adelas aufgesprungene Lippen.

»Ich weiß«, erwiderte Simon leise.

Nachdem das Schloss aufgesprungen war, hob Simon Adela so vorsichtig wie möglich hoch.

»Robin …«, flüsterte Adela plötzlich und begann sich in seinem Griff zu winden. »Robin …« Ihr entstelltes Gesicht verzerrte sich vor Furcht.

Simon begriff. »Robin ist in Sicherheit. Matilda hat sie zu sich nach Barking bringen lassen. Ihr müsst Euch keine Sorgen um Eure Tochter machen.«

»Robin … Sicherheit …«, murmelte Adela. Sie stieß einen Laut aus, der ein bitteres Lachen oder ein Schluchzen sein mochte. Noch während Simon sie die Kellertreppe hinauftrug, sank ihr Kopf ohnmächtig an seine Brust.

Vor dem Gebäude erwartete Peter sie. »Marjorie hat Wort gehalten und den Wachen am Tor den Wein mit dem Betäubungsmittel gebracht«, raunte er. »Die Männer waren so benommen, dass wir sie leicht überwältigen konnten.«

»Wo befindet sich Marjorie jetzt?«, fragte Simon rasch.

»Mit ihren Söhnen und ihrer Dienerin in der Scheune. Anselm hat ein Auge auf sie.«

»Dann holt sie.«

Peter eilte davon.

Während Simon mit Herbert zum Tor eilte, lag Adelas ausgezehrter Körper leicht in seinen Armen. Den Gestank, der von ihr ausging, nahm er kaum noch wahr.

Martin, Jonas, Karl und Mervin hatten die Plätze der überwältigten Wachen eingenommen. Während sich die beiden Waliser am Schloss und an dem schweren Riegel zu schaffen machten, hasteten Peter und Anselm mit Marjorie, deren Söhnen und der Dienerin über den Hof. Marjorie blickte zu Adela, wandte dann jedoch rasch das Gesicht ab.

Nun schwang der Torflügel auf. Schnell hatten sie das nahe Wäldchen erreicht, wo Paul sie mit den Pferden und einem Karren erwartete. *Zwei, drei Stunden Vorsprung werden wir vor unseren Verfolgern haben,* dachte Simon. Das musste reichen, um Adela erst einmal sicher zu dem kleinen Kloster bei Cirencester zu bringen.

Kapitel 8

Im Hof des Klosters von Barking sprang Simon von seinem Pferd und ging zu dem Planwagen, der jetzt durch das Tor rumpelte und dann, umgeben von Bewaffneten, zum Stehen kam. Mittlerweile war es Frühling geworden, und die Bäume trugen zartgrünes Laub. Zwei Monate lang hatten die Nonnen des Filialklosters Adela umsorgt, bis sie imstande gewesen war, den weiten Weg zum Mutterhaus zu überstehen.

Simon schob die Plane beiseite und beugte sich in das Wageninnere. Adela ruhte auf einer dicken, strohgepolsterten Matratze. Noch immer war sie erschreckend mager. Die Nonnen hatten ihr völlig verfilztes Haar komplett abschneiden müssen. Nun war es nachgewachsen und bildete einen dünnen Flaum auf ihrem Kopf. Simon hoffte, dass es später einmal die Narbe auf ihrer Schläfe verdecken würde, die sich rot und sichelförmig von ihrer Haut abhob. Auch ihre Nase, die ihr William de Thorigny gebrochen hatte, würde wohl immer ein bisschen schief stehen. Trotzdem war, seitdem die schlimmsten Schwellungen abgeheilt waren, zu erahnen, dass Adela einmal sehr hübsch gewesen sein musste. Nun regte sie sich und öffnete die Augen. Der Blick, mit dem sie Simon bedachte, war klar.

»Wir haben unser Ziel erreicht. Wir sind in Barking, dem Kloster der Äbtissin Matilda«, sagte er und lächelte sie an.

»Die vornehme Dame, die Robin und mich gerettet hat«,

flüsterte Adela. *Sie ist bei Verstand*, dachte Simon erleichtert, denn das war seit ihrer Rettung nicht immer der Fall gewesen.

»Dem Himmel sei Dank, dass Ihr endlich heil hier angekommen seid.« Eine ältliche Nonne steckte nun den Kopf in den Wagen und musterte Adela besorgt. »Wir haben viel Angst um Euch ausgestanden und viel für Euch gebetet.«

Ein schwaches Lächeln huschte über Adelas schmales Gesicht. »Schwester Marigold«, murmelte sie.

Die Nonne nickte eifrig. »Und wie in Reading werde ich mich auch jetzt wieder um Euch kümmern. Euer Zimmer steht schon seit Tagen für Euch bereit.«

Simon hob Adela aus dem Wagen und trug sie über den sonnenbeschienenen Hof bis zu dem Hospital, wo Schwester Marigold ihn eine Holztreppe hinaufgeleitete und dann im zweiten Stock in einen schmalen Gang wies. Der Raum, der Adela zugedacht war, befand sich in einem Anbau. Er wirkte hell und einladend. Die Läden der beiden Fenster standen offen. Durch sie konnte man in den Klostergarten sehen, wo die Obstbäume blühten. Eine Biene umschwirrte das Tongefäß auf der Truhe neben dem Bett, in dem ein Apfelbaumzweig voller rosa-weißer Knospen steckte. Vorsichtig ließ Simon Adela auf das Lager gleiten.

»Kann ich Robin bald sehen?« Bittend sah Adela Simon und Schwester Marigold an. »Es geht ihr doch gut?«

»Natürlich ist Eure kleine Tochter wohlauf. In den letzten Monaten ist sie ein ganzes Stück gewachsen. Und ja, bestimmt könnt Ihr sie bald sehen.« Die Nonne begann, Kissen in Adelas Rücken zurechtzuschieben. »Aber erst einmal hole ich Euch eine kräftige Brühe. Und Euch«, wandte sie sich mit leiserer Stimme an Simon, »wünscht unsere Äbtissin zu sehen.«

»Ich besuche Euch später noch einmal.« Simon berührte Adelas Hand. »Ruht Euch erst einmal von der langen Reise aus.«

Matilda empfing Simon in ihrem Wohnraum und bat ihn in einen Erker, wo auf einem Tisch ein versilberter Krug mit kaltem, frischem Wasser bereitstand.

»Als ich Eure erste Nachricht erhielt, befürchtete ich, Adela nicht mehr lebend wiederzusehen«, sagte sie, nachdem Simon auf einem der Stühle Platz genommen hatte. Sie lächelte ihn an, doch er konnte ihre Sorge spüren.

»Diese Angst hatten die Nonnen und ich anfangs ebenfalls«, erwiderte Simon ernst. »Nachdem Schwester Benedicta Adela in Empfang nahm, ihr die schmutzverkrusteten Kleiderreste vom Leib schnitt und sie vorsichtig wusch – Adela war zu diesem Zeitpunkt gottlob immer noch ohnmächtig –, erklärte sie, noch niemals einen so schlimm zugerichteten Körper gesehen zu haben. Schwester Benedicta meinte, es sei ein Wunder, dass Adela wieder einigermaßen zu Kräften gekommen ist.«

»Aber Adela wird doch wieder ganz gesund werden?« Matilda sah ihn forschend an.

»Ihre körperlichen Wunden werden – da war sich Schwester Benedicta ziemlich sicher – wahrscheinlich wieder heilen, bis auf ein Hinken, das von einem gebrochenen und schief zusammengewachsenen Bein herrührt. Aber was Adelas seelische Gesundung anbelangt, war sie nicht so zuversichtlich. Ehrlich gesagt, teile ich leider ihre Befürchtung.«

»Wie meint Ihr das?«

Auch von den offen stehenden Erkerfenstern aus konnte man in den frühlingshaften Garten blicken. Jenseits einer mit kleinen weißen Blütensternen übersäten Weißdornhecke glaubte Simon, eine helle Kinderstimme zu hören. *Ob das*

Robin ist?, dachte er traurig. Er trank einen Schluck Wasser und ließ sich Zeit mit seiner Antwort.

»Manchmal, wie eben, als wir hier ankamen, ist Adelas Geist ganz klar. Aber dann wieder – und diese Zustände können sie sehr plötzlich überfallen – wirkt sie wie erstarrt, oder sie reagiert panisch, wenn man sie anspricht oder sie berührt. So, als ob sie sich immer noch in William de Thorignys Gefangenschaft befände.«

»Aber mit der Zeit und bei einer guten Pflege wird sie diese Zustände doch sicher überwinden?«

»Vielleicht, vielleicht aber auch nicht.« Simon wiegte den Kopf. »Auch wenn ich es aus ganzem Herzen hoffe.«

Matilda schwieg einige Momente und drehte den versilberten Becher in ihren Händen. Wieder war aus dem Garten die Kinderstimme zu hören. Die Sonne warf helle Flecken auf das dunkle Holz des Tisches. »Habt Ihr Adelas Schwester mitgeteilt, wie es um sie steht?«, fragte sie schließlich.

»Ich hätte es wahrscheinlich tun sollen.« Simon seufzte. »Aber ich konnte mich nicht überwinden, Ann …« Matilda warf ihm einen überraschten Blick zu, und er verbesserte sich schnell. »… Ich meine, Schwester Fidelis mitzuteilen, was William de Thorigny Adela antat. Sie wäre vor Sorge sicher außer sich geraten und, wie Ihr ja wisst, ist seine Base Héloise die Äbtissin ihres Klosters. Und auch davon, wie schlimm es um Adela nach der Gefangenschaft stand und wie lange sich ihre Genesung hinzog, wollte ich ihr nichts schreiben. Ich werde in den nächsten ein, zwei Wochen nach Bellême reisen und Adelas Schwester alles erzählen.«

»Dann sei Gott mit Euch«, sagte Matilda leise, und Simon war davon überzeugt, dass sie dies nicht als Floskel meinte.

Nachdem sie einige Momente vor sich hingesonnen hatte, verzog sich Matildas Mund zu einem sarkastischen Lächeln.

»Vor einigen Tagen habe ich eine Nachricht von Richard erhalten. Marjorie und ihre Söhne sind im Languedoc eingetroffen. Richard wird Marjorie eine Rente ausstellen und für ihre Sicherheit sorgen. Auch wenn dieses berechnende Ding das ja wirklich nicht verdient hat.«

»Ohne Marjories Hilfe wäre Adelas Rettung möglicherweise missglückt«, gab Simon zu bedenken.

Matilda schnaubte. Wie es für ihre brüske Art typisch war, stand sie unvermittelt auf und meinte: »Adela wollte bestimmt Robin sehen?«

»Ja.« Simon nickte. »Sie hat diesen Wunsch geäußert.«

»Dann sollten wir das Kind zu ihr bringen.«

Simon war sich plötzlich nicht mehr sicher, ob das wirklich schon ratsam war. Doch er musste daran denken, wie sehnsüchtig Adelas Stimme geklungen hatte, und erhob deshalb keine Einwände.

*

»Robin, komm zu mir. Deine Mutter ist hier bei uns im Kloster.« Matilda streckte die Hand nach dem Kind aus. Sie hatten Robin tatsächlich im Garten gefunden, wo das Mädchen neben einer Nonne hockte, die Gurkenpflänzchen in ein Beet setzte, und seinerseits mit einem kleinen hölzernen Spaten in der Erde herumgrub.

Robin ließ ihr Werkzeug fallen und lachte Matilda an, während sie auf sie zulief. Willig ließ sie sich von ihr an die Hand nehmen. Simon dagegen bedachte sie mit einem ängstlichen Blick und wandte den Kopf ab, als er sie anlächelte.

»Ich habe der Schwester geholfen«, sagte sie stolz zu Matilda.

»Ja, das sehe ich.« Matilda nickte ernst. Wieder einmal wunderte sich Simon, wie es dieser auf den ersten Blick so kühlen Frau gelungen war, das Vertrauen des verschreckten Kindes zu gewinnen.

»Deine Mutter war sehr krank. Aber jetzt geht es ihr wieder besser, und sie freut sich sehr darauf, dich endlich wiederzusehen«, sagte Matilda zu dem Kind, während sie den Gartenweg entlanggingen. Robin reagierte nicht, sondern blickte zu einer Libelle, die über einer Wasserpfütze schwebte und deren blauer Leib im Sonnenlicht wie Metall funkelte.

»Mutter …«, sagte sie dann, wobei Simon den Eindruck hatte, dass sie mehr das Wort wiederholte, als sich über dessen Bedeutung wirklich im Klaren zu sein. Im Laufe der letzten Monate war sie ein ganzes Stück gewachsen, und noch immer war ihre Ähnlichkeit mit Luce, abgesehen von der Haarfarbe, frappierend.

Nachdem Robin an Matildas Hand langsam die Treppenstufen im Hospital hinaufgestiegen war, standen sie vor Adelas Kammer. Auf Matildas Klopfen hin öffnete Schwester Marigold die Tür.

»Adela schläft …«, flüsterte sie.

»Dann ist es sicher besser, wenn wir später wiederkommen«, meinte Simon, den immer noch ein unbestimmtes Unbehagen erfüllte.

Doch Adela war schon aufgewacht. Sie konnten hören, wie sie leise nach Schwester Marigold rief.

»Komm mit.« Matilda nickte Robin zu und führte sie in die Kammer. Adela richtete sich auf dem Bett auf, als sie das Kind sah. »Robin …«, flüsterte sie. Ihre Augen weiteten sich. »Robin …« Sie streckte die Hände nach ihrer Tochter aus.

Robin blieb stehen und starrte sie an.

»Erkennst du mich denn nicht mehr?« Eine schmerzliche Unsicherheit breitete sich auf Adelas eben noch so strahlendem Gesicht aus.

»Komm, mein Mädchen …«, redete Matilda dem Kind gut zu. Sie versuchte, Robin behutsam weiterzuziehen. Doch das Kind drehte sich von Adela weg, klammerte sich an Matildas Gewand fest und begann, laut zu weinen. »Nein, nicht … Ich will nicht …«

Adelas Schultern sackten nach vorn. Ihr Gesicht nahm wieder jenen ängstlich entrückten Ausdruck an, den Simon so sehr fürchtete.

Schwester Marigold umfasste ihre Schultern und drückte sie vorsichtig zurück auf die Kissen. »Eure Tochter musste Euch so lange entbehren«, redete sie begütigend auf Adela ein. »Da ist es kein Wunder, dass sie Euch nicht gleich erkennt. Aber sie wird sich bestimmt bald wieder an Euch gewöhnen.«

Matilda hob Robin hoch. Schwester Marigold folgte ihr und Simon hinaus auf den Gang. Noch immer schluchzte das Kind herzzerreißend. Simon war sich nur zu sehr im Klaren darüber, dass auch Adela das Weinen hören musste. Er mochte sie dem nicht aussetzen und schloss die Tür.

»Ach Robin …« Matilda seufzte.

»Das wird schon wieder, Ehrwürdige Mutter,« erklärte Schwester Marigold resolut. »Wir müssen dem Kind nur ein bisschen Zeit geben.«

»Hoffentlich habt Ihr Recht.« Matilda nickte ihr zu. »Geht jetzt wieder zu Adela. Sie braucht Euch.«

Sie und Simon waren schon die ersten Treppenstufen hinuntergeschritten, als sie Schwester Marigold einen entsetzten Schrei ausstoßen hörten.

»Was …«, begann Matilda erschrocken.

Simon schob sie und Robin zur Seite und hastete zurück zu dem Zimmer. Die Tonvase, die auf der Truhe neben dem Bett gestanden hatte, lag zerbrochen am Boden. Adela hielt eine der Scherben in der Hand und hackte damit auf ihren Oberarm ein, wo sich das Mal befand, das ihr William de Thorigny eingebrannt hatte. Blut rann ihren Arm hinab, sprenkelte die Decken und den Blütenzweig auf dem Boden und tropfte aus einer tiefen Wunde auf Schwester Marigolds Hand.

»Adela, um Gottes willen, nicht …«, rief er ihr zu. Sie sah ihn an. Simon hoffte schon, sie würde ihn erkennen und wieder zu sich kommen. Doch als er sich ihr näherte, fauchte sie ihn an wie ein panisches Tier und schlug mit der Scherbe nach ihm. Er wich ihr aus. Mit einer schnellen Bewegung gelang es ihm, Adelas Handgelenk zu packen. Er musste es regelrecht verdrehen, um ihren Griff zu lockern und ihr die Scherbe zu entwinden.

Dann, als hätte sie plötzlich all ihre Kraft verlassen, sackte Adela auf dem Bett zusammen. Schwester Marigold eilte zu ihr und legte sie auf den Rücken. Mit weit geöffneten Augen starrte Adela zur Decke, schlaff hing der verletzte Arm neben ihr vom Bett herab. Hastig begann die Nonne, die klaffende Wunde zu verbinden.

Simons Herz pochte wie zum Zerspringen, und er fühlte sich zerschlagen, als ob er einen langen, anstrengenden Kampf hinter sich hätte. Als er sich umdrehte, stand Matilda in der Tür. Sie hielt Robin immer noch in den Armen, hatte den Kopf des Kindes jedoch an ihre Brust gepresst, so dass es nicht sehen konnte, was in dem Zimmer vor sich ging. In ihren Augen schimmerten Tränen. Auch Simon wurde die Kehle eng.

*

Gleichmäßig drehte Adela die Spindel. Die blaue Farbe der Wolle gefiel ihr. Angenehm weich fühlte sich der Faden zwischen ihren Fingern an. Sechs Knäuel lagen mittlerweile im Korb neben ihren Füßen. Kurz nachdem Simon sie in das Kloster gebracht hatte, hatte ihr Schwester Marigold das Vlies und die Spindel gegeben.

Inzwischen verließ sie hin und wieder ihre Kammer. Manchmal nahm sie an den Gebetszeiten teil. Die lateinischen Gesänge der Nonnen halfen ihr, die Erinnerungen an ihre Gefangenschaft in Bann zu halten. Gelegentlich ging sie auch – dann meist in Begleitung einer der Schwestern – auf dem Klostergelände spazieren oder besuchte den Garten. Sie hielt sich gern dort auf. Außerdem mochte sie es, wenn Simon sie besuchte und ihr Melodien vorspielte oder ihr von Francis erzählte. Dann aber gab es auch wieder Zeiten, da wünschte sie sich einfach nur, tot zu sein.

Schwester Marigold hatte ihr versichert, dass diese Zeiten weniger würden. Die Schwester hatte ihr auch gesagt, dass ihr Appetit besser geworden sei und dass sie manchmal sogar wieder lächele. Sie selbst bemerkte das gar nicht so richtig. Sie nahm nur wahr, dass sie für einzelne kurze Momente Freude verspürte. So wie jetzt, als die Wolle durch ihre Finger glitt.

Die Freude verschwand so plötzlich, wie sie gekommen war. Stattdessen wurde Adela unruhig. Sie drehte noch einige Male die Spindel und versuchte, sich auf den blauen Faden zu konzentrieren. Doch es gelang ihr nicht. Eine unbestimmte Angst trieb sie aus der Kammer.

Es war einer jener Frühlingstage, an denen es in der Sonne warm, im Schatten der Gebäude aber noch kühl war. Der Hof war menschenleer. Die meisten Nonnen hielten wohl ihre Mittagsruhe ein, ging es Adela flüchtig durch den Kopf. Instinktiv zog es sie zu dem Klostergarten.

Dort war sie einen der von niedrigem Buchs eingefassten Wege entlanggegangen, als sie Robin sah. Ihre Tochter kniete vor einem Beet, in dem Melisse und Kamille wuchsen, und ließ eine Strohpuppe zwischen den Steinen herumtanzen. *Wer hat ihr das Spielzeug wohl gegeben?*, dachte Adela. Seit jenem ersten Tag im Kloster hatte sie Robin nicht mehr zu Gesicht bekommen. Schwester Marigold hatte sie immer wieder vertröstet und gemeint, es müsse ihr erst besser gehen, bevor sie das Kind sehen könne. In einiger Entfernung jätete eine Novizin Unkraut.

Langsam ging Adela auf Robin zu. Das Kind bemerkte sie und ließ die Puppe sinken. Es schob den Daumen in den Mund und blickte ihr abwartend entgegen.

»Robin«, flüsterte Adela. Ihre Tochter wich nicht vor ihr zurück, als sie sich vor ihr in das Gras kauerte.

Das Kind fasste endgültig Vertrauen zu ihr und hielt ihr die Puppe hin. »Aline …«, sagte sie.

»So heißt du auch.« Behutsam nahm Adela die Puppe in die Hand. Robin nickte, während ein zaghaftes Lächeln auf ihrem Gesicht erschien. »Aline und Robin, wie der Vogel.«

Adela sehnte sich danach, ihre Tochter zu umarmen. Ob sie es wagen konnte, ohne das Kind zu erschrecken? Noch immer lächelte Robin sie an. Plötzlich spürte Adela ein schmerzhaftes Pochen in ihrem rechten Oberarm, dort, wo sie versucht hatte, sich das Brandmal aus der Haut zu schneiden. Ihre Stimmung schlug schlagartig um. Panik erfasste sie. William de Thorigny hatte angedroht, auch Robin in seine Gewalt zu bringen und sie zu quälen. Sie musste ihre Tochter vor ihm retten! Hastig blickte sie sich um. Am anderen Ende des Gartens befand sich eine schmale Tür in der Mauer, die offen stand.

Adela hob Robin hoch und hinkte mit ihr davon, in Richtung der Tür. Zuerst ließ sich das Kind die unerwartete Behandlung gefallen. Dann jedoch begann es laut zu protestieren und zu weinen und wehrte sich gegen ihren Griff. Während Adela selbst die Tränen in die Augen schossen, packte sie Robin nur um so fester. »Still, ich muss dich hier wegbringen«, raunte sie ihr verzweifelt zu.

»Adela, bitte, bleibt doch stehen«, hörte sie die Novizin rufen, als sie eben die Tür passiert hatten. »Wartet auf mich.«

Auch die junge Schwester steckte bestimmt mit William de Thorigny unter einer Decke. Adela ignorierte ihre Rufe. Vor ihr breitete sich eine Wiese aus. In einiger Entfernung hoben Männer einen Graben aus.

»Adela, wartet auf mich!«, tönte wieder die Stimme der Novizin in ihren Ohren. Robin hatte aufgehört, sich in ihrem Griff zu winden. Sie schluchzte nur noch laut. Adela hastete, so schnell es ihr verletztes Bein zuließ, an der Wiese vorbei und über einen Acker. Als sie rasch den Kopf wandte, sah sie, dass die junge Nonne zu den Bauern und Knechten gelaufen war und heftig gestikulierend in ihre Richtung deutete. Einige der Männer setzten sich daraufhin in Bewegung und eilten auf sie zu.

Auch diese Männer hatte ihr Peiniger auf sie und Robin angesetzt. Adela stöhnte auf. Jenseits der Wiese strömte ein Fluss. Wirre Gedanken kreisten in Adelas Kopf. *Die Männer werden uns einkreisen. So wie damals auf der verschneiten Hügelkuppe. Besser, ich und Robin sterben, als William de Thorigny in die Hände zu fallen.* Adela rannte zum Ufer.

»Hab keine Angst, ich halte dich ganz fest«, flüsterte sie Robin zu, während sie die Böschung hinunterkletterte. Nun benetzte das Wasser ihre Füße, und seine Kälte ließ Adela schaudern. Gleich würde alles vorbei sein. Die Strömung zerrte am Saum ihres Kleides. Aus den Augenwinkeln nahm sie eine Bewegung wahr und wandte den Kopf. Ein Lachs sprang über einen niedrigen Felsen. Seine Schuppen schimmerten regenbogenfarben im Sonnenlicht auf, ehe er mit einem Platschen wieder im Wasser verschwand.

»Ein Fisch …«, wimmerte Robin, die den Lachs auch bemerkt hatte. Adela blieb stehen. Jener Nachmittag, den sie zusammen mit Francis und Luce am Bach im Wald verbracht hatte … Francis und Luce hatten zusammen geangelt. Auch damals hatte ein Lachs regenbogenfarben im Licht geschimmert. Luce hatte den Fisch so schön gefunden, dass er es nicht übers Herz gebracht hatte, ihn zu töten, sondern ihn wieder zurück ins Wasser geworfen hatte.

Adelas Geist wurde wieder klarer. Einer der Männer hatte das Ufer fast erreicht. »Um Gottes willen, bleibt doch stehen«, hörte sie ihn rufen. Adela begriff: Sie hatte Robin und sich töten wollen, da sie sich von William de Thorigny verfolgt geglaubt hatte. Entsetzen erfüllte sie. Ihr Peiniger hatte nicht nur ihren Körper in Besitz genommen. Er hatte sich auch in ihrem Geist eingenistet und sie fast dazu gebracht, ihre Tochter umzubringen. Niemals wieder würde sie sich von ihm befreien können. Sie taumelte ans Ufer zurück, wo sie Robin auf die Böschung gleiten ließ.

»Dem Himmel sei Dank, dass Ihr zur Besinnung gekommen seid!« Der Mann keuchte erleichtert auf, während er Robin auf seine Hüfte schwang. Er wollte nach Adela greifen, doch sie wich seiner Hand aus. Sie hatte ihr eigenes Kind umbringen wollen! Was, wenn sie das nächste Mal nicht mehr rechtzeitig zu Verstand kam? Es war besser für Robin, wenn sie nicht mehr weiterlebte. Sie stellte eine zu große Gefahr für sie dar.

Adela rannte wieder in den Fluss. Nach wenigen Schritten riss ihr die Strömung die Füße unter dem Leib weg und spülte sie mit sich fort. Vom Ufer her erklangen entsetzte Rufe. Robin weinte wieder. Wasser drang in Adelas Mund

und Nase. Sie hustete, würgte. Der Fluss zog sie weiter in die Tiefe. Nur noch wenige Augenblicke musste sie aushalten. Dann würde endlich alles vorbei sein.

*

»Was ist dort vorn los?« Simon wandte den Kopf. Ein Stück flussabwärts irrlichterte in Ufernähe Fackelschein über das Wasser. Ein Kahn hatte bei einer Erle Halt gemacht. Männer beugten sich über den Bootsrand und stocherten mit langen Stangen im Fluss herum. »Anscheinend haben sie etwas gefunden«, antwortete der grauhaarige Fischer, der ihm gegenübersaß, seufzend.

»Lasst uns dorthin rudern«, entgegnete Simon rau. Die neblige Luft über dem Fluss verzerrte das Licht der Fackeln. Erschöpft wie er war, erschien es ihm für Momente, als ob kleine geisterhafte Wesen über das dunkle Wasser trieben. Die Seelen der Ertrunkenen … Ob Adelas Seele darunter war? Er riss sich zusammen. Es war nur Licht, das er sah. Viele Stunden lang suchte er nun schon zusammen mit einigen Bauern und Fischern den Fluss und die Ufer ab. Auch wenn er es sich nicht eingestehen wollte, wusste er doch, dass die Wahrscheinlichkeit, Adela noch lebend zu finden, mittlerweile verschwindend gering war.

Sie hatten den Kahn unter der Erle fast erreicht, als die Männer das, was im Fluss trieb, endlich mit ihren Haken packen konnten und es in ihr Boot wuchteten. Etwas Großes, das die Form eines menschlichen Körpers hatte. *Nein* …, dachte Simon.

Einer der Männer stieß ein trockenes Lachen aus. »Es ist nur ein kleiner Baumstamm, um den sich Blätter und Ranken gewickelt haben«, rief er.

»Es ist sinnlos, dass wir heute Nacht noch weitersuchen«,

meinte ein anderer. Die Männer murmelten ihre Zustimmung.

Simon musste ihnen Recht geben, und doch hatte er, als er kurz darauf mit dem Fischer zusammen den Kahn an Land zog, das Gefühl, Adela verraten zu haben. Aus einer Gruppe von Leuten, die dort versammelt waren, löste sich Matilda und eilte auf ihn zu.

Er schüttelte nur stumm den Kopf.

»Auch Adelas Leichnam wurde nicht gefunden?«, flüsterte sie. Trotz des unruhigen Fackelscheines konnte Simon sehen, dass sie totenbleich war.

»Die Fischer sagen, es gäbe Strudel und Untiefen in der Themse, worin ein Körper wochenlang verschwinden könnte, ehe er wieder an die Oberfläche käme. Vielleicht hat die Strömung ihren Leichnam aber auch schon meilenweit abgetrieben ...«

Matilda presste ihre Faust gegen die Brust. »Ich mache mir solche Vorwürfe. Ich war wirklich davon überzeugt, dass es Adela besser ginge. Aber sie hätte nicht allein gelassen werden dürfen ...« Ihre Stimme versagte.

»Wir alle, die wir mit Adela Umgang hatten, dachten, dass sich ihr Zustand gebessert hätte«, erwiderte Simon düster. »Wie geht es Robin?«

»Schwester Marigold meint, sie sei sehr verschreckt gewesen. Aber sie habe wohl gar nicht richtig begriffen, was vorgefallen sei. Seit einer Weile schläft sie.«

»Wenigstens war Adela noch so weit bei Sinnen, dass sie Robin nicht mit sich ins Wasser nahm«, sagte Simon. Doch er fand keinen wirklichen Trost in diesen Worten, und er spürte, dass Matilda genauso empfand.

*

Später in der Nacht ging Matilda in ihrem Schlafzimmer auf und ab. Sie hatte darauf verzichtet, eine Kerze anzuzünden. Vor den Fenstern lastete die Dunkelheit. Sie hatte die gleiche Farbe wie das Wasser der Themse. Wieder und wieder stellte sich Matilda vor, wie die kalten Fluten Adela in die Tiefe zogen. Sie erschauerte. *William de Thorigny hat Adela also endgültig umgebracht*, dachte sie. Denn ganz sicher hatte sich Adela wegen der Qualen und der Erniedrigungen, die er ihr zugefügt hatte, das Leben genommen.

Matilda war sich darüber im Klaren, dass auch sie ihren Teil Schuld daran trug. Schließlich hatte sie, um sich an William und ihrem Vater zu rächen, Richards Aufstand unterstützt. Der unglückliche Verlauf der Revolte hatte es William leicht gemacht, seinen Hass gegen Adela und ihre Familie auszuleben.

Nun, wegen dieser Schuld würde sie vor Gott Buße tun und alles unternehmen, damit zumindest Robin beschützt aufwachsen konnte. Aber William de Thorigny, das schwor sich Matilda, sollte seine Strafe erhalten. Sie empfand nun keinen Hass mehr, sondern eine kalte, klare Entschlossenheit. In einer offenen Auseinandersetzung war ihm nicht beizukommen. Sie musste einen anderen Weg finden, ihn leiden zu lassen.

*

Die Pflanzen in Anns Kräutergarten wuchsen üppig. Ihr betörender Duft hing schwer in der Luft. Doch Simon hatte an diesem Juniabend keinen Sinn für die Schönheit der Kräuter und Blumen. *Wie vergänglich und leicht zerstörbar doch alles auf dieser Welt ist*, dachte er melancholisch.

Auf der Holzbank vor der Hütte ließ er sich nieder, um auf Ann zu warten. Er hatte beschlossen, zuerst mit ihr zu sprechen, ehe er sich auf die Suche nach Luce machte. Obwohl die Sonne schon untergegangen war, war es noch hell, und der Himmel im Westen hatte eine fast durchsichtige Farbe. Als er vor einer Weile die Hügelkuppe oberhalb des Klosters erreicht hatte, hatte es zur Vesper geläutet. Bestimmt würde Ann noch einmal nach ihrem Garten sehen.

Wieder suchte Simon die Erinnerung heim, wie Adela versucht hatte, sich das Brandmal aus dem Arm zu schneiden, und daran, wie er und die anderen Männer den Fluss abgesucht und er einen Augenblick lang geglaubt hatte, sie würden ihre Leiche aus dem Wasser bergen. *Ja, Matilda und ich hätten erkennen müssen, wie sehr ihr Geist durch William de Thorignys Folter zerrüttet war,* machte er sich Vorwürfe.

»Simon!«, hörte er Ann rufen. Er hatte gar nicht bemerkt, dass sie in den Garten gekommen war. »Wie schön, Euch zu sehen! Habt Ihr meine Nachricht erhalten? Habt Ihr Adela besucht? Wie geht es ihr und Robin? Warum habt Ihr so lange nichts von Euch hören lassen?«, sprudelte sie hervor, während sie sich neben ihn setzte.

»Ich habe Adela gefunden«, begann Simon unsicher. Wie konnte er Ann nur die schlimmen Nachrichten möglichst schonend übermitteln?

Ann musterte ihn und rückte unwillkürlich ein Stück von ihm weg, als müsste sie sich vor ihm schützen. »Aber … Sie ist doch nicht etwa tot?«, schrie sie leise auf.

Simon schluckte. »Adela nahm sich vor einigen Wochen das Leben.«

»Nein …« Ann starrte ihn an, als wäre er ein bedrohlicher Dämon, und schüttelte abwehrend den Kopf. »Nein, das würde Adela niemals tun. Nein …«

Simon berichtete ihr knapp, dass William de Thorigny Adela entführt, wochenlang gefangen gehalten und grausam gefoltert hatte. Nachdem er geendet hatte, saß Ann nur stumm da und blickte auf ihre im Schoß ineinander verkrampften Hände. Es kam Simon fast wie eine Erlösung vor, als sie schließlich leise und hoffnungslos zu weinen begann. Er legte den Arm um ihre Schulter und zog sie an sich. Zu seiner Verwunderung wehrte sie ihn nicht ab, sondern schmiegte ihren Kopf an seine Brust.

Erst nach einer ganzen Weile richtete sie sich auf und wischte sich die Tränen aus dem Gesicht. »Wir müssen es Luce sagen«, schluchzte sie. »Und Guy ist im letzten Winter eingegangen …« Sie hielt inne und presste die Hand gegen den Mund. »O Gott, was rede ich da …«

»Nein, ich verstehe schon, was Ihr damit meint.« Simon ließ sie vorsichtig los.

»Würdet Ihr es Luce sagen?« Wieder schluchzte Ann heftig. »Ich bringe es einfach nicht fertig …«

Simon nickte. »Ja, ich suche ihn.«

*

Beim abendlichen Füttern hatte Luce Simons Pferd im Stall entdeckt. Er hatte Simon schon lange vermisst und war voller Freude zu dem Klostergarten gerannt. Denn er war überzeugt, dass er den väterlichen Freund dort bestimmt antreffen würde. Tatsächlich sah er ihn zusammen mit Ann auf der Bank vor der Hütte sitzen. Aber etwas an der Haltung der beiden und am Klang von Simons Stimme irritierte ihn. Dann, als er näher kam, hörte Luce Simon den Namen »William de Thorigny« sagen. Er begriff, dass etwas Schlimmes vorgefallen sein musste und versteckte sich hinter einem Strauch. Dort belauschte er, was dieser Mann aufs Neue seiner Mutter angetan hatte und dass sie sich daraufhin das Leben genommen hatte.

Luce wusste, dass die Äbtissin des Klosters, die er gelegentlich von Weitem sah und die aber ansonsten so gut wie keine Rolle in seinem Leben spielte, eine Verwandte William de Thorignys war. Jenen schrecklichen Überfall auf das Gut hatte er sorgfältig in sich verschlossen. Tagsüber dachte er so gut wie nie daran. Nur manchmal hörte er nachts seine Mutter in seinen Träumen schreien.

Nun aber suchte ihn die Erinnerung mit aller Macht heim. Er sah, wie William de Thorigny auf seiner Mutter kniete und sie quälte, sah ihr vor Schmerzen verzerrtes Gesicht. Er hörte ihre Schreie und roch den Rauch der brennenden Gebäude.

Luce presste die Hände auf die Ohren, um Simons Stimme nicht mehr hören zu müssen. Dann rannte er davon, zur Scheune des Klosters, wo er sich im Heu verkroch. Irgendwann spürte er, wie sich jemand neben ihn setzte und die trockenen Grashalme wegschob. Er blinzelte. Im Sternenlicht, das durch die Luke fiel, konnte er Simons Silhouette erkennen.

»Du hast gehört, was ich deiner Tante über deine Mutter erzählt habe, nicht wahr?«, fragte Simon.

Luce konnte nicht antworten. Er brachte nur ein Nicken zustande. Aber Simon schien es zu bemerken, denn er seufzte. Luce rückte näher an ihn heran. Er war froh, dass Simon nicht versuchte, ihn zu trösten, wie es Ann bestimmt getan hätte, sondern einfach nur bei ihm war. Nach einer Weile holte Simon eine Flöte aus seinem Bündel und begann, eine Abfolge von Tönen darauf zu spielen. Sie waren dunkel und lang gezogen und klagend und hüllten Luce ein, bis sich schließlich der Schlaf über ihn senkte.

*

Während der Komplet hatte Ann innerlich gegen Gott gewütet. Wie hatte Er es nur zulassen können, dass Adela wieder in William de Thorignys Gewalt geraten war und dass sie die schreckliche Sünde begangen hatte, sich das Leben zu nehmen? Statt nach der Gebetszeit mit den anderen Schwestern ins Dormitorium zu gehen und sich schlafen zu legen, hatte sie sich unter dem Vorwand, sie müsse dringend Arzneien zubereiten, entfernt. Sonst, wenn sie aufgewühlt war, beruhigte es sie immer, mit den Kräutern zu arbeiten. Doch jetzt stand sie nur da und starrte auf die Kräuterbüschel, die vor ihr im Schein eines Talglichts auf dem Tisch in der Hütte lagen, und konnte sich nicht überwinden, sie in die Hand zu nehmen. Heilmittel zuzubereiten erschien ihr plötzlich völlig sinnlos. So wie die ganze Welt sinnlos war.

Ein Rascheln draußen im Garten ließ sie zusammenfahren. Doch es war nur Simon, der in die Hütte trat.

»Ich hätte nicht damit gerechnet, Euch noch so spät hier anzutreffen«, meinte er. »Ich bin auf dem Klostergelände herumgewandert, und dann sah ich das Licht.« Sein schmales, sonst so lebhaftes Gesicht wirkte erschöpft.

»Ihr habt es Luce gesagt?«, fragte sie leise.

»Ja.« Er nickte.

»Wie hat er es aufgenommen?«

»Er schläft jetzt. Er ist ein starker Junge. Ich hoffe, dass er irgendwann darüber hinwegkommen wird.«

Ein bitteres Lachen, in das sich ein Schluchzen mischte, stieg in Anns Kehle auf. »Ich weiß, ich sollte Gottes Willen akzeptieren. Aber ich kann es nicht. Ich fühle nur Hass auf William de Thorigny und auf seine Base Héloise, auf dieses Kloster und auf Gott.«

»Ann …« Simons Stimme klang sanft und drängend. »Kommt mit mir. Ich werde eine Möglichkeit finden, für

Euch und Luce zu sorgen und für Euch eine Bleibe in der Nähe von Barking finden. Ihr beide wäret Robin nahe …« Er legte ihr die Hände auf die Schultern. Durch den Stoff ihres Nonnengewandes fühlte sie seine Finger auf ihrer Haut brennen. Die Hitze, die von ihnen ausging, rann durch ihren Körper. Füllte ihn ganz aus. Das Verlangen nach seiner Berührung wurde so stark, dass es ihr fast den Atem raubte. O Gott, was geschah nur mit ihr? War es das, wonach sie ihr ganzes Leben lang gesucht hatte?

Simons Miene spiegelte Überraschung, wurde dann ganz weich. »Ann …«, murmelte er. »Ich hätte ja nie erwartet … Ach Ann, meine schöne, stolze Ann …« Seine Arme umfingen sie ganz fest. Sein Mund liebkoste ihre Lippen.

Ja, was geschah mit ihr? Wenn sie ihrem Verlangen nachgab, würde es kein Zurück mehr für sie geben. Sie war eine Nonne … Und Simon ein Mann, der viele Frauen liebte … Eine plötzliche Furcht stieg in Ann auf, die ihr die Kraft gab, ihn zurückzustoßen und zu stammeln: »Was fällt Euch ein … Ich bin eine Ordensfrau …«

»Ann, seht es doch endlich ein – Ihr seid nicht glücklich als Nonne. Dazu seid Ihr viel zu sehr Frau. Ihr wollt leben und lieben und geliebt werden …«

Nein, er hat Unrecht. Denn dies würde bedeuten, dass ich so viele Jahre meines Lebens vergeudet habe, wehrte sich Ann verzweifelt gegen Simons Worte. Sie hatte das Gefühl, jeden Halt zu verlieren. »Wie könnt Ihr es wagen, so etwas zu behaupten?«, stieß sie hervor.

»Weil ich davon überzeugt bin, dass es die Wahrheit ist«, entgegnete er ruhig.

Ann presste die Hand auf ihre Brust. Ihr Herz hämmerte wie wild. »Und was ist mit Euch? Ist Liebe für Euch nicht nur ein schönes Gefühl, das Ihr in Euch entfacht und am Leben haltet, damit Ihr es für Eure Lieder verwenden könnt? Und kaum brennt es nicht mehr hell genug, zieht Ihr auch schon zur nächsten Frau weiter?« Simon wollte etwas erwidern, aber sie ließ ihn nicht zu Wort kommen. »Um Luces willen, der an Euch hängt und der Euch braucht, kann ich Euch nicht verbieten, weiterhin hierherzukommen. Aber ich verlange von Euch, dass Ihr Euch in Zukunft von mir fernhaltet.«

»Ann, beruhigt Euch doch …« Simon streckte die Hand nach ihr aus. »Lasst mich!« Sie schlug seinen Arm weg und stürzte, während ihr die Tränen in die Augen schossen, davon.

*

Als Simon auf den Heuboden zurückkehrte, bewegte sich Luce unruhig und jammerte im Schlaf vor sich hin. Simon kniete sich neben ihn und strich ihm über den Rücken. »Ich bin bei dir«, flüsterte er. Allmählich entspannte sich Luce, und sein gequältes Gemurmel erstarb. Simon wartete, bis Luce tief und gleichmäßig atmete, dann legte er sich neben ihn in das Heu. Vor der Luke oben in der Wand wurden die Sterne schon blasser.

Ohne zu überlegen, aus einem plötzlichen Impuls heraus, hatte er Ann vorgeschlagen, zusammen mit Luce mit ihm zu kommen. Er hatte dabei nicht im Entferntesten an sie als seine Geliebte gedacht. Erst als ihm klar geworden war, wie sehr sie seine Worte missverstanden hatte, hatte er begriffen, dass er sie auch begehrte. Ja, nicht nur das. Er hatte sich in sie verliebt.

Ein schiefes Lächeln huschte über Simons Gesicht. In seiner Jugend war ihm die unglückliche Liebe zu Ailis, einer verheirateten Adligen, richtig unter die Haut gegangen. Aber das war lange her. Er hätte nicht gedacht, dass es ihn noch einmal so packen würde. Die Liebe zu einer stolzen, starrsinnigen Nonne war noch viel aussichtsloser als die zu einer verheirateten Frau. Denn Ailis und er hatten ihre Liebe wenigstens während einiger kurzer, heimlicher Treffen leben können.

Ich bin damals über diese unglückliche Liebe hinweggekommen, dachte Simon, während er weiter zu den Sternen hinaufstarrte, *und auch die zu Ann werde ich überleben.*

Kapitel 9

Marian entdeckte Yvain zwischen den Marktbuden. Ihr Neffe war ein ungewöhnlich großer Mann. Schon allein deshalb wäre er in einer Menge aufgefallen. Doch auch sein kantiges, strenges Gesicht und sein dichter dunkler Bart hoben ihn unter den Menschen hervor. Erleichtert sah sie, dass er weniger düster und in sich zurückgezogen wirkte als sonst. Der Tag in Aberystwyth, wo er eine Kuh für sein Gut hatte kaufen wollen, schien ihm gutgetan zu haben. Denn er blickte interessiert um sich und blieb jetzt vor einem Stand stehen, an dem Bücher, Pergamentseiten, Wachstäfelchen und Griffel verkauft wurden.

Sie unterdrückte ein Seufzen. So oft redete sie ihm zu, dass er mehr unter Menschen gehen und sich nicht nur auf dem Hof verkriechen sollte. An manchen Abenden, wenn sie mit ihm in der Stube aß, wechselte er kaum ein einziges Wort mit ihr. Jetzt, Ende September, da die Ernte eingebracht war, war er endlich einmal bereit gewesen, mit ihr zum Markt zu fahren.

Marian drängte sich zwischen den Leuten hindurch und stellte sich neben ihren Neffen. »Mein Gott, was für ein Getriebe. Es kommt mir vor, als wären jedes Mal mehr Menschen auf dem Markt unterwegs«, sagte sie lebhaft. »Und, hast du eine Kuh gekauft?«

Yvain nickte ihr, wie es seine Art war, knapp, aber nicht

unfreundlich zu. »Ja, ein junges, kräftiges Tier zu einem günstigen Preis. Hast du denn alles bekommen, was du wolltest?«

»Ich habe Salz und Pfeffer und noch einige andere Gewürze eingekauft.« Seit Yvains Frau und die drei Kinder vor einigen Jahren an einer Seuche gestorben waren, führte sie ihm den Haushalt. »An dem Gewürzstand habe ich reden hören, dass Walthers Schiff im Hafen liegt. Ich finde, wir sollten dorthin gehen und ihn und seine Frau besuchen.«

Yvain drehte ein Wachstäfelchen in seinen Händen. »Es ist schon recht spät am Tag. Wir sollten uns lieber auf den Heimweg machen«, wehrte er ab, wie Marian es nicht anders erwartet hatte. Walther, ein weit gereister Kaufmann, war nicht direkt ein Freund von ihm, aber ein Mann, den Yvain schätzte. Früher hätte er gerne die Gelegenheit ergriffen, sich mit ihm zu unterhalten.

Marian ließ nicht locker. »Zum einen ist es sonnig, und es wird noch eine ganze Weile dauern, bis es dunkel wird«, erklärte sie energisch. »Zum anderen hat Walther immer schöne Wollstoffe unter seinen Waren. Die würde ich mir gerne einmal ansehen. Du brauchst dringend einen neuen Mantel. Dein alter ist schon ganz fadenscheinig. Auch wenn dir dein Aussehen gleichgültig ist, mir ist es nicht egal – du bist schließlich ein Gutsbesitzer und kannst nicht wie ein Bettler herumlaufen. Und der Vorhang in der Halle müsste auch erneuert werden, und …«

»Ja, ja, schon gut, ich komme mit dir zum Hafen«, knurrte Yvain, während er dem Händler die Münzen für das Wachstäfelchen und einen Griffel zuschob. »Aber wir werden nicht lange bei Walther bleiben.«

*

Im Hafen von Aberystwyth wehte ein für die Jahreszeit ungewöhnlich warmer Wind landeinwärts. Er ließ die ankernden Kähne gegen die Sandsäcke an der Kaimauer klatschen, wirbelte welke Blätter, Sand und Schmutz vom Boden auf und ließ Planen und Segel wild flattern. Marian und Yvain benötigten nicht lange, bis sie Walthers Kahn entdeckten. Ein breites Schiff, das ein mit brauner und roter Farbe verziertes, geschnitztes Einhorn als Galionsfigur am Bug hatte.

Walther, ein kräftiger Mann Anfang vierzig, dessen rotblondes Bart- und Kopfhaar dick wie Pinselborsten und von grauen Strähnen durchzogen war, stand an Deck und beaufsichtigte zwei Knechte, die Säcke mit Hilfe eines Flaschenzuges an Bord hievten.

Ganz in seiner Nähe hatte sich eine aschblonde Frau über einen dampfenden Bottich gebeugt und bewegte darin Wäsche mit einem langen Stab. Walthers Ehefrau Jane. Sie bemerkte Yvain und Marian als Erste. »Walther, wir bekommen Besuch«, rief sie.

»Nun, das ist ja eine angenehme Überraschung.« Walther stieß ein dröhnendes Lachen aus und trat an das Reep, wo er Marian an Bord half. »Kommt mit nach drinnen, damit ich Euch einen guten Wein und Kuchen anbieten kann.« Er wies auf den hölzernen Aufbau in der Mitte des Schiffes.

»Geht ihr beiden Männer nur schon einmal alleine«, wehrte Marian lächelnd ab. »Ich helfe Jane mittlerweile bei der Wäsche.«

Yvain folgte Walther in den Verschlag, wo ein breites, mit bunten Wolldecken bestücktes Bett, zusammenklappbare Stühle sowie Böcke mit einer Tischplatte darauf standen. Die kostbare Truhe, in die eine fremdländische Emaillearbeit eingelassen war, wies ebenso auf Walthers Reisen in ferne Länder hin wie die mit einem verschlungenen Wellenmuster verzierten Zinnbecher, die er nun auf den Tisch stellte und mit Wein aus einem Lederschlauch füllte. Walther holte noch einen Teller voller kleiner Maronenkuchen, dann setzte er sich zu seinem Gast.

»Der Rotwein stammt aus dem Languedoc und würde bestimmt auch einem Lord ausgezeichnet munden«, sagte er gut gelaunt.

»Es ist wirklich nicht nötig, dass Ihr mir einen derart teuren Wein anbietet«, entgegnete Yvain spröde. Er wünschte sich, er wäre nicht gekommen.

»Ich werde es Euch sehr übel nehmen, wenn Ihr jetzt nicht sofort davon trinkt!« Walther hob seinen Zinnbecher und prostete ihm zu. »Ich schätze, Ihr habt schon lange keinen wirklich guten Wein mehr gekostet.«

Widerstrebend gab Yvain nach. Er trank einen Schluck und ließ ihn im Mund kreisen. »Der Wein ist tatsächlich vorzüglich«, gab er schließlich zu.

»Ja, nicht wahr?« Walther rückte sich behaglich in seinem Stuhl zurecht. »Nicht dass ich mich übermäßig loben will. Aber was Wein betrifft, könnt Ihr meinem Geschmack schon vertrauen.«

»In den letzten Monaten seid Ihr bestimmt wieder weit umhergereist«, sagte Yvain, der einer Frage Walthers, wie es ihm ginge, zuvorkommen wollte. »Was gibt es für Neuigkeiten in der Welt?«

»Nun, Prinz Richard residiert zurzeit in Aquitanien, der Heimat seiner Mutter. Nach allem, was ich gehört habe, macht er sich als Herrscher gar nicht schlecht. Die Menschen mögen ihn. Er hat ein fröhliches und offenes Wesen, deshalb sind die Leute schnell bereit, ihm seine gelegentlichen Anfälle von Jähzorn zu verzeihen.«

»Hoffentlich ist er mittlerweile endlich erwachsen geworden«, entgegnete Yvain trocken. »Der Aufstand gegen seinen Vater war einfach unüberlegt und dumm.«

»Da stimme ich Euch zu. Prinz Henry ist ja vor Kurzem gestorben …«

»Davon habe ich gehört.« Yvain nickte.

»Deshalb hat der König beschlossen, seinen Besitz zwischen seinen drei überlebenden Söhnen Richard, Geoffrey und John neu zu verteilen. John soll den Löwenanteil erhalten haben, was Richard bestimmt nicht schmecken wird. Aber fürs Erste scheint er sich entschlossen zu haben, die Kröte zu schlucken. Wobei John, nach dem, was meine Kunden in den Burgen und Palästen so reden, ein unreifer, verzogener Bengel und viel weniger talentiert sein soll als seine älteren Brüder.« Walther wiegte skeptisch den Kopf. »Die Aussicht, dass er möglicherweise einmal über dieses Land herrschen wird, erfüllt mich nicht gerade mit Begeisterung.«

»Wie geht es denn dem König?«

»Soviel ich weiß, erfreut er sich guter Gesundheit.« Walther leerte seinen Becher und schenkte sich noch einmal Wein nach. Dann schob er sich einen Maronenkuchen in den Mund. »Aber schließlich ist er nicht mehr der Jüngste.«

»Und die Königin?«

»Wird immer noch gefangen gehalten.«

Der Wein erfüllte Yvain mit einer angenehmen Wärme und machte ihn gesprächiger, als er es sonst gewesen wäre. »Und – könnt Ihr von irgendwelchen Intrigen am Königshof berichten?«, fragte er halb scherzhaft.

Walther bedachte die Frage durchaus ernsthaft. »In den letzten Jahren hat ein Mann namens William de Thorigny viel Einfluss am Hof erhalten. Zu viel, meinen nicht wenige«, antwortete er endlich. »Er scheint einen ziemlich üblen

Charakter zu haben. Klug, aber brutal und rachsüchtig. Manche Höflinge sind der Ansicht, dass er den König beherrscht. Andere glauben dagegen, dass Henry ihn für seine Zwecke benutzt. Wie auch immer … Den Mann möchte man nicht zum Gegner haben.«

Von draußen waren die Stimmen der beiden Frauen zu hören. Sie schienen sich angeregt zu unterhalten und nicht vorzuhaben, sich gleich zu den Männern zu gesellen. Yvain beschloss, die Gelegenheit zu nutzen. »Da wir gerade noch unter uns sind«, sagte er rasch, »ich möchte meiner Tante gerne einen Ring oder eine Kette zu Weihnachten schenken. Sie arbeitet sehr viel auf dem Gut. Ihr könnt mir doch bestimmt eine Auswahl an Schmuckstücken zeigen.«

»Ich bin Geschäften nie abgeneigt.« Walther grinste und erhob sich. Er ging zu der mit der Emaille-Einlegearbeit verzierten Truhe, öffnete sie mit einem Schlüssel und holte zwei Holzkisten heraus, die er zum Tisch brachte. Die Kisten waren mit kleinen Samt- und Lederbeuteln gefüllt. Er nahm einige, löste die Schnur, die sie verschloss, und ließ den Inhalt vorsichtig auf den Tisch gleiten – Anhänger unterschiedlicher Größe aus Bernstein, von denen in einem sogar eine Biene für die Ewigkeit gefangen war, schmale goldene und bronzene Armreifen und andere aus schimmerndem Perlmutt sowie goldene und silberne Ringe.

Etwas ratlos betrachtete Yvain all die Kostbarkeiten. »Ich habe ehrlich gesagt keine Ahnung, was meiner Tante gefallen könnte«, gestand er. Walther legte nachdenklich den Kopf schief. »Ich könnte mir vorstellen, dass ihr Bernstein zusagen würde«, meinte er schließlich.

»Wenn Ihr das glaubt …«

»Ich habe auch noch Ohrringe aus Bernstein. Vielleicht wären sie ebenfalls etwas für Marian.« Walther fasste wieder in eine der Kisten und öffnete einen weiteren Beutel. Doch keine Bernsteinohrringe glitten auf den Tisch, sondern bronzene, die wie Tropfen geformt und mit Granatsplittern besetzt waren. Yvain sog scharf die Luft ein. Ähnliche hatte er seiner Frau Helen kurz vor ihrem Tod geschenkt. Sie hatte sie nur einmal bei einem Fest getragen.

Auch Walther, bei dem Yvain die Ohrringe damals erworben hatte, erkannte die Ähnlichkeit. Kommentarlos steckte er sie wieder in den Beutel.

Schmerzlich erinnerte sich Yvain, dass Helen gesagt hatte, die Ohrringe erinnerten sie an herbstlich verfärbte Blätter, die bei Regen im Sonnenlicht funkelten. Die Welt so zu betrachten, war typisch für sie gewesen. Yvain hatte ihr den Schmuck mit ins Grab gegeben.

»Das sind die Ohrringe, die ich Euch eigentlich zeigen wollte«, sagte Walther nun ruhig und wies auf kleine Bernsteinkugeln, die an einer dünnen goldenen Kette aufgereiht waren.

»Die nehme ich«, erwiderte Yvain hastig.

Walther hatte die beiden Kisten eben wieder in der Truhe verstaut und die Ohrringe Yvain übergeben, als Marians und Janes Stimmen dicht vor der Tür des hölzernen Verschlags erklangen.

»Yvain …« Gleich darauf eilte Marian auf ihren Neffen zu. »Die Leute von dem benachbarten Boot haben vor einigen Tagen eine Frau am Ufer entdeckt. Jane hat mir davon erzählt. Die Frau war völlig durchnässt, sehr krank und kaum bei Besinnung. Die Leute nahmen sie mit auf das Schiff und pflegten sie. Da sie weiterreisen müssen und ein Boot kein geeigneter Ort für eine Kranke ist, beabsichtigen sie, die Kranke ins Spital zu bringen. Aber ihnen ist nicht ganz wohl bei der Vorstellung, die Frau an einem solchen Ort, unter vielen fremden Menschen zu lassen. Denn sie wirkt sehr verstört …«

»Und nun hast du dir überlegt, ob du die Kranke nicht auf unserem Hof gesund pflegen könntest?« Yvain betrachtete Marian mit einer gereizten, ungeduldigen Zuneigung. Seine Tante, deren lange zurückliegende Ehe kinderlos geblieben war, ging darin auf, hilfsbedürftige Wesen zu bemuttern. Sei es eine streunende Katze, ein verletzter Hund, ein Kranker – oder eben ihr verwitweter, vom Leben verwundeter Neffe.

»Ja …« Marian schloss den Mund, aber nur für einen Augenblick. »Ich habe die Frau natürlich schon besucht«, redete sie gleich darauf atemlos weiter. »Ich mag sie.«

»Nun, es ist deine Entscheidung, ob du dir diese zusätzliche Arbeit aufladen willst.« Yvain zuckte die Schultern. »Von mir aus kannst du dich gern um die Frau kümmern.«

*

Auf dem Nachbarboot kam ihnen eine magere Frau, die damit beschäftigt gewesen war, das Deck zu schrubben, entgegen. Marian hatte noch eine Weile mit Jane und Walther geplaudert und den Wein und die Kuchen gekostet, während sie sich Stoffe hatte zeigen lassen. Allmählich war Yvain des Geredes überdrüssig geworden und hatte darauf gedrängt, dass seine Tante endlich ihre Wahl traf.

»Werdet Ihr die Kranke wirklich mitnehmen?«, fragte die Schifferin. Als Marian ihre Frage bejahte, seufzte sie erleichtert. »Gott möge Euch Eure Güte vergelten. Es ist nicht das erste Mal, dass mein Mann und ich einen hilfsbedürftigen Menschen irgendwo aufgelesen haben. Aber so verstört wie diese Kranke war noch niemand.«

Sie geleitete Marian und Yvain zu dem hölzernen Aufbau, der wie bei Walthers Boot in der Mitte des Schiffes stand. Im

Inneren befanden sich ebenfalls zusammenklappbare Stühle. Nur war die Einrichtung sonst viel ärmlicher als die des wohlhabenden Kaufmanns. Die Tischplatte und die Böcke waren an die Wand geschoben worden, um einem Strohlager Platz zu machen. Darauf lag die Kranke. Das tiefrote, kurze Haar, das sich um ihren Kopf kringelte, bildete einen fast erschreckenden Kontrast zu ihrem bleichen, eingefallenen Gesicht.

»Adela«, sagte die Schifferin behutsam, während sie an das Lager trat und die Kranke berührte. »Diese Menschen werden Euch mit sich nehmen und Euch auf ihrem Gut gesund pflegen. Es sind gute Leute, das fühle ich. Ihr könnt ihnen vertrauen.«

Die Kranke schlug die Augen auf. Ihr fiebriger Blick irrte von der Schifferin zu Marian und blieb dann an Yvain hängen. Unvermittelt begann sie zu zittern und rollte sich zusammen, als ob sie sich vor ihm schützen wollte.

»Verzeiht«, flüsterte die Schifferin Yvain zu. »Ich hätte Euch warnen müssen. Auch auf meinen Gatten hat Adela anfangs so reagiert. Sie scheint sich vor Männern zu fürchten.«

»Wahrscheinlich hat sie ihre Gründe dafür«, bemerkte Yvain knapp. Als Marian und die Schifferin eine Weile beruhigend auf die Kranke eingeredet hatten und sie bereit war, sich von ihm berühren zu lassen, hob er sie sehr vorsichtig hoch.

Das ganze Stück vom Schiff über das Reep bis hin zu der Stelle am Kai, wo Walther mit Yvains Pferd und dem Karren auf sie wartete, konnte er ihr Zittern spüren.

*

Yvain betrat die kleine Halle seines Gehöfts. Er hatte die Kuh, die die acht Meilen von Aberystwyth willig hinter dem

Karren hergetrottet war, in einem Stall untergebracht und sie mit Wasser und Futter versorgt. Am nächsten Tag würde er sie dann zu den beiden anderen Kühen auf die Weide bringen. Danach hatte er noch seinen üblichen abendlichen Rundgang über das Anwesen unternommen.

Er war müde und hungrig und merkwürdig gereizt, wobei er sich selbst nicht erklären konnte, warum. Marian war von dem langen Tag und all den Eindrücken in der Stadt erschöpft gewesen, weshalb sie auf dem Heimweg recht schweigsam gewesen war. Wofür Yvain dem Himmel gedankt hatte.

Durch einen Türspalt fiel Licht in die Halle. »Ja, nun esst noch einen Löffel voll Suppe. So ist es gut«, hörte Yvain seine Tante sagen. Unwillkürlich blieb er stehen und blickte durch den Spalt. Marian saß neben einer improvisierten Bettstatt und fütterte die Kranke. Adela war, so rief sich Yvain ins Gedächtnis, der Name der Frau.

Wieder wirkte ihr Gesicht im Kontrast zu dem roten Haar erschreckend bleich und verhärmt. Dennoch war zu erkennen, dass sie einmal sehr hübsch gewesen sein musste. Sie strahlte eine Verlorenheit aus, die ihn berührte und gleichzeitig zornig machte, und er wünschte sich plötzlich, er hätte dem Wunsch seiner Tante nicht nachgegeben.

*

Yvain hatte schon eine Weile in der Stube vor dem Feuer gedöst, als seine Tante erschien und ein Tablett mit einer dampfenden Schüssel und einem Laib Brot auf den Tisch stellte. Wie immer beachtete sie die Schweigsamkeit ihres Neffen nicht. »Adela hat recht hohes Fieber«, sagte sie, während sie den Eintopf in die Tonschalen füllte. »Aber ich glaube, sie wird wieder gesund werden. Als ich ihr geholfen habe, ein frisches Hemd anzuziehen, habe ich ihren Rücken gesehen.

Er ist voller Narben, als ob sie häufig ausgepeitscht worden wäre. Das arme Ding …«

»Vielleicht ist sie ja eine entlaufene Leibeigene«, erwiderte Yvain unwillig. »Nicht dass ich mich bemüßigt fühlen würde, ihren früheren Herrn ausfindig zu machen …«

»Nein, ich glaube nicht, dass sie eine Leibeigene ist.« Marian schüttelte den Kopf und schnitt mit energischen Bewegungen Scheiben von dem Brot ab. »Sie hat nicht viel erzählt – sie ist ja immer noch nicht richtig bei sich. Eigentlich hat sie mehr mit sich selbst gesprochen. Dabei hat sie sich ausgedrückt wie eine Frau, die eine gewisse Bildung genossen hat. Wenn ich ihre Worte richtig gedeutet habe, stammt sie aus der Normandie und hat während des Aufstandes der königlichen Prinzen ihre Familie und ihren Besitz verloren. Das Leben scheint ihr wirklich übel mitgespielt zu haben.«

»Nun, da ist sie in diesen schwierigen Zeiten nicht die Einzige«, erwiderte Yvain hart.

Erst in der Nacht, als er allein in dem Bett lag, das er so viele Jahre mit Helen, seiner Frau, geteilt hatte und wo auch immer mindestens eines ihrer kleinen Kinder bei ihnen geschlafen hatte, begriff er, was ihn an Adela so aufbrachte. Sie wirkte so verloren, wie er sich seit dem Tod von Helen und der Kinder fühlte.

*

Adela richtete sich auf. Zum ersten Mal nahm sie ihre Umgebung richtig wahr. Sie lag in einer kleinen Kammer. Der Laden vor dem schmalen Fenster war geschlossen. Ein Talglicht brannte in einer Halterung an der Wand. Draußen wehte ein starker Wind, der den Regen klatschend gegen das Haus trieb. Im Inneren des Gebäudes konnte sie entfernte Stimmen hören, deshalb nahm sie an, dass es Tag war.

Sie erinnerte sich noch gut daran, wie sie sich bereitwillig von der starken Strömung hatte unter Wasser ziehen lassen. Für Augenblicke hatte sie sich ganz leicht und frei gefühlt. Doch dann, als ihr Mund und ihre Nase sich mit Wasser füllten und sie zu ertrinken drohte, hatte sich plötzlich ein übermächtiger Lebenswille in ihr geregt. Instinktiv hatte sie gegen den tödlichen Sog zu kämpfen begonnen. Ihre nächste Erinnerung war, dass sie sich an Ranken festgeklammert und sich daran ans Ufer gezogen hatte. Dort war sie dann ohnmächtig zusammengebrochen, bis die Stimmen von Männern, die den Fluss absuchten, sie wieder zu sich gebracht hatten und sie weggerannt war.

Danach verwischten sich ihre Erinnerungen. Sie war lange umhergeirrt und hatte sich von Pflanzen ernährt, die in den Wäldern wuchsen. Einmal, als die Nächte kalt wurden, hatte sie sich auf ein Gehöft geschlichen und eine Decke gestohlen, die dort zum Trocknen im Freien hing. Dann war sie irgendwann ans Meer gelangt, wo die Schiffsleute sie am Ufer entdeckt und mit auf ihr Boot genommen hatten.

An die Reise zu dem Gutshof hatte Adela kaum noch Erinnerungen. Sie wusste nur, dass Marian, die alte Frau, die sie pflegte, freundlich und herzlich war. Deshalb vertraute sie ihr. Die Stimme ihres finsteren Neffen hatte sie manchmal von fern gehört. Sie war froh, dass sie ihn bislang noch nicht wieder zu Gesicht bekommen hatte, denn sie fürchtete sich vor ihm.

Ich habe meine Tochter töten wollen … Diese Erkenntnis hatte während der vergangenen Wochen in den Winkeln ihres Bewusstseins gelauert wie ein bedrohliches Tier. Nun überfiel sie Adela mit aller Macht. Ein tiefes Grauen vor sich selbst erfüllte sie. Lange lag sie reglos da und starrte auf die weiß gekalkte Wand der Kammer. Dann traf sie ihre Entscheidung. Sie hatte sich aus dem Fluss ziehen können, und später hatten wildfremde Menschen sie gerettet. Also schienen das Schicksal oder Gott von ihr zu verlangen, dass sie weiterlebte. Aber ihre selbst auferlegte Strafe würde sein, dass sie Robin und Luce nie wiedersehen würde.

*

Während Yvain den Verband am Hinterbein des jungen Schafes entfernte, blökte das Tier ungeduldig. Es war vor einigen Tagen in einem Dornengestrüpp hängen geblieben und hatte sich eine Wunde gerissen. Yvain überzeugte sich, dass die Verletzung nicht eiterte und gut verheilt war. Dann versetzte er dem Schaf einen Klaps und sagte: »So, nun mach, dass du davonkommst.« Das Tier hinkte erst noch einige Schritte. Doch als es bemerkte, dass es den lästigen Verband los war, sprang es laut mähend aus dem Verschlag und zu seiner Herde. Während Yvain ihm hinterherblickte, empfand er plötzlich einen tiefen Frieden.

Dieses Gefühl erfüllte ihn immer noch, als er wenig später auf sein Heim zuging. Licht schimmerte zwischen den Ritzen der Fensterläden hindurch in den kühlen, regnerischen Herbstabend. *Mein Heim*, dachte er. Das Wort hatte dabei zum ersten Mal seit langer Zeit etwas von seinem bitteren Klang verloren.

Seine Tante saß vor der Feuerstelle in der Stube und spann Wolle. Mit einem Seufzer der Erleichterung ließ sich Yvain neben ihr in einen Stuhl sinken. Er war den ganzen Tag auf dem Gut unterwegs gewesen und war rechtschaffen müde.

»Das Essen wird bald fertig sein«, erklärte Marian.

»Gut.« Er nickte.

»Adela konnte heute zum ersten Mal das Bett verlassen.« Seine Tante lächelte ihn an. »In drei, vier Wochen dürfte sie ihre Krankheit überwunden haben und wieder zu Kräften gekommen sein.« In ihren Worten schwang eine unausgesprochene Frage mit.

»Ich bin mir darüber im Klaren, dass es dann Ende November ist. Ich habe nicht vor, die Frau mitten im Winter aus meinem Haus zu vertreiben«, bemerkte Yvain trocken.

»Ich hatte gehofft, dass du damit einverstanden sein würdest, dass Adela bis zum Frühjahr bleibt.«

»Falls nicht, hättest du mir wahrscheinlich das Leben zur Hölle gemacht.« Er lächelte schief, ehe er in die Flammen blickte. Nach einigen Augenblicken wandte er sich wieder Marian zu. Seine Stimme klang ein wenig zögerlich, als er das Gespräch wieder aufnahm. »Du kannst Hilfe im Haushalt und im Garten gebrauchen. Die Hütte, in der der alte Arthur bis zu seinem Tod lebte, steht immer noch leer. Von mir aus kann Adela dort gerne wohnen, wenn sie das möchte. Wahrscheinlich wäre es ungewohnt für sie, eine Kammer mit einer Magd zu teilen.«

»Oh, du hast dir tatsächlich Gedanken über Adela gemacht.« Seine Tante warf ihm einen Blick zu, der sowohl scharf als auch belustigt war.

Yvain erwiderte ihren Blick mit unwillig gerunzelten Brauen und sagte abwehrend: »Ich wäre ein schlechter Gutsherr, wenn ich mir nicht Gedanken über die Leute machen würden, die auf meinem Anwesen leben.«

*

»Geliebte Schwester, wieder einmal erfolgt Euer Besuch völlig unerwartet.« Richard küsste Matilda auf die Wangen. »Wenn Ihr Euch angekündigt hättet, wäre ich früher von der Jagd zurückgekehrt und hätte mich umgekleidet – so, wie es sich für die Gegenwart einer Dame geziemt hätte.«

»Das Warten habe ich gerne in Kauf genommen und Eure staubige Jagdkleidung kann ich ertragen. Hauptsache, möglichst wenige Leute erfahren davon, dass ich hier bin.« Matilda musterte ihren Halbbruder, der sie ihrerseits mit einem ironischen Lächeln bedachte und sich nun auf die gepolsterte Fensterbank des Erkers sinken ließ. Ja, seine Jagdkleidung und seine Haare waren schmutzig, und auch sein Gesicht wurde von einer verschmierten Staubschicht bedeckt. Trotzdem wirkte er geradezu unverschämt gut aussehend und zufrieden mit sich selbst.

»Auf meiner Reise durch Aquitanien habe ich die Leute immer wieder sagen hören, was für ein guter Herrscher Ihr doch seid«, bemerkte sie.

»Oh, die letzten Ernten waren gut. Das macht es den Menschen leicht, ihren Fürsten zu loben.« Richard winkte lässig ab. »Aber ich vermute, Ihr habt die weite Reise nicht unternommen, um mir Komplimente zu machen. Auch wenn ich sie aus Eurem Munde natürlich besonders gerne höre.«

»Nein, ich bin wegen William de Thorigny zu Euch gekommen.«

»Tja, William ist nach wie vor ein einziges Ärgernis. Ich nehme an, Ihr wisst, dass er um unseren Bruder John herumscharwenzelt und sich bei ihm einschmeichelt, da er ihn für den zukünftigen König hält?«

»Ich habe davon erfahren.« Matilda nickte. »Aber Williams politische Ambitionen interessieren mich im Moment nicht besonders.«

»Nun, ich würde aber doch sagen, dass seine einflussreiche Stellung am Hofe unseres Vaters ein Teil des Problems ist …« Richard hob die Augenbrauen.

»Das trifft natürlich zu.« Matilda neigte zustimmend den Kopf. »Aber mich beschäftigt im Moment vor allem Williams

Grausamkeit.« Mit knappen Worten berichtete sie, was er Adela angetan hatte. »Ich möchte, dass William leidet, so wie er andere Menschen leiden lässt. Und dazu benötige ich Eure Hilfe«, schloss sie.

»Eine Option wäre es, William durch gedungene Mörder aus dem Weg räumen zu lassen.« Richard zuckte die Schultern.

»Das habt Ihr doch nicht ernsthaft vor!«

»Ihr schreckt vor einem Mord zurück?« Richard lächelte sie an. »Für so zartbesaitet hätte ich Euch eigentlich nicht gehalten. Nein, ich weiß, was Ihr sagen wollt: Wenn herauskommt, dass ich hinter diesem Mord stecke, enterbt mich unser Vater auf der Stelle, ich bringe die Kirche gegen mich auf und schmälere somit meine Aussichten, jemals König zu werden, ganz entscheidend …«

»Ihr seid wirklich erwachsen geworden«, sagte Matilda trocken.

»Wie schön, dass Ihr das erkennt.« Richard veränderte seine Sitzposition und streckte die Beine von sich. »Was schlagt Ihr also vor?«

»Eine Intrige gegen ihn zu spinnen. Ein Netz aus Anschuldigungen und Verleumdungen, in dem er sich immer mehr verfängt …«, sagte sie mit harter Stimme.

»Das bedeutet, Leute in seiner Umgebung und in der unseres Vaters zu bestechen …« Richard nickte nachdenklich. »Ein kostspieliges und nicht ungefährliches Vorhaben …«

»Wenn dieser Plan billig und leicht umzusetzen wäre, hätte ich ihn schon längst allein in Angriff genommen«, entgegnete Matilda spöttisch. »Jetzt redet nicht lange herum. Helft Ihr mir nun, oder helft Ihr mir nicht?«

»Ich bevorzuge ja eigentlich eher die direkte Auseinandersetzung.« Richard lächelte wieder. »Aber ich gebe zu, dass die

Vorstellung, William auf diese Weise auszuschalten, durchaus auch etwas für sich hat. Ja, Ihr könnt auf meine Unterstützung zählen.«

*

Nachdem Adela die letzten Kettfäden durchtrennt und den braunen Stoff zusammengefaltet hatte, blieb sie still vor dem Webstuhl sitzen. Mittlerweile war es Ende März. Die Büsche draußen vor ihrer Hütte trugen die ersten Blattknospen. Die letzten Tage waren warm gewesen, und die Sonne hatte den Schnee bis auf einige Reste im Schatten weggetaut. Den ganzen Winter über, seit sie in der Lage gewesen war, das Wohnhaus zu verlassen, hatte sie in ihrer Hütte an dem Webstück gearbeitet.

Den Faden durch das Fach des Webstuhls ziehen ... Dann die Tritte betätigen und das Fach ändern ... Sich auf diesen immer gleichen Wechsel zu konzentrieren hatte ihr anfangs über diese trostlosen Tage hinweggeholfen. Sie wusste, dass Marian sich Sorgen um sie machte und sie gern in ihrer Nähe gehabt hätte. Aber Adela war froh darüber, für sich sein zu können. Denn sie hätte die ständige Gesellschaft anderer Menschen nicht ertragen. Wobei Marian ohnehin häufig nach ihr sah.

Yvain dagegen richtete kaum einmal ein Wort an sie und wenn, dann schien er es nur widerwillig zu tun. Adela fürchtete sich nicht mehr vor ihm. Aber nach Möglichkeit ging sie ihm aus dem Weg.

Nachdem Adela die eitrige Beinwunde eines Knechtes erfolgreich behandelt hatte, hatte es sich herumgesprochen, dass sie heilkundig war. Nach und nach waren die Bediensteten und dann auch Leute aus den umliegenden Dörfern zu ihrer Hütte am Rande des Obstgartens gekommen und hatten sie um Hilfe gebeten. Die Knechte und die Mägde akzeptierten es, dass sie meist sehr schweigsam war und für sich blieb. Auch die Dorfbewohner schienen sich nicht daran zu stören.

Sie wusste, dass sie großes Glück gehabt hatte, den Winter an diesem sicheren Ort verbringen zu können und dass sie dankbar dafür sein müsste. Doch meistens empfand sie gar nichts. Weder Freude noch Traurigkeit, nur eine große Leere.

Als sie Schritte draußen im Gras auf der Obstwiese hörte, dachte sie, Marian würde sie wieder einmal besuchen, ihr Eier oder Milch oder Wäsche zum Ausbessern bringen, sich zu ihr an den Tisch setzen und ihr von den neuesten Ereignissen auf dem Gut erzählen.

Doch zu ihrer Verwunderung trat Yvain in die Hütte. Zögernd blieb er an der Tür stehen. »Meine Tante schickt mich«, erklärte er schließlich knapp. »Sie meint, Ihr solltet Euch meine Hand einmal ansehen. Beim Schnitzen eines Pfeilschaftes ist mir das Messer ausgerutscht.« Er hielt Adela seine Linke hin, um die, wie sie jetzt sah, ein blutiges Tuch geschlungen war.

Vorsichtig entfernte sie den Lappen. Eine tiefe Schnittwunde befand sich in dem Daumenballen.

»Abfaulen wird mir die Hand wohl nicht gleich«, bemerkte Yvain ironisch.

Die Instinkte einer Heilerin regten sich in Adela und vertrieben ihre gleichgültige Stimmung. »Da täuscht Ihr Euch. Wenn die Wunde nicht gereinigt wird, wird sie früher oder später eitern«, erwiderte sie scharf. »Setzt Euch auf diesen Schemel und legt Eure Hand auf den Tisch.«

Er kam ihrer Aufforderung nach, während sie ein Tongefäß mit stark gebranntem Alkohol und ein anderes, das Dornen enthielt, von einem Regalbrett an der Wand nahm. Das Reinigen der Wunde und auch das Klammern der Ränder ließ Yvain stoisch, ohne mit der Wimper zu zucken, über sich ergehen. Doch währenddessen und auch dann, als sie die Verletzung mit einem sauberen Leinentuch verband, hatte sie wieder das Gefühl, dass ihm ihre Gegenwart unangenehm war. Ein plötzliches Unbehagen regte sich in ihr, das stärker als ihre Niedergeschlagenheit war.

»Ich bin Euch dankbar für alles, was Ihr für mich getan habt. Aber ich möchte Euch nicht zur Last fallen«, sagte sie impulsiv. »Es ist Frühling geworden. Ich kann das Gut verlassen …«

»Ihr fallt mir nicht zur Last.« Yvain schüttelte den Kopf. Er blickte an ihr vorbei durch die offene Tür in den Garten. Nach einer kurzen Pause fügte er hinzu: »Im Gegenteil – ich bin froh, dass Ihr hier seid. Auch wenn Marian es nicht wahrhaben will, wird sie allmählich alt, und ihre Kräfte lassen nach. Sie kann Eure Hilfe gut brauchen.«

Adela fühlte, dass ihm dieses Eingeständnis nicht leichtgefallen war. Trotzdem konnte sie es sich nicht verkneifen zu sagen: »Ihr könntet auch eine weitere Magd beschäftigen, die Eure Tante unterstützt.«

»Meine Tante mag und schätzt Euch.« Yvain bedachte sie mit einem kurzen, grimmigen Lächeln. »Warum sollte ich also nach einem Ersatz für Euch suchen? Und was mich betrifft, tut es mir leid, wenn ich den Eindruck erweckt haben sollte, dass mir Eure Gegenwart unangenehm ist. Ich fürchte, ich wirke seit dem Tod meiner Frau und meiner Kinder häufig recht abweisend.«

Manchmal, wenn Adela Kranke im Dorf besuchte, hatte sie Yvain auf dem Friedhof bei der Kirche gesehen. Sehr aufrecht und, wie ihr schien, zornig stand er am Grab seiner Familie. Sie hatte keine Kraft gehabt, wirklich mit ihm zu fühlen. Trotzdem hatte sie so etwas wie Verbundenheit mit ihm gespürt und ihn um seinen Zorn, wie ihr jetzt klar wurde, beneidet.

»Ihr bleibt also?« Yvain blickte sie fragend an.

»Ja.« Adela nickte.

»Das trifft sich gut.« Yvain erhob sich. »Meine Tante lässt nämlich fragen, ob Ihr morgen wohl das Brotbacken übernehmen könntet. Morgen ist Schlachttag, und meine Tante wird nicht hier sein. Eine Verwandte von uns, die bei Aberdofy lebt, hat ihr erstes Kind geboren, und Marian wird für einige Zeit zu ihr reisen, um ihr beizustehen.«

Luce und Robin ... Nur nicht an sie denken ... Schmerz regte sich kurz in Adela wie eine Flamme, die an einem Holzstück aufzüngelt und gleich darauf wieder erlischt. Ihre Gefühle mussten sich auf ihrem Gesicht gespiegelt haben, denn Yvain sah sie auf einmal aufmerksam und – wie ihr schien – mitleidig an. Doch zu ihrer Erleichterung stellte er keine Fragen.

»Ja, natürlich werde ich das Brotbacken übernehmen«, hörte Adela sich sagen.

*

Adela befeuchtete ihre Hände mit Wasser und formte einen weiteren Teigklumpen zu einem Brotlaib. Die Küchentür stand weit offen. Durch den Dunst, der von den Kesseln auf der Feuerstelle aufstieg, war der Garten verschwommen zu sehen. Sie war froh darüber, auf dem Gut bleiben zu können. Bei dem Gedanken daran, dass sie bald beginnen konnte, im Garten zu arbeiten und dass dort Pflanzen aus der Erde hervorbrechen und wachsen würden, empfand sie sogar eine zaghafte Zufriedenheit.

Die Köchin, eine dralle rotgesichtige Frau, hängte die Würste über eine Holzstange. Während sie sie dann in einen

Topf mit siedendem Wasser tauchte, rief sie zwei Mägden zu: »Fangt jetzt an, Zwiebeln und Rüben klein zu schneiden. Ihr wisst, dass es der Herr nicht leiden kann, wenn das Essen nicht zur gewohnten Zeit auf dem Tisch steht.«

Yvain, das hatte Adela im Laufe der vergangenen Monate wahrgenommen, sorgte zwar gut für seine Leute, aber er war auch ein strenger Herr, der keine Nachlässigkeiten duldete. *Wenn ich ihm begegne, muss ich mir seine Wunde ansehen*, überlegte sie, denn sie bezweifelte, dass er zu ihr kommen würde, jetzt, da Marian ihn nicht nachdrücklich dazu auffordern konnte.

Nachdem Adela den letzten Teigklumpen zu einem Brot geformt und ein sauberes Leinentuch über die Laibe gebreitet hatte, verließ sie die Küche. Denn sie wollte nachsehen, ob das Feuer im Backhaus richtig brannte. Schon bevor sie auf den Wirtschaftshof einbog, hörte sie Pferdewiehern und Männerstimmen bei den Stallungen. Instinktiv zog sie sich in den Schutz einiger Büsche am Rand des Gartens zurück und spähte von dort zu den Nebengebäuden.

Eine Gruppe von Reitern war eben auf dem Hof angekommen und wurde von Yvain begrüßt. Ihrer kostbaren Kleidung und den teuren Pferden nach zu schließen, die die Knechte in Empfang nahmen, waren die Männer Edelleute. Yvain ging nun mit ihnen in Richtung des Wohnhauses, und die Knechte führten die Pferde zu den Stallungen. Eines tänzelte unruhig und machte einige Schritte in Adelas Richtung. Als der junge Knecht ungeduldig am Zügel zerrte, bäumte es sich wiehernd auf. Die Sonne schien auf seine rechte Hinterhand. Dort war ein Mal eingebrannt. Ein »W« und ein »T«, die ineinander verwoben waren.

Noch ehe Adela richtig begriff, drehte sich der Mann, der neben Yvain einherging, zu dem wiehernden Pferd um und rief dem Knecht etwas zu. Sie erkannte seine Stimme. Er war der Mann, der sie dazu überredet hatte, ihren Widerstand gegen die Soldaten des Königs aufzugeben und mit ihren Bediensteten das Gut zu verlassen. Der Mann, der sie William de Thorigny zugeführt hatte.

Adela glaubte, einen brennenden Schmerz in ihrem Oberarm zu spüren und den Geruch verbrannten Fleisches zu riechen. Sie presste die Hand gegen den Mund, um ihr panisches Aufstöhnen zu unterdrücken.

*

Hinter den Fensterläden von Adelas Hütte brannte kein Licht. Yvain ertappte sich dabei, dass er, wie immer seit sie die Behausung im Herbst bezogen hatte, auf seinem abendlichen Rundgang nach dem Lichtschein Ausschau hielt. *Wahrscheinlich hat sie sich einfach früh schlafen gelegt,* dachte er, während er begleitet von seinem Hund Lester weiterging. Seine Gedanken wanderten zu den Männern, die am Nachmittag auf den Hof gekommen waren. Boten des Königs, die er, wie es seine Pflicht als Ritter war, angemessen bewirtet hatte. Sie hatten sich ihm gegenüber durchaus höflich verhalten. Sehr sympathisch gefunden hatte er sie aber nicht, und er war froh gewesen, dass sie nicht über Nacht geblieben waren.

Yvain hatte auch im Pferdestall nach dem Rechten gesehen und trat wieder hinaus auf den dämmrigen Hof, als ihm John, ein langjähriger Knecht, begegnete. »Der Schimmel ist sehr unruhig«, sagte Yvain. »Sorge dafür, dass er während der nächsten Tage mehr Heu und weniger Hafer zu fressen bekommt.«

»Ja, Herr, ich werde mich darum kümmern.« Zu Yvains Überraschung zögerte John dann und meinte: »Herr, die Köchin hat mir vorhin gesagt, dass Adela Brotlaibe in der Küche zum Aufgehen stehen gelassen und sie dann nicht in den Ofen geschoben hat. Wenn eine der Mägde es nicht rechtzeitig bemerkt hätte, wäre der Teig verdorben gewesen. Die Köchin hat sich darüber gewundert, denn normalerweise ist Adela sehr zuverlässig. Und dann hat mir noch der Stallbursche mitgeteilt – er hat Zäune auf der Weide repariert –, er hätte Adela auf dem Weg nach Aberystwyth gesehen. Sie sei sehr schnell gelaufen, fast gerannt und hätte keinen Mantel getragen. Er hat ihr nachgerufen, aber sie hat überhaupt nicht auf ihn reagiert.«

John hob verlegen die Schultern. »Ich möchte nicht schlecht über Adela reden, Herr. Vielleicht hat dies ja alles nichts zu bedeuten. Aber vergangenes Jahr war sie ja sehr krank. Deshalb dachte ich, ehe ihr vielleicht etwas zustößt, sage ich es Euch besser.«

»Es war gut, dass du es mir erzählt hast.« Yvain nickte dem Knecht zu.

*

Vor der Hütte zögerte Yvain. Er fühlte eine merkwürdige Scheu, die Behausung zu betreten, so als ob er dadurch Adelas Vertrauen missbrauchte. Aber er hatte keine andere Wahl, wenn er sie finden wollte. Im Inneren ließ er seine Laterne aufleuchten. Die Einrichtung war einfach und spartanisch, so wie Adela sie von dem alten Ranulf übernommen hatte. Die Kräuterbüschel, die von der niedrigen Decke hingen, die Tongefäße und das zu einem Barren gegossene Bienenwachs auf einem Wandbrett waren ihre einzige persönliche Note. An einem Wandhaken hingen ihr Mantel und ihr Bündel. Sie musste wirklich völlig überstürzt aufgebrochen sein.

Yvain überlegte kurz, ob er seine Knechte zusammenrufen sollte, um nach Adela zu suchen, entschied sich dann jedoch dagegen. Die Gefahr, dass sie sich von den Männern gejagt fühlen würde, war zu groß. Er erinnerte sich noch gut, wie sehr sie sich bei ihrer ersten Begegnung vor ihm gefürchtet hatte. Stattdessen ließ er Lester an dem Mantel riechen, bis er sicher war, dass der Hund sich Adelas Geruch gut eingeprägt hatte. Dann machte er sich wieder auf den Weg zu den Stallungen.

Als Yvain durch das Tor des Gehöfts ritt, bellte Lester und schlug die Richtung ein, die Adela laut John genommen haben musste. Besorgt registrierte Yvain, dass von Westen her Wolken am Nachthimmel aufzogen. Er unterdrückte einen Fluch. Er war mit den Wegen hier seit seiner Kindheit vertraut und würde sich auch in einer sternenlosen Nacht zurechtfinden. Aber bei Regen würde Lester Adelas Spur verlieren. Deshalb ließ er sein Pferd in einen leichten Trab fallen. Aufgeregt hechelnd, die Nase am Boden, rannte der Hund vor ihm her.

Yvain schätzte, dass sie etwa fünfzehn Meilen zurückgelegt hatten, als Lester am Rand eines Wäldchens ein leises Winseln ausstieß. Yvain zügelte sein Pferd, während der Hund schnüffelnd hin und her rannte. Dann blieb das Tier stehen und blickte schwanzwedelnd zu den Bäumen. »Gut gemacht.« Yvain tätschelte ihm den Kopf, ehe die Zügel des Pferdes um einen niedrigen Ast schlang.

Die abgedunkelte Laterne in der Hand, folgte er dem Hund vorsichtig durch das Unterholz. Vor einem Felsen winselte Lester wieder leise. Yvain ließ die Laterne kurz aufleuchten. Adela lag in einer moosigen Kuhle vor dem großen Steinbrocken. Zum Schutz gegen die Kälte hatte sie trockenes Laub um sich gescharrt. Als der Lichtschein ihr Gesicht streifte, wachte sie auf. Sofort verzerrte Panik ihr Antlitz und sie sprang auf.

»Adela, ich bin es, Yvain.« Er verstellte ihr den Weg. »Ich habe mir Sorgen um Euch gemacht, deshalb habe ich nach Euch gesucht. Warum seid Ihr von dem Gut geflohen?«

»Lasst mich …« Sie versuchte, von ihm wegzulaufen. Als er sie festhielt, begann sie wieder zu zittern. Beruhigend redete er auf sie ein: »Ich will Euch nichts Böses. Ich verspreche, ich lasse Euch gehen. Aber vorher möchte ich wissen, warum Ihr das Gut so überstürzt verlassen habt.« Selten einmal hatte er sich so hilflos gefühlt.

Zu seiner Erleichterung entspannte sie sich ein wenig. »Einer der Männer, die heute Nachmittag auf das Gehöft kamen … Ich kannte ihn … Er … Er hat mich einmal in eine Falle gelockt«, sagte sie schließlich stockend.

»Diese Männer waren Boten des Königs. Nachdem sie eine Mahlzeit zu sich genommen haben, sind sie weitergeritten. Ihr habt von ihnen nichts mehr zu befürchten.« Yvain fühlte einen Tropfen auf seinem Gesicht. Gleich darauf begann der Regen niederzuprasseln. »Adela, jetzt nehmt Vernunft an.« Vor Sorge und Ungeduld klang seine Stimme ganz schroff. Am liebsten hätte er sie geschüttelt. »Ihr könnt nicht eine Märznacht im strömenden Regen im Wald verbringen und nicht einmal einen Mantel dabeihaben. Kommt mit mir zurück.«

»Ihr habt wirklich nichts mit diesen Männern zu schaffen?« Zweifelnd sah sie ihn an.

»Ich schwöre es Euch, bei Helen, meiner toten Frau, und bei meinen toten Kindern. Ich kannte die Männer nicht einmal.«

Nach einigen Momenten nickte Adela stumm.

Yvain zog seinen Mantel aus und legte ihn ihr um die Schultern. Dann folgte sie ihm und Lester zu dem Pferd.

Es regnete heftig, und trotz des Mantels war Adela völlig durchnässt, als sie das Gehöft erreichten. Yvain wünschte sich, seine Tante wäre zu Hause. Was sollte er nur mit Adela tun? Er konnte sie unmöglich in der kalten Hütte zurücklassen. Doch dann ermahnte er sich, sich nicht so anzustellen. Immerhin war er einmal ein verheirateter Mann gewesen.

Vor dem Wohnhaus sprang er vom Pferd und half auch Adela abzusteigen. »In der Stube glimmt noch ein Feuer«, sagte er. »Ich bringe Euch schnell ein paar Tücher und Kleidungsstücke meiner Tante. Dann könnt Ihr Euch im Warmen trocken reiben und umziehen, während ich das Pferd in den Stall bringe.«

»Aber ich kann nicht mit Euch ins Haus kommen, jetzt, da Eure Tante nicht da ist«, wandte Adela ein.

»Als Gutsherr genieße ich den Vorteil, mich um das Gerede der Bediensteten nicht kümmern zu müssen.« Yvain lächelte schief. »Und Ihr könnt wirklich unbesorgt sein – ich will nichts von Euch.«

»Das hatte ich auch nicht angenommen …«

»Gut.« Yvain seufzte. »Dann wäre das ja klargestellt.«

Nachdem er Adela in die Stube begleitet hatte, fachte er schnell noch das Feuer an, ehe er ihr aus der Kammer seiner Tante einige Leinentücher, ein Kleid und Wäsche brachte. Wobei er sich lieber nicht vorstellen wollte, zu welchen Kommentaren dies Marian veranlassen würde. Im Stall übergab er das Pferd einem verschlafenen Knecht. Dann rieb auch er sich trocken und wechselte die Kleidung. Als er zusammen mit Lester die Stube betrat, hatte Adela sich schon umgezogen. Sie kauerte vor dem Feuer. Ihr feuchtes Haar fiel dunkel um ihr Gesicht. Lester legte sich neben sie.

»Der Mann, den ich am Nachmittag auf dem Gut sah … Er übergab mich William de Thorigny … Es geschah während des Aufstandes der Prinzen. Francis, mein Gatte, kämpfte im Heer Richards, und William de Thorigny gehörte zu den Gefolgsleuten des Königs …« Adela sah Yvain nicht an. Sie starrte in die Flammen.

»Ich habe von William de Thorigny gehört.« Yvain ließ sich in einen Stuhl sinken.

»William de Thorigny vergewaltigte mich und ließ mich auf dem brennenden Gut zurück. Er tötete meinen Mann und meinen Bruder … Und dann nahm er mich gefangen …« Adela begann zu weinen. Yvain hätte Adela gerne tröstend berührt, aber er spürte, dass sie dann nicht hätte weiterreden können.

Ohne ihn anzublicken – eigentlich mehr an das Feuer als an ihn gerichtet und immer wieder von heftigem Weinen unterbrochen – erzählte Adela, was William ihr angetan hatte. Und die Hände auf die Oberschenkel gestützt, saß Yvain einfach nur da und hörte ihr zu.

*

Yvain reckte sich schwerfällig in seinem Stuhl. Er fühlte sich ganz steif. Das, was in der vergangenen Nacht geschehen war, erschien ihm wie ein wirrer Traum. Doch dann sah er, dass Adela neben dem Hund vor dem niedergebrannten Feuer lag und sich nun langsam ebenfalls regte.

Verwirrt blickte sie sich um, ehe sie sich hastig aufsetzte und ihre roten Haare aus dem Gesicht strich. »Mein Gott, was habe ich Euch alles erzählt?«, fragte sie unsicher.

»Ihr habt das alles, glaube ich, vor allem Euch selbst erzählt. Es war nichts dabei, dessen Ihr Euch schämen müsstet.« Yvain registrierte, dass ein heller Lichtstreifen durch die Ritzen der Fensterläden fiel. Die Morgendämmerung war angebrochen. Er stand auf. »Ich bringe Euch jetzt wohl besser zu der Hütte.«

Tatsächlich war der Himmel im Osten ganz hell, als sie aus dem Haus traten. Die Sonne musste gleich über den Hügeln aufgehen. Ein Knecht, der einen Futtereimer über den Hof schleppte, begegnete ihnen und starrte sie einen Moment lang verblüfft an, ehe er Yvain hastig grüßte und so tat, als würde er Adela nicht bemerken.

Also doch, dachte Yvain und unterdrückte ein Seufzen.

Auf dem Weg durch den Garten sprachen er und Adela nicht miteinander, aber Yvain empfand das Schweigen nicht als bedrückend. Vor der Hütte blieben sie stehen. »Danke, dass Ihr mir nachgeritten seid«, sagte Adela leise. »Und dass Ihr mir zugehört habt.«

Gott im Himmel, derartige Gespräche waren nun wirklich nicht seine Sache. Wieder fühlte sich Yvain sehr hilflos. »Ihr müsst mir nicht danken …«, wehrte er ab.

»Kommt heute Nachmittag zu mir, damit ich mir Eure verletzte Hand ansehen kann«, sagte sie, ehe sie in die Hütte schlüpfte. Yvain war fast erleichtert, als sich die Tür hinter ihr schloss. Trotzdem kam es ihm vor, als sei ihm während der vergangenen Nacht etwas Kostbares geschenkt worden.

Als er später zusammen mit den Knechten auf dem Feld arbeitete und Furchen für die Aussaat pflügte, stellte er plötzlich fest, dass er zum ersten Mal seit langer Zeit vor sich hin pfiff.

*

»Ja, gut so!«, rief Simon Luce zu. Der Junge machte einen schnellen Schritt vorwärts, riss das hölzerne Übungsschwert hoch und hieb es gegen Simons Waffe. Der Schlag war kraftvoll und geschickt. Wenn Luce ihm ein körperlich ebenbürtiger Gegner gewesen wäre, hätte er ihm das Schwert wahrscheinlich aus der Hand geschleudert.

Nachdem sie noch eine Weile auf der Wiese am Fluss weitergekämpft hatten, ließ Simon sein Schwert sinken. »Genug für heute. Du hast mich alten Mann ganz schön ins Schwitzen gebracht. Du hast in den letzten Monaten wirklich große Fortschritte gemacht.«

Ein Lächeln erhellte Luces schmales, verschlossenes Gesicht, und er wurde rot vor Freude. »Seit du das letzte Mal hier warst, habe ich oft mit dem Schmied trainiert.«

Seite an Seite schlenderten sie zur Flussböschung, wo Simon seinen Mantel auszog und ihn über das vom Winter noch braune Gras breitete. Eine Ente flog ärgerlich schnatternd zwischen dem Schilf auf und ließ sich ein Stück flussabwärts aufs Wasser gleiten.

Simon holte eine Kalebasse, einen Brotlaib und einen Käse aus seinem Bündel und schnitt von beidem für Luce und sich Scheiben ab. Eine Weile aßen und tranken sie in einträglichem Schweigen.

Schließlich wischte sich Luce die Krümel vom Mund und warf Simon einen Blick von der Seite zu. »Zwischen dir und Ann ist etwas vorgefallen, nicht wahr?«

»Wie kommst du darauf?«

»Na ja, sonst haben wir uns öfter bei ihr im Garten getroffen.« Luce zuckte mit den Schultern. »Dieses Mal aber noch gar nicht. Und wenn du und Ann euch in meiner Gegenwart begegnet, dann redet ihr zwar miteinander. Mir kommt es jedoch so vor, als ob ihr das nur meinetwillen tut.«

Simon wünschte sich, Luce wäre weniger feinfühlig. »Ja, du hast Recht. Ann und ich haben uns gestritten«, gab er schließlich zu.

»Weshalb?« Luce ließ nicht locker.

»Unter anderem, weil ich der Meinung bin, dass sie als Nonne nicht glücklich ist.«

»Meine Tante wirkt anders als die meisten Schwestern«, erwiderte Luce nachdenklich.

»Wie meinst du das?«, fragte Simon amüsiert.

»Ann ist nicht gerade demütig und sanft. Meistens verhält sie sich den Kranken gegenüber schon geduldig. Aber wenn einer ihrer Patienten nicht das tut, was sie will, kann sie ziemlich wütend werden. Überhaupt kann sie ziemlich wütend werden …« Luce grinste. »Außerdem wirkt sie nicht vergeistigt und bewegt sich nicht mit Trippelschritten …«

Nein, Ann ist ganz und gar nicht vergeistigt … Simon lauschte dem Gezwitscher einer Amsel in einer Weide ganz in ihrer Nähe. Während der vergangenen Monate hatte er einige Liebschaften gehabt. Trotzdem hatte er Ann nicht vergessen können.

»Simon …?«

»Ja …?« Als er sich Luce zuwandte, war der Junge sehr ernst geworden. Seine Finger strichen über das Holzschwert, das neben ihm im Gras lag. »Ich hasse William de Thorigny«, brach es aus ihm heraus. »Eines Tages werde ich ihn töten.«

»Ich kann dich verstehen.« Simon nickte.

»Warum suchst du ihn nicht und tötest ihn?«

»Zum einen ist es keine einfache Entscheidung, einen Menschen zu töten …«

»Aber William de Thorigny hat es mehr als verdient …«

»Auch dann ist es keine einfache Entscheidung.« Simon seufzte. »Und zum anderen möchte ich noch nicht sterben.« Als er den verwirrten Zweifel auf Luces Gesicht bemerkte, lächelte er ein wenig. »Luce, auch wenn du mich vielleicht so sehen möchtest, ich bin kein Held. Aber darum geht es gar nicht. Ich habe mir ernsthaft überlegt, de Thorigny umzubringen. Damals, als ich deine Mutter aus seinem Kerker befreite und sah, was er ihr angetan hatte. Und auch später, nachdem sie sich das Leben nahm … Letztlich habe ich mich jedoch dagegen entschieden. Denn wichtiger, als ihn zu töten, ist es mir, für dich und Robin da zu sein.«

Luces zweifelnde Miene erhellte sich wieder. »Ich bin froh, dass du mein Freund bist«, flüsterte er.

»Und ich bin froh, deiner zu sein.« Simon lächelte ihn an. »Jetzt aber schlage ich vor, dass du schleunigst zum Kloster zurückkehrst, damit du keinen Ärger mit deiner Tante bekommst.«

»Ja, ja, sie ist immer sehr darauf bedacht, dass ich meine Pflichten erfülle und ja keine Aufmerksamkeit errege.« Luce stöhnte und hob die beiden Übungsschwerter auf, um sie zur Schmiede zurückzubringen.

Simon blickte ihm nach, während er über die Wiese davonrannte. Ein drahtiger, muskulöser Junge, der im Begriff war, die Kindheit hinter sich zu lassen. *Hoffentlich,* dachte er traurig, *bleiben ihm die wirklichen Kämpfe noch lange erspart.*

*

Wut kochte wieder in William de Thorigny auf, während er vor den Gemächern des Königs auf und ab ging. Richard, das schwor er sich, würde ihm nicht noch einmal in die Quere kommen. Noch nie in seinem Leben hatte er sich so gedemütigt gefühlt wie in den Augenblicken, als er zu seinem Gut zurückgekommen war und hatte feststellen müssen, dass Adela entkommen und Marjorie verschwunden war. Er hatte seinen unfähigen Verwalter auspeitschen und zum Tor hinauswerfen lassen. Doch dies hatte ihm nur eine kurze Befriedigung verschafft. Marjorie, die irgendwie bei Adelas Befreiung mitgewirkt hatte, würde er noch finden und sie ihren Verrat büßen lassen. Auch Adela würde er früher oder später wieder in seine Gewalt bringen.

Doch zuallererst war es wichtig, mit Richard abzurechnen. Wahrscheinlich hatte er sich köstlich dabei amüsiert, ihn – William – wie einen Trottel dastehen zu lassen. Es hatte ihn einiges an Zeit und Geld gekostet, Zeugen zu kaufen, die Richard einer neuen Intrige gegen seinen Vater bezichtigten. Aber dies und noch viel mehr war es ihm wert, Richard zu vernichten. Immerhin – William lächelte ein wenig – würde bestimmt auch John seine Bemühungen zu schätzen wissen.

Er atmete auf, denn endlich erschien ein Diener und ließ ihn in Henrys Gemächer ein.

Da der Märztag warm war, standen die Fenster des Zimmers mit den vergoldeten Deckenschnitzereien weit offen. Die Seidenteppiche an den Wänden bewegten sich leicht in dem Luftzug. Im Kontrast zur kostbaren Einrichtung wirkte Henry, der eine abgewetzte Lederweste über seinem an den Unterarmen hochgekrempelten Leinenkittel trug, eher wie ein Bauer als ein Adliger oder gar ein König. Er lehnte an einem wuchtigen Holztisch, auf dem eine emaillierte Schale voller kandierter Früchte und eine silberne Karaffe mit Wein oder Wasser standen. Dazwischen lagen, wie achtlos hingeworfen, einige dicht beschriebene Pergamentbögen. Als William näher kam, bemerkte er, dass Henrys Kittel voller Flecken war.

Der König lässt sich gehen, dachte er, *nun, vielleicht hat er seine besten Tage ja mittlerweile hinter sich.*

»Majestät ...« Er verneigte sich. »Ich bin Euch sehr dankbar, dass Ihr bereit seid, mich zu empfangen. Auch wenn mich leider sehr unerfreuliche Dinge zu Euch führen.« Er machte eine Pause und seufzte bekümmert. »Denn ich besitze Beweise, dass Euer Sohn Richard wieder plant, sich gegen Euch zu erheben.«

»So, Ihr besitzt also Beweise gegen meinen Sohn ...« Henry zog ein Paar Reithandschuhe durch seine behaarten Finger. Er schien nicht besonders beeindruckt. Dies war nicht der Anfang, den William de Thorigny sich erhofft hatte.

»Ja, Hoheit, wenn ich Euch bitte berichten dürfte …« Es gelang ihm, seine Verunsicherung zu überspielen.

»Eure Beweise gegen Richard« – täuschte er sich oder gab Henry dem Wort tatsächlich einen spöttischen Klang? – »würden mich mehr überzeugen, wenn ich keine Beweise gegen Euch vorliegen hätte. Beweise nämlich, dass Ihr Euch während meines Krieges gegen Richard in der Normandie auf meine Kosten bereichert habt. Und dass Ihr später Abgaben, die mir zugestanden hätten, unterschlagen habt.«

»Was sagt Ihr da?«, keuchte William auf. Er hoffte, sich verhört zu haben. Sicher, er hatte etwas mehr an Beute eingesteckt, als ihm zugestanden hätte, aber das machte jeder Adelige so, der an einem Kriegszug beteiligt war. Im Gegenteil – er hatte darauf geachtet, dass der König nicht zu kurz kam, und auch seine normalen Abgaben zahlte er größtenteils gewissenhaft.

»Alles ist hier vermerkt.« Henry deutete auf die Pergamentbogen die eine plötzliche Brise erzittern ließ. »Außerdem steht hier auch, dass Ihr des Öfteren schlecht über mich zu reden pflegt. Ich sei ›ein alter Bock, der es nicht mehr bringe‹, sollt Ihr gesagt haben. Oder ›meine Tage seien gezählt‹. Besonders gefallen hat mir auch: ›Früher oder später wird sich der fette Kerl zu Tode saufen‹.« Henry lächelte sardonisch.

»Bei meiner Ehre, ich habe nie …«, fuhr William auf. Sicher, er hatte sich das eine oder andere so oder so ähnlich gedacht, aber er wäre niemals so blöde gewesen, es laut zu sagen. Er zwang sich, ruhig zu sprechen: »Hoheit, ich bin davon überzeugt, dass Richard all diese Ungeheuerlichkeiten erfunden hat, um mich bei Euch anzuschwärzen.«

»Seht, auf diese Idee bin ich ebenfalls gekommen. Ich muss auch zugeben, sie hätte einiges für sich – wenn nicht die meisten Zeugen zu Richards Gegnern zählen würden. Und was Eure Ehre betrifft …« Die Stimme des Königs klang fast amüsiert, hatte aber einen harten Unterton. »Lady Agnes ist vor ein paar Tagen zu mir gekommen und hat mir weinend geschworen, dass Ihr versucht habt, sie zu verführen.«

Für einen Moment glaubte William, ihm würde schwindelig. Lady Agnes war die neueste Geliebte des Königs. Dann wurde er wütend. »Was bildet sich dieses dumme Ding mit seinen blauen Schafsaugen eigentlich ein?«, fauchte er.

»Oh, Ihr zweifelt also meinen Geschmack, was Frauen betrifft, an?« Henry hob die Augenbrauen.

»Nein, Majestät, natürlich nicht. Verzeiht, ich habe mich hinreißen lassen …«, versuchte William einzulenken. Benommen fragte er sich, was hier nur gespielt wurde? Zum einen war er wirklich nicht im Geringsten an Lady Agnes interessiert. Und zum anderen – selbst wenn sie ihm gefallen hätte – hätte er tunlichst die Finger von ihr gelassen. Denn mit der Geliebten eines Königs anzubändeln war der reine Selbstmord.

»Hört mir gut zu.« Henry spielte wieder mit seinen Reithandschuhen. »Ich weiß, Ihr seid ein Mann, der den Frauen gefällt. Ich will deshalb nicht völlig ausschließen, dass Lady Agnes Euch Avancen gemacht und Ihr sie abgewiesen habt und sie – um sich zu rächen – Euch nun beschuldigt. Was die anderen Vorwürfe gegen Euch betrifft …« Er ging vor dem Tisch auf und ab. »… bin ich mir darüber im Klaren, dass Ihr viel für mich und meine Familie getan habt und ich Euch viel verdanke. Ich weiß auch, dass Ihr nicht nur aus Liebe und Hochachtung mir – Eurem König – gegenüber so gehandelt habt, sondern durchaus auch aus Berechnung und Eigennutz.

Aber das halte ich nicht für verwerflich. Jeder Adlige hat das Recht, seine Stellung am Hof zu verbessern. Wegen Eurer Verdienste werde ich Euch nicht bestrafen. Aber ich hasse es, für dumm verkauft zu werden.«

Henry blieb stehen und fixierte ihn kalt. »Ich will Euch deshalb an meinem Hof nicht mehr sehen. Weder in meinen eigenen Besitzungen, noch wenn ich bei einem meiner Lords oder Fürsten Hof halte. Haben wir uns verstanden?«

»Majestät, da Ihr mir keine Gelegenheit geben wollt, mich zu verteidigen, muss ich Euren Beschluss akzeptieren ...« William verbeugte sich knapp.

Während er mit hoch erhobenem Kopf aus dem Gemach schritt, brannten Scham und Wut wie ein loderndes Feuer in ihm.

Kapitel 10

Eigentlich müsste ich dankbar und zufrieden sein, dachte Ann, als sie in der Dämmerung des Aprilabends ein Wäldchen durchquerte. Sie kam von einem Bauernhof in der Nähe des Klosters. Eine junge Frau, die einige Tage lang an einem schweren Fieber gelitten hatte, befand sich endlich auf dem Weg der Besserung. Nach einem Kälteeinbruch hatte sich endlich der Frühling durchgesetzt, und im noch kahlen Unterholz wuchsen die ersten Blumen. Zartgrau hoben sie sich im Zwielicht vom dunklen Boden ab.

Aber sie fühlte sich traurig und hoffnungslos. Am Vortag hatte ihr Luce wieder einmal gesagt, dass er das Kloster bald verlassen wollte. Er hatte ja Recht, das wusste sie nur zu gut. Er war bald zwölf Jahre alt und musste seinen eigenen Weg finden, statt immer nur niedrige Hilfsdienste auszuführen. Er hatte mehr als ein Leben als Knecht verdient. Aber Luce war wie ein eigener Sohn für sie, und sie würde ihn schrecklich vermissen.

Ja, nicht nur das … Wenn sie sich selbst gegenüber ehrlich war, musste sie sich eingestehen, dass es ihrem Leben als Klosterfrau Sinn schenkte, sich um ihn zu kümmern und ihn zu beschützen.

Ann hatte das Wäldchen jetzt hinter sich gelassen. Im Tal inmitten von frisch gepflügten Feldern lag das Kloster. Zu ihrer Überraschung sah sie, dass der große Hof vor der Kirche und dem Wohngebäude der Äbtissin hell erleuchtet war. Die milde Abendluft trug Pferdewiehern und vereinzelte Stimmen zu ihr herauf. Anscheinend war ein hoher Besuch eingetroffen.

Sie war nicht in der Stimmung, ihren Mitschwestern zu begegnen. Deshalb wählte sie den Umweg am Fluss entlang und zur Mauer, in der sich die Pforte zu ihrem Kräutergarten befand. Die Beete, die Bäume und Sträucher dort waren mittlerweile nur noch schemenhaft zu erkennen. Aber Ann hätte sich in ihrem Reich auch bei völliger Dunkelheit zurechtgefunden.

Da ich ohnehin gerade dabei bin, mein Gewissen zu erforschen, gibt es noch eine andere Tatsache, der ich ins Auge blicken sollte, überlegte sie müde weiter. *Wenn Luce das Kloster verlässt, gibt es für Simon keinen Grund mehr hierherzukommen.* Seit ihrem Streit im vergangenen Sommer hatte er nicht ein einziges Mal versucht, die Grenze zu überschreiten, die sie ihm gesetzt hatte. Aber sie hatte ihn trotzdem noch gesehen und einige Worte mit ihm gewechselt. Sich vorzustellen, dass er auf immer aus ihrem Leben verschwinden würde …

Ach, es ist besser so!, sagte sie sich trotzig. Vielleicht werde ich ihn dann endlich vergessen können.

Ann bemerkte, dass sich ihr von der Hütte her jemand näherte. Im ersten Moment glaubte sie, sie würde es sich nur einbilden, einen großen, schlanken Mann zu sehen, den ein weites Gewand umspielte und der sich elegant bewegte. Doch dann begriff sie, dass es wirklich Simon war.

»Was tut Ihr denn hier?«, fuhr sie ihn ärgerlich an, wobei sie nur mit Mühe verhindern konnte, dass ihre Stimme zitterte. »Ich habe Euch doch gebeten, Euch von mir fernzuhalten.«

»Ich will nichts von Euch«, erwiderte er ungeduldig. »William de Thorigny ist vor Kurzem hier eingetroffen. Wisst Ihr, wo Luce sich aufhält? Ich habe überall nach ihm gesucht.«

O Gott, der hell erleuchtete Hof … Anns Gedanken wirbelten durcheinander. *William ist der Besuch* …

»Ann …« Simon packte sie hart am Arm. »Ich habe Euch gefragt, ob Ihr wisst, wo Luce ist.«

»Wahrscheinlich versteckt er sich irgendwo«, antwortete sie immer noch benommen.

»Das vermute ich auch. Aber nicht aus Angst vor de Thorigny, fürchte ich, sondern weil er ihm irgendwo auflauern will.«

»Wie kommt Ihr denn auf diese Idee?«

»Ann«, Simon schüttelte sie leicht, »Luce ist kein kleines Kind mehr. Er hat mir einmal gestanden, dass er de Thorigny töten will. Er hat ja auch jeden Grund, ihn zu hassen. Er ist genau in dem Alter, in dem man sich selbst völlig überschätzt und jede Menge Dummheiten begeht.«

»Manchmal hilft Luce in der Küche aus, wenn ein hoher Gast ins Kloster kommt …«, stammelte Ann.

»Dann gebe Gott, dass wir ihn dort noch rechtzeitig finden«, sagte Simon grimmig.

»Woher habt Ihr gewusst, dass William de Thorigny hierherkommen wird?«, fragte Ann, während sie durch den Garten hasteten.

»Ich habe es vor drei Tagen zufällig erfahren, als ich mich in der Burg von Alençon aufhielt. Ich bin so schnell hierhergeritten, wie ich konnte. Ich hoffte, ich könnte Euch noch rechtzeitig vor seinem Besuch warnen …«

Im Hof vor den Stallungen führten Knechte und kostbar gekleidete Bedienstete Pferde zur Tränke. Ann spähte in dem

Gewimmel nach Luce. Doch sie konnte ihn nirgends entdecken. *Ja, gebe Gott, dass wir nicht zu spät kommen*, betete sie.

*

In der Klosterküche schlugen ihnen Rauch und Essensdünste entgegen. Auch hier herrschte ein geschäftiges Treiben. Doch weder an den Feuerstellen, wo Fleisch und Geflügel an Spießen brieten, noch an den Tischen, wo Nonnen Teige kneteten und Gemüse verarbeiteten, konnte Ann Luce entdecken. Sie eilte auf die Vorsteherin zu, die an einem der Tische einen mächtigen Braten in Scheiben schnitt. »Schwester Madeleine, habt Ihr Luce kürzlich irgendwo gesehen? War er hier?«, stieß sie hervor.

»Luce, ja …« Die Schwester ließ ihren Blick durch den rußgeschwärzten Raum wandern. »Eben stand er doch noch an einem der Bratspieße …« Nun bemerkte sie Simon, der sich absichtlich ein Stück hinter Ann gehalten hatte. »Oh, Simon de Bohun, wie schön, dass Ihr uns wieder einmal beehrt.« Ein Lächeln erhellte ihr rundes Gesicht. »Ihr könnt gerne eine Scheibe Fleisch und ein Stück Brot und dazu einen Becher Wein haben.«

»Schwester Madeleine, bitte, wo ist Luce?«, beharrte Ann.

Eine dünne Novizin, die Suppe aus einem Topf in eine Schüssel schöpfte, wandte sich zu ihr um. »Luce hat eben gesagt, dass er einen Korb mit Feuerholz in die Gemächer der Ehrwürdigen Mutter bringen wollte«, sagte sie.

»Aber das Holz in den Räumen der Äbtissin wurde doch erst am Nachmittag frisch aufgefüllt«, meinte Schwester Madeleine, die den Wortwechsel gehört hatte, konsterniert.

Ann wechselte einen raschen Blick mit Simon. *Zwischen den Holzscheiten lässt sich eine Waffe gut verbergen*, durchfuhr es sie. Simon, das erkannte sie, hatte denselben Gedanken.

»Kommt!«, sagte er nur. Ohne sich um die verdutzten Blicke der Nonnen zu kümmern, rannten sie aus der Küche. Sie hatten den angrenzenden Hof fast überquert, als Simon zu Anns Überraschung plötzlich auf ein strohgedecktes Gebäude zusteuerte und eine brennende Fackel aus der Halterung riss.

»Was tut Ihr denn da?«, schrie Ann. »Beeilt Euch doch.«

Simon beachtete sie nicht. Er trat ein Stück zurück und schleuderte die Fackel auf das Dach, wo das trockene Stroh mit einem Zischen aufflammte.

*

Mit gesenktem Kopf betrat Luce die Räume der Äbtissin Héloise. Männer- und Frauenstimmen schollen ihm entgegen. Erst als er den schweren Korb vor dem Kamin abgestellt hatte, in dem einige Buchenscheite brannten, wagte er es, zu dem Tisch in der Zimmermitte zu spähen. Er erkannte die Priorin des Klosters und einige Adlige aus der Umgebung. Und ja – sein Herz schlug ihm bis zum Hals –, der Mann, der neben der pummeligen Äbtissin saß, war William de Thorigny.

Sein rechter Arm endete in einem Lederstumpf, aus dem ein Haken ragte. Aber ansonsten, schien es Luce, hatte William de Thorigny sich nicht verändert. Wieder gellten ihm die Angst- und Schmerzensschreie seiner Mutter in den Ohren, und in den Rauch des brennenden Holzes vor ihm im Kamin mischte sich der Qualm seines brennenden Zuhauses.

Sofort, als er am Nachmittag erfahren hatte, dass William de Thorigny nach all den Jahren wieder einmal seine Verwandte besuchen würde, hatte er beschlossen, seine Mutter und seinen Vater zu rächen und ihn zu töten.

Gerade als Luce die Schmiede verließ, wo er einen Dolch

entwendet hatte, sah er Simon in den Hof reiten. Daraufhin hatte er sich während der kommenden Stunden versteckt, denn Simon, davon war er überzeugt, würde alles tun, um seinen Plan zu vereiteln.

Wieder blickte Luce vorsichtig zum Tisch. Ihm war übel vor Aufregung. Doch er würgte die Galle, die in seiner Kehle aufstieg, hinunter. Keiner der Anwesenden achtete auf ihn. Er nahm einige Scheite aus dem Korb und stapelte sie neben das andere Feuerholz am Kamin. Als seine Finger den Dolch berührten, hörte er hastige Schritte über die Fliesen vor dem Zimmer klappern. Zitternd hielt er inne.

Gleich darauf wurde die Tür aufgerissen, und Simon kam, gefolgt von Ann, in den Raum gestürzt.

»Feuer!«, schrie Simon. »Ein Gebäude in der Nähe der Küche brennt!« Die Menschen am Tisch sprangen auf.

»Gott, steh uns bei!«, hörte Luce die Äbtissin stöhnen. Im nächsten Augenblick zerrte Simon ihn auch schon auf die Füße und schubste ihn hinaus in den Gang. Unbarmherzig bohrten sich seine Finger in Luces Schulter. Doch Luce war sowieso viel zu durcheinander, um sich gegen seinen Griff zu wehren.

Vor dem Gebäude schlug ihm kalte Nachtluft entgegen. Dort, wo die Küche lag, stoben Funken gegen den dunklen Himmel auf. Nonnen und Bedienstete rannten aufgeregt durcheinander. Irgendjemand schrie, dass eine Eimerkette gebildet werden müsse.

In zornigem Schweigen trieb Simon ihn vorwärts. Ann rannte neben ihnen her. Luce konnte spüren, wie aufgelöst sie war. Knechte und Bedienstete holten die Pferde aus den Stallungen. Der Hof war voller Tiere, die sich panisch aufbäumten und wieherten, da sie den Rauch rochen. Dicht an die Wand eines der Ställe gedrängt, blieben sie stehen.

Eine Erkenntnis durchzuckte Luce. »Simon, ich habe den Dolch zwischen dem Holz liegen lassen«, stotterte er.

»Nicht dass das viel ändern würde …« Simon bedachte ihn mit einem grimmigen Blick. »Wir hätten sowieso fliehen müssen. Nur werden wir jetzt de Thorigny und seine Leute noch um einiges früher auf den Fersen haben.«

»O Luce, wie konntest du nur auf die Idee verfallen, William zu töten …«, schluchzte Ann.

»Das zu ergründen haben wir jetzt keine Zeit.« Simon steuerte auf zwei Pferde zu, die an ihnen vorbeigaloppierten. Es gelang ihm, sie an den Mähnen zu packen und zu Ann und Luce zu ziehen. »Los, hinauf mit dir!«, befahl er Luce. Der Junge gehorchte und schwang sich auf das eine Tier, während Simon Ann auf den Rücken des anderen half.

Simon versetzte den Pferden einen Schlag auf das Hinterteil, woraufhin sie vorwärtspreschten. Als Luce hastig den Kopf wandte, sah er, dass es Simon gelungen war, sich auch ein drittes der herumirrenden Tiere einzufangen. Er sprengte hinter ihnen her. Licht und Schatten und Rauch waberten um Luce. Ein Knecht sprang fluchend zur Seite, um nicht von dem Pferd umgeritten zu werden. Das Tor des Klosters tat sich vor ihnen auf. Dann waren sie hindurch und galoppierten die dunkle Straße entlang.

*

Erst gegen Mittag machten sie an einem kleinen Fluss in der Nähe eines einsam gelegenen Gehöftes Halt. Simon erklärte, dass er versuchen wolle, in dem Anwesen etwas zu essen für sie zu kaufen. Ein frischer Wind wehte. Deshalb kauerten sich Luce und Ann, sobald er zwischen den Bäumen verschwunden war, im Schutz einiger noch weitgehend kahler Büsche auf den Waldboden. Luce starrte unglücklich vor sich hin. Ann schwieg beharrlich, wobei es ihm lieber gewesen wäre, wenn sie ihn ausgeschimpft oder mit Vorwürfen überschüttet hätte.

Nach einer Weile kehrte Simon auf die Lichtung zurück. Er trug einen Korb in der Hand, aus dem der Hals einer Kalebasse ragte. Unter den Arm hatte er einen Ballen Tuch geklemmt. Er reichte ihn Ann. »Hier ein Mantel für Euch. Als Nonne seid Ihr viel zu auffällig.« Während Ann ihren schwarzen Umhang ablegte und den groben Mantel anzog, nahm Simon die Kalebasse, Brot und Fleisch aus dem Korb.

Erst jetzt bemerkte Luce, dass Simon sein Bündel, das er sonst immer umhängen hatte, wenn er unterwegs war, nicht bei sich hatte. »Wo hast du denn deine Laute und deine Flöte gelassen?«, fragte er zaghaft.

Der Blick, mit dem Simon ihn bedachte, war immer noch grimmig. »Die liegen auf der Bank vor Anns Hütte. Nachdem wir dich im letzten Moment aus dem Zimmer der Äbtissin gezerrt hatten, konnte ich sie vor unserer Flucht schlecht noch dort holen.«

»Simon, es tut mir so leid«, stammelte Luce.

»Am liebsten würde ich dich ja übers Knie legen. Aber …« In Simons dunkle Augen stahl sich die Andeutung eines Lächelns. »Ich fürchte, in deinem Alter hätten dein Vater und ich nicht anders gehandelt.«

»Ja, natürlich, stärkt dem Jungen nur den Rücken.« Ann bedachte Simon mit einem ärgerlichen Blick. Doch Luce konnte spüren, dass auch sie ihm nicht mehr ernstlich böse war.

Luce grinste die beiden vorsichtig an. »Wohin werden wir denn jetzt gehen?«

»Na ja, wir sollten eine möglichst große Entfernung zwischen uns und William de Thorigny legen.« Simon seufzte.

»Wir müssen versuchen, möglichst schnell die Küste zu erreichen, und dort ein Schiff finden, das uns nach England bringt. Im Kloster von Barking werdet ihr eine Zuflucht finden können.«

*

William de Thorigny trank einen Schluck von dem warmen Würzwein und aß ein Stück Brot. Währenddessen versuchte er, das Geplapper seiner Base zu ignorieren. Denn die Äbtissin Héloise unterbreitete ihm die neuesten theologischen Thesen eines bekannten Benediktinerpredigers. Was ihn zum einen ohnehin nicht im Geringsten interessierte. Und zum anderen hatte seine Base sicher nur einen Bruchteil der Argumentation verstanden. Er hatte ihr zwar die Stellung einer Äbtissin verschafft, um seiner Familie Macht und Einfluss zu sichern. Für die Hellste hielt er seine Verwandte aber wirklich nicht. Nein, wie sie ihm so gegenübersaß, der gedrungene, dickliche Körper vorgebeugt, und sich zwischen den Satzfetzen Brot in den Mund schob, erinnerte sie ihn an einen fetten, aufgeregt herumpickenden Spatz.

Die junge Nonne, die sich schon seit einer ganzen Weile am Kamin zu schaffen machte und neues Holz in die Glut legte, hielt plötzlich inne. Dann stieß sie einen erschrockenen Schrei aus: »Äbtissin Héloise, Baron de Thorigny … Zwischen den Scheiten befindet sich ein Dolch.«

»Was sagt Ihr da?« William de Thorigny sprang auf und eilte zu ihr.

»Aber der Dolch wird doch sicher nur versehentlich zwischen das Holz geraten sein«, meinte Äbtissin Héloise begütigend.

William de Thorigny drehte die Waffe zwischen seinen Fingern. Ein einfacher, wenn auch scharfer Dolch mit einem

Holzgriff. Sicher nicht die Waffe eines Adligen. Er vergegenwärtigte sich den vergangenen Abend. Ein Junge hatte einen Korb voller Scheite gebracht und dann ebenfalls Holz im Kamin nachgelegt. Kurz darauf waren eine Nonne und ein seltsam in Schwarz gekleideter Mann in den Raum gestürzt. Der Mann hatte gerufen, dass ein Brand im Kloster ausgebrochen sei. Er hatte den Jungen an den Schultern gepackt und war mit ihm und der Nonne weggerannt.

Nun, es war William ohnehin merkwürdig erschienen, dass so plötzlich ein Strohdach in Flammen aufgegangen war. Er hätte seinem Instinkt folgen und der Sache sofort nachgehen sollen.

»Es ist gut. Wir benötigen Eure Hilfe nicht mehr«, wandte er sich an die Nonne.

Sie neigte schüchtern den Kopf und eilte davon.

William sah seine Base an. »Ich bin überzeugt, das Messer befand sich nicht zufällig zwischen den Scheiten. Im Gegenteil – jemand wollte damit einen Anschlag auf mich verüben.«

»Um Himmels willen!« Héloise riss entsetzt ihre blassblauen Augen auf. »Aber wer würde Euch denn so etwas antun wollen?«

William ignorierte ihre Frage. Es gab jede Menge Leute, die ihn gerne tot sehen würden, konstatierte er nüchtern. Allen voran Richard. Aber selbst der arrogante Prinz würde kaum auf die Idee verfallen, ein Kind mit einem Anschlag zu beauftragen. Außerdem hatten die Nonne und der Mann ja den Jungen unter einem Vorwand rechtzeitig fortgeholt.

»Was wisst Ihr über den Jungen, der gestern Abend hier Holz nachgelegt hat?«, fragte er. Als der Mann ihn aus dem Raum geschoben hatte, hatte er für einen Moment sein Gesicht gesehen. Etwas daran war ihm bekannt erschienen. Aber er kam nicht darauf, was.

»Nicht viel, nur dass er vor ein paar Jahren mit einem Schäfer ins Kloster kam – dieser Mann lebt inzwischen nicht mehr – und dass er ein Waise ist. Seine Eltern kamen wohl im Krieg zwischen den Prinzen und dem König ums Leben.« Héloise fuchtelte aufgeregt mit ihren Händen in der Luft herum. »Der Name des Jungen ist, wenn ich mich richtig erinnere, Luce. Er führt allerlei niedrige Arbeiten aus. So hilft er auch im Stall und im Klostergarten. Er ist wohl recht willig. Denn ich habe nie Klagen über ihn gehört.«

»Der Junge dürfte die längste Zeit im Kloster gelebt haben«, bemerkte William trocken. »Er, die Nonne und der Mann werden mittlerweile schon über alle Berge sein.« Er unterband brüsk einen weiteren Entsetzensschrei seiner Base. »Wer war die Nonne, die ihn gestern Abend wegbrachte?«

»Ihr Name ist Schwester Fidelis. Zu ihrem Aufgabenbereich gehören der Kräutergarten und das Zubereiten von Heilmitteln. Der Junge hat ihr oft bei der Gartenarbeit geholfen. Außerdem leitet sie unser Spital und betreut auch sonst Kranke. Sie hat darin einen sehr guten Ruf und erfüllt alle ihre Pflichten gewissenhaft. Kranke kommen von weit her, um sie um Hilfe zu bitten. Mehr kann ich Euch, ehrlich gesagt, nicht über sie sagen.« Äbtissin Héloise hob hilflos ihre rundlichen Schultern. »Laut der benediktinischen Regel sind wir ja sowieso dazu angehalten, nicht viel miteinander zu sprechen. Und Schwester Fidelis ist eine besonders schweigsame Frau. Von dem Mann weiß ich nur, dass er ein umherziehender Sänger ist, der hin und wieder in unserem Gästehaus nächtigte.«

William de Thorigny besann sich einen Moment. »Als Schwester Fidelis ihre ewigen Gelübde ablegte, wird doch sicher vermerkt worden sein, aus welcher Familie sie stammt und welche Schenkung sie ins Kloster einbrachte?«

»Das war vor meiner Zeit als Äbtissin. Aber sicher, dies wird alles festgehalten sein.« Héloise nickte eifrig. Sie bat ihren Vetter in den angrenzenden Raum, ihr Schreibzimmer, wo sie mit einem Schlüssel eine eisenbeschlagene Truhe öffnete. Daraus entnahm sie ein schweres, in Leder gebundenes und mit Gold beschlagenes Buch, das sie zu dem Tisch trug, es aufschlug und darin blätterte. »In jenem Jahr trat Schwester Fidelis in das Kloster ein«, plapperte sie vor sich hin. »Ja, hier steht auch ihr Name. Oh …« Sie brach ab.

Ungeduldig beugte sich William de Thorigny über ihre Schulter. Neben dem Namen der Schwester prangte ein dicker Tintenklecks, der sowohl die Angaben zu ihrer Familie als auch zu ihrer Schenkung völlig verdeckte.

»Ach, was für eine Nachlässigkeit der Schreiberin«, seufzte Héloise.

Seine Base war wirklich unfassbar dumm … William de Thorigny unterdrückte einen gereizten Wutschrei. »In diesem Kloster wird es doch wohl wenigstens eine Nonne geben, die mehr als Ihr über diese Schwester Fidelis weiß!«, fuhr er sie an.

Äbtissin Héloise blinkerte nervös mit den Lidern. »Ihr habt ja Recht, vielleicht sollte ich mich mehr für die Schwestern interessieren«, sagte sie zaghaft. »Aber solange alles seinen geordneten Gang geht … Unsere frühere Novizenmeisterin hätte Euch gewiss viel über Schwester Fidelis sagen können, aber sie ist leider tot. Nun, am ehesten kann bestimmt noch unsere Priorin, Schwester Amélie, weiterhelfen.«

»Dann schafft mir die Priorin herbei«, knurrte William.

Zu seiner Erleichterung machte die Priorin, eine schmale, kleine, um die dreißig Jahre alte Frau, die sich flink bewegte, einen intelligenten Eindruck. Er vermutete, dass hauptsächlich sie die Geschäfte des Klosters leitete – statt seiner Base. Ihrem Eindruck nach hatte Schwester Fidelis im Laufe der Jahre ein sehr enges Verhältnis zu dem Jungen entwickelt. Auch der Sänger – so glaubte sie beobachtet zu haben – kam nur wegen dieses Luce regelmäßig ins Kloster.

Sonst wusste die Priorin noch zu berichten, dass der Name des Sängers Simon de Bohun war und er sich den Nonnen gegenüber immer sehr höflich verhielt. Eigentlich eher wie ein Edelmann als ein umherziehender Musikant. Deshalb hatte sie auch keine Veranlassung gesehen, Luce oder Schwester Fidelis den Umgang mit ihm zu verbieten.

Und was Schwester Fidelis' Herkunft betraf ... Sie seufzte bedauernd und wiederholte, dass diese nun einmal eine sehr zurückhaltende Frau sei.

»Irgendetwas wird sie doch wohl über sich erzählt haben.« William de Thorigny konnte nur mit Mühe seine Gereiztheit unterdrücken. »Denkt bitte noch einmal genau nach. Vielleicht fällt Euch ja doch noch eine Kleinigkeit ein. Auch die kann wichtig sein.«

Schwester Amélie runzelte ihre blasse Stirn und schüttelte bedauernd den Kopf.

»Schwester Fidelis war heilkundig«, versuchte William es weiter. »Wo hat sie denn ihr Wissen erworben – hier im Kloster oder an einem anderen Ort?«

»Soviel ich weiß, hat ihre Mutter sie das meiste gelehrt. Denn diese war ebenfalls heilkundig«, sagte die Priorin nachdenklich. »Wartet, jetzt fällt mir doch noch etwas ein. Der Name ihrer Mutter war, glaube ich, Alice ... oder nein ... Er war Aline. Ja, ich bin mir sicher. Schwester Fidelis sprach einmal von ihrer Mutter, und ich merkte mir den Namen, weil es der Namenstag der heiligen Aline war.«

Bei Gott ... Die Erkenntnis durchzuckte William de Thorigny wie ein Schlag und ließ ihn aufspringen. Nun passte alles zusammen. Schwester Fidelis war Adelas Schwester und der Junge ihr Neffe und Adelas Sohn. Jetzt wusste er auch, an wen ihn der Junge erinnert hatte. An seinen verdammten Vater, durch dessen Schwerthieb er seinen rechten Unterarm verloren hatte. Kein Wunder, dass der Junge beabsichtigt hatte, ihn zu töten.

William de Thorigny beschloss, die drei suchen zu lassen, auch wenn er die Aussichten, dass sie gefunden wurden, für recht gering hielt. Immerhin hatten sie einen Vorsprung von einem halben Tag. Außerdem musste er herausfinden, wer hinter der Intrige gegen ihn steckte. Sein Instinkt sagte ihm, dass ihn dies auch auf die Spur von Adela, ihrer Schwester und ihrem Sohn führen würde.

*

Adela ging die Dorfstraße entlang. Als sie die hohe Hecke hinter sich gelassen hatte, erstreckten sich Felder und Wiesen vor ihr. Da und dort hatten sich große Pfützen in den tiefer gelegenen Stellen gebildet, denn während der letzten Tage waren starke Regenfälle über dem Landstrich niedergegangen. Auch der Bach, der sich am Dorf vorbeischlängelte, war stark angestiegen. Bis auf den Weg konnte Adela das Rauschen des Wassers hören. Einige Kinder hatten sich von dem völlig verschlammten Boden nicht abhalten lassen und spielten auf einer Wiese Ball. Bei einer kahlen Erlengruppe am Rand eines Feldes entdeckte Adela nun Yvain. Er war von seinem Pferd gesprungen und unterhielt sich mit einem Bauern.

Während der vergangenen Wochen hatten sie über die Nacht, in der Yvain Adela auf das Gut zurückgeholt und sie ihm von William de Thorigny erzählt hatte, nie mehr gesprochen. Aber seitdem hatte sich, überlegte Adela, so etwas wie eine stille Vertrautheit zwischen ihnen eingestellt. Yvain schaute fast jeden Tag in ihrer Hütte vorbei. Sie wechselten dann meistens nur ein paar Sätze miteinander. Über das, was auf dem Gut gerade an Arbeiten anstand. Wie sich die Saat auf den Feldern entwickelte und wie sich die Pflänzchen in Adelas Garten machten – Marian hatte die Gartenarbeit dankbar an sie abgetreten. Trotz seiner Wortkargheit freute sich Adela immer, Yvain zu sehen.

Ja, in jener Nacht war etwas in ihr aufgebrochen. Sie konnte sich wieder freuen und Schmerz empfinden und traurig sein. Anfangs hatte sie stundenlang um Robin und Luce geweint. Allmählich war sie ruhiger geworden. Trotzdem sehnte sie sich jeden Tag nach ihnen.

Adela registrierte plötzlich, dass das fröhliche Stimmengewirr der spielenden Kinder verstummt war. Unwillkürlich blieb sie stehen und drehte sich um. Die Kinder hatten sich am Bachufer versammelt. Einige stocherten mit Stöcken zwischen Büschen und Bäumen herum, die tief im Wasser standen. Etwas Braunes hatte sich zwischen den Zweigen verfangen – der Ball.

Nein!, dachte Adela.

Fast im selben Moment verlor eines der Kinder das Gleichgewicht und stürzte in den reißenden Bach. Die anderen Kinder schrien entsetzt auf. Yvain fuhr herum. Während Adela losrannte, so schnell es ihr steifes Bein zuließ, trieb er sein Pferd aufs Ufer zu. Sie war noch ein ganzes Stück vom Bach entfernt, als er ihn schon erreicht hatte und ins Wasser sprang.

Adela kam es vor, als ob sich der durchweichte Boden an ihren Füßen festsaugte und sie nicht vorankommen ließ. Einmal sah sie Yvains Kopf kurz aus dem Wasser auftauchen, dann verschwand er erneut in den Fluten. Erinnerungsfetzen suchten sie heim: Sie wurde selbst wieder von der Strömung fortgerissen und unter Wasser gedrückt … Sie bekam keine Luft mehr, glaubte zu ersticken. Sie wollte leben …

»Lauft zum Dorf! Holt Hilfe!«, rief Adela den Kindern zu. Endlich war sie am Bach angelangt. Braun verfärbt und von Laub, Erdklumpen und abgerissenen Zweigen durchsetzt, strömte das Wasser an ihr vorbei. Nirgends konnte sie Yvain oder das Kind entdecken. *Habe ich Robin doch mit in den Fluss genommen?*, fragte sie sich. *Suchte Yvain nach ihr? Ich muss Robin retten.*

Adela war nahe daran, sich ebenfalls in den Bach zu stürzen, als sie ein ganzes Stück entfernt bei einer Gruppe von bis dicht in die Kronen überfluteten alten Weiden, eine Bewegung wahrnahm. Yvain klammerte sich mit einem Arm an einem dicken Zweig fest, während er versuchte, den Kopf des Kindes über Wasser zu halten. Unbarmherzig riss die Strömung an ihm.

Vom Dorf her glaubte Adela Stimmen zu hören. Sie achtete nicht darauf. Dann war sie bei den Weiden. Yvains Gesicht war ganz blau verfärbt. Keuchend rang er nach Atem. Er rief ihr etwas zu und schüttelte den Kopf, doch sie konnte seine Worte nicht verstehen.

Sie beugte sich vor, sprang und bekam einen Ast zu fassen. Die eiskalte Strömung zerrte an ihr, Zweige drückten sich schmerzhaft gegen ihren Leib, doch es gelang ihr, sich in der Krone hochzuziehen und vorwärtszuhangeln. Nun hatte sie Yvain und das Kind fast erreicht. Ein kleiner, vielleicht zwei Jahre alter Junge, wie sie jetzt erkannte. Auch sein Gesicht war ganz blau verfärbt und seine Augen geschlossen.

Während Yvain immer noch den Ast umklammert hielt, kämpfte er weiter gegen die Strömung und versuchte, sich auf Adela zuzudrehen. Nun waren Yvain und das Kind dicht unter ihr. Vorsichtig ließ sie sich auf eine breite Astgabel gleiten.

Ihre Beine baumelten im Wasser. Adela schlang sie um den Stamm, was ihr einen einigermaßen festen Halt verschaffte. Sie streckte sich vor. Ihre Finger strichen über den Rücken des Jungen, dann konnte sie ihn am Ausschnitt seines Kittels packen. Yvain ließ ihn los. Trotz des Sogs der Strömung gelang es ihr, das Kind auf ihren Schoß zu ziehen. Mit einem erstickten Aufstöhnen krallte sich Yvain nun mit beiden Armen an dem Ast fest.

Einen Moment lang glaubte Adela, der Junge würde nicht mehr atmen. Doch dann spürte sie, wie sich seine kleine Brust hob und senkte. *Er lebt*, ging es ihr erschöpft durch den Kopf.

Die Stimmen waren jetzt ganz nah. Eine Frau schrie jammernd auf. Verschwommen nahm Adela wahr, dass ein Strick durch die Luft flog und Yvain ihn packte. Arme griffen nach ihr und dem Kind. Willenlos ließ sie sich ans Ufer ziehen.

*

In der Themse herrschte Ebbe. Öde und morastig wand sich das Flussbett durch die flache Landschaft. Unter einem wolkenverhangenen Himmel sah Ann, während sie neben Simon und Luce herritt, die Mauern des Klosters von Barking.

Ihre Flucht vor William de Thorigny war anstrengend und aufreibend gewesen. Trotzdem war Ann während der drei Wochen, die sie für den Weg benötigt hatten, so glücklich gewesen wie schon lange nicht mehr. Das Kloster erschien ihr plötzlich wie ein Gefängnis. Nur zu bald, für Anns Empfinden, erreichten sie das Tor.

»Simon de Bohun …« Mit einem strahlenden Lächeln eilte die hübsche Pförtnerin ihnen entgegen. »Wie schön, Euch wiederzusehen. Und Begleitung habt Ihr auch mitgebracht.« Sie nickte Ann und Luce freundlich zu. »Unsere Äbtissin hält sich in ihren Räumen auf. Wenn es Euch recht ist, bringe ich Euch sofort zu ihr.« Sie winkte einen Knecht herbei, der sich der Pferde annahm.

Während sie über einen gepflasterten Hof und an einer Kirche vorbeischritten, unterhielt sich die Pförtnerin angeregt mit Simon. *Sein Charme weiß anscheinend jede Frau zu bezaubern,* dachte Ann resigniert.

Auch Äbtissin Matilda begrüßte Simon herzlich wie einen alten Freund. Sie bat ihn, Ann und Luce, der sich, wie schon während ihrer Flucht, sehr wohlerzogen und beflissen verhielt, in ihr Schreibzimmer. Simon berichtete ihr rasch, was sich in Bellême zugetragen hatte. Matilda lauschte ihm konzentriert und stellte ihm dann einige präzise Fragen.

Matilda verhält sich mehr wie eine Fürstin als eine Äbtissin, ging es Ann durch den Kopf. *Wahrscheinlich ist sie nicht besonders fromm. Aber anders als Äbtissin Héloise lässt sie die Dinge in ihrem Kloster bestimmt nicht schleifen.* Nein, hier in Barking war es für die Ordensfrauen bestimmt nicht leicht, ihre eigenen Wege zu gehen.

Als Simon seinen Bericht beendet hatte, wandte sich Matilda Luce zu. »Es war sehr dumm von dir zu versuchen, William de Thorigny zu töten«, sagte sie streng. Luce zog die Schultern hoch und sank ein wenig in sich zusammen. »Aber es war auch mutig.« Ein Lächeln breitete sich auf Matildas Gesicht aus. »Du bist alt genug, um als Knappe bei einem Ritter zu dienen. Wärst du denn gerne ein Knappe? Wenn ja, finde ich bestimmt einen Ritter, der dich aufnimmt.«

»Ja, ich wäre sehr gerne ein Knappe.« Ein erleichtertes Grinsen breitete sich auf Luces Gesicht aus, das sich gleich darauf wieder abschwächte, als er besorgt fragte: »Falls Simon mich besuchen kann …«

»Ganz bestimmt ist das möglich.« Matilda nickte.

Unwillkürlich blickte Ann Simon an. Während der Tage auf der Flucht waren sie sich so nahe gewesen. Und nun würde er bald ganz aus ihrem Leben verschwinden. *Er wird andere Frauen kennen lernen, sie verzaubern und für sich gewinnen,* davon war sie überzeugt. *Mich dagegen wird er nur zu bald vergessen …*

Plötzlich bemerkte Ann, dass Matildas Blick forschend auf ihr ruhte. »Schwester Fidelis, Ihr könnt nicht mehr in Euer bisheriges Kloster zurück. Vor Gott seid Ihr damit der Gelübde, die Ihr auf jenes Ordenshaus abgelegt habt, entbunden. Falls Ihr um Aufnahme in mein Kloster bittet, werde ich Euch herzlich aufnehmen«, sagte sie.

»Ja, ich bitte um die Aufnahme«, erwiderte Ann. Selbst in ihren eigenen Ohren hörte sich ihre Stimme brüchig an.

»Gut, dann wäre das geregelt.« Matildas Miene war undurchschaubar. »Ich schlage vor, dass Ihr dann sofort Euren Platz in unserem Kloster einnehmt, damit Ihr Euch möglichst schnell hier einfügen könnt.«

*

Schweigend ritt Adela neben Yvain her. Er hatte darauf bestanden, dass sie sich in den Sattel des Pferdes setzte, während er das Tier am Halfter führte. Die Dörfler hatten sie beide in den Ort gebracht, sie mit trockener Kleidung versorgt und sich darum gekümmert, dass sie sich aufwärmten. Alles hatte Adela wie durch einen Schleier wahrgenommen, denn ständig peinigte sie die Erinnerung daran, wie sie fast versucht hatte, Robin mit sich ins Wasser zu nehmen. *Ich bin ein Monster … Eine entsetzliche Kreatur, die kein Recht mehr hat zu leben … Warum nur habe ich damals gegen das Ertrinken angekämpft?*, warf sie sich wieder und wieder vor.

Adela schreckte erst aus ihrem Brüten auf, als Yvain das

Pferd vor ihrer Hütte zum Stehen brachte und ihr beim Absteigen half. Sie fröstelte. Auf einer Wiese in der Nähe flatterte Wäsche in der Luft. Zwei Knechte fuhren Schubkarren voller Dung zu den Feldern. Aus der Küche konnte Adela rhythmisches Klopfen hören – die Köchin oder eine Magd bearbeitete einen Teig. Alltägliche Dinge, die ihr im Laufe der letzten Monate vertraut und plötzlich wieder fremd geworden waren.

»Es war sehr unvorsichtig von Euch, Euch in die Weidenkrone und in den Bach hinauszuwagen.« Ein seltenes Lächeln erhellte Yvains herbes Gesicht. »Aber ich weiß nicht, ob ich mich und den Jungen noch lange mit nur einem Arm hätte festhalten können.«

»Ich …« Adela wandte ihren Blick ab. »Einige Wochen, bevor mich die Schiffer schließlich fanden, wollte ich mich töten. Ich habe eine Tochter. Ich habe sie mit ins Wasser genommen und hätte sie fast umgebracht.«

»Aber Euer Kind wurde gerettet?«, fragte Yvain nach einer, wie ihr schien, langen Pause.

»Irgendetwas veranlasste mich dazu, sie wieder ans Ufer zu bringen.« *Was war das noch gewesen?* Adela konnte sich nicht mehr daran erinnern. »Und dann … fürchtete ich mich vor dem Tod und kämpfte gegen das Ertrinken an …« Noch immer schämte sie sich davor, Yvain anzusehen.

Wieder schwieg er eine Weile, ehe er schließlich sagte: »Adela, ich bin davon überzeugt, es wart nicht wirklich *Ihr*, die versucht habt, Eure Tochter zu töten.«

Sie schüttelte stumm den Kopf.

»Aber Eure Tochter weiß, dass Ihr noch lebt?«, fragte Yvain ruhig.

»Nein«, flüsterte Adela, »es ist besser, wenn sie glaubt, ich wäre tot.«

»Wie könnt Ihr etwas so Dummes sagen?« Der Ärger in seiner Stimme traf sie wie ein Schlag.

»Begreift Ihr denn nicht: Ich wollte Robin töten«, schrie Adela auf.

»Ja, ich habe Euch schon verstanden.« Als sie den Kopf hob, funkelten Yvains Augen zornig. »Aber damals wart Ihr krank, und mittlerweile seid Ihr wieder gesund. Statt Euch mit unnötigen Vorwürfen zu quälen, solltet Ihr Euch lieber um Eure Tochter kümmern.«

»Ich kann nicht ...«

»Ich habe Euch immer für eine tapfere Frau gehalten.« Yvain zwang sich, ruhig zu sprechen, trotzdem klang seine Stimme hart. »Aber Euch von Eurer Tochter fernzuhalten ist feige. Woher wollt Ihr denn wissen, dass sie nicht gern bei Euch wäre?«

Yvain bemerkte, dass Adela totenbleich geworden war und ihr Gesicht einen gehetzten Ausdruck angenommen hatte. »Es tut mir leid, dass ich Euch so angefahren habe«, sagte er sanfter. »Aber ich gäbe alles dafür, wenn meine Kinder noch leben würden. Wenn Ihr wollt, bringe ich Euch zu Eurer Tochter, wo auch immer sie lebt ...«

Adela schüttelte wieder nur den Kopf.

»Wollt Ihr denn gar nicht miterleben, wie Eure Tochter größer wird und sich verändert? Wollt Ihr Euch nicht mit ihr freuen, Euch über sie ärgern und Euch mit ihr streiten? Seid Ihr Euch eigentlich darüber im Klaren, um wie viel Ihr Euch und Euer Kind betrügt? Mein Sohn Alan war so eigensinnig, dass er mich manchmal zur Weißglut brachte, und meine Tochter Iris war wie ihre Mutter und konnte in einem Grashalm oder in einem welken Blatt ein kostbares Wunderding sehen ...«

Himmel, jetzt wurden ihm auch noch die Augen feucht ...

Yvain wandte sich wütend ab, da er nicht wollte, dass Adela Zeugin seines Gefühlsausbruches wurde. Er hatte nach dem Halfter des Pferdes gegriffen und war im Begriff, es wegzuführen, als er Adela plötzlich leise sagen hörte: »Robin lebt in dem Kloster von Barking bei London …«

*

Am Abend dieses Tages ließ Marian den Strumpf, den sie stopfte, sinken und blickte wieder einmal zu Yvain, der neben ihr im Schein eines Talglichts am Kamin saß. Eine ganze Weile schon brütete er vor sich hin. Vorher war er – so war es ihr zumindest vorgekommen – eine halbe Ewigkeit lang stumm in der Stube auf- und abmarschiert, was sie schier wahnsinnig gemacht hatte. Sie beschloss, nicht länger zu schweigen, auch wenn ihr Yvain wahrscheinlich den Kopf abreißen würde.

»Ich freue mich ja, dass Adela einverstanden ist, ihre Tochter zu sehen, und dass du sie nach Barking bringst«, sagte sie. »Aber du vermisst sie doch jetzt schon. Warum fragst du sie nicht einfach, ob sie deine Frau werden und mit dem Kind hier leben will?«

»Was hast du da gesagt?«, fuhr Yvain verwirrt auf.

»Ach, du hast mich schon verstanden.« Marian winkte ungeduldig ab. »Man muss nicht besonders zartfühlend sein, um zu erkennen, dass du Adela liebst. Auch wenn ich nie etwas auf das Gerede der Bediensteten gegeben habe, dass du mit ihr geschlafen hast, als ich mich um unsere Verwandte und ihr neugeborenes Kind kümmerte.«

»Ja, ich habe allerdings nicht mit Adela geschlafen«, antwortete Yvain nachdrücklich.

»Das weiß ich doch. Dazu wärst du sowieso viel zu ehrpusselig.« Marian betrachtete ihn mit liebevollem Spott. »Aber gib es doch zu: Du liebst sie.«

»Und wenn ich Adela liebte ...«, Yvain sah auf seine Hände, »sie hat so viel Schlimmes erleben müssen. Sie ist bestimmt nicht imstande, sich noch einmal an einen Mann zu binden. Selbst wenn sie das wollte ...«

»Meinst du nicht eher: Du fühlst dich nicht mehr in der Lage, dich noch einmal an eine Frau zu binden, da du Angst hast, sie zu verlieren? So wie du Helen und deine Kinder verloren hast?«, erwiderte Marian sanft.

Yvain richtete sich auf. Seine eben noch nachdenkliche Miene umwölkte sich drohend. »Ich wäre dir dankbar, wenn du aufhören würdest, in meiner Seele herumzustochern und Regungen zu entdecken, die es dort nicht gibt«, sagte er scharf. »Und überhaupt, warum hast du denn nicht noch einmal geheiratet, als dein Mann vor vielen Jahren starb, anstatt deine Verwandtschaft zu tyrannisieren?«

Marian zog die Nadel mit dem Faden energisch durch die Maschen. »Ganz einfach – weil mir eine Ehe gereicht hat und ich weder vorher noch nachher dem Richtigen begegnet bin. Aber Helen war die Richtige für dich. Und Adela ist es auch.«

Yvain stieß nur ein gereiztes Schnauben aus.

*

Durch ein Fenster im Gang des Kapitelgebäudes beobachtete Ann Luce und Robin. Luce hatte Robin auf den Rücken seines Pferdes gehoben und führte es an einem langen Zügel im Kreis auf der sonnigen Wiese herum. Nun sagte er etwas zu seiner kleinen Schwester, was Ann nicht verstehen konnte. Doch sie sah, wie das kleine Mädchen auf Luces Worte sofort seinen Rücken durchdrückte. Schon bei ihrer ersten Begegnung hatte Luce seine kleine Schwester ins Herz geschlossen, und Robin verehrte und bewunderte ihren großen Bruder.

In einiger Entfernung lagerte Simon unter einem Baum und zupfte eine Melodie auf einer Laute. Matilda hatte ihm das Instrument geschenkt. Gelegentlich konnte Ann einzelne Töne klar hören. Sie waren hell und fröhlich.

Ann wünschte sich plötzlich brennend, bei Simon, Luce und Robin zu sein und an ihrer selbstverständlichen Gemeinschaft teilzuhaben. Nicht dass sie keine Erlaubnis gehabt hätte, sich bei den dreien aufzuhalten. Äbtissin Matilda hatte ihr gestattet, abgesehen von den Gebets- und Mahlzeiten, so viel Zeit mit ihrem Neffen und ihrer kleinen Nichte zu verbringen, wie sie nur wünschte.

Es ist besser, wenn ich mich von Simon und Luce fernhalte, dachte sie wieder einmal. Denn je mehr Zeit sie mit ihnen verbrachte, umso schwerer, das wusste sie, würde ihr der Abschied fallen. Simon war ohnehin schon länger in Barking geblieben, als Ann vermutet hatte, und für Luce würde sich sicher bald ein Ritter finden, der ihn als Knappe bei sich aufnehmen würde.

Wenigstens, überlegte Ann, *wird mir Robin bleiben. Um sie werde ich mich kümmern können. Robin, die mit ihrem teils übermütigen teils nachdenklichen Wesen Adela so ähnlich ist, als diese im gleichen Alter war.* Traurig wandte sie sich vom Fenster ab, nur um verdutzt innezuhalten. Denn ein Stück entfernt stand Matilda – die Arme vor der Brust verschränkt – und musterte sie versonnen.

»Ehrwürdige Mutter.« Ann verbeugte sich unsicher.

»Wir beide müssen miteinander reden«, bemerkte Matilda knapp. »Kommt mit.«

*

Wie bei ihrem letzten Besuch im Schreibzimmer forderte Matilda Ann auch dieses Mal auf, sich ihr an dem wuchtigen

Eichentisch gegenüberzusetzen. Unwillkürlich fühlte sich Ann wie damals als Kind, als sie sich einer strengen Nonne, ihrer Lehrerin, gegenüber zu verantworten hatte, weil sie nicht ausreichend lesen und schreiben geübt hatte. Die Fenster standen offen, und aus dem Garten konnte Ann immer noch Robins und Luces Stimmen und Simons Laute hören.

»Ihr seid Euch immer noch sicher, dass Ihr in dieses Kloster eintreten wollt?«, fragte Matilda, während sie sich in ihrem Stuhl zurücklehnte.

»Ja.« Ann nickte.

»Die Selbsttäuschung ist eine Sünde, meine Liebe.« Matildas Augen glitzerten kühl. »Ihr lügt Euch selbst etwas vor.«

»Wie kommt Ihr darauf?« Anns Widerspruchsgeist erwachte.

»Weil Ihr Simon de Bohun liebt.«

»Aber …«, fuhr Ann auf.

»Ich habe gesehen, wie Ihr ihn angeblickt habt, als Ihr, Simon und der Junge nach Eurer Ankunft hier wart.« Matilda schnitt ihr mit einer ungeduldigen Handbewegung das Wort ab. »Ich erkenne es, wenn eine Frau einen Mann liebt. Außerdem lege ich großen Wert darauf, über das, was in diesem Kloster vor sich geht, gut informiert zu sein. Und von Euch weiß ich, dass Ihr es zwar bisher vermieden habt, Simon de Bohun häufig zu begegnen. Dass Ihr jedoch kaum eine Gelegenheit ausgelassen habt, ihn hinter Büschen im Garten versteckt oder wie eben von einem Fenster aus zu beobachten.«

Ann spürte, wie sie errötete. Weshalb konnte diese Äbtissin nur in ihr lesen, als wäre sie ein offenes Buch? »Und wenn es so wäre, ich bin eine Nonne und habe Gott die Treue geschworen«, sagte sie heftig.

»An Gottes Stelle würde ich auf diese Treue gerne verzichten, so unwillig, wie Ihr sie Ihm gebt.« Matilda bedachte sie mit einem amüsierten Blick. »Es gibt kaum etwas Schlimmeres als eine freudlose Selbstaufopferung. Nur eine Selbstaufopferung, die sich selbst beweihräuchert, ist noch schlimmer.«

»Ich habe nicht …«, begann Ann.

»Oh doch, genau das habt Ihr«, erklärte Matilda ungerührt. »Insgeheim bemitleidet Ihr Euch für Euer Dasein als Nonne. Aber Ihr seid nicht mutig genug, Euch einzugestehen, dass es ein Fehler war, in einen Orden einzutreten. Und Ihr seid auch zu feige, das Ordensleben hinter Euch zu lassen und Euch in die Welt hinauszuwagen.«

Das Sonnenlicht brachte die mit Edelsteinen besetzten Ringe an Matildas Fingern zum Funkeln. Ihre Worte trafen Ann, aber sie war noch nicht bereit, die Wahrheit anzuerkennen. Stattdessen warf sie den Kopf in den Nacken und fragte angriffslustig: »Und was ist mit Euch, Ehrwürdige Mutter? Ihr könnt mir nicht erzählen, dass Ihr aus innerem Antrieb und aus tiefer Frömmigkeit Nonne geworden seid.«

»Ihr seid eine scharfsinnige Frau.« Matilda wirkte nicht im Mindesten ärgerlich. »Ja, ich könnte auf die religiöse Seite meines Amtes gut und gerne verzichten. Aber die Stellung als Äbtissin erlaubt es mir zu herrschen. Was ich, wie ich zugeben muss, sehr gerne tue. Deshalb habe ich mich mit meinem Dasein als Nonne ausgesöhnt und leide nicht darunter. Wahrscheinlich denkt manch eine meiner Nonnen so wie Ihr über mich. Aber noch keine hat es gewagt, mir das offen auf den Kopf zu zu sagen. Ihr könnt also durchaus mutig sein.« Matildas Blick wurde milder, während sie eindringlich sagte: »Ann, werft doch Euer Leben nicht weg. Ich verstehe einiges von Männern. Glaubt mir, Simon de Bohun ist ein wunderbarer Mann.«

So lange sehnte sie sich schon nach Simon. Anns Widerstand brach zusammen. »Ich weiß ja überhaupt nicht, ob er mich auch liebt«, flüsterte sie. »Simon kann jede Frau haben. Warum sollte ihm ausgerechnet an mir etwas liegen?«

»Meine Liebe, es tut mir leid. Aber dies könnt Ihr nur herausfinden, indem Ihr all Euren Mut zusammennehmt und Simon fragt«, erwiderte Matilda trocken.

*

Ann hoffte fast, Luce und Robin wären noch auf der Wiese bei Simon, weil sie dann ihr Gespräch mit ihm hätte aufschieben können. Doch als sie in den Garten kam, war von den beiden Kindern nichts mehr zu sehen. Zögernd ging sie auf Simon zu. Er ließ die Laute sinken, als er sie bemerkte, und nickte ihr freundlich zu.

»Wohin sind denn Luce und Robin gegangen?«, fragte Ann, während sie sich zu ihm ins Gras setzte.

»Luce hat das Pferd in den Stall gebracht, und Robin hat ihn begleitet. Sie weicht wirklich kaum noch von seiner Seite. Hoffentlich fällt ihr die Trennung nicht zu schwer, wenn Luce seinen Dienst als Knappe beginnt.«

»Das hoffe ich auch …«, murmelte Ann.

»Und Ihr …«, Simon lächelte sie an, »… werdet auch in Barking die Aufsicht über den Garten haben und das Hospital leiten, habe ich sagen hören. Das freut mich für Euch. Ich könnte mir Euch ohne einen Garten auch gar nicht vorstellen.«

»Ja, die Nonne, die bisher den Kräutergarten betreute und das Spital leitete, ist alt geworden.« Ann nickte. Auf der anderen Seite der Wiese sah sie die Mauer des Kräutergartens. Dahinter war ein dumpfes Geräusch zu hören. Eine Nonne stieß einen Spaten in den Erdboden und warf die Schollen dann auf eine Schubkarre. Ann glaubte, die feuchte Erde riechen und die Krümel zwischen ihren Händen spüren zu können.

Die Arbeit mit den Heilpflanzen und die Pflege der Kranken haben mir in Bellême das Leben als Nonne erträglich gemacht, ging es Ann durch den Kopf. *Das wird mir auch in Barking helfen zu überleben.* Noch konnte sie schweigen. Doch plötzlich begriff Ann, dass sie es sich nie verzeihen würde, wenn sie Simon nicht die Wahrheit sagte – wie auch immer seine Antwort ausfallen würde. Sie musste das Risiko eingehen, sich vor ihm zu demütigen und von ihm zurückgewiesen zu werden.

»Simon, ich …« Ihre Finger strichen durch das Gras. »Ihr hattet Recht damit, als Ihr mir an dem Tag, als Ihr mir die Nachricht von Adelas Tod überbrachtet, sagtet, dass ich nicht zur Nonne geschaffen sei. Ich hätte schon damals gerne mit Euch und Luce das Kloster verlassen …« Simon saß nur abwartend da, die Arme locker um die angewinkelten Knie geschlungen. In seinem Gesicht konnte Ann nichts lesen. Nein, er war nicht bereit, ihr weiterzuhelfen. Sie schluckte. Sie hatte mit ihrem Geständnis begonnen, und sie würde es zu Ende bringen.

»Aber ich hatte Angst, dass Ihr mir bald andere Frauen vorziehen würdet«, überwand sie sich weiterzusprechen, »Angst, dass ich Euch verlieren würde. Denn ich liebe Euch. Euch zu sehen und Euch nahe zu sein, hat mir mehr bedeutet als jede Messe. Mehr als jedes Suchen nach Gott …« Ann brach ab. Noch immer entgegnete Simon nichts.

»So, Ihr liebt mich also …«, sagte er schließlich nach einer Pause und seufzte.

Er empfand nichts für sie … *Wie habe ich auch annehmen können, dass ausgerechnet ich ihm etwas bedeute?*, schoss es

Ann durch den Kopf. *Er begegnet doch ständig so viel schöneren und interessanteren Frauen.*

»Verzeiht, dass ich Euch behelligt habe«, sagte sie hastig. Sie wollte aufspringen. Doch Simon ergriff ihr Handgelenk und hielt sie zurück.

»Jetzt hört Ihr erst einmal mich an, dann könnt Ihr immer noch weglaufen«, sagte er bestimmt. »Seit wir hier in Barking angekommen sind, arbeite ich an einem sehr melancholischen Lied, in dem ein armer Sänger sich nach einer stolzen, eigenwilligen Nonne verzehrt, die von seiner Liebe nichts wissen will. Schließlich stirbt der bedauernswerte Sänger an gebrochenem Herzen. Seid Ihr Euch eigentlich darüber im Klaren, dass nun meine ganzen Mühen umsonst gewesen sind? Ich werde dieses Lied niemals zu Ende schreiben können.«

Ann sah das Lachen in seinen Augen. »Simon …«, stammelte sie.

»Ja, leider musste ich mir das schwere Schicksal aufbürden, mich nach einer starrköpfigen, reizbaren und streitlustigen Ordensfrau zu verzehren.« Er seufzte wieder tief.

»Glaubt Ihr denn, es ist so viel leichter, einen flatterhaften Sänger zu lieben?«, erwiderte Ann angriffslustig.

»Ja, davon bin ich überzeugt.« Simon umfasste ihren Kopf mit beiden Händen und beugte sich zu ihr. Sein Gesicht war dem ihren nun ganz nah. Seine dunklen Augen lächelten und waren gleichzeitig sehr ernst. Ein Schauder durchlief Ann, als seine Lippen ihren Mund berührten. Das Quietschen einer Türangel ließ sie auseinanderfahren. Eine ältliche Nonne, die eine Schubkarre vor sich herschob, war aus dem Kräutergarten gekommen und blickte neugierig zu ihnen.

»Komm mit«, sagte Simon und half Ann auf die Füße.

Hand in Hand liefen sie über das Klostergelände zum Gästehaus, wo einige Reisende auf Bänken in der Sonne saßen und sich unterhielten. Sie schlüpften durch die offen stehende Tür und stiegen dann eine Wendeltreppe hinauf. Simon führte Ann zu einer Kammer im ersten Stock. Sie sah eine Flöte und ein dicht mit Zeilen beschriebenes Pergament auf einem kleinen Holztisch liegen. Von der Kirche her läutete eine Glocke das Nachmittagsgebet ein.

Begehe ich nicht doch eine schwere Sünde?, wirbelte es Ann durch den Kopf.

Simon streifte ihr den Schleier ab und fuhr liebkosend durch ihr kurz geschnittenes Haar. Sein Mund glitt über ihre Wangen, dann ihren Hals hinab. Wieder durchlief Ann ein Schauder. »Ich habe noch nie …«, flüsterte sie. »Ich habe ein bisschen Angst …«

»Das musst du nicht …« Er streifte ihr das Ordensgewand ab. Während seine langen, eleganten Hände behutsam tastend über ihren Körper glitten, als sei er ein sehr kostbares Instrument, hatte Ann das Gefühl, dass ihre Haut zu brennen beginne. Sie stieß einen hohen, sehnsüchtigen Laut aus. Simon küsste sie. Seine Zunge erforschte ihren Mund. Und dann ließ Ann alle ihre Bedenken und Ängste hinter sich und gab sich ganz Simon und ihrer wachsenden Leidenschaft hin.

*

William de Thorigny lauschte in die Dunkelheit. In dem von Wandlichtern spärlich erhellten Flur und auch sonst in der Burg war alles still. Er machte seinem Diener ein Zeichen, ihm zu folgen. Dann eilten sie leise den mit Steinplatten ausgelegten Gang entlang.

Zusammen mit einigen seiner Männer war er am Nachmittag zur Burg von Lord Eustache, Lady Agnes' Vater, gekommen. Bei dem Mahl in der großen Halle hatte er mit ihr am Tisch gesessen. Sie hatte verschreckt gewirkt und war ihm ausgewichen. Er hatte sich ihr gegenüber nichts anmerken lassen, und im Laufe des Abends war sie ruhiger geworden. Sie schien anzunehmen, dass er ihr nichts nachtrug. Er hatte sie vorerst in dem Glauben gelassen.

Schnell erreichten sie den Eingang von Lady Agnes' Räumen. »Du übernimmst die Dienerin«, raunte William de Thorigny seinem Begleiter zu. »Ich kümmere mich um die Lady.«

Vorsichtig drückte er die Klinke hinunter. Die Tür führte in einen kleinen Raum, wo eine brennende Kerze auf einem Tisch stand. Auf einem schmalen Bett lag, mit dem Rücken zum Zimmer, eine Frau. William nickte dem Diener zu, während er zu einer weiteren Tür schlich. Als er hindurchschritt, hörte er in seinem Rücken einen erstickten Laut. Dann war alles still.

Der andere Raum war viel größer. Auch hier brannte ein kleines Licht. Lady Agnes schlief in einem Bett, das auf einer Art Podest in der Zimmermitte stand. Ihr blondes, offenes Haar hob sich hell von den dunklen Bettvorhängen ab. William konnte ihre gleichmäßigen Atemzüge hören. Lautlos bewegte er sich die Stufen des Podestes hinauf. Am Bett angekommen, zog er sein Messer und drückte es gegen Lady Agnes' Kehle.

Die junge Frau bewegte sich stöhnend und öffnete die Augen. Panik verzerrte ihre Züge, als sie William über sich gebeugt sah. »Wenn Ihr Euch ruhig verhaltet und Euch nicht wehrt, geschieht Euch nichts«, sagte er drohend. »Auch wenn ich Euch, ehrlich gesagt, für Eure dreiste Lüge, ich hätte Euch bedrängt, nur zu gerne die Kehle aufschlitzen würde.« Er übte einen sanften Druck mit der Klinge aus.

»Ich sage Euch alles, was Ihr wollt«, wimmerte sie. »Nur bitte, lasst mich am Leben.«

»Das freut mich zu hören.« Er lächelte. »Aber ich weiß

genau, was in Eurem kleinen Kopf vor sich geht. Ihr denkt, dass Ihr mich bei Eurem Vater oder Eurem Liebhaber, dem König, verraten könnt. Schlagt Euch das aus dem Sinn. Bevor mich einer der beiden tötet, bringe ich Euch um. Egal, wo Ihr Euch verborgen haltet. Habt Ihr mich verstanden?« Er fuhr ihr mit seiner Eisenkralle durchs Haar.

»Ja«, flüsterte sie erstickt. »Ich werde Euch nicht verraten.«

»Gut. Wer hat Euch dazu veranlasst, Henry diese Lüge über mich zu erzählen?«

»Ich weiß es nicht. Ich weiß es wirklich nicht …« Sie stöhnte auf, als er brutal an ihrem Haar riss. »Bitte, Ihr müsst mir glauben. Als der König Hof in Devizes hielt, kam ein Mann zu mir. Er sagte, er wüsste, dass ich neben Henry noch einen anderen Liebhaber hätte. Er würde mich aber nicht bloßstellen, wenn ich seinem Auftraggeber zu Willen wäre. Dann erklärte er mir, was von mir verlangt würde.«

»Und das ist wirklich alles, was Ihr mir sagen könnt?«, fragte William sanft und verstärkte wieder den Druck mit dem Messer.

»Nur, dass ich ihn ein paar Tage später in Devizes aus einer Gaststätte am Marktplatz habe kommen sehen. Sie hieß, glaube ich, Zur Krone.«

William nickte. »Es gibt dort einen Gasthof, der so heißt. Könnt Ihr mir den Mann, der Euch erpresste, beschreiben?«

»Er war um die dreißig Jahre alt«, schluchzte sie. »Mittelgroß, und er hatte, glaube ich, braune Haare. Ach, und auf seiner rechten Schläfe befand sich eine sichelförmige fingerlange Narbe.«

»Wie schön, dass Ihr ein gutes Gedächtnis habt«, lobte William ironisch. Nein, von ihr würde er kaum noch mehr erfahren. Nachdem er die junge Frau noch einmal eindringlich davor gewarnt hatte, ihn zu verraten, verließ er sie. Im Vorraum kauerte sein Diener neben dem Bett der Magd, die gefesselt und geknebelt in ihrem Bett lag.

Zusammen verschwanden sie ebenso lautlos, wie sie gekommen waren. Wieder zurück in seinem Zimmer holte William de Thorigny ein kleines Tongefäß aus seinem Gepäck und reichte es dem Diener.

»Morgen in der Frühe mischst du dieses Gift in die Mahlzeiten der Lady und ihrer Magd. Es wird die Frauen an einem plötzlichen heftigen Fieber erkranken und schnell sterben lassen. Ich glaube zwar eigentlich, dass die beiden so eingeschüchtert sind, dass sie nichts von dieser Nacht verlauten lassen werden. Aber ich will lieber kein Risiko eingehen.«

Im Grunde genommen, fand William, *hat Lady Agnes für ihre Lüge und den Schaden, den sie mir damit zugefügt hat, ohnehin den Tod verdient.*

*

Unsicher blickte sich Adela im vorderen Hof des Klosters von Barking um. Sie erkannte den gedrungenen Bau der Kirche wieder, dessen Steine an diesem schwülen, bedeckten Maitag eine mattgraue Farbe hatten. Sie glaubte auch, sich daran erinnern zu können, welches der angrenzenden Gebäude das Haus der Äbtissin war. Doch das meiste von ihrem Aufenthalt in Barking war aus ihrem Gedächtnis entschwunden.

Auch auf ihrer Reise mit Yvain war es ihr so ergangen. Durch einige Gegenden musste sie, nachdem sie sich aus der Themse gerettet hatte, geirrt sein. Doch diese Landschaften waren ihr nun ebenfalls gänzlich fremd.

Zu Adelas Erleichterung hatte die Nonne am Eingang sie nicht erkannt. Denn sie hätte nicht die Kraft gehabt, neugierige und aufgeregte Fragen zu beantworten.

»Soll ich Euch jetzt allein lassen?«, hörte sie Yvain gelassen fragen.

»Nein, bitte bleibt.« Adela wandte sich ihm impulsiv zu. »Ich habe auf einmal so große Angst, dass Robin vielleicht nicht mehr lebt und ich zu spät gekommen bin.«

»Diese Sorge ist ganz bestimmt völlig unbegründet …«

»Oder dass sie sich wieder vor mir fürchtet.«

»Adela«, Yvain berührte sie am Arm, »jetzt quält Euch doch nicht länger …« Er schien noch etwas hinzufügen zu wollen. Doch er brach ab und Adela bemerkte, dass er in Richtung des Tors blickte, durch das sie eben geschritten waren.

Eine Frau Anfang dreißig stand dort und starrte sie aus weit aufgerissenen, braunen Augen an. Sie trug ein einfaches helles Wollkleid, und eine blonde Locke fiel ihr unter dem Schleier in die Stirn. Etwas an ihr kam Adela sehr bekannt vor. Zwei Kinder, das bemerkte Adela jetzt, liefen hinter der Frau her. Ein schlaksiger, elf oder zwölf Jahre alter Junge, der ein nachdenkliches Gesicht und einen ausdrucksvollen Mund hatte. Das kleine Mädchen, das er an der Hand hielt, hatte leuchtend rote, lockige Haare. Die beiden Kinder sahen sich sehr ähnlich.

»Adela …«, keuchte die Frau in dem hellen Kleid auf und presste die Hand gegen den Mund. »Adela … Das ist doch nicht möglich.« Ihr Gesicht verzerrte sich in ungläubiger Überraschung.

Adela erkannte Anns Stimme sofort. Sie wollte auf ihre Schwester und die Kinder zulaufen. Doch sie konnte sich nicht von der Stelle bewegen. Sie nahm wahr, dass Yvain etwas vor sich hinknurrte, das wie ein Stoßgebet oder wie ein Fluch klang. Dann fasste er sie um die Schultern und führte sie sanft, aber bestimmt in Richtung ihrer Familie.

Plötzlich rannte Ann los. »Adela«, schluchzte sie und fiel ihr um den Hals. »Du bist es wirklich und keine Erscheinung. Wie ist das möglich …«

Auch Adela begann zu weinen und klammerte sich einige Momente an ihrer älteren Schwester fest.

»Mutter …« Luce war an sie herangetreten. Seine Stimme klang zweifelnd.

»O Luce«, flüsterte Adela. »Du bist so groß geworden … Und du siehst deinem Vater so ähnlich …« Sie tastete über sein Gesicht und seine Brust. So lange hatte sie ihn nicht mehr berührt. Er umarmte sie linkisch, während gleichzeitig ein breites Lächeln seine eben noch so unsichere Miene erhellte.

Robin war ein Stück hinter ihrem Bruder und Ann stehen geblieben. Sie hielt einen kleinen Korb, in dem Eier lagen, wie abwehrend gegen ihren Körper gepresst.

Ob sie sich daran erinnert, dass ich sie töten wollte?, dachte Adela. *Ob sie gleich vor mir weglaufen wird?* Die Freude, die sie eben noch empfunden hatte, verschwand.

»Robin, das ist unsere Mutter.« Luce hob seine kleine Schwester hoch und wirbelte sie herum. Sie stimmte in sein Lachen ein. Er trug sie zu Adela und setzte sie dann vor ihr auf dem Boden ab.

»Robin …«, murmelte Adela. Sie kniete sich vor sie und streckte die Arme nach ihr aus. Nach einem schnellen, vergewissernden Blick zu Ann und ihrem Bruder schmiegte sich Robin an sie. Adela schloss die Augen und hielt sie ganz fest.

»Es scheint also tatsächlich doch Wunder zu geben«, hörte sie plötzlich eine vertraute Frauenstimme sagen. Adela schreckte auf. Matilda stand neben ihr und blickte auf sie und Robin hinab. Obwohl sie sich bemühte, einigermaßen ihre Fassung zu wahren, konnte sie doch ihre Rührung nicht verbergen.

»Madam ...« Adela ließ Robin los und küsste Matildas Hand.

»Ehrwürdige Äbtissin, ein Sänger glaubt an Wunder. Aber mit diesem hätte auch ich nicht gerechnet.« Nun trat auch Simon auf Adela zu. »Francis wäre sehr glücklich«, sagte er leise, während er sie umarmte.

*

Adela kuschelte sich an Ann. Seit ihrer Jugend hatten sie nicht mehr in einem Bett gelegen. Doch an diesem Tag hatten sie beide das Bedürfnis gehabt, einander so nahe wie möglich zu sein und ungestört miteinander zu reden. In einer Ecke der Kammer brannte eine Kerze auf einem bronzenen Ständer. Im Nebenraum schliefen Luce und Robin. Denn Adela hatte auch ihre Kinder möglichst nahe bei sich haben wollen.

»Auf jeden Fall bin ich froh, dass Matilda nicht meine Äbtissin ist«, sagte Ann nun. Sie hatten sich darüber unterhalten, wie es dazu gekommen war, dass Ann und Simon sich ineinander verliebt hatten und Ann beschlossen hatte, ihr Dasein als Nonne hinter sich lassen. »Aber sie scheint sich aufrichtig darüber gefreut zu haben, dass du von den Toten auferstanden bist, auch wenn sie es sich nicht groß hat anmerken lassen.«

»Ich glaube, sie hasst es, Gefühle zu zeigen.« Adela drehte sich auf die Seite und blickte ihre Schwester unsicher an. »Ann, es tut mir so leid, dass ich euch habe glauben lassen, ich sei tot. Aber ich dachte wirklich, es wäre so am besten für Luce und Robin. Erst jetzt begreife ich, was ich Euch damit angetan habe ...«

»Schhh …« Ann strich ihr über das Haar. »Das warst nicht du selbst. Das, was William de Thorigny dir angetan hat, hat deine Seele krank gemacht. Aber heute ist so ein glücklicher Tag. Wir sollten ihn uns nicht verderben und lieber über erfreulichere Dinge reden.«

»Ob Robin mich wohl lieben kann?«, fragte Adela, die noch nicht von dem Thema lassen konnte, ängstlich. »Sie hat schon als ganz kleines Kind so viel Bedrückendes erleben müssen …«

»Ganz bestimmt wird sie dich lieben.« Ann lächelte sie an. »Nur musst du ihr Zeit geben, wieder mit dir vertraut zu werden. Ich habe die Nonnen sagen hören, anfangs, als Robin hier im Kloster lebte, sei sie ein sehr stilles und schüchternes Kind gewesen. Aber ich habe sie als ein ziemlich temperamentvolles und eigensinniges Persönchen kennen gelernt. Worin sie dir in dem Alter ähnelt …«

»Ach, ich war nie eigensinnig. Du verwechselst mich mit dir.« Adela lachte.

»Das stimmt nicht«, protestierte Ann.

»Doch, zum Teil bist du doch nur Nonne geworden, weil unsere Eltern und wir Geschwister dagegen waren. Ich bin so froh, dass du dich für Simon entschieden hast. Er ist ein wunderbarer Mann.«

»Ja, das ist er«, entgegnete Ann versonnen, während ihr Gesicht von innen heraus zu leuchten begann. Einige Momente hingen die beiden Schwestern ihren Gedanken nach, dann wandte sich Ann wieder Adela zu und fragte: »Wie steht es denn eigentlich zwischen dir und Yvain? Auf den ersten Blick wirkt er ja ein bisschen knurrig und unzugänglich. Aber er scheint ein wirklich gutes Herz zu haben.«

Adela betrachtete das Spiel aus Licht und Schatten, das der Kerzenschein über die gekalkten Wände warf, ehe sie schließlich sagte: »Er ist ein guter Freund, nicht mehr, aber auch nicht weniger.«

»Ach wirklich?«, neckte Ann sie.

»Ja, ich vertraue ihm unbedingt und bin ihm sehr dankbar für alles, was er für mich getan hat. Aber ich könnte ihn niemals so lieben, wie ich Francis geliebt habe. Dazu habe ich einfach nicht mehr die Kraft …« Die Freude und Unbeschwertheit, die Adela eben noch empfunden hatte, verschwanden und wichen wieder einmal einem Gefühl von Niedergeschlagenheit.

»Und wie steht es mit Yvain?« Ann stützte sich auf ihren Ellenbogen. Adela war erleichtert, dass die Schwester ihren Stimmungsumschwung nicht bemerkte. »Immerhin hat er dich selbst nach Barking gebracht, statt einen Knecht damit zu beauftragen. Was er ja auch ohne Weiteres hätte tun können.«

»Ich bin überzeugt, Yvain hegt für mich auch nur freundschaftliche Gefühle.« Adela schüttelte den Kopf. Nein, sie wollte dieses Thema nicht weiter verfolgen. Denn es machte sie nur traurig. »Wo und wie werdet Simon und du denn leben?«, lenkte sie stattdessen ab. »Davon hast du noch gar nichts Genaues erzählt.«

»Sobald wir verheiratet sind, möchten wir ein Gut pachten. Äbtissin Matilda will uns dabei helfen, ein Anwesen zu finden, das für uns geeignet ist.«

»Aber glaubst du denn, dass Simon damit glücklich werden wird, einen Hof zu bewirtschaften?«, fragte Adela ein bisschen zweifelnd. »Ich kann ihn mir so gar nicht als Bauern vorstellen.«

»Oh, ich glaube, einen großen Teil der praktischen Aufgaben werde ich übernehmen müssen.« Ann lachte. »Aber das macht mir nichts aus. Schließlich habe ich in Bellême viele

Jahre lang das Spital geleitet. Simon wird dagegen öfter einmal durch die Lande ziehen und seine Lieder vortragen. Ich habe begriffen, dass er diese Freiheit braucht. Aber ich bin davon überzeugt, dass er immer zu mir zurückkehren wird.« Wieder leuchtete ihr Gesicht von innen heraus.

Eine Weile schwatzten sie noch über Anns zukünftiges Leben. Dann, als sie müde wurden, stieg Adela aus dem Bett und löschte die Kerze. Während sie neben Ann lag, hörte sie, wie der Atem ihrer Schwester allmählich tief und gleichmäßig wurde, und schließlich schlief auch sie ein.

Sie träumte davon, dass sie sich wieder in William de Thorignys Kerker befand. Sie kniete vor ihm und versicherte ihm, dass sie ganz ihm gehörte. Sie sah ihn lächeln, während er das glühende Eisen in die Hand nahm und sie mit seinem Zeichen brandmarkte.

Adela erwachte davon, dass Ann sie rüttelte und ihren Namen rief. Für Momente glaubte sie, den Geruch ihrer verbrannten Haut und des fauligen Strohs zu riechen.

»Adela, um Gottes willen, was hast du denn? Warum schreist du so?«, hörte sie ihre Schwester in der Dunkelheit besorgt fragen.

»Ich habe nur schlecht geträumt«, wehrte Adela ab. Sie war froh, dass Ann keine weiteren Fragen stellte. Während sie noch lange mit offenen Augen dalag und auf Anns Atem lauschte, fragte sie sich, ob sie sich jemals ganz von William de Thorigny würde befreien können.

*

Yvain nahm die frühlingshafte Landschaft, durch die er ritt, gar nicht richtig wahr. Wieder einmal quälte er sich mit der Entscheidung, ob er Adela fragen sollte, ob sie seine Frau werden wolle oder ob er es nicht doch besser unterlassen sollte. Schon während ihrer gemeinsamen Reise nach Barking hatte sich Yvain ständig mit dieser Frage geplagt. Er war sich darüber im Klaren, dass Adela ihm schrecklich fehlen würde, wenn er ohne sie nach Hause zurückkehrte. Andererseits, was wenn er sie fragte, und sie sich daraufhin verschreckt von ihm zurückzog?

Oder hatte Marian etwa Recht und es ging eigentlich gar nicht um Adela, sondern er hatte Angst davor, noch einmal wirklich zu lieben? Am Rand eines nahen Feldes bemerkte Yvain jetzt einen Reiter. Er erkannte Simons dunkel gekleidete, schlanke Gestalt sofort.

Normalerweise wäre Yvain Simon gegenüber erst einmal skeptisch gewesen. Er hatte für Musiker und Gaukler im Allgemeinen nicht viel übrig und Simon mit seinen eleganten Bewegungen und seiner ironischen Art hätte er sicher überkandidelt gefunden. Aber Simon hatte viel Mut bewiesen, als er Adela aus William de Thorignys Gefangenschaft befreit hatte. Dies reichte, um Yvain für ihn einzunehmen. Dankbar für die Gesellschaft, die ihn von seinen Gedanken ablenken würde, wartete Yvain an der Wegkreuzung am Feldrand auf Simon.

»Wie viele Arten von Grün der Frühling doch immer hervorbringt.« Simons Handbewegung umfasste das Feld, wo die erste Gerste zwischen den Furchen spross, die zart belaubten Bäume am nahen Feldrand und die Wiese, wo zwischen dem gelben, winterharten Gras frische grüne Halme wuchsen. »Ich kann mich nie daran sattsehen.«

»Ich sehe vor allem, dass die Erde zu trocken ist und es dringend wieder einmal regnen müsste«, knurrte Yvain, aber er meinte es freundlich.

»Das ist zwar eine sehr prosaische, aber durchaus berechtigte Weise, die Welt zu sehen.« Simon lachte, während er und Yvain langsam nebeneinander auf dem breiten Weg in Richtung Kloster ritten. »Euer Anwesen liegt doch in der Nähe von Aberaernon, nicht wahr?«

»Ja, weshalb fragt Ihr?«, meinte Yvain überrascht.

»Vorhin, auf dem Weg zum Stall, ist mir Äbtissin Matilda begegnet. Sie hat eine Nachricht von einem Ritter erhalten, den sie sehr schätzt und der Luce gerne als Knappe aufnehmen würde. Sein Name ist Lord Godfrey, und sein Gut liegt ebenfalls in Wales, bei Aberdyfi, was, wenn ich mich richtig erinnere, nur einen guten Tagesritt von Aberystwyth entfernt ist.«

»Ja, das stimmt«, erwiderte Yvain nachdenklich. »Ich kenne den Lord recht gut. Die Äbtissin hat eine kluge Wahl mit ihm getroffen.« Gleichzeitig fragte er sich, ob darin nicht womöglich die Antwort auf seine Fragen lag.

*

Wieder zurück im Kloster, machte sich Yvain auf die Suche nach Adela. Eine Nonne sagte ihm, sie habe sie im Kräutergarten gesehen. Zwischen den Beeten entdeckte Yvain Adela nicht, aber er bemerkte, dass eine Pforte in der Mauer offen stand. *Vielleicht hat Adela ja den Garten auf diesem Weg verlassen*, dachte er.

Als er durch die Tür geschritten war und die Themse zwischen den Feldern dahinströmen sah, überfiel ihn eine plötzliche Angst. Doch gleich darauf erblickte er Adela, die entlang einer Reihe von blühenden Weißdornbüschen auf das Kloster zulief, wobei sie wie immer ihr rechtes Bein ein wenig nachzog. Rasch ging er ihr entgegen. Ihr Gesicht war, wie er im Näherkommen bemerkte, sehr blass.

»Adela, geht es Euch nicht gut?«, fragte er erschrocken.

»Es ist alles in Ordnung.« Sie senkte kurz den Kopf, ehe

sie ihn offen ansah. »Ich musste nur noch einmal die Stelle aufsuchen, wo ich damals fast Robin mit in den Fluss genommen hätte.«

»Warum quält Ihr Euch nur immer damit?« Yvain seufzte.

»Ich musste es einfach tun, um endlich damit meinen Frieden schließen zu können.« Ein schwaches Lächeln erschien auf ihrem Gesicht. »Ich bin Euch so dankbar, dass Ihr mich damals ausgeschimpft und zurechtgewiesen habt. Denn sonst hätte ich es bestimmt nicht gewagt, hierher zu kommen. Ich hätte mich um so viel gebracht, wenn ich meine Kinder nicht wiedergesehen hätte. Und ich hätte den Menschen, die mich lieben, weiterhin so viel Leid zugefügt.« Sie waren vor einem der Weißdornbüsche stehen geblieben. Die hellen Blüten wirkten sehr zart vor dem dunklen, struppigen Holz.

»Adela«, Yvain räusperte sich, »Simon sagte mir, dass Luce höchstwahrscheinlich seinen Dienst als Knappe bei einem Ritter in der Nähe von Aberdyfi antreten wird …«

»Ich kann es immer noch nicht fassen, wie groß er geworden ist«, sagte Adela leise. »Er sieht seinem Vater so ähnlich …«

»Ihr habt Euren Mann wohl sehr geliebt?«

Adela nickte nur. Ihr Gesicht bekam einen ganz weichen Ausdruck.

Wenn Yvain noch irgendwelche Zweifel gehegt hätte, ob er sie nicht doch bitten sollte, seine Frau zu werden, hätten sich diese nun endgültig verflüchtigt.

»Adela«, er räusperte sich wieder, »Aberdyfi liegt ja nur etwa dreißig Meilen entfernt von meinem Gut. Deshalb habe ich mich gefragt, ob Ihr nicht mit Robin wieder mit mir zurückkehren wollt. Ihr könntet die Hütte wieder beziehen und mit Eurer Tochter dort leben …«

»Wir würden Euch auch nicht lästig fallen?«, fragte Adela überrascht. »Ihr habt schon so viel für mich getan …«

»Nein, ganz und gar nicht, im Gegenteil«, wehrte er hastig ab. »Ihr wisst doch, dass Marian dankbar für Eure Hilfe ist. Außerdem haben sich die Bediensteten und die Leute aus dem Dorf daran gewöhnt, mit ihren Krankheiten zu Euch kommen zu können.«

»Wenn das so ist, nehme ich Euer Angebot gerne an.« Adelas Wangen hatten sich ein wenig gerötet.

»Gut«, Yvain lächelte schwach, »meine Tante wird überglücklich sein, Robin verwöhnen zu können. Was ihre Aufmerksamkeit Gott sei Dank ein wenig von mir ablenken wird.« *Ja*, dachte er, *es ist gut, dass sich an dem Verhältnis zwischen mir und Adela nichts ändert. Da mag Marian noch so sehr anderer Meinung sein.*

*

»Schafft ihn weg!« Verächtlich stieß William de Thorigny mit dem Fuß gegen den nackten, gefolterten Leichnam. Die beiden Diener kamen dem Befehl sofort nach und schleppten den Toten aus dem Keller. Sie würden ihn irgendwo im Wald oder an einem Feldrand verscharren.

William de Thorigny folgte ihnen die Treppe hinauf und lief dann in Gedanken verloren über den Hof seines Anwesens. Es hatte fast ein halbes Jahr gedauert, den Boten über jenen Gasthof ›Zur Krone‹ ausfindig zu machen. Aber die Mühen hatten sich gelohnt. Unter der Folter hatte der Mann ziemlich schnell zu reden begonnen. Dass Richard zu seinen Auftraggebern gehörte, hatte William nicht gewundert – dies hatte nur seinen Verdacht bestätigt.

Aber dass die Äbtissin von Barking mit ihrem Halbbruder paktierte, hatte ihn nun doch sehr erstaunt. William wusste gut darüber Bescheid, wen er sich wann zum Feind gemacht hatte. Weshalb er jedoch Matildas Groll erregt hatte, konnte er sich nicht erklären. Er hatte sie durchaus immer als klug eingeschätzt. Wirklich wichtig hatte er sie allerdings nie gefunden. Nun gut, er hatte sich getäuscht.

William blieb unvermittelt stehen und fixierte ein braunes Pferd an der Tränke mit seinem Blick – ohne es jedoch wirklich wahrzunehmen. In Winchester, vor der Burg, war ihm Adela entkommen, weil plötzlich die Pferde gescheut hatten. Damals hatte Matilda zum Gefolge ihres Vaters gehört. Hatte sie vielleicht dieses Durcheinander ausgelöst, um Adela zu helfen?

Ein Lächeln huschte über Williams Gesicht. Noch war es zu früh, offen gegen Matilda und ihren verwünschten Halbbruder vorzugehen. Dazu benötigte er erst handfeste Beweise. Irgendwelche gesiegelten Papiere hatte der Bote leider nicht bei sich gehabt. Aber es konnte nicht schaden, sich in Barking einmal nach Adela umzuhören.

Kapitel 11

»So, du bist also der Mann, der mir etwas über die beiden Frauen sagen kann, nach denen ich suche.« William de Thorigny musterte den kahlköpfigen Bettler, den sein Diener zu ihm führte. Er war schätzungsweise um die dreißig Jahre alt und wahrscheinlich früher einmal Soldat gewesen. Denn sein ohnehin schon hässliches blatternarbiges Gesicht wurde zusätzlich von einer schlecht verheilten Schwertwunde verunstaltet. Sein rechtes Bein endete unter dem Knie in einem Holzstumpf, aber er bewegte sich geschickt mit seiner Krücke. Er stank penetrant, und William war froh, dass an diesem frischen Septembertag ein Kohlenfeuer in seinen Räumen brannte und die darüber gestreuten Gewürze die Ausdünstungen des Bettlers wenigstens ein bisschen milderten.

»Ja, Herr, das kann ich bestimmt.« Der Bettler nickte eifrig.

William bedeutete ihm, sich auf einen Schemel zu setzen, und legte ein Geldstück auf den Tisch. »Wenn du die Wahrheit gesagt hast, ist diese Münze dein. Aber wage es bloß nicht, mich anzulügen.«

Der Bettler betrachtete das Geld gierig. »Das würde ich niemals tun, Herr«, beteuerte er.

William hielt es für ratsam, seine Geschichte auszuschmücken. »Bei den beiden Frauen handelt es sich um meine Gattin, die mich verlassen hat, und um ihre Schwester, eine entlaufene Nonne«, sagte er und seufzte.

»Ihr scheint in eine schlimme Familie eingeheiratet zu haben, Herr«, erwiderte der Bettler teilnahmsvoll. »Ich hoffe, die beiden Weiber bekommen die Strafe, die sie verdienen.«

»Dafür werde ich sorgen.«

»Nun, ich würde sagen, dass ich ein guter Beobachter bin«, begann der Bettler. »Die meisten Leute meinen, ein Bettler sagt nur seinen Spruch auf und hält dann seine Schale hin. Aber Betteln verlangt Aufmerksamkeit und Menschenkenntnis. Manche Leute geben nur etwas, wenn man sie bedrängt, andere dann gerade nicht ... Ebenso wie manche einen unterwürfigen Dank erwarten und andere wiederum sich davon abgestoßen fühlen ...«

»Ja, ja, ich verstehe ...« William bemühte sich, seine Ungeduld zu verbergen.

»Die Schwester Eurer Gattin kam vor etwa fünf Monaten zusammen mit einem großen, schlanken Mann und einem Jungen von elf oder zwölf Jahren in das Kloster ...«

»Dieser Mann ist ganz bestimmt ihr Liebhaber ...« William heuchelte Entrüstung. »Sie treibt es ja noch schlimmer, als ich fürchtete ...« Bei diesem Kerl musste es sich um Simon de Bohun handeln, dachte er.

»Ja, sie scheint sich schnell den irdischen Freuden zugewandt zu haben.« Der Bettler kicherte. »Wobei ich zuerst dachte, die drei wären eine Familie. Denn die Frau trug kein Nonnengewand, sondern einen groben Wollmantel wie die Gattin eines Handwerkers oder Kaufmanns. Einige Tage darauf war sie jedoch plötzlich wie eine Nonne gekleidet. Wenn sie mir nicht aufgefallen wäre, weil sie sehr schön ist, hätte ich sie wahrscheinlich gar nicht erkannt. Und kurz darauf trug sie wieder weltliche Tracht ... Wahrscheinlich verspürte sie kurz Reue über ihren Abfall, überlegte es sich dann aber wieder anders. Wobei ich allerdings nicht so recht verstehe, weshalb Äbtissin Matilda dies duldete …«

»Nach allem, was ich über sie gehört habe, gilt sie nicht gerade als besonders fromm.« William zuckte die Schultern.

»Aber sie ist streng.« Der Bettler streifte sich einen Tropfen von der Nase und wischte die Hand an seinem zerlumpten Kittel ab. »Sie ist jemand, mit dem ich lieber keinen Ärger haben möchte. Wie auch immer … Ein paar Wochen später, gegen Mittag, ich saß wieder an meinem Platz vor der Kirche, kamen ein großer, finsterer Mann und eine zierliche Frau in das Kloster. Die Frau wirkte irgendwie unsicher und ängstlich, und sie hinkte ein bisschen … Und plötzlich rannte die entlaufene Nonne auf sie zu und rief ›Adela!‹. Diese Adela und die entlaufene Nonne sahen sich ähnlich. Wenn auch die frühere Klosterschwester schöner ist …« Der Bettler blickte William de Thorigny triumphierend an. »Und, ist diese Frau nun Eure Gattin oder nicht?«

»Ja, das ist sie.« William musste seine Freude nicht heucheln. Er konnte es kaum glauben, dass er Adela tatsächlich wiedergefunden hatte. »Weißt du ob sich meine Gattin, Adela …« – er genoss es, ihren Namen besitzergreifend auszusprechen – »noch in Barking aufhält?«

Der Bettler schüttelte den Kopf. »Im Juni haben sie und der finstere Mann das Kloster verlassen. Der elf oder zwölf Jahre alte Junge und ein kleines Mädchen, das ein Jahr lang im Kloster lebte und Robin gerufen wird, begleiteten sie. Wartet …« Der Bettler dachte kurz nach. »Einmal habe ich Eure Gattin diesen Mann ›Yvain‹ nennen hören.«

Es war gut, den Namen dieses Kerls zu kennen. William lächelte den Bettler an. »Hast du eine Ahnung, wohin sie ritten?«

»Leider nein …«

»Und Adelas Schwester?«

»Verließ kurz darauf mit ihrem Liebhaber das Kloster.«

Es durfte nicht sein, dass Adela seinem Zugriff entglitt … William überlegte rasch. »Hat mein Rivale« – in gewisser Weise war dieser Mann ja sein Rivale, in welchem Verhältnis Adela auch immer zu ihm stand – »eigentlich im Gästehaus des Klosters gewohnt?«

»Das kann gut sein.« Der Bettler nickte. »Jedenfalls habe ich ihn öfter aus dieser Richtung kommen sehen. Obwohl er ziemlich unzugänglich wirkte, war er übrigens zu uns Bettlern sehr großzügig. Das muss ich ihm lassen … Und der Liebhaber Eurer Schwägerin ebenfalls …«

»Du hast dir das Geld redlich verdient.« William schob ihm die Münze zu und gab ihm noch ein weiteres Geldstück. »Aber du darfst niemandem verraten, dass ich mit dir gesprochen habe. Ich möchte nicht, dass meine Gattin gewarnt wird.«

»Keine Sorge. Von mir wird keiner ein Wort über unsere Unterhaltung erfahren.« Der Bettler grinste. »Schließlich weiß ich, was Ihr durchmacht. Mir ist auch einmal eine Frau weggelaufen.«

Nachdem der Diener den Bettler weggeführt hatte, lehnte sich William de Thorigny zufrieden in seinem Stuhl zurück. Er kannte Yvains Namen und er wusste, dass er wahrscheinlich im Gästehaus des Klosters untergekommen war. Somit würde es nicht schwer werden herauszufinden, woher er stammte – und von diesem Yvain zu Adela, davon war William de Thorigny überzeugt, war es bestimmt nicht weit.

*

Adela stach mit einer großen Nadel in das Leder und zog den Riss in der Weste mit einem – ebenfalls ledernen – Faden zusammen. Marian, die schlecht sah, hatte sie gebeten, diese Arbeit zu übernehmen. Der Oktobertag war sonnig und so warm, dass sie auf der Bank vor ihrer Hütte sitzen konnte. In der Luft glaubte Adela noch den Geruch von Getreidestaub wahrzunehmen. Vor ein paar Tagen erst waren der Weizen und der Roggen auf den nahen Feldern geerntet worden. Yvain hatte das Korn zusammen mit den Knechten geschnitten, und Adela, Marian und die Mägde waren hinter ihnen hergelaufen und hatten das Getreide zu Garben gebunden.

Robin hatte stolz geholfen, die Ähren, die dabei in den Furchen liegen geblieben waren, aufzusammeln. Der Abschied vom Kloster, den Nonnen und Matilda war ihr nicht leichtgefallen, aber mittlerweile lebte sie, glaubte Adela, gerne auf dem Hof. *Es war gut, dass uns Luce den größten Teil des Weges begleiten konnte*, dachte Adela. *Sonst wäre die Trennung Robin bestimmt viel schwerer gefallen.*

Yvain hatte Recht gehabt mit seiner Annahme, dass Marian das Kind umsorgen und verwöhnen würde. Robin verbrachte viele Stunden bei ihr. Auch zu Yvain hatte sie Vertrauen gefasst. Was gewiss auch damit zusammenhing, dass er sich bereit erklärt hatte, ihr das Reiten beizubringen. Adela hatte einige Male die Gelegenheit gehabt, die beiden dabei zu beobachten. Der auf den ersten Blick so knorrige Mann ging erstaunlich geduldig und sanft mit dem Kind um. Aber sie wusste ja ohnehin inzwischen, dass sich unter seiner abweisenden Schale ein sehr weicher Kern verbarg.

Luce hatte sie und Robin ein paar Wochen zuvor für einige Tage besucht. Wie viele Jungen in seinem Alter war er nicht gerade sehr gesprächig gewesen – zumindest ihr gegenüber nicht. Aber er hatte sehr zufrieden gewirkt. Robin war ihrem großen Bruder kaum von der Seite gewichen.

Adela hielt mit dem Nähen inne und blickte über den Garten. Manchmal fragte sie sich, ob sich Robin nicht lieber bei Luce, Marian und Yvain aufhielt als bei ihr.

Ein roter Farbtupfer tauchte jetzt am Rand des Obstgartens auf. Robin, die ihre Strohpuppe in der Hand hielt, rannte zwischen den Bäumen hindurch. Immer wieder blieb sie stehen und wirbelte mit ihren Füßen das welke Laub auf. Doch schließlich lief sie zu Adela und ließ sich neben ihr auf die Bank gleiten.

Ihre Wangen waren gerötet, und ihre Augen leuchteten. »Marian hat mir ein Band für mein Haar geschenkt«, sagte sie eifrig und deutete auf den grün und schwarz gewebten schmalen Stoffstreifen, der im Nacken um ihre Locken geschlungen war. »Und Aline hat auch eines bekommen.« Tatsächlich hielt ein Stück desselben Bandes auch den Strohzopf der Puppe zusammen. »Später darf ich Marian und der Köchin beim Backen helfen.«

Wieder fühlte Adela ihre Unsicherheit. Sie holte tief Luft. »Robin …« Sie konzentrierte sich auf die Nadel und das Leder in ihren Händen. »Die Nonnen in Barking haben dir doch bestimmt erzählt, dass ich einmal sehr krank war. Nicht nur mein Körper war krank, sondern auch meine Seele. Ich war so verzweifelt, dass ich mir das Leben nehmen wollte …« Sie wusste nicht mehr weiter. Sie konnte Robin nicht sagen, dass sie sie hatte töten wollen, um sie zu beschützen.

»Ja, ich weiß.« Robins Stimme klang, als ob sie etwas ganz Selbstverständliches sagte. »Du bist mit mir in die Themse gegangen. Aber dann hast du es dir anders überlegt und mich wieder ans Ufer gebracht, wo mich eine Schwester fand.«

Als Adela es wagte, ihre Tochter anzusehen, baumelte Robin nachdenklich mit ihren kurzen, rundlichen Beinen. Der Vorfall schien nichts Schreckliches für sie haben.

»Da war ein Fisch, ein Lachs, im Wasser«, flüsterte Adela, die den Moment auf einmal ganz deutlich vor sich sah. »Ich habe mich daran erinnert, wie dein Vater und Luce einmal einen Lachs in einem Bach fingen und Luce den Fisch wieder zurück ins Wasser warf, da er ihn so schön fand und ihn deshalb nicht töten wollte.«

Robin kuschelte sich an sie. »Du hast mir noch nie etwas von meinem Vater erzählt«, sagte sie ein bisschen vorwurfsvoll.

»Habe ich das wirklich nicht?«, fragte Adela erschrocken.

»Nein«, Robin schüttelte energisch den Kopf, »nur Luce hat mir von ihm erzählt. Zum Beispiel, dass unser Vater und Simon gute Freunde waren.«

»Ja, das waren sie.« Adela lächelte. »Und sie haben viel Unsinn zusammen angestellt.«

Während Adela erzählte, lauschte Robin gebannt. Adela wurde klar, wie lange sie nicht mehr ausführlich von Francis gesprochen hatte, und sie fühlte sich ihm plötzlich wieder sehr nah. Erst nach einer ganzen Weile, als die Sonne hinter das Haus gewandert war, wurde Robin unruhig. »Ich habe versprochen, Marian zu helfen«, sagte sie. »Sie wartet bestimmt auf mich.«

»Ich begleite dich«, erwiderte Adela lächelnd, die nun nicht mehr befürchtete, dass ihre Tochter vor ihr fliehen wollte. »Dann kann ich ihr nämlich gleich die Weste mitbringen.«

»Hat Simon auch schon als Kind Lieder geschrieben?«, fragte Robin, während sie auf das Gutshaus zugingen. Alle Fenster standen wegen des warmen Wetters offen. Der Wein, der an der Südseite emporrankte, hatte die gleiche intensive rote Farbe wie Robins Haar.

»Soviel ich weiß, hat Simon sich schon als kleines Kind Geschichten ausgedacht.« Adela nickte.

»Als er und Ann sich von uns verabschiedet haben, hat er mir eine Geschichte versprochen«, erklärte Robin sehr ernst. Sie waren gerade um das Wohnhaus herumgeschritten, und vor ihnen lag das kleine, strohgedeckte Küchengebäude, als Robin auf einmal mit heller Stimme rief: »Simon!«

Im ersten Moment dachte Adela, ihre Tochter wollte ihr noch etwas von Simon erzählen. Doch dann sah sie ihn zusammen mit Yvain leibhaftig vor den Ställen stehen. »Simon, was für eine schöne Überraschung!« Mit ausgestreckten Armen lief sie auf ihn zu.

Simon erwiderte ihre Umarmung, ehe er Robin hochhob und ihr liebevoll durch das Haar zauste. »Auf unserem Hof ist jetzt nach der Ernte nichts mehr zu tun, deshalb dachte ich, ich könnte wieder einmal für ein paar Wochen mein altes Wanderleben aufnehmen«, sagte er und grinste. »Natürlich hat mich mein Weg als Erstes hierhergeführt.«

»Auf einem Hof ist immer etwas zu tun«, bemerkte Yvain.

»Ach, wer will schon unbedingt Zäune reparieren und Strohdächer flicken.« Simon winkte lässig ab.

»Hast du dir eine Geschichte für mich ausgedacht?«, unterbrach Robin, die wieder auf den Boden gesprungen war, die Frotzelei der beiden Männer.

»Ja, das habe ich. Ich erzähle sie dir später.« Simon nickte.

»Von was handelt sie denn?«

»Ich verrate nur so viel: von einem Drachen.« Er breitete seine Arme weit aus, so dass er in seinem schwarzen Umhang, mit der Sonne in seinem Rücken, tatsächlich etwas von einem Untier an sich hatte. Robin kreischte in begeistertem Schauder auf.

Yvain wechselte einen raschen Blick mit Adela, ehe er nach

Robins Hand griff. »Komm einmal mit in den Stall. Wenn du magst, darfst du dabei helfen, Simons Pferd trocken zu reiben.« Robin ging willig mit ihm.

»Wie geht es Ann?«, fragte Adela rasch, die dankbar für die Gelegenheit war, kurz unter vier Augen mit Simon sprechen zu können.

»Gut, sie genießt es, unsere Knechte und Mägde und mich herumzukommandieren. Sie hat einen kleinen Garten angelegt und außerdem hat sie auch noch den größten Teil der Erntearbeit organisiert.« Simon lachte. »Aber was viel wichtiger ist: Sie erwartet seit ein paar Wochen ein Kind.« Adela spürte, dass er, trotz seiner üblichen Ironie, bewegt war.

»Ich freue mich sehr für Euch.« Sie schob ihren Arm unter seinen, während sie Yvain und Robin hinterherschlenderten. »Was für ein glücklicher Tag heute doch ist.«

*

»Schneller, mein Guter, schneller.« Einen Tag vorher hatte Luce sein Pferd noch mehr angespornt und sich den weit ausgreifenden Bewegungen des kräftigen braunen Tieres hingegeben. Neben ihm galoppierte Philip de Tallebois, ein blonder, hoch aufgeschlossener Junge. Sie beide bildeten die Spitze einer Gruppe von Knappen, die mit den Pferden Lord Malcolms ausritten. Ihr eigener Herr, Lord Godfrey hatte sie vor einigen Tagen an den Hof des benachbarten Adligen geschickt. Hier sollten sie für vier Wochen bleiben, um einmal einen anderen Haushalt und andere Sitten kennen zu lernen.

Die Berge, die Luce in der Ferne sehen konnte, wirkten wie riesige, grob behauene Steinquader und waren in ihren höheren Regionen fast nur von Gras bewachsen. Im Winter – so hatte er sagen hören – verschwanden ihre Gipfel nicht selten tagelang in Nebel und tief hängenden Wolken. Die Landschaft in Wales war häufig wild und rau. Ganz anders als die flache Gegend um London, wo das Kloster Barking lag, oder auch als die oft sanft gewellte Normandie mit ihren von Wäldern durchsetzten Wiesen und Feldern. Wald gab es in Wales nur wenig. Doch an einem sonnigen Tag wie diesem schienen die fernen Berge wie mit einem geheimnisvollen grünen Schleier überzogen, und im Vergleich zu ihrer kargen Strenge wirkte die Hügellandschaft, durch die sie ritten, fast lieblich.

Vor Luce und Philip tauchte nun eine breite, herbstlich verfärbte Hecke auf. Fast zeitgleich setzten sie über das Hindernis.

Luce war glücklich. Was gab es Schöneres, als an einem warmen sonnigen Herbsttag im Galopp über Wiesen zu preschen und neben sich einen Freund zu haben? Denn Philip und er waren schon bald, nachdem er im Frühjahr an den Hof des Lords gekommen war, Freunde geworden. Luce hatte ein bisschen Angst gehabt, dass die anderen Knappen ihn, den Sohn eines niederen Edelmannes, der noch dazu jahrelang als eine Art Knecht in einem Kloster gelebt hatte, nicht akzeptieren würden. Er hatte sich darauf gefasst gemacht, um seinen Platz kämpfen zu müssen.

Doch er und Philip de Tallebois, der der Enkel eines Earls war, hatten sich auf Anhieb gemocht. Auf Grund seiner hohen Geburt wäre Philip wahrscheinlich sowieso einer der Anführer gewesen. Doch sein Wesen befähigte ihn erst recht dazu. Er war mutig bis zum Draufgängertum, dazu redegewandt und freundlich. Da Luce Philips Freund war, erkannten ihn auch die anderen Jungen schnell an.

Manch ein Knappe stöhnte über die vielen Pflichten, die sie zu erfüllen hatten. Aber Luce erschien das Leben am Hofe seines Herrn reich und erfüllt. Er lernte jeden Tag so viele neue Dinge und musste sich nicht mehr davonschleichen, um sich im Waffenkampf zu üben oder zu lesen und zu schreiben. Mit Pferden zu arbeiten und zu reiten hatte er ohnehin immer geliebt, und darin war er – was Philip neidlos anerkannte – der Beste von allen.

Luce mochte auch Lord Godfrey, der zwar streng war, aber auch sehr großzügig sein konnte. *Nein*, dachte er, *ich könnte mir keinen besseren Herrn wünschen.* Sein Leben im Kloster als Knecht und Dienstbote schien manchmal jahrzehntelang zurückzuliegen und nicht nur einige Monate.

Luce und Philip hatten jetzt den Fluss am Fuße des Abhangs erreicht und trieben ihre Pferde durch die Furt. Etwa eine halbe Meile entfernt thronte das burgartige Anwesen von Lord Malcolm auf den Ausläufern einer Hügelkette. Im Licht der tief stehenden Sonne wirkte die mit Lehm verschalte Pfahlmauer wie ein steinerner Wall. Um die Pferde nicht übermäßig zu beanspruchen, ließen sie die Tiere in den Trab fallen.

»Was hältst du eigentlich von Lord Malcolm?«, fragte Philip Luce.

»Ach, ich weiß nicht recht.« Luce zuckte die Schultern. »Ich habe ihn ja nur gestern Abend, als wir zum Dienst an seiner Tafel eingeteilt waren, längere Zeit gesehen. Aber er kam mir schon ziemlich hochnäsig vor.«

»Ja, er bildet sich auf seinen Titel und seine gesellschaftliche Stellung sehr viel ein. Dabei wurde erst sein Großvater von William dem Eroberer zum Ritter geschlagen.«

»Sagt Philip de Tallebois, dessen Familie natürlich schon seit der Römerzeit zum Adel zählte«, frotzelte Luce. Wenn Philip eine Schwäche hatte, dann die, dass er auf seine alte Familie sehr stolz war.

»Ganz sicher zählen ein paar römische Senatoren zu meinen Ahnen.« Philip grinste und nahm ihm die Spöttelei nicht übel. »Aber du wirst zugeben müssen, dass Lord Malcolms Tochter Esme sehr hübsch ist.«

»Das stimmt«, gab Luce zu. Esme hatte honigblondes Haar, ein ovales Gesicht, das von großen blauen Augen beherrscht wurde, und, obwohl sie erst zwölf Jahre alt war, eine sehr weibliche Figur mit wohlgerundeten Brüsten – soweit dies unter ihren Gewändern zu erahnen war. Bis vor Kurzem hatten ihn Mädchen nicht besonders interessiert, und wenn er mit ihnen zu tun gehabt hatte, hatte er sie behandelt, als wären sie Jungen. Aber im letzten halben Jahr hatte sich auch das verändert. Mädchen verunsicherten ihn und zogen ihn gleichzeitig an.

»Immerhin habe ich nicht sehnsüchtig ›Esme, Esme …‹ im Schlaf gemurmelt, wie ein gewisser blonder Knappe.«

»Von wegen – das ist eine dreiste Lüge!« Philip drohte ihm scherzhaft mit der Peitsche.

Freude und Übermut durchpulsten Luce. Seit er und seine Mutter aus dem zerstörten Gut geflohen waren, hatte er keinen gleichaltrigen Freund mehr besessen. »Lass uns um die Wette reiten, wer als Erster das Tor erreicht«, schlug er vor.

»Wir können gerne wetten, aber gewinnen werde bestimmt ich.« Philip lachte. Sie spornten ihre Pferde an und preschten auf dem schmalen, steilen Weg los. Einmal lag Luce vorn, dann wieder Philip.

Kurz vor Lord Malcolms Anwesen holte Luce wieder auf, und gemeinsam sprengten sie durch das hohe Tor – nur um ihre Pferde so abrupt zügeln zu müssen, dass die Tiere sich aufbäumten. Denn der Hof war gefüllt mit Karren und Wagen. Knechte führten Pferde herum, deren Leiber nach einem langen Ritt von Schweiß glänzten, und andere halfen beim Entladen der Fuhrwerke.

»He, seid ihr beiden verrückt geworden!«, brüllte der

Stallmeister, ein vierschrötiger Mann, Luce und Philip erbost an. »Kommt hier hereingeprescht, als wäre das wilde Heer hinter euch her, und macht mir die Pferde ganz scheu.«

Tatsächlich hatten einige der Tiere nervös zu wiehern begonnen und zerrten an den Halftern. Luce und Philip machten den anderen Knappen, die nun hinter ihnen durch das Tor ritten, Platz und sprangen von ihren Pferden.

»Wer besucht denn den Lord?«, fragte Philip und musterte interessiert die fremden Reittiere.

»Baron William de Thorigny«, erwiderte der Stallmeister barsch. »Und nun beeilt euch und versorgt eure Pferde, damit ihr mit anpacken könnt.«

Philip fasste nach dem Zügel seiner Stute, um sie in einen der Ställe zu führen. Doch da Luce ihm nicht folgte, blieb er nach wenigen Schritten stehen und drehte sich zu dem Freund um. »Was ist denn mit dir los?«, fragte er erschrocken. »Du siehst aus, als hätte dir jemand einen Tiefschlag in den Magen versetzt.« Tatsächlich war Luce aschfahl geworden.

Als der Freund nicht antwortete, wandte sich Philip – nachdem er sich rasch vergewissert hatte, dass der Stallmeister sie nicht beachtete – an die anderen Knappen und bat sie, sich um die Pferde zu kümmern. Dann fasste er Luce am Arm und zog ihn zwischen den Ställen hindurch in einen Winkel an der Pfahlmauer, wo er ihn auf einen Holzklotz drückte.

»Du zitterst ja fast. Jetzt sag doch, was los ist«, meinte er besorgt.

Luce schluckte. Auch wenn er Philip noch so sehr mochte, konnte er dem Freund trotzdem nicht anvertrauen, dass William de Thorigny seine Mutter vergewaltigt hatte … »Dieser Gast des Lords … William de Thorigny … Er hat das Gut meiner Familie in der Normandie niedergebrannt und meinen Vater und meinen Onkel getötet«, stammelte er.

»O mein Gott …« Philip starrte ihn fassungslos an.

Yvains Anwesen ist nur einen guten Tagesritt entfernt, durchfuhr es Luce. Was, wenn es kein Zufall war, dass William de Thorigny Lord Malcolm besuchte? »Ich muss herausfinden, was de Thorigny plant«, sagte er hastig. »Möglicherweise weiß er, dass meine Mutter und meine Schwester ganz in der Nähe leben, und will ihnen etwas antun. Und …« Er hielt entsetzt inne und stöhnte. »Ich darf de Thorigny auf keinen Fall unter die Augen kommen. Er kennt mich. Ich habe einmal versucht, ihn zu töten.«

»Du hast was?« In Philips Fassungslosigkeit mischte sich Bewunderung. Ein Teil von ihm fühlte mit Luce und war tief betroffen. Trotzdem regte sich auch Abenteuerlust in ihm. Seine Gedanken arbeiteten fieberhaft. »Am besten, du verschwindest erst einmal, während ich versuche, mehr über diesen Kerl herauszufinden. Wo seine Zimmer liegen und mit wie vielen Leuten er hierhergekommen ist … Dann kannst du versuchen, ihn während der Nacht auszuspionieren. Falls jemand nach dir fragt, behaupte ich einfach, du müsstest dich um ein krankes Pferd kümmern. Für ein paar Stunden dürfte das als Ausrede reichen …«

»Danke.« Luce lächelte den Freund an. Da er es nicht ganz alleine mit William de Thorigny aufnehmen musste, fühlte er sich ein bisschen besser. »Ich verstecke mich am besten auf dem Heuboden. Dorthin dürfte es um diese Tageszeit kaum jemanden verschlagen. Ach ja, und könntest du mein Pferd sicherheitshalber aus dem Gut schmuggeln, falls ich es heute Nacht verlassen muss?«

»Sobald ich etwas herausgefunden habe, spätestens nach dem Ende der Abendmahlzeit, komme ich zur dir.« Philip nickte. »Und um dein Pferd kümmere ich mich auch.« Ein bisschen von seiner Abenteuerlust übertrug sich nun ebenfalls auf Luce.

Diese wich jedoch gleich wieder, sobald Luce auf dem Heuboden war. Nur zu deutlich erinnerte er sich daran, wie er sich damals, als er geglaubt hatte, seine Mutter hätte sich wegen William de Thorigny umgebracht, auf dem Heuboden des Klosters von Bellême verkrochen hatte.

Aber nun bin ich kein Kind mehr!, dachte Luce und ballte die Hände zu Fäusten. *Ich werde es nicht zulassen, dass William de Thorigny meiner Mutter noch einmal ein Leid zufügt.* Er beobachtete, wie der Himmel über der Luke allmählich dunkler und das Licht auf dem Boden schwächer wurde. Stimmengewirr auf dem Hof zeigte an, dass bald die Abendmahlzeit beginnen würde.

Es schien ihm endlos zu dauern, bis er die Stimmen wieder hörte. Gleich darauf ertönten Schritte auf der Leiter und dann ein Rascheln im Heu. Als Luce sich vorsichtig aufrichtete und über das trockene Gras spähte, konnte er die schmale Silhouette des Freundes in dem Zwielicht erkennen.

»Hier bin ich!«, rief er leise. Philip tastete sich zu ihm und ließ sich dann neben ihn sinken. »Dein Pferd steht im Wäldchen am Fluss, hinter einem großen Felsen. Vor ein paar Tagen sind wir dort zusammen vorbeigeritten. Du erinnerst dich bestimmt. Es tut mir leid, dass ich nicht früher kommen konnte. Aber ich musste bis zum Ende der Mahlzeit bei Tisch aufwarten«, sprudelte er hervor. »Wenigstens konnte ich ein paar Gesprächsbrocken an der Tafel des Lords aufschnappen. William de Thorigny will noch ein paar Tage hierbleiben und auf das Kommen weiterer Männer warten.«

»Was darauf hindeutet, dass er einen Überfall plant«, erwiderte Luce düster.

»Ja, wahrscheinlich.« Philip nickte und zog unwillkürlich die Schultern ein bisschen hoch. »Dieser de Thorigny war freundlich zu mir. Aber trotzdem hat er so eine Art ... Ich möchte ihn nicht zum Feind haben.« Er besann sich kurz. »Lord Malcolm hat den Baron am Ende der Mahlzeit eingeladen, noch auf ein Glas Wein in seine Räume zu kommen. Sie liegen in dem neuen Seitenflügel des Wohnhauses, direkt unter dem Dach. Vielleicht können wir ja durch den Rauchabzug das Gespräch der beiden belauschen.«

»Wir müssen es versuchen«, erklärte Luce entschlossen.

Einmal, auf ihrem Weg zum Wohngebäude, kamen ihnen einige Männer entgegen und sie duckten sich rasch, mit klopfenden Herzen, in den Schatten eines Stalls. Die Männer, allem Anschein nach Gäste des Lords, die sich auf dem Heimweg befanden, bemerkten sie nicht. Danach erreichten sie ungehindert den Seitenflügel.

Efeu wucherte in dicken Ranken an der Wand empor. Die Jungen, beide geübte Kletterer, schafften es ohne Probleme, sich daran bis auf das flache Ziegeldach zu hangeln. Doch nachdem sie vorsichtig ein Stück darauf entlang gerobbt waren, hörte Luce, wie Philip, der vor ihm war, einen gemurmelten Fluch ausstieß.

»Was ist denn?«, flüsterte er erschrocken.

»In dem Wohnraum brennt ein Feuer«, gab Philip leise zurück. »Ich kann den Rauch riechen.« Nun nahm auch Luce ihn wahr. Sie bewegten sich so nahe an das Abzugsloch heran, wie sie es gerade noch wagen konnten, ohne in Husten auszubrechen, und lauschten angespannt.

Zuerst hörte Luce Lord Malcolms Stimme: »Ihr habt Euch in ein recht entlegenes Gebiet begeben, William. Noch dazu in einer Jahreszeit, in der das Wetter jeden Tag umschlagen und nass und kalt werden kann. Sonst zieht Ihr doch eher das höfische Leben vor. Darf ich fragen, falls Ihr dies nicht für vermessen haltet, was Euch hierher geführt hat?«

Mit einem dumpfen Laut fielen brennende Holzscheite in sich zusammen und eine dichte Rauchwolke stob über das Dach. Luce bemerkte, wie Philip neben ihm gegen einen Hustenreiz kämpfte. Doch als William de Thorigny zu sprechen begann, vergaß er alles um sich herum. Die vertraute, weiche Stimme verursachte ihm Übelkeit.

»Nun, gewissermaßen eine private Sache, deren Anfänge lange zurückliegen«, sagte er. Ein Gluckern ertönte, als ob Wein oder Wasser in Becher gegossen würden. »Ich will Euch nicht mit Einzelheiten langweilen«, sprach William de Thorigny schließlich weiter, »Matilda, die Mutter unseres Königs, hatte eine Dienerin namens Aline, die eine entlaufene Leibeigene meiner Familie war. Statt diese Aline zu bestrafen und zu uns zurückzuschicken, protegierte Matilda sie. Ja, nicht genug, nachdem ihr Sohn König geworden war, sorgte sie dafür, dass Aline – die mittlerweile seit einigen Jahren mit dem Mann verheiratet war, der meinen Vater Hugo getötet hatte – eines der Güter meiner Familie zugesprochen bekam.«

»Was für ein Unrecht!« Lord Malcolm stieß einen schockierten und mitfühlenden Laut aus.

Luce kam nicht dazu, über diese Verdrehung der Tatsachen zornig zu werden, denn schon hatte William de Thorigny erneut das Wort ergriffen.

»Wie Ihr wisst, war der König so klug und großherzig, das an meiner Familie begangene Unrecht wieder gut zu machen. Aber eine Tochter dieser Aline – Adela – hat trotzdem in meinem Leben eine verhängnisvolle Rolle gespielt. Sie ist eine Hexe und ihr verdanke ich, dass ich meinen rechten Unterarm verloren habe. Vor Kurzem habe ich erfahren, dass sie sich auf einem Gut bei Aberaernon versteckt hält. Es gehört einem Ritter namens Yvain. Ich werde mir diese Adela holen und sie endlich so bestrafen, wie sie es verdient.«

»Mit diesem Yvain ist nicht gut Kirschen essen«, wandte Lord Malcolm ein. »Wenn er dieser Frau Schutz gewährt, wird er sie Euch bestimmt nicht freiwillig übergeben. Auch wenn Ihr ein Baron seid und er nur ein Ritter ist.«

»Ich weiß, dass er ein halsstarriger Kerl ist, denn ich habe Erkundigungen über ihn angestellt.« William de Thorigny seufzte. »Ich gehe davon aus, dass er sich nur mit Gewalt dazu bewegen lassen wird, Adela herauszugeben. Ich hoffe, Ihr habt nichts dagegen, mir noch drei Tage Eure Gastfreundschaft zu gewähren. Denn ich warte noch auf zwei Dutzend Männer. Mit denen, die ich schon bei mir habe, sind das dann gut sechzig Mann. Damit müsste sich das Gut dieses Kerls einnehmen lassen.«

Die Antwort des Lords ging in einem gedämpften Hustenanfall Philips unter. Nach einem panischen Schreckensmoment glitten die beiden Jungen, so schnell sie konnten, das Ziegeldach hinab und sprangen auf die Erde. Sie wetzten los und wagten es erst, in einem weit entfernten Teil der Burg, dem kleinen Garten, stehen zu bleiben. Dort verbargen sie sich hinter einigen Büschen. Erst als nach einer Weile immer noch keine lauten Rufe erschollen und keine aufgescheuchten Bediensteten über das Gelände rannten, wagten sie es aufzuatmen.

»Sie haben uns anscheinend nicht gehört«, meinte Philip erleichtert, nur um gleich darauf rasch zu sagen: »Luce, es tut mir so leid für dich und deine Mutter. Was für eine schreckliche Geschichte …«

»Yvain verfügt nur über ein gutes Dutzend Knechte.« Verzweiflung stieg in Luce auf. »Damit wird es das Gut nicht lange gegen William de Thorigny verteidigen können. Ich muss zu Lord Godfrey reiten und ihn um Hilfe bitten. Das bedeutet einen Umweg von einem halben Tag und …« Er sackte in sich zusammen. »O mein Gott, ich komme ja vor morgen früh gar nicht aus der Burg hinaus … Wie konnte ich das nur vergessen?« Tränen der Hilflosigkeit und des Ärgers über sich selbst brannten ihm in der Kehle.

»Wozu hat man denn gute Freunde?« Philip rüttelte ihn aufmunternd an der Schulter. »Ich habe schon einen Weg ausgekundschaftet, auf dem du die Burg unbemerkt verlassen kannst. Nämlich über diesen Baum dort.« Er deutete in eine Ecke des Gartens, wo sich der dunkle Umriss einer Buche, deren Äste bis an die Palisadenmauer heranreichten, vor dem mondhellen Himmel abhob. »An dem ganz langen, geraden Ast unten in der Krone ist ein Seil befestigt, an dem du dich hinablassen kannst. Und eine glaubwürdige Ausrede, warum du morgen verschwunden sein wirst, wird mir auch noch einfallen.«

Die beiden Jungen rannten zu dem Baum. Ehe er sich in die Krone hinaufschwang, umarmte Luce Philip. »Danke für deine Hilfe …«

»Nun geh schon, du machst mich sonst noch ganz verlegen.« Philip grinste.

Als Luce den kräftigen, beinahe waagerechten Ast erreicht hatte, von dem das Seil baumelte, drehte er sich noch einmal kurz um und winkte dem Freund zu. Dann ließ er sich, während er sich mit den Füßen an dem Palisadenwall abstützte, an dem Wall hinab. Rasch orientierte er sich an den Sternen. Ihrem Stand nach war es gegen zwölf Uhr. Er durfte keine Zeit verlieren.

*

Ja, das war ein wirklich glücklicher Tag, und er ist in einen ebenso schönen Abend übergegangen, dachte Adela an Yvains Tafel. Robin saß auf ihrem Schoß. Ihr Kopf war an Adelas Brust gesunken, denn nach dem Essen war sie eingenickt. In der Feuerstelle glommen Holzscheite, und wegen des besonderen Anlasses brannten Bienenwachskerzen auf dem Tisch und verströmten ihren süß duftenden Rauch. Eine Magd hatte vor einer Weile die Schüssel und Teller abgeräumt und dafür eine Schale mit Äpfeln und Nüssen gebracht und den Weinkrug aufgefüllt.

Simon hatte ironisch und witzig von seinem Leben als umherziehender Sänger erzählt. Marian hatte ihm gebannt gelauscht und hin und wieder »Ahs« und »Ohs« ausgestoßen und die Hände zusammengeschlagen. Yvain hatte, wie es so seine Art war, nicht viel geredet. Aber Adela konnte ihm ansehen, dass auch er sich wohl fühlte und seine Freude an dem Abend hatte.

Nun nahm Simon einen rotbackigen Apfel aus der Holzschale und drehte ihn zwischen seinen langen, schlanken Fingern. »Da dies der erste Herbst meines Lebens ist, in dem ich eine Ernte eingebracht und die Mühsal und Plage der Feldarbeit kennen gelernt habe, werde ich ab jetzt demütig mein Haupt vor jedem Bauern neigen.« Er nickte Yvain zu, der den Gruß mit einem Heben seines Weinbechers erwiderte. »Ich hätte auch nie gedacht, dass Ochsen, die einen Pflug ziehen, dermaßen störrische Viecher sind. Wobei sie Ann besser gehorcht haben als mir …«

Draußen war plötzlich lautes, aufgeregtes Stimmengewirr zu hören. Yvain sprang auf. Während er sein Schwert von der Wand nahm, wechselte er einen raschen Blick mit Simon, der ebenfalls nach seiner Waffe griff und sich rasch erhob.

Doch noch ehe die beiden die Tür des Wohnraums erreicht

hatten, sprang diese schon auf, und ein Knecht eilte auf Yvain zu. »Herr«, stieß er hervor, »Luce steht mit einer großen Zahl Bewaffneter und einem Mann namens Robert of Keevil vor dem Tor. Lord Godfrey, so sagt er, hat die Männer mit ihm geschickt.«

»Was?« Yvain hastete, gefolgt von Simon, nach draußen. Robin wachte auf. Sie spürte die Aufregung. Ganz schlaftrunken, wie sie noch war, begann sie zu weinen.

»Schhh, es ist alles gut«, redete Adela beruhigend auf sie ein, während gleichzeitig Angst in ihr hochstieg.

»Ja, meine Kleine, es gibt keinen Grund, in Tränen auszubrechen«, sagte auch Marian sanft.

Sie fassten Robin an den Händen und folgten den Männern. Draußen, vor den Ställen und Nebengebäuden, hatten sich die Knechte und Mägde versammelt. Sie sprachen leise miteinander, aber auch sie wirkten verstört. Die Nacht war klar und kalt, und große Dunstschwaden hingen über den brennenden Fackeln.

Yvain und Simon standen schon in dem kleinen Ausguck über dem Tor. »Luce«, rief Yvain, »und Robert of Keevil … Was um Himmels willen hat das zu bedeuten?«

»Leider schlechte Neuigkeiten, Yvain«, antwortete eine tiefe Männerstimme. Auf Yvains Befehl hin öffneten die Knechte das Tor. Luce ritt neben einem großen, kräftigen Mann her, der ein Kettenhemd unter seinem Mantel trug. Andere Männer auf Pferden drängten ihnen hinterher.

Luce ließ sich aus dem Sattel gleiten. Selbst in dem flackernden Licht der Fackeln konnte Adela erkennen, wie bleich und erschöpft er war.

»Luce!« Robin riss sich von Adelas und Marians Händen los und rannte auf ihren Bruder zu.

»He, meinc Kleinc, du bist noch wach?« Müde wie er war,

lächelte er sie an. Adela umarmte ihren Sohn. Ehe sie ihn mit Fragen bestürmen konnte, warum er völlig erschöpft mitten in der Nacht mit einer großen Zahl Soldaten auf dem Hof erschien, wandte sich Robert of Keevil an Yvain: »In den nächsten Tagen steht ein Angriff auf Euren Hof bevor. Wir müssen uns so schnell wie möglich beraten.«

»Geht Ihr ruhig mit den Männern.« Marian berührte Adela, die ganz erstarrt war, am Arm. »Ich bringe Robin zu Bett und bleibe auch bei ihr, wenn sie schläft.«

*

Im Wohnraum brannten immer noch die Kerzen auf dem Tisch, doch nichts mehr war von der friedlichen Atmosphäre geblieben. Bedrückt setzte sich Adela neben ihren Sohn. Trotz der Wärme im Zimmer fröstelte sie.

»Junge, sag du es ihnen.« Robert of Keevil nickte Luce zu.

»William de Thorigny weiß, dass Mutter auf Yvains Gut lebt.« Luces Stimme schwankte, wie immer seit einigen Monaten, zwischen den Tonlagen, trotzdem klang sie klar und entschlossen. »Ich konnte ihn auf dem Anwesen von Lord Malcolm belauschen. In zwei Tagen wird er diesen Hof überfallen. Er wird ungefähr sechzig Bewaffnete bei sich haben.«

Irgendwie hatte sie immer gewusst, dass William de Thorigny sie aufspüren würde … Wie durch einen Schleier nahm Adela wahr, dass Yvain etwas sagte und Simons Gesicht hart wurde.

»De Thorigny wird ganz sicher den Weg von Llangeitho aus nehmen«, sprach Yvain nun weiter.

»Ja, alles andere wäre ein zu großer Umweg und zu beschwerlich.« Robert of Keevil nickte. »Was bedeutet, dass wir für ihn und seine Männer im Tal von Bwlchllah einen Hinterhalt legen können.«

»Diesen Gedanken hatte ich auch.« Yvain lächelte düster, während er sich erklärend an Simon wandte. »Dieses Tal ist tief eingeschnitten und der Weg gewunden und zudem so schmal, dass man an manchen Stellen nur hintereinander reiten kann.«

»Ich freue mich darauf, diesem Bastard endlich im Kampf zu begegnen.« Simon reckte seine schlanken Glieder. »Wir reiten bei Anbruch der Dämmerung los?«

»Ja, ich sage den Knechten Bescheid und sorge dafür, dass Eure Leute einen Schlafplatz bekommen.« Yvain blickte zu Robert of Keevil.

»Ein paar Stunden Schlaf können nicht schaden.« Dieser nickte. »Lord Godfrey hat übrigens seinen Medicus mitgeschickt, damit unsere Verwundeten versorgt werden können.«

In die plötzliche Stille hinein, die sich über den Raum senkte, rief Luce: »Ich komme mit!«

»Nein, das wirst du auf überhaupt keinen Fall!«, schrie Adela auf. »Das lasse ich nicht zu. Ich ertrage es nicht, wenn William de Thorigny dich verletzt oder gar ...« Sie konnte nicht weitersprechen.

»Ach ja, und meinst du wirklich, ich bleibe hier und tue nichts, während Simon und Yvain und andere dich verteidigen?« Luces Augen funkelten zornig.

»Du bist noch nicht alt genug, um in einen Kampf zu ziehen. Dein Vater hätte es dir auch sicher verboten.«

»Das hätte er ganz bestimmt nicht! Und überhaupt, was mein Alter betrifft – war ich mit sieben Jahren etwa alt genug, als ich zusehen musste, wie William de Thorigny dich vergewaltigte?«

Luce brach ab und biss sich auf die Lippen. Adela konnte ihren Sohn nur stumm anblicken.

»Das reicht jetzt, Luce«, sagte Simon ruhig und legte ihm die Hand auf die Schulter, ehe er sich an Adela wandte. »Er hat Recht. Er ist alt genug, um uns zu begleiten. Ich verspreche Euch, ich werde gut auf ihn aufpassen. Und Luce wird begreifen, dass so ein Kampf eine grausame Angelegenheit ist, die sehr wenig mit Ruhm und Ehre zu tun hat.«

»Mutter, bitte«, flüsterte Luce und blickte sie flehend an. »Erlaube es mir, mit Simon und Yvain zu gehen.«

Adela spürte, dass Luce es ihr nie verzeihen würde, wenn sie ihm diese Bitte verweigerte. Deshalb sagte sie nach kurzem Zögern widerstrebend: »Gut, ich erlaube es dir.«

*

Luce übernachtete in Adelas Hütte. Er war so erschöpft, dass er sofort einschlief, nachdem er sich neben sie und Robin in das breite Bett gelegt hatte. Adela dagegen fand kaum Schlaf. Wenn sie einmal kurz einnickte, peinigten sie Alpträume, in denen Luce von William de Thorigny getötet wurde. Vor Anbruch des Morgengrauens stand sie auf und half in der Küche mit, eine Mahlzeit für die Männer und Proviant für die nächsten Tage zu bereiten. Die sonst so redselige Marian war an diesem Morgen überraschend schweigsam, aber tatkräftig wie immer.

Yvain, Simon, Luce, Robert of Keevil, die Bewaffneten und die Knechte des Hofes schlangen die Suppe hastig hinunter und begannen dann, Pferde und Karren mit Waffen, Holz und Werkzeugen zu beladen. Nur zu bald, schien es Adela, waren sie zum Aufbruch bereit. Eine dunstverhangene Sonne ging eben über den herbstlich bunten Hügeln auf.

Stumm umarmte sie Luce, denn sie wusste, wenn sie nur ein Wort sagte, würde sie haltlos in Tränen ausbrechen, und küsste ihn. Für einen Moment klammerte sich Luce an sie, als wäre er noch ein kleiner Junge. Doch schon, als er sich in den Sattel seines Pferdes schwang, war er wieder ein fast erwachsener Knappe.

»Er wird wohlbehalten zu Euch zurückkehren.« Simon war neben sie getreten und legte den Arm um sie. »Es ist gut, dass Ihr Euch durchgerungen habt, ihn gehen zu lassen.«

»Gebt Ihr auch gut auf Euch Acht«, flüsterte Adela. »Um Anns und um Eures ungeborenen Kindes willen.«

»Ich werde mein Bestes tun.« Simon lächelte sein ironisches Lächeln. Doch seine Augen waren sehr ernst.

Wo war Yvain? Suchend sah Adela sich um. In all dem Gedränge entdeckte sie ihn schließlich hinter einem mit Brettern beladenen Karren. Er stand neben seinem Hengst und zog den Sattelgurt noch einmal fest. Sie rannte zu ihm. »Yvain …«, begann sie. Sie wollte ihm plötzlich ganz viel sagen und fand doch keine Worte. »Danke, dass Ihr für mich einsteht«, brachte sie nur hervor. »Und … und … ich flehe Euch an, kehrt wohlbehalten hierher und zu Marian und zu Euren Leuten zurück. Und auch zu mir …«, fügte sie aus einem Impuls hinzu.

Yvain sah sie überrascht an. Er schien etwas sagen zu wollen. Doch Robert of Keevil rief ihm zu: »Sind wir zum Aufbruch bereit?«

»Ja, das sind wir!«, rief Yvain zurück. Er drückte kurz Adelas Schulter, ehe er sich in den Sattel schwang und zum Tor ritt. Simon und Luce reihten sich hinter ihm ein.

Marian war neben Adela getreten und ergriff ihre Hand. »Hoffentlich werden wir sie alle wiedersehen«, flüsterte sie.

Adelas Mund war wie ausgedörrt. Mit brennenden Augen blickte sie den Männern hinterher, die nun nach und nach das Tor passierten.

*

Luce kauerte zwischen Simon und Yvain auf dem Waldboden und starrte zwischen Baumstämmen in das Tal hinunter. Erst vor einer Weile hatte sich der Nebel verzogen, der dort bis zum späten Vormittag über dem Boden gewabert hatte. Die Sonne, die inzwischen im Zenit stand, erreichte mit ihren Strahlen nicht ihr Versteck. Aber obwohl Luce in seinem Wollmantel fror, war er dankbar dafür. Denn so konnten sie nicht vom Licht geblendet werden.

Das Hindernis aus gefällten Stämmen, das den Weg versperrte, befand sich hinter einer Talkrümmung und war von hier aus nicht zu sehen. Ein Stück unterhalb von ihnen, mit welkem Laub bedeckt, waren mit Steinen und Ästen gefüllte Bretterverhaue errichtet. Sie waren so konstruiert, dass sie, wenn die straff gespannten Seile, die die Bretter an ihrem Platz hielten, gekappt wurden, ihren Inhalt hinunter auf den Weg ergießen würden.

Den ganzen vergangenen Tag hatten sie fieberhaft gearbeitet. Luce tat jeder Muskel weh, doch er war stolz darauf, seinen Teil beigetragen zu haben. Der Plan war, William de Thorigny und seine Leute nicht mehr aus dem Tal entkommen zu lassen. Denn in der entgegengesetzten Richtung standen Robert of Keevil und ein Teil seiner Männer bereit, um ihnen auch dort den Weg zu versperren und so den Rückzug unmöglich zu machen.

Ein Eichhörnchen hatte sich an die reglos wartenden Männer gewöhnt und hüpfte anmutig über Luce von Ast zu Ast. Eine Drossel, die sich noch nicht auf den Weg in den Süden gemacht hatte, trällerte ihr Lied. *Was wohl mein Vater vor der Schlacht empfunden haben mag, in der er von William de Thorigny getötet wurde?*, ging es Luce durch den Kopf. Unwillkürlich rückte er ein wenig näher an Simon heran. Simon bemerkte dies und nickte ihm aufmunternd zu. »Das Warten erscheint einem oft schlimmer als der eigentliche Kampf«, flüsterte er.

Ein Schauder durchlief Luce, als er ganz in der Nähe ein Rascheln hörte. Doch es war wieder nur das Eichhörnchen, das auf einer Astgabel innegehalten hatte und an einer Nuss knabberte. Luce atmete tief durch. Als er wenig später in einiger Entfernung ein dumpfes Geräusch wahrnahm, glaubte er zuerst, er habe sich getäuscht. Doch als Simon, Yvain und die anderen Männer ringsum kaum merklich ihre Positionen veränderten und Pfeile aus ihren Köchern nahmen, begriff er, dass dies tatsächlich das Trappeln von Pferdehufen war. Luce tat es ihnen gleich und ließ dann seinen Bogen von der Schulter gleiten.

Nun wurden die ersten Reiter unten im Tal sichtbar. Wie Yvain es vorausgesagt hatte, war der Weg so schmal, dass sie hintereinander ritten. Sorglose Stimmen schallten zu ihnen herauf. Ihre Kettenhemden und geölten Lederwämse schimmerten matt im Schatten.

Sie wirken wie ein riesiger Schlangenleib, schoss es Luce durch den Kopf.

Mehr und mehr Reiter zogen den Weg entlang. Die ersten mussten bald in Sichtweite des Hindernisses sein. Da endlich ertönte der Klang eines Horns – das verabredete Zeichen, dass die letzten von ihnen Robert of Keevil und seine Männer passiert hatten.

»Los!«, brüllte Yvain. Er erhob sich, sprang einige Schritte den steilen Abhang hinab und durchtrennte eines der Seile. Andere Männer taten es ihm gleich. Ein grollendes Rumpeln ertönte, als die Bretter nachgaben und sich die Steine und Äste den Hang hinunter ergossen. Vom Talgrund ertönten erst überraschte Flüche, dann Schreckens- und Schmerzensschreie.

»Jetzt die Pfeile!«, befahl Yvain. Luce legte einen Pfeil an die Sehne. Er zielte auf einen von William de Thorignys Leuten, den er schemenhaft in dem Durcheinander aus gestürzten Pferden und hin und her wogenden Bewaffneten erkennen konnte, und stellte sich vor, der Mann wäre William de Thorigny. Während er die Sehne zurückschnellen ließ, schloss er die Augen.

Noch einmal ordnete Yvain einen Pfeilhagel an. Wieder ertönte das sirrende Zischen. Dann schrie Yvain »Mir nach!« und setzte mit gezogenem Schwert in langen Schritten den Abhang hinunter. Luce folgte ihm an Simons Seite.

*

Von diesem seinem ersten Kampf sollte Luce nur verschwommene Erinnerungen behalten. Wie Simon neben ihm focht und sein Schwert gebrauchte. Wie Männer verwundet oder getötet aus den Sätteln stürzten oder andere von den Pferden niedergetrampelt wurden. Schreie und Waffengeklirr füllten seine Ohren. Einmal drang einer von William de Thorignys Männern mit dem Schwert auf ihn ein, so schnell und kraftvoll, dass Luce mit seiner eigenen Waffe überhaupt nichts gegen ihn ausrichten konnte. Im letzten Moment kam Simon ihm zu Hilfe und rammte dem Angreifer sein Schwert in den Leib. Dann wieder gelang es Luce, einen Mann am Arm zu verletzen, der mit einem Dolch auf Simon einstach, was diesem eine Atempause verschaffte.

Irgendwann schließlich wurde das Waffengeklirr leiser, ja, es verstummte ganz. Erstaunt nahm Luce wahr, dass sich der Kampfplatz gelichtet hatte. Simon, dessen Gesicht blutbespritzt war, schob aufseufzend sein Schwert in die Scheide. Zwischen am Boden liegenden Männer- und Pferdeleibern stapfte Yvain auf sie zu. Die etwa zwei Dutzend von William de Thorignys Männern, die noch kampffähig waren, ließen sich widerstandslos von Lord Godfreys Soldaten gefangen nehmen.

»Es ist vorbei«, sagte Yvain. Sein mit Dreck und Blut verkrustetes Gesicht drückte keinen Triumph aus, sondern nur tiefe Erschöpfung.

»Habt Ihr irgendwo de Thorigny gesehen? Bei denen befindet er sich jedenfalls nicht.« Simon nickte müde in Richtung der Gefangenen.

»Einer von unseren Leuten will ihn bei den Toten am Hindernis erblickt haben«, erwiderte Yvain. »Er ist sicher, ihn am Eisenhaken an seinem rechten Arm erkannt zu haben.«

»Er soll zur Hölle fahren«, murmelte Simon. »Ich will mich lieber selbst davon überzeugen, dass er es ist.«

»Ich begleite dich«, sagte Luce rasch.

»Nichts da. Du lässt erst einmal deinen Arm verbinden.« Simon schüttelte den Kopf. »Falls sich die Wunde entzündet, kann ich deiner Mutter und Ann nicht mehr unter die Augen treten.«

Erst jetzt bemerkte Luce, dass Blut aus einer Verletzung an seinem rechten Oberarm tropfte. Er hatte die Wunde vorher gar nicht gespürt.

»Ja, Luce, geh mit Oswin und Roger.« Yvain wies auf zwei seiner Knechte, die ebenfalls Blessuren davongetragen hatten und in Richtung des Verbandsplatzes ein Stück oberhalb am Hang stapften. »Sobald deine Wunde anständig versorgt ist, holen wir dich und bringen dich zu de Thorignys Leiche, das verspreche ich dir.«

Widerstrebend schloss sich Luce den beiden Knechten an. Doch nachdem Lord Godfreys Medicus – ein älterer, geschickter Mann – die Wunde gereinigt, mit Dornen geklammert und verbunden hatte, wurde ihm plötzlich schwindelig und übel. Der süßliche Gestank des Blutes und die Schreie der Verwundeten setzten ihm außerdem zu. Er schämte sich für seine Schwäche und wollte nur noch allein sein.

Mit letzten Kräften kletterte Luce ein Stück weiter den Hang hinauf bis zu einem Gebüsch, hinter dem er sich auf einen Baumstumpf sinken ließ. Benommen stützte er den Kopf in die Hände und schloss die Augen. Ein Rascheln ganz in seiner Nähe ließ ihn zusammenzucken. *Sicher wieder nur ein Eichhörnchen oder ein anderes Tier,* dachte er.

Doch als er aufblickte, sah er ganz in seiner Nähe William de Thorigny stehen, der in das Tal hinunterspähte. Die von Schweiß und Staub verklebten Haare hingen ihm wirr um den Kopf. Auf seiner Wange zeichnete sich eine blutige Schramme ab, und auch unter seinem zerfetzten Beinkleid schien sich eine Wunde zu befinden. Doch sein Gesicht war kalt und ruhig. Seine linke Hand hielt einen Speer umklammert und war zum Wurf erhoben.

Nein, durchschoss es Luce, *dieser Mann soll nicht noch einmal töten.*

Wie unter einem Bann stehend, zog er seinen Dolch und sprang mit einem Wutschrei auf William de Thorigny zu. Dieser fuhr herum, genau in dem Moment, als er den Speer losschleuderte. Die Waffe, bemerkte Luce noch, krachte in einige Sträucher weiter unten am Hang.

Doch dann war William de Thorigny schon bei ihm und trat ihm den Dolch aus der Hand.

»Sieh da, ein kleiner Junge«, höhnte er. Sein nächster Tritt traf Luce mitten in den Bauch und streckte ihn rücklings auf dem Waldboden nieder. Luce wollte um Hilfe schreien, doch er bekam keinen Ton heraus. Nun ragte William de Thorigny über ihm auf, sein Schwert hielt er zum Stoß bereit in der Hand.

»Wirklich schade um so ein junges Leben«, spottete er, »doch Kinder sollten nun einmal nicht in den Kampf ziehen.«

Luce starrte ihn nur trotzig an. Auch wenn er gleich sterben würde – er würde vor diesem Mann keine Angst zeigen.

Doch William de Thorigny stieß nicht mit dem Schwert zu. Er stutzte und beugte sich über Luce. Überrascht sog er die Luft ein. Mit einer beinahe zärtlichen Geste strich er ihm die Haare aus dem Gesicht, während er leise und belustigt sagte: »Sieh an, wenn das nicht der Junge ist, der mich schon einmal töten wollte.«

Etwas Hartes krachte gegen Luces Schläfe, und er verlor die Besinnung.

*

Auf ihrem Weg zur Barriere waren Yvain und Simon aufgehalten worden. Sie hatten das Hindernis fast erreicht, als plötzlich Pfeile aus dem Wald und dicht an ihnen vorbeischossen.

»Verdammt, zwischen den Bäumen halten sich noch welche von de Thorignys Leuten verborgen«, schrie Yvain. Er und Simon rannten im Zickzack auf den Waldrand zu. Sobald sie den Schutz der Bäume erreicht hatten, pirschten sie sich langsam vorwärts. Bei einer Gruppe von jungen Fichten entdeckten sie zwei Männer in Lederwämsen, die nun wieder Pfeile in Richtung Tal schossen. Es gelang Yvain und Simon, sich unbemerkt an die beiden heranzuschleichen. So konnten sie die Männer überrumpeln und nach kurzem Kampf gefangen nehmen.

Als sie endlich bei dem Hindernis ankamen, hatten ihre eigenen Leute schon damit begonnen, die Toten beiseitezuschaffen. Auch Robert of Keevil befand sich dort und sorgte dafür, dass die Leichen seiner Männer – vier waren bei dem Kampf umgekommen – auf einen Karren geladen wurden.

»William de Thorignys Leichnam soll hier liegen«, meinte Simon zu ihm.

»Dieser Bastard, ja, Ihr findet ihn dort.« Robert of Keevil wies mit dem Daumen auf eine Ansammlung von Toten am Wegrand. Tatsächlich, dort lag ein Leichnam, dessen Arm in einem Eisenhaken endete. Aber irgendetwas war seltsam mit ihm … Simon eilte zu dem Toten und kniete sich neben ihn. Nun begriff er.

»Was habt Ihr?« Yvain hatte sich zu ihm gesellt. »Ihr seht aus, als hättet Ihr einen Geist gesehen.«

»Ich wünschte, ich hätte de Thorignys Geist erblickt.« Simon lachte bitter auf. »Aber ich fürchte, William ist noch sehr lebendig.«

»Wollt Ihr damit sagen, dieser Tote ist nicht de Thorigny?«

»Leider ja.« Simon seufzte. »Denn nicht der rechte Arm ist verstümmelt wie bei William de Thorigny, sondern der linke. Außerdem habe ich de Thorigny zwar nur einmal kurz an dem Abend gesehen, als Luce ihn töten wollte. Aber er gehört zu den Menschen, die man nicht vergisst. Dieser Kerl ist zwar auch dunkelhaarig, aber ganz eindeutig nicht de Thorigny.«

Yvain starrte einige Momente auf das rundliche Gesicht eines Mannes Mitte zwanzig hinab, das im Tod eher überrascht als von Angst oder Schmerz verzerrt wirkte. »Früher oder später müssen wir also wieder mit einem Angriff de Thorignys rechnen«, sagte er düster. »Er wird nicht eher Ruhe geben, bis wir ihn töten werden.«

»Leider teile ich Eure Ansicht.« Simon stand auf. »Lasst uns nach Luce suchen. Er hat das Recht, die schlechte Nachricht so schnell wie möglich zu erfahren.«

Yvain und Simon gingen davon aus, Luce am Verbandsplatz zu finden, doch dies war nicht der Fall. »Der Junge, ja, er war hier, und ich habe seine Wunde behandelt«, sagte der Medicus auf ihre Frage, während er nachdenklich die Stirn runzelte. »Nachdem ich den Verband angelegt hatte, ist er, glaube ich, dort in den Wald gegangen.« Er wies auf einen Trampelpfad zwischen einer Buche und einem Haselgesträuch.

Die beiden Männer folgten dem Pfad bis zur Hügelkuppe. Als sie auch dort Luce nicht entdeckten, kehrten sie wieder um. Plötzlich bemerkte Simon bei einem Gebüsch etwas silbrig Schimmerndes – Luces Dolch.

Hastig suchten Yvain und er die Umgebung ab. Aber sie fanden weder den Jungen lebendig noch seine Leiche.

»Wenn mich meine schlimmste Ahnung nicht trügt«, sagte Yvain schließlich rau, »hat de Thorigny den Jungen gefangen genommen und plant eine Teufelei mit ihm.«

»Wir sollten so schnell wie möglich zu Eurem Gut zurückkehren.« Simon nickte. »Ich befürchte, William de Thorigny reitet dorthin und erpresst Adela mit Luce.«

*

»Mutter, was hast du denn? Tut dir dein Arm weh?« Adela fuhr zusammen und bemerkte, dass sie wieder einmal ihren rechten Oberarm umklammert hielt. Robin starrte sie besorgt an, während sich ihre Augen mit Tränen füllten. Ihre Tochter spürte die Anspannung, die seit Luces Ankunft mit den Soldaten über dem Gut lag, und begann – ganz anders als sonst – bei jeder Kleinigkeit zu weinen.

»Nur ein bisschen«, log Adela. Aber seit sie von William de Thorignys Plan wusste, schmerzte sie das Brandmal, und heute, am Tag der Schlacht, peinigte es sie beinahe unerträglich.

»Wenn dir dein Arm wehtut, solltest du eine Salbe darauf schmieren«, bemerkte Robin eifrig.

Eine Salbe, darüber war sich Adela im Klaren, würde ihr keine Linderung bringen. »Was hältst davon, wenn wir hinüber ins Wohnhaus gehen und Marian fragen, ob sie nicht Brot backen möchte?«, schlug Adela vor. Sie hielt es plötzlich allein mit Robin in der Hütte nicht mehr aus.

»O ja.« Robin, die, wie Luce früher, jede Art von Backen liebte, legte ihre Puppe auf die Bank, und auch Adela packte die grobe Plane, die sie flickte, weg.

Marian war gern bereit, einen Brotteig anzusetzen. Doch auch sie war wieder sehr schweigsam, und in der Küche, die normalerweise von Stimmengewirr und Lachen erfüllt war, herrschte eine bedrückte Stimmung.

Während Adela den Teig knetete, kreisten ihre Gedanken unablässig um Luce, Yvain und Simon. War es ihnen tatsächlich gelungen, William de Thorigny in einen Hinterhalt zu locken? Hatten sie die Schlacht unbeschadet überstanden? Und da war noch etwas … Sie hielt kurz inne und stützte ihre Hände auf den Rand des Holztrogs, während Robin neben ihr mit roten Wangen in einer Tonschüssel ihre eigene kleine Teigportion bearbeitete.

Sie war so fest davon überzeugt gewesen, Yvain sei nur ein guter Freund für sie. Aber als sie sich vor zwei Tagen im Morgengrauen von ihm verabschiedet hatte, hatte sie für ihn – das war ihr plötzlich klar geworden – so viel mehr empfunden. Liebte sie ihn etwa womöglich doch? Oder glaubte sie dies nur, weil sie von William de Thorignys geplantem Überfall völlig durcheinander und verstört war?

Nachdem die Brotlaibe aufgegangen waren und Adela sie in den Backofen geschoben hatte, wurde es allmählich dämmrig. Marian und die Köchin begannen, die Abendmahlzeit zuzubereiten, auch wenn wahrscheinlich niemand sehr hungrig sein würde. Adela ließ Robin in der Küche zurück, um ihre Näharbeit zu holen. Vom nahen Bach her stieg Nebel auf. Ein Knecht zündete am Wohnhaus und an den Stallungen Fackeln an. Ein anderer fütterte die Schweine in ihrem Pferch hinter der Küche.

Sie lief mit dem Nähzeug im Korb am Arm wieder zum Wohnhaus zurück, als ihr Marian im Garten entgegenkam.

»Adela«, die alte Frau legte ihr tröstend den Arm um die Schulter, »ich weiß, wie Euch zu Mute ist. Ich bin ja selbst ganz außer mir vor Sorge. Aber Luce wird zu Euch zurückkehren.«

Francis ist nicht zu mir zurückgekehrt, dachte Adela und biss sich auf die Lippen. »Yvain …«, sagte sie zögernd, »… er und alle anderen riskieren so viel für mich …«

»Wegen Yvain müsst Ihr kein schlechtes Gewissen haben.« Marian lächelte ein wenig. »Zum einen würde er jeden verteidigen, der zu seinem Haushalt gehört und angegriffen wird. Sogar mich, die er manchmal am liebsten zum Teufel schicken würde. Und zum anderen bedeutet Ihr ihm – auch wenn er sich das nicht wirklich eingestehen will – sehr viel.«

»Ihr meint …?«, fragte Adela ein wenig atemlos.

»Ja …« Marian nickte und musterte sie dann mit leicht schief gelegtem Kopf. »Ich hatte ja eigentlich gehofft, dass er Euch als seine Frau aus Barking zurückbringen würde. Denn Euch – oder sollte ich mich da täuschen – ist er doch auch nicht gleichgültig?«

»Nein …«, flüsterte Adela. »Das ist er ganz und gar nicht.« Ein jähes Glücksgefühl stieg in ihr auf, das sie für einen Moment ihre Angst vergessen ließ. Diese Angst kehrte sofort zurück, als der Knecht, der eben die Fackeln angezündet hatte, über die Wiese auf sie und Marian zustürzte. »Herrin …«, keuchte er, »Adela ... Am Tor steht ein Mann. Er hat den Jungen ... Luce ... in seiner Gewalt. Er sagt, er wird ihn umbringen, wenn Ihr nicht sofort zu ihm kommt.«

»O Gott, Adela ...«, schrie Marian auf.

Sie hatte es immer gewusst, dass sie William de Thorigny noch einmal begegnen würde ... Für einen Moment schlug das Entsetzen über Adela zusammen und drohte, sie zu überwältigen. Doch dann verebbte es, und sie fühlte sich plötzlich ganz ruhig.

»Sagt Robin, dass ich sie liebe.« Sie umarmte Marian. »Und sagt Yvain, dass ich ihn auch liebe.«

»Adela ...« Marian versuchte, sie festzuhalten. Aber Adela wehrte sie ab. »Ich muss ihm gehorchen«, flüsterte sie. »Ich habe keine andere Wahl.«

Im Hof hinter dem Tor hatten sich die Mägde und die wenigen Knechte versammelt, die Yvain nicht in den Kampf begleitet hatten. Sie wirkten hilflos und verschreckt. Robin riss sich von der Hand der Köchin los und rannte auf ihre Mutter zu. Adela hob sie hoch und küsste sie.

»Adela, beeil dich. Ich warte nicht mehr lange. Dann werde ich deinem Jungen die Kehle aufschlitzen«, hörte sie nun William de Thorigny brüllen.

Adela begann zu zittern und reichte das Kind Marian, die es weinend in ihre Arme schloss. Als Adela das Tor erreicht hatte, stellte sie den Korb mit der Näharbeit, den sie immer noch an ihrem Arm trug, langsam und sorgfältig auf dem Boden ab. Sie war bereit.

»Öffnet das Tor!«, befahl sie dann dem Knecht, der daneben Wache hielt, rau. Er befolgte ihren Befehl und schob den schweren Holzriegel zurück. Nachdem er einen der beiden Flügel aufgestoßen hatte, stockte Adela, obwohl sie auf das Schlimmste gefasst war, der Atem.

Luce hing leblos in William de Thorignys Arm mit der Eisenkralle. In seiner Linken hielt er ein Messer, das er gegen die Kehle ihres Sohnes drückte. Der Schein einer Fackel spiegelte sich im Metall und irrlichterte über de Thorignys lächelndes Gesicht, ließ es fratzenhaft wie das eines bösen Dämons wirken.

»Du hast dir viel Zeit gelassen«, bemerkte er so ruhig, als würde er eine höfische Unterhaltung führen. »Aber es war klug von dir, dass du die Bediensteten deines edlen Ritters nicht veranlasst hast, mich anzugreifen.« Er stieß mit der Spitze des Messers zu. Luce stöhnte auf, sein Körper zuckte, und ein Blutstropfen rann an seinem Hals hinab.

Er lebte noch, er war nur bewusstlos ... »Nein, nicht. Lasst ihn«, schrie Adela auf. »Ich tue alles, was Ihr von mir verlangt.«

»Dann komm zu mir.« Wieder lächelte er sie an. Schwarze Schatten zuckten rings um ihn über die Wiese.

Gott, lass nicht zu, dass er Luce doch noch tötet, betete Adela, während sie über das Gras schritt. Dann stand sie vor ihm. Mit einer verächtlichen Bewegung, als sei der Junge ein Stück Unrat, schleuderte William de Thorigny Luce von sich und packte Adela.

»Weißt du«, sagte er sanft, »ich habe mit dem Gedanken gespielt, deinen Sohn hier, vor deinen Augen, umzubringen. Aber dann gefiel mir die Vorstellung, wie sehr er leiden wird, wenn er weiß, dass ich dich wieder in meiner Gewalt habe.«

Während er sprach, tastete er Adela rasch ab. Dann lachte er. »Bei unserer ersten Begegnung hattest du, wenn ich mich recht erinnere, ein Messer bei dir und hast es gegen mich gerichtet. Nun – du hast dazugelernt. Aber ist es nicht ohnehin so, dass du im Grunde deines Herzens weißt, dass du mir gehörst und dass es deine Bestimmung ist, mir zu Willen zu sein?« Er strich über ihren Arm, wo sein Zeichen in ihr Fleisch eingebrannt war. Dann, unvermittelt, wirbelte er sie grob herum und zerrte sie zu seinem Pferd, das am Rand der Wiese an einen Baum gebunden war.

Dort fesselte er ihre Hände mit einem Seil vor dem Körper, schwang sich in den Sattel und zog sie zu sich auf den Pferderücken. Während er mit ihr davonsprengte, wandte Adela rasch den Kopf. Luce bewegte sich auf dem schattigen Grund der Wiese. Er schien zu sich zu kommen. Hinter der Hecke des Gehöfts glaubte sie, Robin weinen zu hören. Aber was auch immer William de Thorigny ihr antun würde – ihre Kinder waren in Sicherheit.

Verschwommen nahm Adela wahr, dass sie durch dichten Wald ritten. Mal sickerte Mondlicht durch die Kronen und erhellte den Weg, dann wieder war es fast vollständig dunkel. Schließlich ließ William de Thorigny seinen Hengst vom Galopp in einen langsamen Trab fallen. Mit seinem rechten Arm hielt er sie fest gepackt. Der eiserne Haken bohrte sich schmerzhaft in ihren Leib. Sie spürte Williams Atem in ihrem Nacken.

Wirre Bilder suchten Adela heim. Sie verlor jegliches Zeitgefühl und jede Orientierung. De Thorigny ritt mit ihr wieder über den Hof ihres Anwesens, vorbei an den erschlagenen Hunden. Nun zerrte er sie durch das Schlafzimmer und warf sie auf das Ehebett. Luce spähte durch das Fenster. *Lauf fort!,* flehte sie ihn in Gedanken an. Sie sah Francis schwer verletzt am Boden eines Schlachtfeldes liegen. Pferde trampelten über ihn hinweg. Dann zertrat William de Thorigny den Fisch, den Francis für Luce geschnitzt hatte, auf den Bodenplatten ihres Verlieses.

Irgendwann nahm Adela wahr, dass das Pferd im Schritt lief. Sie hörte Laub rascheln und einen Bach rauschen. Das

Mondlicht verlieh dem strömenden Wasser einen kalten, silbrigen Schimmer. Eine Weile folgte William de Thorigny dem Ufer, ehe er den Hengst durch den Bach und auf der anderen Seite einen Hügel hinauftrieb.

Kurz darauf brachte er das Pferd auf einer kleinen Lichtung zum Halten. Er warf Adela auf den Boden, packte sie dann – nachdem er selbst abgesprungen war – an ihrem Umhang und schleifte sie durch das Gras zu den Bäumen am Rand der Lichtung. Der Mond verbarg sich wieder hinter Wolken. Deshalb konnte sie William nur als einen bedrohlichen Schatten erkennen. Sie erahnte mehr, als dass sie es sah, wie er ein Seil losmachte, das er um seinen Leib geschlungen hatte. Rasch befestigte er das eine Ende um ihren Knöchel, das andere band er an einem Baum fest.

»Damit du mir nicht im Wald verschwindest«, sagte er und lachte. »Außerdem eine Erinnerung an deinen Aufenthalt in meinem Kerker, so kannst du dich schon einmal auf das einstimmen, was dich erwartet. Schließlich soll es dir nicht langweilig werden, während ich ein Feuer mache.« Er wandte sich ab und begann, im Sternenlicht trockenes Laub und Äste zu sammeln.

Noch einmal würde er ihr nicht Gewalt antun. Wieder fühlte Adela sich auf einmal sehr ruhig. Vorsichtig drehte sie ihre gefesselten Hände. Es gelang ihr, mit den Fingern den Saum ihres linken Ärmels abzutasten. Ja, dort steckte noch die große Nadel, die sie vorhin am Tor von Yvains Gehöft aus dem Korb genommen und im Stoff verborgen hatte. Mit den Fingerspitzen konnte sie die Nadel packen. Langsam und behutsam – darauf bedacht, dass sie ihr nur ja nicht entglitt und zu Boden fiel – zog Adela die Nadel Stück für Stück aus dem Saum.

*

»Such, Lester, such. Ja, guter Hund.« Yvain zwang sich, ruhig auf das Tier einzureden. Als er und Simon auf dem Gehöft eingetroffen waren, hatte sich ihre Befürchtung, William de Thorigny würde Luce als Geisel benutzen, um Adela wieder in seine Gewalt zu bringen, nur allzu schnell bewahrheitet. Während Luce sich mühsam ins Bewusstsein zurückkämpfte, hatte Marian ihnen völlig aufgelöst berichtet, was geschehen war. Nun hob Lester bei einem der Bäume die Schnauze vom Boden. Er stieß ein leises Bellen aus und wedelte mit dem Schwanz.

»Glaubt Ihr, der Hund hat die Fährte von Williams Pferd aufgenommen?«, hörte Yvain Simon fragen, der neben ihm am Waldrand herging.

Yvain schreckte auf. »Ich hoffe es«, sagte er rau. »Lester ist mein bester Spürhund. Ruft Ihr die Männer zusammen und kommt mir mit ihnen und den anderen Hunden nach. Ich folge schon einmal mit Lester der Spur.«

»Gebe Gott, dass wir Adela rechtzeitig finden«, sagte Simon leise.

Yvain brachte kein Wort über die Lippen. Mit einem kurzen Händedruck verabschiedeten sie sich. Anfangs, als Yvain durch den Wald ritt, hatte Lester keine Schwierigkeiten, die Fährte zu wittern. Sie führte einen breiten Waldweg entlang. Doch dann, als William in einen Seitenpfad abgebogen war, wo häufig Wild kreuzte, wurde der Hund immer wieder unsicher und schnüffelte, wie es Yvain schien, endlos zwischen Laub und Zweigen herum, bis er die Spur erneut gefunden hatte und weiterrannte.

Ich muss Adela am Leben und unverletzt finden, sagte sich Yvain immer wieder. *Es darf nicht sein, dass William sie noch einmal quält.*

Hin und wieder schienen Sterne zwischen den Wolken

hervor. An ihrem Stand schätzte Yvain, dass etwa vier Stunden vergangen waren, seit er mit Lester aufgebrochen war. Die Fährte führte nun einen Bach entlang. Als der Hund kurz darauf am Ufer stehen blieb, fürchtete Yvain schon, er hätte die Spur wieder verloren. Doch Lester knurrte leise. Gleich darauf nahm Yvain einen schwachen Rauchgeruch wahr. Tatsächlich, ein Stück entfernt, oben am Hang, schimmerte ganz schwach Feuerschein zwischen den Bäumen hindurch.

Yvain lenkte sein Pferd in den Bach. Er hatte eben das andere Ufer erreicht, als er Adela aus der Richtung des Feuers schreien hörte.

*

Adela war es eben gelungen, die Nadel so in ihre rechte Hand zu schieben, dass die Spitze wie ein langer Dorn zwischen ihren Fingern hervorstand, als William das Feuer entzündet hatte und über das taufeuchte Gras zu ihr hinüber schlenderte. Hastig drehte Adela ihre gefesselten Hände so, dass die Falten ihres Gewandes die Nadel verdeckten. Während er sich neben sie kniete und sie eingehend musterte, konnte sie es nicht verhindern, dass sie zu zittern begann.

»Sieh an«, sagte er schließlich, »du bist wieder so hübsch wie damals, als ich dich in meinem Keller einsperrte. Was ich eigentlich nicht für möglich gehalten hätte. Vielleicht hätte ich dir ja mein Zeichen nicht in den Arm, sondern in die Wange brennen sollen. Was denkst du? So hätten alle Menschen, auch dieser verdammte Prinz und seine verwünschte Halbschwester, sofort gesehen, dass du mein bist.« Im Schein der Flammen wirkten Williams Augen ganz klar und hatten doch einen irren Glanz.

Mit seinem ekelhaften Eisenhaken strich er über ihre Wange und flüsterte: »Sag, dass du mir gehörst.«

»Ich … ich gehöre Euch«, brachte Adela mühsam über ihre Lippen, während sich ihre Finger fester um die Nadel schlossen.

»Gut so …« Nachdem William sie noch einmal eingehend betrachtet hatte, ging er zum Feuer. Mit einem glimmenden Ast in der linken Hand kehrte er zu ihr zurück und kniete sich auf sie. »Vorerst wird dies als Mal ausreichen«, sagte er und drückte ihren Kopf mit seinem Armstumpf auf den Boden. Das glimmende Astende schwebte über ihr. Sie konnte die Hitze der Glut spüren.

»Nein!« Adela riss ihre gefesselten Hände hoch und rammte William die Nadel mit aller Kraft ins Auge. »Ich gehöre Euch nicht«, schrie sie. »Niemals wieder werde ich mich von Euch quälen und demütigen lassen.«

William de Thorigny erstarrte kurz. Der glimmende Ast entglitt seiner Hand und fiel ins feuchte Gras. Während er zischend erlosch, stieß William einen wilden Wut- und Schmerzensschrei aus. Halb blind griff er um sich. Seine linke Hand schloss sich um Adelas Hals. Sie strampelte, trat nach ihm. Doch er würgte sie unerbittlich und schnitt ihr die Luft ab.

Adela kam es vor, als ob sich riesige dunkle Flügel auf sie herabsenkten. *Sind dies die Flügel des Todes?*, war ihr letzter klarer Gedanke. Dann plötzlich lockerte sich der Griff um ihren Hals, und sie konnte wieder atmen.

»Adela …« War dies tatsächlich Yvains Stimme? Mühsam öffnete sie die Augen. Ja, Yvain beugte sich über sie. Ihr Kopf lag, begriff sie ein bisschen verwundert, in seinem Schoß. »William de Thorigny … Ist er tot?«, brachte sie stammelnd hervor, denn ihre Zunge wollte ihr nicht recht gehorchen.

»Ja, Ihr habt ihn getötet. Aber als ich de Thorigny über Euch liegen sah, mit der Hand um Eure Kehle, dachte ich schon, ich wäre zu spät gekommen … Adela … ich …« Yvain versagte die Stimme. Wütend wischte er sich die Tränen weg, die in seinen Augen schimmerten.

»Ich weiß«, flüsterte Adela. »Ich liebe dich auch. Ich habe noch nicht lange begriffen, dass es so ist – eigentlich erst, seit William de Thorigny mich wieder bedrohte und ich auf einmal solche Angst hatte, dich zu verlieren –, aber ich liebe dich wirklich.«

Auf Yvains herbem Gesicht stritten Glück und Unglauben. »Adela, möchtest du meine Frau werden?«, fragte er schließlich fast schroff.

»Ja, das möchte ich«, murmelte sie. Sie fühlte sich zu Tode erschöpft und gleichzeitig ganz wach und glücklich.

Zwischen den Bäumen waren jetzt laute Stimmen zu hören. Gleich darauf brachen Reiter aus dem Wald hervor. Fackelschein glitt über die Lichtung. Auf einem der Pferde saß Simon, der Luce im Arm hielt.

Adela schloss zufrieden die Lider und vertraute sich ganz Yvains Umarmung an.

*

Während ein Flockenschauer niederging, zügelte Matilda ihre Stute vor den Stallungen. Sie wollte einen der Knechte herbeiwinken, die den in der Kälte dampfenden Mist wendeten. Doch der Mann, der über den Hof auf sie zuschlenderte, ließ sie stutzen. Rotblondes Haar umwehte seinen Kopf, das nun, als die Sonne kurz zwischen den Flocken hindurchschien, aufleuchtete wie Flammenzungen.

»Richard!«, rief sie verwundert.

»Teure Schwester …« Er reichte ihr die Hand und half ihr beim Absteigen.

»Ihr bringt hoffentlich keine schlechten Nachrichten? Manche Leute sagen ja, Schnee so früh im Jahr« – es war erst

Ende Oktober – »sei ein böses Omen.« Mit einem Blick zu den Knechten fügte Matilda hastig hinzu: »Unserem Vater geht es doch hoffentlich gut?«

»Da ich geradewegs von seinem Hof in Winchester komme, kann ich Euch beruhigen. Der König erfreut sich bester Gesundheit.« Richard wirkte amüsiert.

»Aber Ihr bringt Nachrichten?« Matilda sah ihn von der Seite an.

»Allerdings, und zwar gute. William de Thorigny ist tot.«

Matilda registrierte, dass einige Schneeflocken auf dem roten Samt ihres Mantels langsam zu Wasser zerschmolzen. Sie benötigte einige Momente, um wirklich zu begreifen, was Richard gesagt hatte. »Wie kam er ums Leben?«, fragte sie schließlich gepresst.

»Adela tötete ihn.«

»Adela …?« Matilda starrte ihn ungläubig an.

»Ja, William verschleppte sie von Yvains Gut.« Richard berichtete ihr rasch die Hintergründe.

Sie hatten mittlerweile das Äbtissinnenhaus erreicht und Matildas Räume betreten. Richard nahm ihr den von Flocken übersäten Mantel ab und hängte ihn über einen Stuhl vor dem Feuer. Dann zog er für seine Halbschwester einen Stuhl heran und setzte sich ihr gegenüber.

Matilda hatte ihre erste Verwirrung abgestreift. Ihre Gedanken arbeiteten wieder klar. »Wie hat unser Vater die Neuigkeit aufgenommen, dass die Witwe eines einfachen Ritters – der zudem in Eurem Heer gegen ihn kämpfte – einen seiner Barone umbrachte?«, meinte sie besorgt.

»Es war schon von Vorteil, dass William in Ungnade gefallen war.« Richard grinste. »Andernfalls hätte sein Tod für Adela sicher ein Nachspiel gehabt. So aber sah unser Vater keine Veranlassung, gegen sie vorzugehen. Ein glücklicher

Zufall bestand außerdem darin, dass ich gerade bei unserem Vater weilte, als die Todesnachricht eintraf. Ich konnte ihn daran erinnern, dass er Adelas Mutter sein Leben verdankt. Deshalb wird er es auch nicht zulassen, dass Williams Familie Vergeltung übt.«

»Alles andere wäre ein großes Unrecht gegenüber Adela gewesen.« Matilda seufzte erleichtert. Sie musste daran denken, dass der Schnee draußen in dicken Flocken niederging und sich wie eine schützende Decke über das Land legte, und war plötzlich von einer tiefen Ruhe erfüllt. »Adela hat also Rache für ihren ermordeten Gatten genommen und für die Qualen, die ihr William zufügte«, sagte sie dann leise und mehr wie zu sich selbst. »Ich hoffe, dass sie endlich ihren Frieden finden wird.«

»Fühlt Ihr Euch eigentlich gerächt, nun da William tot ist?«, fragte Richard unvermittelt. »Denn um eine persönliche Rache ging es Euch doch von Anfang an.«

Matilda betrachtete die kleinen Lachen, die die geschmolzenen Flocken unterhalb ihres Mantels auf den Steinplatten bildeten. »Ich bin froh, dass William tot ist und seine Strafe erhalten hat, denn er war ein wirklich schlechter Mensch«, sagte sie endlich. »Insofern fühle ich mich gerächt. Auch wenn mir sein Tod den Mann, den ich geliebt habe, den Vater meiner Tochter, auch nicht wiederbringt.«

»Ihr habt eine Tochter? Nun, das ist aber ungewöhnlich für eine Äbtissin.«

Die nachdenkliche Stimmung fiel von Matilda ab, und sie bedachte Richard mit einem scharfen Blick. »Auch nicht ungewöhnlicher als ein königlicher Prinz, der ständig seine Heirat hinausschiebt, statt endlich einen legitimen Erben zu zeugen.«

Richard lachte und wirkte nicht im Geringsten verärgert.

»Ich gebe zu, dass ich Männer letztlich doch attraktiver als Frauen finde. Aber keine Sorge, ich werde mich noch rechtzeitig um einen Sohn und Erben kümmern. Aber deute ich Eure Worte richtig, dass ich, wenn ich nach dem Tod unseres geliebten Vaters um meine Herrschaft kämpfen muss – und ich bin überzeugt, dass John mir die Herrschaft streitig machen wird –, nicht auf Eure Hilfe bauen kann? Ihr wirkt auf einmal ziemlich weich und versöhnlich …«

Matildas Augen funkelten. »Nun, wenn Ihr gegen John kämpft, könnt Ihr auf meine Unterstützung zählen. *Ihn* möchte ich nun wirklich nicht als König haben. Aber bis zum Tod unseres Vaters wird wohl noch einige Zeit vergehen.«

Und darüber war sie froh. Denn erst einmal war sie der Kämpfe müde.

Epilog

Adela blieb in der geöffneten Küchentür stehen. Der Raum summte vor Betriebsamkeit. Mägde rührten und kneteten Teige an dem langen Holztisch. Andere rupften Gänse und Hühner – ein Bratspieß steckte schon voller Geflügel. Jeder noch so kleine Platz an der Feuerstelle war von dampfenden Töpfen besetzt.

»Gebt noch etwas mehr Honig in den Teig! Und achtet ja darauf, dass das Geflügel nicht anbrennt!« Marian eilte mit roten Wangen zwischen den Bediensteten herum und erteilte Befehle. »Ach, du lieber Himmel, das Wasser für die Würste kocht ja schon«, keuchte sie erschrocken auf. Aufschäumendes Wasser spritzte in die Glut und verursachte weitere aufgeregte Geschäftigkeit.

Adela hatte eigentlich ihre Hilfe bei den Festvorbereitungen anbieten wollen. Aber plötzlich wünschte sie sich, einige Augenblicke allein zu sein, ehe die ersten Gäste eintrafen. Nachdem sie sich vergewissert hatte, dass Robin zufrieden mit einer jungen Magd in einer Ecke saß und ganz darin aufging, einen kleinen Blumenkranz zu winden, schlüpfte sie davon und durchquerte den Garten.

In ihrem früheren Heim am Rand der Obstbaumwiese verstaute sie den Leinenstoff, den sie vorhin bei einem fahrenden Händler erworben hatte, in einem Regal. Dann setzte sie sich auf einen Schemel. Im Vergleich zum Lärm in der

Küche war es hier angenehm ruhig. Vom Garten her war das Summen von Insekten zu hören, denn vor einigen Tagen hatten sich die Blüten der Apfel- und Birnbäume geöffnet, und aus der Richtung der Stallungen erklangen die gedämpften Stimmen einiger Knechte.

So viel ist in den letzten Monaten geschehen, ging es Adela durch den Kopf. *Yvain und ich haben geheiratet. Ich lebe als seine Frau mit ihm, Robin und Marian im Wohnhaus. Und morgen werden wir ein großes Fest mit den Menschen, die uns nahestehen, feiern.*

Tatsächlich hatten sie und Yvain, wenige Tage, nachdem Adela William de Thorigny getötet hatte, in der Dorfkirche geheiratet. Marian und Simon waren ihre Trauzeugen gewesen. Sonst waren – außer dem Priester – nur noch Luce und Robin dort gewesen. Sie wollten ihr Glück nicht noch einmal aufs Spiel setzen und hatten deshalb die Hochzeit nicht länger aufgeschoben, auch wenn Ann so nicht dabei sein konnte. Doch ihre Schwester, davon war Adela überzeugt und Simon hatte sie darin noch einmal bestärkt, würde ihren Entschluss verstehen.

Einige Wochen lang hatte Adela befürchtet, der König könnte sie für den Tod William de Thorignys zur Rechenschaft ziehen. Doch Mitte November war ein Brief Matildas auf dem Gut eingetroffen, in dem diese ihr mitteilte, dass ihre Ängste unbegründet waren. Damals hatten Yvain und Adela beschlossen, im Frühjahr, wenn die Wege wieder gangbar waren, ihre Hochzeit nachzufeiern.

Eine weitere gute Nachricht hatte sie dann im März erreicht. Simon hatte ihnen geschrieben, dass Ann einem Mädchen das Leben geschenkt hatte. Es war auf den Namen Gwen getauft worden. Yvain hatte sich auf seine ruhige Weise mit Adela gefreut.

Yvain …, dachte Adela zärtlich. Er würde immer ein bisschen knorrig und unzugänglich bleiben und niemals sein Herz auf der Zunge tragen. Aber sie liebte ihn und vertraute ihm unbedingt. Nur auf den ersten Blick war er ganz anders als Francis, der immer lebhaft und offen gewesen war. Denn auch Yvain war ein zutiefst gütiger und aufrichtiger Mensch. Mit ihm zu leben war, als sei sie nach einer langen und gefährlichen Reise endlich wieder nach Hause gekommen. Francis, das wusste Adela, würde sich über ihr neues Glück freuen.

»Adela«, hörte sie plötzlich Yvain sagen. Sie war so in Gedanken versunken gewesen, dass sie gar nicht bemerkt hatte, wie er die Hütte betreten hatte. Er ergriff ihre Hände und zog sie auf die Füße.

»Marian meinte, du wärst vorhin nur kurz in der Küche gewesen und dann gleich wieder verschwunden …« Eine Frage schwang in seiner Stimme mit.

»Ich wollte nur noch ein bisschen allein sein, bevor die ersten Gäste eintreffen.«

»Und ich hatte schon befürchtet, du könntest es bereut haben, einen alten miesepetrigen Kerl wie mich geheiratet zu haben.« Er lächelte sie an. Doch als er ihr die Hände auf die Schultern legte und sie ansah, war sein Blick sehr ernst und forschend. »Ach Adela«, sagte er leise. »Ich liebe dich so sehr. Aber ich kann nicht aus meiner Haut. Manchmal habe ich einfach Angst, dass ich dir meine Liebe zu wenig zeigen kann.«

»Du musst sie mir nicht zeigen«, flüsterte Adela. »Ich fühle doch, dass du mich liebst.« Sie zog Yvains Kopf zu sich herab und küsste ihn, während seine starken Arme sie festhielten. Sein Kuss war wie er selbst – rau und doch innig und zärtlich. Eine Zärtlichkeit, die, wie Adela aus den vergangenen Wochen wusste, sehr schnell in Leidenschaft umschlagen konnte.

»Mutter, Mutter, Yvain …« Erst als draußen im Garten Robins Stimme erklang, lösten sie sich voneinander. »Simon und Ann und ihre kleine Tochter Gwen sind eben eingetroffen. Und Luce ist auch bei ihnen …« Robins vor Aufregung glühendes Gesichtchen tauchte im Türrahmen auf.

»Dann sollten wir unsere Gäste begrüßen.« Yvain lächelte Adela an und reichte ihr seine Hand, während Robin schon wieder durch den Garten in Richtung des Wohnhauses rannte. Bei jedem Schritt hüpfte ihr zu einem Zopf gebundenes rotes Haar auf und ab.

Sie ist glücklich, dachte Adela, während sie Yvains schwielige Hand fester drückte. *Und ich bin es auch. William de Thorigny hat endgültig keinerlei Macht mehr über mich.*

Nachwort

Wie immer in meinen historischen Romanen habe ich in »Die Rache der Heilerin« Fakten und Fiktion gemischt. Adelas Familie ist – wie auch die Familie de Thorigny – meiner Fantasie entsprungen.

Der Aufstand der Königssöhne Richard und Henry gegen ihren Vater Henry II. hat tatsächlich stattgefunden. Henry hat sich früher als sein jüngerer Bruder dem König geschlagen gegeben. Beim Ablauf der Kämpfe, der Intensität der Schlachten – und auch, was die Quartiere der beteiligten Parteien in den Burgen der Normandie betrifft – habe ich mir Freiheiten herausgenommen. Historisch verbürgt ist dagegen, dass die einfache Bevölkerung und auch der niedere Adel, zu dem ja Adela und Francis gehören, unter diesen Kriegen viel mehr zu leiden hatten als die Mächtigen.

Nachdem sich Richard seinem Vater unterworfen hatte, wurde er von Henry II. gezwungen, seine ehemaligen Verbündeten zu bekämpfen. Richard muss eine sehr schillernde Persönlichkeit gewesen sein: hochgebildet, musisch begabt, großzügig, aber auch jähzornig und grausam. Diese widersprüchlichen Züge zu schildern war mir wichtig. Richard muss außerdem ein sehr enges Verhältnis zu seiner Mutter, der Königin Eleonore, gehabt haben. Von ihr soll er das gute Aussehen und die Liebe zur Musik und zur Literatur geerbt haben.

Eleonore unterstützte tatsächlich den Aufstand ihrer Söhne. Bei ihrer Flucht verkleidete sie sich – laut den Quellen – als Mann und wurde kurz vor der Grenze des Königreichs Frankreich von Soldaten ihres Gatten entdeckt und gefangen genommen. Bis zum Tod Henrys II. verbrachte sie etwa sechzehn Jahre in einer, wenn auch wohl recht komfortablen, Gefangenschaft. Es ist nicht auszuschließen, dass Henry II. Eleonore als Druckmittel benutzte, um Richard dazu zu bewegen, gegen seine früheren Verbündeten vorzugehen.

Historisch verbürgt ist, dass Richard von seinem Vater als Regent über Aquitanien eingesetzt wurde. Wobei er während dieser Zeit sicher seltener nach England reiste als in meinem Roman beschrieben. Historisch verbürgt ist ebenfalls, dass John – der letztgeborene und körperlich beeinträchtigte Sohn – von Henry II. bevorzugt wurde. So verfasste Henry II. ein Testament, in dem verfügt war, dass John nach seinem Tod über sehr ausgedehnte Gebiete herrschen sollte. Dies führte wiederholt zu Streitigkeiten mit den anderen Prinzen Henry, Richard und Geoffrey.

In der Literatur ist es umstritten, ob Richard homosexuell war. Fakt ist, dass er erst im Alter von dreiunddreißig Jahren, für mittelalterliche Verhältnisse also sehr spät, eine Ehe mit Berengaria von Navarra einging und dass die Ehe kinderlos blieb.

Manchmal stößt man bei der Recherche für einen Roman auf unerwartete Dinge, die sich dann sehr gelungen in einen Handlungsverlauf einfügen. Dies war etwa bei mir der Fall, als ich davon las, dass eine gewisse Äbtissin des Benediktinerinnenklosters von Barking mit Namen Matilda möglicherweise eine uneheliche Tochter Henrys II. war. Ich mag Matilda, eine meiner Hauptfiguren aus dem Vorgängerband »Am Hofe der Löwin« sehr (die Herrin von Adelas Mutter Aline und Gegenspielerin König Stephens) und gab sehr gerne einer zentralen Figur in »Die Rache der Heilerin« ihren Namen – sowie einige ihrer Eigenschaften. Dass sich Matilda, die Äbtissin von Barking, an Richards Aufstand beteiligte, ist jedoch meine Erfindung.

Ritter konnten im 12. Jahrhundert durchaus auch Troubadoure sein. So war Bertrand de Born, der berühmteste Troubadour des 12. Jahrhunderts, der auch am Hof Richards verkehrte, ein Baron. Allerdings bestanden sicher große gesellschaftliche Unterschiede zwischen den adeligen, reichen Troubadouren, die zum bloßen Zeitvertreib ihre Lieder darboten, und den mittellosen Spielleuten, die für Geld auftraten. An der Figur Simon de Bohuns reizte es mich, ihn in beiden Welten zu Hause sein zu lassen.

Das Benediktinerinnenkloster von Bellême sowie die Äbtissin Héloise sind meine Erfindung. Allerdings war es im Mittelalter gang und gäbe, dass hohe kirchliche Posten oft nach machtpolitischem Kalkül besetzt wurden und nicht nach spiritueller Eignung.

Ein Letztes noch: Die mittelalterliche Klostermedizin verfügte über ein erstaunliches Wissen. So ließen Medizinhistoriker der Universität Würzburg ein – auf den ersten Blick – obskures Rezept aus dem »Lorscher Arzneibuch« aus dem achten Jahrhundert untersuchen. Das Rezept enthält Zutaten wie Schafsdung, Honig und Käseschimmel. Tatsächlich ergab die chemische Analyse, dass diese Mixtur einen Wirkstoff beinhaltet, der Bakterien abtötet.

Mittelalterliches Heilwissen wurde in Bücher tradiert und mündlich überliefert, vieles lernten die Menschen auch durch Beobachtung. Ich halte es deshalb für zumindest nicht ausgeschlossen, dass heilkundige Männer und Frauen wie Adela – auch wenn der Herzkreislauf selbst noch nicht entdeckt war – wussten, dass Wespenstiche zum Tode führen können und man einen Menschen durch Massieren des Herzens wiederbeleben kann.

Bonn, im Februar 2013
Beate Sauer